NUEVA YORK

HOLT McDOUGAL
a division of Houghton Mifflin Harcourt

Hemisferio oriental

Parte B

Christopher L. Salter

HOLT McDOUGAL
a division of Houghton Mifflin Harcourt

El autor

Dr. Christopher L. Salter

Dr. Christopher L. "Kit" Salter is Professor Emeritus of geography and former Chair of the Department of Geography at the University of Missouri. He did his undergraduate work at Oberlin College and received both his M.A. and Ph.D. degrees in geography from the University of California at Berkeley.

Dr. Salter is one of the country's leading figures in geography education. In the 1980s he helped found the national Geographic Alliance network to promote geography education in all 50 states. In the 1990s Dr. Salter was Co-Chair of the National Geography Standards Project, a group of distinguished geographers who created *Geography for Life* in 1994, the document outlining national standards in geography. In 1990 Dr. Salter received the National Geographic Society's first-ever Distinguished Geography Educator Award. In 1992 he received the George Miller Award for distinguished service in geography education from the National Council for Geographic Education. In 2006 Dr. Salter was awarded Lifetime Achievement Honors by the Association of American Geographers for his transformation of geography education.

Over the years, Dr. Salter has written or edited more than 150 articles and books on cultural geography, China, field work, and geography education. His primary interests lie in the study of the human and physical forces that create the cultural landscape, both nationally and globally.

Copyright © 2010 Holt McDougal, a division of Houghton Mifflin Harcourt Publishing Company. All rights reserved.

Warning: All rights reserved. No part of this work may be reproduced or transmitted in any form or by any means, electronic or mechanical, including photocopying and recording, or by any information storage or retrieval system without the prior written permission of Holt McDougal unless such copying is expressly permitted by federal copyright law. With the exception of not-for-profit transcription in Braille, Holt McDougal is not authorized to grant permission for further uses of copyrighted selections reprinted in this text without the permission of their owners. Permission must be obtained from the individual copyright owners.

Requests for permission to make copies of any part of the work should be mailed to the following address: Permissions Department, Holt McDougal, 10801 N. MoPac Expressway, Building 3, Austin, Texas 78759.

For acknowledgments, see page R49, which is an extension of the copyright page.

HOLT MCDOUGAL is a trademark of Houghton Mifflin Harcourt Publishing Company.

 **World Almanac** and **World Almanac and Book of Facts** are trademarks of World Almanac Education Group, Inc., registered in the United States of America and/or other jurisdictions.

Printed in Canada

If you have received these materials as examination copies free of charge, Holt McDougal retains title to the materials and they may not be resold. Resale of examination copies is strictly prohibited.

Possession of this publication in print format does not entitle users to convert this publication, or any portion of it, into electronic format.

ISBN 13: 978-0-55-402375-5
ISBN 10: 0-55-402375-X

1 2 3 4 5 6 7 8 9   XXXX   15 14 13 12 11 10 09

Revisores

Revisores académicos

Elizabeth Chako, Ph.D.
Department of Geography
The George Washington University

Altha J. Cravey, Ph.D.
Department of Geography
University of North Carolina

Eugene Cruz-Uribe, Ph.D.
Department of History
Northern Arizona University

Toyin Falola, Ph.D.
Department of History
University of Texas

Sandy Freitag, Ph.D.
Director, Monterey Bay History and
 Cultures Project
Division of Social Sciences
University of California,
 Santa Cruz

Oliver Froehling, Ph.D.
Department of Geography
University of Kentucky

Reuel Hanks, Ph.D.
Department of Geography
Oklahoma State University

Phil Klein, Ph.D.
Department of Geography
University of Northern Colorado

B. Ikubolajeh Logan, Ph.D.
Department of Geography
Pennsylvania State University

Marc Van De Mieroop, Ph.D.
Department of History
Columbia University
New York, New York

Christopher Merrett, Ph.D.
Department of History
Western Illinois University

Thomas R. Paradise, Ph.D.
Department of Geosciences
University of Arkansas

Jesse P.H. Poon, Ph.D.
Department of Geography
University at Buffalo–SUNY

Robert Schoch, Ph.D.
CGS Division of Natural Science
Boston University

Derek Shanahan, Ph.D.
Department of Geography
Millersville University
Millersville, Pennsylvania

David Shoenbrun, Ph.D.
Department of History
Northwestern University
Evanston, Illinois

Sean Terry, Ph.D.
Department of Interdisciplinary
 Studies, Geography and
 Environmental Studies
Drury University
Springfield, Missouri

Revisores docentes

Dennis Neel Durbin
Dyersburg High School
Dyersburg, Tennessee

Carla Freel
Hoover Middle School
Merced, California

Tina Nelson
Deer Park Middle School
Randallstown, Maryland

Don Polston
Lebanon Middle School
Lebanon, Indiana

Robert Valdez
Pioneer Middle School
Tustin, California

Panel de revisores docentes

Heather Green
LaVergne Middle School
LaVergne, Tennessee

John Griffin
Wilbur Middle School
Wichita, Kansas

Rosemary Hall
Derby Middle School
Birmingham, Michigan

Rose King
Yeatman-Liddell School
St. Louis, Missouri

Mary Liebl
Wichita Public Schools USD 259
Wichita, Kansas

Jennifer Smith
Lake Wood Middle School
Overland Park, Kansas

Melinda Stephani
Wake County Schools
Raleigh, North Carolina

Contenido

Lectura en estudios sociales................................ M1
Vocabulario de estudios sociales........................... M5
Vocabulario académico..................................... M6
Estrategias para el examen estandarizado................. M7

UNIDAD 3 África 235

Atlas regional... 238
Datos sobre los países.................................... 244

CAPÍTULO 9 Geografía física de África 248

El impacto de la geografía: videos
El impacto de la desertización

Sección 1 África del Norte............................. 250
Sección 2 África Occidental............................ 254
Sección 3 África Oriental.............................. 258
Sección 4 África Central............................... 262
Un vistazo a la Tierra Mapa de las selvas de África Central....... 266
Sección 5 África del Sur............................... 268
Destrezas de estudios sociales Analizar un mapa de precipitaciones...... 272
Repaso del capítulo....................................... 273
Práctica para el examen estandarizado.................... 275

CAPÍTULO 10 **Civilizaciones antiguas de África: Egipto**................276

El impacto de la geografía: videos
La importancia de las pirámides egipcias

Sección 1 El antiguo Egipto... 278
Sección 2 El Reino Antiguo.. 283
Sección 3 El Reino Medio y el Reino Nuevo.............. 291
Sección 4 Los logros de los egipcios......................... 298
Destrezas de estudios sociales Analizar fuentes primarias y secundarias...304
Repaso del capítulo...305
Práctica para el examen estandarizado...............................307

CAPÍTULO 11 **Civilizaciones antiguas de África: los reinos comerciales**.........................308

El impacto de la geografía: videos
La importancia del comercio de la sal

Sección 1 El antiguo Kush.. 310
Sección 2 Kush en épocas posteriores...................... 315
Sección 3 Imperio de Ghana.. 320
Geografía e historia Cruzar el Sahara.................................. 326
Sección 4 Malí y Songhai... 328
Sección 5 Tradiciones históricas y artísticas de
África Occidental... 334
Destrezas de estudios sociales Tomar decisiones.............. 338
Repaso del capítulo...339
Práctica para el examen estandarizado...............................341

ESTUDIO DE CASO **El reino de Benín**...............342

CONTENIDO **V**

CAPÍTULO 12 **El crecimiento y el desarrollo de África** 348

El impacto de la geografía: videos
Los efectos del *apartheid*

Sección 1 **El contacto con otras culturas** 350
Sección 2 **La colonización europea** 354
Geografía e historia El tráfico de esclavos en el Atlántico 358
Sección 3 **El imperialismo en África** 360
Sección 4 **Revolución y libertad** 366
Sección 5 **África desde la independencia** 372
Destrezas de estudios sociales Interpretar una pirámide de población 378
Repaso del capítulo. 379
Práctica para el examen estandarizado 381

ESTUDIO DE CASO **Nigeria** 382

Pregunta basada en el documento: El futuro de África 388
Taller de escritura de la Unidad 3 Explicar causas y efectos 390

UNIDAD 4 · El sur y el este de Asia 391

Atlas regional 394
Datos sobre los países 400

CAPÍTULO 13 · Geografía física del sur y el este de Asia 404

El impacto de la geografía: videos
El impacto de los peligros de la naturaleza

Sección 1 El subcontinente indio 406
Sección 2 China, Mongolia y Taiwán 410
Sección 3 Japón y Corea 414
Sección 4 El sureste asiático 418
Un vistazo a la Tierra ¡Tsunami! 422
Destrezas de estudios sociales Usar un mapa topográfico 424
Repaso del capítulo 425
Práctica para el examen estandarizado 427

CAPÍTULO 14 **Civilizaciones antiguas de Asia: India** 428

🌐 **El impacto de la geografía: videos**
La importancia del budismo como una de las principales religiones del mundo

Sección 1 Primeras civilizaciones de la India 430
Sección 2 Orígenes del hinduismo 436
Sección 3 Orígenes del budismo 442
Sección 4 Imperios de la India 448
Sección 5 Los logros de los indios 453
Destrezas de estudios sociales Comparar mapas 458
Repaso del capítulo 459
Práctica para el examen estandarizado 461

CAPÍTULO 15 **Civilizaciones antiguas de Asia: China** 462

🌐 **El impacto de la geografía: videos**
La importancia de Confucio en la China en la actualidad

Sección 1 China en sus comienzos 464
Sección 2 La dinastía Han 468
Geografía e historia La Ruta de la Seda 474
Sección 3 Las dinastías Sui, Tang y Song 476
Sección 4 El confucianismo y el gobierno 482
Sección 5 Las dinastías Yuan y Ming 486
Destrezas de estudios sociales Tomar decisiones económicas 494
Repaso del capítulo 495
Práctica para el examen estandarizado 497

ESTUDIO DE CASO **El antiguo Japón** 498

viii CONTENIDO

CAPÍTULO 16 **El crecimiento y el desarrollo del sur y el este de Asia** 504

El impacto de la geografía: videos
La importancia de la densidad de población

Sección 1 Contacto entre culturas 506
Sección 2 Interacción con Occidente 510
Sección 3 Nuevos movimientos políticos 515
Sección 4 Asia en guerra 522
Sección 5 Una nueva Asia 528
Destrezas de estudios sociales Analizar recursos visuales 533
Repaso del capítulo 535
Práctica para el examen estandarizado 537

ESTUDIO DE CASO **China** 538

Pregunta basada en el documento: La nueva economía de Asia 544
Taller de escritura de la Unidad 4 Persuasión 546

CONTENIDO **ix**

UNIDAD 5 Europa 547

Atlas regional 550
Datos sobre los países 556

CAPÍTULO 17 Geografía física de Europa 560

 El impacto de la geografía: videos
Los efectos de vivir bajo el nivel del mar

Sección 1 Europa del Sur 562
Sección 2 Europa Occidental y Central 566
Sección 3 Europa del Norte 570
Sección 4 Europa Oriental 574
Sección 5 Rusia y el Cáucaso 578
Destrezas de estudios sociales Leer un mapa climático 582
Repaso del capítulo 583
Práctica para el examen estandarizado 585

CAPÍTULO 18 Civilizaciones antiguas de Europa 586

 El impacto de la geografía: videos
La importancia de los eruditos griegos

Sección 1 La Antigua Grecia 588
Sección 2 El mundo romano 596
Geografía e historia Caminos romanos 604
Destrezas de estudios sociales Interpretar un mapa histórico 606
Repaso del capítulo 607
Práctica para el examen estandarizado 609

ESTUDIO DE CASO Los celtas 610

CAPÍTULO 19 **El crecimiento y el desarrollo de Europa** 616

 El impacto de la geografía: videos
El impacto de la Unión Europea

Sección 1 La Edad Media 618
Geografía e historia La Peste Negra 626
Sección 2 El Renacimiento y la Reforma 628
Sección 3 Los cambios políticos en Europa 634
Sección 4 La revolución industrial 642
Destrezas de estudios sociales Escribir para aprender 647
Sección 5 La Primera Guerra Mundial 648
Sección 6 La Segunda Guerra Mundial 654
Sección 7 Europa desde 1945 660
Destrezas de estudios sociales Interpretar caricaturas políticas 666
Repaso del capítulo 667
Práctica para el examen estandarizado 669

ESTUDIO DE CASO **Francia** 670

Pregunta basada en el documento: La unidad europea 676
Taller de escritura de la Unidad 5 Una narración biográfica 678

Referencias

Lectura en estudios sociales ES12
Manual de economía R1
Datos sobre el mundo R6
Atlas R10
Diccionario geográfico R14
Diccionario biográfico R23
Glosario bilingüe R27
Índice R35

CONTENIDO **xi**

Secciones especiales

Un vistazo a la Tierra

Observa en detalle temas importantes de geografía física.

Mapa de las selvas de África Central	266
¡Tsunami!	422

Geografía e historia

Explora las conexiones entre lugares del Hemisferio oriental y el pasado.

Cruzar el Sahara	326
El tráfico de esclavos en el Atlántico	358
La Ruta de la Seda	474
Caminos romanos	604
La Peste Negra	626

Estudio de caso

Examina en detalle una civilización antigua o un país moderno del Hemisferio oriental.

El reino de Benín	342
Nigeria	382
El antiguo Japón	498
China	538
Los celtas	610
Francia	670

En detalle

Observa la geografía en detalle para ver cómo viven las personas y cómo son los lugares.

Un oasis del Sahara	252
★Interactivo Construcción de las pirámides	288
El templo de Karnak	300
★Interactivo La red comercial de Kush	316
Los gobernantes de Kush	318
Tombuctú	330
★Interactivo La peregrinación de Mansa Musa	354
La vida en Mohenjo Daro	432
La Ciudad Prohibida	490
China comunista	518
Plaza de Tiananmen, 1989	530
Clima mediterráneo	564
El Partenón	590
El Foro Romano	597
La vida en un feudo	622
Una fábrica textil en Gran Bretaña	645
La guerra de trincheras	650

Enfoque en la cultura

Aprende acerca de algunas de las culturas fascinantes del Hemisferio oriental.

La arquitectura de Djenné	352
El río sagrado Ganges	440

Vista satelital

Observa el Hemisferio oriental mediante imágenes satelitales e investiga lo que revelan esas imágenes.

África	237
El Gran Valle del Rift	260
El sur y el este de Asia	393
Las inundaciones en China	413
Europa	549
Los Alpes suizos	568
Los fiordos de Noruega	572

CONEXIÓN CON...

Explora las conexiones entre la geografía y otras asignaturas.

EL ARTE
Música de Malí a Memphis 336

LA ECONOMÍA
Minería de diamantes 361
El sendero del papel 481
Crecimiento económico en Asia 529

TECNOLOGÍA
Construcciones que duran 600
La imprenta 631

Literatura

Aprende acerca del Hemisferio oriental mediante la literatura.

Aké: los años de la niñez 371
Shabanu: la hija del viento 534
Sin novedad en el frente 653

ENFOQUE EN LA LECTURA

Aprende y practica las destrezas que te ayudarán a leer tus lecciones de estudios sociales.

Comprender la comparación y el contraste ..ES12
Crear categorías ES13
Comprender causa y efecto ES14
Identificar detalles de apoyo ES15
Comprender hechos y opiniones ES16
Ordenar ES17
Comprender el orden cronológico ES18
Usar pistas del contexto: definiciones ES19
Hacer preguntas ES20
Volver a leer ES21
Usar pistas del contexto: contrastar ES22

Destrezas de estudios sociales

Aprende, practica y aplica las destrezas que necesitas para estudiar y analizar la historia.

Analizar un mapa de precipitaciones 272
Analizar fuentes primarias y secundarias 304
Tomar decisiones 338
Interpretar una pirámide de población 378
Usar un mapa topográfico 424
Comparar mapas 458
Tomar decisiones económicas 494
Analizar recursos visuales 533
Leer un mapa climático 582
Interpretar un mapa histórico 606
Escribir para aprender 647
Interpretar caricaturas políticas 666

Taller de escritura

Aprende a escribir sobre la geografía y la historia.

Explicar causas y efectos....................390
Persuasión 546
Una narración biográfica 678

ENFOQUE EN LA REDACCIÓN Y LA EXPRESIÓN ORAL

Usa las destrezas de redacción y expresión oral para reflexionar sobre el Hemisferio oriental y las personas que viven en él.

Escribir una carta 248
Escribir un acertijo 276
Escribir una entrada de un diario 308
Presentar un informe de noticias televisivo ...348
Presentar un diario de viaje 404
Crear un cartel 428
Escribir un artículo periodístico 462
Hacer una entrevista 504
Crear un anuncio de bienes raíces 560
Escribir un mito 586
Escribir una entrada de un diario 616

Fuentes primarias

Aprende acerca del Hemisferio oriental mediante documentos importantes y testimonios personales.

Ernest Hemingway, acerca de África Oriental, de *Las nieves del Kilimanjaro* 275

Textos de las pirámides, Declaración 217, sobre el Rey Unas, citado en *Ancient Egypt (El antiguo Egipto)*, de Lorna Oaks y Lucía Gahlin 290

Poema de Pentaur, sobre las hazañas de Ramsés, de *The World's Story (Historia universal)* 297

C. Warren Hollister, sobre la influencia egipcia, de *Roots of the Western Tradition (Raíces de la tradición occidental)* 304

Sobre la vida de un soldado egipcio, en *Las alas del halcón: vida y creencias del antiguo Egipto* 304

Al-Bakri, sobre el rey de Ghana, de *The Book of Routes and Kingdoms (El libro de las rutas y los reinos)* 324

Basil Davidson, sobre Tombuctú, de *A History of West Africa (Historia de África occidental)* . . . 341

Mahommah G. Baquaqua, sobre el tráfico de esclavos 359

Kwame Nkrumah, sobre la independencia africana, de *I Speak of Freedom (Hablo sobre la libertad)* . . 367

Naciones Unidas, sobre la creación de la NEPAD . . 388

Departamento de Estado de Estados Unidos, sobre la democracia en África, de un informe de la Dirección de Asuntos Africanos 388

Los objetivos de la Unión Africana 389

Sobre pensar antes de actuar, del *Panchatantra* . . 455

Sobre la fortaleza interna, del *Bhagavad Gita* 461

Li Bo, sobre la nostalgia, de *Quiet Night Thoughts (En la noche tranquila)* 479

Sobre la destrucción de la ciudad de Riazán, de *Medieval Russia's Epics, Chronicles, and Tales (Epopeyas, crónicas e historias de la Rusia medieval* 487

Marco Polo, sobre su visita a Hangzhou, de *Description of the World (La descripción del mundo)* 488

Mohandas Ghandi, sobre la no violencia, de *Freedom's Battle (La batalla de la libertad)* . . . 521

Franklin Roosevelt, sobre el ataque a Pearl Harbor, de su discurso del 8 de diciembre de 1941 523

Lee Kuan Kew, sobre mantener el orden en Singapur, de *A Conversation with Lee Kuan Kew (Una conversación con Lee Kuan Kew)* 537

Embajador Alan Holmer, sobre el comercio entre Estados Unidos y China, de un discurso del 29 de noviembre de 2007 544

Organización Japonesa para el Comercio Exterior, JETRO *(Japanese External Trade Organization)*, sobre el comercio japonés 545

Office of the U. S. Trade Representative (Oficina del Representante Comercial de Estados Unidos), sobre la Asociación de Naciones del Sureste Asiático . . 545

Nikolai Gogol, sobre las llanuras de Ucrania, de "Taras Bulba" 576

La Carta Magna 624

John Locke, sobre el gobierno, de *Segundo tratado sobre el gobierno civil* 641

Anne Frank, sobre el Holocausto, del *Diario* 657

Winston Churchill, sobre la separación de Europa, del discurso que dio en Fulton, Missouri 661

Tratado de Maastricht 676

Agencia Central de Inteligencia, sobre la Unión Europea, de *The World Factbook (El libro mundial de hechos), 2008* 676

Biblioteca del Congreso, sobre la solicitud de ingreso de Turquía a la Unión Europea, de la serie de Estudios sobre países 677

BIOGRAFÍAS

Conoce a las personas que han influido en el Hemisferio oriental y aprende acerca de sus vidas.

La reina Hatshepsut 292
Ramsés el Grande 297
Piankhi 313
La reina Shanakhdakheto 317
Tunka Manin 324
Askia el Grande 331
Mansa Musa 333
Nelson Mandela 373
Asoka 452
El emperador Shi Huangdi 466
Kublai Kan 493
Murasaki Shikibu 503
Príncipe Shotoku 507
Mohandas Gandhi 521

Pericles 592
Boadicea 615
Juana de Arco 625
John Locke 641
Mijaíl Gorbachov 662

Tablas y gráficas

El *World Almanac and Book of Facts* (Libro de datos y anuario mundial) es el libro de referencia más vendido de todos los tiempos en Estados Unidos, con más de 81 millones de copias vendidas desde 1868.

DATOS SOBRE LOS PAÍSES
Estudia los datos y estadísticas más recientes sobre los países.

África 244
Los principales grupos étnicos de Nigeria 385
Las principales religiones de Nigeria 387
El sur y el este de Asia 400
Proyección de la población urbana de China 543
Europa y Rusia 556
La Unión Europea 664

DATOS SOBRE EL MUNDO
Estudia los datos y estadísticas más recientes sobre el mundo.

Extremos geográficos: África 239
Las ciudades más grandes de África 376
Extremos geográficos: el sur y el este de Asia .. 395
Extremos geográficos: Europa y Rusia 550

Datos breves e infografía

Un oasis del Sahara 252
Geografía física de África 273
Las coronas del Egipto unificado 282
Sociedad egipcia 284
Las momias y la otra vida 286
Construcción de las pirámides 288
Períodos de la historia egipcia 291
El templo de Karnak 300
Civilizaciones antiguas de África: Egipto 305
Kush y Egipto 312
La red comercial de Kush 316
Los gobernantes de Kush 318
El exceso de pastoreo 325
Tombuctú 330
Civilizaciones antiguas de África 339
Sociedad edo moderna 344
Lalibela, Etiopía 351
La peregrinación de Mansa Musa 354
El tráfico de esclavos en el Atlántico 358
El crecimiento y el desarrollo de África 379
Datos sobre Nigeria 382
La estructura del gobierno nigeriano 386
¡Tsunami! 422
Geografía física del sur y el este de Asia 425
La vida en Mohenjo Daro 432
Las *varnas* 437
Creencias y dioses hindúes 438
El Sendero Óctuple 445
Las ciencias indias 456
Civilizaciones antiguas de Asia: India 459
Los logros de la dinastía Han 472
Inventos chinos 480
Exámenes para la administración pública 484
Las travesías de Zheng He 489
La Ciudad Prohibida 490
Civilizaciones antiguas de Asia: China 495
La sociedad samurái 500
Influencia china en Japón 507
China comunista 518
Plaza de Tiananmen, 1989 530
El crecimiento y el desarrollo del sur y el este de Asia 535
Datos sobre China 538
Estructura del gobierno de China 542
Clima mediterráneo 564
Geografía física de Europa 583
El Partenón 590
La democracia ateniense 592
El Foro Romano 597
Caminos romanos 604
Civilizaciones antiguas de Europa 607
La estructura de la sociedad celta 612
Arquitectura gótica 620
Relaciones feudales 621
La vida en un feudo 622
La Peste Negra 626
Los documentos de la democracia 636
Una fábrica textil en Gran Bretaña 645
La guerra de trincheras 650
El crecimiento y el desarrollo de Europa 667
Datos sobre Francia 670
Estructura del gobierno francés 674

Tablas y gráficas

Extremos geográficos: África	239
África	244
La población creciente de África	247
África y el mundo	247
Notas de campo	266
Escritura egipcia	299
Línea cronológica: Sucesos clave en el antiguo Benín.	346
Las ciudades más grandes de África	376
Angola, 2000	378
Línea cronológica: Sucesos clave de la historia de Nigeria	384
Los principales grupos étnicos de Nigeria	385
Las principales religiones de Nigeria	387
Extremos geográficos: el sur y el este de Asia	395
El sur y el este de Asia	400
Potencias económicas	402
Grandes poblaciones: Las mayores poblaciones del mundo	403
Grandes poblaciones: Porcentaje de población mundial	403
Creencias principales del hinduismo	438
Línea cronológica: La dinastía Han	468
Exámenes difíciles	484
Línea cronológica: Sucesos clave en el antiguo Japón	502
Las guerras de Corea y de Vietnam	526
Crecimiento económico en Asia, 1986 a 2004	529
Línea cronológica: Sucesos clave de la historia de China	540
Proyección de la población urbana de China	543
Extremos geográficos: Europa y Rusia	550
Europa y Rusia	556
PBI per cápita más altos del mundo	559
Países densamente poblados: Europa	559
Europa: Mapa climático	582
Causas de la decadencia de Roma	602
Línea cronológica: Sucesos clave de la historia celta	614
Ideas clave de la Ilustración	635
Línea cronológica: Segunda Guerra Mundial	658
Causas y efectos de la Guerra Fría	661
La Unión Europea	664
Bajas de las principales potencias durante la Segunda Guerra Mundial, 1939 a 1945	669
Línea cronológica: Sucesos clave en la historia francesa	672
Cantidad de visitantes internacionales en Francia	674
Datos sobre el mundo	R6
Población mundial	R8
Países desarrollados y menos desarrollados	R8
Religiones universales	R9
Idiomas mundiales	R9

Mapas interactivos

África del Norte: Mapa físico	251
África Occidental: Mapa físico	255
África Occidental: Clima	256
África Oriental: Mapa físico	259
África Central: Mapa físico	263
África del Sur: Mapa físico	269
África del Sur: Vegetación	271
Actividad con mapas: África Oriental	274
Actividad con mapas: Antiguo Egipto	306
Imperio de Ghana, *circa* 1050	321
Malí y Songhai	329
Actividad con mapas: África Occidental	340
Actividad con mapas: El crecimiento y el desarrollo de África	380
El subcontinente indio: Mapa físico	407
El subcontinente indio: Precipitaciones	408
China, Mongolia y Taiwán: Mapa físico	411
China, Mongolia y Taiwán: Precipitaciones	412
Japón y Corea: Mapa físico	415
Japón y Corea: Volcanes y terremotos	416
El sureste asiático: Mapa físico	419
El sureste asiático: Clima	420
Actividad con mapas: El sur y el este de Asia	426
La primera difusión del budismo	446
Actividad con mapas: La antigua India	460
Las primeras dinastías de China	465
La dinastía Han, *circa* 206 a.C. a 220 d.C	469
Las dinastías chinas, 589 a 1279	477
Actividad con mapas: Antigua China	496
Europa del Sur: Mapa físico	563
Europa Occidental y Central: Mapa físico	567
Europa Occidental y Central: Mapa de uso de la tierra y recursos	569
Europa del Norte: Mapa físico	571
Europa del Norte: Clima	573
Europa Oriental: Mapa físico	575
Rusia y el Cáucaso: Mapa físico	579
Actividad con mapas: Europa	584
Ciudades estado y colonias griegas, *circa* 600 a.C.	589
Actividad con mapas: Europa, 2000 a.C.–500 d.C.	608
La primera cruzada, 1096	619
La religión en Europa, 1600	632
La Segunda Guerra Mundial en Europa, 1941	656
Actividad con mapas: Europa	668

Mapas

África: Mapa físico	238
Comparación de tamaños: Estados Unidos y África	239
África: Mapa político	240
África: Recursos	241
África: Población	242
África: Clima	243
África: Mapa físico	249
Parques nacionales de África Central	264
El recorrido de Michael Fay	266
Antiguo Egipto, 4500 a 500 a.C	277
Antiguo Egipto	279
Comercio egipcio, circa 1400 a.C.	293
Civilizaciones antiguas de África, 2000 a.C. a 1650 d.C.	309
Antiguo Kush	311
Cruzar el Sahara	326
Benín, circa 1500	343
África, de 1400 a la actualidad	349
Imperialismo en África, circa 1880	363
Imperialismo en África, 1914	363
La independencia en África	369
Actividad con mapas: El crecimiento y el desarrollo de África	380
Nigeria	383
El sur y el este de Asia: Mapa físico	394
Comparación de tamaños: Estados Unidos y el sur y el este de Asia	395
El sur y el este de Asia: Mapa político	396
El sur y el este de Asia: Población	397
El sur y el este de Asia: Clima	398
El sur y el este de Asia: Uso de la tierra y recursos	399
El sur y el este de Asia: Mapa físico	405
El tsunami del océano Índico	423
Isla Awaji: Mapa topográfico	424
Actividad con mapas: El sur y el este de Asia	426
China, Mongolia y Taiwán: Precipitaciones	427
Antigua India: 2300 a.C. a 500 d.C.	429
Civilización harappa, circa 2600 a 1900 a.C.	431
Las migraciones arias	435
Imperio maurya, circa 320 a 185 a.C.	449
El imperio gupta, circa 400	450
India: Mapa físico	458
Imperio gupta, circa 400	458
Antigua China, 1600 a.C. a 1450 d.C.	463
La Ruta de la Seda	474
El Gran Canal	478
El Imperio mongol, 1294	487
Japón, 1300	499
El sur y el este de Asia, de 1850 a la actualidad	505
Los británicos en India, 1767 a 1858	511
El imperialismo en China, 1842 a 1900	512
Plaza de Tiananmen, 1989	530
Actividad con mapas: Asia moderna	536
China	539
Europa y Rusia: Mapa físico	550
Comparación de tamaños: Estados Unidos y Europa y Rusia	551
Europa: Mapa político	552
Rusia y el Cáucaso: Mapa político	553
Europa: Población	554
Rusia y el Cáucaso: Clima	555
Actividad con mapas: Europa	584
España y Portugal: Clima	585
Europa, 2000 a.C. a 500 d.C.	587
El Imperio de Alejandro Magno, circa 323 a.C.	595
La expansión de Roma, 100 a.C. a 117 d.C	599
El cristianismo primitivo en el Imperio romano	601
Caminos romanos	604
Italia, 500 a.C.	606
Europa, 117 d.C.	609
Territorios celtas, 500 a 200 a.C.	611
Las principales rutas comerciales, 1350 a 1500	629
Imperio napoleónico, 1812	639
Europa después del Congreso de Viena, 1815	640
Alianzas europeas, 1914	649
Una Europa dividida, 1955	661
Francia	671
Planisferio: Mapa físico	R10
Planisferio: Mapa político	R12

New York

New York Social Studies Middle School Standards

What are the New York Social Studies Middle School Standards?

Learning standards are simply the things you are expected to know, understand, and be able to do as a result of your education. Learning standards are usually organized by subject and grade. So standards for your Eastern Hemisphere course, for example, focus on the knowledge and skills you will need to gain in your social studies class this school year.

How can New York Social Studies Middle School Standards help me?

These learning standards are helpful because they give you a clear picture of what you will be expected to learn. This can help you to focus on key material as you work through the school year. You can think of the standards as a kind of checklist—and you can even check off important subjects and skills as you master them. Another advantage of becoming familiar with the standards is that teachers often base lesson plans and tests on these standards. That means that the standards can give you a preview of what to expect in this course.

How are the New York Social Studies Middle School Standards organized?

New York educators have organized the teaching of social studies by creating different kinds of standards at several levels. At the top level are New York State Learning Standards for Social Studies. These are very broad standards—each one covers a large amount of learning. Because they are so broad, there are only five of them, several of which will apply to your studies of the Eastern Hemisphere. You can read them below. On the next page, you will read more detailed parts of all the standards.

Each Standard is divided into Key Ideas. These Key Ideas give you a description of the main categories of information you will be learning, as well as the kinds of skills you will be practicing.

Standard 1—History of the United States and New York

Students will use a variety of intellectual skills to demonstrate their understanding of major ideas, eras, themes, developments, and turning points in the history of the United States and New York.

1. The study of New York State and United States history requires an analysis of the development of American culture, its diversity and multicultural context, and the ways people are unified by many values, practices, and traditions.

Central Park, en la Ciudad de Nueva York

2. Important ideas, social and cultural values, beliefs, and traditions from New York State and United States history illustrate the connections and interactions of people and events across time and from a variety of perspectives.

3. Study about the major social, political, economic, cultural, and religious developments in New York State and United States history involves learning about the important roles and contributions of individuals and groups.

4. The skills of historical analysis include the ability to: explain the significance of historical evidence; weigh the importance, reliability, and validity of evidence; understand the concept of multiple causation; understand the importance of changing and competing interpretations of different historical developments.

Standard 2—World History

Students will use a variety of intellectual skills to demonstrate their understanding of major ideas, eras, themes, developments, and turning points in world history and examine the broad sweep of history from a variety of perspectives.

1. The study of world history requires an understanding of world cultures and civilizations, including an analysis of important ideas, social and cultural values, beliefs, and traditions. This study also examines the human condition and the connections and interactions of people across time and space and the ways different people view the same event or issue from a variety of perspectives.

2. Establishing timeframes, exploring different periodizations, examining themes across time and within cultures, and focusing on important turning points in world history help organize the study of world cultures and civilizations.

3. Study of the major social, political, cultural, and religious developments in world history involves learning about the important roles and contributions of individuals and groups.

4. The skills of historical analysis include the ability to investigate differing and competing interpretations of the theories of history, hypothesize about why interpretations change over time, explain the importance of historical evidence, and understand the concepts of change and continuity over time.

Puente de Brooklyn

Standard 3—Geography

Students will use a variety of intellectual skills to demonstrate their understanding of the geography of the interdependent world in which we live—local, national, and global—including the distribution of people, places, and environments over the Earth's surface.

1. Geography can be divided into six essential elements which can be used to analyze important historic, geographic, economic, and environmental questions and issues. These six elements include: the world in spatial terms, places and regions, physical settings (including natural resources), human systems, environment and society, and the use of geography. (Adapted from The National Geography Standards, 1994: Geography for Life)

2. Geography requires the development and application of the skills of asking and answering geographic questions; analyzing theories of geography; and acquiring, organizing, and analyzing geographic information. (Adapted from The National Geography Standards, 1994: Geography for Life)

Standard 4—Economics

Students will use a variety of intellectual skills to demonstrate their understanding of how the United States and other societies develop economic systems and associated institutions to allocate scarce resources, how major decision-making units function in the U.S. and other national economies, and how an economy solves the scarcity problem through market and nonmarket mechanisms.

1. The study of economics requires an understanding of major economic concepts and systems, the principles of economic decision making, and the interdependence of economies and economic systems throughout the world.

2. Economics requires the development and application of the skills needed to make informed and well-reasoned economic decisions in daily and national life.

Estación Grand Central de Nueva York

Standard 5—Civics, Citizenship, and Government

Students will use a variety of intellectual skills to demonstrate their understanding of the necessity for establishing governments; the governmental system of the U.S. and other nations; the U.S. Constitution; the basic civic values of American constitutional democracy; and the roles, rights, and responsibilities of citizenship, including avenues of participation.

1. The study of civics, citizenship, and government involves learning about political systems; the purposes of government and civic life; and the differing assumptions held by people across time and place regarding power, authority, governance, and law. (Adapted from The National Standards for Civics and Government, 1994)

2. The state and federal governments established by the Constitutions of the United States and the State of New York embody basic civic values (such as justice, honesty, self-discipline, due process, equality, majority rule with respect for minority rights, and respect for self, others, and property), principles, and practices and establish a system of shared and limited government. (Adapted from The National Standards for Civics and Government, 1994)

3. Central to civics and citizenship is an understanding of the roles of the citizen within American constitutional democracy and the scope of a citizen's rights and responsibilities.

4. The study of civics and citizenship requires the ability to probe ideas and assumptions, ask and answer analytical questions, take a skeptical attitude toward questionable arguments, evaluate evidence, formulate rational conclusions, and develop and refine participatory skills.

Puerto de la Ciudad de Nueva York

Conviértete en un lector activo

por la Dra. Kylene Beers

¿Alguna vez pensaste que sería posible que tu libro de estudios sociales comenzara con un texto sobre la lectura? En realidad, tiene más sentido de lo que crees. Si jugaras al fútbol, probablemente te asegurarías de conocer algunas de sus destrezas y estrategias antes de un partido. De igual manera, antes de leer tu libro de estudios sociales necesitas conocer algunas destrezas y estrategias de lectura. Es decir, debes asegurarte de que sabes todo lo necesario para tener éxito en la lectura de este libro.

Consejo N.º 1
¡Lee toda la página!

¡No puedes seguir las instrucciones de la caja para preparar un pastel si no sabes dónde están! Las cajas de preparado para pasteles tienen instrucciones que te indican cuántos huevos debes agregar o durante cuánto tiempo debes hornear el pastel. Pero si no puedes hallar esa información, no te resultará útil.

De igual manera, este libro contiene información que te ayudará a comprender lo que lees. Sin embargo, si no estudias esa información, daría igual si no estuviera allí. Observemos algunos de los lugares donde encontrarás información importante en este libro.

Introducción del capítulo
En la introducción del capítulo se da un breve panorama general de lo que aprenderás en el capítulo. Con esa información puedes prepararte para leer el capítulo.

Introducción de la sección
Antes de comenzar la lectura de cada sección, lee la información bajo el título Lo que aprenderás. Allí hallarás las ideas principales de la sección y las palabras clave. Saber lo que buscas antes de comenzar a leer puede mejorar tu comprensión.

Palabras en negrita
Estas palabras son importantes y se definen en alguna parte de la página en la que aparecen. La definición puede estar en la misma oración o en el margen de la página.

Mapas, tablas e ilustraciones
¡Estos elementos no sirven sólo para ocupar espacio o para mejorar el aspecto del libro! Estúdialos y lee la información que se encuentra junto a ellos. Te ayudarán a comprender la información del capítulo.

Preguntas al final de las secciones
Al final de cada sección encontrarás preguntas que te servirán para decidir si necesitas volver a leer alguna parte del texto antes de continuar con la lectura. Si no sabes la respuesta a una pregunta, debes volver a leer esa parte.

Preguntas al final del capítulo
Responde a las preguntas que se encuentran al final de cada capítulo, incluso si tu maestro no te pide que lo hagas. Estas preguntas están allí para ayudarte a decidir qué necesitas repasar.

Consejo N.º 2
Usa las destrezas y estrategias de lectura que incluye tu libro de texto

Los buenos lectores usan varias destrezas y estrategias para asegurarse de que comprenden lo que leen. En este libro de texto encontrarás ayuda con destrezas y estrategias de lectura importantes, como "Usar los conocimientos previos" y "Comprender las ideas principales".

Enseñamos las destrezas y estrategias de lectura de varias maneras. Si usas estas actividades y lecciones, tu aptitud para la lectura mejorará.

- En primer lugar, en la página de introducción de cada capítulo identificamos y explicamos la destreza o estrategia de lectura en la que te enfocarás a medida que trabajes con el capítulo. De hecho, estas actividades se llaman "Enfoque en la lectura".

- En segundo lugar, como puedes ver en el ejemplo de la derecha, te indicamos dónde puedes obtener más ayuda. En la parte final del libro hay un manual de lectura que contiene una lección de práctica de una página que se corresponde con la destreza o estrategia de lectura de cada capítulo.

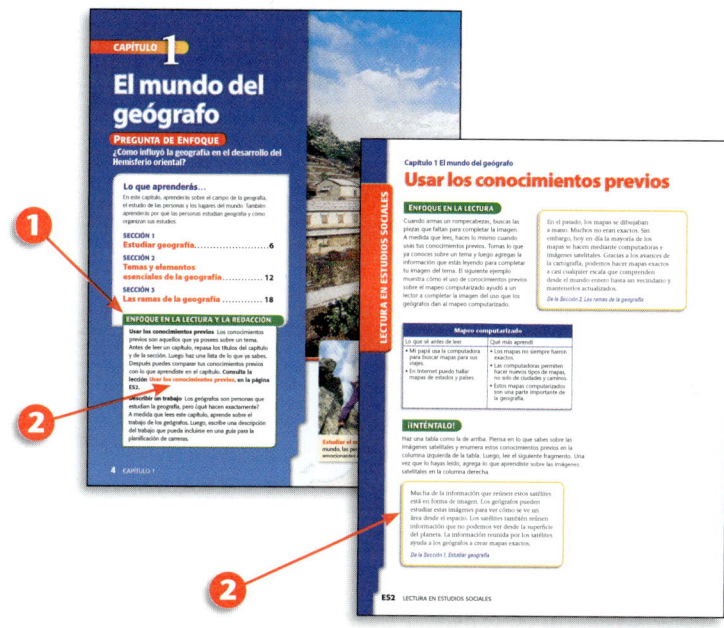

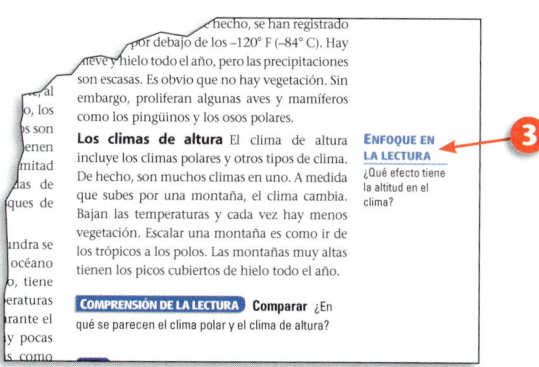

- En tercer lugar, te ofrecemos actividades de práctica breves y ejemplos a medida que lees el capítulo. Estas actividades y ejemplos aparecen en el margen de tu libro. Una vez más, busca las palabras de "Enfoque en la lectura".

- Por último, brindamos otra actividad de práctica en el Repaso del capítulo que se encuentra al final de cada capítulo. Esta actividad te da una oportunidad más para asegurarte de que sabes cómo usar la destreza o estrategia de lectura.

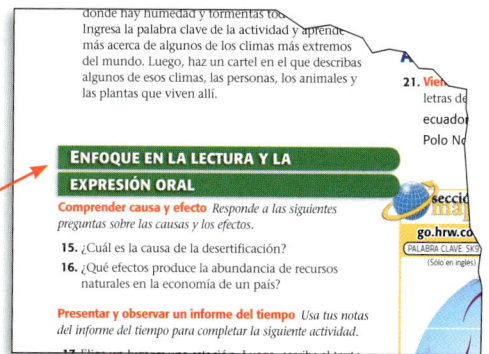

Consejo N.º 3
Presta atención al vocabulario

Aunque la lectura no resulta entretenida cuando no conoces el significado de las palabras, no puedes aprender palabras nuevas si sólo usas o lees las palabras que ya conoces. En este libro hemos usado palabras que probablemente no conozcas. Sin embargo, hemos seguido un patrón para el uso de palabras más difíciles.

- En primer lugar, al comienzo de cada sección encontrarás una lista de palabras clave que necesitarás saber. Presta atención a esas palabras a medida que lees la sección. Verás que hemos definido esas palabras en el mismo párrafo en el que aparecen. Busca una palabra que esté en negrita con su definición resaltada en amarillo.

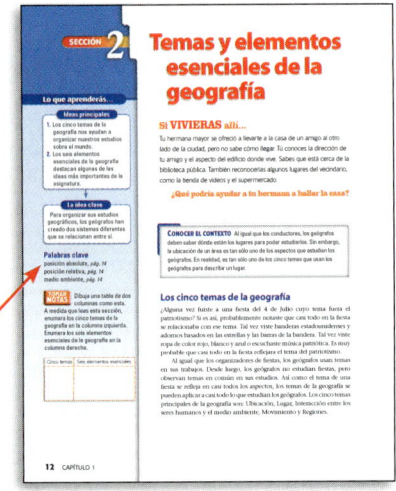

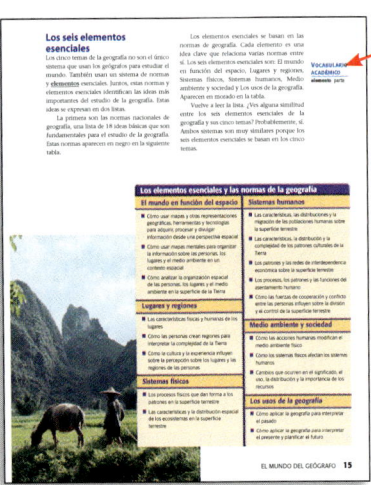

- En segundo lugar, cuando usamos una palabra que es importante en todas las clases y no solo en estudios sociales, la definimos en el margen debajo del título Vocabulario académico. Encontrarás estas palabras de vocabulario académico en otros libros de texto, por lo tanto, debes aprender su significado mientras lees este libro.

Consejo N.º 4
Lee como un lector experimentado

¡No serás capaz de llegar a la cima del monte Everest si no te entrenas!
Si quieres llegar a la cima del Everest, debes comenzar a practicar alpinismo.

También es necesario practicar para convertirse en un buen lector. Nunca mejorarás en la lectura de tu libro de estudios sociales (o de cualquier otro libro) si no dedicas tiempo a pensar en cómo leer mejor.

Los lectores experimentados hacen esto:

1. Dan un vistazo a lo que deben leer antes de comenzar la lectura. Al hacerlo, buscan palabras de vocabulario, títulos de secciones, información en el margen y mapas o tablas que deban estudiar.
2. Se preparan para tomar notas mientras leen dividiendo en dos partes una hoja de cuaderno. En una parte escriben el título "Notas del capítulo" y en la otra, "Mis preguntas o comentarios".
3. Escriben notas a medida que leen.
4. Leen como **lectores activos**. La siguiente lista de Lectura activa muestra qué significa esto.
5. Por último, usan pistas del texto para deducir lo que quiere transmitir. Las mejores pistas son las "palabras indicadoras", que sirven para identificar el orden cronológico, las causas y los efectos o las comparaciones y los contrastes.

Palabras indicadoras del orden cronológico: *primero, segundo, tercero, antes, después, más adelante, luego, a continuación, anteriormente, posteriormente, por último*

Palabras indicadoras de causa y efecto: *porque, debido a, en consecuencia, por esta razón, por lo tanto, por consiguiente, entonces, basándose en*

Palabras indicadoras de comparación y contraste: *de igual manera, de la misma manera, también, además, por otro lado*

Lectura activa

Existen tres maneras de leer un libro. Un tipo de lector pasa las páginas sin detenerse aunque no haya comprendido lo que leyó. Otro tipo de lector se detiene para observar y escuchar. Este lector sabe que si espera el tiempo suficiente, alguien le explicará lo que necesita saber. El tercer tipo de lector es el lector activo. Este lector sabe que descubrir qué significa el texto depende de sí mismo. Para hacer una lectura activa, debes hacer lo siguiente a medida que lees:

Hacer predicciones sobre lo que sucederá a continuación basándote en lo que ya sucedió. Cuando tus predicciones no se correspondan con lo que sucede en el texto, vuelve a leer las partes confusas.

Hacer preguntas sobre lo que sucede a medida que lees. Pregúntate continuamente por qué suceden las cosas, qué significan y qué provocó determinados sucesos. Toma nota de las preguntas que no puedas responder.

Resumir con frecuencia lo que lees. ¡No intentes resumir el capítulo entero! Lee un fragmento y resúmelo. Luego, continúa leyendo.

Conectar lo que sucede en la sección que estás leyendo con lo que ya leíste.

Aclarar tu comprensión. Para asegurarte de que comprendes lo que lees, detente de vez en cuando y pregúntate si alguna parte te resultó confusa. Es posible que necesites volver a leer algunas partes para aclararlas. Otras veces, necesitarás continuar leyendo para obtener más información y así poder comprender el texto. También es posible que necesites pedir a tu maestro que te ayude con las partes confusas.

Visualizar lo que sucede en el texto. Es decir, intenta imaginar los sucesos o lugares. Puede resultarte útil trazar mapas, hacer tablas o tomar notas sobre lo que lees a medida que intentas visualizar lo que sucede en el texto.

Vocabulario de estudios sociales

A medida que lees este libro de texto, tendrás más éxito en la lectura si aprendes el significado de las palabras que se muestran en esta página. Te encontrarás con estas palabras muchas veces en tus clases de estudios sociales, como geografía e historia. Lee ahora estas palabras para conocerlas antes de comenzar con tus estudios.

Vocabulario de estudios sociales

PALABRAS DE TIEMPO

a.C.	se refiere a las fechas anteriores al nacimiento de Jesús
d.C.	se refiere a las fechas posteriores al nacimiento de Jesús
de nuestra era	se refiere a las fechas posteriores al nacimiento de Jesús
década	período de 10 años
era	período de tiempo
milenio	período de 1,000 años
siglo	período de 100 años

PALABRAS SOBRE EL MUNDO

accidentes geográficos	características de la superficie terrestre, como las montañas y los ríos
clima	las condiciones meteorológicas en una región determinada a lo largo de un período de tiempo prolongado
geografía	el estudio de las personas, los lugares y los paisajes del mundo
recursos	materiales que se encuentran en la Tierra y que las personas necesitan o que son importantes para ellas
región	un área con una o más características que la diferencian de las áreas vecinas

PALABRAS SOBRE LAS PERSONAS

antropología	el estudio de las personas y las culturas
arqueología	el estudio del pasado, basado en lo que dejaron las personas
ciudadano	una persona que vive bajo el control de un gobierno
civilización	el modo de vida de las personas en un lugar o una época determinados
comercio	el intercambio de productos o servicios
costumbre	una práctica que se repite o una tradición
cultura	conocimientos, creencias, costumbres y valores de un grupo de personas
economía	el estudio de la producción y el uso de productos y servicios; cualquier sistema en el que las personas crean e intercambian productos y servicios
gobierno	el conjunto de funcionarios y grupos que dirigen un área
historia	el estudio del pasado
política	el proceso de gobernar
religión	un sistema de creencias en uno o más dioses o espíritus
sociedad	un grupo de personas que tienen tradiciones en común

Vocabulario académico

¿Qué es el vocabulario académico? Son palabras importantes que se usan en todas tus clases, no solamente en estudios sociales. Verás estas palabras en otros libros de texto, por lo tanto, debes aprender su significado a medida que lees este libro. Lee la lista ahora. Volverás a usar estas palabras en los capítulos de este libro.

Vocabulario académico

abogar	defender, hablar en favor de algo	**funcionar**	realizar una acción
adquirir	obtener	**ideales**	ideas u objetivos que las personas intentan alcanzar
aspectos	características	**impacto**	efecto, resultado
autoridad	poder o influencia	**implementar**	poner en práctica
circunstancias	condiciones que influyen sobre un suceso o una actividad	**implícito**	comprendido aunque no está expresado en palabras
clásico	en relación con las culturas de Grecia y Roma antiguas	**incentivo**	algo que lleva a las personas a actuar de una manera determinada
complejo	difícil, que no es simple	**innovación**	una nueva idea o manera de hacer algo
consecuencias	los efectos de uno o varios sucesos en particular	**interpretar**	explicar el significado de algo
contratos	acuerdos legales vinculantes	**método**	una manera de hacer algo
desarrollo	creación; proceso de crecimiento o mejora	**papel**	parte o función
diferenciados	distintos y muy diferentes entre sí	**política**	regla, curso de acción
distribuir	dividir entre un grupo de personas	**primario**	principal, el más importante
eficiente	productivo, que no derrocha	**principio**	creencia, regla o ley básica
elemento	parte	**procedimiento**	una serie de pasos que se siguen para completar una tarea
establecer	fundar o crear	**proceso**	serie de pasos que se toman para completar una tarea
estrategia	un plan para librar una guerra o batalla	**propósito**	razón por la que se hace algo
estructura	la forma en que algo está establecido u organizado	**rebelarse**	luchar contra la autoridad
ético	relacionado con las normas de conducta o comportamiento apropiado	**repercusiones**	consecuencias
		tradicional	habitual, de larga tradición
explícito	expresado con claridad y sin imprecisiones	**valores**	ideas en las que las personas creen y que intentan seguir
facilitar	hacer algo más simple	**variar**	ser dferente
factor	causa		

ESTRATEGIAS PARA EL EXAMEN ESTANDARIZADO

Opción múltiple

Un ejercicio de opción múltiple es una pregunta o una oración incompleta con varias opciones de respuesta. Para completar un ejercicio de opción múltiple, elige la opción que responda correctamente a la pregunta o que complete correctamente la oración.

Aprende

Usa estas estrategias para responder a los ejercicios de opción múltiple del examen:

1 Lee con atención la pregunta o la oración incompleta.

2 Busca las palabras que afectan el significado, como *todos* o *todas*, *siempre*, *mejor*, *cada uno* o *cada una*, *la mayoría*, *nunca*, *no*, *sólo* o *solamente*. Por ejemplo, en el ejercicio 1 de la derecha, la palabra *todas* te indica que debes buscar la respuesta en la que las tres palabras sean correctas.

3 Lee *todas* las opciones antes de elegir una respuesta, incluso si la primera opción parece correcta.

4 Elimina mentalmente las opciones que sabes con seguridad que son incorrectas.

5 Piensa en las opciones que quedan y elige la *mejor* respuesta. Si no estás seguro, elige la opción que tiene más sentido.

Para cada oración o pregunta, escribe el número de la palabra o expresión que complete correctamente la oración o responda correctamente a la pregunta.

1 ¿En cuál de las siguientes opciones *todas* las palabras son características físicas de la geografía?
 (1) accidentes geográficos, climas, personas
 (2) accidentes geográficos, climas, suelos
 (3) paisajes, climas, plantas
 (4) paisajes, comunidades, suelos

2 Una región es un área que
 (1) tiene una o más características en común.
 (2) no tiene ningún habitante.
 (3) tiene pocos accidentes geográficos.
 (4) tiene límites físicos establecidos.

Practica

Para cada oración o pregunta, escribe el número de la palabra o expresión que complete correctamente la oración o responda correctamente a la pregunta.

1 ¿Cuál de las siguientes opciones forma parte del estudio de la geografía humana?
 (1) masas de agua
 (2) comunidades
 (3) accidentes geográficos
 (4) plantas

2 La economía de Corea del Norte se describe *mejor* como una
 (1) economía planificada.
 (2) economía desarrollada.
 (3) economía de mercado.
 (4) economía tradicional.

ESTRATEGIAS PARA EL EXAMEN ESTANDARIZADO

Fuentes primarias

Las fuentes primarias son materiales, frecuentemente llamados documentos, que fueron creados por las personas que vivieron durante la época sobre la que estás leyendo. Algunos ejemplos de fuentes primarias son los textos escritos, como las cartas y los diarios, y los documentos visuales, como las fotografías.

Aprende

Usa estas estrategias para responder a las preguntas del examen sobre fuentes primarias:

1. Observa el título del documento y la fuente que se menciona. Esta información puede indicarte el autor, la fecha y el propósito del documento.

2. Ojea el documento. Así obtendrás una idea del enfoque principal.

3. Lee la pregunta sobre el documento. Observa qué información debes hallar para responderla.

4. Lee o examina el documento con atención. Mientras lo haces, identifica la idea principal y los detalles clave.

5. Compara la pregunta y las opciones de respuesta con el documento. Busca palabras similares. Luego lee entre líneas. Usa tus destrezas de pensamiento crítico para sacar conclusiones.

6. Vuelve a leer la pregunta y elige la mejor respuesta.

Básate en el fragmento y en tus conocimientos de estudios sociales para responder a la siguiente pregunta.

Geografía para la vida

"La geografía es un campo de estudio que nos permite hallar respuestas a preguntas sobre el mundo que nos rodea: dónde están las cosas y cómo y por qué llegaron allí... Un conocimiento sólido de la geografía ayuda a las personas a prepararse para resolver problemas, no sólo a nivel local sino también a nivel mundial".

— de *Geography for Life (Geografía para la vida)*, del Proyecto de Implementación de Normas Educativas de Geografía

1. ¿Cuál de las siguientes oraciones resume *mejor* la idea principal del texto anterior?

   (1) La geografía ayuda a las personas a leer y a hacer mapas.
   (2) La geografía ayuda a las personas a llegar a donde quieren ir.
   (3) La geografía ayuda a las personas a comprender mejor el mundo y a resolver problemas.
   (4) La geografía ayuda a las personas a explorar la Tierra.

Practica

Básate en el fragmento y en tus conocimientos de estudios sociales para responder a las siguientes preguntas.

1. ¿Qué pregunta puede ayudarnos a responder la geografía?

   (1) cuándo ocurrieron los sucesos
   (2) dónde están las cosas
   (3) por qué las personas se comportan de determinada manera
   (4) por qué el cielo es azul

2. La geografía ayuda a las personas a resolver problemas en dos niveles, ¿cuáles son?

   (1) mundial y sólido
   (2) preparado y mundial
   (3) sólido y preparado
   (4) local y mundial

ESTRATEGIAS PARA EL EXAMEN ESTANDARIZADO

Tablas y gráficas

Las tablas y gráficas son diagramas o dibujos que presentan y organizan información o datos. Algunos exámenes estandarizados incluyen preguntas sobre tablas o gráficas. Estas preguntas requieren que interpretes la información o los datos de la tabla o gráfica para responder a la pregunta.

Aprende

Usa estas estrategias para responder a las preguntas del examen sobre tablas y gráficas:

1 Lee el título de la tabla o gráfica. Identifica el tema y el propósito de la información que se muestra.

2 Lee todos los rótulos. Observa los tipos de información que muestra la tabla o gráfica y cómo está organizada la información.

3 Analiza la información o los datos. Busca patrones, cambios a lo largo del tiempo, y similitudes o diferencias. Por ejemplo, en la gráfica de la derecha, hay un aumento pronunciado en el crecimiento de la población mundial después del 1900.

4 Lee la pregunta con atención. Observa las palabras clave de la pregunta.

5 Mira la tabla o gráfica para hallar la respuesta correcta.

Fuente: *Atlas of World Population History (Atlas de la historia de la población mundial)*

1 Basándote en la gráfica anterior, ¿en qué período **aumentó más** la población mundial?

(1) 1600 a 1700
(2) 1700 a 1800
(3) 1800 a 1900
(4) 1900 a 2000

Practica

Básate en la tabla y en tus conocimientos de estudios sociales para responder a la siguiente pregunta.

1 ¿En qué país del Cinturón de fuego ocurrieron dos erupciones volcánicas importantes?

(1) Colombia
(2) Indonesia
(3) Filipinas
(4) Estados Unidos

THE WORLD ALMANAC — Datos sobre el mundo

Principales erupciones en el Cinturón de fuego

Volcán	Año
Tambora, Indonesia	1815
Krakatoa, Indonesia	1883
Monte Santa Helena, Estados Unidos	1980
Nevado del Ruiz, Colombia	1985
Monte Pinatubo, Filipinas	1991

ESTRATEGIAS PARA EL EXAMEN ESTANDARIZADO

Mapas

Los exámenes estandarizados pueden incluir preguntas relacionadas con la información de los mapas. Los mapas pueden mostrar características políticas como ciudades y estados, características físicas como montañas y llanuras, o información como el clima, el uso de la tierra o los patrones de asentamiento.

Aprende

Usa estas estrategias para responder a las preguntas sobre mapas.

1. Lee el título del mapa para identificar el tema y el propósito. El siguiente mapa muestra los niveles de libertad de los gobiernos del mundo.

2. Estudia las referencias. Allí se explica la información del mapa, como el significado de los distintos colores o símbolos.

3. Observa los puntos cardinales y la escala del mapa. La escala muestra la distancia que hay entre los puntos en el mapa.

4. Examina el mapa con atención. Lee todos los rótulos y estudia el resto de la información, como los colores, fronteras o símbolos.

5. Lee la pregunta acerca del mapa.

6. Analiza el mapa para hallar la respuesta.

Fuente: Organización *Freedom House*

Practica

Básate en el mapa y en tus conocimientos de estudios sociales para responder a las siguientes preguntas.

1 ¿Qué dos continentes tienen el menor nivel de libertad de gobierno?

(1) África y Asia
(2) África y Europa
(3) Australia y Europa
(4) Europa y Asia

2 Los continentes con mayor nivel de libertad son Australia y

(1) África.
(2) Europa.
(3) América del Norte.
(4) América del Sur.

ESTRATEGIAS PARA EL EXAMEN ESTANDARIZADO

Respuesta elaborada

Por lo general, las preguntas con respuesta elaborada requieren que analices un documento, como una carta, una tabla o un mapa. Luego, debes usar la información del documento para escribir una respuesta desarrollada, a menudo, un párrafo o un texto de mayor extensión.

Aprende

Usa estas estrategias para responder a las preguntas con respuesta elaborada:

1. Lee las instrucciones y la pregunta con atención para determinar el propósito de tu respuesta. Por ejemplo, ¿debes explicar, identificar las causas, resumir o comparar? Para determinar el propósito, busca palabras clave como *compara, contrasta, describe, comenta, explica, interpreta, haz una predicción* o *resume*.

2. Lee el título del documento. Identifica el tema y el propósito.

3. Estudia el documento con atención. Lee todo el texto. Identifica la idea principal o el enfoque.

4. Si te lo permiten, toma notas en una hoja aparte para organizar tus ideas. Anota información del documento que quieras incluir en tu respuesta.

5. Usa la pregunta para crear una oración temática. Por ejemplo, para la siguiente pregunta de práctica, la oración temática podría ser: "La inclinación y la traslación de la Tierra hacen que, en el Hemisferio norte, el cambio de una estación a otra ocurra aproximadamente en el mismo momento cada año".

6. Crea un bosquejo o un organizador gráfico para organizar las ideas principales. Vuelve a leer el documento para buscar detalles o ejemplos que apoyen cada idea.

7. Escribe tu respuesta en oraciones completas. Comienza con la oración temática. Luego, consulta tu bosquejo u organizador a medida que escribes. Asegúrate de incluir detalles o ejemplos del documento.

8. Por último, corrige tu respuesta. Revisa que la gramática, la ortografía, la puntuación y la estructura de las oraciones sean correctas.

Practica

Básate en el diagrama y en tus conocimientos de estudios sociales para responder a la siguiente pregunta.

1. **Pregunta con respuesta elaborada** Escribe un párrafo que explique cómo el movimiento de las placas de la corteza terrestre produce la formación de volcanes.

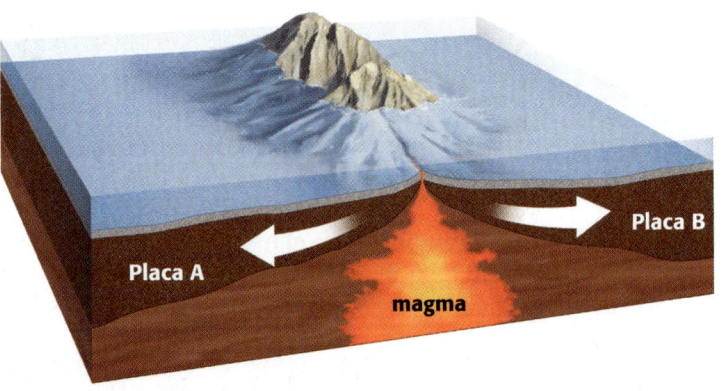

El Sahara

El desierto más grande del mundo, el Sahara, domina la tierra y la vida del norte de África.

Las sabanas

Las llanuras cubiertas de hierba, que se llaman sabanas, se extienden a lo largo de grandes áreas del continente y albergan muchas especies de la flora y fauna africanas.

UNIDAD 3

África

Valles de fisura

En el este de África, la corteza terrestre se está separando lentamente. Esto provoca la formación de colinas, grandes lagos y anchos "valles de fisura".

Examina la imagen satelital
África, un inmenso continente, alberga muchas clases de accidentes geográficos. Basándote en esta imagen satelital, ¿cómo describirías la geografía física de África?

La trayectoria del satélite

ÁFRICA 237

UNIDAD 3 ATLAS REGIONAL

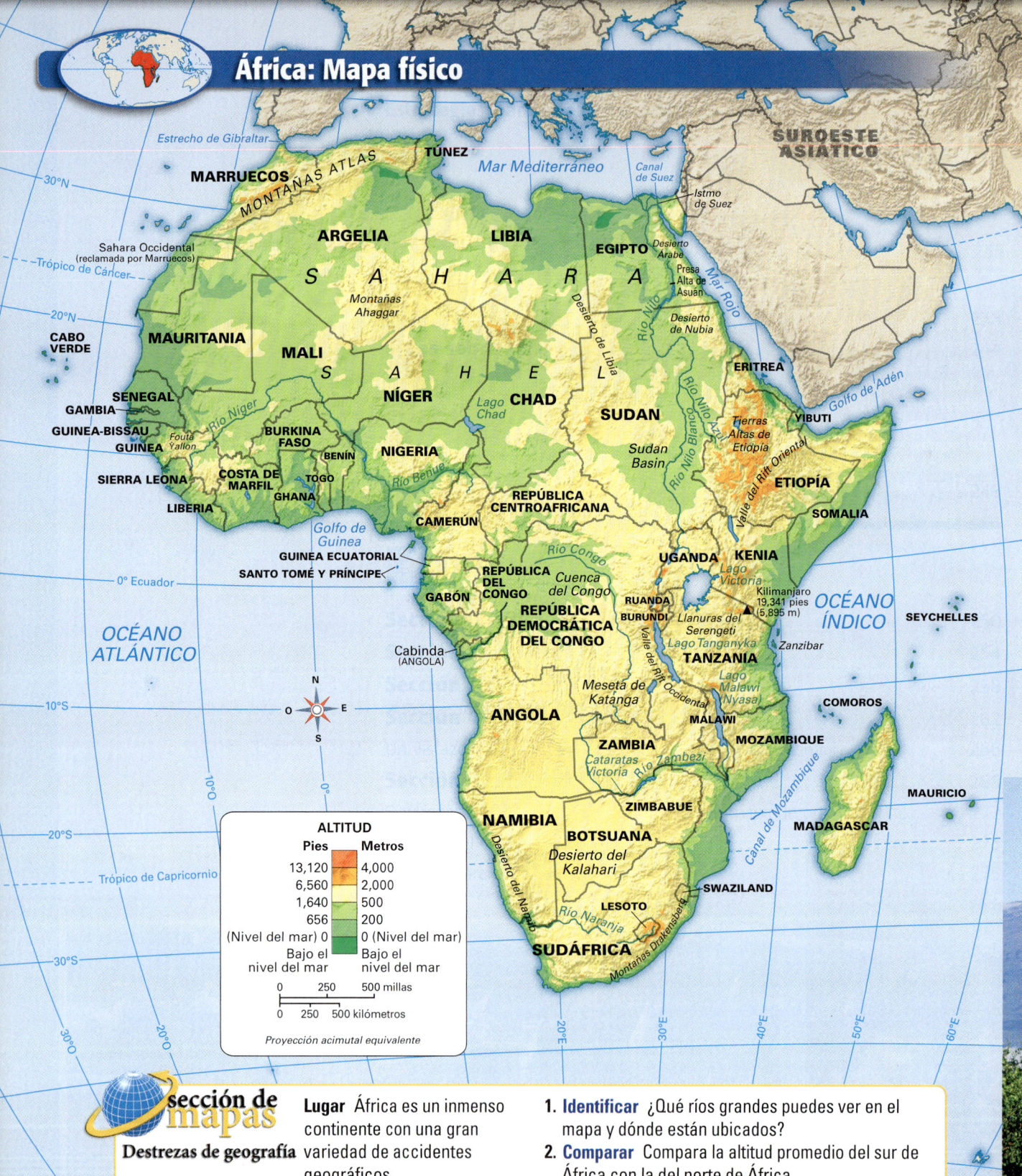

África: Mapa físico

Lugar África es un inmenso continente con una gran variedad de accidentes geográficos.

sección de mapas — Destrezas de geografía

1. **Identificar** ¿Qué ríos grandes puedes ver en el mapa y dónde están ubicados?
2. **Comparar** Compara la altitud promedio del sur de África con la del norte de África.

África

Extremos geográficos: África

The World Almanac – Datos sobre el mundo

Río más largo	Río Nilo, Egipto: 4,160 millas (6,693 km)	**Lugar más seco**	Wadi Halfa, Sudán: precipitaciones promedio por año de 0.1 pulgadas (0.3 cm)
Punto más alto	Monte Kilimanjaro, Tanzania: 19,340 pies (5,895 m)	**País más grande**	Sudán: 967,498 millas cuadradas (2,505,820 km cuadrados)
Punto más bajo	Lago Assal, Yibuti: 512 pies (156 m) bajo el nivel del mar	**País más pequeño**	Seychelles: 176 millas cuadradas (456 km cuadrados)
Temperatura más alta registrada	El Azizia, Libia: 136 °F (57.8 °C)	**Desierto más grande**	Sahara: 3,500,000 millas cuadradas (9,065,000 km cuadrados)
Temperatura más baja registrada	Ifrane, Marruecos: -11 °F (-23.9 °C)	**Isla más grande**	Madagascar: 226,658 millas cuadradas (587,044 km cuadrados)
Lugar más lluvioso	Debundscha, Camerún: precipitaciones promedio por año de 405 pulgadas (1,028.7 cm)	**Cascada más alta**	Tugela, Sudáfrica: 2,014 pies (614 m)

go.hrw.com PALABRA CLAVE: SK9 UN3
(Sólo en inglés)

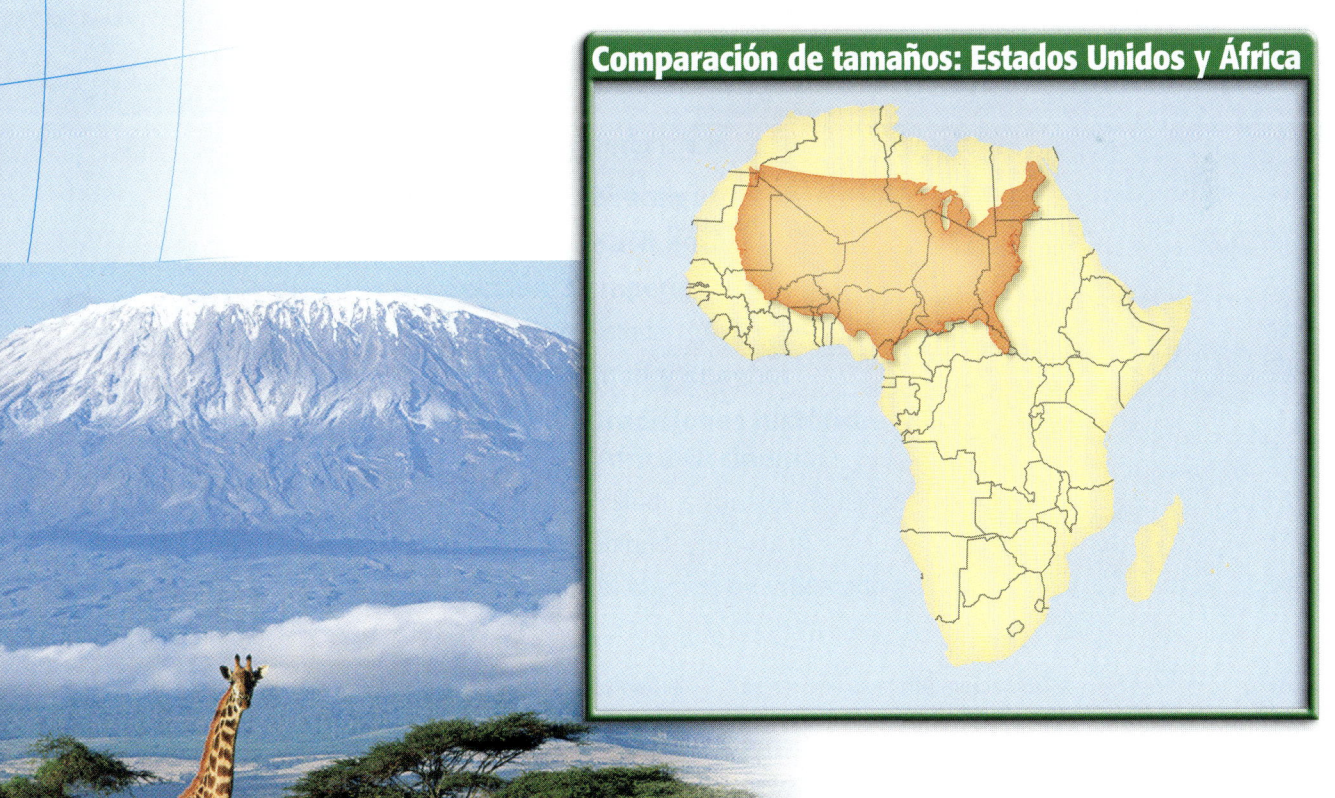

Monte Kilimanjaro, Tanzania

Comparación de tamaños: Estados Unidos y África

UNIDAD 3 ATLAS REGIONAL

África: Mapa político

sección de mapas
Destrezas de geografía

Ubicación África se encuentra al sur de Europa y al sudoeste de Asia.

1. **Identificar** ¿Qué países que son islas puedes ver en este mapa?

2. **Analizar** Compara este mapa con el mapa del clima. ¿Dónde están ubicadas las capitales de Libia, Túnez, Argelia y Marruecos y cómo se puede explicar su ubicación teniendo en cuenta el clima?

UNIDAD 3 ATLAS REGIONAL

África: Población

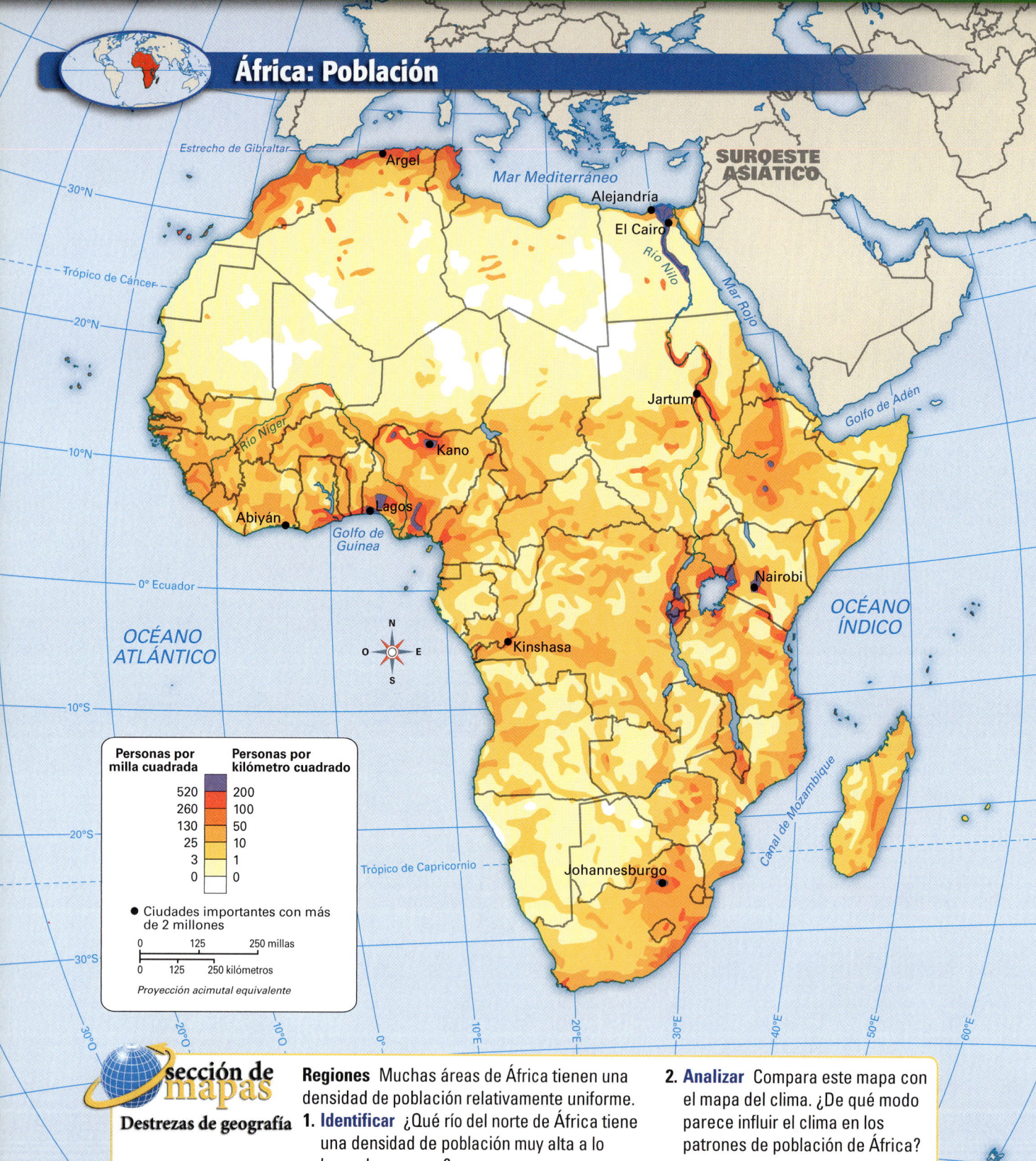

Sección de mapas — Destrezas de geografía

Regiones Muchas áreas de África tienen una densidad de población relativamente uniforme.

1. **Identificar** ¿Qué río del norte de África tiene una densidad de población muy alta a lo largo de su curso?

2. **Analizar** Compara este mapa con el mapa del clima. ¿De qué modo parece influir el clima en los patrones de población de África?

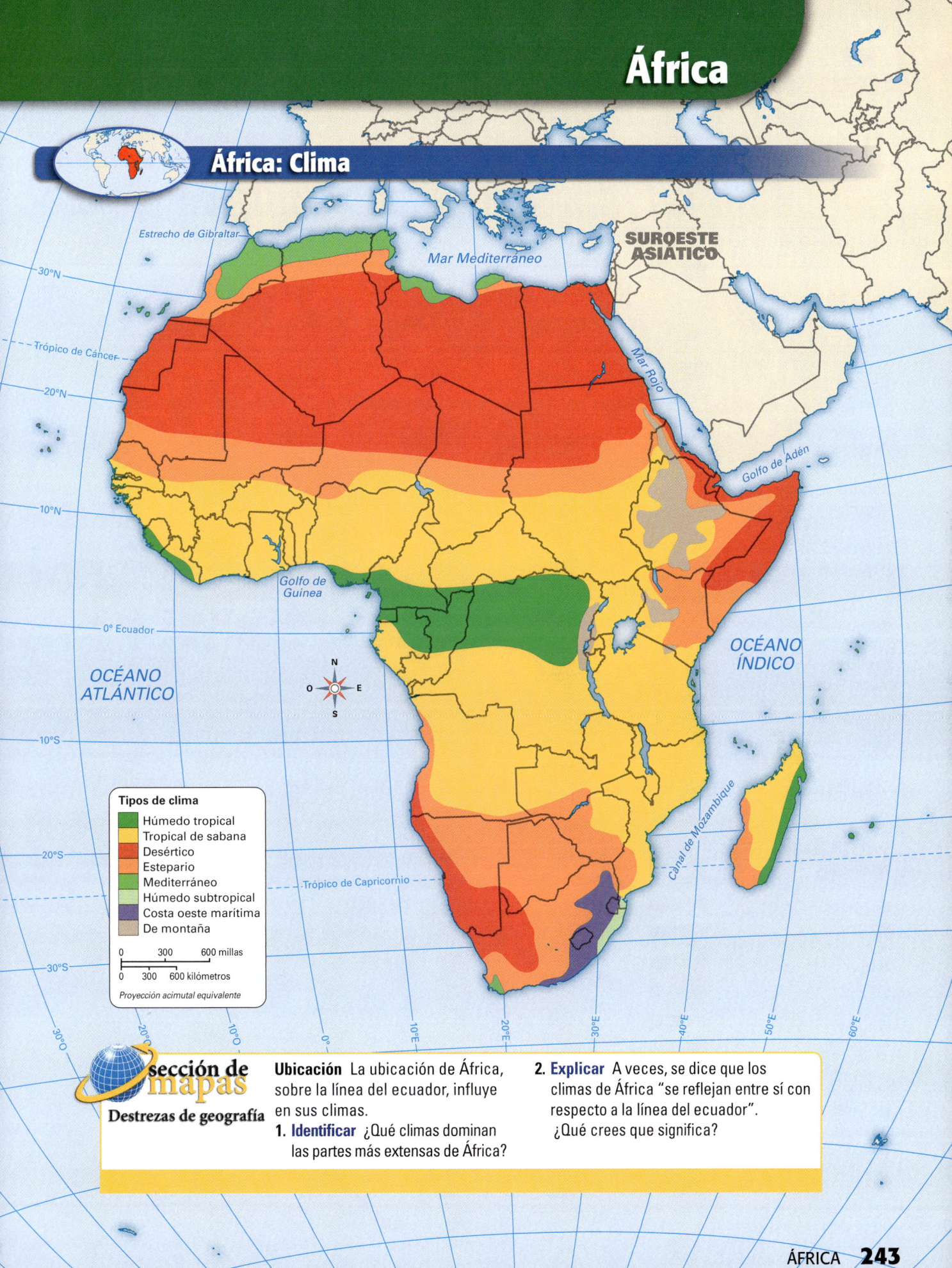

Datos sobre los países

África

PAÍS Capital	BANDERA	POBLACIÓN	ÁREA (millas cuadradas)	PBI PER CÁPITA ($ estadounidenses)	EXPECTATIVA DE VIDA AL NACER	TELEVISORES CADA 1,000 PERSONAS
Angola Luanda		12.2 millones	481,354	$4,300	37.6	15
Argelia Argel		33.3 millones	919,595	$7,700	73.5	107
Benín Porto Novo		8.1 millones	43,483	$1,100	53.4	44
Botsuana Gaborone		1.8 millones	231,804	$11,400	33.7	21
Burkina Faso Uagadugú		14.3 millones	105,869	$1,300	49.2	11
Burundi Buyumbura		8.4 millones	10,745	$700	51.3	15
Cabo Verde Praia		423,600	1,557	$6,000	71.0	5
Camerún Yaundé		18.1 millones	183,568	$2,400	52.9	34
Chad Yamena		9.9 millones	495,755	$1,500	47.9	1
Comores Moroni		711,400	838	$600	62.7	4
Costa de Marfil Yamusukro		18 millones	124,503	$1,600	49.0	65
Egipto El Cairo		80.3 millones	386,662	$4,200	71.6	170
Eritrea Asmara		4.9 millones	46,842	$1,000	59.6	16
Etiopía Adís Abeba		76.5 millones	435,186	$1,000	49.2	5
Gabón Libreville		1.5 millones	103,347	$7,200	54.0	251
Estados Unidos Washington, D.C.		301.1 millones	3,718,711	$43,500	78.0	844

PAÍS Capital	BANDERA	POBLACIÓN	ÁREA (millas cuadradas)	PBI PER CÁPITA ($ estadounidenses)	EXPECTATIVA DE VIDA AL NACER	TELEVISORES CADA 1,000 PERSONAS
Gambia Banjul		1.7 millones	4,363	$2,000	54.5	3
Ghana Accra		22.9 millones	92,456	$2,600	59.1	115
Guinea Conakry		9.9 millones	94,926	$2,000	49.7	47
Guinea-Bissau Bissau		1.5 millones	13,946	$900	47.2	43
Guinea Ecuatorial Malabo		551,200	10,831	$50,200	49.5	116
Kenia Nairobi		36.9 millones	224,962	$1,200	55.3	22
Lesoto Maseru		2.1 millones	11,720	$2,600	34.5	16
Liberia Monrovia		3.2 millones	43,000	$1,000	40.4	26
Libia Trípoli		6 millones	679,362	$12,700	76.9	139
Madagascar Antananarivo		19.4 millones	226,657	$900	62.1	23
Malawi Lilongüe		13.6 millones	45,745	$600	43.0	3
Malí Bamako		11.9 millones	478,767	$1,200	49.5	13
Marruecos Rabat		33.8 millones	172,414	$4,400	71.2	165
Mauricio Port-Louis		1.3 millones	788	$13,500	72.9	248
Mauritania Nuakchot		3.3 millones	397,955	$2,600	53.5	95
Estados Unidos Washington, D.C.		301.1 millones	3,718,711	$43,500	78.0	844

THE WORLD ALMANAC: Datos sobre los países

PAÍS / Capital	BANDERA	POBLACIÓN	ÁREA (millas cuadradas)	PBI PER CÁPITA ($ estadounidenses)	EXPECTATIVA DE VIDA AL NACER	TELEVISORES CADA 1,000 PERSONAS
Mozambique / Maputo		20.9 millones	309,496	$1,500	40.9	5
Namibia / Windhoek		2.1 millones	318,696	$7,400	43.1	38
Níger / Niamey		13 millones	489,191	$1,000	44.0	15
Nigeria / Abuja		135 millones	356,669	$1,400	47.4	69
República Centroafricana; Bangui		4.4 millones	240,535	$1,100	43.7	6
República del Congo; Brazzaville		3.8 millones	132,047	$1,300	53.3	13
República Democrática del Congo; Kinshasa		65.8 millones	905,568	$700	51.9	2
Ruanda / Kigali		9.9 millones	10,169	$1,600	49.0	0.09
Santo Tomé y Príncipe; Santo Tomé		199,600	386	$1,200	67.6	229
Senegal / Dakar		12.5 millones	75,749	$1,800	56.7	41
Seychelles / Victoria		81,900	176	$7,800	72.3	214
Sierra Leona / Freetown		6.1 millones	27,699	$900	40.6	13
Somalia / Mogadiscio		9.1 millones	246,201	$600	48.8	14
Suazilandia / Mbabane		1.2 millones	6,704	$5,500	32.2	112
Estados Unidos / Washington, D.C.		301.1 millones	3,718,711	$43,500	78.0	844

go.hrw.com **PALABRA CLAVE: SK9 UN3** (Sólo en inglés)

PAÍS Capital	BANDERA	POBLACIÓN	ÁREA (millas cuadradas)	PBI PER CÁPITA ($ estadounidenses)	EXPECTATIVA DE VIDA AL NACER	TELEVISORES CADA 1,000 PERSONAS
Sudáfrica; Pretoria, Ciudad del Cabo, Bloemfontein		44 millones	471,010	$13,000	42.5	138
Sudán Jartum		39.4 millones	967,498	$2,300	59.3	173
Tanzania Dar es Salaam, Dodoma		39.4 millones	364,900	$800	46.1	21
Togo Lomé		5.7 millones	21,925	$1,700	57.9	22
Túnez Túnez		10.3 millones	63,170	$8,600	75.3	190
Uganda Kampala		30.3 millones	91,136	$1,800	51.8	28
Yibuti Yibuti		496,400	8,880	$1,000	43.3	48
Zambia Lusaka		11.5 millones	290,586	$1,000	38.4	145
Zimbabwe Harare		12.3 millones	150,804	$2,000	39.5	35
Estados Unidos Washington, D.C.		301.1 millones	3,718,711	$43,500	78.0	844

La población creciente de África

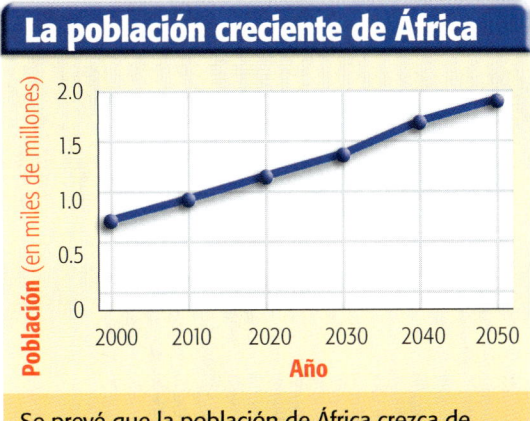

Se prevé que la población de África crezca de manera drástica durante los próximos 50 años.

África y el mundo

	Edad promedio	Expectativa de vida al nacer	PBI per cápita ($ estadounidenses)
África	19.3 años	51.9	$2,800
El resto del mundo	28.0 años	65.7	$10,000

En comparación con el resto del mundo, la población de África es más joven, tiene una expectativa de vida más corta y menos dinero.

DESTREZA DE ANÁLISIS ANALIZAR INFORMACIÓN

1. Basándote en la información anterior, ¿cuáles crees que son algunos de los retos clave que enfrenta África hoy en día?

ÁFRICA **247**

CAPÍTULO 9
Geografía física de África

PREGUNTA DE ENFOQUE
¿Qué fuerzas influyeron en el desarrollo de África y por qué?

Lo que aprenderás...
África es uno de los continentes más grandes y uno de los más diversos. Sus paisajes comprenden desde desiertos áridos en el norte y sur hasta exuberantes selvas tropicales cerca del ecuador.

SECCIÓN 1
África del Norte 250

SECCIÓN 2
África Occidental 254

SECCIÓN 3
África Oriental 258

SECCIÓN 4
África Central 262

SECCIÓN 5
África del Sur 268

ENFOQUE EN LA LECTURA Y LA REDACCIÓN

Comprender la comparación y el contraste Comparar y contrastar, o buscar similitudes y diferencias, puede ayudarte a comprender mejor el tema que estás estudiando. **Consulta la lección Comprender la comparación y el contraste de la página ES12.**

Escribir una carta a casa Imagina que estás visitando los países de África en tus vacaciones de verano. Quieres escribir una carta a un amigo en Estados Unidos y describirle los paisajes que ves. A medida que lees este capítulo, reunirás información que puedes incluir en tu carta.

África Oriental Las llanuras que rodean el monte Kilimanjaro tienen una rica flora y fauna. Millones de turistas visitan esta parte de África Oriental cada año.

África del Norte La mayor parte de África del Norte está ocupada por el desierto más grande del mundo: el Sahara.

SECCIÓN 1

África del Norte

Lo que aprenderás...

Ideas principales

1. Entre los principales accidentes geográficos de África del Norte se encuentran el río Nilo, el desierto del Sahara y la cordillera del Atlas.
2. El clima de África del Norte es caluroso y seco, y el agua es el recurso más importante de la región.

La idea clave

África del Norte es una región árida con recursos de agua limitados.

Lugares y palabras clave

Sahara, *pág. 250*
río Nilo, *pág. 250*
cieno, *pág. 250*
canal de Suez, *pág. 251*
oasis, *pág. 252*
cordillera del Atlas, *pág. 252*

TOMAR NOTAS A medida que lees, toma notas sobre la geografía física de África del Norte. Usa la tabla siguiente para organizar tus notas.

Accidentes geográficos	
Clima	
Recursos	

Si VIVIERAS allí...

Mientras tu avión sobrevuela Egipto, miras hacia abajo y ves una delgada franja verde: el río Nilo. A ambos lados del valle verde, la luz del sol hace destellar las arenas brillantes que se extienden hasta donde llega la vista. Mientras vuelas a lo largo de la costa mediterránea de África del Norte, ves muchos pueblos diseminados entre las montañas escarpadas y los valles verdes.

¿Cuáles son los desafíos de vivir en una región principalmente desértica?

CONOCER EL CONTEXTO Aunque gran parte de África del Norte está cubierta por montañas escarpadas y grandes zonas de desierto, la región no es totalmente árida. En las zonas donde hay agua, la tierra es fértil y hay palmeras datileras y almendros.

Accidentes geográficos

La región de África del Norte incluye Marruecos, Argelia, Túnez, Libia y Egipto. De este a oeste, la región se extiende desde el océano Atlántico hasta el mar Rojo. En la costa norte se encuentra el mar Mediterráneo. En el sur se encuentra el **Sahara**, un vasto desierto. Tanto la arena del desierto como las masas de agua influyeron en el desarrollo de las culturas de África del Norte.

El Nilo

El **río Nilo** es el río más largo del mundo. Se forma por la unión de dos ríos, el Nilo Azul y el Nilo Blanco. Fluye hacia el norte a través del Sahara oriental a lo largo de 4,000 millas, y finalmente desemboca en el mar Mediterráneo.

Durante siglos, las lluvias en el sur causaron inundaciones en el norte del Nilo, y dejaron rico cieno en los campos de alrededor. El **cieno es tierra fértil de partículas finas que es buena para cultivar.**

El valle del río Nilo es como un largo oasis en el desierto. Los granjeros usan el agua del Nilo para irrigar sus campos. Cerca del mar Mediterráneo, el Nilo se abre y forma un gran delta. Un delta es una formación de tierra en la desembocadura de un río que se crea por

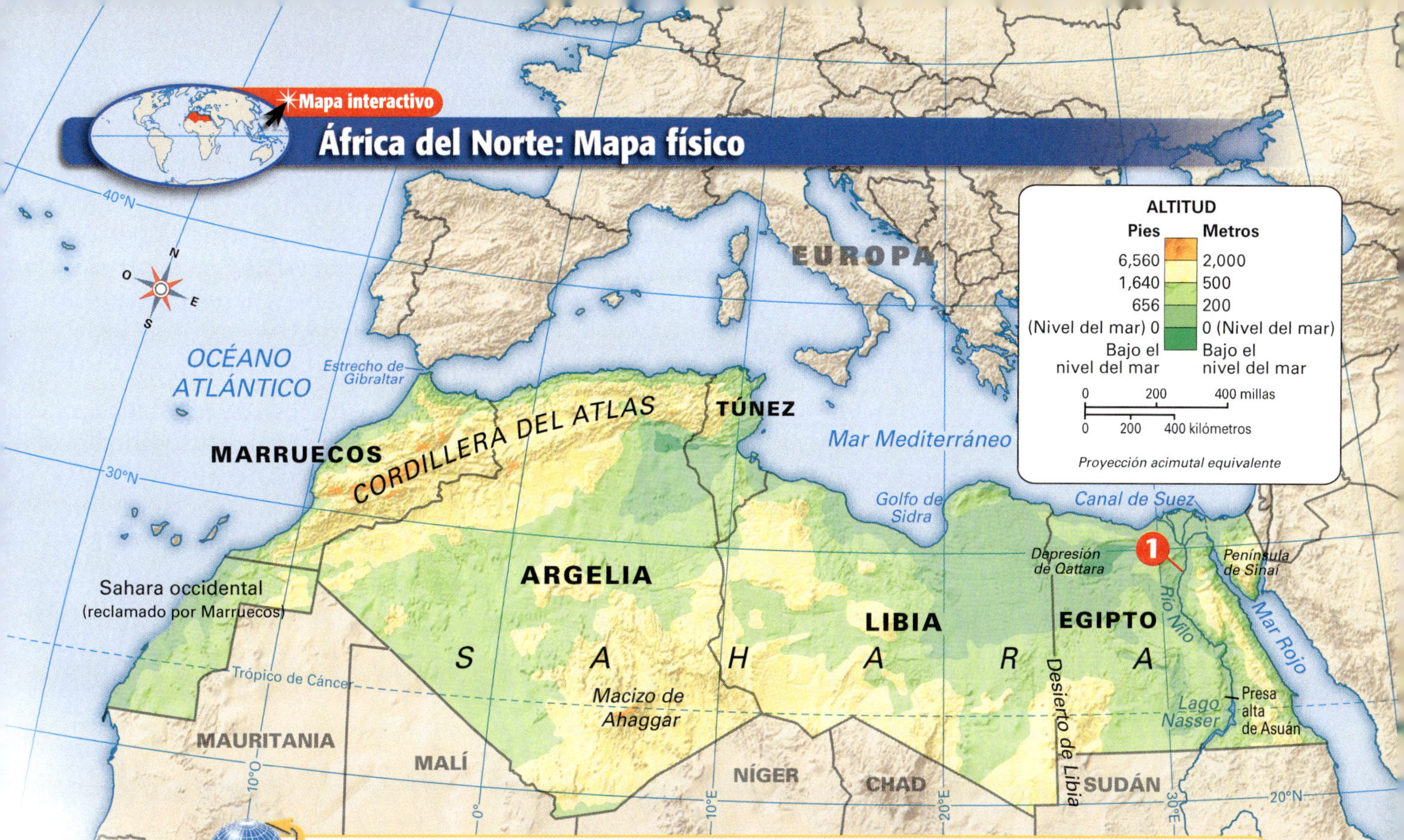

África del Norte: Mapa físico

sección de mapas
Destrezas de geografía

Lugar El Sahara y el mar Mediterráneo son los principales accidentes geográficos de la región de África del Norte.

1. **Identificar** ¿En qué país se encuentra la mayor altitud?
2. **Contrastar** ¿En qué se diferencia la geografía física de Egipto de la geografía física de Túnez?

go.hrw.com PALABRA CLAVE: SK9 CH9
(Sólo en inglés)

el depósito de sedimentos. Los sedimentos en el delta del Nilo hacen que esa zona sea extremadamente fértil.

La presa alta de Asuán controla las inundaciones a lo largo del Nilo. Sin embargo, la presa también atrapa el cieno e impide que se desplace río abajo. Hoy en día, algunos granjeros de Egipto deben usar fertilizantes para enriquecer el suelo.

El Sinaí y el canal de Suez

Al este del Nilo, se encuentra la península triangular de Sinaí. Montañas rocosas y desierto estéril cubren el Sinaí. Entre el Sinaí y el resto de Egipto está el **canal de Suez**. Los franceses construyeron este canal en la década de 1860. Es una vía navegable estrecha que conecta el mar Mediterráneo con el mar Rojo. Grandes buques de carga transportan petróleo y mercancías a través del canal.

❶ El Nilo es el río más largo del mundo: fluye a lo largo de 4,132 millas.

El Sahara

El Sahara, el desierto más grande del mundo, cubre la mayor parte de África del Norte. El nombre Sahara viene de la palabra árabe para "desierto". Tiene una gran <u>influencia</u> sobre el paisaje de África del Norte.

Un efecto de la aridez de este desierto es que pocas personas viven allí. Sólo hay pequeños asentamientos cerca de una fuente de agua, como un oasis. Un **oasis** es una zona húmeda y fértil en un desierto, con un manantial o pozo que proporciona agua.

Además de extensas llanuras de grava azotadas por el viento, gran parte del Sahara está cubierto por dunas de arena. También es común encontrar lechos de arroyos secos.

Montañas

¿Piensas que los desiertos son regiones planas? Te sorprenderá saber que el Sahara está lejos de ser plano. Algunas dunas de arena y colinas llegan a altitudes de 1,000 pies (305 m). El Sahara también cuenta con cordilleras impresionantes. Por ejemplo, una cordillera en el sur de Argelia tiene una altitud de 9,800 pies (3,000 m). Otra, la **cordillera del Atlas,** en el noroeste del Sahara cerca de la costa mediterránea, tiene una altitud incluso mayor: 13,600 pies (4,160 m).

COMPRENSIÓN DE LA LECTURA Resumir ¿Cuáles son los principales accidentes geográficos de África del Norte?

VOCABULARIO ACADÉMICO

influencia efecto, resultado

En detalle

Un oasis del Sahara

El Sahara, el desierto más grande del mundo, tiene una extensión de casi 4 millones de kilómetros cuadrados y se encuentra en África del Norte. Desde los tiempos antiguos hasta hoy, los comerciantes que cruzan el Sahara han dependido de los oasis del desierto. Estos oasis proporcionan agua y sombra.

Las palmeras datileras crecen en abundancia en las orillas de este manantial natural, que proporciona agua a los viajantes e irriga los campos.

Los camellos cargan los suministros de los nómadas tuareg y los ayudan así a trasladarse de oasis en oasis.

Clima y recursos

África del Norte es muy árida. Sin embargo, tormentas no muy frecuentes pueden causar inundaciones. En algunas zonas, estas inundaciones, al igual que los vientos fuertes, sacaron las rocas a la superficie.

África del Norte tiene tres climas principales. El clima desértico cubre la mayor parte de la región. Las temperaturas oscilan de templadas a muy calurosas. ¿Cuánto calor puede hacer? En Libia, se han registrado temperaturas de hasta 136°F (58°C). Sin embargo, la humedad es muy baja. En consecuencia, la temperatura puede bajar muy rápido después del ocaso. Durante el invierno, la temperatura puede llegar a bajo cero durante la noche.

El segundo tipo de clima de la región es el clima mediterráneo. Gran parte de la costa norte de Egipto tiene este tipo de clima. Los inviernos son templados y húmedos. Los veranos son calurosos y secos. Las zonas que se encuentran entre la costa y el Sahara tienen un clima de estepa.

El petróleo y el gas son recursos importantes, particularmente para Libia, Argelia y Egipto. Marruecos extrae mineral de hierro y otros minerales que se usan para hacer fertilizantes. El Sahara tiene recursos naturales como carbón, petróleo y gas natural.

ENFOQUE EN LA LECTURA
¿En qué se diferencian el verano y el invierno en el clima mediterráneo?

COMPRENSIÓN DE LA LECTURA Generalizar
¿Cuáles son los principales recursos de África del Norte?

Los refugios como éste proporcionan al viajante un lugar donde descansar.

RESUMEN Y PRESENTACIÓN En esta sección, aprendiste sobre la geografía física de África del Norte. A continuación, aprenderás acerca de una región muy diferente hacia el sur: África Occidental.

Evaluación de la Sección 1

go.hrw.com
Cuestionario en Internet
PALABRA CLAVE: SK9 HP9
(Sólo en inglés)

Repasar ideas, palabras y lugares
1. a. **Definir** ¿Qué es un **oasis**?
   b. **Explicar** ¿Por qué el **canal de Suez** es una vía navegable importante?
   c. **Profundizar** ¿Sería posible cultivar en Egipto si el **río Nilo** no existiera? Explica tu respuesta.
2. a. **Recordar** ¿Cuál es el clima de la mayor parte de África del Norte?
   b. **Sacar conclusiones** ¿Cuáles son los recursos más valiosos de África del Norte?

Pensamiento crítico
3. **Crear categorías** Dibuja un diagrama como el que se muestra aquí. Usa tus notas para escribir dos datos sobre cada uno de los accidentes geográficos de África del Norte.

DESTREZA DE ANÁLISIS ANALIZAR RECURSOS VISUALES
¿Por qué crees que un oasis sería importante para las personas que viajan por el Sahara?

ENFOQUE EN LA REDACCIÓN
4. **Observar detalles interesantes** ¿Qué característica física de África del Norte crees que le interesaría a un amigo de tu país? Escribe algunas notas sobre lo que podrías mencionar en tu carta.

SECCIÓN 2

África Occidental

Si VIVIERAS allí...

Tu familia se dedica al cultivo en las orillas de río Níger. El año pasado, tu padre te permitió ir con él a vender la cosecha a una ciudad río abajo. Este año puedes ir con él de nuevo. Mientras remas en tu bote, todo se ve igual que el año pasado, hasta que de pronto ¡el río parece crecer! Se ve tan grande como el mar y hay muchas islas alrededor. El río no estaba así el año pasado.

¿Por qué crees que cambió el río?

CONOCER EL CONTEXTO El río Níger es uno de los principales accidentes geográficos de África Occidental. Aporta agua imprescindible a las llanuras secas de la región. Gran parte del interior de África Occidental presenta condiciones similares a las del desierto, pero los ríos y lagos de la región ayudan a sustentar la vida.

Accidentes geográficos

La región que llamamos África Occidental se extiende desde el Sahara en el norte hasta las costas del océano Atlántico y el golfo de Guinea en el oeste y el sur. Si bien el clima de África Occidental cambia bastante de norte a sur, la región no tiene una amplia variedad de accidentes geográficos. En toda África Occidental, los accidentes geográficos principales son las llanuras y los ríos.

Llanuras y tierras altas

Las llanuras, zonas de tierra llana, cubren la mayor parte de África Occidental. La llanura costera a lo largo del golfo de Guinea alberga la mayoría de las ciudades de la región. Las llanuras interiores proporcionan la tierra donde las personas pueden criar animales o cultivar.

Las llanuras de África Occidental son vastas, interrumpidas únicamente por algunas zonas de tierra alta. Una zona en el sudoeste posee mesetas y acantilados. Durante cientos de años, se han construido casas directamente en las laderas de los acantilados. Las únicas montañas altas de la región son los montes Tibesti en el noreste.

Lo que aprenderás...

Ideas principales

1. Entre los accidentes geográficos principales de África Occidental se encuentran las llanuras y el río Níger.
2. África Occidental tiene climas bien diferenciados y zonas de vegetación que varían desde árida en el norte hasta tropical en el sur.
3. África Occidental tiene buenos recursos agrícolas y minerales que podrían algún día ayudar a las economías de la región.

La idea clave

África Occidental, una región principalmente compuesta de llanuras, tiene climas que varían desde árido a tropical, y tiene importantes recursos.

Lugares y palabras clave

río Níger, pág. 255
zonal, pág. 256
Sahel, pág. 256
desertización, pág. 256
sabana, pág. 256

TOMAR NOTAS A medida que lees, organiza tus notas sobre la geografía física de África Occidental con una tabla como la siguiente.

Accidentes geográficos	
Clima y vegetación	
Recursos	

El río Níger

Como puedes ver en el siguiente mapa, muchos ríos fluyen a través de las llanuras de África Occidental. El río más importante es el Níger. El **río Níger** nace en unas montañas bajas no muy lejos del océano Atlántico. Desde allí, fluye unas 2,600 millas (4,185 km) hacia el interior de la región antes de desembocar en el golfo de Guinea.

El Níger aporta agua vital a África Occidental. Muchos cultivan a lo largo de sus orillas o pescan en sus aguas. También es una ruta de transporte muy importante, especialmente durante la estación lluviosa. En ese momento, el río se desborda y el agua fluye sobre sus rápidos.

En una parte del camino a lo largo de su ruta, el río se divide en una red de canales, ciénagas y lagos. Esta red fluvial se llama delta interior. **Aunque** se parece al delta de un río que desemboca en el mar, este delta se encuentra a cientos de millas de la costa, en Malí.

COMPRENSIÓN DE LA LECTURA Resumir
¿Por qué el río Níger es importante para África Occidental?

ENFOQUE EN LA LECTURA
La palabra *Aunque* señala un contraste en este párrafo. ¿Qué se está contrastando?

Región África Occidental es, en su mayor parte, una región de llanuras con algunas zonas de tierra alta. Muchos ríos atraviesan las llanuras de África Occidental.

1. **Identificar** ¿Cuál es el río más largo de África Occidental?
2. **Inferir** ¿Cómo crees que influyen los ríos en la vida en África Occidental?

① El ancho río Níger pasa cerca de Bamako, la capital de Malí, que se ve aquí en la distancia.

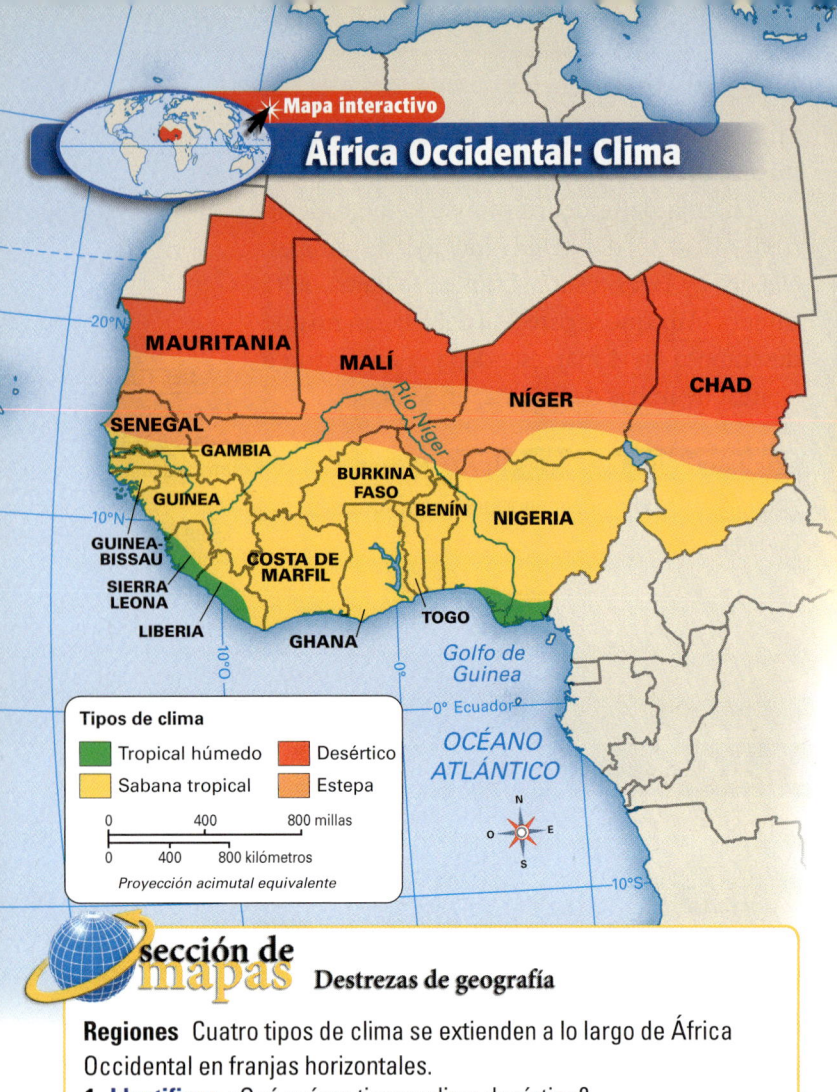

África Occidental: Clima

Tipos de clima
- Tropical húmedo
- Sabana tropical
- Desértico
- Estepa

Proyección acimutal equivalente

sección de mapas — Destrezas de geografía

Regiones Cuatro tipos de clima se extienden a lo largo de África Occidental en franjas horizontales.
1. **Identificar** ¿Qué países tienen clima desértico?
2. **Inferir** ¿Qué zonas crees que tienen más precipitaciones?

go.hrw.com PALABRA CLAVE: SK9 CH9
(Sólo en inglés)

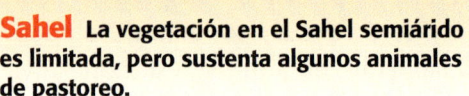

Sahel La vegetación en el Sahel semiárido es limitada, pero sustenta algunos animales de pastoreo.

Clima y vegetación

África Occidental tiene cuatro regiones climáticas diferentes. Como se puede ver en el mapa de arriba, estas regiones climáticas se extienden de este a oeste en franjas o zonas. Por eso, los geógrafos dicen que cada clima de esta región es **zonal**, es decir, "organizado por zonas".

La zona climática más al norte de la región se encuentra en el Sahara, el desierto más grande del mundo. En esa zona casi no crece vegetación y la mayor parte tiene escasa o ninguna población humana.

Al sur del Sahara se encuentra el **Sahel** semiárido, una franja de tierra que divide el desierto de las zonas más húmedas. Tiene un clima de estepa. Allí, las precipitaciones varían mucho de un año a otro. Algunos años no llueve nada. Aunque el Sahel es bastante seco, tiene vegetación suficiente para sustentar animales de pastoreo fuertes.

Sin embargo, el Sahel se está pareciendo más al Sahara. El uso de algunas zonas para el pastoreo fue excesivo y los animales acabaron con la vegetación. Además, las personas talaron los árboles para hacer leña. Sin estas plantas que sujetan la tierra, el viento la desparrama. Estas condiciones, sumadas a la sequía, están causando la desertización en el Sahel. La **desertización** es la ampliación de las condiciones desérticas.

Hacia el sur del Sahel se extiende la zona de la sabana. Una **sabana** es una zona de pastos altos con arbustos y árboles dispersos. Cuando hay lluvias regulares, los granjeros pueden obtener buen rendimiento en esta región de África Occidental.

La cuarta zona climática se extiende a lo largo de las costas del Atlántico y del golfo de Guinea. Esta zona tiene un clima tropical húmedo. Las abundantes lluvias sustentan las selvas tropicales. Sin embargo, se han talado muchos árboles de estas selvas para dar lugar a la población creciente de la región.

COMPRENSIÓN DE LA LECTURA **Crear categorías** ¿Cuáles son las cuatro zonas climáticas de la región?

Sabana Pastos y árboles dispersos crecen en la sabana. Esta región puede ser buena para la agricultura.

Bosque tropical A lo largo de las costas de África Occidental se concentran densos bosques. Los árboles altos constituyen un hogar para muchos animales.

Recursos

África Occidental posee una variedad de recursos, entre ellos, productos agrícolas, petróleo y minerales.

El clima en algunas partes de África Occidental es bueno para la agricultura. Por ejemplo, Ghana es el principal productor mundial de cacao, que se usa para hacer chocolate. El café, el coco y el cacahuate están también entre las principales exportaciones de la región.

El petróleo, que se encuentra en las costas de Nigeria, es el recurso más valioso de la región. Nigeria es un exportador importante de petróleo. África Occidental también posee riquezas minerales, tales como diamantes, oro, mineral de hierro y bauxita. La bauxita es la fuente principal del aluminio.

COMPRENSIÓN DE LA LECTURA **Resumir** ¿Cuáles son algunos de los recursos de la región?

RESUMEN Y PRESENTACIÓN África Occidental está cubierta en su mayoría por llanuras. A lo largo de estas llanuras se extienden cuatro zonas climáticas diferentes, la mayoría de las cuales son secas. A pesar del clima severo, África Occidental tiene algunos recursos valiosos. A continuación aprenderás sobre características similares en África Oriental.

Evaluación de la Sección 2

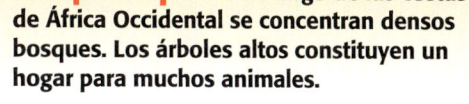

Repasar ideas, palabras y lugares

1. a. **Describir** ¿Cómo es el delta interior del **río Níger**?
   b. **Resumir** ¿Cómo es la geografía física de África Occidental?
   c. **Profundizar** ¿Por qué crees que la mayoría de las ciudades de África Occidental se encuentran en la llanura costera?
2. a. **Recordar** ¿Por qué dicen los geógrafos que cada clima de África Occidental es **zonal**?
   b. **Comparar y contrastar** Menciona una similitud y una diferencia entre el **Sahel** y la **sabana**.
   c. **Evaluar** ¿Cómo crees que afecta la **desertización** la vida de las personas en África Occidental?
3. a. **Identificar** ¿Cuál es el recurso más valioso de África Occidental?
   b. **Inferir** ¿Dónde crees que hay mayor producción agrícola en África Occidental?

Pensamiento crítico

4. **Identificar causa y efecto** Revisa tus notas sobre el clima. Usa un organizador gráfico como el siguiente para identificar las causas y efectos de la desertización.

ENFOQUE EN LA REDACCIÓN

5. **Comparar paisajes** Los paisajes que ves en África Occidental son muy diferentes de los que se ven en el norte. ¿Cómo le explicarías estas diferencias a tu amigo? Escribe algunas ideas.

SECCIÓN 3

África Oriental

Lo que aprenderás...

Ideas principales

1. Entre los accidentes geográficos de África Oriental se encuentran los valles de fisura y las llanuras.
2. El clima de África Oriental está influenciado por su ubicación y altitud, y la vegetación de la región incluye sabanas y bosques.

La idea clave

África Oriental es una región con diversos accidentes geográficos, climas y vegetación.

Lugares y palabras clave

valles de fisura, *pág. 258*
Gran Valle del Rift, *pág. 258*
monte Kilimanjaro, *pág. 259*
llanura del Serengeti, *pág. 259*
lago Victoria, *pág. 260*
sequías, *pág. 260*

 **TOMAR NOTAS** A medida que lees, usa la siguiente tabla para tomar notas sobre los accidentes geográficos, el clima y la vegetación de África Oriental.

Accidentes geográficos	
Clima y vegetación	

Si VIVIERAS allí...

Tus amigos y tú están planeando hacer una excursión al monte Kilimanjaro, cerca del ecuador en Tanzania. En el campamento cercano a la base de la montaña hace calor. Visten pantalones cortos y camiseta, pero su guía les dice que empaquen una chaqueta abrigada y vaqueros. Hace tanto calor afuera que crees que la idea es tonta, pero sigues su consejo. Empiezan a escalar y pronto comprendes por qué lo dijo. El aire es mucho más frío y hay nieve en los picos cercanos.

¿Por qué hace frío en la cima de la montaña?

CONOCER EL CONTEXTO Fuerzas poderosas dieron forma a los paisajes de África Oriental. El movimiento de las placas tectónicas modificó la superficie terrestre y originó en esta zona valles con bordes empinados y lagos enormes.

Accidentes geográficos

África Oriental es una región de paisajes y vida silvestre sin igual. Vastas llanuras y mesetas se extienden por toda la región. En el norte dominan los enormes desiertos y las praderas secas. En el sudoeste, hay grandes lagos en las mesetas. En el este, playas arenosas y arrecifes de coral se extienden a lo largo de la costa.

Los valles de fisura

Observa el mapa en la próxima página. Como puedes ver, los valles de fisura de África Oriental van de norte a sur a lo largo de la región. Los **valles de fisura** son puntos de la superficie de la Tierra en los que la corteza se estira hasta romperse. Los valles de fisura se forman cuando las placas tectónicas de la Tierra se separan. Este movimiento hace que la corteza se arquee y se divida a lo largo de los valles de fisura. Cuando la tierra se abre, los volcanes hacen erupción y depositan capas de roca en la región.

Visto desde el aire, el **Gran Valle del Rift** se ve como una cicatriz gigante. El Gran Valle del Rift es la grieta más grande de la Tierra y está formada por dos fisuras: la fisura oriental y la fisura occidental.

Las paredes de las fisuras son generalmente una serie de acantilados empinados. Estos acantilados se elevan hasta 6,000 pies (2,000 m).

258 CAPÍTULO 9

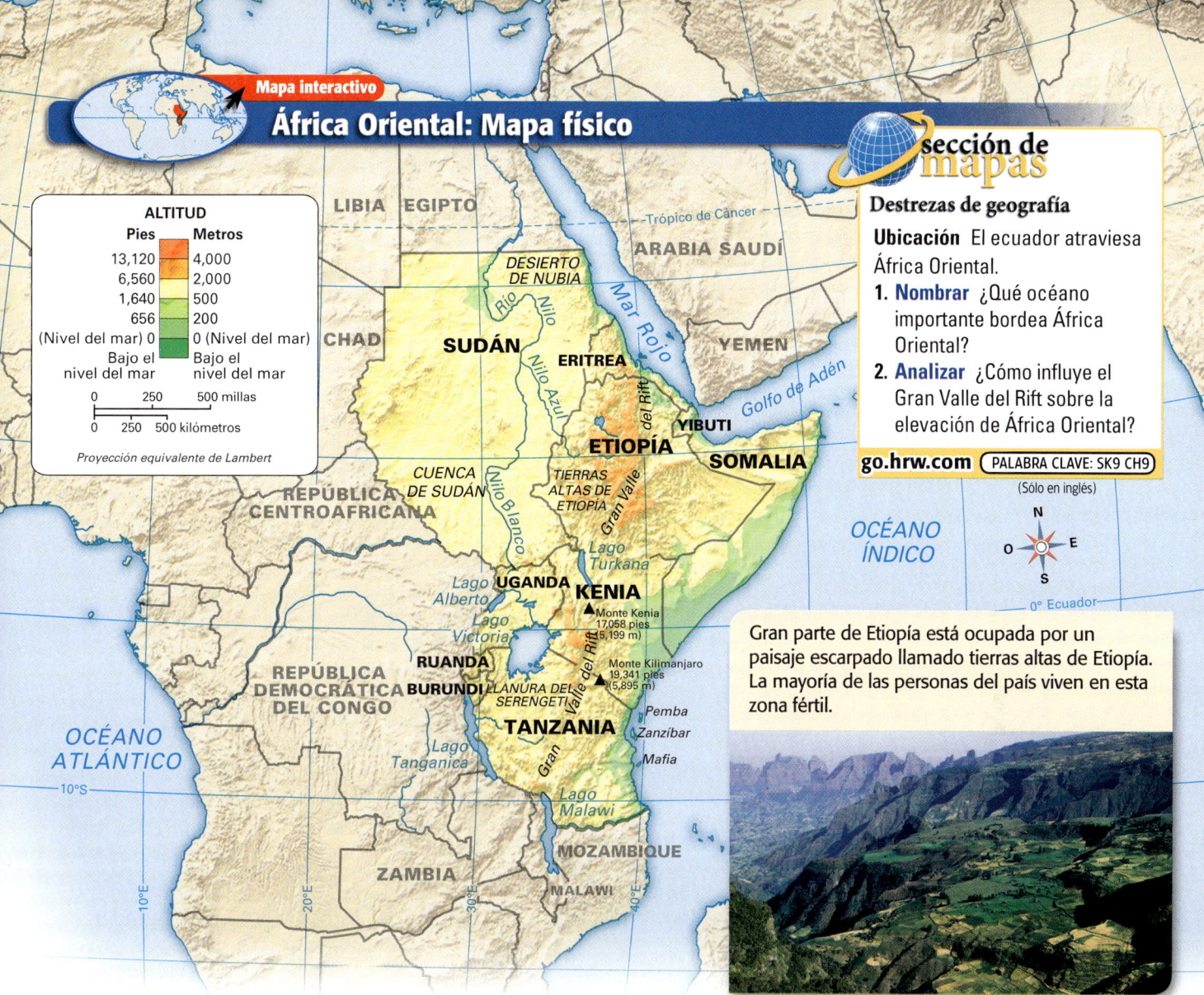

Montañas y tierras altas

El paisaje de África Oriental tiene muchas montañas volcánicas altas. La montaña más alta de África, el **monte Kilimanjaro**, se eleva hasta 19,340 pies (5,895 m). A pesar de su ubicación cercana al ecuador, el pico de la montaña ha estado cubierto de nieve desde hace mucho tiempo. Este clima mucho más frío se debe a la gran altitud del Kilimanjaro.

Otras zonas altas en África Oriental incluyen las tierras altas de Etiopía. Estas tierras altas, que se encuentran en su mayoría en Etiopía, son muy escarpadas. Valles de ríos profundos atraviesan este paisaje.

Llanuras

Aunque gran parte del territorio de África Oriental es elevado, algunas zonas son planas. Por ejemplo, a lo largo del brazo oriental del Valle del Rift, en Tanzania y Kenia, las llanuras se extienden hasta donde llega la vista. La **llanura del Serengeti**, en Tanzania, es una de las llanuras más extensas. Aquí se desarrolla una abundante vida silvestre. Los pastos, los árboles y el agua de la llanura proporcionan alimento para la vida silvestre, compuesta en parte por elefantes, jirafas, leones y cebras. Para proteger la flora y fauna del lugar, Tanzania fundó un parque nacional.

Ríos y lagos

África Oriental también posee ríos y grandes lagos. El río más largo del mundo, el Nilo, comienza en África Oriental y fluye hacia el norte hasta el mar Mediterráneo. El Nilo se forma por la confluencia del Nilo Azul y el Nilo Blanco en Jartum, Sudán. El Nilo Blanco se forma a partir del agua que alimenta al lago más grande de África, el **lago Victoria**. El Nilo Azul se forma con el agua que baja de las tierras altas de Etiopía. En su camino serpenteante a través de Sudán, el Nilo proporciona una franja vital fértil para los granjeros del desierto.

Además del Lago Victoria, la región tiene otros grandes lagos. Un grupo de lagos forma una cadena en el brazo occidental del Valle del Rift. También hay lagos en el brazo oriental, que es más árido. Cerca de la fisura oriental, el calor del interior de la Tierra hace que algunos de los lagos sean tan calientes que ninguna persona puede nadar en ellos. Además, algunos son extremadamente salados. Sin embargo, proporcionan algas para los flamencos de la región.

COMPRENSIÓN DE LA LECTURA Evaluar ¿Cuál es el río más importante de esta región? ¿Por qué?

Clima y vegetación

¿Crees que África es un lugar caluroso o frío? La mayoría de las personas generalmente piensan que toda África es calurosa. Sin embargo, se equivocan. Algunas zonas de África Oriental tienen un clima fresco.

La ubicación de África Oriental en el ecuador y las diferencias en la elevación del terreno influyen en los climas y los tipos de vegetación. Por ejemplo, las zonas cercanas al ecuador reciben la mayor cantidad de precipitaciones. Las zonas más alejadas del ecuador son mucho más secas y las sequías estacionales son comunes. Las **sequías** son períodos en los que los cultivos sufren daños por la falta de lluvia. Durante una sequía, los cultivos y los pastos para el ganado mueren y las personas pasan hambre. En varias oportunidades en las últimas décadas, las sequías afectaron a la población de África Oriental.

Hacia el sur del ecuador, el clima cambia a sabana tropical. Pastos altos y árboles dispersos constituyen el paisaje de la sabana. Aquí los mayores cambios climáticos ocurren a lo largo de los valles de fisura. El suelo en esa región es seco, y hay praderas y arbustos espinosos.

Al norte del ecuador, las zonas de mesetas y montañas tienen un clima de altura y bosques densos. La temperatura en las tierras altas es mucho más fría que la temperatura en la sabana. Las tierras altas reciben fuertes precipitaciones debido a su gran elevación, pero los valles son más secos. Este clima templado hace posible la agricultura. Como resultado, la mayor parte de la población de la región vive en las tierras altas.

Vista satelital

El Gran Valle del Rift

Esta imagen satelital de una parte del Gran Valle del Rift, en Etiopía, se creó usando luz infrarroja y color real. Los puntos azules brillantes son algunos de los lagos más pequeños que se crearon por las fisuras. Algunos de estos lagos son muy profundos, y en el pasado fueron volcanes activos. La vegetación aparece como zonas verdes. La zona rocosa aparece en rosa y gris.

Analizar ¿Cómo se crearon los lagos del Gran Valle del Rift?

Los animales de las selvas tropicales de África Central, al igual que las selvas mismas, están en peligro. Se están despejando grandes zonas de selva rápidamente para destinarlas a la agricultura y a la industria maderera. Además, las personas cazan animales grandes para obtener alimento. Para promover la protección de las selvas y de otros ambientes naturales, los gobiernos decidieron establecer zonas de parque nacional en sus países.

Hacia el norte y sur de la cuenca del Congo hay grandes zonas con clima de sabana tropical. Estas zonas son cálidas todo el año, pero tienen estaciones secas y húmedas definidas. Hay praderas, árboles dispersos y arbustos. Las montañas altas en el este tienen clima de altura. En la parte sur de la región el clima es desértico y de estepa árida.

COMPRENSIÓN DE LA LECTURA Resumir ¿Cómo son el clima y la vegetación en la cuenca del Congo?

Recursos

El medio ambiente tropical de África Central es bueno para el cultivo. La mayor parte de la población de la región se dedica a la agricultura de subsistencia. Sin embargo, muchos granjeros están comenzando a cosechar cultivos para la venta. Los cultivos más comunes son el café, la banana y el maíz. En las zonas rurales, se comercializan productos agrícolas y de otro tipo en los mercados periódicos. Un **mercado periódico** es un mercado al aire libre que funciona una o dos veces por semana.

África Central es rica en otros recursos también. La gran selva tropical proporciona madera, los ríos proveen una vía de transporte y de comercio, y las represas de los ríos producen hidroelectricidad, un recurso energético importante. Otros recursos energéticos de la región son el petróleo, el gas natural y el carbón.

África Central también tiene muchos minerales valiosos, como el cobre, el uranio, el estaño, el zinc, los diamantes, el oro y el cobalto. De éstos, el cobre es el más importante. La mayor parte del cobre de África se encuentra en la zona llamada el **cinturón de cobre**. El cinturón de cobre se extiende a través del norte de Zambia y el sur de la República Democrática del Congo. Sin embargo, las condiciones precarias de transporte y los problemas políticos han impedido que los recursos de la región se exploten plenamente.

COMPRENSIÓN DE LA LECTURA Analizar ¿Por qué los ríos de África Central son un recurso natural importante?

RESUMEN Y PRESENTACIÓN Los poderosos ríos, la selva tropical de la cuenca del Congo y los recursos minerales caracterizan la geografía física de África Central. Estos paisajes han influido en la historia de la región. A continuación, iremos al sur para estudiar África del Sur.

Evaluación de la Sección 4

go.hrw.com
Cuestionario en Internet
PALABRA CLAVE: SK9 HP9
(Sólo en inglés)

Repasar ideas, palabras y lugares

1. **a. Describir** ¿Qué es la **cuenca del Congo**?
   b. Profundizar ¿De qué manera piensas que influyen en la economía de la región los rápidos y las cataratas del **río Congo**?
2. **a. Recordar** ¿Qué parte de África Central tiene clima de altura?
   b. Explicar ¿Por qué los gobiernos de la región fundaron parques nacionales?
   c. Evaluar ¿Es más importante usar los recursos forestales o proteger el hábitat natural? ¿Por qué?
3. **a. Definir** ¿Qué es un **mercado periódico**?
   b. Profundizar ¿Qué tipo de problemas políticos podrían impedir que se explotaran plenamente los recursos minerales?

Pensamiento crítico

4. **Contrastar** Usa tus notas y un organizador gráfico como éste para hacer una lista de las diferencias entre la cuenca del Congo y las zonas circundantes de África Central.

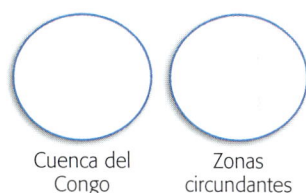

Cuenca del Congo   Zonas circundantes

ENFOQUE EN LA REDACCIÓN

5. **Compartir los detalles** ¿Qué detalles sobre África Central incluirás en tu carta? ¿Describirás los animales que viste y el clima que experimentaste? Toma notas.

Un vistazo a la Tierra

Mapa de las selvas de África Central

Elementos esenciales

El mundo en términos espaciales
Lugares y regiones
Sistemas físicos
Sistemas humanos
Medio ambiente y sociedad
Los usos de la geografía

Contexto Imagina que paseas por las calles de tu vecindario. Tu propósito es ver la calle en términos espaciales y reunir información para confeccionar un mapa. Mientras caminas, te haces el tipo de preguntas que se hacen los geógrafos. ¿Cuántas casas, edificios de departamentos o tiendas hay en tu calle? ¿Qué clases de animales o árboles ves? Tu caminata termina y organizas la información. Ahora, imagina que vas a reunir información acerca de otra caminata. Esta caminata será de 2,000 millas.

Una caminata de 2,000 millas En septiembre de 1999, un científico norteamericano llamado Michael Fay comenzó una caminata de 465 días por 2,000 millas a través de las selvas de África Central. Él y su equipo siguieron el sendero de los elefantes atravesando la densa vegetación. Vadearon arroyos y pantanos llenos de lodo.

Durante la caminata, Fay reunió información sobre la cantidad y los tipos de animales que veía. Contó el estiércol de elefante, los nidos de los chimpancés, las huellas de los leopardos y también los gorilas. Contó los tipos de árboles

El recorrido de Michael Fay

Notas de campo
- Masas de agua que cruzó: 2,000
  Caminos de tierra que cruzó: 6
- Gorilas que vio en la selva: 200+
  Humanos que vio en la selva: 5
- Millas recorridas por senderos de elefantes: 1,300. Pilas de estiércol de elefante registradas: 20,000

Michael Fay (arriba) y su equipo tuvieron que abrirse camino a través de la densa vegetación de la selva. En un claro, divisaron a este grupo de elefantes.

y de otras plantas a lo largo de su recorrido. También contó los asentamientos humanos y determinó el efecto de las actividades humanas en el medio ambiente.

Fay usó una variedad de herramientas para registrar la información que reunió en su caminata. Escribió lo que observaba en cuadernos a prueba de agua. Registró lo que veía con cámara fotográfica y de video. Para medir la distancia que él y su equipo caminaban cada día, usó una herramienta llamada *Field Ranger*. También llevó un registro de su posición exacta en la selva usando un GPS o sistema de posicionamiento global.

Qué significa Michael Fay explicó el propósito de su larga caminata. "El objetivo es poder usar la información que recolectamos como una herramienta". Otros geógrafos comparan la información de Fay con la propia. Su comparación podría ayudarlos a crear mapas más precisos. Estos mapas mostrarán dónde se encuentran las plantas, los animales y las poblaciones en las selvas de África Central.

La información de Fay también puede ayudar a los científicos a planear el uso futuro de la tierra y los recursos en una región. Por ejemplo, Fay usó su información para convencer a los funcionarios del gobierno de Gabón de que donaran un 10 por ciento de la tierra para crear 13 parques nacionales. Los parques serán protegidos de la tala y la agricultura. También preservarán muchas de las plantas y los animales que Fay y su equipo observaron en su larga caminata.

Geografía aplicada a la vida

1. ¿Por qué Michael Fay caminó 2,000 millas?
2. ¿De qué manera práctica usó Michael Fay su información?
3. **Lee más sobre la caminata de Michael Fay** Lee el artículo de tres partes sobre la caminata de Michael Fay de *National Geographic* de octubre de 2000, marzo de 2001 y agosto de 2001. Después de leer el artículo, explica por qué Fay llamó a su caminata "megatransecto".

SECCIÓN 5

África del Sur

Lo que aprenderás...

Ideas principales

1. El accidente geográfico principal de África del Sur es una gran meseta con llanuras, ríos y montañas.
2. El clima y la vegetación de África del Sur son, en su mayoría, de sabana y desierto.
3. África del Sur tiene valiosos recursos minerales.

La idea clave

La geografía física de África del Sur consiste en una alta meseta, principalmente árida, llanuras cubiertas de hierba y ríos, y valiosos recursos minerales.

Lugares y palabras clave

acantilado, *pág. 268*
veld, *pág. 270*
desierto de Namibia, *pág. 270*
depresión, *pág. 270*

 **TOMAR NOTAS** A medida que lees, toma notas sobre la geografía física de África del Sur. Usa una tabla como ésta para organizar tus notas.

Accidentes geográficos	
Clima y vegetación	
Recursos	

Si VIVIERAS allí...

Eres miembro de los San, un pueblo que vive en el desierto de Kalahari. Tu familia vive junto con muchas otras en un grupo circular de chozas de paja. Eres amigo de otros niños. A veces ayudas a tu mamá a buscar huevos o plantas para cargar agua. También ayudas a hacer los recipientes para el agua, la ropa, las bolsas para transportar cosas y las armas, todo hecho con los recursos que encuentras en el desierto. El próximo año te mudarás para asistir a la escuela en una ciudad.

¿Cómo cambiará tu vida el próximo año?

CONOCER EL CONTEXTO Algunas partes de África del Sur tienen clima desértico. En estas zonas, crece poca vegetación, pero algunas personas viven allí. La mayor parte de la población de África del Sur vive en las zonas más frescas y húmedas, como las llanuras altas del sur y el este.

Accidentes geográficos

África del Sur tiene paisajes increíbles. En una visita a la región, podrías ver llanuras verdes, ciénagas húmedas, ríos poderosos, cataratas rocosas, montañas empinadas y mesetas.

Mesetas y montañas

La mayor parte del territorio en África del Sur se encuentra sobre una gran meseta. Algunas partes de esta meseta alcanzan una altitud de más de 4,000 pies (1,220 m) sobre el nivel del mar. Una meseta es una elevación abrupta del terreno desde una llanura costera estrecha. La cara empinada en el borde de una meseta o de otra área elevada se llama **acantilado**.

En el este de África del Sur, parte del acantilado está compuesto por una cadena montañosa llamada Drakensberg. Los picos se elevan hasta una altura de 11,425 pies (3,482 m). Más hacia el norte, otra cadena montañosa, las montañas Inyanga, separan Zimbabwe de Mozambique. África del Sur también tiene montañas a lo largo de la costa occidental.

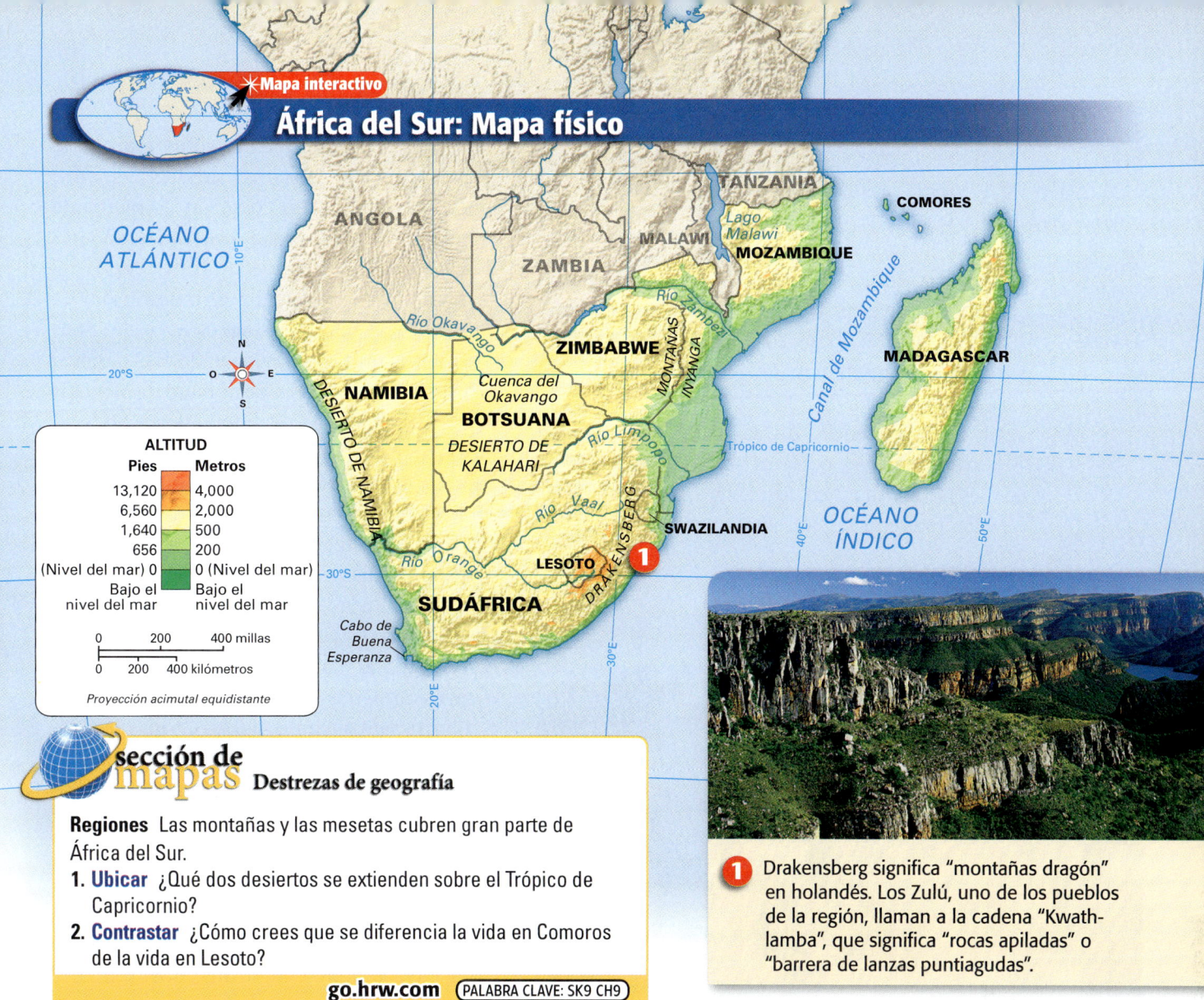

Mapa interactivo
África del Sur: Mapa físico

sección de mapas — Destrezas de geografía

Regiones Las montañas y las mesetas cubren gran parte de África del Sur.

1. **Ubicar** ¿Qué dos desiertos se extienden sobre el Trópico de Capricornio?
2. **Contrastar** ¿Cómo crees que se diferencia la vida en Comoros de la vida en Lesoto?

go.hrw.com PALABRA CLAVE: SK9 CH9
(Sólo en inglés)

① Drakensberg significa "montañas dragón" en holandés. Los Zulú, uno de los pueblos de la región, llaman a la cadena "Kwath-lamba", que significa "rocas apiladas" o "barrera de lanzas puntiagudas".

Llanuras y ríos

La estrecha llanura costera y la amplia meseta de África del Sur están cubiertas de hierba. Estas llanuras planas son el hogar de animales como leones, leopardos, elefantes, babuinos y antílopes.

Varios ríos extensos cruzan las llanuras de África del Sur. El río Okavango fluye desde Angola hasta la enorme cuenca en Botsuana. El agua de este río nunca llega al océano. En cambio, forma un delta interior pantanoso que es el hogar de cocodrilos, cebras, hipopótamos y otros animales. Muchos turistas viajan a Botsuana para ver estos animales salvajes en su hábitat natural.

El río Orange atraviesa las cataratas rocosas Augrabies mientras fluye hacia el océano Atlántico. Cuando el agua del río está en su punto más alto, las cataratas tienen varias millas de ancho. El agua cae en 19 cascadas diferentes. El río Limpopo es otro de los ríos más importantes de la región. Fluye hasta el océano Índico. **Características** como las cataratas y otros obstáculos impiden a los barcos navegar por estos ríos. Sin embargo, los ríos sí permiten la irrigación para la agricultura en lo que de otra forma sería una región árida.

VOCABULARIO ACADÉMICO
características rasgos

COMPRENSIÓN DE LA LECTURA Generalizar ¿Cuáles son las características principales de África del Sur?

Clima y vegetación

ENFOQUE EN LA LECTURA
¿Qué frase nos dice que las partes oriental y occidental de África del Sur son diferentes?

Los climas de África del Sur varían de este a oeste. El lugar más húmedo de la región es la costa este de la isla de Madagascar. En el continente, soplan vientos con humedad del océano Índico. Debido a la gran altura de los montes Drakensberg, estos vientos se elevan y descargan su humedad en las laderas orientales de estas montañas. Por eso, de ese lado las lluvias abundan.

A diferencia de la parte oriental del continente, el oeste es muy árido. Desde la costa del Atlántico, los desiertos dan lugar a las llanuras con climas semiáridos y de estepa.

Sabana y desiertos

Una gran región de sabana cubre gran parte de África del Sur. Arbustos y árboles pequeños crecen en las llanuras cubiertas de hierba de la sabana. En África del Sur, estas praderas descampadas se conocen como **veld**. El mapa de la página siguiente muestra que la vegetación es más escasa en el sur y el oeste.

El lugar más árido de la región es el **desierto de Namibia** en la costa del Atlántico. Algunas partes del desierto de Namibia tienen tan sólo media pulgada (13 mm) de precipitaciones por año. En esta zona árida, las plantas obtienen agua del rocío y la niebla más que de la lluvia.

Otro desierto, el Kalahari, ocupa la mayor parte de Botsuana. Aunque este desierto recibe suficiente lluvia en el norte para sustentar pastos y árboles, sus llanuras arenosas están cubiertas en su mayoría por arbustos dispersos. Arroyos antiguos que cruzaban el Kalahari se han secado y convertido en zonas bajas y planas, o **depresiones**. En estas zonas planas, los minerales que quedaron cuando el agua se evaporó forman una capa blanca brillante.

Selvas tropicales

A diferencia del continente, Madagascar tiene una vegetación exuberante y selvas tropicales. También tiene muchos animales que no se encuentran en ninguna otra parte. Por ejemplo, unas 50 especies de lémures, parientes de los simios, viven sólo en esta isla. Sin embargo, la destrucción de las selvas de Madagascar ha puesto en peligro a muchos de los animales que viven allí.

COMPRENSIÓN DE LA LECTURA Resumir ¿Cómo son el clima y la vegetación en África del Sur?

Recursos

África del Sur es rica en recursos naturales. Las selvas de Madagascar proporcionan madera. Los ríos de la región proporcionan energía hidroeléctrica y agua para la irrigación. Donde la lluvia es abundante o la irrigación es posible, los granjeros pueden cosechar una amplia variedad de cultivos.

Vista satelital

El desierto de Namibia

El desierto de Namibia es uno de los más peculiares del mundo y se extiende a lo largo de la costa del Atlántico, en Namibia. Como se ve en esta imagen satelital, allí la tierra es extremadamente árida. Algunas de las dunas de arena más altas del mundo se extienden por varias millas a lo largo de la costa.

A pesar de las duras condiciones, algunos insectos se han adaptado a la vida del desierto. Pueden sobrevivir allí porque por la noche llega niebla desde el mar. Los insectos usan la niebla como fuente de agua.

Sacar conclusiones ¿Cómo se han adaptado algunos insectos a vivir en el desierto de Namibia?

sección de mapas

Destrezas de geografía

Regiones África del Sur tiene diferentes tipos de vegetación.
1. **Identificar** ¿Qué zona tiene la menor cantidad de vegetación?
2. **Contrastar** ¿Cómo difiere la vegetación de Botsuana de la vegetación de Mozambique?

go.hrw.com PALABRA CLAVE: SK9 CH9
(Sólo en inglés)

Los recursos más valiosos de la región, sin embargo, son los minerales. Las minas de Sudáfrica producen la mayor parte del oro de todo el mundo. Además, Sudáfrica, Botsuana y Namibia tienen minas ricas en diamantes. Otros recursos minerales en África del Sur son el carbón, el platino, el cobre, el uranio y el mineral de hierro. Aunque la minería es muy importante para la economía de la región, las minas pueden tener efectos dañinos en los hábitats naturales circundantes.

COMPRENSIÓN DE LA LECTURA Identificar la idea principal ¿Cuáles son los principales recursos de África del Sur?

RESUMEN Y PRESENTACIÓN África es un continente inmenso con una variedad de accidentes geográficos, características fluviales y climas. En los próximos capítulos, aprenderás sobre cómo los relieves y los climas afectaron a una de las civilizaciones más antiguas de África: el antiguo Egipto.

Evaluación de la Sección 5

go.hrw.com
Cuestionario en Internet
PALABRA CLAVE: SK9 HP9
(Sólo en inglés)

Repasar ideas, palabras y lugares

1. a. **Definir** ¿Qué es un **acantilado**?
   b. **Profundizar** ¿En qué se diferencia el río Okavango de la mayoría de los ríos que estudiaste?
2. a. **Recordar** ¿Dónde se encuentra el clima más árido en África del Sur?
   b. **Explicar** ¿Por qué se acumularon minerales en **depresiones** del desierto de Kalahari?
3. a. **Identificar** ¿Cuáles son los recursos más valiosos de África del Sur?
   b. **Profundizar** ¿De qué manera crees que han influido las minas de oro y diamantes en la economía de África del Sur?

Pensamiento crítico

4. **Crear categorías** Repasa tus notas y usa un organizador gráfico como éste para clasificar las características por ubicación.

	Este	Oeste
Accidentes geográficos		
Clima y vegetación		

ENFOQUE EN LA REDACCIÓN

5. **Planear tu carta** Ahora que terminaste tu viaje por África puedes planear exactamente qué incluir en tu carta. Escribe un esquema breve de los temas que quieras incluir.

GEOGRAFÍA FÍSICA DE ÁFRICA 271

Destrezas de estudios sociales

Tablas y gráficas | **Pensamiento crítico** | **Geografía** | **Leer y estudiar**

Analizar un mapa de precipitaciones

Aprender

Un mapa de precipitaciones muestra cuánta lluvia o nieve suele caer en una determinada zona durante un año. Estudiar un mapa de precipitaciones puede ayudarte a entender el clima de una región.

Para leer un mapa de precipitaciones, primero observa las referencias para ver qué significan los diferentes colores. Compara las referencias con el mapa para ver cuántas precipitaciones tienen las diferentes zonas.

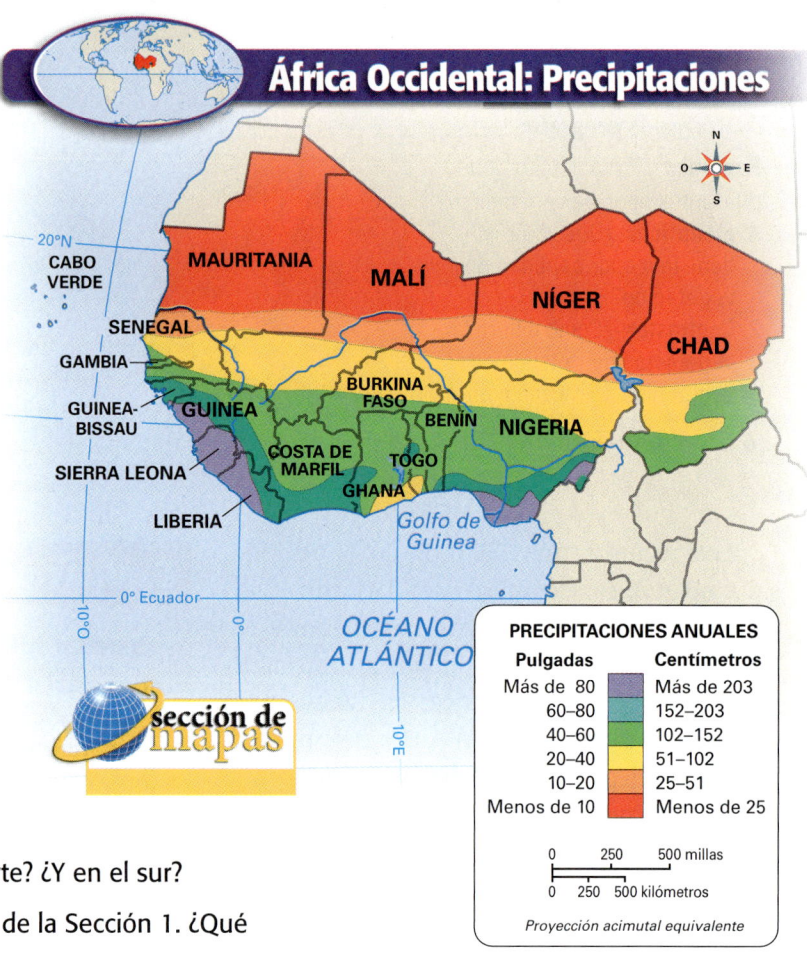

Practicar

Usa el mapa de esta página para responder a las siguientes preguntas.

1. ¿Qué países tienen zonas con más de 80 pulgadas de lluvia por año?
2. ¿En qué parte de la región cae la menor cantidad de lluvia?
3. ¿Cómo crees que es la vegetación en el norte? ¿Y en el sur?
4. Compara este mapa con el mapa del clima de la Sección 1. ¿Qué similitudes hay entre los dos mapas?

Aplicar

Usa un atlas o Internet y busca un mapa de precipitaciones de toda África. Usa ese mapa para responder a las siguientes preguntas.

1. ¿Qué zona del continente recibe la mayor cantidad de precipitaciones?
2. ¿Qué zona del continente recibe la menor cantidad de precipitaciones?
3. ¿Qué cantidad anual de precipitaciones tiene Madagascar?

CAPÍTULO 9 — Repaso del capítulo

El impacto de la geografía:
videos Consulta el video para responder a la pregunta final: *¿De qué maneras se podría disminuir, detener o incluso revertir la desertización?*

Resumen visual

Usa el siguiente resumen visual para repasar las ideas principales del capítulo.

DATOS BREVES

África tiene algunas zonas de tierra alta, pero la mayor parte del continente está cubierto por llanuras y mesetas.

Muchos ríos importantes, como el Nilo, el Congo, el Níger y el Zambezi, recorren el continente.

Los climas y la vegetación de África comprenden los desiertos áridos, la exuberante selva tropical y las sabanas templadas.

Repasar vocabulario, palabras y lugares

Escribe una V o una F junto a cada afirmación, según sea verdadera o falsa. Si la afirmación es falsa, escribe el término correcto que convierta a la oración en una afirmación verdadera.

1. El clima de África Occidental se describe como de <u>sabana</u> porque está organizado por zonas.
2. El <u>río Nilo</u> es el río más largo del mundo.
3. Un <u>cinturón de cobre</u> es una región generalmente plana rodeada por tierras más altas, como montañas o mesetas.
4. Los <u>valles de fisura</u> son regiones de la superficie terrestre donde la corteza se extiende hasta que se fractura.
5. El suelo fértil y fino que es bueno para cosechar cultivos se llama <u>oasis</u>.
6. El río <u>Níger</u> recorre muchos países de África Occidental y desemboca en el golfo de Guinea.
7. Las praderas abiertas de África del Sur se llaman <u>veld</u>.
8. Algunos animales pueden pastar en el <u>Sahel</u>.

Comprensión y pensamiento crítico

SECCIÓN 1 *(Páginas 250 a 253)*

9. **a. Describir** ¿Cómo es el valle del río Nilo?

   b. Sacar conclusiones ¿Por qué son importantes los oasis para quienes viajan por el Sahara?

   c. Profundizar ¿Por qué crees que viven pocas personas en el Sahara?

SECCIÓN 2 *(Páginas 254 a 257)*

10. **a. Identificar** ¿Cuáles son las cuatro zonas climáticas de África Occidental?

    b. Inferir ¿Cuáles son algunos de los problemas causados por la desertización?

    c. Profundizar ¿Por qué crees que recursos como el oro y los diamantes no han convertido a África Occidental en una región rica?

SECCIÓN 3 *(Páginas 258 a 261)*

11. **a. Identificar** ¿Qué es el Gran Valle del Rift?

    b. Sacar conclusiones ¿Por qué es necesario el Nilo para la agricultura en el desierto?

GEOGRAFÍA FÍSICA DE ÁFRICA 273

SECCIÓN 3 *(continuación)*

c. Predecir ¿Cómo crees que se pueden evitar los efectos de la sequía en el futuro?

SECCIÓN 4 *(Páginas 262 a 265)*

12. a. Describir ¿Cuáles son los principales accidentes geográficos de África Central?

b. Inferir ¿Por qué es más probable que las personas de las zonas rurales compren en los mercados periódicos que en tiendas?

c. Profundizar ¿Cómo afecta a África Central el desarrollo de parques nacionales?

SECCIÓN 5 *(Páginas 268 a 271)*

13. a. Identificar ¿Cuáles son los dos desiertos principales de África del Sur?

b. Contrastar ¿En qué se diferencia la parte oriental de África del Sur de la parte occidental?

c. Profundizar ¿Qué efecto crees que tuvo la geografía de África del Sur sobre los patrones de asentamiento en dicha región?

Usar Internet

14. Actividad: Crear una postal Ven y aprende sobre el imponente árbol baobab. Ese árbol único se ve como si hubiera sido arrancado del suelo y vuelto a plantar al revés. Estos árboles son conocidos no sólo por su aspecto único, sino también por su gran tamaño. ¡Algunos son tan grandes que se necesita una cadena de 30 personas para rodear el tronco del árbol! Ingresa la palabra clave de la actividad para visitar los sitios web sobre los árboles baobab en África. Luego crea una postal sobre esta extraña maravilla de la naturaleza.

Destrezas de estudios sociales

Analizar un mapa de precipitaciones *Usa el mapa de precipitaciones de la lección Destrezas de estudios sociales para responder a las siguientes preguntas.*

15. ¿Qué países tienen zonas que reciben menos de 10 pulgadas de lluvia al año?

16. ¿Dónde suele caer la mayor parte de las precipitaciones en África Occidental?

17. ¿Cómo describirías las precipitaciones anuales en Chad?

ENFOQUE EN LA LECTURA Y LA REDACCIÓN

Comprender la comparación y el contraste *Revisa tus notas o vuelve a leer la Sección 2. Usa la información sobre el clima y la vegetación para responder a las siguientes preguntas.*

18. ¿En qué se parecen el Sahara y el Sahel?

19. ¿En qué se diferencian el Sahara y el Sahel?

20. Compara el Sahel con la zona de la sabana. ¿En qué se parecen?

21. Escribir una carta Ahora que tienes información sobre toda África, necesitas organizarla. Piensa en tu audiencia, un amigo en tu país, y qué sonaría natural si hubieras viajado. ¿Lo organizarías en temas como accidentes geográficos y clima? ¿O lo organizarías por región? Después de organizar tu información, escribe una carta de una carilla.

Actividad con mapas

22. África Oriental En una hoja aparte, une cada letra del mapa con el rótulo que corresponda.

Gran Valle del Rift   monte Kilimanjaro
lago Victoria   río Nilo
océano Índico

CAPÍTULO 9 — Práctica para el examen estandarizado

INSTRUCCIONES (1 a 7): Escribe en una hoja de respuestas aparte el *número* de la palabra o expresión dada que mejor complete las oraciones o responda a las preguntas.

1 ¿Qué accidente geográfico de África Oriental está generalmente cubierto de nieve y hielo?
   (1) la llanura del Serengeti
   (2) el monte Kilimanjaro
   (3) el Gran Valle del Rift
   (4) el monte Kenia

2 ¿Cuál de los siguientes no es uno de los ríos principales de África?
   (1) el Níger
   (2) el Kilimanjaro
   (3) el Congo
   (4) el Nilo

3 El Gran Valle del Rift se encuentra en
   (1) África del Norte.
   (2) África Occidental.
   (3) África Oriental.
   (4) África del Sur.

4 La zona climática situada justo al sur del Sahara se llama
   (1) desierto.
   (2) sabana.
   (3) Sahel.
   (4) selva tropical.

5 El Nilo desemboca en el
   (1) mar Rojo.
   (2) golfo de Guinea.
   (3) océano Índico.
   (4) mar Mediterráneo.

6 La mayor parte del territorio de África del Sur se encuentra en
   (1) una cadena montañosa.
   (2) una llanura costera.
   (3) una meseta.
   (4) un delta.

7 ¿Qué usan los barcos para evitar bordear África del Sur?
   (1) el Nilo
   (2) el canal de Suez
   (3) la presa alta de Asuán
   (4) el estrecho de Gibraltar

Básate en el siguiente pasaje y en tus conocimientos de estudios sociales para responder a la pregunta 8.

> "Entonces pasaban por las primeras colinas y los ñúes les seguían el rastro, y luego pasaron por la cima de las montañas con profundos valles de selva verde y laderas cubiertas de bambú y, luego, de nuevo la selva densa, con picos y cavidades, hasta que la atravesaron, y las colinas descendieron y luego otra llanura, caliente ahora, y marrón purpúrea, arrugada por el calor…"
>
> —Ernest Hemingway, "Las nieves del Kilimanjaro".

8 ¿Cuál de las siguientes conclusiones sobre la geografía de África podrías extraer de este pasaje?
   (1) África está cubierta por desiertos.
   (2) Algunas partes de África tienen colinas, montañas y selvas.
   (3) Los leones y los elefantes viven en las selvas de África.
   (4) En África nunca hace frío.

GEOGRAFÍA FÍSICA DE ÁFRICA

CAPÍTULO 10
Civilizaciones antiguas de África: Egipto

PREGUNTA DE ENFOQUE

¿Qué aportes hicieron las civilizaciones antiguas al desarrollo del Hemisferio oriental?

Lo que aprenderás…

En este capítulo, aprenderás sobre la fascinante civilización del antiguo Egipto y sobre cómo se desarrolló a lo largo del río Nilo.

SECCIÓN 1
El antiguo Egipto 278

SECCIÓN 2
El Reino Antiguo 283

SECCIÓN 3
El Reino Medio y el Reino Nuevo 291

SECCIÓN 4
Los logros de los egipcios 298

ENFOQUE EN LA LECTURA Y LA REDACCIÓN

Crear categorías Una buena manera de comprender lo que lees es separar los datos y los detalles en grupos llamados categorías. Por ejemplo, puedes clasificar los datos sobre el antiguo Egipto en categorías, como geografía, historia y cultura. A medida que lees este capítulo, busca formas de crear categorías para clasificar la información que estás aprendiendo. **Consulta la lección Crear categorías de la página ES13.**

Escribir un acertijo En este capítulo, leerás sobre la antigua civilización de Egipto. En la antigüedad, una esfinge, una criatura imaginaria como la de la escultura de Egipto que verás en la siguiente página, exigía la respuesta a algún acertijo. Si las personas no lo resolvían correctamente, morían. Después de leer este capítulo, escribirás un acertijo. La respuesta a tu acertijo debe ser "Egipto".

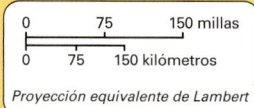

Destrezas de geografía

Ubicación La civilización del antiguo Egipto se desarrolló a lo largo del fértil río Nilo.
1. **Nombrar** ¿Qué otras masas de agua se encuentran cerca de Egipto?
2. **Hacer inferencias** Teniendo en cuenta las características del terreno circundante, ¿por qué crees que el Nilo era tan importante para la vida en el antiguo Egipto?

El regalo del Nilo La tierra fértil a lo largo del Nilo atrajo a pobladores en la antigüedad. Actualmente, todavía hay ciudades a lo largo del Nilo.

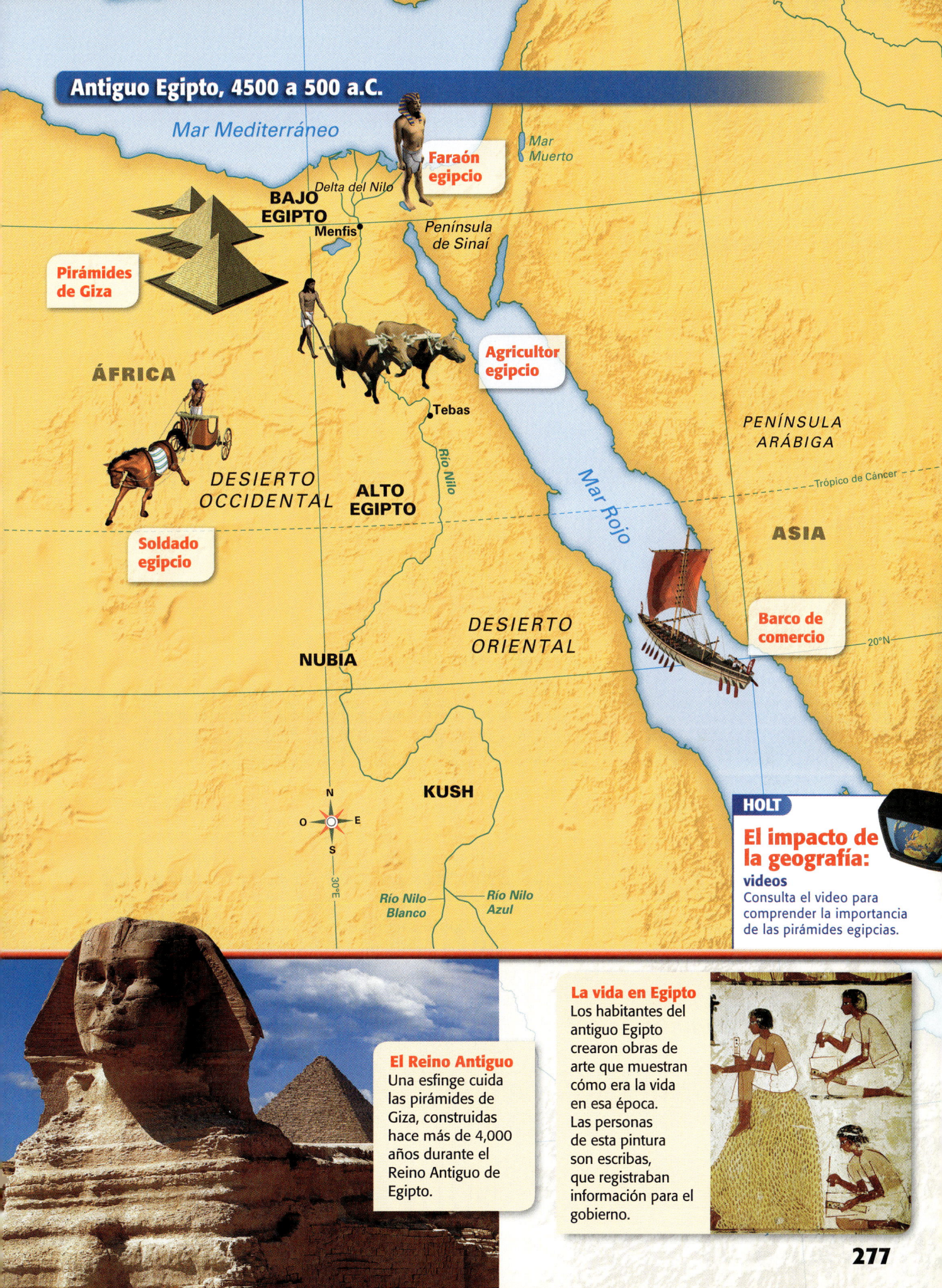

SECCIÓN 1

El antiguo Egipto

Si VIVIERAS allí...

Tu familia cultiva la tierra en el valle del Nilo. Cada año, cuando el río deposita suelo fértil en la tierra, ayudas a tu padre a plantar cebada. Cuando no están en el campo, hilan el lino que cultivan. A veces, tu familia da un paseo por el río, donde tu padre caza pájaros en los pastizales altos. Mientras él caza, tu madre y tú tratan de atrapar alguno de los muchos peces que nadan en el río.

¿Por qué te gusta vivir en el valle del Nilo?

CONOCER EL CONTEXTO En la antigüedad, la tierra fértil del valle del río Nilo atrajo a personas que fueron a vivir a esa zona. Con el tiempo, se formó una civilización agrícola que se convirtió en el antiguo Egipto. Esa civilización fue estable y duradera.

El regalo del Nilo

La geografía tuvo un papel clave en el desarrollo de la civilización egipcia. El **río Nilo** llevó vida a Egipto y permitió que prosperara. Este río era tan importante para los habitantes de la región que el historiador griego Heródoto llamó a Egipto "el regalo del Nilo".

Ubicación y características físicas

El Nilo es el río más largo del mundo. Nace en el centro de África y va hacia el norte a través de Egipto y hasta el mar Mediterráneo recorriendo una distancia de más de 4,000 millas. La civilización del antiguo Egipto se desarrolló a lo largo de 750 millas junto al Nilo.

El antiguo Egipto incluía dos regiones, una al sur y la otra al norte. La región del sur se llamaba **Alto Egipto**. Se llamaba así porque estaba ubicada río arriba respecto del flujo del Nilo. El **Bajo Egipto**, la región del norte, estaba ubicado río abajo. El Nilo atravesaba el desierto del Alto Egipto, donde creaba un valle fértil de alrededor de 13 millas de ancho. A los dos lados del Nilo había cientos de millas de arena desértica e inhóspita.

Lo que aprenderás...

Ideas principales
1. Egipto se conocía como "el regalo del Nilo" debido a que el río Nilo era muy importante.
2. La civilización se desarrolló después de que las personas comenzaran a cultivar a lo largo del Nilo.
3. Algunos reyes poderosos unificaron todo el antiguo Egipto.

La idea clave
El agua y las tierras fértiles del Nilo permitieron que se desarrollara una gran civilización en Egipto.

Lugares y palabras clave
río Nilo, *pág. 278*
Alto Egipto, *pág. 278*
Bajo Egipto, *pág. 278*
rápidos, *pág. 279*
delta, *pág. 279*
faraón, *pág. 281*
dinastía, *pág. 281*

TOMAR NOTAS A medida que lees, toma notas sobre las características del río Nilo y cómo influyó en Egipto. Usa un cuadro como el siguiente para organizar tus notas.

Río Nilo
Características | Influencia en Egipto

Como puedes ver en el mapa, el Nilo fluía a través de sierras rocosas al sur de Egipto. En varios lugares, este terreno escabroso formaba **rápidos, o corrientes fuertes.** El primer rápido estaba a 720 millas al sur del mar Mediterráneo. Este rápido, indicado en el mapa con una línea roja, marcaba el límite sur del Alto Egipto. Más al sur, había otros cinco rápidos que hacían que la navegación en esta parte del Nilo fuera muy dificultosa.

En el Bajo Egipto, el Nilo se dividía en varios brazos que desembocaban en el mar Mediterráneo. Estos brazos formaban un **delta, una zona de tierra de forma triangular creada a partir de los sedimentos que deposita un río.** En la época del antiguo Egipto, el delta del Nilo estaba, en su mayor parte, cubierto de pantanos y ciénagas. Alrededor de dos tercios de las tierras fértiles de Egipto estaban ubicadas en el delta del Nilo.

Las crecidas del Nilo

Como en esta región caían pocas precipitaciones, la mayor parte de Egipto era desierto. Sin embargo, todos los años, caían precipitaciones al sur de Egipto, en las tierras altas de África Oriental. Estas precipitaciones hacían que el río Nilo se desbordara. Casi todos los años, el Nilo inundaba el Alto Egipto a mediados del verano y el Bajo Egipto en otoño.

La crecida del Nilo cubría el territorio circundante con cieno fértil, lo que hacía que la tierra fuera ideal para cultivar. También daba a la tierra un color oscuro. Por eso, los egipcios llamaban al país "la tierra negra" y llamaban al desierto seco, sin vida, más allá del valle del río, "la tierra roja".

Todos los años, los egipcios esperaban ansiosamente la crecida del río Nilo. Para ellos, las crecidas del río eran un milagro que daba vida. Sin la crecida regular del Nilo, los habitantes jamás hubieran podido cultivar en Egipto. El Nilo era verdaderamente un regalo para Egipto.

COMPRENSIÓN DE LA LECTURA Identificar las **ideas principales** ¿Por qué llamaban a Egipto "el regalo del Nilo"?

Antiguo Egipto

sección de mapas Destrezas de geografía

Lugar Egipto estaba dividido en el Alto y el Bajo Egipto.
1. **Identificar** ¿Qué desiertos había alrededor de Egipto?
2. **Explicar** ¿Dónde están ubicados el Alto y el Bajo Egipto con respecto al mar Mediterráneo?

CIVILIZACIONES ANTIGUAS DE ÁFRICA: EGIPTO

El desarrollo de la civilización en Egipto

El Nilo proporcionaba agua y tierra fértil para el cultivo. Con el tiempo, pequeñas granjas se convirtieron en aldeas y ciudades. Finalmente, se desarrolló la civilización egipcia.

Aumento en la producción de alimentos

Los primeros cazadores y recolectores se mudaron al valle del Nilo hace más de 12,000 años. Allí encontraron plantas, animales silvestres y peces para alimentarse. Con el tiempo, estas personas aprendieron a cultivar y se asentaron a lo largo del Nilo. Hacia el año 4500 a.C., los agricultores de las pequeñas aldeas cosechaban trigo y cebada.

Con el tiempo, los agricultores de Egipto crearon un sistema de irrigación. Este sistema consistía en una serie de canales que dirigían el flujo del Nilo y llevaban agua a los campos.

El Nilo brindaba a los agricultores egipcios abundantes alimentos. Los agricultores cultivaban trigo, cebada, frutas y verduras. También criaban ganado y ovejas. El río tenía diversos tipos de peces y los cazadores cazaban patos y gansos silvestres en la ribera. Al contar con tantas fuentes alimenticias, los egipcios gozaban de una dieta variada.

Dos reinos

Además del suministro estable de alimentos, la ubicación de Egipto también tenía otras ventajas. Tenía barreras naturales que dificultaban la invasión del país. Al oeste, el desierto era demasiado grande y difícil de cruzar. Al norte, el mar Mediterráneo mantenía a los enemigos alejados. Al este, el desierto y el mar Rojo brindaban protección. Por último, al sur, los rápidos del Nilo dificultaban la navegación de los invasores.

La agricultura en Egipto

Al estar protegidas de los invasores, las aldeas de Egipto pudieron crecer. Los agricultores más adinerados se convirtieron en los líderes de las aldeas. Con el tiempo, los líderes más poderosos tomaron el control de otras aldeas. Hacia el año 3200 a.C., las aldeas habían crecido y se habían unido, y crearon dos reinos: el Bajo Egipto y el Alto Egipto.

Cada reino tenía su propia ciudad capital donde vivía su gobernante. La capital del Bajo Egipto era Pe, ubicada en el delta del Nilo. Allí gobernaba el rey del Bajo Egipto, quien usaba una corona roja. La capital del Alto Egipto era Nejen, ubicada en la ribera occidental del Nilo. En el reino del sur, el rey usaba una corona blanca con forma de cono. Durante siglos, los egipcios se refirieron a su país como "las dos tierras".

COMPRENSIÓN DE LA LECTURA Resumir ¿Qué atrajo a los primeros habitantes del valle del Nilo?

Los reyes unifican Egipto

Según la tradición, alrededor de 3100 a.C., Menes subió al poder en el Alto Egipto. Algunos historiadores creen que Menes es un mito y que sus logros fueron realmente los de otros reyes antiguos llamados Aha, Escorpión y Narmer.

Menes quería unificar los reinos del Alto y del Bajo Egipto. Usó su ejército para invadir el Bajo Egipto y se apoderó de él. Luego, se casó con una princesa del Bajo Egipto para fortalecer su control del nuevo país unificado.

Menes usaba las dos coronas, la blanca del Alto Egipto y la roja del Bajo Egipto, para simbolizar su liderazgo sobre los dos reinos. Más adelante, unió las dos coronas para formar una doble, como se puede ver en la página siguiente.

Muchos historiadores consideran que Menes fue el primer faraón de Egipto. **Faraón es el título usado por los gobernantes del antiguo Egipto** y significa "gran casa". Menes también fundó la primera **dinastía, o serie de gobernantes pertenecientes a la misma familia,** de Egipto.

Menes construyó una nueva capital en la punta sur del delta del Nilo. Más adelante, esta ciudad se llamó Menfis. Estaba ubicada cerca de la región en la que se unían el Bajo y el Alto Egipto, cerca de lo que hoy es El Cairo, Egipto. Durante siglos, Menfis fue el centro político y cultural de Egipto. Muchas oficinas gubernamentales estaban ubicadas allí y la ciudad rebosaba de actividad artística.

La primera dinastía de Egipto fue una teocracia que duró más de 200 años. Una teocracia es un gobierno de líderes religiosos, como sacerdotes o un monarca considerado divino.

Con el tiempo, los gobernantes de Egipto extendieron el territorio hacia el sur, a lo largo del Río Nilo, y hacia el sudoeste de Asia. También mejoraron el sistema de irrigación y el comercio, lo que convirtió a Egipto en un país más rico.

ENFOQUE EN LA LECTURA

Identifica dos o tres categorías que puedas usar para organizar la información sobre los reyes que unificaron Egipto.

Los agricultores del antiguo Egipto aprendieron a cultivar trigo y cebada. Las pinturas de la tumba de la izquierda muestran a dos agricultores cosechando sus cultivos. Como se ve en la foto, los habitantes de Egipto todavía cultivan a lo largo del Nilo.

ANALIZAR RECURSOS VISUALES Teniendo en cuenta la foto de arriba, ¿qué métodos usan los agricultores egipcios en la actualidad?

CIVILIZACIONES ANTIGUAS DE ÁFRICA: EGIPTO

Las coronas del Egipto unificado

El faraón Menes combinó la corona blanca del Alto Egipto con la roja del Bajo Egipto como símbolo de su reinado sobre un Egipto unificado.

Sin embargo, con el tiempo aparecieron rivales que desafiaron el poder de la primera dinastía de Egipto. Estos rivales se apoderaron de Egipto y establecieron la segunda dinastía. Con el correr del tiempo, alrededor de 30 dinastías gobernaron Egipto durante más de 2,500 años.

COMPRENSIÓN DE LA LECTURA **Hacer inferencias** ¿Por qué piensas que Menes quería gobernar los dos reinos de Egipto?

RESUMEN Y PRESENTACIÓN Como ya leíste, el antiguo Egipto comenzó en el fértil valle del río Nilo. Dos reinos se formaron en esa región. Luego, los dos reinos se unieron bajo el mandato de un solo gobernante y el territorio egipcio creció. En la siguiente sección, aprenderás cómo Egipto continuó creciendo y cambiando bajo el mandato de los diferentes gobernantes del período conocido como el Reino Antiguo.

Evaluación de la Sección 1

go.hrw.com
Cuestionario en Internet
PALABRA CLAVE: SK9 HP10
(Sólo en inglés)

Repasar ideas, palabras y lugares

1. **a. Identificar** ¿Dónde estaba ubicado el reino del **Bajo Egipto**?
   b. Analizar ¿Por qué era el **delta** del **río Nilo** un buen lugar para vivir?
   c. Predecir ¿Cómo han podido ayudar y perjudicar a Egipto los **rápidos** del Nilo?
2. **a. Describir** ¿Qué alimentos comían los egipcios?
   b. Analizar ¿Qué papel desempeñó el Nilo en la provisión de alimentos para los egipcios?
   c. Profundizar ¿Cómo beneficiaron a Egipto los desiertos ubicados a los dos lados del río?
3. **a. Identificar** ¿Quién fue el primer **faraón** de Egipto?
   b. Sacar conclusiones ¿Por qué los faraones de la primera dinastía usaban una corona doble?

Pensamiento crítico

4. **Crear categorías** Dibuja una tabla como la siguiente. Usa tus notas para brindar información para cada categoría de la tabla.

Desarrollo a lo largo del Nilo	Dos reinos	Reinos unidos

ENFOQUE EN LA REDACCIÓN

5. **Pensar en geografía y la historia antigua** En tu acertijo, ¿qué pistas relacionadas con la geografía y la historia antigua de Egipto puedes incluir? Por ejemplo, puedes incluir el río Nilo o los faraones como pistas. Agrega algunas ideas a tus notas.

El Reino Antiguo

SECCIÓN 2

Si VIVIERAS allí...

Eres un agricultor del antiguo Egipto. Piensas que el faraón es el dios Horus y también tu gobernante. Dependes de su fuerza y sabiduría. Durante parte del año, estás ocupado cultivando el campo. Pero en otros momentos del año, trabajas para el faraón. Ayudas a construir una gran tumba, para que el faraón esté cómodo en la otra vida.

¿Cómo te hace sentir trabajar para el faraón?

CONOCER EL CONTEXTO Al igual que en otras culturas antiguas, la sociedad egipcia estaba basada en un orden estricto de clases sociales. Un grupo pequeño de familias reales y de nobles gobernaban Egipto. Dependían del resto de la población para tener alimentos, artesanías y mano de obra. Pocas personas cuestionaban este tipo de organización.

La vida en el Reino Antiguo

La primera y la segunda dinastía gobernaron Egipto durante cuatro siglos. Sin embargo, alrededor del año 2700 a.C., surgió una nueva dinastía que tomó el poder en Egipto. Se llamaba la tercera dinastía y comenzó un período en la historia egipcia conocido como el Reino Antiguo.

Los primeros faraones

El **Reino Antiguo** fue un período en la historia de Egipto que duró aproximadamente 500 años, desde 2700 a 2200 a.C. Durante este tiempo, los egipcios continuaron desarrollando su sistema político. El sistema que desarrollaron estaba basado en la creencia de que el faraón, o gobernante, de Egipto era un rey y un dios.

Los antiguos egipcios creían que Egipto pertenecía a los dioses. Los egipcios creían que el faraón había llegado a la Tierra para dirigir Egipto en nombre de los demás dioses. Como consecuencia, él tenía poder absoluto sobre todo el territorio y sobre los habitantes de Egipto.

Pero el estatus del faraón como rey y también dios llevaba muchas responsabilidades. Las personas lo culpaban si la cosecha no crecía bien o si había enfermedades. También exigían al faraón que el comercio fuera rentable y que no hubiese guerras.

El faraón más famoso del Reino Antiguo fue Keops, quien gobernó alrededor del año 2500 a.C. Aunque es famoso, sabemos muy poco

---

Lo que aprenderás...

Ideas principales

1. La vida en el Reino Antiguo estaba influenciada por los faraones, la función que tenían las personas en la sociedad y el comercio.
2. La religión determinaba la vida en Egipto.
3. Las pirámides se construían como tumbas para los faraones egipcios.

La idea clave

La religión y el gobierno de Egipto estaban estrechamente relacionados durante el Reino Antiguo.

Palabras clave

Reino Antiguo, *pág. 283*
nobles, *pág. 284*
la otra vida, *pág. 286*
momias, *pág. 286*
élite, *pág. 287*
pirámides, *pág. 288*
ingeniería, *pág. 288*

TOMAR NOTAS A medida que lees, toma notas sobre el gobierno y la religión del Reino Antiguo de Egipto. Usa una tabla como la siguiente para escribir tus notas.

Gobierno	Religión

Sociedad egipcia

Faraón
El faraón gobernaba Egipto como un dios.

Nobles
Los funcionarios y los sacerdotes ayudaban a dirigir el gobierno y los templos.

Escribas y artesanos
Los escribas y los artesanos escribían y producían bienes.

Agricultores, sirvientes y esclavos
La mayoría de los habitantes de Egipto eran agricultores, sirvientes o esclavos.

DESTREZA DE ANÁLISIS — ANALIZAR RECURSOS VISUALES
¿Qué grupo ayudaba a dirigir el gobierno y los templos?

sobre la vida de Keops. Según la leyenda egipcia, era cruel, pero de acuerdo con los registros históricos, las personas que trabajaban para él estaban bien alimentadas. Keops es conocido por los monumentos que se le construyeron.

La sociedad y el comercio

Hacia el final del Reino Antiguo, Egipto tenía aproximadamente 2 millones de habitantes. Con el crecimiento de la población, aparecieron las clases sociales. Los egipcios creían que una sociedad bien organizada mantendría fuerte al reino.

En la cima de la sociedad egipcia se encontraba el faraón. Justo debajo de él, estaba la clase alta, que incluía a los sacerdotes y a los funcionarios más importantes del gobierno. Muchos de estos sacerdotes y funcionarios eran **nobles**, o personas de familias ricas y poderosas.

Luego se encontraba la clase media. Esta clase incluía a los oficiales de rangos más bajos, los escribas y algunos artesanos adinerados.

VOCABULARIO ACADÉMICO
adquirir obtener

La clase baja de Egipto estaba formada por más del 80% de la población, en su mayor parte agricultores. Durante las temporadas de inundación, cuando no se podía trabajar en el campo, los agricultores trabajaban en los proyectos de construcción del faraón. Los sirvientes y los esclavos también trabajaban mucho.

A medida que la sociedad del Reino Antiguo se desarrollaba, Egipto comerciaba con alguno de sus vecinos. Los comerciantes viajaban hacia el sur a lo largo del Nilo hasta Nubia para **adquirir** oro, cobre, marfil, esclavos y piedra para las construcciones. El comercio con Siria proporcionaba a Egipto madera para construir y hacer fuego.

La sociedad egipcia creció y se volvió más compleja durante este período. Continuó siendo organizada, disciplinada y muy religiosa.

COMPRENSIÓN DE LA LECTURA Generalizar
¿Cómo estaba organizada la sociedad en el Reino Antiguo?

La religión y la vida en Egipto

Adorar a los dioses era parte de la vida diaria en Egipto. Pero la creencia religiosa egipcia se extendía más allá de la vida. Muchas costumbres se centraban en lo que sucedía cuando la gente moría.

Los dioses egipcios

Los egipcios practicaban el politeísmo. Antes de la primera dinastía, cada aldea adoraba a sus propios dioses. Sin embargo, durante el Reino Antiguo, los funcionarios egipcios esperaban que todos adoraran a los mismos dioses, aunque la manera de adorarlos variara de acuerdo con el lugar.

Los egipcios construían templos a los dioses en todo el reino. En los templos, se recolectaban pagos de los adoradores y del gobierno. Estos pagos permitieron que los templos se volvieran más influyentes.

Con el tiempo, algunas ciudades se convirtieron en centros para adorar a algunos dioses. En la ciudad de Menfis, por ejemplo, los habitantes rendían culto a Ptah, el creador del mundo.

Los egipcios adoraban a otros dioses además de Ptah. Tenían dioses para casi todo: el sol, el cielo y la Tierra. Muchos dioses eran una combinación de animales y humanos. Por ejemplo, Anubis, el dios de la muerte, tenía cuerpo de humano y cabeza de chacal. Otros dioses eran:

- Ra, o Amón-Ra, el dios del sol
- Osiris, el dios del inframundo
- Isis, la diosa de la magia
- Horus, un dios del cielo; el dios de los faraones
- Thoth, el dios de la sabiduría
- Geb, el dios de la Tierra

Las familias egipcias también adoraban a los dioses del hogar en santuarios que tenían en sus hogares.

> **ENFOQUE EN LA LECTURA**
> ¿En qué categorías se divide el texto titulado "La religión y la vida en Egipto"?

Dioses egipcios

Ra, o Amón-Ra, el dios del sol

Osiris, el dios del inframundo

Isis, la diosa de la magia

Horus, un dios del cielo y el dios de los faraones

Las momias y la otra vida

Osiris, dios del inframundo, esperaba para juzgar el alma de una persona fallecida.

El dios Anubis comparaba el peso del corazón de una persona fallecida con el de la pluma de la verdad. Si ambos pesaban lo mismo, la persona podía entrar en el inframundo.

Importancia de la otra vida

La religión egipcia estaba principalmente basada en **la otra vida**, o la vida después de la muerte. Los egipcios creían que la otra vida era un lugar feliz. Las pinturas de las tumbas egipcias muestran la otra vida como un mundo ideal donde todas las personas son jóvenes y saludables.

La creencia en la otra vida proviene de la idea egipcia de *ka*, o fuerza vital. Cuando una persona moría, su *ka* dejaba el cuerpo y se convertía en espíritu. El *ka* seguía conectado al cuerpo y no podía irse del lugar de entierro. Sin embargo, tenía las mismas necesidades que la persona tenía cuando vivía. Necesitaba comer, dormir y entretenerse.

Para satisfacer las necesidades del *ka*, se llenaban las tumbas con objetos para la otra vida. Entre ellos había muebles, ropa, herramientas, joyas y armas. Los familiares de los muertos debían llevar comida y bebida a las tumbas de sus seres queridos para que el *ka* no pasara hambre ni sed.

Prácticas funerarias

Las creencias egipcias sobre la otra vida determinaban a las prácticas funerarias. Por ejemplo, los egipcios creían que el cuerpo tenía que estar preparado para la otra vida antes de ser colocado en la tumba. Por eso el cuerpo tenía que preservarse. Si el cuerpo se descomponía, su espíritu podría no reconocerlo. Eso rompería la unión entre el cuerpo y el espíritu. Entonces, el *ka* no podría recibir la comida y la bebida que necesitaba.

Para ayudar al *ka*, los egipcios desarrollaron un **método** llamado embalsamamiento para preservar los cuerpos y prevenir que se descompusieran. Los egipcios preservaban los cuerpos como **momias**, cadáveres especialmente tratados y envueltos en tela. Los cuerpos embalsamados se preservaban durante muchos, muchos años. Un cuerpo que no estaba embalsamado se descomponía mucho más rápido.

El embalsamamiento era un proceso complejo y se tardaba semanas en completarlo.

VOCABULARIO ACADÉMICO
método una manera de hacer algo

① Sólo el dios Anubis tenía permitido realizar los primeros pasos de la preparación de una momia.

② Los órganos se preservaban en jarrones especiales y se colocaban junto a la momia.

③ El cuerpo se preservaba como una momia y se guardaba en un ataúd llamado sarcófago.

Como primer paso, los embalsamadores abrían el cuerpo y quitaban todos los órganos, excepto el corazón. Los embalsamadores almacenaban los órganos en jarrones especiales. Luego, usaban una sustancia especial para secar el cuerpo y aplicaban algunos aceites especiales. Después, envolvían el cuerpo seco con telas de lino y vendas, entre las cuales generalmente colocaban amuletos especiales.

La envoltura del cuerpo era el último paso del proceso de momificación. Una vez envuelto el cuerpo, la momia se colocaba en un ataúd llamado sarcófago, como el que se muestra a la derecha.

Sólo la realeza y otros miembros de la **élite**, **o personas ricas y poderosas**, tenían suficiente dinero para hacer momias. Los campesinos no necesitaban este proceso. Enterraban a los muertos en tumbas poco profundas en los límites del desierto. La arena seca y caliente preservaba los cuerpos en forma natural.

COMPRENSIÓN DE LA LECTURA Analizar ¿Cómo influían en las prácticas funerarias las creencias religiosas egipcias?

DESTREZA DE ANÁLISIS ANALIZAR RECURSOS VISUALES
¿Cómo participaban los dioses en la otra vida?

CIVILIZACIONES ANTIGUAS DE ÁFRICA: EGIPTO **287**

Las pirámides

Los egipcios creían que los lugares de entierro, especialmente las tumbas de la realeza, eran muy importantes. Por esta razón, construían monumentos espectaculares para enterrar a sus gobernantes. Los más impresionantes eran las **pirámides**, que eran tumbas de piedra enormes con cuatro caras triangulares que se unían en un punto de la parte superior.

Los egipcios construyeron las primeras pirámides durante el Reino Antiguo. Algunas de las más grandes se construyeron también en ese período. Muchas de estas enormes pirámides egipcias todavía están en pie. La más grande es la gran pirámide de Keops, ubicada cerca de la ciudad de Giza. La base ocupa más de 13 acres y mide 481 pies (146 m) de alto. Esta pirámide fue construida por miles de trabajadores y se usaron más de 2 millones de bloques de piedra caliza. Al igual que todas las pirámides, es un excelente ejemplo de la **ingeniería** egipcia, que es la aplicación del conocimiento científico para fines prácticos.

Interactivo
En detalle

Construcción de las pirámides

Hace más de 4,000 años, cerca de Giza, Egipto, los trabajadores construyeron tres pirámides enormes para las tumbas de sus gobernantes. Es difícil imaginar la cantidad de trabajo que requirió construirlas. Decenas de miles de personas deben de haber trabajado durante décadas para construir estas estructuras gigantes. En este dibujo, los hombres trabajan para construir la pirámide del faraón Khafre.

go.hrw.com PALABRA CLAVE: SK9 CH10
(Sólo en inglés)

Alrededor de la pirámide se acumulaban rampas gigantes de escombros para que los trabajadores llegaran a la cima.

Una estatua llamada esfinge fue tallada en la roca para cuidar la tumba de Khafre.

Se cortaron bloques enormes de piedra caliza con herramientas hechas de piedra y cobre y se transportaron en barco hasta el lugar de construcción.

Construcción de las pirámides

Las primeras pirámides no tenían los lados lisos que generalmente imaginamos en las pirámides. Los egipcios empezaron a construirlas con los lados lisos alrededor de 2700 a.C. Los escalones de estas pirámides se rellenaban y cubrían con piedra caliza. La cámara mortuoria estaba ubicada en el centro de la pirámide. Después del entierro del faraón, los trabajadores sellaban los pasillos que llevaban a esta habitación con grandes bloques.

Los historiadores no saben exactamente cómo construyeron las pirámides los antiguos egipcios. Lo que sí es seguro es que estos enormes proyectos requirieron mucha mano de obra. Casi 100,000 trabajadores deben haberse necesitado para construir sólo una pirámide. El gobierno pagaba a las personas que trabajaban en las pirámides. Sin embargo, los salarios de los trabajadores de los proyectos de construcción se pagaban con bienes como granos en lugar de dinero.

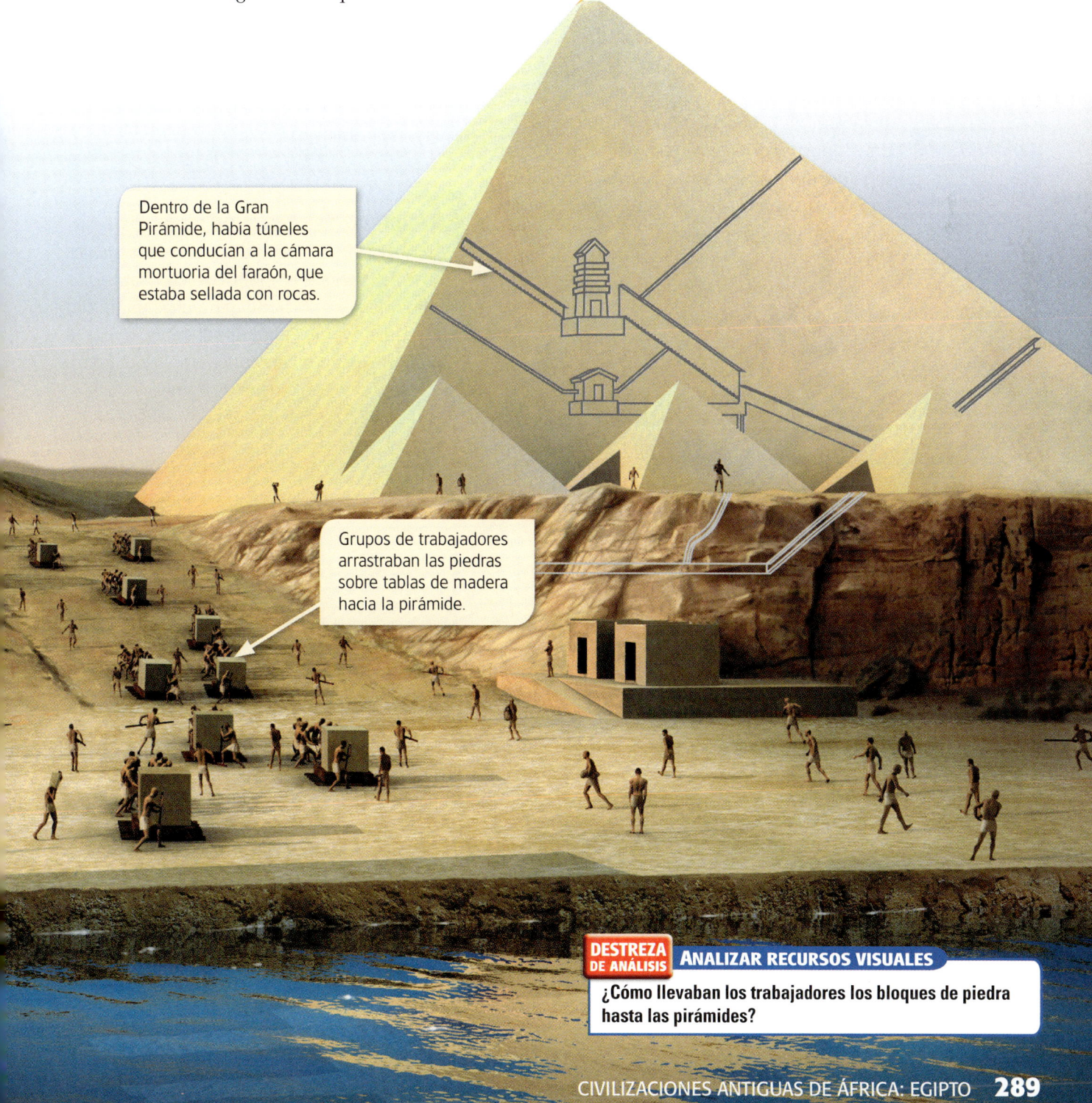

Dentro de la Gran Pirámide, había túneles que conducían a la cámara mortuoria del faraón, que estaba sellada con rocas.

Grupos de trabajadores arrastraban las piedras sobre tablas de madera hacia la pirámide.

DESTREZA DE ANÁLISIS ANALIZAR RECURSOS VISUALES
¿Cómo llevaban los trabajadores los bloques de piedra hasta las pirámides?

Durante años, los especialistas han discutido cómo los egipcios transportaban las enormes piedras para construir las pirámides. Algunos especialistas creen que, durante las crecidas del Nilo, los constructores llevaban las piedras río abajo directamente hasta los sitios de construcción. La mayoría de los historiadores creen que, una vez en el lugar de construcción, los trabajadores usaban rampas de ladrillos y tablas de madera gruesa para arrastrar las piedras hasta las pirámides.

La importancia de las pirámides

Los entierros en las pirámides demostraban la importancia del faraón. El tamaño y la forma de la pirámide eran elementos simbólicos. La cima apuntando hacia el cielo simbolizaba el viaje del faraón hacia la otra vida. Los egipcios querían que las pirámides fueran impresionantes porque creían que el faraón, el vínculo con los dioses, controlaba la vida de todos después de la muerte. Hacer feliz al espíritu del faraón era una manera de asegurar la felicidad propia en la otra vida.

Para asegurarse de que los faraones estuviesen seguros después de la muerte, a veces los egipcios escribían himnos y hechizos mágicos en las tumbas. Estos himnos y hechizos se llaman "Textos de las pirámides". El primer texto dirigido a Ra, el dios del sol, estaba tallado en la pirámide del rey Unas, que fue un faraón del Reino Antiguo.

"Ra, Unas va hacia ti,
un espíritu indestructible...
Tu hijo, Unas, va hacia ti...
Crucen el cielo unidos en la oscuridad,
¡Levántate en tierra luminosa, donde brillarás!"
–Texto de las pirámides, Declaración 217

Los constructores de la pirámide de Unas querían que el dios Ra cuidara el espíritu de su líder. Aun después de la muerte, el faraón egipcio era importante para ellos.

COMPRENSIÓN DE LA LECTURA **Identificar puntos de vista** ¿Por qué eran importantes las pirámides en el antiguo Egipto?

RESUMEN Y PRESENTACIÓN Como ya leíste, durante el Reino Antiguo, se crearon nuevos órdenes sociales y políticos en Egipto. La religión era importante, y muchas pirámides se construyeron para los faraones. En la sección siguiente, aprenderás sobre el Reino Medio y el Reino Nuevo de Egipto.

Evaluación de la Sección 2

Repasar ideas, palabras y lugares

1. a. **Definir** ¿A qué período egipcio hace referencia el **Reino Antiguo**?
   b. **Analizar** ¿Por qué los egipcios nunca cuestionaban la autoridad del faraón?
   c. **Profundizar** ¿Por qué crees que los faraones podrían querer el apoyo de los **nobles**?
2. a. **Definir** ¿Qué significaba **la otra vida** para los egipcios?
   b. **Analizar** ¿Por qué era importante el proceso de embalsamamiento para los egipcios?
3. a. **Describir** ¿Qué es la **ingeniería**?
   b. **Profundizar** ¿Qué nos indica la construcción de las **pirámides** sobre la sociedad egipcia?

Pensamiento crítico

4. **Generalizar** Usa tus notas para completar este organizador gráfico con tres datos sobre la relación entre el gobierno y la religión en el Reino Antiguo.

Gobierno y religión
1.
2.
3.

ENFOQUE EN LA REDACCIÓN

5. **Observar características del Reino Antiguo**
   En el Reino Antiguo, el gobierno, la sociedad y la religión tenían características especiales. Anota detalles sobre cualquiera de esas características que quieras incluir como pistas de tu acertijo sobre Egipto.

go.hrw.com
Cuestionario en Internet
PALABRA CLAVE: SK9 HP10
(Sólo en inglés)

El Reino Medio y el Reino Nuevo

SECCIÓN 3

Si VIVIERAS allí...

Eres sirviente de Hatshepsut, la gobernante de Egipto. La admiras, pero algunas personas creen que una mujer no debería gobernar. Se hace llamar rey y se viste como un faraón; hasta usa una barba falsa. ¡Esa fue tu idea! Pero quieres ayudar más.

¿Qué puede hacer Hatshepsut para demostrar su autoridad?

CONOCER EL CONTEXTO El poder de los faraones se extendió durante el Reino Antiguo. La sociedad estaba organizada de acuerdo con las grandes diferencias entre las clases sociales. Pero los gobernantes y las dinastías cambiaron y Egipto cambió con ellos. Con el tiempo, estos cambios dieron lugar a nuevas eras en la historia de Egipto, eras llamadas Reino Medio y Reino Nuevo.

El Reino Medio

Al final del Reino Antiguo, la riqueza y el poder de los faraones disminuyeron. Construir y mantener las pirámides costaba mucho dinero. Los faraones no podían cobrar los impuestos necesarios para mantener sus gastos. Al mismo tiempo, los nobles ambiciosos usaban sus cargos en el gobierno para quitar poder a los faraones.

Finalmente, los nobles obtuvieron poder suficiente para desafiar a los faraones de Egipto. Alrededor del año 2200 a.C., el Reino Antiguo cayó. Durante los 160 años siguientes, los nobles locales gobernaron la mayor parte de Egipto. Durante este período, el reino no tuvo un gobernante central.

Lo que aprenderás...

Ideas principales
1. El Reino Medio fue un período de gobierno estable entre períodos de desorden.
2. El Reino Nuevo fue el apogeo del comercio y el poder militar egipcios, pero su grandeza no duró mucho.
3. El trabajo y la vida diaria eran muy diferentes entre las clases sociales de Egipto.

La idea clave
Durante el Reino Medio y el Reino Nuevo, el orden y la grandeza fueron restaurados en Egipto.

Palabras clave
Reino Medio, *pág. 292*
Reino Nuevo, *pág. 292*
rutas comerciales, *pág. 293*

TOMAR NOTAS A medida que lees, usa una tabla como la siguiente para tomar notas sobre el Reino Medio y el Reino Nuevo y sobre el trabajo y la vida en el antiguo Egipto.

Reino Medio	Reino Nuevo	Trabajo y vida

Línea cronológica

Períodos de la historia egipcia

3000 a.C. — **2000 a.C.** — **1000 a.C.**

circa 2700–2200 a.C.
Reino Antiguo

circa 2050–1750 a.C.
Reino Medio

circa 1550–1050 a.C.
Reino Nuevo

291

Finalmente, alrededor de 2050 a.C., un poderoso faraón venció a sus rivales. Nuevamente, Egipto estaba unido. Su gobierno inició el **Reino Medio**, un período de orden y estabilidad que duró hasta aproximadamente 1750 a.C. Sin embargo, hacia el final del Reino Medio, Egipto comenzó a caer en el desorden nuevamente.

Cerca de 1750 a.C., un grupo del sudeste asiático llamado hicsos invadió Egipto. Los hicsos usaron caballos, carros y armas avanzadas para conquistar el Bajo Egipto. Entonces, los hicsos gobernaron en la región como faraones durante 200 años.

Finalmente, los egipcios se defendieron. Alrededor de 1550 a.C., Ahmose de Tebas se declaró rey y expulsó a los hicsos de Egipto. Entonces, Ahmose gobernó todo Egipto.

COMPRENSIÓN DE LA LECTURA Resumir ¿Cuál fue la causa del fin del Reino Medio?

El Reino Nuevo

El ascenso de Ahmose al poder marcó el comienzo de la decimoctava dinastía de Egipto. Y, lo que es más importante, fue el comienzo del **Reino Nuevo**, el período durante el cual Egipto alcanzó la cima de su poder y su gloria. Durante este reino, que duró aproximadamente desde 1550 hasta 1050 a.C., las conquistas y el comercio generaron riqueza para los faraones.

La construcción de un imperio

Después de luchar contra los hicsos, los líderes de Egipto temían nuevas invasiones. Para evitarlas, decidieron tomar el control de todas las posibles rutas de invasión hacia el reino. Durante este proceso, estos líderes convirtieron Egipto en un imperio.

El primer objetivo de Egipto fue la tierra de los hicsos. Después de tomar esa región, el ejército siguió hacia el norte y conquistó Siria. Como puedes ver en el mapa, Egipto tomó el control de toda la costa este del Mediterráneo y del reino de Kush, al sur de Egipto. Hacia 1400 a.C., Egipto era el poder militar más importante de la región. El imperio se extendía desde el río Éufrates hasta Nubia.

Gracias a las conquistas militares, Egipto se volvió rico además de poderoso. Los reinos conquistados con frecuencia enviaban regalos y tesoros a los conquistadores egipcios. Por ejemplo, el reino de Kush, en Nubia, enviaba pagos anuales de oro, piedras preciosas y pieles de leopardo para los faraones. Además, los reyes de Asiria, Babilonia y los hititas enviaban regalos costosos para mantener una buena relación con Egipto.

Crecimiento y consecuencias del comercio

A medida que el imperio egipcio se expandía, también lo hacía el comercio. Las conquistas pusieron a los comerciantes egipcios en contacto con tierras más lejanas. Gran parte de estas tierras contaban con recursos valiosos para el comercio. La península de Sinaí es un ejemplo.

BIOGRAFÍA

La reina Hatshepsut
(Gobernó desde *circa* 1500 a 1482 a.C.)

Hatshepsut estaba casada con el faraón Tutmosis II, su medio hermano. Él murió joven y dejó el trono a Tutmosis III, su hijo con otra mujer. Como Tutmosis III todavía era muy joven, Hatshepsut tomó el poder. Muchas personas no creían que las mujeres debieran gobernar, pero Hatshepsut se vestía como un hombre y se hacía llamar rey. Después de su muerte, su hijastro retomó el poder y destrozó todos los monumentos que ella había construido.

Identificar causa y efecto
¿Por qué crees que Hatshepsut se vestía como un hombre?

Tenía valiosos suministros de turquesa y cobre. Se crearon **rutas comerciales, o itinerarios seguidos por los comerciantes**, redituables desde Egipto hacia esas tierras, como se ve en el mapa.

Uno de los gobernantes de Egipto que trabajó para aumentar el comercio fue la reina Hatshepsut. Envió comerciantes egipcios hacia el sur para comerciar con el rey de Punt en el mar Rojo y, hacia el norte, para comerciar con los habitantes de Asia Menor y Grecia.

Hatshepsut y los faraones que la siguieron usaban el dinero del comercio para apoyar las artes y la arquitectura. Hatshepsut es recordada especialmente por los monumentos y templos construidos durante su reinado. La estructura más conocida fue el magnífico templo construido para ella cerca de la ciudad de Tebas.

Invasiones a Egipto

A pesar de su poder militar, Egipto aún enfrentaba amenazas. En 1200 a.C., el faraón Ramsés II, o Ramsés el Grande, luchó contra los hititas, provenientes de Asia Menor. Los dos poderes lucharon ferozmente durante años, pero ninguno pudo vencer al otro.

Egipto también enfrentaba amenazas en otras partes del imperio. Hacia el oeste, un pueblo conocido como los tehenu invadió el delta del Nilo. Ramsés los combatió y construyó fuertes para defender la frontera occidental. Esta decisión fue inteligente, ya que los tehenu volvieron a invadir Egipto un siglo después. Al enfrentar las defensas fortalecidas de Egipto, los tehenu fueron derrotados nuevamente.

Poco después de la muerte de Ramsés el Grande, unos invasores llamados Pueblos del Mar navegaron hacia el sudoeste de Asia. Se sabe poco sobre este pueblo. Los historiadores ni siquiera están seguros de quiénes eran. Lo único que se sabe es que eran guerreros fuertes que derrotaron a los hititas y destruyeron ciudades en el sudoeste de Asia. Sólo después de luchar durante 50 años, los egipcios lograron derrotarlos.

Egipto sobrevivió, pero su imperio en Asia desapareció. Poco después de las invasiones de

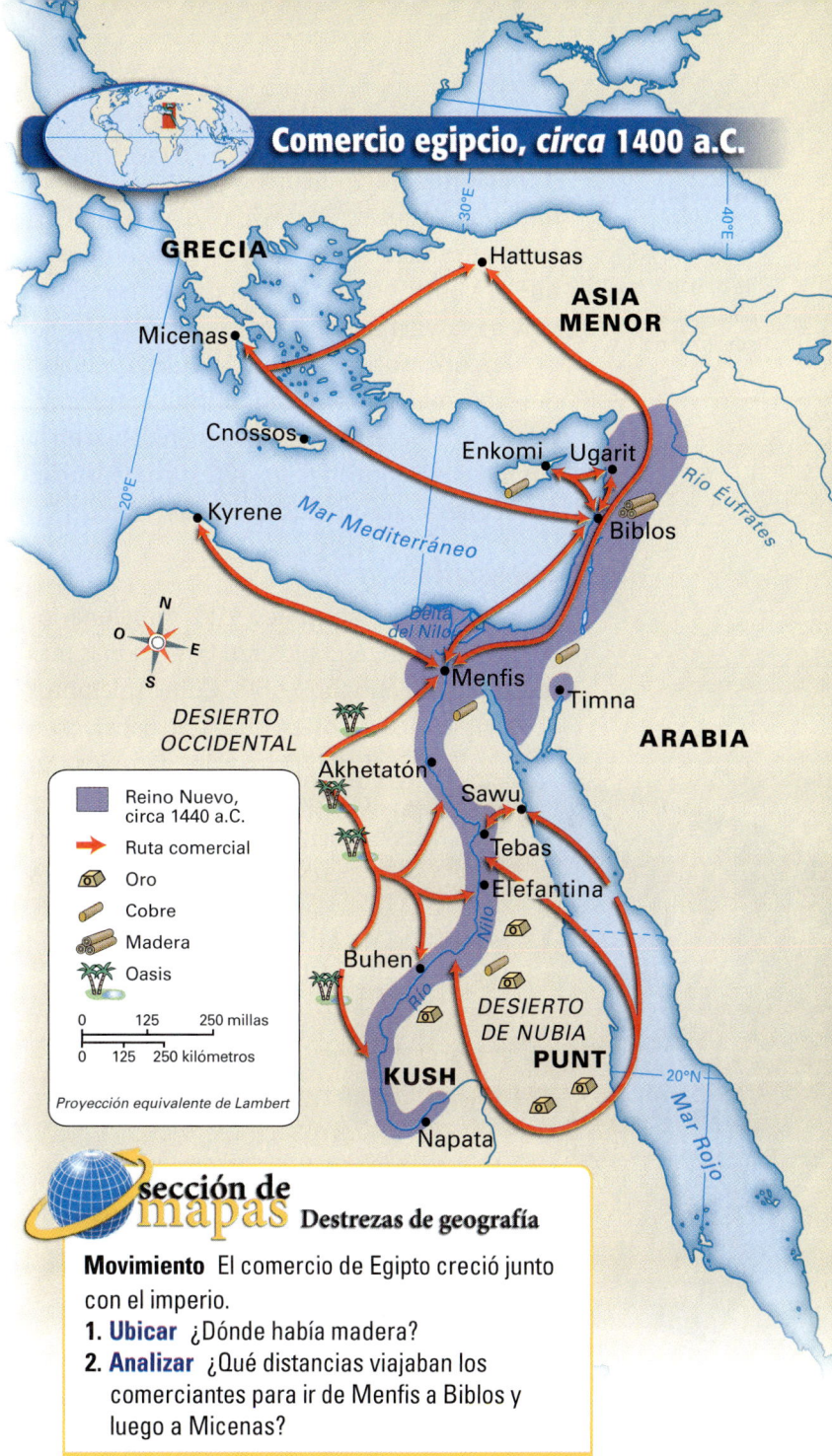

Comercio egipcio, *circa* 1400 a.C.

sección de mapas Destrezas de geografía

Movimiento El comercio de Egipto creció junto con el imperio.
1. **Ubicar** ¿Dónde había madera?
2. **Analizar** ¿Qué distancias viajaban los comerciantes para ir de Menfis a Biblos y luego a Micenas?

los hititas y de los Pueblos del Mar, el Reino Nuevo llegó a su fin. El antiguo Egipto entró en un período de violencia y desorden, y nunca más recuperó su poder.

COMPRENSIÓN DE LA LECTURA **Identificar causa y efecto** ¿Cuál fue la causa del crecimiento del comercio de Egipto durante el Reino Nuevo?

CIVILIZACIONES ANTIGUAS DE ÁFRICA: EGIPTO **293**

El trabajo y la vida diaria

ENFOQUE EN LA LECTURA
¿Qué categorías de trabajo componían la sociedad del antiguo Egipto?

A pesar del surgimiento y la caída de las dinastías egipcias, la vida diaria de los habitantes no cambió mucho. Pero, a medida que la población crecía, la sociedad egipcia se volvía más compleja.

En una sociedad compleja, es necesario que los miembros hagan distintos trabajos. Generalmente, estos trabajos se heredaban en la familia. Desde jóvenes, los niños comenzaban a aprender su futuro trabajo de sus padres.

Los escribas

Después de los sacerdotes y los funcionarios del gobierno, los escribas eran las personas más respetadas del antiguo Egipto. Como miembros de la clase media, los escribas trabajaban para el gobierno y los templos. Su trabajo incluía llevar registros y cuentas. Los escribas también escribían y copiaban textos literarios y religiosos.

Debido a que eran miembros respetados, los escribas no pagaban impuestos. Por esta razón, muchos escribas se enriquecieron.

Los artesanos, los artistas y los arquitectos

Otro grupo de la sociedad estaba formado por los artesanos, cuyo trabajo requería mucha destreza. Entre los artesanos que trabajaban en Egipto se encontraban los escultores, los constructores, los carpinteros, los joyeros, los trabajadores del metal y los del cuero. Los artesanos fabricaban estatuas, muebles, joyas, cerámicas y calzados. La mayoría de los artesanos trabajaban para el gobierno o los templos. Los artesanos egipcios eran muy admirados y se les pagaba bastante bien.

Los arquitectos y los artistas también eran admirados en Egipto. Los arquitectos diseñaban los templos y las tumbas reales por las cuales Egipto es admirado. Los arquitectos talentosos podían llegar a formar parte del gobierno. Los artistas generalmente trabajaban

La vida diaria en Egipto

La mayoría de los egipcios pasaban los días en los campos, arando y cosechando.

La reina Nefertiti, a la izquierda, y otras reinas egipcias usaban maquillaje, joyas y perfume.

para el estado o para los templos. Los artistas egipcios producían diversos tipos de obras. Muchos artistas pintaban dibujos detallados en las cámaras mortuorias de los faraones.

Mercaderes y comerciantes

Aunque el comercio era importante para Egipto, sólo un pequeño grupo de habitantes se convertían en mercaderes y comerciantes. Algunos viajaban largas distancias para comprar y vender bienes. En esos viajes, los mercaderes generalmente iban acompañados por soldados, escribas y jornaleros.

Los soldados

Después de las guerras del Reino Medio, Egipto estableció un ejército profesional. El ejército ofrecía la oportunidad de ascender en la escala social. Los soldados recibían tierras como pago y también podían quedarse con los tesoros que conseguían en la guerra. Los soldados sobresalientes podían ser promovidos a rangos más altos.

Los agricultores y otros campesinos

Al igual que en la sociedad del Reino Antiguo, los agricultores y otros campesinos egipcios estaban en la base de la escala social. Estos trabajadores dedicados conformaban la mayor parte de la población de Egipto.

Los agricultores egipcios cultivaban los campos para mantener a sus familias y dependían de las crecientes regulares del Nilo para cosechar sus cultivos. Los agricultores usaban azadas de madera o arados tirados por vacas para preparar la tierra antes de las inundaciones. Cuando el agua se retiraba, los agricultores plantaban semillas de trigo y cebada. Al final de la temporada, los agricultores egipcios trabajaban juntos para recolectar las cosechas.

Los agricultores tenían que dar parte de la cosecha al faraón como impuesto. Estos impuestos pagaban el uso de la tierra. Según la ley egipcia, el faraón controlaba todas las tierras del reino.

Este jarrón probablemente contenía perfume, un artículo comercial valioso.

Los sirvientes trabajaban para los gobernantes y los nobles y tenían diferentes tareas, entre ellas, preparar comidas.

DESTREZA DE ANÁLISIS — ANALIZAR RECURSOS VISUALES
¿Cuáles eran algunos de los elementos de lujo que usaban las reinas y los gobernantes de Egipto?

CIVILIZACIONES ANTIGUAS DE ÁFRICA: EGIPTO

Todos los campesinos, incluidos los agricultores, también realizaban tareas especiales. Según la ley egipcia, el faraón podía pedirles en cualquier momento que trabajaran en proyectos, como en la construcción de pirámides, en minas de oro o en el ejército. El gobierno pagaba a los trabajadores con granos.

Los esclavos

Los pocos esclavos que había en la sociedad egipcia estaban por debajo de los agricultores. Muchos eran delincuentes condenados o prisioneros capturados en la guerra. Estos esclavos trabajaban en las cosechas, en proyectos de construcción, en talleres y en casas privadas. A diferencia de la mayoría de los esclavos de la historia, los de Egipto tenían ciertos derechos legales. En algunos casos, podían ganar su libertad.

La vida familiar en Egipto

La vida familiar era muy importante en la sociedad egipcia. La mayoría de las familias vivían en sus propias casas. A veces, las mujeres solteras de la familia se quedaban en ellas, pero los hombres debían casarse jóvenes para empezar a tener hijos.

La mayoría de las mujeres egipcias se dedicaban al hogar y a la familia. Sin embargo, algunas trabajaban fuera del hogar. Unas pocas eran sacerdotisas y otras trabajaban como funcionarias reales, administradoras o artesanas. A diferencia de la mayoría de las mujeres de la antigüedad, las egipcias tenían algunos derechos legales. Podían tener propiedades, firmar **contratos** y divorciarse. Incluso, podían quedarse con sus propiedades después del divorcio.

La vida de los niños no era tan estructurada como la de los adultos. Tenían juguetes: muñecas, trompos y animales de arcilla. También jugaban con pelotas y cazaban. La mayoría de los niños, varones y mujeres, recibían algún tipo de educación. En la escuela, aprendían escritura, moralidad, matemáticas y deportes. A los 14, la mayoría de los varones dejaban la escuela y comenzaban a trabajar en la profesión del padre. En ese momento, empezaban a formar parte de la estructura social de Egipto.

> **COMPRENSIÓN DE LA LECTURA** **Crear categorías** ¿Qué tipos de trabajo existían en el antiguo Egipto?

> **RESUMEN Y PRESENTACIÓN** Los faraones enfrentaron muchos desafíos durante sus gobiernos. Después de vencer a los hicsos, el territorio y la riqueza de Egipto crecieron. Los habitantes de Egipto realizaban diversos trabajos. En la siguiente sección, aprenderás sobre los logros de los egipcios.

VOCABULARIO ACADÉMICO
contratos acuerdos legales vinculantes

Evaluación de la Sección 3

Repasar ideas, palabras y lugares

1. a. **Definir** ¿Qué fue el **Reino Medio**?
   b. **Analizar** ¿Cómo se convirtió Ahmose en el rey de todo Egipto?
2. a. **Recordar** ¿Qué dos cosas enriquecieron a los faraones durante el **Reino Nuevo**?
   b. **Explicar** ¿Qué hizo Hatshepsut como faraona de Egipto?
3. a. **Identificar** ¿Qué trabajo tenían la mayoría de los habitantes de Egipto?
   b. **Analizar** ¿Qué derechos tenían las mujeres egipcias?
   c. **Profundizar** ¿Por qué crees que los escribas eran tan honrados en la sociedad egipcia?

Pensamiento crítico

4. **Crear categorías** Dibuja pirámides como las siguientes. Usa tus notas para completar las pirámides con los factores políticos y militares que causaron el surgimiento y la caída de los Reinos Medio y Nuevo.

ENFOQUE EN LA REDACCIÓN

5. **Desarrollar ideas sobre los Reinos Medio y Nuevo** Tu acertijo debe contener información sobre estos períodos. Decide qué ideas clave deberías incluir y agrégalas a la lista.

BIOGRAFÍA

Ramsés el Grande

¿Cómo puede durar 3,000 años la fama de un gobernante?

¿Cuándo vivió? Fines de 1300 y comienzos de 1200 a.C.

¿Dónde vivió? Como faraón, Ramsés vivió en una ciudad que construyó en el delta del Nilo. El nombre de la cuidad, Pi-Ramsés, significa "la casa de Ramsés".

¿Qué hizo? Desde muy joven, entrenaron a Ramsés para ser gobernante y luchador. Se convirtió en capitán del ejército cuando tenía 10 años y comenzó campañas militares incluso antes de ser faraón. Durante su reinado, Ramsés logró aumentar el territorio de Egipto.

¿Por qué es importante? Muchas personas consideran que él fue el último gran faraón de Egipto. Logró muchas cosas, pero los faraones que lo sucedieron no pudieron mantenerlas. Era un gran guerrero y constructor, y se lo conoce en gran parte por los enormes monumentos que construyó. Los templos de Karnak, Luxor y Abu Simbel, construidos hace 3,000 años, son símbolos del poder del gran faraón.

Sacar conclusiones ¿Por qué crees que Ramsés construyó monumentos en todo Egipto?

IDEAS CLAVE

Ramsés hizo tallar un poema que lo alababa en las paredes de cinco templos, entre ellos Karnak. Uno de los versos del poema alaba a Ramsés por ser un gran guerrero y defender a Egipto.

> "Gentil Señor y el más valiente rey, guardia salvador
> de Egipto en la batalla, sé nuestro guardián;
> obsérvennos, solos resistimos,
>   en el círculo hostil hitita,
> guárdanos el aliento de la vida,
> libéranos de las luchas,
> ¡Ay, protégenos, Ramsés Meriamón!
> ¡Ay, sálvanos, poderoso rey!"
>
> –Poema de Pentaur, *The World's Story (Historia universal)*, edición de Eva March Tappan (traducción)

Esta copia de una antigua pintura muestra a Ramsés el Grande en su carro de guerra luchando contra los hititas.

CIVILIZACIONES ANTIGUAS DE ÁFRICA: EGIPTO

SECCIÓN 4

Los logros de los egipcios

Lo que aprenderás...

Ideas principales

1. Los egipcios usaban símbolos llamados jeroglíficos para escribir.
2. Los grandes templos de Egipto estaban generosamente decorados.
3. El arte egipcio abundaba en las tumbas.

La idea clave

Los egipcios hicieron aportes duraderos en escritura, arte y arquitectura.

Palabras clave

jeroglíficos, *pág. 298*
papiros, *pág. 298*
piedra Roseta, *pág. 299*
esfinges, *pág. 300*
obelisco, *pág. 300*

TOMAR NOTAS A medida que lees, usa una tabla como la siguiente para tomar notas sobre los logros de los antiguos egipcios. En cada columna, identifica los logros egipcios en el área correcta.

Escritura	Arquitectura	Arte

Si VIVIERAS allí...

Eres un artista del antiguo Egipto. Un noble poderoso te ha contratado para decorar las paredes de la tumba familiar. Te encuentras en la tumba familiar, estudiando las paredes de piedra que decorarás. No hay luz en la cámara, pero tu sirviente sostiene una antorcha. Conociste poco al noble, pero piensas que es alguien que ama a su familia, a los dioses y a Egipto.

¿Qué incluirías en tu pintura?

CONOCER EL CONTEXTO La historia antigua de los egipcios es larga y variada. Sin embargo, actualmente, la mayoría de las personas recuerdan a los egipcios por sus logros culturales. El arte, como las pinturas de las tumbas mencionadas anteriormente, y el singular sistema de escritura egipcios son admirados por millones de turistas en museos en todo el mundo.

Escritura egipcia

Si leyeras un libro y vieras dibujos de tela doblada, una pierna, una estrella, un pájaro y un hombre con un palo, ¿sabrías lo que significa? Lo sabrías si vivieras en el antiguo Egipto. En el sistema de escritura egipcio, o **jeroglíficos**, esos cinco símbolos juntos significaban "enseñar". Los jeroglíficos egipcios fueron uno de los primeros sistemas de escritura del mundo.

Escritura en el antiguo Egipto

Los primeros textos egipcios datan de alrededor de 3300 a.C. Estos escritos se tallaban en piedra o en otros materiales sólidos. Más adelante, los egipcios aprendieron a hacer **papiros**, un material duradero hecho de juncos, similar al papel. Fabricaban el papiro presionando láminas de juncos y machacándolas hasta formar hojas. Estas hojas eran fuertes y duraderas, pero se podían enrollar. Los escribas escribían en papiros con pinceles y tinta.

Escritura egipcia

En los jeroglíficos egipcios se usaban símbolos para representar sonidos.

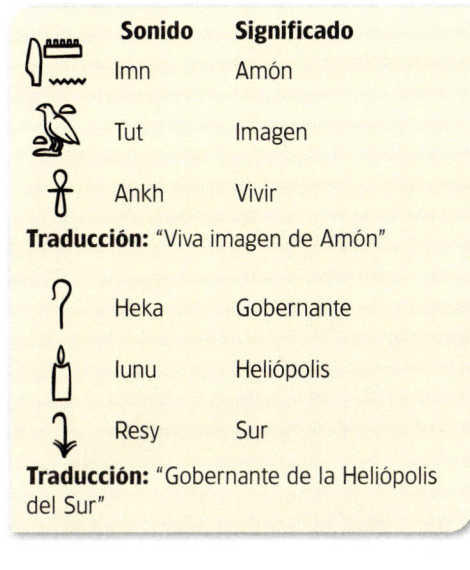

	Sonido	Significado
	Imn	Amón
	Tut	Imagen
	Ankh	Vivir

Traducción: "Viva imagen de Amón"

	Heka	Gobernante
	Iunu	Heliópolis
	Resy	Sur

Traducción: "Gobernante de la Heliópolis del Sur"

DESTREZA DE ANÁLISIS — ANALIZAR RECURSOS VISUALES
¿A qué se parece el símbolo de gobernante?

El sistema de escritura jeroglífica tenía más de 600 símbolos, en su mayoría, dibujos de objetos. Cada símbolo representaba uno o más sonidos del idioma egipcio. Por ejemplo, el dibujo de un búho representaba el mismo sonido que la letra "M".

Los jeroglíficos podían escribirse en forma horizontal o vertical, de izquierda a derecha o viceversa. De este modo, los jeroglíficos eran muy flexibles para escribir pero muy difíciles de leer. El único modo de saber cómo está escrito un texto es observar los símbolos de forma individual.

La piedra Roseta

Los historiadores y los arqueólogos conocen los jeroglíficos desde hace siglos. Pero, durante mucho tiempo, los historiadores no supieron cómo leerlos. De hecho, no fue hasta 1799 cuando el afortunado descubrimiento de un soldado francés brindó a los historiadores la clave para leer los textos egipcios antiguos.

Esa clave fue la **piedra Roseta**, una gran losa de piedra en la que aparecen inscripciones en jeroglíficos. Además de los jeroglíficos, la piedra Roseta tenía textos en griego y una forma más moderna del idioma egipcio. Como el mensaje era el mismo en los tres idiomas, los especialistas que sabían griego pudieron descubrir lo que decían los jeroglíficos.

Textos egipcios

Como el papiro no se deterioraba gracias al clima seco de Egipto, muchos textos todavía existen. Entre ellos, hay registros del gobierno, registros históricos, textos de ciencia y manuales médicos. Además, muchas obras literarias también han sobrevivido. Algunas de ellas, como el *Libro de los muertos*, hablan sobre la otra vida. Otras cuentan historias sobre dioses y reyes.

COMPRENSIÓN DE LA LECTURA **Comparar** ¿En qué se parece nuestro sistema de escritura al de los jeroglíficos?

SU IMPORTANCIA HOY
Hoy en día, a un objeto que ayuda a resolver un misterio muy difícil de descifrar a veces se lo llama piedra Roseta.

Los grandes templos de Egipto

Además del sistema de escritura, los antiguos egipcios son famosos por su magnífica arquitectura. Ya leíste sobre las estructuras más famosas de Egipto: las pirámides. Pero los egipcios también construyeron templos enormes. Los que han perdurado son algunos de los lugares más espectaculares de Egipto.

Los egipcios creían que los templos eran el hogar de los dioses. Las personas los visitaban para orar, ofrecer regalos y pedir favores a los dioses.

Muchos templos egipcios tenían características similares. Hileras de **esfinges**, criaturas imaginarias con cuerpo de león y cabeza de otros animales o humanas, se alineaban en el camino hacia la entrada. Esta entrada era una puerta grande y gruesa. A cada lado de la entrada podía haber un **obelisco**, un pilar alto, de cuatro caras y acabado en punta.

SU IMPORTANCIA HOY
El monumento a Washington, en Washington, D. C., es un obelisco.

Adentro, los templos egipcios estaban decorados generosamente, como puedes ver en la ilustración del templo de Karnak. El techo del templo estaba sostenido por enormes columnas. Generalmente, estas columnas estaban cubiertas de pinturas y jeroglíficos, al igual que las paredes del templo. También podía haber estatuas de faraones y dioses en las paredes. El santuario, la parte más sagrada del edificio, se encontraba al fondo del templo.

El templo de Karnak es sólo uno de los grandes templos de Egipto. Ramsés construyó otros templos en Abu Simbel y Luxor. El de Abu Simbel es especialmente conocido por las enormes estatuas que hay a cada lado de la entrada. Miden 66 pies de alto, están talladas en arenisca y son de Ramsés el Grande cuando era faraón. Cerca, hay estatuas más pequeñas de su familia.

COMPRENSIÓN DE LA LECTURA Generalizar ¿Qué características tenían los templos del antiguo Egipto?

En detalle
El templo de Karnak

El templo de Karnak era el más grande de Egipto. Se construyó principalmente para honrar a Amón-Ra, el dios del sol, y fue el centro religioso más importante de Egipto durante siglos. A medida que pasaban los años, los faraones agregaron otros edificios al templo. Esta ilustración muestra cómo podría haber lucido la gran entrada del templo de Karnak durante un festival antiguo.

Las columnas y las paredes del interior del templo de Karnak estaban pintadas con colores brillantes.

DESTREZA DE ANÁLISIS ANALIZAR RECURSOS VISUALES
¿Qué características de la arquitectura egipcia puedes ver en esta ilustración?

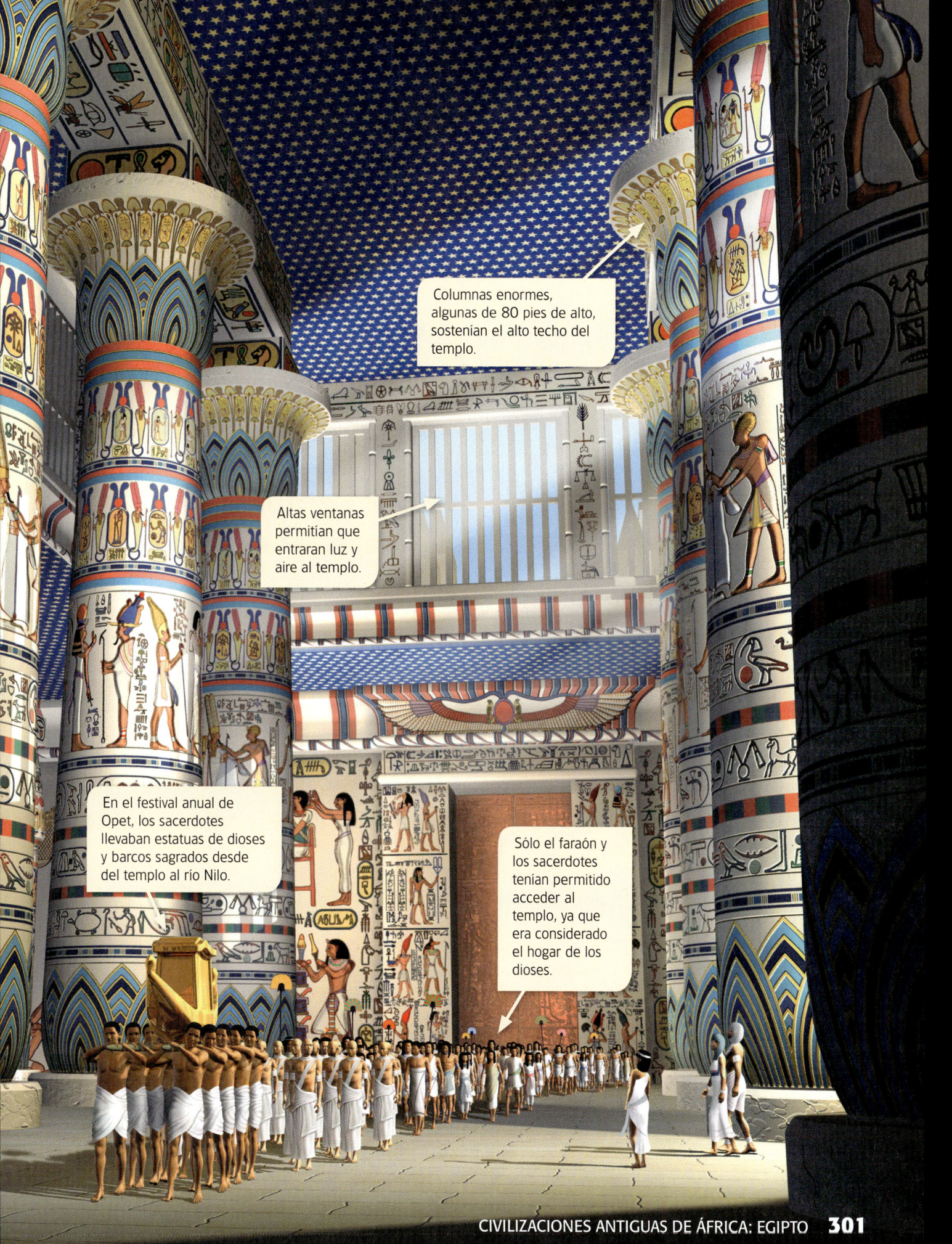

Tesoros de la tumba del rey Tut

En 1922, el arqueólogo Howard Carter descubrió la tumba del rey Tut. A diferencia de otras tumbas egipcias, nunca había sido asaltada y todavía estaba llena de tesoros, como algunos de los que se muestran aquí.

Howard Carter examina el ataúd del rey Tut en 1922.

Arte egipcio

ENFOQUE EN LA LECTURA
¿Qué categorías podrías usar para organizar la información de la sección "Arte egipcio"?

Una de las razones por la cual los templos egipcios son lugares tan visitados por los turistas es el arte que presentan. Los antiguos egipcios eran artistas magistrales. Muchas de las obras más importantes fueron creadas para llenar las tumbas de los faraones y otros nobles. Los egipcios eran muy cuidadosos al hacer estos objetos, porque creían que los muertos podían disfrutarlos en la otra vida.

Pinturas

El arte egipcio estaba lleno de escenas coloridas y alegres. Obras con muchos detalles cubrían las paredes de los templos y las tumbas. Los artistas también pintaban sobre lienzo, papiro, cerámica, yeso y madera. Sin embargo, la mayoría de los egipcios nunca vieron estas pinturas. Sólo los reyes, los sacerdotes y las personas importantes podían entrar en los templos y las tumbas, y hasta ellos rara vez entraban en las tumbas.

Los temas de las pinturas egipcias varían mucho. Algunas pinturas muestran hechos históricos importantes, como la coronación de un nuevo rey o la fundación de un templo. Otras presentaban rituales religiosos importantes. También presentaban escenas de la vida diaria, como la agricultura o la caza.

Las pinturas egipcias tienen un estilo característico. Por ejemplo, las personas están dibujadas de una manera especial. Las piernas y la cabeza siempre están de perfil, pero el tronco y los hombros se muestran de frente. Además, no todas las personas tienen el mismo tamaño. Los personajes importantes, como el faraón, son enormes en comparación con los demás, en especial los sirvientes o las personas conquistadas. En cambio, los animales egipcios generalmente están dibujados de forma realista.

Grabados y joyas

Las pinturas no eran la única forma de arte que los egipcios practicaban. Los egipcios también eran habilidosos con la piedra. Muchas tumbas contenían estatuas enormes y grabados con muchos detalles.

Además, los egipcios hacían objetos hermosos de oro y piedras preciosas. Fabricaban joyas tanto para mujeres como para hombres. Entre las joyas

El respaldo de la silla del rey Tut estaba decorado con esta imagen del faraón y su esposa.

DESTREZA DE ANÁLISIS **ANALIZAR RECURSOS VISUALES**

¿Qué aprendieron los arqueólogos sobre los antiguos egipcios gracias a estos artefactos?

Máscara de oro

había collares, brazaletes y gargantillas. Los egipcios también usaban oro para hacer objetos para las tumbas de los faraones.

A lo largo de los años, los buscadores de tesoros vaciaron las tumbas de muchos faraones. Sin embargo, hay al menos una tumba que no atacaron. En 1922, algunos arqueólogos encontraron la tumba del rey Tutankamón o rey Tut. La tumba estaba llena de tesoros, entre ellos, cajas de joyas, túnicas, una máscara funeraria y estatuas de marfil. Los tesoros del rey Tut nos enseñaron mucho sobre las creencias y las prácticas funerarias egipcias.

COMPRENSIÓN DE LA LECTURA Resumir ¿Qué tipos de obras de arte había en las tumbas egipcias?

RESUMEN Y PRESENTACIÓN Los egipcios hicieron avances que influenciaron nuestras vidas durante muchos siglos. A continuación, aprenderás sobre varias civilizaciones que se desarrollaron en África después de Egipto y que se enriquecieron con el comercio.

Evaluación de la Sección 4

go.hrw.com
Cuestionario en Internet
PALABRA CLAVE: SK9 HP10
(Sólo en inglés)

Repasar ideas, palabras y lugares

1. a. **Definir** ¿Qué eran los **jeroglíficos**?
   b. **Contrastar** ¿En qué se diferencian los jeroglíficos de nuestro sistema actual de escritura?
   c. **Evaluar** ¿Por qué fue importante la **piedra Roseta**?
2. a. **Describir** ¿De qué dos maneras decoraban los templos los egipcios?
   b. **Evaluar** ¿Por qué crees que los faraones como Ramsés el Grande construyeron templos enormes?
3. **Recordar** ¿Por qué los egipcios llenaban las tumbas con arte, joyas y otros tesoros?

Pensamiento crítico

4. **Resumir** Dibuja una tabla como la siguiente. En cada columna, escribe una oración que resuma los logros de los egipcios en la categoría correcta.

Escritura	Arquitectura	Arte

ENFOQUE EN LA REDACCIÓN

5. **Considerar los logros de los egipcios** Para tu acertijo, anota algunos logros de los egipcios, ya sea de escritura, arquitectura o arte, que hicieron que Egipto fuera diferente de otros lugares.

CIVILIZACIONES ANTIGUAS DE ÁFRICA: EGIPTO

Destrezas de estudios sociales

Tablas y gráficas | Pensamiento crítico | Geografía | Estudio

Analizar fuentes primarias y secundarias

Aprender

Las *fuentes primarias* son materiales creados por personas que vivieron durante el período que describen. Por ejemplo, cartas, diarios y fotografías. Las *fuentes secundarias* son explicaciones escritas posteriormente por alguien que no estuvo presente. Generalmente, describen o enseñan sobre un tema histórico. Este capítulo es un ejemplo de una fuente secundaria.

Al estudiar los dos tipos, puedes entender mejor un período o suceso histórico. Sin embargo, no todas las fuentes son exactas o confiables. Usa estas listas de control para decidir qué fuentes son confiables.

Lista de control para evaluar fuentes primarias

- ¿Quién es el autor? ¿Es confiable?
- ¿Estaba presente el autor cuando ocurrió el hecho descrito? ¿Se habrá basado el autor del texto en rumores, chismes o habladurías?
- ¿Cuánto tiempo después del hecho se escribió la fuente? Cuanto más tiempo haya pasado, más posibilidades hay de que se haya cometido algún error.
- ¿Cuál es el objetivo? Los autores pueden tener motivos para exagerar, y hasta mentir, para lograr su objetivo. Busca pruebas de emoción, opinión o puntos de vista en la fuente. Pueden afectar la exactitud.
- ¿Se puede verificar la información en otra fuente primaria o secundaria?

Lista de control para evaluar fuentes secundarias

- ¿Quién es el autor? ¿Qué preparación tiene? ¿Es una autoridad en el tema?
- ¿De dónde obtiene el autor la información? Los buenos historiadores siempre dicen de dónde obtuvieron la información.
- ¿Presentó el autor conclusiones válidas?

Practicar

"Los egipcios expandieron pronto su influencia comercial y militar hacia una región extensa [amplia] que incluía las ricas provincias de Siria... y la cantidad de esclavos egipcios aumentó rápidamente".

–C. Warren Hollister, *Roots of the Western Tradition* (Raíces de la tradición occidental)

"Déjenme contarles cómo viajaba el soldado... cómo iba a Siria y cómo marchaba por las montañas. El pan y el agua [cargados] al hombro como sobre el lomo de [un burro]... y las articulaciones de su espalda arqueadas [dobladas]... Cuando alcanza al enemigo... ya no tiene fuerza en las extremidades".

–De *Wings of the Falcon: Life and Thought of Ancient Egypt*, traducido al inglés por Joseph Kaster (*Las alas del halcón: vida y creencias del antiguo Egipto*)

1. ¿Cuál de los dos pasajes es una fuente primaria y cuál es una fuente secundaria?
2. ¿Hay pruebas de opinión, emoción o puntos de vista en el segundo pasaje? ¿Por qué?
3. ¿Qué pasaje sería mejor para aprender sobre la vida de los soldados egipcios y por qué?

Aplicar

Consulta la biografía de Ramsés el Grande en este capítulo para responder a las siguientes preguntas.

1. Identifica la fuente primaria de la biografía.
2. ¿Qué puntos de vista u otros aspectos pueden afectar la fiabilidad o exactitud de la fuente primaria?

CAPÍTULO 10 Repaso del capítulo

El impacto de la geografía:
videos
Consulta el video para responder a la pregunta final: *¿Qué indican las pirámides egipcias del antiguo Egipto sobre las personas de esa civilización?*

Resumen visual

Usa el siguiente resumen visual para repasar las ideas principales del capítulo.

DATOS BREVES

La civilización egipcia se desarrolló a lo largo del río Nilo, que brindaba agua y tierra fértil para la agricultura.

Los reyes de Egipto eran considerados dioses, y los egipcios hacían máscaras funerarias de oro y pirámides en su honor.

Los logros culturales de los egipcios incluyen hermosas obras de arte y la creación de un sistema de escritura jeroglífica.

Repasar vocabulario, palabras y lugares

Imagina que estas palabras del capítulo son las respuestas a las instrucciones de un crucigrama. Escribe las pistas de las respuestas. Luego confecciona un crucigrama con las respuestas verticales y horizontales.

1. rápido
2. río Nilo
3. faraón
4. nobles
5. momia
6. adquirir
7. contrato
8. pirámides
9. jeroglíficos
10. esfinges

Comprensión y pensamiento crítico

SECCIÓN 1 *(Páginas 278 a 282)*

11. **a. Identificar** ¿Dónde se encontraba la mayor parte de la tierra fértil de Egipto?

    b. Inferir ¿Por qué se convirtió Menfis en el centro político y social de Egipto?

    c. Predecir ¿En qué habría cambiado la historia si el Nilo no se hubiera desbordado todos los años?

SECCIÓN 2 *(Páginas 283 a 290)*

12. **a. Describir** ¿Quiénes eran los faraones y qué responsabilidades tenían?

    b. Analizar ¿Cómo se relacionaban las creencias sobre la otra vida con los objetos colocados en las tumbas?

    c. Profundizar ¿Qué desafíos, además de mover los bloques de piedra, crees que enfrentaban los constructores de las pirámides?

SECCIÓN 3 *(Páginas 291 a 296)*

13. **a. Describir** ¿Qué hacían los escribas y qué beneficios recibían?

    b. Analizar ¿En qué período tuvo lugar el Reino Nuevo y qué dos factores contribuyeron a la riqueza de Egipto durante ese período?

    c. Evaluar Ramsés el Grande fue un faraón poderoso. ¿Qué crees más importantes para evaluar su grandeza: sus logros militares o los proyectos de construcción? ¿Por qué?

SECCIÓN 4 (*Páginas 298 a 303*)

14. a. Describir ¿Para qué se usaba el papiro?

 b. Contrastar ¿En qué se diferencian los símbolos jeroglíficos egipcios de los que usamos en nuestro sistema de escritura?

 c. Profundizar ¿Cómo refleja el estilo de las pinturas egipcias a la sociedad?

Destrezas de estudios sociales

Analizar fuentes primarias y secundarias *Cada una de las siguientes preguntas presenta dos fuentes que un historiador puede consultar para responder una pregunta sobre el antiguo Egipto. Para cada pregunta, decide qué fuente puede ser la más exacta o confiable y por qué. Luego, indica si es una fuente secundaria o primaria.*

15. ¿Cuáles eran las creencias egipcias sobre la otra vida?
 a. las inscripciones de las tumbas egipcias
 b. textos de un sacerdote que visitó Egipto en 1934

16. ¿Por qué el Nilo crecía todos los años?
 a. canciones de alabanza al río Nilo escritas por sacerdotes egipcios
 b. un libro sobre los ríos de África escrito por un geógrafo moderno

17. ¿Qué tipos de bienes comercializaban los egipcios?
 a. registros comerciales egipcios
 b. un cuento egipcio antiguo sobre un comerciante

18. ¿Qué tipo de guerrero era Ramsés el Grande?
 a. un poema de alabanza a Ramsés
 b. una descripción de una batalla en la cual Ramsés luchó, escrita por un observador imparcial

Usar Internet

go.hrw.com
PALABRA CLAVE: SK9 CH12
(Sólo en inglés)

19. Actividad: Crear arte egipcio Los egipcios eran excelentes artistas. Entre sus obras, podemos encontrar hermosas pinturas, esculturas y joyas. La arquitectura egipcia incluía enormes pirámides y templos. Ingresa la palabra clave de la actividad e investiga el arte y la arquitectura egipcios. Luego imagina que eres egipcio. Crea una obra de arte para la tumba del faraón. Incluye jeroglíficos para explicar tu obra al faraón.

ENFOQUE EN LA LECTURA Y LA REDACCIÓN

20. Crear categorías Crea una tabla con tres columnas. Titula la tabla "Faraones egipcios". Nombra las tres columnas "Posición y poder", "Responsabilidades" y "Faraones famosos". Luego haz una lista con datos y detalles del capítulo debajo de cada categoría.

21. Escribir un acertijo Elige cinco detalles sobre Egipto. Luego escribe una oración sobre cada detalle. Cada oración de tu acertijo debe ser una afirmación que termine con "me". Por ejemplo, si escribieras sobre Estados Unidos, podrías decir: "Las personas vienen de todo el mundo a visitarme". Después de escribir las cinco oraciones, termina el acertijo con "¿Quién soy?". La respuesta al acertijo debe ser "Egipto".

Actividad con mapas

22. Antiguo Egipto En una hoja aparte, une las letras del mapa con los nombres correctos.

Bajo Egipto   mar Rojo
mar Mediterráneo   península de Sinaí
río Nilo   Alto Egipto

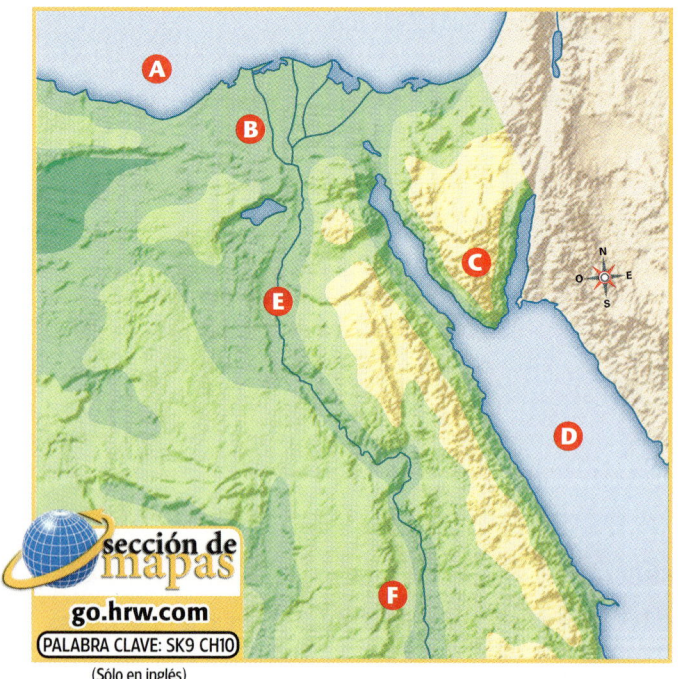

CAPÍTULO 10 — Práctica para el examen estandarizado

INSTRUCCIONES (1 a 7): Escribe en una hoja de respuestas aparte el *número* de la palabra o expresión dada que mejor complete las oraciones o responda a las preguntas.

1 ¿Qué oración sobre cómo ayudó el Nilo a la civilización egipcia es falsa?

(1) Era una fuente de agua y alimentos.
(2) Permitía cosechar en la zona.
(3) Sus crecidas enriquecían la tierra de la orilla.
(4) Brindaba protección contra las invasiones del oeste.

2 La tierra más fértil de Egipto estaba ubicada en

(1) el delta del Nilo.
(2) los desiertos.
(3) los rápidos.
(4) el sur.

3 La posición alta de los sacerdotes en la sociedad egipcia demuestra que

(1) el faraón era descendiente de un dios.
(2) el gobierno era grande y poderoso.
(3) la religión era importante en la vida egipcia.
(4) los primeros egipcios adoraban a muchos dioses.

4 Los egipcios son probablemente *más* conocidos por construir

(1) pirámides.
(2) canales de irrigación.
(3) rápidos.
(4) deltas.

5 ¿Durante qué período alcanzó el antiguo Egipto la cima del poder y la gloria?

(1) la primera dinastía
(2) el Reino Antiguo
(3) el Reino Medio
(4) el Reino Nuevo

6 ¿Quién fue considerado el primer gobernante del Egipto unificado?

(1) Menes
(2) Ramsés el Grande
(3) el rey Tutankamón
(4) la reina Hatshepsut

7 ¿Qué descubrimiento proporcionó a los historiadores la clave necesaria para leer los jeroglíficos egipcios?

(1) obelisco
(2) papiro
(3) piedra Roseta
(4) esfinge

Básate en el siguiente pasaje y en tus conocimientos de estudios sociales para responder a la pregunta 8.

> Oh, gran dios y gobernante, regalo de Amón-Ra, dios del sol.
> Oh, gran protector de Egipto y sus habitantes.
> Grande que nos salvó de los tehenu.
> Tú, que fortaleciste nuestra frontera occidental para protegernos de los enemigos.
> Tú, que honras a los dioses con poderosos templos en Abu Simbel y Luxor.
> Te bendecimos, oh, grande.
> Te adoramos y honramos, oh, gran y poderoso faraón.

8 **Pregunta con respuesta elaborada** El pasaje anterior se escribió para honrar a Ramsés el Grande. ¿Cuáles fueron dos de los logros por los cuales el autor alaba a Ramsés?

CIVILIZACIONES ANTIGUAS DE ÁFRICA: EGIPTO

CAPÍTULO 11
Civilizaciones antiguas de África: los reinos comerciales

PREGUNTA DE ENFOQUE
¿Qué aportes hicieron las civilizaciones antiguas al desarrollo del Hemisferio oriental?

Lo que aprenderás...
En este capítulo, aprenderás sobre varias de las primeras civilizaciones africanas que se enriquecieron con el comercio, incluidos Kush y los imperios comerciales de África Occidental.

SECCIÓN 1
El antiguo Kush 310

SECCIÓN 2
Kush en épocas posteriores 315

SECCIÓN 3
Imperio de Ghana 320

SECCIÓN 4
Malí y Songhai 328

SECCIÓN 5
Tradiciones históricas y artísticas de África Occidental 334

ENFOQUE EN LA LECTURA Y LA REDACCIÓN

Comprender causa y efecto Cuando lees sobre historia, es importante reconocer las causas y los efectos. Una causa es una acción o un suceso que hace que ocurra otra cosa. Un efecto es el resultado de una causa. **Consulta la lección Comprender causa y efecto de la página ES14.**

Escribir una entrada de un diario Muchos sienten que un diario los ayuda a comprender sus propias experiencias. Escribir un diario desde el punto de vista de otra persona permite comprender cómo era su vida. A medida que lees, imaginarás un personaje y escribirás un diario desde su punto de vista.

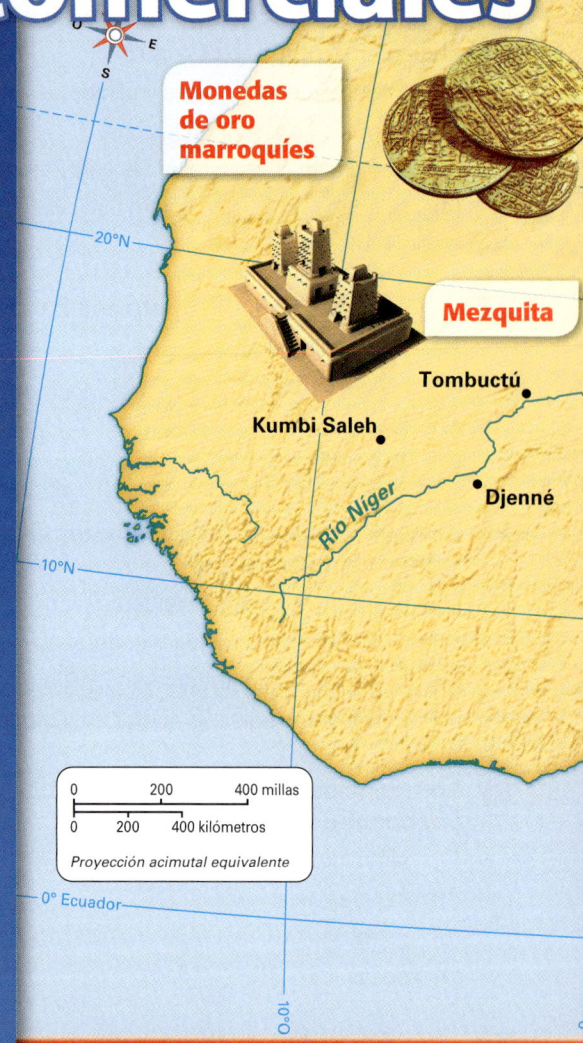

Kush La cultura de Kush estaba muy influenciada por su vecino del norte, Egipto. Estas pirámides kushitas reflejan esa influencia.

308 CAPÍTULO 11

SECCIÓN 1

El antiguo Kush

Si VIVIERAS allí ...

Vives junto al río Nilo, en la parte donde se mueve velozmente por los rápidos. Hace unos años, los ejércitos del poderoso reino de Egipto se apoderaron de tu país. Algunos egipcios se han mudado a tu pueblo. Ellos traen nuevas costumbres, que muchas personas ya han comenzado a imitar. Ahora, tu hermana tiene un bebé recién nacido, ¡y quiere ponerle un nombre egipcio! Esto entristece a muchos miembros de tu familia.

¿Qué piensas acerca de adoptar las costumbres egipcias?

CONOCER EL CONTEXTO El valle del río Nilo fue el hogar de una de las más antiguas y más grandes civilizaciones del mundo antiguo. Casi todos saben acerca de Egipto, el hogar de pirámides y momias. Sin embargo, muy pocos conocen al vecino que estaba al sur de Egipto, Kush, un reino rico y poderoso en sí mismo.

La geografía y los comienzos de Kush

Hace más de 6,000 años, un grupo de personas se asentaron a lo largo del río Nilo, al sur de Egipto, en la región que ahora llamamos Nubia. Estos africanos establecieron el primer gran reino en el interior de África. Conocemos este reino por el nombre que le dieron los antiguos egipcios: Kush. El desarrollo de la civilización kushita estuvo influenciado enormemente por la geografía y los recursos de la región.

El territorio de Nubia

Nubia es una región del noreste de África. Se encuentra a orillas del río Nilo, al sur de Egipto. Hoy en día, el desierto cubre la mayor parte de Nubia, ubicada donde actualmente se encuentra el país de Sudán. Sin embargo, en la antigüedad, la región era mucho más fértil. Cada año, fuertes lluvias inundaban el Nilo. Estas inundaciones brindaban una rica capa de suelo fértil a las tierras cercanas. El reino de Kush se desarrolló en esta zona.

Además de tener tierra fértil, la antigua Nubia era rica en minerales valiosos como el oro, el cobre y la piedra. Estos recursos naturales contribuyeron a la riqueza de la región y cumplieron un papel fundamental en su historia.

Lo que aprenderás…

Ideas principales

1. La geografía ayudó a que, en un principio, la civilización de Kush se desarrollara en Nubia.
2. Egipto controló Kush durante unos 450 años.
3. Después de obtener su independencia, Kush gobernó Egipto y comenzó una nueva dinastía allí.

La idea clave

Al comienzo, Egipto conquistó el reino de Kush, en la región de Nubia, pero después, Kush conquistó y gobernó Egipto.

Lugares y palabras clave
Nubia, *pág. 310*
ébano, *pág. 312*
marfil, *pág. 312*

TOMAR NOTAS A medida que lees, toma notas sobre los sucesos importantes al comienzo de la historia del reino de Kush. Usa una tabla como la siguiente para identificar los sucesos significativos, sus fechas y por qué son importantes.

Suceso	Fecha	Importancia

Antiguo Kush

En esta foto se muestra uno de los rápidos, o corrientes fuertes, del Nilo. En la antigüedad, la mayoría de los botes de río no podían navegar más allá de los rápidos poco profundos.

sección de mapas — Destrezas de geografía

Ubicación El antiguo Kush se desarrolló a orillas del río Nilo, al sur de Egipto.
1. **Identificar** ¿En qué región estaba ubicado Kush?
2. **Sacar conclusiones** ¿De qué manera los rápidos protegían el reino de Kush?

El origen de la civilización en Nubia

Como toda civilización en sus orígenes, los habitantes de Nubia dependían de la agricultura para conseguir alimento. Afortunadamente, las inundaciones del Nilo permitían a los nubios plantar cultivos tanto en verano como en invierno. Entre los cultivos que plantaban estaban el trigo, la cebada y otros granos. Además de ser tierras de cultivo, las orillas del río tenían pasturas para el ganado y otros animales. Como resultado, aproximadamente en el año 3500 a.C., las aldeas agrícolas prosperaron a lo largo de las orillas del Nilo.

Con el tiempo, algunos agricultores se volvieron más ricos y exitosos que otros. Estos agricultores se convirtieron en los líderes de su aldea. En algún momento alrededor del año 2000 a.C., uno de estos líderes tomó el control de otras aldeas y se hizo rey de la región. Su nuevo reino se llamó Kush.

Los primeros reyes de Kush gobernaron desde su capital en Kerma. Esta ciudad estaba ubicada a orillas del Nilo, justo al sur de un rápido, o tramo de corrientes fuertes. Los rápidos hacían que la navegación en algunas partes del Nilo fuera extremadamente difícil. Por lo tanto, servían de barreras naturales contra los invasores. Durante muchos años, los rápidos mantuvieron a Kush a salvo del poderoso reino egipcio, que estaba al norte.

Con el tiempo, la sociedad kushita se volvió más compleja. Además de agricultores y arrieros, surgieron sacerdotes y artesanos. Al comienzo, las civilizaciones que estaban al sur influyeron enormemente en el reino de Kush. Sin embargo, luego Egipto tuvo un papel mayor en la historia del reino.

ENFOQUE EN LA LECTURA
¿Cuál fue una consecuencia de la ubicación de Kush?

COMPRENSIÓN DE LA LECTURA **Identificar las ideas principales** ¿Cómo ayudó la geografía en el desarrollo de la civilización en Nubia?

CIVILIZACIONES ANTIGUAS DE ÁFRICA: LOS REINOS COMERCIALES 311

Egipto controla Kush

Kush y Egipto eran vecinos. Por momentos, los vecinos vivían en paz entre sí y se ayudaban a prosperar. Por ejemplo, Kush se convirtió en el proveedor de esclavos y materias primas de Egipto. Los kushitas enviaban materiales como oro, cobre y piedra a Egipto. Los kushitas también enviaban a Egipto **ébano**, un tipo de madera oscura y pesada, y **marfil**, un material blanco procedente de los colmillos de los elefantes.

Egipto conquista Kush

Las relaciones entre Kush y Egipto no siempre fueron pacíficas. A medida que Kush se enriquecía con el comercio, su ejército también se fortalecía. Los gobernantes de Egipto pronto temieron que Kush se fortaleciera todavía más. Temían que, al adquirir tanto poder, Kush pudiera atacar Egipto.

Para evitar tal ataque, el faraón Tutmosis I envió un ejército para que tomara el control de Kush aproximadamente en el año 1500 a.C. El ejército del faraón conquistó toda la zona de Nubia al norte del quinto rápido. Como resultado, el reino de Kush pasó a formar parte de Egipto.

Después de la victoria de su ejército, el faraón destruyó el palacio kushita ubicado en Kerma. Los faraones que lo sucedieron, entre ellos Ramsés el Grande, construyeron templos inmensos en lo que había sido territorio kushita.

Los efectos de la conquista

Kush siguió siendo territorio egipcio durante aproximadamente 450 años. Durante ese tiempo, la influencia egipcia sobre Kush creció enormemente. Muchos egipcios se asentaron en Kush. El egipcio se convirtió en el idioma de la región. Muchos kushitas tenían nombres egipcios y vestían ropa al estilo egipcio. También adoptaron las prácticas religiosas egipcias.

Un cambio en el poder

A mediados del siglo XI a.C, el Nuevo Reino de Egipto estaba llegando a su fin. A medida que disminuyó el poder de los faraones egipcios, los líderes kushitas recuperaron el control de Kush. Una vez más, Kush se volvió independiente.

COMPRENSIÓN DE LA LECTURA Identificar causa y efecto ¿De qué manera el gobierno egipcio cambió Kush?

Kush y Egipto

Al comienzo de su historia, Egipto dominaba Kush y obligaba a los kushitas a rendir tributo a Egipto.

Kush gobierna Egipto

No sabemos casi nada de la historia de los kushitas durante unos 200 años después de que recuperaran su independencia de Egipto. No se menciona a Kush en ningún registro histórico hasta el siglo VIII a.C., cuando los ejércitos de Kush entraron rápidamente en Egipto y lo conquistaron.

La conquista de Egipto

Para alrededor del año 850 a.C., Kush había recobrado su fuerza. Una vez más, era tan fuerte como lo había sido antes de que Egipto lo conquistara. Debido a que los egipcios habían capturado la antigua capital de Kerma, los reyes de Kush gobernaban desde la ciudad de Napata. Napata estaba ubicada a orillas del Nilo, aproximadamente 100 millas al sureste de Kerma.

A medida que Kush se fortalecía, Egipto perdía poder. Una serie de faraones débiles dejaron Egipto expuesto a recibir un ataque. En el siglo VIII a.C., un rey kushita, Kashta, se aprovechó de la debilidad de Egipto. Kashta atacó Egipto. Para el año 751 a.C. aproximadamente, había conquistado el Alto Egipto. Luego, estableció relaciones con el Bajo Egipto.

BIOGRAFÍA

Piankhi
(*circa* 751–716 a.C.)

También conocido como Piye, Piankhi fue uno de los líderes militares más exitosos de Kush. El rey era un feroz guerrero en el campo de batalla y, además, era muy religioso. La creencia de Piankhi de que tenía el apoyo de los dioses avivó su pasión por la guerra contra Egipto. Su coraje inspiró a sus tropas en el campo de batalla. Piankhi amaba a sus caballos y fue enterrado con ocho de ellos.

Sacar conclusiones ¿De qué manera la creencia de Piankhi de que los dioses lo apoyaban lo ayudó en la guerra contra Egipto?

Después de que Kashta muriera, su hijo Piankhi continuó con los ataques a Egipto. Los ejércitos de Kush capturaron muchas ciudades, entre las que se incluye la antigua capital de Egipto. Piankhi luchó contra los egipcios porque creía que los dioses querían que él gobernara todo Egipto. Para el momento en que murió, alrededor del año 716 a.C., Piankhi había cumplido con esta tarea. Su reino se extendía hacia el norte, desde Napata hasta el delta del Nilo.

Más tarde, a medida que el poder de Kush aumentaba, sus guerreros invadieron y conquistaron Egipto. En esta foto se muestran guerreros kushitas y egipcios.

Después de conquistar Egipto, Kush estableció una nueva dinastía. Esta escultura muestra a uno de los faraones de Kush arrodillándose ante un dios egipcio.

DESTREZA DE ANÁLISIS — ANALIZAR RECURSOS VISUALES
¿Qué daban los kushitas a Egipto como tributo?

CIVILIZACIONES ANTIGUAS DE ÁFRICA: LOS REINOS COMERCIALES

Cuando los asirios invadieron Egipto con sus armas de hierro, sacaron a los gobernantes kushitas de Egipto y los obligaron a ir al sur, a Nubia.

Los gobernantes kushitas de Egipto construyeron templos nuevos para los dioses egipcios y restauraron los antiguos. También trabajaron para preservar muchos escritos egipcios. En consecuencia, la cultura egipcia prosperó durante la dinastía kushita.

El fin del gobierno kushita en Egipto

La dinastía kushita se mantuvo fuerte en Egipto durante unos 40 años. Sin embargo, alrededor de la década de 670 a.C., el poderoso ejército de los asirios de Mesopotamia invadió Egipto. Las armas de hierro de los asirios eran mejores que las armas de bronce de los kushitas y, lentamente, los asirios sacaron a los kushitas de Egipto. En sólo 10 años, los asirios habían expulsado por completo a las fuerzas kushitas de Egipto.

La dinastía kushita

Después de la muerte de Piankhi, su hermano Shabaka tomó el control del reino y se declaró faraón. Su declaración marcó el comienzo de la vigésima quinta dinastía de Egipto: la dinastía kushita.

Shabaka y los gobernantes posteriores de esa dinastía intentaron restablecer muchas prácticas culturales egipcias antiguas. Algunas de estas prácticas habían desaparecido durante el período de debilidad de Egipto. Por ejemplo, Shabaka fue enterrado en una pirámide. Hacía siglos que los egipcios habían dejado de construir pirámides para sus gobernantes.

COMPRENSIÓN DE LA LECTURA **Ordenar** ¿De qué manera los líderes de Kush obtuvieron el control de Egipto?

RESUMEN Y PRESENTACIÓN Egipto conquistó Kush, pero luego, los kushitas controlaron Egipto. En la próxima sección, aprenderás cómo se desarrolló la civilización de Kush después de que los asirios expulsaran a los kushitas de Egipto.

Evaluación de la Sección 1

PALABRA CLAVE: SK9 HP11
(Sólo en inglés)

Repasar ideas, palabras y lugares

1. a. **Identificar** ¿A orillas de qué río se desarrolló Kush?
   b. **Analizar** ¿Cómo influyeron los recursos naturales de **Nubia** en los inicios de la historia de Kush?
2. a. **Describir** ¿Qué es el **marfil**?
   b. **Explicar** ¿De qué manera la conquista egipcia de Kush afectó a los habitantes de Kush?
   c. **Evaluar** ¿Por qué crees que Tutmosis I destruyó el palacio kushita en Kerma?
3. a. **Describir** ¿Qué territorio conquistó Piankhi?
   b. **Inferir** ¿Por qué la vigésima quinta dinastía es importante en la historia de Egipto?
   c. **Hacer predicciones** ¿Qué habría ocurrido en Kush y Egipto si Kush hubiera desarrollado armas de hierro antes?

Pensamiento crítico

4. **Ordenar** Usa una línea cronológica como la siguiente para mostrar el orden y las fechas de los sucesos importantes en el comienzo de la historia del reino de Kush.

   2000 a.C. ———————————— 680 a.C.

ENFOQUE EN LA REDACCIÓN

5. **Observar a las personas y los sucesos** ¿Quién será el personaje de tu diario? ¿Qué sucesos mencionarás? Haz una tabla con dos columnas. En la primera columna, haz una lista de los personajes clave en la historia de Kush. En la segunda columna, escribe algunos sucesos clave.

Kush en épocas posteriores

SECCIÓN 2

Lo que aprenderás...

Ideas principales

1. La economía de Kush creció por su industria del hierro y su red comercial.
2. Algunos elementos de la sociedad y la cultura kushitas fueron tomados de otras culturas, mientras que otros eran exclusivos de Kush.
3. La caída y la derrota de Kush fueron causadas por factores internos y externos.

La idea clave

Aunque Kush desarrolló una civilización avanzada, con el tiempo cayó.

Lugares y palabras clave
Meroë, *pág. 316*
red comercial, *pág. 316*
mercaderes, *pág. 316*
exportaciones, *pág. 316*
importaciones, *pág. 316*

TOMAR NOTAS A medida que lees, toma notas acerca de la civilización de Kush y acerca de cómo cayó finalmente. Organiza tus notas en un diagrama como el siguiente.

```
        Kush
   Economía | Sociedad
        ↓
       Caída
```

Si VIVIERAS allí...

Vives en Meroë, la capital de Kush, en el año 250 a.C. Tu padre es un herrero experimentado. De él has aprendido a moldear herramientas y armas de hierro. Todos esperan que continúes con su labor. Si te conviertes en herrero, probablemente te ganes la vida con facilidad. Pero tú eres inquieto. Te gustaría viajar por el Nilo para ver Egipto y el gran mar que está más allá de Egipto. Ahora, un vecino que es comerciante te ha pedido que te unas a su siguiente viaje de negocios.

¿Dejarás Meroë para viajar? ¿Por qué?

CONOCER EL CONTEXTO Los asirios expulsaron a los kushitas de Egipto en el siglo VII a.C., en parte mediante el uso de armas de hierro. Aunque los kushitas perdieron el control de Egipto, su reino no desapareció. De hecho, construyeron otro imperio en el interior de África basado en el comercio y en su propia industria del hierro.

La economía de Kush crece

Después de haber perdido el control de Egipto, los habitantes de Kush se dedicaron a mejorar la agricultura y el comercio. Esperaban enriquecer al país nuevamente. En unos pocos siglos, Kush se volvió, efectivamente, un reino rico y poderoso una vez más.

Trabajo en metal kushita

Los artesanos de Kush fabricaban puntas de lanza de hierro y joyas de oro como las que puedes ver aquí.

FOTOGRAFÍA © 2004
MUSEO DE BELLAS ARTES DE BOSTON

La red comercial de Kush

El Kush antiguo estaba en el centro de una gran red comercial que tenía conexiones con Europa, África y Asia. La ubicación de Kush y su producción de artículos de hierro ayudaron a que se convirtiera en un centro de comercio rico.

go.hrw.com PALABRA CLAVE: SK9 CH11
(Sólo en inglés)

Los artículos del Mediterráneo llegaban a Kush a través del comercio con Egipto.

EGIPTO
• Giza
• Luxor

Desierto de Nubia

KUSH

Mar Rojo

• Meroë

En Meroë, los trabajadores fabricaban herramientas y armas de hierro, joyas, objetos de alfarería y otros artículos.

En los puertos del mar Rojo, los mercaderes intercambiaban bienes kushitas por artículos de lujo como la seda y el vidrio.

Caravanas provenientes del sur traían a Kush artículos como pieles de leopardo y huevos de avestruz.

DESTREZA DE ANÁLISIS — ANALIZAR RECURSOS VISUALES
¿Qué clases de artículos comerciales enviaba y recibía Kush?

La industria del hierro de Kush

Durante este período, el centro económico de Kush era **Meroë**, la nueva capital de Kush. La ubicación de Meroë, en la orilla este del Nilo, favoreció la economía kushita. Se podía encontrar oro cerca, así como también bosques de ébano y otros tipos de madera. Y, más importante aún, la zona que rodeaba Meroë era rica en depósitos de mineral de hierro.

En esta ubicación, los kushitas desarrollaron una industria del hierro. Debido a que los recursos como el mineral de hierro y la madera para los hornos se conseguían fácilmente, la industria creció rápidamente.

Expansión del comercio

Con el tiempo, Meroë se convirtió en el centro de una gran **red comercial**, un sistema de personas en diferentes lugares que comercian productos entre sí. Los kushitas enviaban artículos por el Nilo hacia Egipto. Desde allí, los **mercaderes**, o **comerciantes**, egipcios y griegos llevaban los artículos a puertos ubicados en el mar Mediterráneo y el mar Rojo y al sur de África. Con el tiempo, estos bienes incluso pueden haber llegado a India y China.

Kush tenía **exportaciones**, artículos enviados a otras regiones para comerciar, que incluían oro, objetos de alfarería, herramientas de hierro, esclavos y marfil. Los mercaderes de Kush también exportaban pieles de leopardo, plumas de avestruz y elefantes. A cambio, los kushitas recibían **importaciones**, bienes que se introducen en un país procedentes de otras regiones, como joyas y otros objetos lujosos provenientes de Egipto, Asia y las tierras que rodeaban el mar Mediterráneo.

COMPRENSIÓN DE LA LECTURA Hacer inferencias ¿Qué ayudó a que la industria del hierro en Kush creciera?

Sociedad y cultura

A medida que crecía el comercio kushita, los mercaderes entraron en contacto con personas de muchas otras culturas. Como resultado, los habitantes de Kush combinaron costumbres de otras culturas con su propia cultura.

La cultura kushita

La influencia más obvia sobre la cultura de Kush fue la de Egipto. Muchas edificaciones en Meroë, en especial los templos, se parecían a las de Egipto. Muchas personas de Kush adoraban a los dioses egipcios y vestían ropa egipcia. Al igual que los gobernantes egipcios, los gobernantes de Kush usaban el título de *faraón* y eran enterrados en pirámides.

Muchos elementos de la cultura kushita eran únicos y no pertenecían a ninguna otra parte. Por ejemplo, la vida diaria y las casas kushitas eran diferentes a las de otros lugares. Un geógrafo griego observó algunas de estas diferencias.

> "Las casas en las ciudades están hechas con piezas de madera de palmera entrelazadas o de ladrillos... Cazan elefantes, leones y panteras. También hay serpientes, que se encuentran con elefantes, y hay muchas otras clases de animales salvajes".
>
> –Estrabón, de *Geografía*

Además de adorar a los dioses egipcios, los kushitas adoraban a sus propios dioses. Por ejemplo, su dios más importante era el dios con cabeza de león, Apedemek. Los habitantes de Kush también desarrollaron su propia lengua escrita, conocida hoy como lengua meroítica. Desafortunadamente, los historiadores aún no han podido interpretar la lengua meroítica.

Las mujeres en la sociedad kushita

A diferencia de las mujeres de otras sociedades antiguas, se esperaba que las mujeres kushitas fueran activas en la sociedad. Al igual que los hombres kushitas, las mujeres trabajaban muchas horas en los campos. También criaban a los hijos, cocinaban y realizaban otras tareas domésticas. En los tiempos de guerra, muchas mujeres peleaban junto con los hombres.

Algunas mujeres kushitas alcanzaron puestos de **autoridad**, en especial, autoridad religiosa. Por ejemplo, el rey Piankhi convirtió a su hermana en una sacerdotisa poderosa. Los gobernantes posteriores siguieron su ejemplo e hicieron que otras princesas también fueran sacerdotisas. Otras mujeres de familias reales guiaban las ceremonias en las que se coronaba a los nuevos reyes.

Algunas mujeres kushitas tuvieron aún más poder. Estas mujeres fueron cogobernantes junto con sus esposos o hijos. Unas pocas mujeres kushitas, como la reina Shanakhdakheto, incluso gobernaron solas el imperio. Varias reinas más gobernaron Kush más tarde y ayudaron a incrementar la fuerza y la riqueza del reino. Sin embargo, durante la mayor parte de su historia, Kush fue gobernado por reyes.

COMPRENSIÓN DE LA LECTURA Analizar ¿De qué maneras la sociedad y la cultura de Kush eran únicas?

VOCABULARIO ACADÉMICO

autoridad poder o influencia

SU IMPORTANCIA HOY

Más de 50 pirámides kushitas antiguas siguen en pie cerca de las ruinas de Meroë, en el Sudán actual.

BIOGRAFÍA

La reina Shanakhdakheto
(Gobernó de 170 a 150 a.C.)

Los historiadores creen que la reina Shanakhdakheto fue la primera mujer que gobernó Kush. Pero como no entendemos la escritura meroítica, sabemos muy poco sobre ella. Lo poco que sabemos proviene de tallas encontradas en su tumba, una de las pirámides más grandes en Meroë. Según estas tallas, se cree que probablemente adquirió poder después de la muerte de su padre o de su esposo.

Hacer inferencias ¿Qué información crees que contenían las tallas en la tumba de la reina?

En detalle

Los gobernantes de Kush

Al igual que los egipcios, los habitantes de Kush consideraban dioses a sus gobernantes. La cultura de Kush era similar a la de Egipto, pero había diferencias importantes entre ellas.

Al igual que los egipcios, los gobernantes de Kush construyeron pirámides. Sin embargo, las pirámides kushitas eran mucho más pequeñas y tenían un estilo diferente.

Por momentos, Kush fue gobernado por reinas poderosas. Las reinas parecen haber sido más importantes en Kush que en Egipto.

Se hacían tallas en piedra para conmemorar edificios y sucesos importantes, al igual que en Egipto. El sistema de escritura de Kush era similar a los jeroglíficos egipcios, pero los expertos no han podido comprender la mayor parte de él.

DESTREZA DE ANÁLISIS **ANALIZAR RECURSOS VISUALES**

¿Qué puedes ver en la ilustración que se parezca a la cultura egipcia?

Caída y derrota

El reino kushita, con capital en Meroë, alcanzó su punto máximo en el siglo I a.C. Cuatro siglos después, Kush se había venido abajo. Sucesos tanto dentro como fuera del imperio lo llevaron a la ruina.

Pérdida de recursos

Una serie de problemas dentro de Kush debilitaron su poder económico. Un posible problema fue que los agricultores permitieron que su ganado pastara demasiado. Cuando las vacas se habían comido todo el pasto, no quedó nada que sostuviera la tierra. En consecuencia, el viento se la llevó. Sin tierra, los agricultores no podían producir suficiente alimento para los habitantes de Kush.

Además, los herreros probablemente utilizaron por completo los bosques cercanos a Meroë. Como la madera escaseaba, los hornos cerraron. Kush ya no podía producir suficientes armas o artículos para comerciar. Por lo tanto, el poder militar y económico de Kush disminuyó.

Rivales comerciales

Kush también se debilitó por la pérdida del comercio. Mercaderes extranjeros establecieron nuevas rutas de comercio que rodeaban Kush. Por ejemplo, una ruta de comercio nueva esquivaba Kush a favor de un reino cercano, Aksum.

El ascenso de Aksum

Aksum estaba ubicado al sureste de Kush, a orillas del mar Rojo, en los territorios que actualmente ocupan Etiopía y Eritrea. En los siglos I y II d.C., Aksum se enriqueció con el comercio. Pero la riqueza y el poder de Aksum llegaron a expensas de Kush. A medida que el poder de Kush se debilitaba, Aksum se volvió el estado más poderoso de la región.

Para el siglo IV d.C., Kush había perdido la mayor parte de su poderío económico y militar. Al ver que los kushitas estaban débiles, el rey de Aksum envió un ejército para conquistar a su antiguo rival comercial. Alrededor del año 350 d.C., el ejército del rey de Aksum, el rey Ezana, destruyó Meroë y se apoderó del reino de Kush.

Hacia finales del siglo IV, los gobernantes de Aksum se convirtieron al cristianismo. Su nueva religión reformó la cultura de toda Nubia, y las últimas influencias de Kush desaparecieron.

SU IMPORTANCIA HOY
Gran parte de la población de Etiopía, que incluye lo que antes era Aksum, todavía es cristiana.

COMPRENSIÓN DE LA LECTURA Resumir ¿Qué problemas internos causaron el declive del poder de Kush?

RESUMEN Y PRESENTACIÓN En esta sección, has aprendido sobre el surgimiento y la caída de un poderoso reino kushita cuya capital era Meroë. A continuación, aprenderás sobre el surgimiento de fuertes imperios en África Occidental.

Evaluación de la Sección 2

go.hrw.com
Cuestionario en Internet
PALABRA CLAVE: SK9 HP11
(Sólo en inglés)

Repasar ideas, palabras y lugares

1. **a. Recordar** ¿Cuáles eran algunas de las **exportaciones** de Kush?
   b. Analizar ¿Por qué **Meroë** estaba en una buena ubicación?
2. **a. Identificar** ¿Quién era la reina Shanakhdakheto?
   b. Comparar ¿En qué se parecían las culturas de Kush y de Egipto?
   c. Profundizar ¿Cómo afecta la imposibilidad de comprender la lengua meroítica nuestro conocimiento de la cultura kushita?
3. **a. Identificar** ¿Qué reino conquistó Kush alrededor del año 350 d.C.?
   b. Resumir ¿Cómo afectaron las rutas comerciales nuevas a Kush?

Pensamiento crítico

4. **Identificar las causas** Repasa tus notas para identificar las causas del ascenso y la caída del reino kushita cuya capital era Meroë. Usa una tabla como la siguiente para anotar las causas.

Causas del ascenso	Causas de la caída

ENFOQUE EN LA REDACCIÓN

5. **Agregar detalles** ¿Qué kushitas famosos podrías elegir para una entrada de un diario? Haz una lista de los personajes principales de Kush y escribe detalles importantes sobre cada uno.

SECCIÓN 3

Imperio de Ghana

Lo que aprenderás...

Ideas principales

1. Ghana controló el comercio y se enriqueció.
2. Mediante el control del comercio, Ghana construyó un imperio.
3. Ataques de invasores, demasiado pastoreo y la pérdida del comercio causaron la caída de Ghana.

La idea clave

Los gobernantes de Ghana construyeron un imperio mediante el control del comercio de sal y oro.

Palabras clave

trueque silencioso, *pág. 322*

 **TOMAR NOTAS** A medida que lees, haz una lista de los sucesos importantes desde el comienzo hasta el fin del imperio de Ghana. Anota estos sucesos en un diagrama como el siguiente.

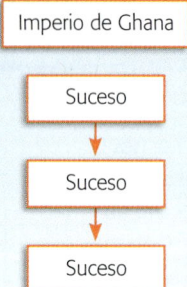

Si VIVIERAS allí...

Eres un comerciante que viaja en una caravana desde el norte de África hacia África Occidental en el año 1000 aproximadamente. La caravana lleva muchos artículos, pero el más preciado es la sal. ¡La sal es tan valiosa que las personas intercambian oro por ella! Nunca has conocido a los hombres misteriosos con los que intercambias la sal por el oro. Quisieras poder hablar con ellos para saber de dónde lo obtienen.

¿Por qué crees que los comerciantes son tan reservados?

CONOCER EL CONTEXTO Las diversas regiones de África proveen de diferentes recursos. África Occidental, por ejemplo, era rica en tierras fértiles y minerales, en especial, oro y hierro. Otras regiones tenían suministros abundantes de otros recursos, como la sal. Con el tiempo, se desarrolló el comercio entre las regiones con diferentes recursos. Este comercio llevó al surgimiento del primer gran imperio de África Occidental.

Ghana controla el comercio

Durante cientos de años, las rutas comerciales cruzaron toda África Occidental. Durante la mayor parte de ese tiempo, los africanos occidentales no sacaron mucho provecho del comercio sahariano porque los bereberes de África del Norte controlaban las rutas. Con el tiempo, esta situación cambió. Ghana, un imperio de África Occidental, obtuvo el control de las rutas valiosas. Como resultado, Ghana se convirtió en un estado poderoso.

Como puedes ver en el mapa de la página siguiente, el imperio de Ghana estaba ubicado entre los ríos Níger y Senegal, es decir, al norte y al oeste de donde está la nación moderna de Ghana.

Los comienzos de Ghana

La arqueología nos brinda algunas pistas sobre los comienzos de la historia de Ghana, pero no sabemos mucho sobre los primeros tiempos. Los historiadores creen que los primeros habitantes de Ghana eran agricultores. En algún momento después del año 300, estos agricultores, los soninke, recibieron amenazas de pastores nómadas. Los pastores querían el agua y las pasturas de los agricultores. Para protegerse, grupos de familias soninke comenzaron a unirse. Estas agrupaciones fueron el comienzo de Ghana.

Mapa interactivo
Imperio de Ghana, *circa* 1050

sección de mapas Destrezas de geografía

Lugar El imperio de Ghana se construyó en base al comercio.
1. **Ubicar** ¿Qué dos ríos bordeaban el imperio de Ghana?
2. **Analizar** ¿Qué artículos llegaban a Ghana desde el norte?

go.hrw.com PALABRA CLAVE: SK9 CH11
(Sólo en inglés)

Una vez que se agruparon, los habitantes de Ghana se volvieron más fuertes. Aprendieron a trabajar con el hierro y usaron herramientas de hierro para arar la tierra a lo largo del río Níger. También criaban ganado para obtener carne y leche. Debido a que estos agricultores y arrieros podían producir mucho alimento, la población de Ghana aumentó. Los pueblos y las aldeas crecieron.

Además de ser útil para la fabricación de herramientas agrícolas, el hierro también servía para fabricar armas. Otros ejércitos de la región tenían armas hechas de hueso, madera y piedra. Esas armas no podían competir con las puntas de lanza y las espadas de hierro que utilizaba el ejército de Ghana.

Comercio de artículos valiosos

Ghana estaba ubicada entre el inmenso desierto del Sahara y densos bosques. Ésta era una buena ubicación para comerciar con los recursos más valiosos de la región: el oro y la sal. El oro provenía del sur, de minas ubicadas cerca del golfo de Guinea y a lo largo del Níger. La sal provenía del Sahara, ubicado en el norte.

Las personas querían el oro por su belleza, pero necesitaban sal en su dieta para sobrevivir. La sal, que se podía utilizar para preservar alimentos, también hacía que la comida insípida fuera sabrosa. Estas cualidades la hicieron muy valiosa. De hecho, los africanos a veces cortaban bloques de sal y usaban las piezas como dinero.

CIVILIZACIONES ANTIGUAS DE ÁFRICA: LOS REINOS COMERCIALES

VOCABULARIO ACADÉMICO

procedimiento la manera en que se realiza una tarea

A veces, el intercambio de oro y sal seguía un **procedimiento** llamado trueque silencioso. Un **trueque silencioso** es un proceso mediante el cual las personas intercambian bienes sin entrar en contacto directo. Este método era una forma de asegurar que los comerciantes hicieran el intercambio pacíficamente. También mantenía en secreto la ubicación exacta de las minas de oro para los comerciantes de sal.

En el proceso de trueque silencioso, los comerciantes de sal iban a la orilla de un río que estuviera cerca de los campos de oro. Allí, dejaban bloques de sal en hileras y hacían sonar un tambor para anunciar a los mineros que había comenzado el intercambio. Luego, los comerciantes de sal se alejaban varias millas de la orilla.

Al poco tiempo, los mineros llegaban en bote. Dejaban lo que consideraban que era una cantidad justa de oro a cambio de la sal. Luego, los mineros también se alejaban varias millas para que los comerciantes de sal pudieran regresar. Si estaban contentos con la cantidad de oro que les habían dejado, los comerciantes de sal hacían sonar el tambor nuevamente, tomaban el oro y se iban. Después de eso, los mineros regresaban y tomaban su sal. El intercambio continuaba hasta que ambas partes estuvieran conformes.

El crecimiento del comercio

A medida que aumentaba el comercio de oro y sal, los gobernantes de Ghana ganaban poder. Con el tiempo, su poderío militar también creció. Con sus ejércitos, comenzaron a quitar el control de este comercio a los mercaderes que una vez lo habían controlado. Los mercaderes del norte y el sur se encontraban para comerciar artículos en Ghana. Como resultado del control de las rutas de comercio, los gobernantes de Ghana se enriquecieron.

Sal y oro

Se desarrollaron fuentes adicionales de riqueza y comercio para aumentar la riqueza de Ghana. El trigo provenía del norte. Las ovejas, el ganado y la miel provenían del sur. También se comerciaba con productos locales, como cuero y tela, para aumentar la riqueza. Entre los productos locales más preciados estaban las borlas hechas de hilo de oro.

A medida que el comercio crecía, la capital de Ghana también lo hacía. La ciudad más grande de África Occidental, Kumbi Saleh, era un oasis para los viajeros. Estos viajeros podían encontrar a la venta todos los artículos de la región en el mercado de la ciudad. Como resultado, Kumbi Saleh obtuvo la reputación de ser un gran centro de comercio.

COMPRENSIÓN DE LA LECTURA Generalizar
¿Cómo ayudó el comercio a que Ghana creciera?

Los gobernantes de Ghana se volvieron ricos mediante el control del comercio de sal y oro. La sal llegaba del norte en grandes bloques como los que se muestran a la izquierda. El oro, como el que tiene la mujer de la foto, provenía del sur.

Ghana construye un imperio

Para el año 800, Ghana tenía un control firme de las rutas comerciales de África Occidental. Casi todo el comercio entre el norte y el sur de África pasaba por Ghana. El ejército de Ghana protegía a los comerciantes al mantener las rutas comerciales libres de bandidos. Por lo tanto, el comercio se volvió más seguro. Como sabían que estarían protegidos, los comerciantes no temían viajar a Ghana. El comercio aumentó, y la influencia de Ghana también creció.

Impuestos y oro

Como tantos comerciantes pasaban por sus tierras, los gobernantes de Ghana buscaron maneras de obtener dinero de ellos. Una manera de reunir dinero fue obligando a los comerciantes a pagar impuestos. Cada comerciante que entraba en Ghana tenía que pagar un impuesto especial sobre los artículos que llevaba. Luego, tenía que pagar otro impuesto sobre cualquier artículo que se llevara cuando se fuera.

Los comerciantes no eran los únicos que tenían que pagar impuestos. El pueblo de Ghana también tenía que pagarlos. Además, Ghana conquistó muchas tribus vecinas pequeñas y las obligaba a pagar tributos. Los gobernantes utilizaban el dinero de los impuestos y los tributos para mantener el creciente ejército de Ghana.

No toda la riqueza de Ghana provenía de los impuestos y los tributos. Las ricas minas de Ghana producían enormes cantidades de oro. Los comerciantes llevaban parte de este oro a tierras tan lejanas como Inglaterra, pero no todo el oro de Ghana se intercambiaba. Los reyes de Ghana se quedaban con gran cantidad de oro. De hecho, todo el oro producido en Ghana era, oficialmente, propiedad del rey.

Como sabían que los materiales raros eran mucho más valiosos que los comunes, los gobernantes prohibían que cualquier otro habitante de Ghana tuviera pepitas de oro. Sólo podían tener oro en polvo, que utilizaban como dinero. Esto aseguraba que los reyes fueran más ricos que sus súbditos.

La expansión del imperio

Los reyes de Ghana utilizaron su gran riqueza para armar un ejército poderoso. Con este ejército, los reyes de Ghana conquistaron muchos de los territorios vecinos. Muchas de estas zonas conquistadas eran centros de comercio. Al apoderarse de esas zonas los reyes de Ghana se volvieron aún más ricos.

Los reyes de Ghana no creían que pudieran gobernar por sí solos todo el territorio que habían conquistado. Su imperio era bastante grande, y los viajes y la comunicación en África Occidental podían resultar difíciles. Para mantener el orden en su imperio, permitieron que los reyes conquistados conservaran gran parte de su poder. Estos reyes actuaban como gobernadores de sus territorios y respondían sólo al rey.

El imperio de Ghana llegó a su punto máximo bajo el mando de Tunka Manin. Este rey tenía una corte espléndida donde demostraba la vasta riqueza del imperio. Un escritor español observó el esplendor de la corte.

ENFOQUE EN LA LECTURA
¿De qué manera esta cita es un ejemplo de los efectos de la riqueza del rey?

> "El rey se adorna… alrededor de su cuello y sus antebrazos, y usa un sombrero alto decorado con oro y envuelto en un turbante de algodón fino. Detrás del rey, hay diez pajes parados que sostienen escudos y espadas con decoraciones de oro".
> –al-Bakri, de *The Book of Routes and Kingdoms* (El libro de las rutas y los reinos)

COMPRENSIÓN DE LA LECTURA **Resumir** ¿De qué manera los gobernantes de Ghana controlaban el comercio?

BIOGRAFÍA

Tunka Manin
(Gobernó en el año 1068 aprox.)

Todo lo que sabemos de Tunka Manin proviene de los escritos de un geógrafo musulmán que escribió sobre Ghana. Por estos escritos, sabemos que Tunka Manin era el sobrino del rey anterior, un hombre llamado Basi. En Ghana, el reinado y la propiedad no pasaban de padre a hijo, sino de tío a sobrino. Sólo el hijo de la hermana del rey podía heredar la corona. Una vez que se convirtió en rey, Tunka Manin se rodeó de objetos delicados y muchos lujos.

Contrastar ¿En qué se diferencian la manera de heredar en Ghana y la manera de heredar en otras sociedades que has estudiado?

La caída de Ghana

A mediados del siglo XI, Ghana era rica y poderosa, pero hacia fines del siglo XIII, el imperio se había venido abajo. Tres factores principales contribuyeron a su fin.

La invasión

El primer factor que ayudó a provocar el fin de Ghana fue la invasión. Un grupo musulmán llamado los almorávides atacaron Ghana en la década de 1060 en un intento de obligar a sus líderes a convertirse al Islam.

El pueblo de Ghana luchó duramente contra el ejército almorávide. Durante 14 años, mantuvo lejos a los invasores. Sin embargo, al final, los almorávides ganaron. Destruyeron la ciudad de Kumbi Saleh.

Los almorávides no controlaron Ghana por mucho tiempo, pero ciertamente debilitaron el imperio. Cortaron muchas rutas comerciales que atravesaban Ghana y, en su lugar, crearon nuevas asociaciones comerciales con líderes musulmanes. Sin este comercio, Ghana no podía sostener más su imperio.

El exceso de pastoreo

Un segundo factor de la caída de Ghana fue una consecuencia de la conquista almorávide. Cuando los almorávides se instalaron en Ghana, llevaron manadas de animales con ellos. Estos animales comieron todo el pasto de muchos prados y dejaron la tierra expuesta a los vientos cálidos del desierto. Estos vientos se llevaron la tierra, haciendo imposible la agricultura o el pastoreo. Al no poder cultivar la tierra, muchos agricultores tuvieron que irse en busca de un nuevo hogar.

La rebelión interna

Un tercer factor también ayudó a provocar la caída del imperio de Ghana. Alrededor del año 1200, los habitantes de un país que Ghana había conquistado se rebelaron. En pocos años, los rebeldes se apoderaron de todo el imperio de Ghana.

El exceso de pastoreo
Demasiados animales que pastorean en una zona pueden ocasionar problemas, como la pérdida de tierra cultivable que ocurrió en África Occidental.

1. Se permite que los animales se alimenten en zonas con mucho pasto.
2. Sin embargo, cuando hay demasiados animales, el pasto desaparece y la tierra queda expuesta al viento.
3. El viento se lleva la tierra y convierte lo que antes era una pradera en un desierto.

Sin embargo, una vez que estuvieron al mando, los rebeldes descubrieron que no podían mantener el orden en Ghana. Ya debilitada, Ghana fue atacada y vencida por uno de sus vecinos. El imperio se derrumbó.

COMPRENSIÓN DE LA LECTURA Identificar causa y efecto ¿Por qué cayó Ghana en el siglo XI?

RESUMEN Y PRESENTACIÓN El imperio de Ghana, en África Occidental, se volvió rico y poderoso mediante el control de las rutas comerciales. El imperio duró siglos, pero con el tiempo, cayó. En la próxima sección, aprenderás que lo reemplazó un nuevo imperio, el imperio de Malí.

Evaluación de la Sección 3

go.hrw.com
Cuestionario en Internet
PALABRA CLAVE: SK9 HP11
(Sólo en inglés)

Repasar ideas, palabras y lugares
1. a. **Identificar** ¿Cuáles eran los dos recursos más valiosos con que se comerciaba en Ghana?
   b. **Explicar** ¿Cómo funcionaba el sistema de **trueque silencioso**?
2. a. **Identificar** ¿Quién fue Tunka Manin?
   b. **Generalizar** ¿Qué hacían los reyes de Ghana con el dinero que obtenían de los impuestos?
   c. **Profundizar** ¿Por qué los reyes de Ghana no querían que todos tuvieran oro?
3. a. **Identificar** ¿Qué grupo invadió Ghana a fines del siglo XI?
   b. **Resumir** ¿Cómo contribuyó el exceso de pastoreo a causar la caída de Ghana?

Pensamiento crítico
4. **Identificar las causas** Dibuja un diagrama como el siguiente. Úsalo para identificar los factores que causaron el crecimiento del comercio en Ghana y los factores que causaron su caída.

Crecimiento → Comercio de Ghana → Caída

ENFOQUE EN LA REDACCIÓN
5. **Reunir información** Piensa cómo habría sido vivir en Ghana. ¿De quién sería el diario que crearías? ¿Elegirías al poderoso Tunka Manin? ¿A un comerciante? Anota algunas ideas.

CIVILIZACIONES ANTIGUAS DE ÁFRICA: LOS REINOS COMERCIALES **325**

Geografía e historia

Cruzar el Sahara

Cruzar el Sahara nunca ha sido fácil. Con una extensión mayor que la del continente de Australia, el Sahara es uno de los lugares más calurosos, secos y desolados de la Tierra. Aún así, durante siglos, las personas han cruzado las planicies cubiertas de grava y los vastos mares de arena del Sahara. Hace mucho tiempo, los africanos occidentales cruzaban el desierto regularmente para comercializar artículos valiosos.

La sal, usada para preservar y dar sabor a los alimentos, podía encontrarse en el Sahara. Los comerciantes del norte llevaban sal al sur. Caravanas de camellos llevaban grandes bloques de sal que pesaban cientos de libras.

A cambio de la sal, las personas de África Occidental ofrecían otros artículos comerciales valiosos, especialmente oro. El oro en polvo se medía con cucharas especiales y se guardaba en cajas. El marfil, que se obtiene de los colmillos de los elefantes, se usaba para tallar joyas.

SECCIÓN 4

Malí y Songhai

Si VIVIERAS allí...

Eres un sirviente del gran Mansa Musa, gobernante de Malí. Has sido elegido para viajar con él en una peregrinación a La Meca. El rey te ha dado nueva ropa fina de seda para el viaje. Él llevará mucho oro consigo. Nunca has dejado tu casa antes. Pero ahora verás la gran ciudad de El Cairo, en Egipto, y muchos otros lugares nuevos.

¿Qué piensas acerca de ir en este viaje?

CONOCER EL CONTEXTO Mansa Musa fue uno de los gobernantes más importantes de África, y su imperio, Malí, fue uno de los más grandes en la historia de África. Surgido de las ruinas de Ghana, Malí se apoderó de las rutas comerciales de África Occidental y creció hasta convertirse en un estado poderoso.

Malí

Al igual que Ghana, Malí estaba ubicado en el alto **río Níger**. La tierra fértil de esta zona ayudó a que Malí creciera. La ubicación de Malí a orillas del Níger también permitió que sus habitantes controlaran el comercio en el río. Como resultado, el imperio se volvió rico y poderoso. De acuerdo con las leyendas, la ascensión de Malí al poder comenzó bajo el mando de un gobernante llamado Sundiata.

Sundiata convierte a Malí en un imperio

Cuando Sundiata era un niño, un gobernante severo conquistó Malí. Pero cuando se hizo adulto, Sundiata armó un ejército y recuperó la independencia de su país. Luego, conquistó los reinos cercanos, incluyendo Ghana, en la década de 1230.

Después de que Sundiata conquistó Ghana, se apoderó del comercio de la sal y del oro. También mejoró la agricultura en Malí. Hizo que nuevas tierras agrícolas se despejaran para cultivar frijoles, cebolla, arroz y otros cultivos. Incluso, introdujo un nuevo cultivo: el algodón. Las personas hacían ropa cómoda para el clima cálido con las fibras de algodón. También vendían algodón a otras personas.

Para mantener el orden en su próspero reino, Sundiata les quitó poder a los líderes locales. Cada uno de estos líderes locales tenía el título de mansa, un título que Sundiata tomó para sí mismo. Los mansa cumplían papeles tanto políticos como religiosos en la sociedad.

Lo que aprenderás...

Ideas principales

1. El imperio de Malí llegó a su punto máximo bajo el mando de Mansa Musa, pero el imperio cayó ante invasores en el siglo XV.
2. Los songhai construyeron un nuevo imperio islámico en África Occidental y conquistaron muchas de las tierras que habían sido parte de Malí.

La idea clave

Entre 1000 y 1500, los imperios de Malí y Songhai se desarrollaron en África Occidental.

Lugares y palabras clave

río Níger, *pág. 328*
Tombuctú, *pág. 329*
mezquita, *pág. 331*
Gao, *pág. 331*
Djenné, *pág. 332*

 A medida que lees, toma notas acerca de la vida en las culturas que se desarrollaron en África Occidental: Malí y Songhai.

Malí y Songhai

Escultura malí en arcilla de un caballo y su jinete

sección de mapas — Destrezas de geografía

Regiones Desde comienzos del siglo XI hasta fines del siglo XVI, los imperios de Malí y Songhai crecieron alrededor de los ríos principales.
1. **Ubicar** ¿A orillas de qué río se encuentran Tombuctú y Gao?
2. **Analizar** ¿Qué imperio tenía acceso a dos ríos importantes?

go.hrw.com PALABRA CLAVE: SK9 CH11
(Sólo en inglés)

Al hacerse cargo de la autoridad religiosa de los mansa, Sundiata obtuvo todavía más poder en Malí.

Sundiata murió en 1255. Los gobernantes posteriores de Malí tomaron el título de mansa. A diferencia de Sundiata, casi todos estos gobernantes fueron musulmanes

Mansa Musa

El gobernante más famoso de Malí fue un musulmán llamado Mansa Musa. Bajo su hábil liderazgo, Malí alcanzó el punto máximo de su riqueza, poder y fama en el siglo XIV. Debido a la influencia de Mansa Musa, el Islam se expandió a gran parte de África Occidental y ganó muchos creyentes nuevos.

Mansa Musa gobernó Malí por aproximadamente 25 años, desde 1312 hasta 1337. Durante ese tiempo, Malí agregó muchas ciudades comerciales importantes a su imperio, entre las que se incluía **Tombuctú.**

La religión era muy importante para Mansa Musa. En 1324, se fue de Malí en una peregrinación hacia La Meca. Durante este viaje, Mansa Musa presentó su imperio al mundo islámico. Esparció la fama de Malí de costa a costa.

Mansa Musa también apoyaba la educación. Envió a muchos expertos a estudiar a Marruecos.

CIVILIZACIONES ANTIGUAS DE ÁFRICA: LOS REINOS COMERCIALES **329**

En detalle

Tombuctú

Tombuctú se convirtió en una ciudad comercial importante en el punto máximo del poder de Malí, bajo el mando de Mansa Musa. Los comerciantes llegaban a Tombuctú desde el norte y el sur para realizar intercambios por sal, oro, metales, conchas y muchos otros artículos.

Mansa Musa y los gobernantes posteriores construyeron varias mezquitas grandes en la ciudad, que se convirtió en un centro de aprendizaje islámico.

Las inundaciones de invierno permitían llegar en bote a Tombuctú por el río Níger.

Las paredes y los edificios de Tombuctú estaban construidos, en su mayoría, con ladrillos hechos de barro seco. Las lluvias fuertes pueden ablandar los ladrillos y destruir los edificios.

En los puestos atiborrados del mercado, las personas comerciaban con artículos como azúcar, nueces de cola y cuentas de vidrio.

Caravanas de camellos provenientes del norte traían a Tombuctú artículos para comerciar, como sal, tela, libros y esclavos.

DESTREZA DE ANÁLISIS — ANALIZAR RECURSOS VISUALES

¿De qué manera los comerciantes del norte traían sus artículos a Tombuctú?

Más tarde, estos expertos establecieron escuelas en Malí. Mansa Musa remarcaba la importancia de aprender a leer el idioma árabe para que los musulmanes en su imperio pudieran leer el Corán. Para extender el Islam en África Occidental, Mansa Musa contrató arquitectos musulmanes para que construyeran mezquitas. Una **mezquita** es un edificio musulmán para la oración.

La caída de Malí

Cuando Mansa Musa murió, su hijo Maghan subió al trono. Maghan era un gobernante débil. Cuando los invasores del sureste entraron en Malí, él no pudo detenerlos. Los invasores incendiaron las grandes escuelas y mezquitas de Tombuctú. Malí nunca se recuperó completamente de este golpe tan terrible. El imperio siguió debilitándose y cayendo.

En 1431, los tuareg, nómadas del Sahara, tomaron Tombuctú. Hacia 1500, se habían perdido casi todos los territorios que el imperio había gobernado una vez. Sólo quedó una zona pequeña de Malí.

COMPRENSIÓN DE LA LECTURA **Ordenar** ¿Qué pasos siguió Sundiata para convertir a Malí en un imperio?

Songhai

Aún cuando el imperio de Malí estaba alcanzando su punto máximo, en esa zona crecía un poder rival. Ese rival era el reino de Songhai. Desde su capital en **Gao**, los songhai participaban del mismo comercio que había hecho tan ricos a Ghana y a Malí.

La construcción de un imperio

En el siglo XIV, Mansa Musa conquistó a los songhai y agregó sus tierras al imperio de Malí. Pero en el siglo XV, a medida que el imperio de Malí se debilitaba, el pueblo de Songhai se rebeló y recuperó su libertad.

Los líderes songhai eran musulmanes. También lo eran muchos de los bereberes del norte de África que comerciaban en África Occidental. Debido a que compartían la religión, los bereberes estaban dispuestos a comerciar con los songhai, quienes se volvieron más ricos.

A medida que los songhai tenían más riqueza, expandieron su territorio y construyeron un imperio. La expansión de Songhai fue liderada por Sunni Ali, quien se convirtió en el gobernante de Songhai en 1464. Antes, el estado de Songhai estaba desorganizado y mal administrado. Sunni Ali trabajó para unificar, fortalecer y agrandar su imperio. Gran parte de la tierra que agregó a Songhai había sido parte de Malí.

Como rey, Sunni Ali buscó la unión del imperio. Para lograr harmonía religiosa, participaba tanto de la religión musulmana como de las religiones locales. Como resultado, trajo estabilidad a Songhai.

Askia el Grande

Sunni Ali murió en 1492. Su hijo, Sunni Baru, que no era musulmán, lo sucedió en el trono. El pueblo songhai temía que, si Sunni Baru no apoyaba el Islam, perderían el comercio con las tierras musulmanas. El pueblo se rebeló contra el rey.

SU IMPORTANCIA HOY

Algunas de las mezquitas construidas por Mansa Musa todavía pueden verse en África Occidental.

BIOGRAFÍA

Askia el Grande
(circa 1443–1538)

Askia el Grande se convirtió en gobernante de Songhai cuando tenía casi 50 años de edad. Gobernó Songhai por aproximadamente 35 años. Durante su reinado, las ciudades de Songhai ganaron poder sobre el campo.

Cuando tenía un poco más de 80 años, Askia quedó ciego. Su hijo, Musa, lo obligó a dejar el trono y lo enviaron a vivir a una isla. Vivió allí durante nueve años hasta que otro de sus hijos lo llevó de nuevo a la capital, donde murió. Su tumba todavía es uno de los lugares más venerados de toda África Occidental.

Hacer inferencias ¿Por qué crees que la tumba de Askia el Grande todavía se considera un lugar de veneración?

ENFOQUE EN LA LECTURA

A medida que lees "Songhai cae ante Marruecos", identifica dos causas de la caída de Songhai.

El líder de esa rebelión fue un general llamado Muhammad Ture. Después de derrocar a Sunni Baru, Muhammad Ture eligió el título de *askia*, un título de alto rango militar. Con el tiempo, se lo conoció como Askia el Grande.

Askia apoyaba la educación y el aprendizaje. Bajo su gobierno, Tombuctú prosperó, y trajo a millones de personas a sus universidades, escuelas, bibliotecas y mezquitas. La ciudad era conocida especialmente por la Universidad de Sankore. Las personas llegaban allí desde el norte de África y otros lugares para estudiar matemáticas, ciencia, medicina, gramática y derecho. **Djenné** era otra ciudad que se convirtió en un centro de aprendizaje.

La mayoría de los comerciantes de Songhai eran musulmanes y, a medida que obtenían más influencia en el imperio, también lo hacía el Islam. El mismo Askia, un musulmán devoto, fomentaba el crecimiento de la influencia islámica. Creó muchas leyes similares a las de otras naciones musulmanas.

Para mantener el orden, Askia estableció cinco provincias en Songhai. Designó gobernadores que eran leales a él. Askia también creó un ejército profesional y departamentos especializados para supervisar las tareas.

Songhai cae ante Marruecos

Marruecos, un rival del norte de Songhai, quería tener el control de las minas de sal de Songhai. Por lo tanto, el ejército marroquí salió hacia el corazón de Songhai en 1591. Los soldados marroquíes portaban armas avanzadas, entre ellas el terrible arcabuz. El arcabuz era una especie de arma de fuego primitiva.

Las espadas, lanzas y arcos que utilizaban los guerreros de Songhai no podían competir con las armas de fuego y los cañones marroquíes. Los invasores destruyeron Tombuctú y Gao.

Los cambios en los patrones de comercio completaron la caída de Songhai. El comercio terrestre disminuyó cuando las ciudades portuarias de la costa del Atlántico se volvieron más importantes. Tanto los africanos al sur de Songhai como los mercaderes europeos preferían comerciar en los puertos del Atlántico antes que tratar con los comerciantes musulmanes. Lentamente, el período de los grandes imperios de África Occidental llegó a su fin.

COMPRENSIÓN DE LA LECTURA Evaluar ¿Cuál crees que fue el logro más importante de Askia?

RESUMEN Y PRESENTACIÓN Malí fue un imperio grande, famoso por su riqueza y centros de aprendizaje. Songhai prosperó de la misma manera. A continuación, aprenderás sobre las tradiciones históricas y artísticas de África Occidental.

Evaluación de la Sección 4

go.hrw.com
Cuestionario en Internet
PALABRA CLAVE: SK9 HP11
(Sólo en inglés)

Repasar ideas, palabras y lugares

1. **a. Identificar** ¿Quién fue Sundiata?
   b. Explicar ¿Qué río principal era importante para el pueblo de Malí? ¿Por qué?
   c. Profundizar ¿Qué efectos tuvo el gobierno de Mansa Musa en Malí y África Occidental?
2. **a. Identificar** ¿Quién lideró la expansión de Songhai en el siglo XV?
   b. Explicar ¿Cómo influyó en **Tombuctú** el apoyo a la educación por parte de Askia el Grande?
   c. Profundizar ¿Cuáles fueron dos razones por las que Songhai cayó ante los marroquíes?

Pensamiento crítico

3. **Identificar las ideas principales** Usa tus notas para hacer una lista de tres logros importantes de Sundiata y de Askia.

Sundiata	Askia

ENFOQUE EN LA REDACCIÓN

4. **Comparar y contrastar** ¿De qué persona de los imperios de Malí y Songhai podrías escribir el diario? ¿Crearías el diario de una persona importante como Mansa Musa o Askia el Grande? ¿O crearías el diario de alguien que desempeña un papel diferente en uno de los imperios? Escribe tus ideas.

BIOGRAFÍA

Mansa Musa

¿Cómo pudieron los viajes de un hombre convertirse en un suceso histórico importante?

¿Cuándo vivió? Finales del siglo XIII y principios del siglo XIV.

¿Dónde vivió? En Malí.

¿Qué hizo? Mansa Musa, gobernante de Malí, fue uno de los reyes musulmanes de África Occidental. Se convirtió en un personaje importante de la historia africana y mundial, en gran parte, por una peregrinación que realizó a la ciudad de La Meca.

¿Por qué es importante? El espectacular viaje de Mansa Musa llamó la atención del mundo musulmán y de Europa. Por primera vez, la mirada de otros pueblos se dirigió hacia África Occidental. Durante sus viajes, Mansa Musa repartió grandes cantidades de oro. Debido a ese gasto, las personas estaban ansiosas por encontrar la fuente de tal riqueza. Casi 200 años más tarde, los exploradores europeos llegarían a las costas de África Occidental.

Identificar los puntos de vista ¿Cómo crees que Mansa Musa cambió la visión que las personas tenían sobre África Occidental?

DATOS CLAVE

De acuerdo con los cronistas de la época, alrededor de 60,000 personas acompañaron a Mansa Musa en su viaje hacia La Meca. De estas personas

- **12,000** eran sirvientes que atendían al rey.
- **500** eran sirvientes que atendían a su esposa.
- **14,000** más eran esclavos que vestían telas lujosas, como la seda.
- **500** llevaban bastones excesivamente decorados con oro. Los historiadores estiman que el oro que regaló Mansa Musa durante su viaje valdría más de $100 millones actualmente.

THE GRANGER COLLECTION, NUEVA YORK

Este mapa español del siglo XIV muestra a Mansa Musa sentado en su trono.

SECCIÓN 5

Tradiciones históricas y artísticas de África Occidental

Lo que aprenderás...

Ideas principales

1. Los africanos occidentales han preservado su historia a través de la narración y de los testimonios escritos de los visitantes.
2. A través del arte, la música y la danza, los africanos occidentales han expresado su creatividad y mantenido con vida sus tradiciones culturales.

La idea clave

La cultura de África Occidental se ha transmitido por medio de la historia oral, los escritos de otras personas y las artes.

Palabras clave

historia oral, *pág. 334*
griot, *pág. 334*
proverbio, *pág. 335*
kente, *pág. 337*

TOMAR NOTAS A medida que lees, toma notas acerca de las tradiciones históricas y artísticas de África Occidental. Escribe tus notas en un diagrama como el siguiente.

Si VIVIERAS allí...

Eres el más joven y pequeño de tu familia. Generalmente, las personas se ríen de ti porque no eres muy fuerte. Por las noches, después de trabajar, los habitantes de tu aldea se reúnen para escuchar a los narradores de relatos. Una de tus historias favoritas es la del héroe Sundiata. Cuando era niño, él era pequeño y débil, pero al crecer, se convirtió en un gran guerrero y en un héroe.

¿Cómo te hace sentir la historia de Sundiata?

CONOCER EL CONTEXTO Aunque los imperios comerciales de África occidental ascendieron y cayeron, muchas tradiciones se mantuvieron a través de los siglos. En cada pueblo y aldea, los narradores de relatos transmitían las historias, las leyendas y los dichos sabios de los pueblos. Todo esto constituía una parte central de las tradiciones artísticas y culturales de África Occidental.

Preservar la historia

La escritura nunca fue muy común en África Occidental. De hecho, ninguna de las primeras civilizaciones importantes de África Occidental desarrolló una lengua escrita. El árabe era la única lengua escrita que usaban. Sin embargo, esto no significa que las personas de África Occidental no conocieran su historia. Transmitían la información a través de historias orales. Una **historia oral** es un registro hablado de hechos ocurridos en el pasado. La tarea de recordar y narrar la historia se encomendaba a los narradores de relatos.

Los griot

Los narradores de relatos de la antigua África Occidental se llamaban **griot**. Eran muy respetados en sus comunidades porque las personas de África Occidental se interesaban mucho en las hazañas de sus antepasados. Los griot ayudaban a mantener viva esta historia para cada nueva generación.

334 CAPÍTULO 11

Las historias de los griot eran entretenidas e informativas. Narraban sucesos importantes del pasado y logros de los antepasados lejanos. Por ejemplo, algunas historias explicaban el ascenso y la caída de los imperios de África Occidental. Otras historias describían las acciones de reyes y guerreros poderosos. Algunos griot hacían más vívidas sus historias haciendo la dramatización de los sucesos como si fueran escenas de una obra de teatro.

Además de las historias, los griot recitaban **proverbios**, o refranes breves que expresan sabiduría o una verdad. Utilizaban los proverbios para enseñar lecciones a las personas. Por ejemplo, un proverbio de África Occidental advierte: "Hablar no llena la canasta en la granja". Este proverbio recuerda a las personas que tienen que trabajar para lograr cosas. No es suficiente que sólo digan lo que quieren hacer.

Para poder contar las historias y los proverbios, los griot memorizaban cientos de nombres y sucesos. A través de este proceso, los griot transmitían la historia de África Occidental de generación en generación. Sin embargo, algunos griot confundían los nombres y los sucesos en su cabeza. Cuando esto ocurría, los hechos de algunos sucesos históricos se distorsionaban. Aún así, las historias de los griot nos cuentan mucho sobre la vida en los imperios de África Occidental.

Poemas épicos de África Occidental

Algunos de los poemas de los griot son épicos: poemas largos que tratan sobre reinos y héroes. Muchos de estos poemas épicos están compilados en *Dausi* y *Sundiata*.

Dausi cuenta la historia de Ghana. Sin embargo, hay mitos y leyendas entremezclados con sucesos históricos. Una historia trata sobre un dios serpiente de siete cabezas llamado Bida. Este dios prometió que Ghana prosperaría si cada año el pueblo le ofrecía una mujer joven a modo de sacrificio. Un año, un guerrero poderoso mató a Bida. Mientras moría, el dios maldijo a Ghana. Los griot dicen que esta maldición causó la caída del imperio de Ghana.

Sundiata trata sobre el gran gobernante de Malí. Según el poema épico, cuando Sundiata todavía era un niño, un conquistador capturó Malí y mató al padre y a los 11 hermanos de Sundiata. A Sundiata no lo mató porque estaba

Tradiciones orales

Los narradores de relatos de África Occidental, llamados griot, tenían la tarea de recordar y transmitir la historia de su pueblo. Aquí, las personas se reúnen para realizar danzas tradicionales y para escuchar las historias de un griot.

CONEXIÓN CON el arte

Música de Malí a Memphis

¿Sabías que la música que escuchas hoy en día podría haber comenzado con los griot? Desde el siglo XVII hasta el siglo XIX, muchas personas de África Occidental fueron traídas a Estados Unidos como esclavos. En Estados Unidos, estos esclavos siguieron cantando del mismo modo que en África. También continuaron tocando instrumentos tradicionales, como la *kora* que toca el músico senegalés Soriba Kouyaté (derecha), hijo de un griot. Con el tiempo, esta música se convirtió en un estilo llamado blues, popularizado por artistas como B.B. King (izquierda). A su vez, el blues dio origen a otros estilos de música, como el jazz y el rock. Por lo tanto, la próxima vez que oigas una canción de blues de Memphis o una buena canción de jazz, ¡presta atención a sus raíces africanas antiguas!

enfermo y no parecía una amenaza. Pero Sundiata creció y se convirtió en un experto guerrero. Finalmente, venció al enemigo y se hizo rey.

Los testimonios escritos por los visitantes

Además de las historias orales, los visitantes escribieron sobre la región. De hecho, mucho de lo que sabemos de la África Occidental antigua proviene de escritos de viajeros y eruditos de tierras musulmanas como España y Arabia.

Ibn Battutah fue el más famoso de los visitantes musulmanes que escribieron sobre África Occidental. De 1353 a 1354 viajó por la región. El testimonio de Ibn Battutah sobre este viaje describe con gran detalle la vida política y cultural de los africanos occidentales.

COMPRENSIÓN DE LA LECTURA Sacar conclusiones ¿Por qué las tradiciones orales eran importantes en África Occidental?

ENFOQUE EN LA LECTURA
¿Cuál es un efecto de los testimonios escritos por los visitantes sobre África Occidental?

Arte, música y danza

Al igual que la mayoría de los pueblos, los africanos occidentales apreciaban el arte: la escultura, la elaboración de máscaras y vestimenta, la música y la danza.

Escultura

De todas las formas visuales del arte, la escultura de África Occidental probablemente es la más conocida. Los africanos occidentales hacían estatuas y tallas ornamentadas de madera, latón, arcilla, marfil, piedra y otros materiales.

La mayoría son de personas, por lo general, de los antepasados del escultor. Normalmente, se hacían para rituales religiosos, para pedir la bendición de los antepasados, o como regalos para los dioses. Estas esculturas se guardaban en lugares sagrados para que nadie las viera. Como sus estatuas se utilizaban en rituales religiosos, los artistas eran profundamente respetados. Se creía que los artistas estaban bendecidos por los dioses.

Mucho tiempo después de la caída de Ghana, Malí y Songhai, todavía se admira el arte de África Occidental. Museos de todas partes del mundo exhiben arte africano. Además, las esculturas africanas inspiraron a algunos artistas europeos del siglo XX, como por ejemplo, Henri Matisse y Pablo Picasso.

Máscaras y vestimenta

Además de estatuas, los artistas de África Occidental tallaban máscaras elaboradas. Estas máscaras estaban hechas de madera y representaban caras de animales, como hienas, leones, monos y antílopes. Por lo general, los artistas pintaban las máscaras después de tallarlas. Las personas usaban las máscaras en rituales mientras bailaban alrededor de una fogata. La manera en que la luz del fuego se reflejaba en las máscaras les daba un aspecto feroz y real.

Muchas sociedades africanas eran famosas por las vestimentas que tejían. La vestimenta más famosa se llama kente. **Kente es una tela muy colorida, tejida a mano.** La tela se tejía en tiras angostas que luego se cosían juntas. En las ocasiones especiales, los reyes y las reinas de África Occidental usaban prendas hechas de kente.

Música y danza

En muchas sociedades de África Occidental, la música y la danza eran tan importantes como las artes visuales. Cantar, tocar el tambor y bailar era un gran entretenimiento, pero también ayudaba a las personas a honrar su historia y celebrar ocasiones especiales. Por ejemplo, se tocaba música cuando un gobernante entraba en una sala.

Durante mucho tiempo, la danza ha sido una parte central de la sociedad africana. Muchas culturas de África Occidental utilizaban la danza para celebrar sucesos o ceremonias específicos. Por ejemplo, es posible que hayan realizado una danza para las bodas y otra para los funerales. En algunas partes de África Occidental, las personas todavía realizan danzas similares a aquellas que se realizaban hace cientos de años.

COMPRENSIÓN DE LA LECTURA Resumir
Resume cómo se preservaron las tradiciones en África Occidental.

RESUMEN Y PRESENTACIÓN Las sociedades de África Occidental no tenían lenguas escritas, pero preservaron sus historias y culturas mediante la narración de relatos y el arte. A continuación, aprenderás sobre un reino cuya historia se ha transmitido a través de dichas tradiciones: Benín.

Evaluación de la Sección 5

Cuestionario en Internet
PALABRA CLAVE: SK9 HP11
(Sólo en inglés)

Repasar ideas, palabras y lugares

1. **a. Definir** ¿Qué es la **historia oral**?
   b. Generalizar ¿Por qué eran importantes los **griot** y sus historias en la sociedad de África Occidental?
   c. Evaluar ¿Por qué una historia oral y un testimonio escrito pueden brindar información diferente sobre un mismo suceso?
2. **a. Identificar** ¿Qué dos formas de arte visual fueron populares en África Occidental?
   b. Inferir ¿Por qué crees que las esculturas hechas como regalos para los dioses no podían ser vistas por las personas?
   c. Profundizar ¿Qué papel cumplían la música y la danza en la sociedad de África Occidental?

Pensamiento crítico

3. **Resumir** Usa una tabla como la siguiente y tus notas para resumir la importancia de cada tradición de África Occidental.

Tradición	Importancia
Narración de relatos	
Poemas épicos	
Escultura	

ENFOQUE EN LA REDACCIÓN

4. **Identificar las tradiciones de África Occidental** Piensa en el arte y cómo influyó en las personas que vivían en los imperios de África Occidental. ¿Crearías un diario de uno de estos artistas? ¿O crearías el diario de alguien a quien afectan el arte o los artistas?

CIVILIZACIONES ANTIGUAS DE ÁFRICA: LOS REINOS COMERCIALES

Destrezas de estudios sociales

Tablas y gráficas | **Pensamiento crítico** | Geografía | Estudio

Tomar decisiones

Aprender

Todos los días tomas decisiones. Algunas son muy fáciles de tomar y no llevan mucho tiempo. Otras son mucho más difíciles. Sin importar qué tan fácil o difícil sea una decisión, ésta tendrá consecuencias, o resultados. Estas consecuencias pueden ser positivas o negativas.

Antes de tomar una decisión, ten en cuenta todas las opciones posibles. Piensa en las consecuencias posibles de cada opción y decide cuál será mejor para ti. Pensar en las consecuencias de tu decisión de antemano te permitirá tomar una decisión mejor y más responsable.

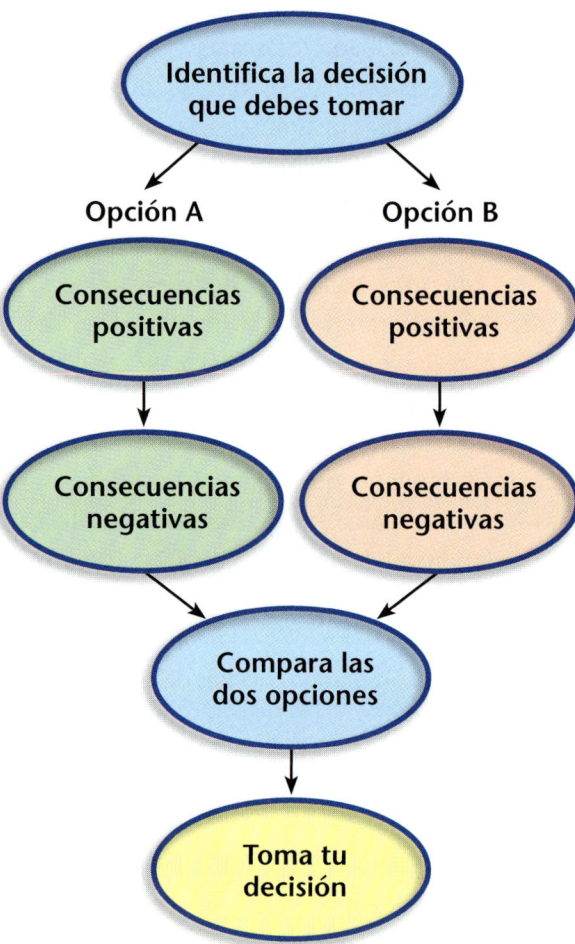

Practicar

Imagina que tus padres te dan la opción de tener una nueva mascota. Usa un organizador gráfico como el de esta página para decidir si tendrás una mascota.

1. ¿Cuáles son las consecuencias de tener una mascota? ¿Cuáles de estas consecuencias son positivas? ¿Cuáles son negativas?

2. ¿Cuáles son las consecuencias de no tener una mascota? ¿Cuáles de ellas son positivas? ¿Cuáles son negativas?

3. Compara las dos opciones. Observa las consecuencias positivas y negativas de cada opción. Basándote en estas consecuencias, ¿crees que deberías tener una mascota?

Aplicar

Imagina que tu escuela acaba de recibir dinero para construir un nuevo estudio de arte o una nueva pista de atletismo. Los directivos de la escuela han pedido a los estudiantes que voten cuál de estas nuevas instalaciones prefieren, y tú tienes que decidir qué opción crees que será mejor para la escuela. Usa un organizador gráfico como el anterior para analizar las consecuencias de cada opción. Compara tus listas y luego toma tu decisión. Escribe un párrafo corto para explicar tu decisión.

CAPÍTULO 11 Repaso del capítulo

El impacto de la geografía:

videos
Consulta el video para responder a la pregunta final: *¿Por qué el comercio de sal era importante para las civilizaciones africanas antes del siglo XVII?*

Resumen visual

Usa el siguiente resumen visual para repasar las ideas principales del capítulo.

DATOS BREVES

El comercio de recursos valiosos como el oro, la sal y el marfil volvió muy ricas a las primeras civilizaciones africanas.

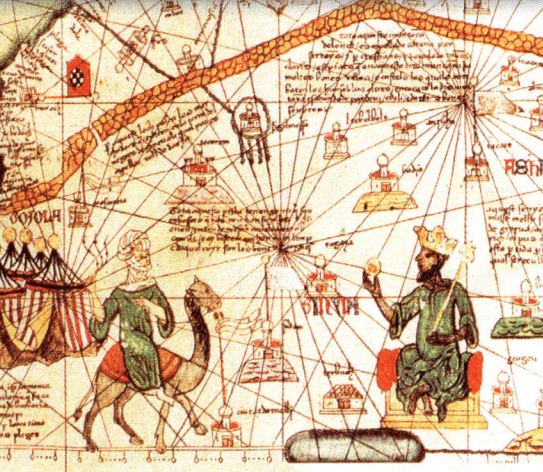

Kush, Ghana, Malí y Songhai construyeron reinos poderosos mediante el comercio y la conquista.

La historia de África Occidental se ha preservado mediante la narración de relatos, los testimonios de los visitantes, el arte, la música y la danza.

Repasar vocabulario, palabras y lugares

Elige la letra de la respuesta que complete correctamente las siguientes oraciones.

1. Una de las exportaciones más valiosas de Kush era una madera oscura llamada
   - **a.** ébano.
   - **b.** marfil.
   - **c.** oro.
   - **d.** sal.

2. El ascenso de Malí al poder comenzó bajo el reinado de un gobernante llamado
   - **a.** Tunka Manin.
   - **b.** Sunni Ali.
   - **c.** Ibn Battutah.
   - **d.** Sundiata.

3. Un registro hablado del pasado es
   - **a.** un soninke.
   - **b.** una historia oral.
   - **c.** un gao.
   - **d.** un proverbio antiguo.

4. Un narrador de África Occidental es
   - **a.** un almorávide.
   - **b.** un griot.
   - **c.** un arcabuz.
   - **d.** una fisura.

Comprensión y pensamiento crítico

SECCIÓN 1 *(Páginas 310 a 314)*

5. **a. Describir** ¿Cómo afectó la geografía física de Nubia a la civilización de la región?

   b. Analizar ¿Por qué la relación entre Kush y Egipto cambió más de una vez?

   c. Hacer predicciones Si un arqueólogo encontrase un objeto antiguo cerca del cuarto rápido, ¿por qué tendría dificultades para decidir cómo exhibirlo en un museo?

SECCIÓN 2 *(Páginas 315 a 319)*

6. **a. Identificar** ¿Quién era la reina Shanakhdakheto? ¿Por qué no sabemos más acerca de ella?

   b. Comparar y contrastar ¿Cuáles son algunas características que tenían en común las culturas kushita y egipcia? ¿En qué se diferenciaban?

   c. Evaluar ¿Cuál crees que fue la causa más importante de la caída de Kush? ¿Por qué?

CIVILIZACIONES ANTIGUAS DE ÁFRICA: LOS REINOS COMERCIALES

SECCIÓN 3 *(Páginas 320 a 325)*

7. a. Identificar ¿Cuáles fueron los dos artículos comerciales importantes que hicieron rica a Ghana?

b. Inferir ¿Por qué los mercaderes de Ghana no querían que otros comerciantes supieran de dónde provenía el oro?

c. Evaluar ¿Quién crees que fue más responsable de la caída de Ghana, el pueblo de Ghana o los forasteros? ¿Por qué?

SECCIÓN 4 *(Páginas 328 a 332)*

8. a. Describir ¿Cómo influyó el Islam en la sociedad de Malí?

b. Comparar y contrastar ¿En qué se parecían Sundiata y Mansa Musa? ¿En qué se diferenciaban?

c. Evaluar ¿Qué grupo crees que desempeñaba un papel más importante en Songhai, los guerreros o los comerciantes?

SECCIÓN 5 *(Páginas 334 a 337)*

9. a. Recordar ¿Qué diferentes clases de información transmitían los griot a quienes los escuchaban?

b. Analizar ¿Por qué son tan importantes los escritos de quienes visitaron África Occidental?

c. Evaluar ¿Cuál de las diversas clases de arte de África Occidental crees que es la más importante? ¿Por qué?

Destrezas de estudios sociales

10. Tomar decisiones Eres un comerciante joven de Kush y debes decidir con qué artículo prefieres comerciar: objetos de alfarería o hierro. Escribe las consecuencias que pueden resultar del intercambio de cada artículo. Luego, toma una decisión.

ENFOQUE EN LA LECTURA Y LA REDACCIÓN

Comprender causa y efecto *Responde a las siguientes preguntas sobre causas y efectos.*

11. ¿Qué causó el crecimiento del imperio de Ghana?

12. ¿Cuáles fueron algunos efectos del gobierno de Mansa Musa?

Escribir una entrada de un diario *Usa tus notas y las siguientes instrucciones para crear una entrada de un diario.*

13. Repasa tus notas sobre los personajes posibles para tu entrada de un diario. Elige uno y piensa en una experiencia sobre la que esa persona podría escribir en su diario. Escribe una entrada de un diario que tenga uno o dos párrafos.

Usar Internet

go.hrw.com
PALABRA CLAVE: SK9 CH11
(Sólo en inglés)

14. Actividad: Escribir un proverbio ¿Al que madruga Dios lo ayuda? Si te levantas muy temprano para comprobar si es así, significa que no entendiste que éste es un proverbio que significa que "quien hace las cosas primero, puede obtener cosas buenas". Los griot crearon muchos proverbios que expresaban sabiduría o verdades. Ingresa la palabra clave de la actividad. Luego, usa los recursos de Internet para escribir tres proverbios que podrían haber dicho los griot en el tiempo de los grandes imperios de África Occidental. Asegúrate de que tus proverbios estén escritos desde el punto de vista de una persona de África Occidental que vivió en esos siglos.

Actividad con mapas

15. África Occidental En una hoja de papel aparte, une las letras del mapa con los rótulos correctos.

río Senegal
lago Chad
golfo de Guinea
Tombuctú
río Níger

CAPÍTULO 11 Práctica para el examen estandarizado

INSTRUCCIONES (1 a 6): Para cada oración o pregunta, escribe en una hoja de respuestas aparte el *número* de la palabra o expresión dada que mejor complete las oraciones o responda a las preguntas.

1 La riqueza de Ghana, Malí y Songhai se basaba en
- (1) el asalto a otras tribus.
- (2) el comercio de oro y sal.
- (3) el comercio de avestruces y colmillos de elefante.
- (4) la fabricación de herramientas y armas de hierro.

2 Los dos gobernantes que más expandieron el Islam en África Occidental fueron
- (1) Sunni Ali y Mansa Musa.
- (2) Sundiata y Sunni Ali.
- (3) Ibn Battutah y Tunka Manin.
- (4) Mansa Musa y Askia el Grande.

3 ¿Cuál de las siguientes oraciones acerca de las mujeres del antiguo Kush es verdadera?
- (1) Algunas mujeres kushitas servían como líderes religiosos y políticos.
- (2) Las mujeres kushitas tenían más derechos y oportunidades que los hombres kushitas.
- (3) Se prohibía a las mujeres kushitas que dejaran su casa.
- (4) Muchas mujeres kushitas eran mercaderes ricas.

4 Los griot contribuyeron a las sociedades de África Occidental porque
- (1) luchaban en las batallas.
- (2) recaudaban impuestos.
- (3) preservaban la historia oral.
- (4) comerciaban con los bereberes.

5 ¿Cuál de los siguientes ríos ayudó al desarrollo de Ghana y Malí?
- (1) Níger
- (2) Congo
- (3) Nilo
- (4) Zambeze

6 ¿Cómo beneficiaban a Kush los rápidos del río Nilo?
- (1) Permitían a los agricultores kushitas plantar cultivos de verano y de invierno.
- (2) Como eran tan preciados por los egipcios, Kush obtuvo más riqueza del comercio.
- (3) Como eran difíciles de atravesar, brindaban protección contra los invasores.
- (4) Permitieron que los kushitas formaran un ejército poderoso.

Básate en el siguiente pasaje y en tus conocimientos de estudios sociales para responder a la pregunta 7.

> "Aunque estaba bien ubicada para el comercio en caravana, estaba mal ubicada para defenderse de los saqueadores tuareg del Sahara. Estos nómadas inquietos golpeaban repetidamente las puertas de Tombuctú y, con frecuencia, las abrían a la fuerza, con resultados desastrosos para los habitantes. Aquí, la vida nunca fue muy segura como para recomendarla como centro de un estado grande".
>
> —Basil Davidson, de *A History of West Africa* (Historia de África Occidental)

7 **Pregunta con respuesta elaborada** La ubicación de la ciudad de Tombuctú tenía tanto ventajas como desventajas. Nombra una consecuencia positiva y una negativa de la ubicación de la ciudad.

Estudio de caso

El reino de Benín

El *oba* o rey de Benín usaba este colgante, que era una máscara de marfil.

Historia

Aunque los imperios comerciales de Ghana, Malí y Songhai eran los estados más grandes de África Occidental, no eran los únicos. Más al sur, varios reinos se desarrollaron en los bosques que bordeaban el río Níger. Entre ellos estaba el reino de Benín, que alcanzó su punto máximo en el siglo XV. (Aunque los dos comparten el nombre, este reino no tenía la misma ubicación que el país moderno de Benín. El reino estaba más hacia el este, en lo que ahora es Nigeria.)

Según la leyenda, los primeros habitantes de Benín, los edo, fueron gobernados por los "reyes del cielo". Con el tiempo, los edo se volvieron infelices con esos reyes. A finales del siglo XII, los edo invitaron al príncipe de un reino cercano para que fuera su nuevo gobernante. El príncipe gobernó Benín hasta que nació su primer hijo, y después regresó a su hogar. Su hijo se convirtió en el primer *oba*, o rey, de Benín.

Los soldados vigilan el palacio del *oba* en esta placa de bronce del antiguo Benín.

Quizás, el *oba* más renombrado de Benín fue Ewuare, que gobernó desde 1440 hasta 1470 aproximadamente. Era un gran líder militar que anexó tierras nuevas al reino. Ewuare también era un administrador hábil. Reorganizó el sistema político de Benín y expandió la capital, la Ciudad de Benín.

Poco tiempo después de la muerte de Ewuare, unos marineros portugueses llegaron a Benín. Como Benín había estado en guerra por mucho tiempo, sus habitantes tenían muchos prisioneros que podían vender a los portugueses como esclavos. El comercio de esclavos entre Benín y Portugal continuó por muchos años. Benín también comerciaba con artículos como pimienta, marfil y algodón. A mediados del siglo XVI, los ingleses llegaron a Benín con intenciones de comerciar. Estaban interesados particularmente en el aceite de palma de Benín. El aceite de palma pronto se convirtió en la principal exportación de Benín.

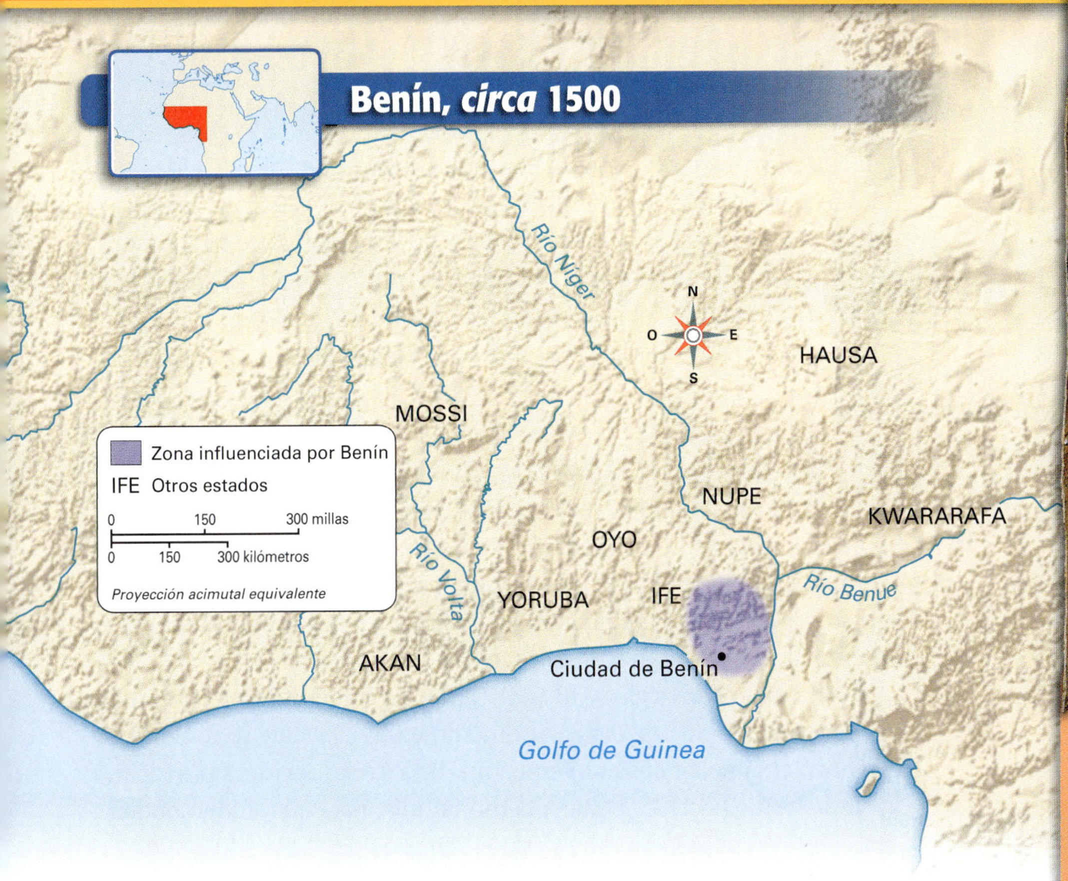

Benín, circa 1500

Zona influenciada por Benín
IFE Otros estados

Los europeos llegaron a Benín a finales del siglo XV. Esta placa de latón muestra a un marinero portugués que caza con su perro a sus pies.

El comercio entre Benín y los europeos siguió por muchos años. A finales del siglo XIX, unos oficiales británicos propusieron un tratado que convertiría a Benín en una colonia, pero el *oba* lo rechazó. Los británicos enviaron tropas a la Ciudad de Benín para obligarlos a firmar el tratado. Como temían un ataque británico, algunos guardias reales tendieron una emboscada y mataron a las tropas. Como respuesta a esto, el ejército británico atacó la Ciudad de Benín en 1897. Los soldados saquearon la ciudad, la quemaron por completo y llevaron al *oba* reinante al exilio. Este ataque marcó el fin del reino de Benín.

Evaluación del estudio de caso

1. Según la leyenda, ¿cómo subió al poder el primer *oba* de Benín?
2. ¿Por qué los británicos atacaron la Ciudad de Benín?
3. **Actividad** Con frecuencia, los gobernantes de la antigüedad hacían regalos para demostrar el poder y la riqueza de su reino. Piensa en un regalo que el *oba* podría haber enviado para impresionar al rey de Portugal.

En Benín, los leopardos eran símbolo de la autoridad del rey. Estos leopardos de bronce fueron hechos en el siglo XVI.

EL REINO DE BENÍN **343**

Sociedad y vida diaria

Queda muy poco del antiguo Benín. La destrucción de la Ciudad de Benín a manos de los británicos hizo mucho más difícil estudiar la cultura posteriormente. En consecuencia, la mayor parte de lo que sabemos hoy en día sobre el antiguo Benín proviene de la historia oral. Los habitantes de la región han transmitido historias sobre el reino y su pueblo a lo largo de muchas generaciones.

Gobierno

Aunque Benín estuvo gobernado por *obas* desde el inicio, los primeros *obas* no tenían mucho poder. En cambio, el poder en el reino recaía principalmente sobre líderes locales. Estos líderes formaban un consejo que, supuestamente, debía aconsejar al *oba* en sus decisiones. Sin embargo, la verdad era que los miembros del consejo tomaban la mayor parte de las decisiones.

A finales de los siglos XIII y XIV, los *obas* comenzaron a tener más poder sobre los líderes. Para el momento en que Ewuare se convirtió en *oba*, tenía poder absoluto en Benín. Una de sus acciones principales como *oba* fue hacer hereditaria la monarquía, para que su hijo pudiera sucederlo como gobernante. Hasta ese momento, el consejo de líderes elegía al *oba*.

En 1897, cuando los británicos obligaron al *oba* reinante a exiliarse, éste perdió casi toda su autoridad. Sin embargo, no abandonó su título. De hecho, Benín todavía tiene un *oba*. El

Sociedad edo moderna

Aunque hace mucho tiempo que no existe el reino de Benín, los edo todavía viven en Nigeria. Muchos elementos de la cultura edo moderna se parecen a aquellos del reino antiguo.

- Un *oba* todavía cumple la función de líder simbólico del pueblo edo. Tiene muy poco poder en sí mismo, pero el *oba* aconseja a los funcionarios políticos del sur de Nigeria.

- La mayoría de los edo viven en aldeas y ciudades. El tamaño de éstas puede variar de varias decenas de personas a varios miles. Muchos edo viven en la Ciudad de Benín moderna.

- Dentro de las aldeas edo, los consejos de ancianos tienen una gran autoridad. Estos consejos toman las decisiones sobre las responsabilidades de las aldeas y los asuntos religiosos. También se encargan de las relaciones entre la aldea y el gobierno nigeriano.

- Hoy en día, la mayoría de los edo son agricultores. Tienen cultivos como, por ejemplo, ñame, maíz, plátanos y tapioca. Algunos edo son pastores y crían cabras, ovejas y gallinas.

- Hoy en día, muchos edo son cristianos o musulmanes.

El *oba* Erediauwa lidera un festival del día de acción de gracias, que celebra el final del año.

Ciudad de Benín

En este grabado del siglo XVII, los habitantes de la Ciudad de Benín están celebrando. No queda nada de la ciudad original, que los británicos quemaron en 1897. A la derecha, unos niños juegan al fútbol en las afueras de la Ciudad de Benín moderna.

actual poseedor del título, Erediauwa I, se convirtió en *oba* en 1979. Aunque no tiene poder oficialmente, el *oba* Erediauwa tiene una gran influencia en la política del sur de Nigeria, en la zona que una vez ocupó el reino de Benín.

Vida diaria

La vida en el reino de Benín se centraba en la capital, la Ciudad de Benín. La ciudad era inmensa. A pesar de su enorme tamaño, toda la ciudad estaba rodeada por una pared y un foso.

Los europeos que visitaron la Ciudad de Benín en el siglo XVII quedaron asombrados por su tamaño y esplendor, y la compararon favorablemente con algunas de las ciudades más importantes de Europa. La estructura más grande de la ciudad era el palacio real. Rodeado de jardines, el palacio ocupaba, aproximadamente, una quinta parte de la ciudad. Las paredes del palacio estaban cubiertas con placas de latón que mostraban imágenes de los grandes *obas* del pasado. En el techo, había pájaros de bronce y latón, posados como si estuvieran por levantar el vuelo. Alrededor del palacio real había palacios más pequeños y casas para la nobleza de Benín. Al igual que el palacio real, estas casas estaban decoradas suntuosamente con latón, bronce y marfil.

Evaluación del estudio de caso

1. ¿Qué poderes tenían los *obas* de Benín?
2. ¿Por qué los europeos quedaban impresionados por la Ciudad de Benín?
3. **Actividad** Imagina que eres un marinero europeo que acaba de llegar a la Ciudad de Benín. Escribe una carta a tu familia y describe lo que ves a medida que exploras la ciudad.

Sucesos clave en el antiguo Benín

1150

1180 Según la leyenda, el primer *oba* asume el poder en Benín.

circa **1300** *Obas* poderosos aumentan su control sobre los nobles del reino.

1440 Ewuare se convierte en *oba* y comienza una política de expansión.

1485 Marineros portugueses visitan la Ciudad de Benín.

Estatua de latón de un *oba*

Cultura y logros

Aunque el reino de Benín ya no existe, muchos elementos de su cultura perduran en África Occidental. Los descendientes de los edo que fundaron Benín todavía viven en el sur de Nigeria, en especial en la región de Edo, y mantienen muchos elementos de la cultura edo tradicional. Todavía se habla la lengua edo. Alrededor de 5 millones de personas en Nigeria la hablan como su primera lengua. Además, los habitantes de la región de Edo han mantenido muchas costumbres, incluso la música y danza tradicionales, que se practicaban en el antiguo Benín.

Otras costumbres de Benín han desaparecido en gran medida. Por ejemplo, la antigua religión de Benín no se practica extensamente. Esta religión consistía en alabar a muchos dioses, diosas y espíritus de la naturaleza. Cuando los portugueses llegaron a Benín en el siglo XV, introdujeron el cristianismo en la región. Hoy en día, la mayoría de los edo en África Occidental son cristianos o musulmanes.

Actualmente, al antiguo reino de Benín se lo recuerda más por su arte. Los artistas de Benín realizaban obras extremadamente detalladas con latón, bronce y marfil. Por ejemplo, usaban el bronce para hacer estatuas de sus *obas*. Además, los artistas hacían placas de latón para

Música y danza

La música y la danza siempre han sido centrales en la vida de África Occidental, y Benín no era una excepción. La música y la danza eran elementos importantes tanto de celebraciones como de ceremonias religiosas. Los descendientes del pueblo de Benín, como los bini de Nigeria, han mantenido muchos estilos de música que se practicaban hace siglos.

Esta figura de bronce está tocando un cuerno. El cuerno se tocaba de costado, como una flauta moderna.

En Benín, las personas que tocaban el tambor los fabricaban con troncos huecos.

1553
Los británicos llegan a lo que ahora es el sur de Nigeria.

Arma europea del siglo XVII

1897
Los británicos se apoderan de Benín, queman la Ciudad de Benín y exilian al *oba*.

1900

celebrar sucesos importantes del pasado. Como has leído, estas placas se usaban para decorar el palacio real y otros edificios en toda la Ciudad de Benín.

Los europeos que visitaron Benín quedaron muy impresionados por el arte del reino. De hecho, muchos europeos pidieron a los artistas de Benín que crearan obras de arte para poder llevarlas a Europa. Como resultado, se introdujeron en Europa placas de latón, estatuas de bronce y recipientes de marfil hechos en Benín. Estos artículos ocasionaron una demanda de arte africano por parte de las personas adineradas de Europa. Desafortunadamente, esta demanda llevó a la avaricia. En el siglo XIX, cuando Gran Bretaña tomó el control de Benín, se llevó la mayor cantidad posible de arte a Europa.

Evaluación del estudio de caso

1. ¿Qué costumbres de Benín todavía se conservan hoy en día?
2. ¿Por qué el arte de Benín se volvió popular en Europa?
3. **Actividad** Con frecuencia, el arte de Benín retrataba a grandes gobernantes o sucesos importantes. Diseña una placa que podría haber creado un artista de Benín para ilustrar uno de esos sucesos.

La música tradicional de África Occidental refleja la influencia de los reinos antiguos como Benín.

EL REINO DE BENÍN 347

CAPÍTULO 12
El crecimiento y el desarrollo de África

PREGUNTA DE ENFOQUE
¿Qué fuerzas influyeron en el desarrollo de África y por qué?

Lo que aprenderás...
En este capítulo, aprenderás sobre las diversas influencias que han moldeado la cultura africana. Tanto las culturas tradicionales como las fuerzas externas han tenido protagonismo en la creación del África moderna.

SECCIÓN 1
El contacto con otras culturas 350

SECCIÓN 2
La colonización europea..............354

SECCIÓN 3
El imperialismo en África 360

SECCIÓN 4
Revolución y libertad 366

SECCIÓN 5
África desde la independencia 372

ENFOQUE EN LA LECTURA Y LA EXPRESIÓN ORAL

Identificar detalles de apoyo Los detalles de apoyo son datos y ejemplos que brindan información para apoyar la idea principal. A medida que lees, busca detalles que apoyen las ideas principales de cada sección. **Consulta la lección Identificar detalles de apoyo de la página ES15.**

Presentar un informe de noticias televisivo Eres un periodista a quien le asignaron crear un breve informe sobre una persona de África o un suceso que ocurrió allí. A medida que lees este capítulo, reunirás información sobre la historia de África y planearás tu informe. Luego, lo presentarás a la clase.

Barco explorador

Los europeos en África Los europeos se involucraron en los asuntos africanos para poder ganar dinero.

La independencia Los tanzanos celebraron su independencia de Gran Bretaña en 1961.

SECCIÓN 1

El contacto con otras culturas

Lo que aprenderás...

Ideas principales
1. El cristianismo llegó a África del Norte en el siglo IV y se convirtió en una influencia muy poderosa.
2. La conquista militar y comercial condujo a la expansión del Islam por toda África.

La idea clave
El contacto de África con otras culturas produjo cambios culturales muy importantes, en especial la expansión del cristianismo y el Islam.

Lugares y palabras clave
Aksum, *pág. 350*
Etiopía, *pág. 351*
cristianismo cóptico, *pág. 352*
Djenné, *pág. 352*
swahili, *pág. 353*

TOMAR NOTAS A medida que lees, toma notas acerca de las influencias del cristianismo y del Islam en las culturas de África en un diagrama como el siguiente.

Si VIVIERAS allí...

Eres un viajero que atraviesa el reino de Etiopía. A medida que te acercas a la ciudad, puedes observar una inmensa multitud que está reunida alrededor de lo que parece ser un hoyo en la tierra. Mientras te acercas, ves que hay un edificio dentro del hoyo, y está esculpido en la roca sobre la que estás parado. En ningún otro viaje habías visto una cosa así.

¿Qué piensas sobre este nuevo estilo de construcción?

CONOCER EL CONTEXTO Hacia el siglo VII d.C., había varios reinos poderosos en distintas partes de África, cada uno con su propia cultura característica. Sin embargo, la llegada de personas provenientes de otras culturas con sus propias ideas y religiones condujo a cambios importantes en África.

El cristianismo en África del Norte

Durante la época del Imperio romano, algunas partes del norte de África habían estado estrechamente vinculadas con Europa. La costa mediterránea de África, desde Marruecos hasta Egipto, había sido parte del Imperio romano. Sin embargo, después de la caída del imperio, los lazos entre Europa y África desaparecieron. Las primeras civilizaciones de África fueron reemplazadas por otras nuevas que sabían poco sobre los europeos.

Aksum

Una de las nuevas civilizaciones que se desarrolló en África fue **Aksum**. Este poderoso reino estaba ubicado cerca del mar Rojo, en el noreste de África. Esta ubicación simplificó el transporte de mercancías por agua y, como consecuencia, Aksum se convirtió en una potencia comercial muy importante. Muchos comerciantes del interior de África llevaban a Aksum mercancías como oro y marfil. Desde allí, se las enviaba en barco hacia mercados tan lejanos como la India. A cambio de sus mercancías, los pobladores de Aksum recibían telas, especias y otros productos.

Lalibela, Etiopía

En el siglo XIII, arquitectos y artesanos etíopes altamente calificados construyeron esta iglesia cristiana en Lalibela.

ANALIZAR RECURSOS VISUALES ¿A qué símbolo cristiano se parece la iglesia?

Los trabajadores cavaron zanjas muy profundas para construir la iglesia.

Los artesanos utilizaron herramientas especiales para poder tallar ventanas y puertas en la roca sólida.

Debido a que Aksum era un próspero centro comercial, las personas provenientes de distintas culturas se reunían allí. Estas personas se reunían y se relacionaban para intercambiar mercancías, pero también intercambiaban ideas y creencias.

Una de las creencias que los comerciantes llevaron a Aksum fue el cristianismo. Las enseñanzas cristianas fueron aceptadas rápidamente en Aksum y muchas personas se convirtieron a la religión. Hacia fines del siglo IV, el gobernante más famoso de Aksum, el rey Ezana, designó el cristianismo como la religión oficial del reino.

Al ser un reino cristiano, Aksum desarrolló lazos con otros estados cristianos. Por ejemplo, fue aliado del Imperio bizantino. Sin embargo, el contacto con estos aliados se terminó en los siglos VII y VIII, cuando los ejércitos musulmanes del suroeste de Asia conquistaron prácticamente toda la región de África del Norte.

Aunque los musulmanes nunca conquistaron Aksum, sí tomaron los puertos más importantes. Como consecuencia, el reino quedó aislado de otras tierras. Sin sus aliados y sin comercio, los habitantes de Aksum se retiraron hacia las montañas del norte de Etiopía.

Etiopía

Con el tiempo, los descendientes de los habitantes de Aksum formaron un nuevo reino, **Etiopía**. Aproximadamente en el año 1150, Etiopía se había convertido en uno de los reinos más poderosos de África.

El soberano más famoso de Etiopía fue el rey Lalibela, que gobernó en el siglo XIII. Es famoso por haber construido 11 iglesias cristianas, muchas de las cuales todavía siguen en pie. Una de estas iglesias es la de la ilustración que se encuentra arriba. Las iglesias de Lalibela eran talladas en roca sólida y muchas de ellas se ubicaban por debajo del suelo. Los devotos debían bajar largas escaleras para poder llegar a las iglesias. Estas iglesias, imponentes hazañas de ingeniería, también mostraban la devoción que tenían los etíopes por el cristianismo. Esta devoción separó a los etíopes de sus vecinos, la mayoría de los cuales eran musulmanes.

EL CRECIMIENTO Y EL DESARROLLO DE ÁFRICA **351**

Las creencias compartidas ayudaron a unir a los etíopes, pero su aislamiento de los demás cristianos llevó a algunos cambios en sus creencias. Con el tiempo, algunas costumbres africanas locales se mezclaron con las enseñanzas cristianas. Esto originó una nueva forma de cristianismo en África que se llamó cristianismo cóptico. El nombre *cóptico* proviene de una palabra árabe que significa "egipcio". La mayoría de los cristianos que viven actualmente en África del Norte, incluidos muchos etíopes, pertenecen a iglesias cópticas.

Aunque la mayoría de las personas en Etiopía eran cristianas, no todos lo eran. Por ejemplo, allí vivía un grupo de judíos conocido como Beta Israel. Algunos gobernantes cristianos intentaron forzarlos a adoptar el cristianismo, pero no lo lograron. La población judía de Etiopía se mantuvo activa durante siglos.

COMPRENSIÓN DE LA LECTURA Ordenar ¿Cómo fue aceptado el cristianismo en algunas partes de África?

La expansión del Islam

Hacia los siglos VII y VIII, el cristianismo había sido aceptado firmemente en algunas partes del noreste de África. Sin embargo, con la llegada de los soldados y comerciantes del mundo musulmán, se produjeron cambios muy importantes en el mapa religioso del continente. Estos soldados y comerciantes traían consigo una nueva religión: el Islam.

Los musulmanes de África del Norte

A partir de mediados del siglo VII, los ejércitos árabes provenientes del suroeste de Asia derrotaron a África del Norte. Conducidos por generales fuertes e inteligentes, estos ejércitos conquistaron Egipto y el valle del Nilo rápidamente. Desde allí, se encaminaron hacia el oeste, y conquistaron toda la costa mediterránea de África. Estos territorios conquistados pasaron a formar parte de un imperio musulmán que se extendía desde Persia hasta España.

Los musulmanes introdujeron el Islam y el idioma árabe en África del Norte. También establecieron escuelas y universidades. Allí, los estudiantes no sólo estudiaban religión sino también ciencia, medicina, astronomía y otras materias. Los expertos provenientes de todas partes del mundo musulmán se trasladaron a África del Norte para estudiar y enseñar.

Como resultado del gobierno musulmán, muchas ciudades de África del Norte crecieron y se convirtieron en grandes centros del saber. Entre las ciudades que se desarrollaron entonces se encuentran El Cairo, en Egipto, Fès, en Marruecos, y **Djenné**, en Malí.

ENFOQUE EN LA CULTURA

La arquitectura de Djenné

La roca y la madera no son comunes en el Sahara. Cuando los musulmanes de Djenné decidieron construir una mezquita, buscaron un material que abundara: el lodo. Secaron el lodo para convertirlo en ladrillos y construir la Gran Mezquita, que se muestra debajo. Luego, cubrieron los ladrillos con un yeso de lodo para darle un acabado liso.

La Gran Mezquita de Djenné fue construida en el siglo XIII, pero luego fue demolida en 1834. El gobernante de ese momento creía que la mezquita estaba muy recargada. Sin embargo, fue reconstruida en 1907 y se ha mantenido desde entonces. Hoy en día, los ciudadanos de Djenné se reúnen anualmente para reparar el daño causado por la lluvia o el calor extremo, que pueden dañar los frágiles ladrillos de lodo.

Sacar conclusiones ¿Por qué los ladrillos de lodo son un material de construcción apropiado en el desierto del Sahara?

El comercio en África Oriental

Mientras que el Islam llegó a África del Norte a través de la conquista, la llegada de la religión a África Oriental fue menos violenta. Ubicada sobre la costa del océano Índico, África Oriental había sido durante siglos el destino de los comerciantes de Asia. Entre estos comerciantes había musulmanes provenientes de la India, Persia y Arabia que iban a África en busca de mercancías africanas y de nuevos mercados para sus productos, pero también dieron a África una nueva cultura.

Para hacer el comercio simple y rentable, los comerciantes musulmanes y los nativos africanos construyeron ciudades a lo largo de toda la costa. Hacia el año 1100, algunas ciudades de África Oriental como Mogadisio, Mombasa, Kilwa y Sofala se habían convertido en centros comerciales.

Los comerciantes musulmanes provenientes de Arabia y Persia se establecieron en muchas de estas ciudades comerciales costeras. Como consecuencia, las ciudades desarrollaron grandes comunidades musulmanas. Los africanos, los árabes y los persas vivían cerca y trabajaban juntos. Una consecuencia de esta proximidad fue la expansión del Islam por toda África Oriental. Las personas de todas las clases sociales, desde los trabajadores hasta los gobernantes, adoptaron el Islam. Como consecuencia, aparecieron mezquitas en ciudades y pueblos de toda la región.

El contacto entre las culturas también llevó a otros cambios en África Oriental. Por ejemplo, se produjeron cambios en la arquitectura de la región. Las personas comenzaron a construir casas que combinaban materiales **tradicionales**, como el coral y la madera del manglar, con diseños árabes, como las ventanas en arco y las puertas talladas.

Esta nueva relación se reflejó en el habla a medida que estas culturas se aproximaban más y más. Algunos africanos, que en su mayoría hablaban lenguas bantúes, adoptaron muchas palabras árabes y persas. Con el tiempo, las lenguas se mezclaron y dieron origen a un nuevo idioma, el swahili. El término **swahili** se refiere a la cultura árabe-africana adoptada en África Oriental.

> **VOCABULARIO ACADÉMICO**
> **tradicional** habitual, de larga tradición

COMPRENSIÓN DE LA LECTURA Resumir ¿De qué manera cambió el Islam a la cultura africana?

RESUMEN Y PRESENTACIÓN En esta sección, aprendiste sobre los primeros contactos entre las sociedades africanas y los pueblos de otras regiones. A continuación, aprenderás de qué manera la llegada de los comerciantes europeos a África produjo cambios significativos.

Evaluación de la Sección 1

Repasar ideas, palabras y lugaress

1. **a. Identificar** ¿Cuál fue el primer reino de África que se convirtió al cristianismo después de la caída de Roma? ¿Qué soberano fue responsable de esta conversión?
   b. Identificar causa y efecto ¿Qué fue lo que condujo a la creación del **cristianismo cóptico** en África?
   c. Desarrollar ¿Por qué sirvió el Cristianismo como un factor de unificación para el pueblo de **Etiopía**?
2. **a. Definir** ¿Qué significa **swahili**?
   b. Contrastar ¿En qué se diferencia la llegada del Islam a África del Norte de la llegada a África Oriental?
   c. Predecir ¿En qué sería diferente la vida en África Oriental si el pueblo no hubiera aceptado la presencia de los comerciantes musulmanes?

Pensamiento crítico

3. **Analizar información** Usa tus notas y el organizador gráfico para examinar de qué manera influyeron la llegada del cristianismo y del Islam a África en la cultura local y qué cambios se produjeron como consecuencia en las dos religiones.

   | Cristianismo
Influencia:
Cambios: | ↔ | Culturas africanas | ↔ | Islam
Influencia:
Cambios: |

ENFOQUE EN LA EXPRESIÓN ORAL

4. **Describir las influencias culturales** En tu informe de noticias televisivo podrías mencionar la influencia de diferentes religiones sobre África. ¿Qué detalles de esta sección podrías incluir en tu informe?

SECCIÓN 2

La colonización europea

Lo que aprenderás...

Ideas principales
1. Los europeos llegaron a África en busca de mercancías comerciales valiosas.
2. El tráfico de esclavos tuvo efectos terribles en África.
3. Muchos países europeos establecieron colonias en África.

La idea clave
Los europeos establecieron colonias en África para aprovechar el comercio de oro, marfil y otros productos, y también de esclavos.

Lugares y palabras clave
travesía intermedia, *pág. 356*
la Costa de Oro, *pág. 357*

TOMAR NOTAS A medida que lees, toma notas sobre la llegada de los europeos a África, el tráfico de esclavos africanos y las colonias europeas en un diagrama como el siguiente.

Llegada → Tráfico de esclavos → Colonias

Si VIVIERAS allí...

Eres un marinero de un barco explorador portugués que va camino a la India. Después de pasar algunos días en el mar, tu capitán decide atracar en la costa africana. Mientras te acercas a la costa, te saluda un grupo de habitantes que te ofrecen joyas de oro y marfil.

¿Qué te sugiere este regalo sobre los recursos de África?

CONOCER EL CONTEXTO Antes del siglo XIV, pocas personas en Europa tenían información sobre África. Los antiguos escritores griegos habían descrito algunas partes del continente, pero la mayoría de las personas apenas sabían que África existía. Sin embargo, después de que los exploradores europeos llegaron a África en el siglo XV, el continente llamó la atención de los comerciantes y los colonos.

Interactivo En detalle

La peregrinación de Mansa Musa

La riqueza que Malí mostró en la peregrinación de Mansa Musa hacia La Meca en 1324 llamó la atención del mundo musulmán y europeo. De acuerdo con los relatos históricos, la impresionante caravana de Mansa Musa contó con más de 60,000 personas.

go.hrw.com PALABRA CLAVE: SK9 CH12
(Sólo en inglés)

Aproximadamente 500 personas de la caravana llevaban bastones excesivamente decorados con oro para mostrar la riqueza de Malí.

Llevaban en el equipaje grandes cantidades de oro para ofrecer como regalo. Este oro está valuado hoy en día en aproximadamente $100 millones.

La llegada de los europeos

A fines del siglo XV, los exploradores partieron de los puertos de toda Europa. Muchos de estos exploradores esperaban hallar nuevas rutas comerciales hacia lugares como India y China. Allí, buscaban mercancías que pudieran vender a precios altos en Europa para hacerse ricos.

Como parte de su búsqueda, algunos exploradores portugueses partieron a navegar alrededor de África. Durante sus viajes, muchos desembarcaron en lugares ubicados sobre la costa africana. Algunos de ellos se dieron cuenta pronto de que podían hacerse ricos sin necesidad de llegar hasta India o China.

Rumores de oro

Durante siglos, los europeos habían oído rumores sobre reinos de oro en África. Aquellos rumores comenzaron en el siglo XIV cuando Mansa Musa, el soberano de Malí, comenzó su famosa peregrinación musulmana, el *Hajj*, hacia La Meca. Estaba acompañado por miles de seguidores y esclavos. Mientras viajaban, los peregrinos entregaban espléndidos regalos de oro a todos los soberanos de los territorios que atravesaban.

Durante los años posteriores al *Hajj* de Mansa Musa, las historias de su riqueza circularon desde el sudoeste de Asia hasta Europa. Sin embargo, la mayoría de los europeos no creían que podían hallar oro en África. No obstante, cuando los portugueses llegaron a las costas de África Occidental, se dieron cuenta de que las historias eran verdaderas. África sí tenía oro y los europeos lo querían.

Mercancías comerciales

El oro fue el primer artículo que atrajo la atención de los europeos hacia África, pero no era el único producto de valor que podían hallar. El marfil era otro. Los europeos usaban el marfil para hacer muebles, joyas, estatuas, teclas de piano y otros artículos costosos.

Al principio, los portugueses no tenían demasiado interés en otros productos que no fueran el oro y el marfil. Pero en poco tiempo se dieron cuenta de que podían obtener más ganancias con algo que los africanos estaban dispuestos a venderles: esclavos.

COMPRENSIÓN DE LA LECTURA **Resumir** ¿Por qué algunos europeos comenzaron a interesarse en África?

Mansa Musa montaba su camello cerca del frente. Durante su viaje, se hizo famoso por su generosidad.

Los camellos, conocidos como los "barcos del desierto", podían pasar largos períodos sin beber agua y resistir el calor mejor que los caballos o los burros.

DESTREZA DE ANÁLISIS **ANALIZAR RECURSOS VISUALES**
¿Por qué crees que las personas estaban impresionadas con las historias sobre la peregrinación de Mansa Musa?

El comercio de marfil
Los comerciantes de marfil juntaban colmillos de elefantes para exportarlos a Europa.

ANALIZAR RECURSOS VISUALES ¿Quiénes estaban involucrados en el comercio de marfil?

El tráfico de esclavos

La esclavitud no era nada nuevo en África. Durante siglos, las sociedades de África habían tenido esclavos. La mayoría de estos esclavos eran prisioneros capturados en batallas o en asaltos a pueblos o reinos rivales.

El tráfico de esclavos de Europa

La esclavitud había existido durante siglos en África, pero la llegada de los europeos a África Occidental trajo consigo un aumento drástico en la demanda de esclavos. Los europeos querían a los esclavos para hacerlos trabajar en las plantaciones o grandes granjas del continente americano. Los comerciantes de esclavos hacían tratos con muchos soberanos de África Central y Occidental para comprar a los esclavos que capturaban en las batallas. Luego, los encadenaban y los llevaban a los barcos. Estos barcos transportaban a los esclavos en un extenuante viaje a través del Atlántico llamado travesía intermedia.

El tráfico de esclavos continuó por más de 300 años. Aunque algunos europeos se oponían a la esclavitud y decían que era una institución diabólica a la que se debía poner freno, los comerciantes de esclavos consideraban que la práctica era demasiado rentable como para detenerla. Hacia el siglo XIX los gobiernos europeos por fin intervinieron y finalmente prohibieron el tráfico de esclavos.

Los efectos del tráfico de esclavos

El tráfico de esclavos en Europa trajo consecuencias devastadoras para África. Condujo a un notable descenso en su población. Millones de jóvenes africanos eran forzados a dejar sus hogares e ir hacia tierras muy lejanas. Miles de ellos murieron. Los historiadores estiman que entre 15 y 20 millones de esclavos africanos fueron enviados en barco hacia el continente americano contra su voluntad. Otros millones fueron enviados a Europa, Asia y Oriente Medio.

El tráfico de esclavos también produjo terribles efectos en aquellos que permanecieron en África. Los esfuerzos de algunos reinos por capturar a los esclavos de sus rivales condujeron a décadas de guerras en el continente, lo que redujo aún más la población de África y debilitó a muchas sociedades. También provocó años de resentimiento y desconfianza entre los pueblos africanos.

COMPRENSIÓN DE LA LECTURA Identificar **causa y efecto** ¿Cuáles fueron los resultados del tráfico de esclavos?

Las colonias europeas en África

El comercio de oro, marfil y esclavos hizo ricos a muchos comerciantes portugueses. Envidiosos de esta riqueza, otros países europeos corrieron a tomar parte de este comercio. El resultado fue la lucha entre varios países por establecer colonias sobre la costa africana.

Las colonias de África Occidental

La primera colonia europea en África Occidental fue la **Costa de Oro**, establecida por los portugueses en 1482. Estaba ubicada en el área que ahora ocupa Ghana. La mayoría de los nombres de las colonias de África Occidental derivan de los productos que se comerciaban allí. Además de Costa de Oro, la región tuvo colonias llamadas Costa de Marfil y Costa de los Esclavos.

Para mantener el orden en sus colonias, los europeos construyeron fuertes a lo largo de la costa de África Occidental. Estos fuertes funcionaban como centros de comercio y puestos de avanzada.

Con el tiempo, las colonias de África Occidental se fusionaron. Por ejemplo, a mediados del siglo XVII, los portugueses cedieron su colonia a los holandeses. Finalmente, toda la Costa de Oro pasó a manos de los británicos, quienes mantuvieron la colonia hasta la década de 1950.

Los portugueses en África Oriental

Mientras que varios países tenían colonias en África Occidental, sólo los portugueses estaban interesados en África Oriental. Sabían que el comercio en el océano Índico era muy rentable y querían controlarlo.

Los portugueses sabían que mientras los poderosos reinos africanos gobernaran la región, ellos no podrían apoderarse de África Oriental. Para debilitar esos reinos, animaron a los soberanos a enfrentarse mutuamente en guerras. Luego, los portugueses hicieron alianzas con los ganadores.

Sin embargo, la influencia portuguesa en África Oriental se debilitó cuando llegaron los musulmanes. Los musulmanes forzaron a los portugueses a abandonar la región casi por completo. Aunque los portugueses mantenían una colonia en Mozambique, su influencia había prácticamente desaparecido.

COMPRENSIÓN DE LA LECTURA Identificar causa y efecto ¿Por qué los europeos establecieron colonias en África?

RESUMEN Y PRESENTACIÓN Los europeos llegaron a África en el siglo XVI y construyeron varias colonias. A continuación, aprenderás sobre otro período de participación europea en África durante el siglo XIX.

go.hrw.com
Cuestionario en Internet
PALABRA CLAVE: SK9 HP12
(Sólo en inglés)

Evaluación de la Sección 2

Repasar ideas, palabras y lugares

1. **a. Identificar** ¿Qué mercancías comerciales hallaron los europeos en África?
   b. Analizar ¿De qué manera afectó la peregrinación de Mansa Musa las opiniones europeas sobre África?
2. **a. Definir** ¿Qué era la **travesía intermedia**?
   b. Resumir ¿Por qué querían esclavos los europeos?
   c. Evaluar En tu opinión, ¿cuál fue el peor resultado del tráfico de esclavos? Explica tu respuesta.
3. **a. Recordar** ¿Por qué querían los europeos formar colonias en África Occidental?
   b. Desarrollar ¿Qué sugieren los nombres como **Costa de Oro** acerca de las ideas que tenían los europeos sobre las colonias africanas?

Pensamiento crítico

4. **Ordenar** Usa tus notas y un diagrama como el siguiente para enumerar los pasos más importantes en la formación de las colonias europeas en África. Si es necesario, puedes agregar más recuadros al diagrama.

ENFOQUE EN LA EXPRESIÓN ORAL

5. **Describir las colonias** ¿Mencionarás la llegada de los europeos a África y la formación de las colonias en tu informe? Toma algunas notas sobre los temas que podrías incluir.

Geografía e historia

El tráfico de esclavos en el Atlántico

Entre los años 1500 y 1870, los comerciantes británicos, franceses, holandeses, portugueses y españoles enviaron millones de esclavos africanos hacia las colonias de América. La mayor parte de los esclavos fueron a las colonias británicas y francesas en las Antillas. El clima en las colonias era bueno para producir cultivos como el algodón, el tabaco y la caña de azúcar. Cultivar y procesar estos cultivos requería mucha mano de obra. Los colonos dependían de los esclavos africanos para cumplir con esta demanda de mano de obra.

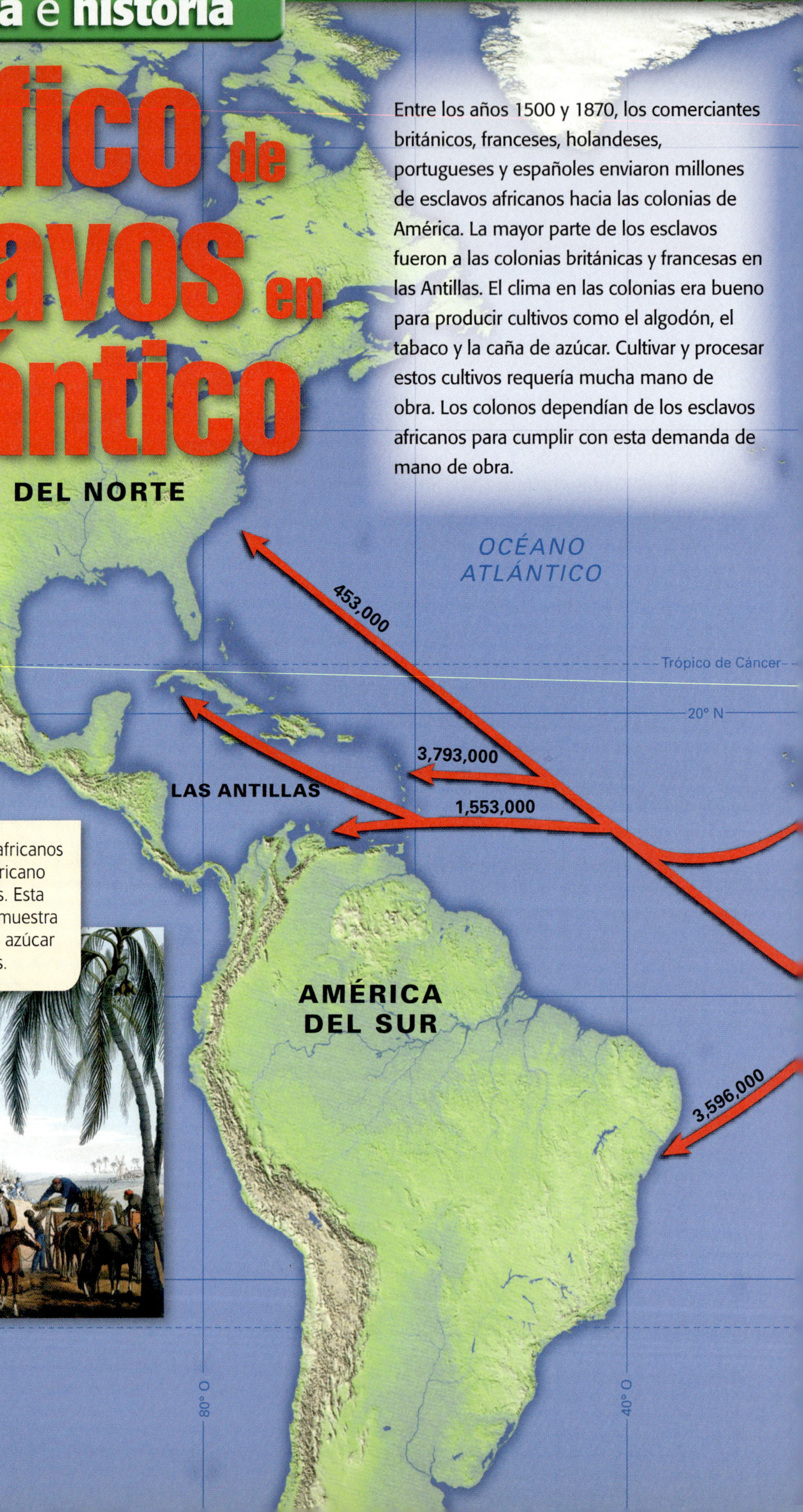
AMÉRICA DEL NORTE
OCÉANO ATLÁNTICO
453,000
Trópico de Cáncer
20° N
3,793,000
LAS ANTILLAS
1,553,000
AMÉRICA DEL SUR
3,596,000
120° O
100° O
80° O
40° O

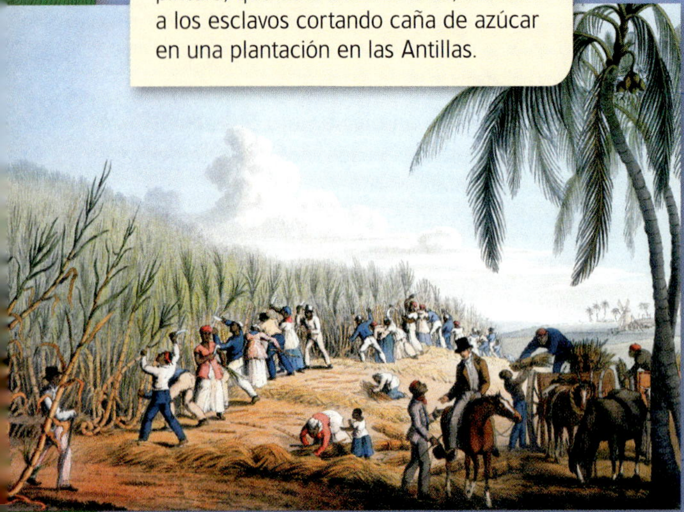

América La mayoría de los africanos eran llevados al continente americano para trabajar en las plantaciones. Esta pintura, que data del año 1823, muestra a los esclavos cortando caña de azúcar en una plantación en las Antillas.

África Occidental Se capturaba a los africanos en las zonas del interior y luego se los llevaba a los fuertes que estaban en la costa, como el que se muestra aquí. Los fuertes de esclavos retenían a los africanos hasta que un barco llegara para llevarlos a América.

Secuestrado y llevado a un barco de esclavos

Mahommah G. Baquaqua fue capturado y vendido como esclavo cuando era joven. En este relato de 1854, recuerda haber sido llevado a la costa africana para abordar un barco de esclavos.

"Me llevaron río abajo y me hicieron subir a un bote; el río era muy grande y se abría en dos direcciones diferentes, antes de desembocar en el mar... Pasamos dos noches y un día en este río, cuando llegamos a un... lugar [donde] ponían a los esclavos en un corral y de espaldas al fuego... Cuando estábamos listos para partir, nos encadenaban juntos y nos ataban con cordeles alrededor del cuello y así nos llevaban hasta la orilla del mar".

Los fuertes de esclavos comenzaron como puestos de comercio. Se los construyó cerca de las desembocaduras de los ríos para proporcionar un acceso fácil al mar y a las áreas interiores.

DESTREZA DE GEOGRAFÍA INTERPRETAR MAPAS

1. **Ubicación** ¿Por qué se ubicaban los fuertes de los esclavos en esos lugares?
2. **Interacción entre los seres humanos y el medio ambiente** ¿Qué factores geográficos influyeron en el desarrollo del comercio de esclavos del Atlántico?

EL CRECIMIENTO Y EL DESARROLLO DE ÁFRICA

SECCIÓN 3

El imperialismo en África

Lo que aprenderás...

Ideas principales
1. La búsqueda de materias primas impulsó una nueva ola de participación europea en África.
2. La disputa por África era una lucha entre los europeos para establecer colonias.
3. Algunos africanos resistieron el dominio de los europeos.

La idea clave
A finales del siglo XIX, los europeos volvieron a establecer colonias en África y se involucraron en la política y la economía africana.

Lugares y palabras clave
empresarios, *pág. 361*
imperialismo, *pág. 361*
Canal de Suez, *pág. 362*
la Conferencia de Berlín, *pág. 362*
Bóers, *pág. 364*

TOMAR NOTAS A medida que lees, toma nota sobre los diversos aspectos del imperialismo europeo en África en el siglo XIX en un organizador gráfico como el siguiente.

Si VIVIERAS allí...

Eres el jefe de una tribu africana en 1890. Durante muchos años, tu pueblo ha estado en guerra con una tribu que vive en el valle contiguo. Sin embargo, un día, un guerrero de esa tribu trae un mensaje para ti. Unos soldados que llevan ropas y armas extrañas han contactado a su jefe. Ellos dicen que ambas tribus son ahora parte de una colonia que pertenece a un lugar llamado Inglaterra. El otro jefe quiere saber cómo tratarás a estos extraños.

¿Qué le responderás al otro jefe?

CONOCER EL CONTEXTO Los europeos ya habían formado colonias en África hacia el siglo XV, pero en verdad controlaban sólo un pequeño porcentaje del continente. Sin embargo, a finales del siglo XIX, la actitud europea hacia África cambió, y pronto comenzaron a luchar para obtener el mayor control que pudieran sobre el continente.

La nueva participación en África

Cuando los europeos llegaron a África por primera vez en el siglo XV, esperaban hacerse ricos a través del comercio. Durante siglos, el camino más seguro a la riqueza en Europa había sido el de controlar el comercio de productos poco usuales de tierras lejanas. Los comerciantes que traían especias, sedas y otras mercancías desde Asia estaban entre las personas más ricas del continente.

Sin embargo, con el comienzo de la revolución industrial en el siglo XVIII, surgió una nueva ruta hacia la riqueza. Los europeos se dieron cuenta de que podían hacerse más ricos a través de la construcción de fábricas y la elaboración de productos que otros querían, como telas, herramientas o acero de baja calidad. Para elaborar productos, los propietarios de negocios necesitaban materias primas. Sin embargo, Europa no tenía los recursos suficientes para abastecer a todas las fábricas que abrían sus puertas. ¿Dónde iban a conseguir estos recursos?

La búsqueda de materias primas

Durante la década de 1880, los europeos decidieron que la mejor manera de obtener recursos era crear nuevas colonias. Querían que estas colonias estuvieran ubicadas en lugares donde hubiera abundantes recursos que no podían conseguir en Europa.

Uno de esos lugares era África. Desde que el tráfico de esclavos había finalizado a principios del siglo XIX, sólo unos pocos europeos se habían interesado en África. A menos que pudieran hacer grandes fortunas allí, a la mayoría de las personas no les importaba lo que sucedía en África. Mientras los propietarios de las fábricas buscaban nuevas fuentes de materias primas, algunas personas volvieron a poner su mirada en África. Por primera vez, notaron sus enormes espacios abiertos y su riqueza mineral.

Una vez más, los europeos se avalanzaron hacia África para establecer colonias. La mayoría de estos nuevos colonos que se dirigieron hacia África en el siglo XIX eran **empresarios, es decir, personas de negocios independientes**. Construyeron minas, desarrollaron plantaciones y rutas comerciales con el sueño de hacerse ricos en África.

Interferencia cultural

Aunque habían llegado a África para hacerse ricos, los empresarios europeos se involucraban frecuentemente en los asuntos internos. A menudo, lo hacían porque creían que sus ideas sobre el gobierno y la cultura eran mejores que las de los nativos africanos. Como consecuencia, muchos intentaban imponer sus propias ideas sobre las personas nativas. Esta clase de intento de dominar el gobierno, comercio o cultura de otro país se conoce como **imperialismo**.

El imperialismo europeo justificaba su conducta argumentando que mejoraba la vida de los africanos. De hecho, muchos europeos sentían que era su deber introducir sus costumbres y **valores** en lo que ellos veían como una tierra atrasada. Forzaron a los africanos a que asimilaran o adoptaran muchos elementos de la cultura europea. Como consecuencia, miles de africanos fueron convertidos al cristianismo y aprendieron a hablar los idiomas europeos.

VOCABULARIO ACADÉMICO
valores ideas en las que creen las personas y que intentan seguir a lo largo de su vida

CONEXIÓN CON la economía

Minería de diamantes

Entre los recursos que atrajeron a los empresarios europeos en África estaban los diamantes, que fueron descubiertos en Sudáfrica en 1867 y eran extremadamente rentables. Pronto, Sudáfrica se convirtió en el productor de diamantes líder en el mundo. Prácticamente toda esa producción estaba a cargo de una sola empresa, la De Beers Consolidated Mine Company, cuyo propietario era un inglés llamado Cecil Rhodes. Las minas De Beers, como la que se muestra aquí en Kimberley, introdujeron las piedras preciosas en el mercado mundial.

Sudáfrica todavía es uno de los productores líderes de diamantes en el mundo, y De Beers es una de las empresas líderes. La empresa puede imponer altos precios porque controla el suministro de diamantes.

Analizar ¿De qué manera puede una empresa controlar el suministro de un producto?

Un partidario firme del imperialismo era el empresario inglés Cecil Rhodes. Creía que la cultura británica era superior a todas las demás y que era su deber compartirla con los pueblos de África. Para lograr su cometido, planeó construir un largo ferrocarril entre las colonias británicas de Egipto y Sudáfrica. Rhodes creía que este ferrocarril traería los beneficios de la civilización británica a todos los africanos. Sin embargo, su ferrocarril nunca se terminó de construir.

La participación del gobierno

Aunque los primeros imperialistas en África eran empresarios, pronto los gobiernos nacionales comenzaron a involucrarse también. En gran medida, las rivalidades entre los países provocaron su participación. Cada país quería controlar más territorios y más colonias de las que controlaba su rival. Como consecuencia, los países intentaban establecer todas las colonias que pudieran para impedir que otros lo hicieran.

Por ejemplo, Francia comenzó a establecer colonias en África Occidental a finales del siglo XIX. Al enterarse de esto, los británicos se apresuraron hacia el área para también establecer colonias propias. En poco tiempo, Alemania e Italia también buscaron controlar territorios en África Occidental, ya que no querían ser vistos como menos poderosos que Francia o Gran Bretaña.

El gobierno inglés también se involucró en África por otras razones. Los británicos querían proteger el **Canal de Suez,** un canal navegable construido en Egipto en la década de 1860 y que conectaba el mar Mediterráneo y el mar Rojo. Los británicos usaban el canal como una ruta rápida para llegar hasta sus colonias en la India. Sin embargo, en la década de 1880, la inestabilidad del gobierno egipcio hizo temer a los británicos por la pérdida del acceso al canal. Como consecuencia, los británicos se trasladaron a Egipto y tomaron control parcial del país para proteger sus rutas de navegación.

COMPRENSIÓN DE LA LECTURA **Crear categorías** Nombra tres razones por las cuales los europeos fueron a África.

ENFOQUE EN LA LECTURA
¿Qué detalles apoyan la idea principal de que los gobiernos europeos se involucraron en los asuntos africanos?

La disputa por África

Desesperados por tener más poder en África que sus rivales, los países europeos se apresuraron por adueñarse de la mayor cantidad de tierras posible. Los historiadores llaman a esta disputa por las tierras la "disputa por África". Los europeos se movían tan rápido para no dejar que otros se adueñaran de las tierras que para el año 1914 prácticamente toda África se había convertido en colonia europea. Como puedes ver en el mapa de la página siguiente, sólo Etiopía y Liberia siguieron siendo independientes.

La Conferencia de Berlín

Durante muchos años, los europeos compitieron agresivamente por la obtención de tierras en África. A veces, los conflictos aparecían cuando muchos países intentaban adueñarse de la misma área. Para evitar que estos conflictos derivaran en guerras, los líderes europeos acordaron reunirse y armar un plan para mantener el orden en África. Esperaban que esta reunión calmara las disputas y evitara conflictos futuros.

La reunión en la que participaron los líderes europeos se llamó la **Conferencia de Berlín.** Comenzó en 1884 y condujo a la división de África entre varias potencias europeas. Como se muestra en el mapa, después de la conferencia, África parecía un *collage* de colonias europeas.

Cuando los líderes europeos se dividieron África, prestaron poca atención a los pueblos que vivían allí. Como consecuencia, las fronteras que establecían para sus colonias generalmente dividían reinos, clanes y familias.

Separar a las personas del mismo origen era muy malo, pero también lo era forzarlas a que vivieran juntas si no lo deseaban. Algunas colonias europeas agruparon a pueblos que tenían costumbres, idiomas y religiones diferentes. Forzar el contacto entre los pueblos provocaba a menudo conflicto y guerras. Con el tiempo, la indiferencia europea por los africanos trajo problemas muy importantes para los europeos y también para los africanos.

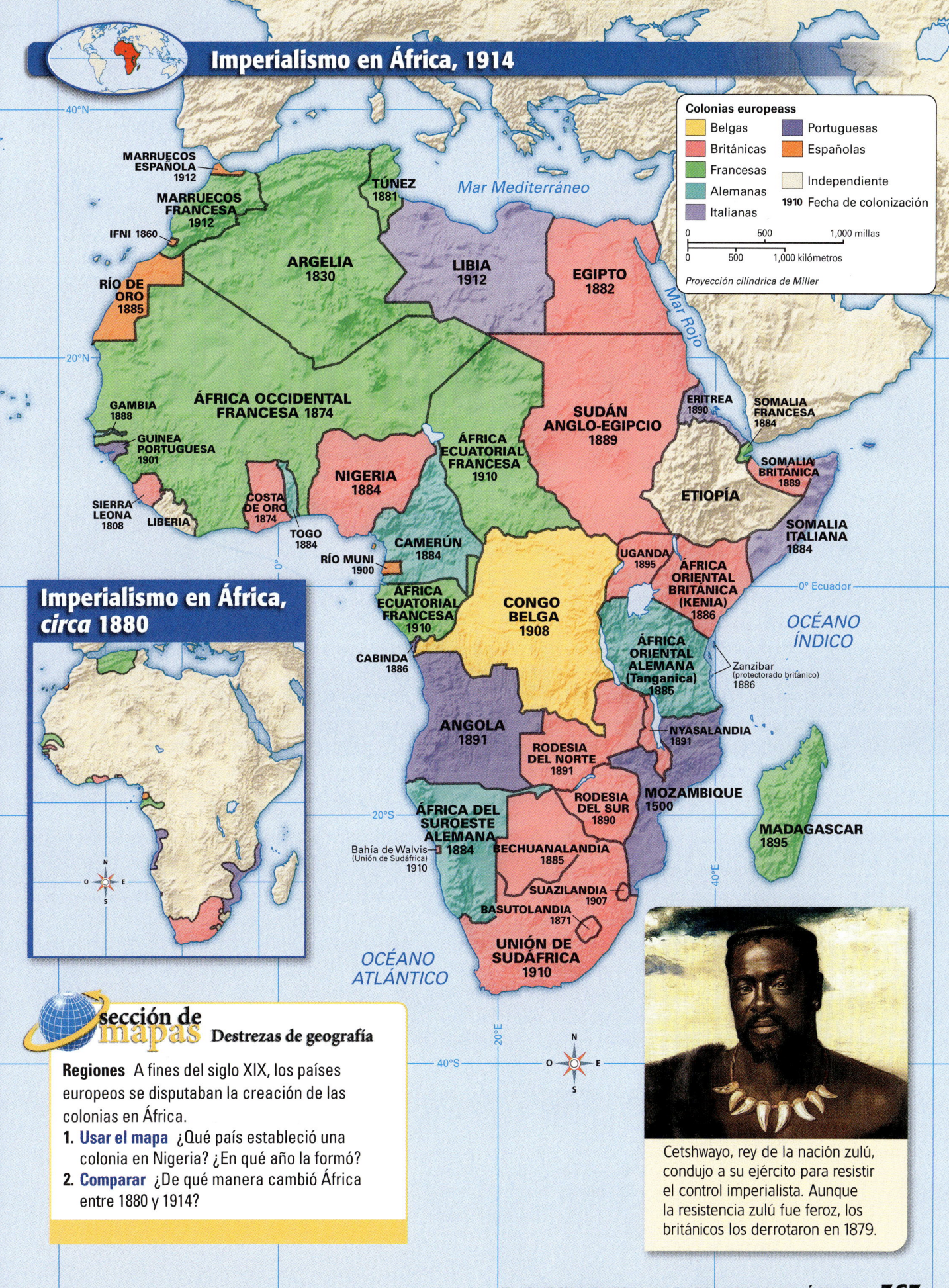

La batalla de Adua

Esta pintura de la batalla de Adua fue hecha años después de la batalla. Esta batalla evitó que Etiopía se convirtiera en colonia italiana y todavía se celebra en la actualidad.

ANALIZAR RECURSOS VISUALES ¿Por qué los etíopes celebran su victoria en Adua?

La Guerra de los Bóer

La Conferencia de Berlín tenía el objetivo de evitar conflictos sobre el territorio africano, pero no fue del todo exitosa. A fines de la década de 1890 comenzó una guerra en Sudáfrica entre los colonos británicos y los holandeses. Ambos grupos se habían adueñado de las tierras y querían que el otro se marchara.

Los agricultores holandeses, llamados **bóer,** habían llegado a Sudáfrica en el siglo XVII. Allí, habían establecido dos repúblicas independientes. Durante aproximadamente 200 años, los bóer vivieron principalmente como granjeros. Durante ese período, el resto de Europa no interfirió con ellos.

Sin embargo, todo cambió en el siglo XIX. En 1886 se descubrió oro cerca del río Orange, en Sudáfrica. De repente, el territorio donde los bóer vivían pasó a ser muy codiciado.

Los británicos eran unos de los que querían controlar Sudáfrica después del descubrimiento del oro. En 1899, los británicos intentaron apropiarse del territorio de los bóer para integrarlo al Imperio británico. Los bóer se resistieron y estalló una guerra entre los dos grupos.

Los bóer no creían que podían vencer a los británicos en una guerra corriente. Los británicos tenían un ejército mucho más grande que el de ellos, especialmente después de que los británicos trajeran las tropas de sus diversas colonias. Además, las tropas británicas tenían mejores armas que los bóer.

Entonces, los bóer decidieron hacer una guerra de guerrilla basada en ataques sorpresa y emboscadas. Con estas tácticas, derrotaron rápidamente varias tropas británicas y sacaron ventaja en la guerra.

Sin embargo, estas tácticas de guerrilla enfurecieron a los británicos. Para castigar a los bóer, comenzaron a atacar y prender fuego sus granjas. Capturaron a miles de niños y mujeres bóer y los encarcelaron en campos de concentración. Más de 20,000 mujeres y niños murieron en estos campos, la mayoría de ellos a causa de enfermedades. Finalmente, los británicos derrotaron a los bóer. Como consecuencia, Sudáfrica pasó a ser una colonia británica.

COMPRENSIÓN DE LA LECTURA Identificar causa y efecto ¿Cuáles fueron los resultados de la Conferencia de Berlín?

La resistencia africana

Los europeos pensaban que la Conferencia de Berlín y la Guerra de los Bóer terminarían con los conflictos en África. Sin embargo, una vez más, habían pasado por alto al pueblo africano. Muchos africanos no querían ser gobernados por los europeos. Se negaban a renunciar de manera pacífica a sus propias culturas y adoptar los modos europeos.

Como consecuencia, los europeos que ingresaban al territorio africano hallaban resistencia por parte de los gobernantes locales y el pueblo. Los europeos podían poner fin a la mayoría de estas rebeliones rápidamente gracias a la superioridad de sus armas. Sin embargo, dos pueblos bien organizados, los zulúes y los etíopes, causaron más problemas a los europeos.

La resistencia de los zulúes

Uno de los grupos más famosos por resistir la conquista europea fueron los zulúes de África del Sur. A principios del siglo XIX, un líder zulú llamado Shaka había reunido varias tribus y conformado una sola nación. Esta nación era tan fuerte que los europeos eran reacios a entrar en el territorio de los zulúes.

Sin embargo, después de la muerte de Shaka, la nación zulú se debilitó. Aun sin su liderazgo, el feroz ejército zulú mantuvo a los británicos fuera de su territorio por más de 50 años. Pero finalmente, la superioridad de las armas de los británicos ayudó a derrotar a los zulúes. Sus territorios pasaron a ser parte de una nueva colonia británica.

La resistencia de los etíopes

Aunque la resistencia contra el imperialismo europeo ya había casi finalizado por completo, un reino logró permanecer libre del control europeo. Ese reino fue Etiopía. Es el único país de África que nunca fue colonia europea. Etiopía luchó contra los europeos, y su éxito se debió en gran parte a los esfuerzos de un hombre, el emperador Menelik II.

Menelik había visto que la fuerza de los ejércitos europeos se basaba en sus modernas armas. Por lo tanto, decidió que crearía un ejército igual de poderoso con armas igualmente modernas, de origen europeo. Como consecuencia, cuando los italianos invadieron Etiopía en 1895, el ejército etíope pudo derrotar a los invasores. Esta victoria en la Batalla de Adua se celebra como un momento clave de la historia etíope.

COMPRENSIÓN DE LA LECTURA Sacar conclusiones ¿Por qué muchos africanos se resistían al imperialismo europeo?

RESUMEN Y PRESENTACIÓN En el siglo XIX, los europeos dividieron África en decenas de colonias. En la próxima sección, aprenderás de qué manera estas colonias finalmente se liberaron del control europeo para convertirse en países independientes.

Evaluación de la Sección 3

go.hrw.com
Cuestionario en Internet
PALABRA CLAVE: SK9 HP12
(Sólo en inglés)

Repasar ideas, palabras y lugares

1. **a. Describir** ¿Qué papel jugaron los **empresarios** durante el **imperialismo** europeo en África?
   b. Explicar ¿Por qué querían los gobiernos europeos establecer colonias en África?
2. **a. Resumir** ¿Qué sucedió en la **Conferencia de Berlín**?
   b. Hacer predicciones ¿Qué problemas crees que causó la Conferencia de Berlín en África después de que los europeos se fueron?
3. **a. Identificar** ¿Qué país de África nunca se convirtió en una colonia?
   b. Inferir ¿Por qué fracasó la mayor parte de la resistencia africana?

Pensamiento crítico

4. **Identificar causa y efecto** Usa tus notas y el diagrama que se encuentra a la derecha para identificar las causas y los efectos del imperialismo europeo en África.

ENFOQUE EN LA EXPRESIÓN ORAL

5. **Analizar el imperialismo** Toma algunas notas sobre los efectos del imperialismo que podrías mencionar en tu informe.

SECCIÓN 4

Revolución y libertad

Lo que aprenderás...

Ideas principales

1. El descontento con el gobierno europeo llevó a que los africanos reclamaran su independencia.
2. Las colonias británicas fueron algunas de las primeras en ser libres.
3. Las colonias francesas siguieron dos caminos hacia la independencia.
4. Las colonias belgas y portuguesas debieron luchar por su libertad.

La idea clave

Las colonias africanas comenzaron a reclamar la independencia después de la Segunda Guerra Mundial y finalmente obtuvieron su libertad.

Lugares y palabras clave

Ghana, *pág. 367*
Kenia, *pág. 367*
Mau Mau, *pág. 368*
Congo Belga, *pág. 370*

TOMAR NOTAS A medida que lees, toma notas sobre las demandas de independencia en África y la manera en que se alcanzó esa meta en diversas colonias en un diagrama como el siguiente.

Si VIVIERAS allí...

Eres un soldado de la colonia francesa en Marruecos. Durante el último año, has luchado junto a los soldados de Francia para derrotar al ejército alemán. Ahora, la guerra ha acabado y te enviarán de regreso a tu hogar. Tú esperabas que te premiaran por tu servicio, pero tu comandante te envió de regreso sin siquiera darte las gracias.

¿Cómo te hace sentir esta falta de gratitud?

CONOCER EL CONTEXTO Durante años, África estuvo gobernada por imperialistas europeos. Sin embargo, algunos sucesos a principios del siglo XX, especialmente las dos guerras mundiales, condujeron a cambios sociales y políticos significativos y, finalmente, a la independencia africana.

Las demandas de independencia

Como era de esperarse, muchos africanos estaban descontentos con el control europeo de su tierra natal. Durante siglos, habían gobernado sus propios reinos y sociedades. Ahora, eran forzados a aceptar a unos extranjeros como sus líderes. Sin embargo, después de varios intentos de rebelión contra los europeos, los pueblos de África se resignaron a vivir en colonias europeas. Pero esta resignación cambió después de las dos guerras mundiales.

La Primera Guerra Mundial

Después de que estallara la Primera Guerra Mundial en Europa, en el año 1914, la lucha también se extendió hasta las colonias europeas. África fue una de las áreas en donde estalló la violencia. Los Aliados, entre ellos, Inglaterra y Francia, atacaron las colonias alemanas en África. Estos países pensaban que al tomar las colonias alemanas debilitarían al país económicamente.

Gran parte de la lucha en África estuvo en manos de los habitantes de colonias inglesas y francesas. Cientos de miles de africanos fueron reclutados para ayudar a los ejércitos europeos. Decenas de miles de estos reclutas murieron en combate.

Cuando la guerra terminó, los soldados africanos que volvían a sus hogares pensaron que les agradecerían por sus esfuerzos. Sin embargo, fueron completamente ignorados. El resultado de este rechazo se reflejó en el aumento del resentimiento contra los europeos en algunas partes de África.

La Segunda Guerra Mundial

A fines de la década de 1930, otra guerra estalló en Europa. Al igual que antes, se convocó a los africanos para ayudar en la lucha a los europeos. Aproximadamente medio millón de tropas africanas lucharon junto a los británicos, franceses y sus aliados.

Cuando la guerra terminó, una vez más nadie agradeció adecuadamente a los africanos por sus contribuciones. Algunos líderes, furiosos, comenzaron a reclamar cambios políticos en África. Querían la independencia.

COMPRENSIÓN DE LA LECTURA Resumir ¿De qué manera influyeron las dos guerras mundiales en la demanda de independencia?

Las colonias británicas

Entre las colonias que demandaban la independencia más vigorosamente se encontraban las de Gran Bretaña. Sus demandas aumentaron aún más en 1947, cuando Gran Bretaña concedió la independencia a la India. Si la India podía ser libre, muchos africanos se preguntaron, ¿por qué no podían serlo ellos? En poco tiempo, varias colonias europeas en África, incluidas Ghana y Kenia, habían logrado su libertad.

Ghana

La primera colonia británica en obtener la libertad fue **Ghana**, anteriormente denominada Costa de Oro. La lucha por la libertad fue conducida por Kwame Nkrumah. En 1947, Nkrumah organizó huelgas y manifestaciones contra los británicos, quienes respondieron arrestándolo.

Incluso desde prisión, Nkrumah reclamaba la independencia. Muchas personas, inspiradas en su coraje, se unieron a su lucha.

Fuente primaria

LIBRO
Hablo sobre la libertad

El líder del movimiento de independencia en Ghana, Kwame Nkrumah, no quería la libertad sólo para su pueblo. Quería que todos los africanos fueran libres. Nkrumah pensaba que todos los africanos debían unirse para lograr sus objetivos.

"Es evidente que debemos hallar una solución africana a nuestros problemas, y sólo podremos hallarla en la unión africana. Divididos somos débiles; si nos mantenemos unidos, África podría convertirse en una de las fuerzas más importantes del bien en el mundo".

—Kwame Nkrumah, de *I Speak of Freedom: A Statement of African Ideology* (Hablo sobre la libertad: una declaración de la ideología africana)

DESTREZA DE ANÁLISIS **ANALIZAR LAS FUENTES PRIMARIAS**
¿Por qué creía Kwame Nkrumah que África estaría mejor unida que dividida?

En gran medida gracias a las acciones de Nkrumah, los británicos concedieron la independencia a Costa de Oro en 1957. Nkrumah fue el primero en ser primer ministro del país y le dio el nombre de Ghana en honor al antiguo imperio de África Occidental.

Kenia

Otras colonias inglesas tuvieron más dificultades que Ghana para hallar el camino hacia la independencia. Por ejemplo, la colonia de África Oriental **Kenia** sólo logró la independencia después de una larga y violenta lucha.

Cuando los británicos llegaron a Kenia, se adueñaron del territorio en el que alguna vez había vivido el pueblo kikuyu. Los británicos usaron esa tierra para producir cultivos rentables como el café. Por lo tanto, no querían abandonarla. Sin embargo, los kikuyu querían su independencia y sus antiguas tierras.

Para recuperar sus tierras, los agricultores kikuyu formaron un violento movimiento llamado Mau Mau. Su objetivo era expulsar de Kenia a los habitantes blancos. Entre 1952 y 1960, los Mau Mau aterrorizaron a los británicos que vivían en Kenia. Sus integrantes atacaban y mataban a cualquier persona que aparentemente se oponía a las metas que ellos tenían. Incluso atacaban a africanos que cooperaban con los británicos.

Los británicos respondieron arrestando y torturando a todos los miembros del Mau Mau que hallaban. Sin embargo, finalmente se dieron cuenta de que debían conceder la independencia a Kenia. En 1963, Kenia se convirtió en un país libre. La primera persona en convertirse primer ministro fue Jomo Kenyatta, que había sido uno de los primeros en reclamar la libertad de Kenia.

COMPRENSIÓN DE LA LECTURA **Contrastar** ¿En qué se diferenciaron los caminos que tomaron Ghana y Kenia hacia la independencia?

ENFOQUE EN LA LECTURA

En los párrafos que hablan sobre las colonias francesas, ¿qué detalles apoyan la idea principal de que las colonias francesas tomaron diferentes caminos hacia la independencia?

Las colonias francesas

Al igual que los británicos, los franceses comenzaron a conceder la independencia a sus colonias después de la Segunda Guerra Mundial. Para algunas colonias, especialmente aquellas de África Occidental, la transición hacia la independencia fue tranquila. Sin embargo, en África del Norte, el cambio fue duro y violento.

África Occidental

La actitud de Francia en relación con sus colonias en África Occidental siempre había sido diferente de la de Gran Bretaña. Mientras que los británicos veían a sus colonias como sociedades atrasadas que necesitaban ser guiadas, los franceses querían que las suyas formaran parte de Francia. Después de la Segunda Guerra Mundial, los líderes de Francia otorgaron a los africanos muchas funciones en el gobierno colonial. En gran parte porque ya habían tenido una función en el gobierno, muchos líderes africanos de las colonias francesas no querían romper del todo la relación con Francia.

En 1958, el gobierno francés dio a sus colonias de África Occidental la posibilidad de elegir. Podían independizarse por completo o unirse a una nueva organización llamada la Comunidad Francesa, con un vínculo político y económico con Francia. La mayoría eligió pasar a formar parte de la Comunidad. De todos modos, unos años más tarde, Francia concedió libertad absoluta a la mayoría de las antiguas colonias.

África del Norte

Aunque las colonias francesas de África Occidental estaban dispuestas a colaborar en forma pacífica con los franceses para obtener su independencia, las colonias de Marruecos, Túnez y Argelia no lo estaban. En las tres colonias, los manifestantes que reclamaban la independencia organizaban huelgas, manifestaciones y ataques. Los observadores creían que era posible organizar una guerrilla.

El gobierno francés decidió que no podía luchar en las tres colonias. Como Argelia contaba con la población francesa más grande, los franceses enviaron allí sus ejércitos. Creyeron que su pueblo necesitaría la protección del ejército.

Con el ejército en Argelia, los franceses enviaron diplomáticos a Marruecos y Túnez para negociar. Como consecuencia, ambos países se independizaron en el año 1956.

Mientras tanto, la violencia en Argelia continuaba. Los grupos políticos atacaban a los líderes y ciudadanos franceses. Los franceses respondieron atacando a los musulmanes argelinos. Finalmente, el primer ministro francés sugirió un acuerdo y ofreció a los habitantes de Argelia algo de autonomía. Sin embargo, ni los franceses ni los argelinos estaban contentos con este acuerdo y el conflicto amenazaba con estallar nuevamente. Al darse cuenta de que no podían mantener el orden en Argelia, los franceses concedieron la independencia al país en 1962.

COMPRENSIÓN DE LA LECTURA **Ordenar** ¿Qué pasos siguieron las colonias francesas para ser libres?

La independencia en África

Jomo Kenyatta (derecha), el primero en asumir como primer ministro de Kenia, desfila para celebrar la independencia de su país en 1963.

sección de mapas
Destrezas de geografía

Lugar Aunque todavía quedaban algunas colonias, la mayoría de los países africanos se independizaron entre los años 1956 y 1970.

1. **Usar el mapa** ¿Qué países ya eran independientes en el año 1956?
2. **Analizar** ¿Cuál fue el último país de África en independizarse?

EL CRECIMIENTO Y EL DESARROLLO DE ÁFRICA **369**

Las colonias belgas y portuguesas

No todos los países europeos estaban dispuestos a dejar en libertad a sus colonias. Los belgas y los portugueses en particular lucharon para mantenerlas. Ninguno de esos países abandonó por voluntad propia las tierras en África.

El Congo Belga

Bélgica controlaba sólo una colonia importante de África: el **Congo Belga**. Después de la Segunda Guerra Mundial, los belgas concedieron algunas libertades a los habitantes de la colonia. Sin embargo, los congoleños se alzaron en demanda de independencia total. Varios grupos congoleños organizaron disturbios e incluso elecciones. Sin embargo, no todos ellos compartían los mismos objetivos y había conflictos entre los grupos.

Los belgas se negaron a reconocer los derechos de los colonos durante muchos años. Sin embargo, en 1960 cambiaron de parecer. Los belgas se retiraron del Congo y la colonia se independizó. Poco tiempo después, estalló una guerra civil entre varios grupos que querían gobernar el Congo nuevo e independiente.

VOCABULARIO ACADÉMICO

rebelarse luchar contra la autoridad

Las colonias portuguesas

A diferencia de los belgas, los portugueses tenían muchas colonias en África, especialmente en el sur y el este. Aun mientras otros países europeos liberaban a sus colonias, los portugueses luchaban para mantener las suyas.

Sin embargo, finalmente los pueblos de las colonias portuguesas **se rebelaron** contra Portugal. En Angola, Guinea y Mozambique los rebeldes atacaron a las tropas portuguesas. Estos ataques fueron el comienzo de décadas de sangrientas guerras.

En 1974, el gobierno militar de Portugal fue derrocado y reemplazado por una democracia. Poco tiempo después, los portugueses abandonaron sus colonias y se retiraron completamente de África.

COMPRENSIÓN DE LA LECTURA **Identificar causa y efecto** ¿Por qué las colonias belgas y portuguesas estuvieron entre las últimas en obtener la libertad?

RESUMEN Y PRESENTACIÓN Hacia el año 1970, la mayoría de las colonias de África habían obtenido su independencia. A continuación, aprenderás cómo cambió la vida en África después de la independencia.

Evaluación de la Sección 4

Repasar ideas, palabras y lugares

1. **a. Recordar** ¿Qué hicieron los africanos durante la Primera Guerra Mundial?
   b. Sacar conclusiones ¿De qué manera provocaron las guerras mundiales un resentimiento en África?
2. **a. Identificar** ¿Cuál fue la primera colonia británica en independizarse?
   b. Explicar ¿Por qué se formó el **Mau Mau**?
3. **a. Contrastar** ¿En qué se diferenciaba la actitud francesa de la británica en relación con sus colonias de África Occidental?
   b. Profundizar ¿Por qué crees que muchas antiguas colonias francesas querían mantener lazos con Francia?
4. **a. Describir** ¿Cómo fue la lucha por la independencia en las colonias portuguesas?
   b. Ordenar ¿Qué condujo a la guerra civil en el Congo?

Pensamiento crítico

5. **Resumir** Usa tus notas para completar la siguiente tabla con una oración que resuma el camino que recorrieron las colonias de cada país para poder lograr su libertad de los europeos.

País	Camino hacia la independencia
Gran Bretaña	
Francia	
Bélgica	
Portugal	

ENFOQUE EN LA EXPRESIÓN ORAL

6. **Examinar el papel de la independencia** ¿Cómo comentarás en tu informe de noticias la lucha por la independencia en África? Escribe algunas ideas.

go.hrw.com
Cuestionario en Internet
PALABRA CLAVE: SK9 HP12
(Sólo en inglés)

Literatura

de AKÉ: los años de la niñez

Por Wole Soyinka

Los comerciantes de África del Norte a veces intercambiaban objetos de bronce en África Occidental.

Sobre la lectura *En este fragmento de las memorias de su niñez, Wole Soyinka, nacido en Nigeria, describe la vida en su país antes de la independencia. Sus trabajos posteriores tratan, a menudo de manera crítica, sobre los cambios políticos que se dieron en el país después de conseguir su libertad.*

A MEDIDA QUE LEES Observa la variedad de mercancías que los comerciantes llevaban al hogar del autor.

Era un procedimiento extraño, que tenía poco sentido para mí. ❶ Desplegaban sus mercancías frente a la casa y tenían que arrancármelas de las manos. Había estatuas, caballos, camellos, bandejas, tazones y adornos de bronce. Las figuras humanas giraban en un estrado, al que equilibraban pesas ubicadas al final de varas de metal livianas y curvas. Las girábamos una y otra vez pero nunca caían de la estrecha percha. El aroma a cuero fresco inundaba la casa mientras desempacaban *pufs*, bolsos, calzados y vainas trabajadas. Había botellas revestidas en cuero con tapones de cuero,. . . rollos, cuentas de vidrio, botellas de perfumes con nombres exóticos. Nunca olvidé, desde la primera vez que leí su nombre en la etiqueta, Bint el Sudan, con la imagen de un guerrero con un turbante junto a una camello arrodillado. Una doncella cubierta con un velo le ofrecía un tazón de frutas. No se parecían a nada de lo que había en el huerto y Essay decía que se llamaban dátiles. ❷ Yo no le creí, pues dátiles se les llamaba a los dedos de la mano. Supuse que era otra de sus bromas.

LECTURA GUIADA

AYUDA DE VOCABULARIO

mercancías productos
arrancármelas tomar a la fuerza
puf tela o accesorio suave y sedoso
vaina funda para guardar un cuchillo
turbante tela que se envuelve en la cabeza y sirve para protegerse del calor

❶ El autor describe una visita de los comerciantes Hausa que provenían del noroeste de África.

❷ Essay es el padre del autor.

Conectar la literatura con la geografía

1. **Inferir** El autor describe muchas cosas poco comunes. ¿Qué descripciones o comentarios te llevan a pensar que el comerciante viajaba desde lejos hacia Aké?

2. **Analizar** Piensa en el modo en que el autor describe las mercancías. ¿Qué sentidos usaba el autor cuando era niño para descubrir las mercancías que los comerciantes traían?

SECCIÓN 5

África desde la independencia

Lo que aprenderás...

Ideas principales
1. El pueblo sudafricano enfrentó luchas sociales relacionadas con la igualdad racial.
2. Muchos países africanos enfrentaron desafíos políticos después de independizarse.
3. La economía y el medio ambiente afectan la vida en África.
4. La cultura africana combina elementos tradicionales y europeos.

La idea clave
El pueblo africano ha enfrentado diversos cambios y desafíos desde que logró su independencia.

Lugares y palabras clave
apartheid, *pág. 373*
distritos segregados, *pág. 373*
sanciones, *pág. 373*
Darfur, *pág. 375*
Lagos, *pág. 376*
Kinshasa, *pág. 376*

TOMAR NOTAS A medida que lees, toma notas sobre los cambios que han ocurrido en África desde la independencia. Organiza tus notas en un diagrama como el siguiente.

Si VIVIERAS allí...

Vives en Sudáfrica. Un día, tú y algunos de tus amigos se unen a una protesta en contra de determinadas políticas gubernamentales injustas. Aunque la protesta es pacífica, aparece una gran cantidad de oficiales de policía y arrestan al organizador. Mientras lo esposan y lo arrastran a la prisión, muchas personas se enojan.

¿Qué sentimiento te genera este suceso?

CONOCER EL CONTEXTO Aunque la mayoría de los países africanos obtuvieron su independencia entre las décadas de 1950 y 1970, con su nueva libertad tuvieron que enfrentar desafíos imprevistos. Los gobiernos militares y la guerra civil fueron problemas comunes que asolaron a África en la década de 1990.

Las luchas sociales en Sudáfrica

Muchos africanos sufrieron durante el período del imperio. Sentían que sus vidas mejorarían una vez que fueran libres. Con la llegada de la independencia, muchos se dieron cuenta de que efectivamente sus vidas habían mejorado. Sin embargo, al mismo tiempo, surgieron nuevos problemas.

Un ejemplo de estos nuevos problemas podía verse en Sudáfrica. El país obtuvo su independencia en 1910, mucho antes que la mayoría de los países africanos. Sin embargo, las tensiones raciales condujeron a la creación de una política oficial de discriminación.

El *apartheid*

A comienzos del siglo XX, el gobierno sudafricano era en gran medida controlado por los descendientes blancos de los primeros colonos holandeses, franceses y alemanes. Muchos de estos residentes blancos creían que debían tener todo el poder y que el gobierno no debía escuchar a los sudafricanos negros. Como era de esperarse, los sudafricanos negros se opusieron a este plan. Para defender sus derechos, formaron el Congreso Nacional Africano, CNA, en 1912.

La celebración por la liberación de Mandela

Los sudafricanos en Soweto dieron una cálida bienvenida a Nelson Mandela después de que fue liberado de prisión en 1990.

BIOGRAFÍA

Nelson Mandela
(1918–)

Debido a su participación en la protesta contra el *apartheid*, Nelson Mandela estuvo en prisión durante 26 años. Sin embargo, en 1990, el presidente sudafricano de Klerk lo liberó. Mandela y de Klerk compartieron el Premio Nobel de la Paz en 1993. Un año más tarde, Mandela se convirtió en el primer presidente negro de Sudáfrica. Escribió una nueva constitución y trabajó para mejorar las condiciones de vida de todos los sudafricanos negros.

Resumen ¿Qué logró Nelson Mandela cuando fue presidente de Sudáfrica?

A pesar de las protestas del CNA, el gobierno sudafricano estableció una **política de separación de razas** o **apartheid** que significa "separación". Esta política dividió a las personas en cuatro grupos: blancos, negros, de color y asiáticos. Las personas de color eran aquellas que tenían una ascendencia mestiza.

Durante el *apartheid*, sólo los sudafricanos blancos podían votar o tener un cargo político. Los negros, que conformaban casi el 75 por ciento de la población, no eran ciudadanos. Sólo podían tener determinados trabajos y no ganaban mucho dinero. Únicamente se les permitía vivir en áreas establecidas. En las ciudades, los residentes negros debían vivir en **distritos segregados,** especialmente designados, que a menudo eran grupos de pequeñas viviendas amontonadas. En los distritos segregados sólo se permitían determinados tipos de negocios, lo que aseguraba que las personas que vivían allí siguieran siendo pobres. En la década de 1950, el gobierno sudafricano creó "terruños" para varias tribus africanas negras. Sin embargo, por lo general, estos terruños no incluían tierras de labranza ni recursos, que eran posesión de los blancos. Los ciudadanos asiáticos y de color también tenían derechos restringidos, aunque tenían más derechos que los negros.

El final del *apartheid*

Hacia la década de 1940, muchos sudafricanos, especialmente los miembros del CNA, protestaban a viva voz contra el *apartheid*. Entre los líderes de estas protestas se encontraba un joven abogado llamado Nelson Mandela. Él quería que los sudafricanos negros lucharan contra el *apartheid*.

En 1960, el gobierno sudafricano prohibió al CNA y encarceló a Mandela. Incluso con su líder tras las rejas, el pueblo continuó protestando en contra del *apartheid*. Las protestas tampoco se limitaron sólo a Sudáfrica. Las personas de todo el mundo pedían que terminara el *apartheid*. Otros gobiernos impusieron **sanciones** contra Sudáfrica; es decir, **penalizaciones económicas o políticas que un país impone a otro para obligarlo a cambiar su política.**

EL CRECIMIENTO Y EL DESARROLLO DE ÁFRICA

Al verse enfrentado a tanta presión interna y externa, el gobierno sudafricano finalmente comenzó a alejarse del *apartheid* a finales de la década de 1980. En 1990 liberaron a Mandela de prisión. Poco tiempo después, los sudafricanos de todas las razas obtuvieron el derecho a votar. En 1994, Mandela fue elegido primer presidente negro de Sudáfrica.

Hoy en día, todas las razas tienen los mismos derechos en Sudáfrica. Las escuelas y universidades públicas, al igual que los hospitales y el transporte, están abiertas a todas las personas por igual. Sin embargo, la igualdad económica completa está tardando en llegar. Los sudafricanos blancos todavía son más ricos que la mayoría de los negros. Aun así, los sudafricanos tienen ahora mejores oportunidades para el futuro.

COMPRENSIÓN DE LA LECTURA **Inferir** ¿Por qué las personas de todo el mundo protestaban contra el *apartheid*?

Los desafíos políticos

Sudáfrica no fue el único país en enfrentar desafíos políticos después de lograr su independencia. De un extremo al otro de África, los pueblos sufrían por duros regímenes de dictaduras militares y largas guerras civiles.

Las dictaduras militares

Hacia fines de la década de 1960, prácticamente toda África era independiente. En la mayoría de los países que habían obtenido la libertad recientemente, el gobierno estaba dirigido por dictadores militares. Estos dictadores se mantenían en el poder impidiendo que otras personas se propusieran como candidatos. Como consecuencia, el dictador se mantenía en su cargo. En la mayoría de los países que tenían dictaduras militares se prohibían todas las organizaciones políticas que no apoyaran al gobierno.

Tal vez el mejor ejemplo de un dictador militar en África es el de Joseph Mobutu. Llegó al poder del Congo en 1965 después de que Bélgica se retiró del país. Para demostrar su poder, Mobutu cambió el nombre del país a Zaire, un nombre africano tradicional.

Ejerciendo políticas dictatoriales, Mobutu tomó posesión de las industrias de propiedad extranjera. Pidió dinero prestado a otros países para intentar mejorar la industria del país. Sin embargo, la mayoría de los agricultores sufrieron durante el gobierno de Mobutu. Además, muchos líderes empresariales y del gobierno eran corruptos. Mientras la economía del país colapsaba, Mobutu se convertía en una de las personas más ricas del mundo. Mobutu no dudaba en atacar violentamente a quien se atreviera a desafiar su autoridad.

El cambio político en África

Los países de África sufrieron muchos cambios políticos después de independizarse. En muchos países, esos cambios llevaron a gobiernos corruptos y conflictos violentos. Con el tiempo, la mayoría de los países formaron gobiernos democráticos.

Los dictadores
Los dictadores militares, como Idi Amin en Uganda, tomaron el poder en muchos países.

El conflicto étnico y la guerra civil

Muchos africanos no eran felices con estos dictadores militares y tomaron medidas para reemplazarlos. Mobutu, por ejemplo, fue derrocado después de una guerra civil en 1997. El nuevo gobierno volvió a llamar al país República Democrática del Congo. En muchos países se desarrollaron guerras civiles similares.

El desacuerdo político era sólo un factor que había llevado a la violencia en África. El conflicto étnico también era un problema común. Como recordarás, cuando los líderes de Europa se dividieron África, prestaron poca atención a los pueblos que vivían allí. Como consecuencia, las colonias incluían a personas de diversos grupos étnicos. En algunos casos, estos grupos ni siquiera congeniaban.

Cuando las colonias se independizaron, años después, estos grupos étnicos lucharon entre sí para obtener el control. Su lucha a menudo conducía a largas y sangrientas guerras civiles. En Ruanda, por ejemplo, los grupos étnicos hutu y tutsi entraron en guerra en 1994. El gobierno, liderado por los hutus, empezó a matar a todos los tutsis del país. Aproximadamente un millón de civiles tutsis fueron asesinados durante el conflicto. Muchos otros huyeron del país.

Un conflicto similar azotó Sudán durante décadas. Los musulmanes y los cristianos se han visto enfrentados por años. Más recientemente, en la región de **Darfur,** se produjo un gran genocidio. El conflicto étnico allí ha provocado la muerte de decenas de miles de sudaneses negros en manos de un grupo de milicia árabe. Otros millones huyeron de Darfur. Aquellos que lo hicieron están dispersos en el norte y el este de África como refugiados.

La democracia en África

Las dictaduras y las guerras civiles fueron comunes en África hasta finales del siglo XX. Sin embargo, al acercarse el año 2000, se vieron muchos cambios políticos en África. Las personas comenzaron a exigir más gobiernos democráticos. Querían elegir a sus propios líderes.

Hacia el año 2005, más de 30 países de África habían abandonado las dictaduras y llevado a cabo elecciones. Aunque algunas de estas elecciones estaban arregladas para mantener a los gobiernos corruptos al mando, otras dieron lugar a que verdaderos gobiernos democráticos llegaran al poder.

COMPRENSIÓN DE LA LECTURA **Describir** ¿Qué desafíos políticos han enfrentado las naciones africanas?

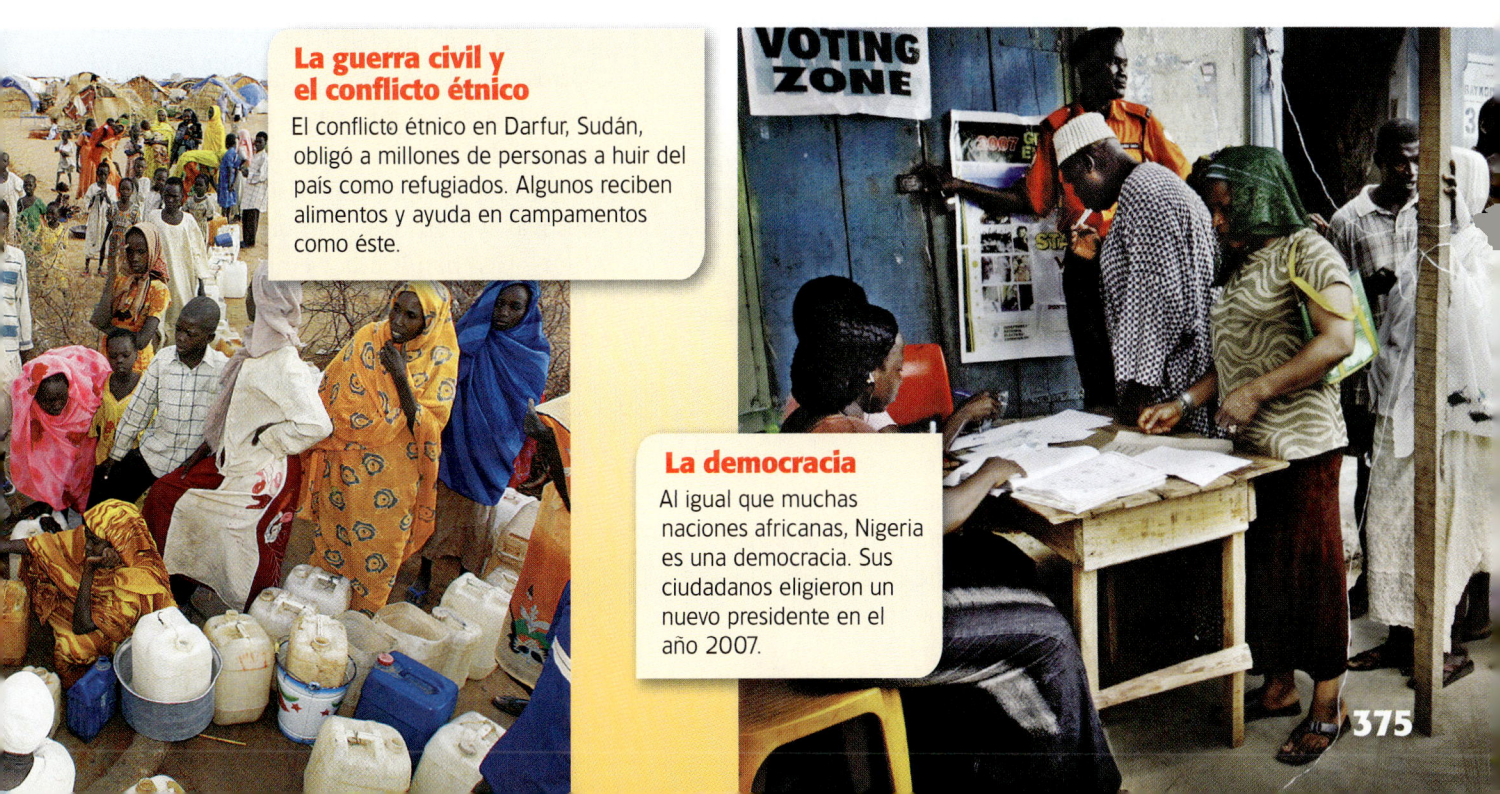

La guerra civil y el conflicto étnico
El conflicto étnico en Darfur, Sudán, obligó a millones de personas a huir del país como refugiados. Algunos reciben alimentos y ayuda en campamentos como éste.

La democracia
Al igual que muchas naciones africanas, Nigeria es una democracia. Sus ciudadanos eligieron un nuevo presidente en el año 2007.

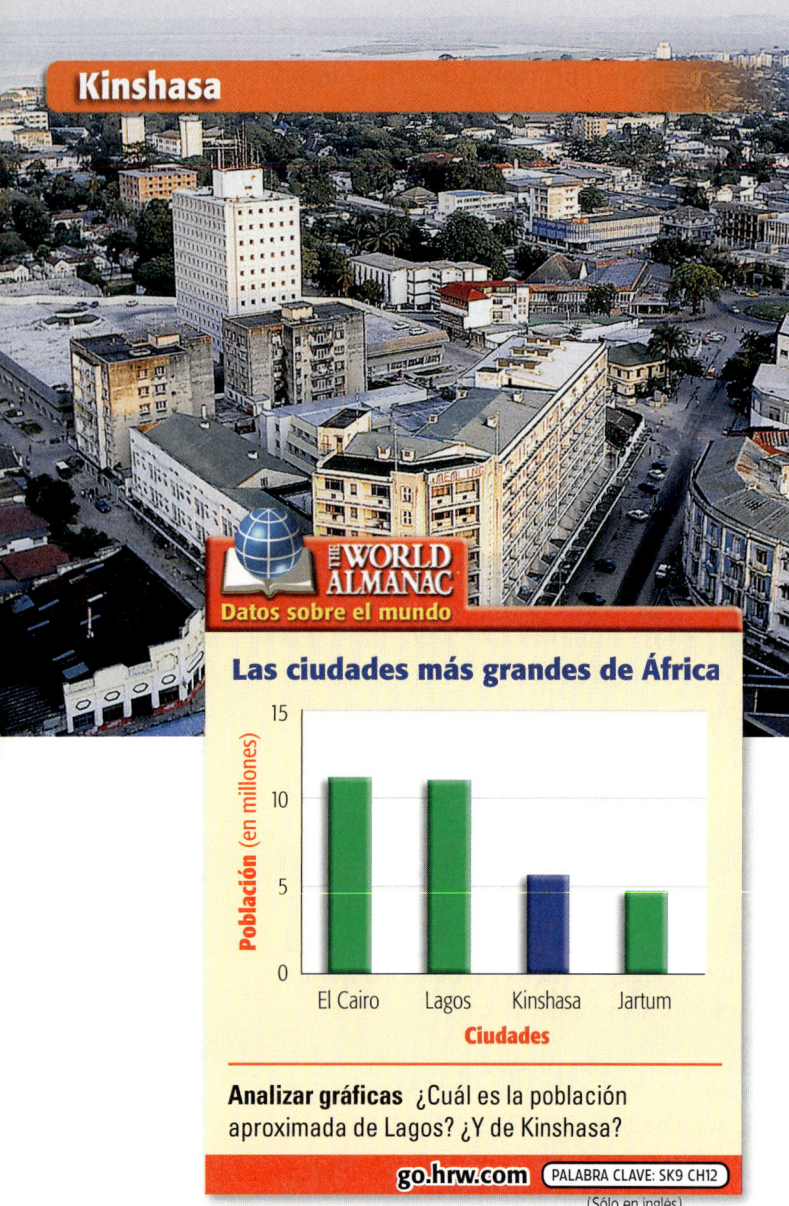

Kinshasa

Las ciudades más grandes de África

Analizar gráficas ¿Cuál es la población aproximada de Lagos? ¿Y de Kinshasa?

La economía y el medio ambiente

Los desafíos políticos no fueron los únicos que enfrentaron los países africanos. Muchos países enfrentaron desafíos económicos también. Al mismo tiempo, los africanos tuvieron que hacer frente a problemas relacionados con el medio ambiente, como por ejemplo, enfermedades mortales.

Economías en lucha

Después de independizarse, muchos países africanos tenían economías débiles. La mayoría de los países no se habían industrializado y dependían principalmente de la agricultura o la minería. Por ejemplo, la mayor parte de los ingresos de Ghana provenía del cacao y, en el caso de Nigeria, del petróleo.

Sin embargo, desde la independencia, muchos países han hallado nuevas oportunidades económicas. Como consecuencia, sus economías están más fuertes que nunca. Entre ellos se encuentran Sudáfrica, Nigeria y muchos otros de África del Norte. Sin embargo, otros países todavía tienen enormes deudas y poca infraestructura, y deben depender de la ayuda de otros países.

A medida que las economías de África crecen, también lo hacen sus ciudades, que ofrecen más trabajos y mejores estándares de vida que las áreas rurales. Cada año, millones de personas se trasladan a ellas. Como consecuencia, algunas ciudades, que ya eran grandes, como El Cairo, en Egipto, **Lagos,** en Nigeria, y **Kinshasa,** en la República Democrática del Congo, están creciendo aún más. En algunas, esto condujo al hacinamiento y a un alto índice de desempleo.

Cambios ambientales

El desarrollo económico en África ha sido lento, en parte porque se deben enfrentar desafíos ambientales, como las enfermedades. Por ejemplo, la malaria, transmitida por mosquitos, es una de las principales causas de muerte en muchas partes de África. El SIDA, incluso más mortal que la malaria, debilita el sistema inmunológico y está extendido en toda África. En algunos países, más de un cuarto de la población está infectada con SIDA.

Otros desafíos ambientales dificultan la supervivencia. Gran parte del continente sufrió terribles sequías en la década de 1980, que dejaron a los agricultores sin posibilidades de cultivar y terribles hambrunas azotaron a África. Las hambrunas empeoran con la desertización, la expansión de condiciones similares a las del desierto. En algunas partes de África, especialmente en África Occidental, los agricultores deben cuidar la tierra para evitar que el suelo fértil desaparezca.

COMPRENSIÓN DE LA LECTURA Identificar
Menciona dos desafíos que han tenido que enfrentar los habitantes de África.

La cultura africana

Después de independizarse, muchos países africanos sufrieron una crisis de identidad. Cuando eran colonias, fueron forzados a adoptar muchos elementos de la cultura europea. Sin embargo, al mismo tiempo, los pueblos africanos tenían sus propias culturas, de siglos de antigüedad. ¿Cómo harían los pueblos para seguir con estas culturas mixtas?

Las personas reaccionaron de modos diferentes. Muchos elementos de la cultura europea todavía pueden verse en África. Por ejemplo, muchos habitantes de África Occidental todavía hablan en francés o en inglés en su vida cotidiana.

Al mismo tiempo, muchos africanos han rechazado la cultura europea y han buscado recuperar sus propias culturas tradicionales. Los escritores y músicos se inspiran en temas tradicionales del folklore africano, a menudo escrito en swahili o en otros idiomas africanos. Los artistas crean máscaras, instrumentos musicales y esculturas de madera y bronce al igual que lo hicieron sus ancestros siglos atrás.

COMPRENSIÓN DE LA LECTURA Analizar
¿De qué manera refleja la cultura africana las ideas africanas y europeas?

La música africana
Algunos artistas, como el grupo musical Mahotella Queens, han llevado la cultura africana al público de todo el mundo.

RESUMEN Y PRESENTACIÓN En esta sección, aprendiste la manera en que han crecido y cambiado los países africanos desde su independencia. A continuación, leerás más detalladamente sobre la vida y la sociedad de uno de estos países: Nigeria.

Evaluación de la Sección 5

go.hrw.com
Cuestionario en Internet
PALABRA CLAVE: SK9 HP12
(Sólo en inglés)

Repasar ideas, palabras y lugares

1. a. **Definir** ¿Qué era el *apartheid*?
   b. **Profundizar** ¿De qué manera ayudaron las protestas internacionales a que terminara el *apartheid*?
2. a. **Describir** ¿Qué problemas causaron los dictadores militares en algunos países africanos?
   b. **Explicar** ¿Cuáles fueron algunas causas de la violencia en algunas partes de África?
3. a. **Recordar** ¿Qué problemas enfrentan actualmente algunas ciudades como **Lagos** y **Kinshasa**?
   b. **Desarrollar** ¿De qué manera pueden los desafíos del medio ambiente llegar a producir problemas económicos?
4. a. **Identificar** ¿Qué elemento de la cultura europea está presente actualmente en África?
   b. **Sacar conclusiones** ¿Por qué querían muchos africanos recuperar su cultura tradicional?

Pensamiento crítico

5. **Crear categorías** Repasa tus notas. Luego completa la tabla enumerando los cambios políticos, económicos y sociales en África.

Cambios en África		
Políticos	Económicos	Sociales

ENFOQUE EN LA EXPRESIÓN ORAL

6. **Elegir el tema** Ahora que has estudiado el África moderna, puedes elegir el tema para hacer tu informe de noticias. ¿Qué tema tratarás?

Destrezas de estudios sociales

- Tablas y gráficas
- Pensamiento crítico
- Geografía
- Estudio

Interpretar una pirámide de población

Aprender

Una pirámide de población muestra los porcentajes de hombres y mujeres de acuerdo con el grupo etario de la población de un país. Las pirámides se dividen en dos lados. Cada barra de la izquierda muestra el porcentaje de la población de un país que son hombres de una determinada edad. Las barras de la derecha muestran esa información referida a las mujeres.

Las pirámides de población nos ayudan a comprender las tendencias poblacionales de los países. Las poblaciones con grandes porcentajes de personas jóvenes crecen con rapidez. Los países que tienen más personas mayores crecen más lentamente, o no crecen.

Practicar

Usa la pirámide de población de Angola para responder a las siguientes preguntas:

1. ¿Qué grupo etario es el más grande?
2. ¿Qué porcentaje de la población de Angola está compuesto por hombres de entre 15 y 19 años de edad?
3. ¿Qué te sugiere la pirámide de población sobre la tendencia poblacional de Angola?

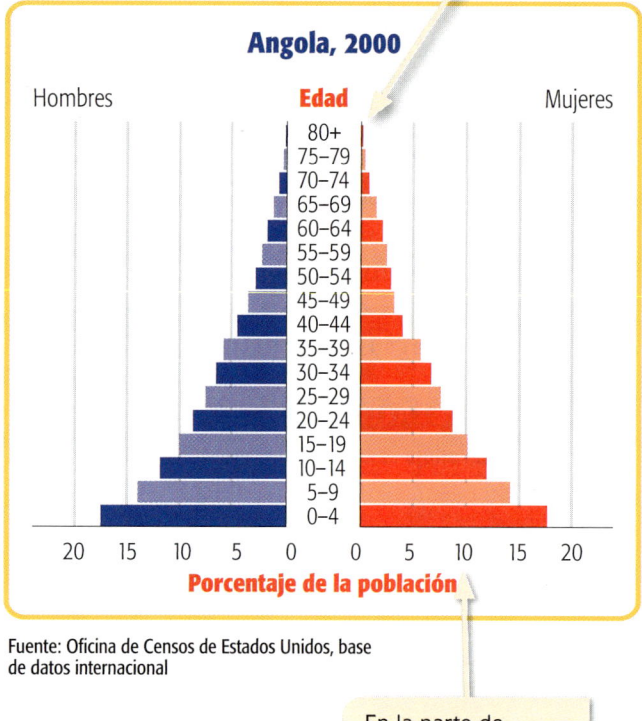

En el centro del diagrama se enumeran las edades.

Fuente: Oficina de Censos de Estados Unidos, base de datos internacional

En la parte de abajo del diagrama están rotulados los porcentajes.

Aplicar

Investiga en la biblioteca o en Internet datos sobre la edad y la población de Estados Unidos. Usa esa información para responder a las siguientes preguntas:

1. ¿Qué grupo etario es el mayor?
2. ¿Hay más hombres o mujeres mayores de 80 años?
3. ¿Cómo describirías la forma de la pirámide de población?

CAPÍTULO 12 Repaso del capítulo

El impacto de la geografía: videos
Consulta el video para responder a la pregunta final: ¿De qué maneras podrían los sudafricanos seguir trabajando juntos?

Resumen visual

Usa el siguiente resumen visual para repasar las ideas principales del capítulo.

DATOS BREVES

Las mercancías comerciales valiosas, como el marfil y el oro, atrajeron a muchos europeos a África y eso condujo a la creación de colonias.

Entre las décadas de 1950 y 1970, muchos países africanos obtuvieron su independencia de Europa.

Muchas ciudades africanas han crecido enormemente. Las personas se trasladan a las ciudades en busca de oportunidades económicas.

Repasar vocabulario, palabras y lugares

Une las palabras con la definición correspondiente.

1. swahili
2. sanciones
3. *apartheid*
4. travesía intermedia
5. empresarios
6. Mau Mau
7. Costa de Oro
8. imperialismo

a. política de separación de razas
b. extenuante viaje a través del océano Atlántico que debieron soportar los esclavos
c. intento de dominar el gobierno, el comercio o la cultura de un país
d. multas económicas o políticas
e. colonia establecida por los británicos en África Occidental
f. movimiento violento cuyo objetivo era echar a los colonos blancos de Kenia
g. cultura de África Oriental que combina lo árabe y lo africano
h. propietarios de negocios independientes

Comprensión y pensamiento crítico

SECCIÓN 1 *(Páginas 350 a 353)*

9. a. **Recordar** ¿Cómo llegó el Islam a África Oriental?
   b. **Comparar y contrastar** ¿En qué se diferencia el cristianismo cóptico de otras formas de cristianismo?
   c. **Profundizar** ¿Cómo crees que la llegada de nuevas religiones cambió la vida en África?

SECCIÓN 2 *(Páginas 354 a 357)*

10. a. **Identificar** ¿Qué país europeo fue el primero en comerciar en África?
    b. **Sacar conclusiones** ¿Por qué crees que las primeras actividades europeas en África se limitaron en su mayor parte a África Occidental?
    c. **Desarrollar** ¿De qué manera debilitó el tráfico de esclavos a la sociedad africana?

SECCIÓN 3 *(Páginas 360 a 365)*

11. a. **Definir** ¿Qué es el imperialismo? ¿Qué condujo al imperialismo europeo en África?

EL CRECIMIENTO Y EL DESARROLLO DE ÁFRICA

SECCIÓN 3 (continuación)

b. Ordenar ¿Cuál fue la causa de la Guerra de los Bóer?

c. Profundizar ¿Por qué crees que sólo unos pocos grupos pudieron resistirse al imperialismo europeo con éxito?

SECCIÓN 4 (Página 366 a 370)

12. **a. Identificar** ¿En qué dos colonias tuvieron que luchar los africanos por su libertad?

b. Resumir ¿De qué manera obtuvo Ghana su libertad?

c. Evaluar ¿Qué nuevos países crees que tuvieron las mejores relaciones con Europa? ¿Por qué?

SECCIÓN 5 (Página 372 a 377)

13. **a. Identificar** ¿Quién es Nelson Mandela? ¿Por qué motivo se hizo famoso?

b. Inferir ¿Por qué muchos africanos estaban descontentos con las dictaduras militares?

c. Hacer predicciones ¿Cómo crees que cambiarán los gobiernos africanos en el futuro? ¿Por qué?

Usar Internet

PALABRA CLAVE: SK9 CH12
(Sólo en inglés)

14. **Actividad: Comprender las culturas** El África actual alberga a miles de grupos étnicos, cada uno con sus propias culturas, tradiciones y costumbres. Para muchos africanos, la independencia significó un orgullo renovado de sus propias culturas. Ingresa la palabra clave de la actividad. Descubre algunos grupos étnicos africanos mientras visitas sitios web sobre sus culturas. Luego, crea un organizador gráfico o una tabla para comparar los grupos étnicos africanos. Puedes comparar sus idiomas, creencias, tradiciones, comidas y más. También puedes mostrar cómo se vio afectado cada grupo por el imperialismo europeo.

Destrezas de estudios sociales

Interpretar una pirámide de población Usa la pirámide de población de la lección Destrezas de estudios sociales para responder a las siguientes preguntas:

15. ¿Qué grupo etario es el más pequeño?

16. ¿Cómo describirías la población actual de Angola?

ENFOQUE EN LA LECTURA Y LA EXPRESIÓN ORAL

17. **Identificar los detalles de apoyo** Vuelve a leer los párrafos que se encuentran debajo del título *La resistencia africana*, en la Sección 3. Luego, enumera los detalles que apoyan las ideas principales de la sección.

18. **Presentar un informe de noticias televisivo** Repasa tus notas y decide el tema que tratarás en tu informe. Luego, identifica qué es lo que quieres lograr con tu tema, es decir, cuál es tu propósito. Tu propósito puede ser compartir información interesante, por ejemplo, sobre una figura interesante del pasado. O puedes tener un propósito más serio, tal vez mostrar los efectos de la pobreza en África. Decide qué imágenes mostrarás y qué dirás para que tus oyentes comprendan lo que vas a presentar.

Haz un guión para identificar los recursos visuales y la voz del relator. Presenta tu informe a la clase usando los recursos visuales como si estuvieras en un noticiero de televisión.

Actividad con mapas

19. **El crecimiento y el desarrollo de África** En una hoja aparte, une las letras del mapa con los nombres correctos.

El Cairo   Ghana
Sudáfrica   Río Congo
Etiopía

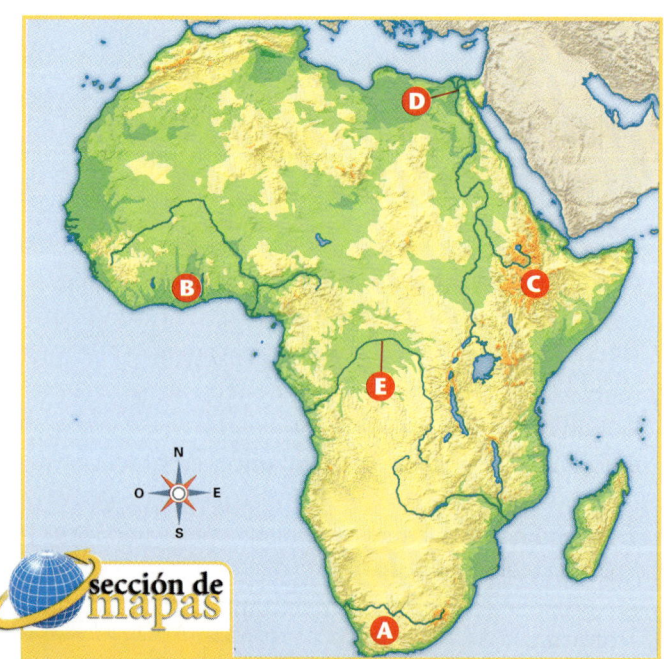

CAPÍTULO 12 — Práctica para el examen estandarizado

INSTRUCCIONES (1 a 7): Escribe en una hoja de respuestas aparte el *número* de la palabra o expresión dada que mejor complete las oraciones o responda a las preguntas.

1 ¿Cuál fue el único país de África que nunca fue una colonia europea?
- (1) Ghana
- (2) Sudáfrica
- (3) Argelia
- (4) Etiopía

2 El Canal de Suez está ubicado en
- (1) Nigeria.
- (2) Egipto.
- (3) Tanzania.
- (4) Marruecos.

3 ¿Cuál de los siguientes *no* es un desafío que los países africanos hayan tenido que enfrentar desde que se independizaron?
- (1) pobreza
- (2) conflictos étnicos
- (3) exceso de educación
- (4) tensión racial

4 El líder más famoso de Sudáfrica en la lucha contra el *apartheid* fue
- (1) Nelson Mandela.
- (2) Jomo Kenyatta.
- (3) Kwame Nkrumah.
- (4) Joseph Mobutu.

5 ¿Cuál de las siguientes oraciones sobre los dictadores militares es verdadera?
- (1) Nunca tomaron el poder en África.
- (2) Permitían que se llevaran a cabo elecciones libres.
- (3) Muchos eran corruptos.
- (4) Todos eran gobernantes justos y rectos.

6 ¿Qué colonia tuvo que luchar por su independencia?
- (1) Sudáfrica
- (2) El Congo Belga
- (3) Etiopía
- (4) Ghana

7 El idioma conocido como swahili se desarrolló en
- (1) África del Norte.
- (2) África del Sur.
- (3) África Occidental.
- (4) África Oriental.

Básate en el siguiente diagrama y en tus conocimientos de estudios sociales para responder a la Pregunta 8.

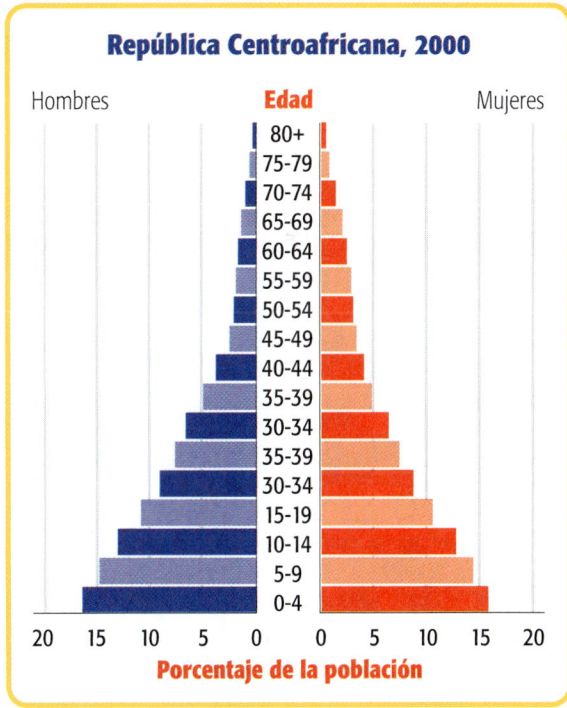

Fuente: Oficina de Censos de Estados Unidos, base de datos internacional

8 **Pregunta con respuesta elaborada** ¿Qué generalizaciones puedes hacer sobre la población de la República Centroafricana?

EL CRECIMIENTO Y EL DESARROLLO DE ÁFRICA

Estudio de caso

Nigeria

Geografía

Aunque no es el país más grande de África por su superficie, Nigeria es el país con más población del continente. Más de 130 millones de personas viven dentro de sus fronteras.

El paisaje de Nigeria está compuesto en su mayoría por llanuras de ríos. Los dos ríos más importantes, el Níger y el Benue, convergen en la parte central de Nigeria. En la confluencia (el punto donde se encuentran los dos ríos), el Níger tiene más de tres cuartos de milla de ancho y el Benue más de una milla. Al sur de la confluencia, el río tiene más de dos millas de ancho. Más al sur, se estrecha mientras fluye por una región de colinas.

Donde el río Níger fluye hacia el Golfo de Guinea, se ha creado el delta más grande del mundo. Un delta es un depósito de cieno triangular que se forma en la boca del río. Al igual que la mayoría de los deltas, el delta del Níger es muy fértil. Es un área cenagosa llena de manglares y diversas especies animales. Gran parte de su vegetación se ha eliminado para construir hogares y granjas. Hoy en día, la zona del delta es una de las regiones más densamente pobladas de Nigeria. Además, las compañías de petróleo han construido plataformas de excavación y refinerías para aprovechar los enormes depósitos petroleros del delta.

Al oeste del delta del Níger se encuentra la ciudad más grande de Nigeria, Lagos. Lagos, que alberga a más de 11 millones de personas, es una de las ciudades más grandes de África y la que más rápido crece. Cada año, millones de personas se trasladan a la ciudad en busca de oportunidades, porque es el principal centro financiero y económico de Nigeria. Sin embargo, el hacinamiento y el desempleo son problemas graves en la ciudad.

Datos sobre Nigeria

DATOS BREVES

Nombre oficial: República Federal de Nigeria

Capital: Abuya

Superficie: 356,669 millas cuadradas (un poco más grande que Texas y Oklahoma)

Población: 135 millones (384 personas/milla cuadrada)

Esperanza de vida promedio: 48 años

Idioma oficial: Inglés

Unidad monetaria: Naira

❶ El **Delta del Níger** alberga aproximadamente a un quinto de la población de Nigeria y es donde se encuentran la mayoría de las reservas de gas y petróleo.

Nigeria

2 Abuya es la capital de Nigeria y el lugar donde se ubica la Mezquita Nacional. Cada semana se forma un mercado en el camino hacia la mezquita.

3 Lagos es la ciudad más grande de Nigeria y una de las más grandes de África.

Lagos fue la capital de Nigeria en otros tiempos. Sin embargo, muchas personas no estaban contentas con esa ubicación. Los pueblos del norte de Nigeria temían que los sureños tuvieran más influencia en el gobierno si la capital se mantenía en el sur. Como consecuencia, los líderes nacionales trasladaron la capital en la década de 1990. Eligieron a Abuya como su nueva capital. Abuya está ubicada en la región central de Nigeria, que es una zona con una menor densidad de población. Los líderes tenían la esperanza de que menos personas causarían menos conflictos étnicos en la nueva capital.

Evaluación del estudio de caso

1. ¿Cómo es el delta del Níger?
2. ¿Por qué se trasladó la capital de Nigeria a Abuya?
3. **Actividad** Diseña un diorama de Nigeria. Elije una región de Nigeria y crea un diorama para presentar sus características físicas o culturales más importantes.

Sucesos clave de la historia de Nigeria

1200

circa **1200–1400**
Los reinos Yoruba y Benín gobiernan lo que en la actualidad es Nigeria.

circa **1471**
Llegan marineros portugueses al río Níger.

1800

circa **1820**
Llegan comerciantes británicos a Nigeria.

Los artistas de la cultura yoruba de Nigeria hacían bellísimos artículos, como esta taza hecha de marfil.

Historia y cultura

Durante muchos siglos, Nigeria albergó una cantidad de pequeños reinos. Entre estos reinos estaban Benín, los estados de Yoruba y de Hausa. Estos reinos comerciaban entre sí y con otras culturas. Muchos eran famosos por sus trabajos en latón, bronce y marfil.

Los comerciantes británicos llegaron a Nigeria a fines del siglo XIX. Poco después, tomaron a Nigeria como colonia británica. Nigeria siguió siendo colonia hasta 1960, cuando se le concedió la independencia bajo un nuevo gobierno electo. Sin embargo, algunos años más tarde, los líderes militares derrocaron al gobierno y tomaron el poder. Los líderes militares continuaron gobernando Nigeria hasta fines de la década de 1990. Entonces se restableció la democracia en Nigeria.

Como tantas otras antiguas colonias, Nigeria alberga a muchos grupos étnicos diferentes. A menudo, se han producido conflictos entre ellos. En la década de 1960, se produjo un conflicto tan grave que un grupo étnico, los igbo, pidió la secesión de Nigeria. Secesión significa la ruptura de las relaciones con un país. Esta acción condujo a una sangrienta guerra civil, que los igbo finalmente perdieron.

La cultura nigeriana

Nigeria alberga a más de 250 grupos étnicos, cada uno con su propia historia, costumbres y valores. Estos grupos están orgullosos de sus culturas y trabajan para mantener su patrimonio cultural vivo. Como consecuencia, muchos elementos de la cultura nigeriana actual, como la vestimenta y la música, reflejan estilos de vida tradicionales.

Vestimenta La vestimenta tradicional nigeriana incluye prendas con mucho vuelo y de colores brillantes.

1884 Nigeria se convierte en colonia británica.

Los nigerianos celebran su nueva independencia en 1960.

1960 Nigeria se independiza.

1999 Las elecciones libres en Nigeria marcan el final de los gobiernos militares.

2010

Debido a que el país tiene tantos grupos étnicos, la cultura de Nigeria es rica y compleja. Muchas personas continúan practicando las artes tradicionales, como la escultura, la música, la danza y la narración de relatos. Además, muchos nigerianos todavía usan vestimentas de estilos tradicionales, en colores blancos o brillantes. Sin embargo, al mismo tiempo, las influencias europeas todavía siguen siendo muy fuertes: por lo general se habla en inglés y el futbol es el deporte más popular.

Otras dos influencias en Nigeria son el cristianismo y el Islam. El cristianismo es común en el sur, donde vivieron la mayoría de los europeos durante el período colonial. El Islam es más común en el norte, donde hay mayor contacto con África del Norte.

Evaluación del estudio de caso

1. ¿Por qué es tan diversa la cultura nigeriana?
2. ¿Qué religiones tuvieron influencia en la cultura nigeriana?
3. **Actividad** Planifica un documental sobre la cultura nigeriana. ¿Qué temas elegirías para tratar? ¿Qué imágenes incluirías?

La música Los músicos de África Occidental siguen tocando los instrumentos que inventaron sus ancestros.

THE WORLD ALMANAC — Datos sobre los países

Los principales grupos étnicos de Nigeria

- Hausa-Fula 29%
- Yoruba 21%
- Ibo 18%
- Ijaw 10%
- Otros 22%

NIGERIA **385**

Nigeria en el presente

La economía

Nigeria tiene algunos de los recursos naturales más valiosos de África. Los yacimientos petroleros, el recurso más importante del país, se encuentran en el delta del río Níger y cerca de la costa. El petróleo representa el 95 por ciento de los ingresos del país por exportaciones. Las ganancias provenientes de las exportaciones de petróleo han permitido que Nigeria construya buenas carreteras y ferrocarriles para transportar el petróleo. La industria petrolera tiene como base la ciudad de Lagos.

Aunque Nigeria es rica en recursos, muchos nigerianos son pobres. Una causa de esa pobreza es la alta tasa de natalidad. Nigeria no puede producir alimentos suficientes para su creciente población. Otra causa de su pobreza es una historia de gobiernos deficientes. Muchos funcionarios corruptos han usado sus puestos para enriquecerse mientras su pueblo sufría.

Trabajadores nigerianos trabajan en una refinería de petróleo china en el delta del Níger. Gran parte de los ingresos de la industria petrolera de Nigeria va a otros países.

El gobierno

Aunque Nigeria ha sido de manera oficial una democracia desde que se independizó, durante la mayor parte del tiempo el pueblo ha tenido poca participación en el gobierno. Por el contrario, los líderes militares han peleado entre sí por el poder. Sin embargo, en 1999 se llevaron a cabo elecciones libres, que pusieron a un nuevo presidente en el poder y significaron el retorno de la democracia a Nigeria.

El presidente de Nigeria cumple la función de jefe del poder ejecutivo del gobierno. Este poder es responsable de hacer cumplir las leyes del país. El presidente es asistido en sus tareas por un consejo ejecutivo de ministros. Cada ministro supervisa un aspecto de la sociedad como la educación, la agricultura, el deporte o el turismo.

La estructura del gobierno nigeriano

El gobierno de Nigeria tiene la forma de una república, en la que los funcionarios son elegidos para gobernar en nombre del pueblo. Esos funcionarios están organizados en tres poderes.

Poder Ejecutivo
Al igual que en Estados Unidos, el presidente de Nigeria es el jefe de estado y de gobierno.

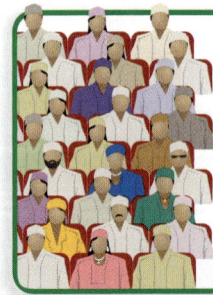

Poder Legislativo
El Senado y la Cámara de Representantes trabajan juntos para crear leyes.

Poder Judicial
La Corte Suprema de Justicia está compuesta por 14 jueces y es el organismo judicial más alto de Nigeria.

Las otras dos ramas del poder de Nigeria son el poder legislativo y el judicial. El poder legislativo hace las leyes del país. Incluye una legislatura con dos cámaras que se llama Asamblea Nacional. El poder judicial incluye a todas las cortes del país y es dirigido por la Corte Suprema.

Problemas

La diversidad de Nigeria enriquece la cultura nacional. Sin embargo, también ha originado problemas dentro del país. Como ya has leído, los miembros de diversos grupos étnicos han luchado por el poder en el pasado e incluso han llegado al punto de la guerra civil. Hoy en día, el gobierno se maneja con mucha prudencia para evitar favorecer a alguno de los grupos.

Las diferencias religiosas también han creado problemas en Nigeria. La mayor parte de la población del norte de Nigeria es musulmana. Muchos estados del norte han adoptado la *sharia* o ley musulmana en sus códigos legales. Sin embargo, la mayor parte del sur de Nigeria no es musulmana y no quiere vivir bajo la *sharia*. Como consecuencia, algunos legisladores sureños declaran que la *sharia* no debería tener reconocimiento oficial en Nigeria. Sus protestas han provocado intensos debates sobre el papel de la religión en el país.

Los problemas económicos también han generado conflictos en Nigeria. Como se mencionó en la página anterior, la mayor parte de la población de Nigeria vive en condiciones de pobreza. Sin embargo, al mismo tiempo, muchas empresas extranjeras se benefician del petróleo de Nigeria. Recientemente, los residentes del delta del Níger protestaron contra lo que consideran una explotación de la tierra y el pueblo de Nigeria

Evaluación del estudio de caso

1. ¿Cuál es la principal industria de Nigeria?
2. ¿Qué deberes tiene el presidente de Nigeria?
3. **Actividad** Organiza un debate sobre un problema actual de Nigeria. Elige un problema. Divide a la clase en dos grupos para analizar las dos caras del problema.

Diferencias religiosas

Los debates sobre religión y su papel en la sociedad han producido una controversia política en Nigeria. Los pueblos del norte del país son en su mayoría musulmanes; en cambio, los del sur son cristianos. En los últimos años, los legisladores se han enfrentado por la influencia de las leyes religiosas en Nigeria.

Mezquita, Kano

Iglesia cristiana, Abuya

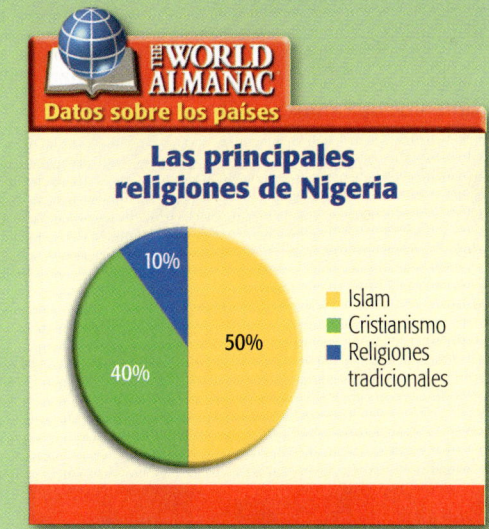

Las principales religiones de Nigeria

- Islam 50%
- Cristianismo 40%
- Religiones tradicionales 10%

NIGERIA **387**

UNIDAD 3 PREGUNTA BASADA EN EL DOCUMENTO

El futuro de África

Parte A: Preguntas con respuesta breve

Instrucciones: Lee y examina los siguientes documentos. Luego, en una hoja aparte, responde las preguntas usando oraciones enteras.

DOCUMENTO 1

Muchos miembros de la Organización de las Naciones Unidas piden cambios en África. Creen que muchos líderes mundiales han marginado al continente o le han restado importancia. Para resolver este problema, Naciones Unidas ha creado la Nueva Alianza para el Desarrollo de África, NEPAD *(New Partnership for Africa's Development).*

> ¿Por qué es necesaria la NEPAD?
>
> El objetivo de la NEPAD es resolver los problemas que enfrenta actualmente el continente africano. Cuestiones como los niveles crecientes de pobreza, el subdesarrollo y la marginación permanente de África necesitan una nueva intervención radical encabezada por los líderes africanos, con el objetivo de desarrollar una nueva visión que garantice la renovación africana.

1a. Según la NEPAD, ¿qué problemas enfrentan las personas de África?

_____

1b. Según este documento, ¿quiénes deberían encabezar los intentos de cambio en África?

_____

DOCUMENTO 2

Uno de los mayores problemas que ha debido enfrentar el continente africano en el pasado ha sido el de los malos gobiernos. Las dictaduras militares y la corrupción han evitado el crecimiento y el desarrollo. Sin embargo, en los últimos años se han instalado democracias en varias partes de África.

> África no sufre un déficit de democracia. Más de dos tercios de los países del África subsahariana han llevado a cabo elecciones desde el año 2000. El poder ha cambiado de manos en varias naciones, de Senegal a Tanzania, y de Ghana a Zambia. Por lo tanto, las elecciones han sido un éxito. El objetivo para los próximos dos o tres años es ir más allá de las elecciones como medida de la libertad y apoyar los intentos africanos de fortalecer la responsabilidad de los gobiernos. Un buen gobierno es esencial para llevar a cabo cualquier cambio social.
>
> —Departamento de Estado de Estados Unidos, Dirección de Asuntos Africanos

2a. Según este documento, ¿de qué manera han cambiado los gobiernos africanos?

_____

2b. Según la Dirección de Asuntos Africanos, ¿qué retos deberá enfrentar África en el futuro?

_____

DOCUMENTO 3

Un factor clave para mejorar la vida de las personas es la educación. En la siguiente gráfica se muestra el número de estudiantes inscritos en las escuelas africanas entre 1999 y 2005.

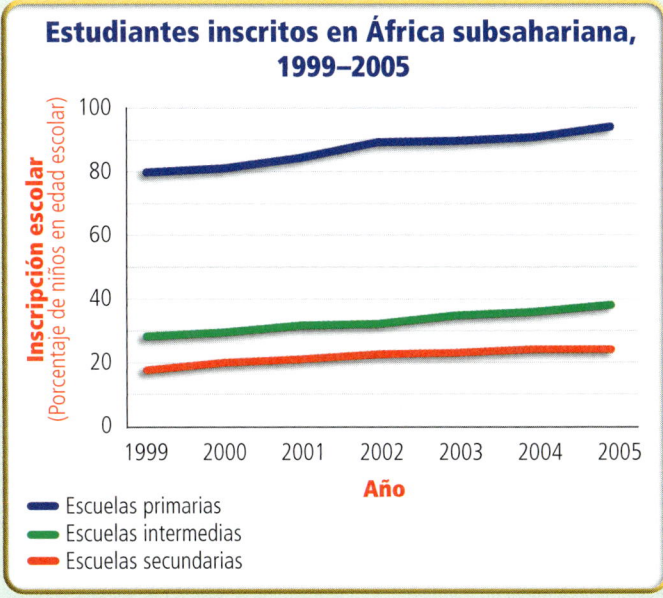

Fuente: Instituto de Estadística de la UNESCO

3a. ¿Cómo cambió el número de estudiantes inscritos en África con el tiempo?

_____

3b. ¿Qué nivel tiene el mayor número de estudiantes inscritos?

_____

DOCUMENTO 4

Para favorecer el crecimiento, los países africanos formaron la Unión Africana (UA), una organización similar a la Unión Europea. La UA no ha alcanzado aún el nivel de unidad que caracteriza a su equivalente europea, pero trabaja para resolver los conflictos en África. A continuación se mencionan algunos de sus objetivos.

- Promover la paz, la seguridad y la estabilidad en el continente
- Promover y proteger los derechos de las personas de acuerdo con lo expuesto en la Carta Africana sobre Derechos Humanos y de los Pueblos y en otros tratados sobre derechos humanos pertinentes
- Promover el desarrollo sustentable a nivel económico, social y cultural, y la integración de las economías africanas
- Fomentar la cooperación en todos los campos de la actividad humana para elevar el estándar de vida de los pueblos africanos
- Fomentar el desarrollo del continente mediante la investigación en todas las áreas, en especial la ciencia y la tecnología

—de "*The Objectives of the AU*" (Los objetivos de la UA)

4a. ¿Cuál es un objetivo económico de la UA?

_____

4b. ¿Cómo pretende la UA mejorar la vida de los africanos?

_____

Parte B: Ensayo

Contexto histórico: Desde su independencia, muchos países africanos han enfrentado retos políticos y sufrido un lento desarrollo económico. Durante los últimos años, las personas en África y en el mundo han hecho grandes esfuerzos para garantizar un futuro mejor para los habitantes de África.

TAREA: Usa la información de los cuatro documentos y lo que sabes sobre estudios sociales para escribir un ensayo en el que:

- describas los pasos que se siguieron para mejorar el futuro del continente africano.
- expliques cómo cada paso llevará a un cambio positivo en África.

Taller de escritura de la Unidad 3

Explicar causas y efectos

"¿Por qué sucedió?" "¿Cuáles fueron los resultados?" Preguntas como éstas pueden ayudarnos a identificar causas y efectos. A su vez, esto nos ayudará a comprender las relaciones entre la geografía física, la historia y la cultura.

Tarea
Escribe un ensayo sobre uno de estos temas:
- causas de la desertización en África occidental
- efectos de la colonización europea en Sudáfrica

1. Antes de escribir

Elige un tema
- Elige uno de los temas anteriores para escribir.
- Convierte el tema en una idea clave o tesis. Por ejemplo: "Existen tres factores principales que producen la mayor parte de la desertización en África Occidental".

> **CONSEJO** **¿Qué relaciones hay?** Las palabras de transición, como *como resultado, porque, como* y *por lo tanto* pueden ayudarte a conectar las causas con los efectos.

Reúne y organiza la información
- Según el tema que hayas elegido, identifica al menos tres causas o tres efectos. Usa tu libro de texto, la biblioteca o Internet.
- Organiza las causas y los efectos según su importancia. Para provocar un impacto mayor en los lectores, coloca la causa o el efecto más importante al final.

2. Escribe

Usa el esquema del escritor

Esquema del escritor

Introducción
- Comienza con un dato o una pregunta interesante que se relacione con tu idea clave o tesis.
- Escribe tu idea clave y agrega información sobre el contexto.

Desarrollo
- Escribe al menos un párrafo que incluya datos y ejemplos de apoyo para cada causa o efecto.
- Organiza las causas o los efectos según su importancia.

Conclusión
- Resume las causas o los efectos.
- Reformula tu idea clave.

3. Evalúa y revisa

Revisa y mejora tu ensayo
- Vuelve a leer tu ensayo y usa las siguientes preguntas para determinar cómo mejorarlo.
- Haz cambios para mejorar tu ensayo.

Preguntas para evaluar explicaciones de causas y efectos

1. ¿Comienzas con un dato o una pregunta relacionada con tu idea clave o tesis?
2. ¿Tu introducción identifica la idea clave y ofrece el contexto necesario?
3. ¿Tienes al menos un párrafo para cada causa o efecto?
4. ¿Incluyes datos y detalles para apoyar las conexiones entre las causas y los efectos?
5. ¿Explicas las causas o los efectos en orden de importancia?
6. ¿Resumes las causas o los efectos y reformulas tu idea clave?

4. Corrige y publica

Da el toque final a tu explicación
- Asegúrate de que las palabras y frases de transición conecten las causas y los efectos con claridad.
- Revisa el uso de mayúsculas en los nombres propios, como los de países o regiones.
- Pide a alguien que lea tu ensayo.

5. Practica y aplica

Usa los pasos y estrategias detallados en este taller para escribir tu ensayo sobre causas y efectos. Muestra tu ensayo a otros estudiantes que hayan escrito sobre el mismo tema. Compara las listas de causas o efectos.

El sur y el este de Asia

El Himalaya

La cadena montañosa más alta del mundo, el Himalaya, separa el subcontinente indio del resto de Asia.

El Mekong

El río más largo del sureste asiático, el Mekong, se desborda con frecuencia y sus aguas cubren gran parte de la región.

EL SUR Y EL ESTE DE ASIA

UNIDAD 4

El sur y el este de Asia

Selva tropical

El color verde intenso del sur y el este de Asia se debe a las selvas tropicales. En ellas habitan animales poco comunes como el orangután, que se encuentra sólo en esta región.

Examina la imagen satelital
Las altas montañas, las densas selvas tropicales y las áridas llanuras son características de esta gran región de Asia. ¿Qué otras características físicas puedes ver en esta imagen satelital?

La trayectoria del satélite

El sur y el este de Asia

Datos sobre el mundo — Extremos geográficos: el sur y el este de Asia

Río más largo	Chang Jiang (Río Yantsé), China: 3,964 millas (6,378 km)
Punto más alto	Monte Everest, Nepal/China: 29,035 pies (8,850 m)
Punto más bajo	Depresión de Turfán, China: 505 pies (154 m) bajo el nivel del mar
Temperatura más alta registrada	Tuguegarao, Filipinas: 108°F (42°C)
Lugar más lluvioso	Mawsynram, India: promedio anual de precipitaciones de 467.4 pulgadas (1,187.2 cm)
País más grande	China: 3,705,405 millas cuadradas (9,596,999 km cuadrados)
País más pequeño	Maldivas: 116 millas cuadradas (300 km cuadrados)
Selva tropical más grande	Indonesia: 386,000 millas cuadradas (999,740 km cuadrados)
Terremoto más intenso	Frente a la costa de Sumatra, Indonesia, el 26 de diciembre de 2004: Magnitud 9.0

Monte Everest

go.hrw.com PALABRA CLAVE: SK9 UN4
(Sólo en inglés)

Comparación de tamaños: Estados Unidos y el sur y el este de Asia

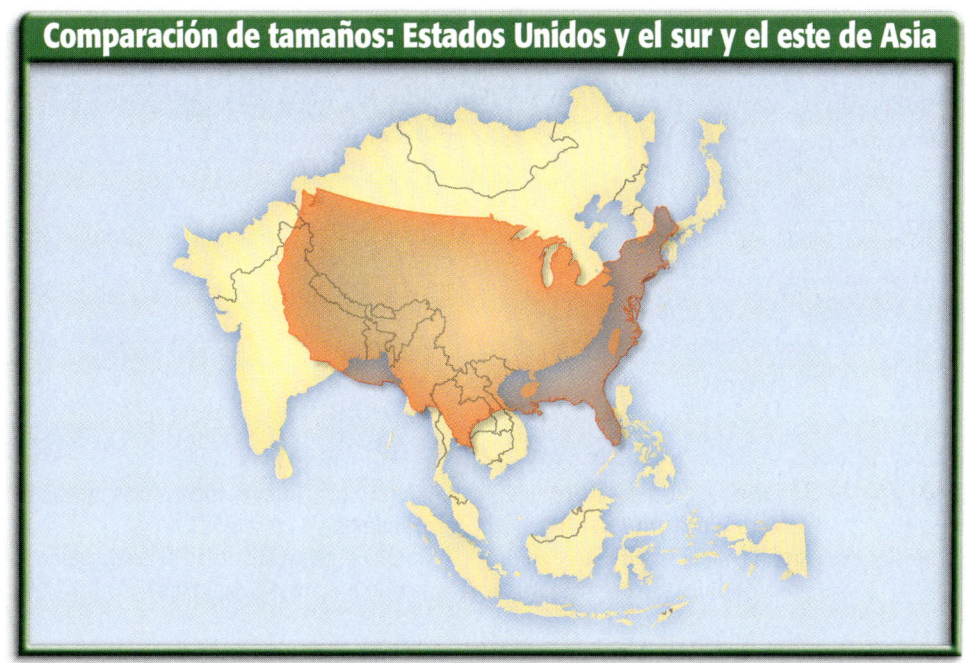

El sur y el este de Asia

El sur y el este de Asia: Población

Personas por milla cuadrada / Personas por kilómetro cuadrado
- 520 / 200
- 260 / 100
- 130 / 50
- 25 / 10
- 3 / 1
- 0 / 0

● Ciudades importantes con más de 2 millones

0 250 500 750 millas
0 250 500 750 kilómetros
Proyección equidistante de dos puntos

sección de mapas
Destrezas de geografía

Regiones Esta región tiene poblaciones muy grandes.

1. **Identificar** Basándote en el mapa, ¿cuáles crees que son los dos países con mayor población?

2. **Comparar** Compara este mapa con el mapa físico. ¿Cómo se relaciona la geografía física de China con su patrón de población?

EL SUR Y EL ESTE DE ASIA **397**

UNIDAD 4 ATLAS REGIONAL

El sur y el este de Asia: Clima

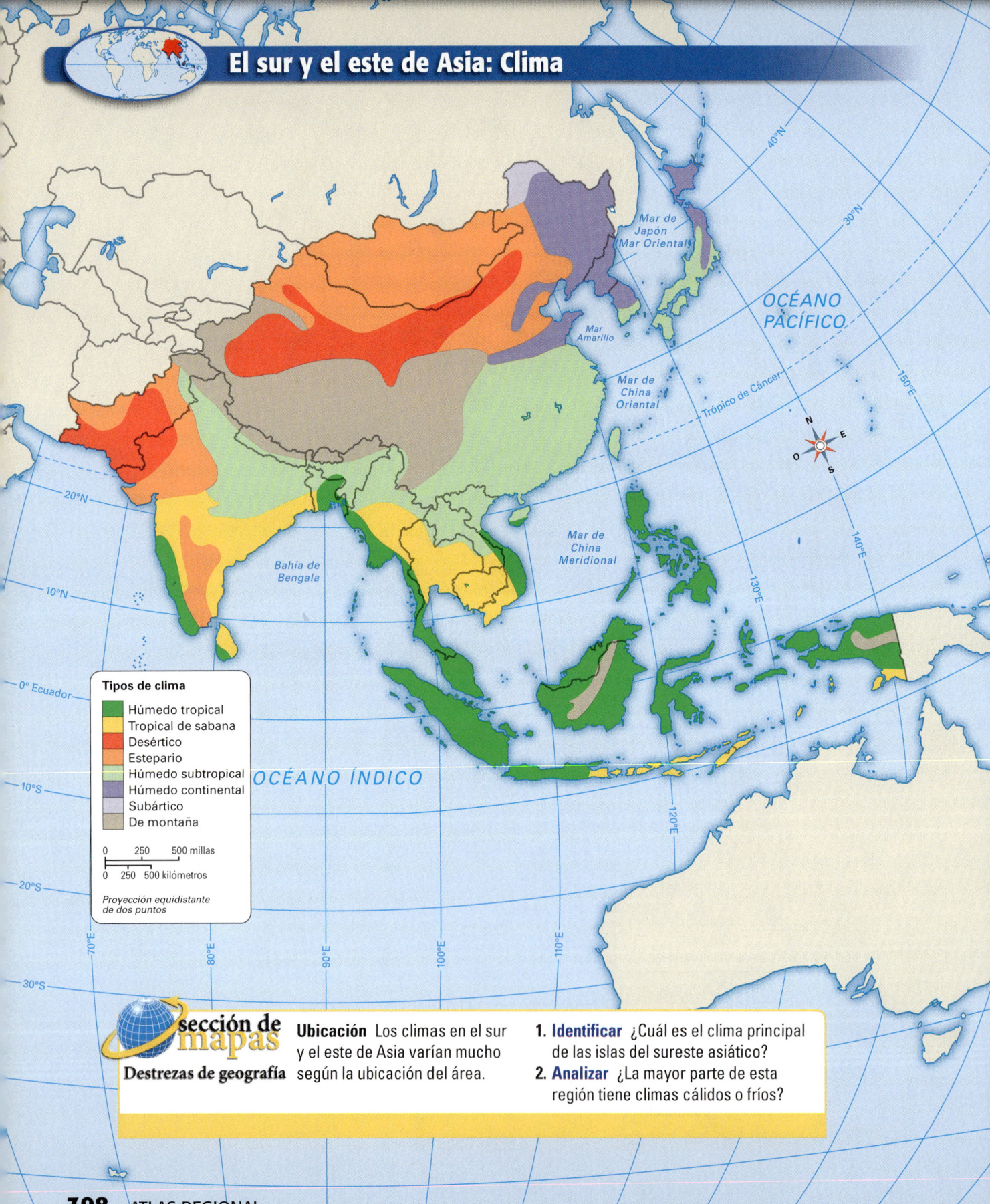

Sección de mapas — Destrezas de geografía

Ubicación Los climas en el sur y el este de Asia varían mucho según la ubicación del área.

1. **Identificar** ¿Cuál es el clima principal de las islas del sureste asiático?
2. **Analizar** ¿La mayor parte de esta región tiene climas cálidos o fríos?

Datos sobre los países

El sur y el este de Asia

PAÍS Capital	BANDERA	POBLACIÓN	ÁREA (millas cuadradas)	PBI PER CÁPITA ($ estadounidenses)	EXPECTATIVA DE VIDA AL NACER	TELEVISORES CADA 1,000 PERSONAS
Bangladesh Dacca		150.4 millones	55,599	$2,200	62.8	7
Brunéi Bandar Seri Begawan		374,600	2,228	$25,600	75.2	637
Bután Timbu		2.3 millones	18,147	$1,400	55.2	6
Camboya Phnom Penh		14 millones	69,900	$2,600	59.7	9
China Pekín		1,322 millones	3,705,407	$7,600	72.9	291
Corea del Norte Pyongyang		23.3 millones	46,541	$1,800	71.9	55
Corea del Sur Seúl		49 millones	38,023	$24,200	77.2	364
Filipinas Manila		91.1 millones	115,831	$5,000	70.5	110
India Nueva Delhi		1,129.8 millones	1,269,346	$3,700	68.6	75
Indonesia Yakarta		234.7 millones	741,100	$3,800	70.2	143
Japón Tokio		127.4 millones	145,883	$33,100	81.4	719
Laos Vientián		6.5 millones	91,429	$2,100	55.9	10
Malasia Kuala Lumpur		24.8 millones	127,317	$12,700	72.8	174
Estados Unidos Washington, D.C.		301.1 millones	3,718,711	$43,500	78.0	844

PAÍS / Capital	BANDERA	POBLACIÓN	ÁREA (millas cuadradas)	PBI PER CÁPITA ($ estadounidenses)	EXPECTATIVA DE VIDA AL NACER	TELEVISORES CADA 1,000 PERSONAS
Maldivas / Malé		369,000	116	$3,900	64.8	38
Mongolia / Ulán Bator		2.9 millones	603,909	$2,000	65.3	58
Myanmar (Birmania); Yangón (Rangún) / Naypyidaw		47.4 millones	261,970	$1,800	62.5	7
Nepal / Katmandú		28.9 millones	54,363	$1,500	60.6	6
Pakistán / Islamabad		164.7 millones	310,403	$2,600	63.8	105
Papúa Nueva Guinea / Port Moresby		5.8 millones	178,704	$2,700	65.6	13
Singapur / Singapur		4.6 millones	268	$30,900	81.8	341
Sri Lanka / Colombo		20.9 millones	25,332	$4,600	74.8	102
Tailandia / Bangkok		65.1 millones	198,457	$9,100	72.6	274
Taiwán / Taipéi		22.8 millones	13,892	$29,000	77.6	327
Timor Oriental / Dili		1.1 millones	5,794	$800	66.6	ND
Vietnam / Hanoi		85.3 millones	127,244	$3,100	71.1	184
Estados Unidos / Washington, D.C.		301.1 millones	3,718,711	$43,500	78.0	844

DESTREZA DE ANÁLISIS **ANALIZAR TABLAS**

1. ¿Cuáles son los cinco países de esta región con el PBI per cápita más alto? ¿Cómo se comparan con el PBI per cápita de Estados Unidos?
2. Compara la expectativa de vida y el número televisores cada 1,000 personas en Japón y en Laos. ¿Qué podría indicar esta comparación acerca de la vida en los dos países?

THE WORLD ALMANAC — Datos sobre los países

Potencias económicas

Japón
- La tercera economía más grande del mundo
- $590.3 mil millones en exportaciones
- PBI per cápita de $33,100
- Principales exportaciones: equipo de transporte, carros, semiconductores, productos electrónicos

Japón es uno de los países más avanzados tecnológicamente y uno de los principales fabricantes de productos de alta tecnología.

China
- La segunda economía más grande del mundo
- $974 mil millones en exportaciones
- Tasa de crecimiento del PBI de 10.5%
- Principales exportaciones: maquinaria y productos electrónicos, ropa, plásticos, muebles, juguetes

China es una potencia económica emergente con una gran población y una economía de rápido crecimiento.

go.hrw.com PALABRA CLAVE: SK9 UN4
(Sólo en inglés)

Grandes poblaciones

Las mayores poblaciones del mundo

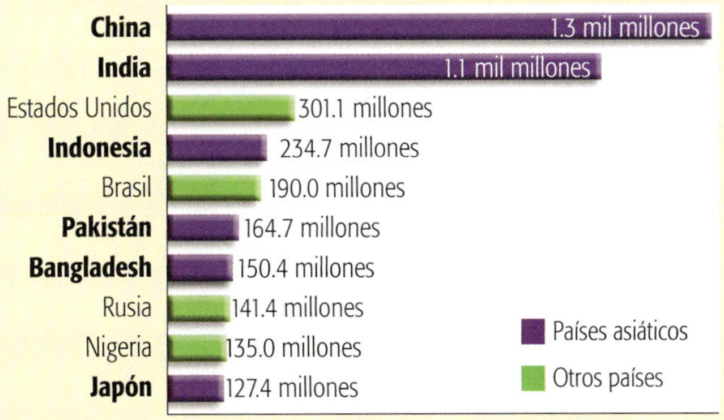

China
1.3 mil millones
India
1.1 mil millones
Estados Unidos
301.1 millones
Indonesia
234.7 millones
Brasil
190.0 millones
Pakistán
164.7 millones
Bangladesh
150.4 millones
Rusia
141.4 millones
Nigeria
135.0 millones
Japón
127.4 millones
Países asiáticos
Otros países

De los diez países con mayor población, seis se encuentran en el sur y el este de Asia.

Porcentaje de población mundial

China 20%
India 17%
Resto de Asia 24%
Resto del mundo 39%

Las grandes poblaciones de China e India hacen que Asia tenga más del 60 por ciento de la población mundial.

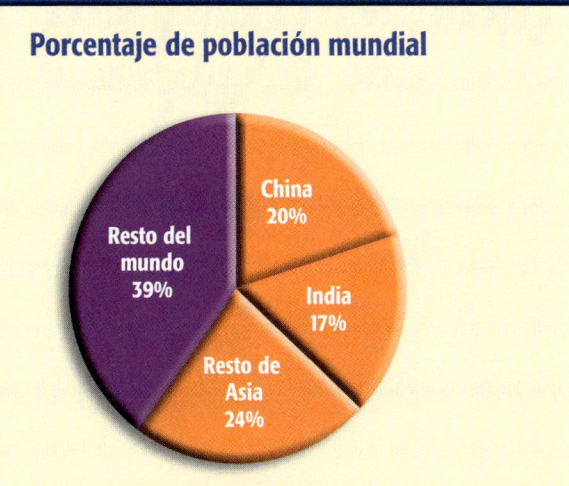

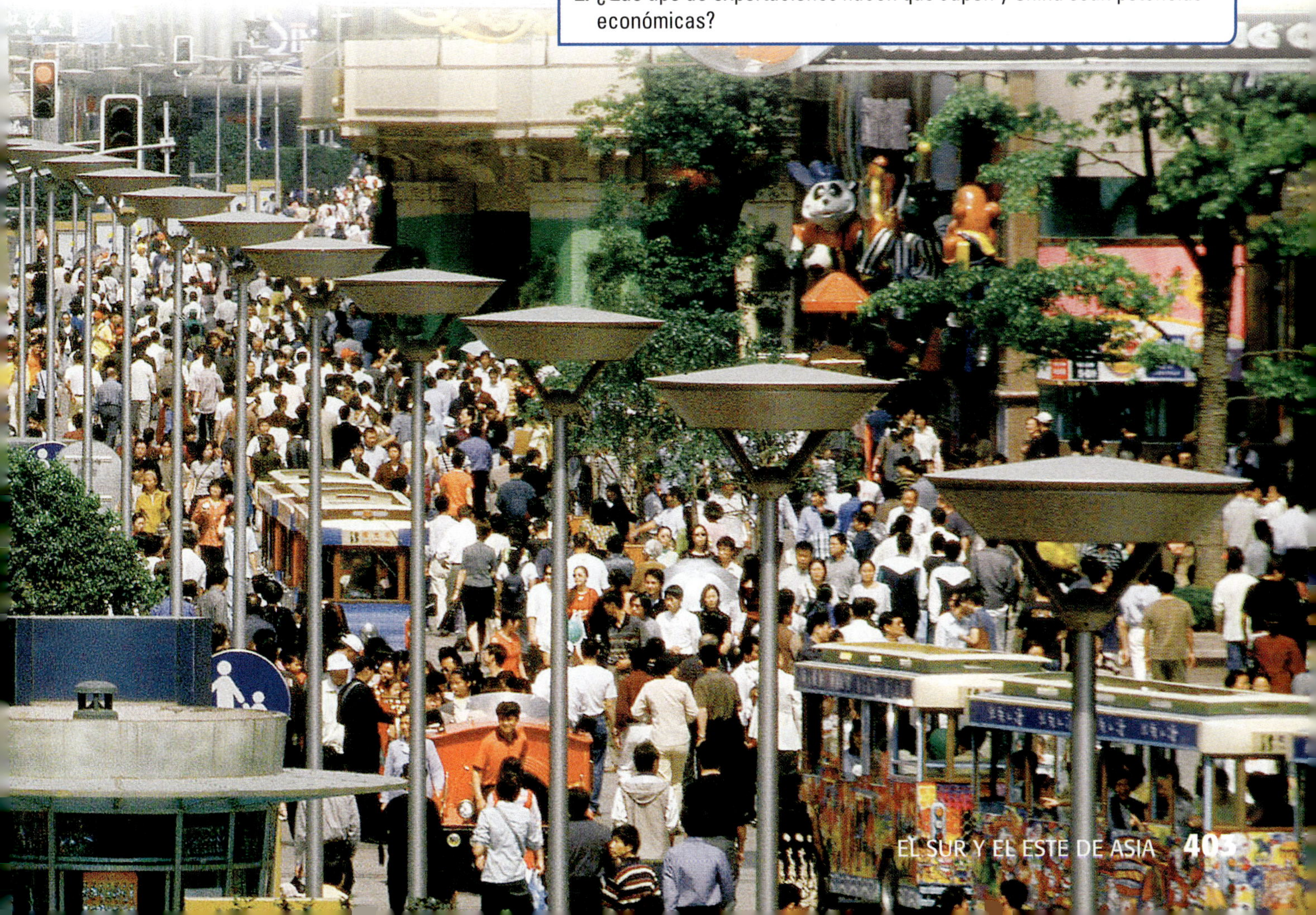

DESTREZA DE ANÁLISIS ANALIZAR RECURSOS VISUALES

1. ¿Qué dos países tienen la mayor población?
2. ¿Qué tipo de exportaciones hacen que Japón y China sean potencias económicas?

Calle Nanjing, Shanghái, China

CAPÍTULO 13

Geografía física del sur y el este de Asia

PREGUNTA DE ENFOQUE

¿Qué fuerzas influyeron en el desarrollo de Asia y por qué?

Lo que aprenderás...

Las montañas más altas del mundo y algunos de los ríos con mayor crecida se encuentran en el sur y el este de Asia. En esta región, la diversidad del terreno define el modo de vida de los habitantes.

SECCIÓN 1
El subcontinente indio 406

SECCIÓN 2
China, Mongolia y Taiwán 410

SECCIÓN 3
Japón y Corea 414

SECCIÓN 4
El sureste asiático 418

ENFOQUE EN LA LECTURA Y LA REDACCIÓN

Comprender hechos y opiniones Un hecho es una afirmación que puede comprobarse. Una opinión es lo que alguien cree acerca de algo. Cuando lees un libro de texto, debes reconocer la diferencia entre hechos y opiniones. **Consulta la lección Comprender hechos y opiniones de la página ES16.**

Presentar un diario de viaje Te encuentras de viaje por Asia y tomas notas de los lugares de interés y los sonidos de esta hermosa región. A medida que lees este capítulo, reunirás detalles de los paisajes de esta región. Luego prepararás una presentación oral de un diario o cuaderno de viaje.

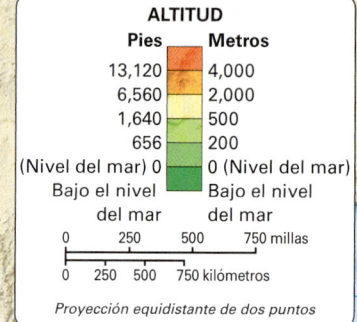

sección de mapas

Destrezas de geografía

Lugar Las características físicas del sur y el este de Asia varían mucho dentro de la región.
1. **Identificar** ¿Qué grandes islas se encuentran en esta región?
2. **Interpretar** ¿Dónde se encuentran las montañas más altas del sur y el este de Asia?

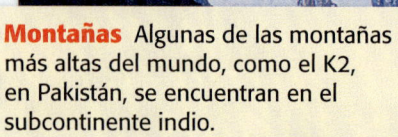

Montañas Algunas de las montañas más altas del mundo, como el K2, en Pakistán, se encuentran en el subcontinente indio.

SECCIÓN 1

El subcontinente indio

Lo que aprenderás...

Ideas principales

1. Las principales características físicas del subcontinente indio son las grandes montañas, los ríos caudalosos y las llanuras extensas.
2. En el subcontinente indio hay una gran variedad de regiones climáticas y recursos.

La idea clave

La geografía física del subcontinente indio presenta características físicas únicas y una gran variedad de climas y recursos.

Lugares y palabras clave

subcontinente, *pág.* 406
monte Everest, *pág.* 407
río Ganges, *pág.* 407
delta, *pág.* 407
río Indo, *pág.* 408
monzones, *pág.* 409

TOMAR NOTAS A medida que lees, toma notas sobre las características físicas, los climas y los recursos del subcontinente indio. Usa un diagrama como el siguiente para organizar tus notas.

Si VIVIERAS allí...

Vives en una pequeña aldea agrícola en el centro de India. Todos los años, tu padre habla sobre los monzones de verano, que son vientos que pueden traer intensas lluvias a la región. Sabes que si lloviera mucho podría haber inundaciones que pondrían en peligro tu casa y a tu familia. Si lloviera muy poco, las cosechas podrían arruinarse.

¿Qué piensas sobre los monzones?

CONOCER EL CONTEXTO Los vientos monzones tienen una gran influencia sobre el clima del subcontinente indio, una región ubicada en el sur de Asia. Los monzones son una de las características únicas de la geografía física del subcontinente indio.

Características físicas

Ubica Asia en un planisferio. Observa que la zona más austral de Asia forma un triángulo de tierra que se adentra en el océano Índico. La porción de tierra que sobresale del resto de Asia es el subcontinente indio. Un **subcontinente** es una gran masa de tierra que es más pequeña que un continente.

El subcontinente indio, también llamado Asia meridional, está formado por siete países: Bangladesh, Bután, India, Maldivas, Nepal, Pakistán y Sri Lanka. Estos países conforman una de las regiones geográficas más excepcionales del mundo. Algunas de las características más importantes de la región son las montañas elevadas, los ríos caudalosos y las llanuras fértiles.

Las montañas

El subcontinente indio está separado del resto de Asia por enormes cadenas montañosas. Al noroeste, las montañas escarpadas del Hindu Kush separan el subcontinente de Asia central. Durante miles de años, los pueblos de Asia y Europa ingresaban al subcontinente indio a través de los pasos de montaña del Hindu Kush.

406 CAPÍTULO 13

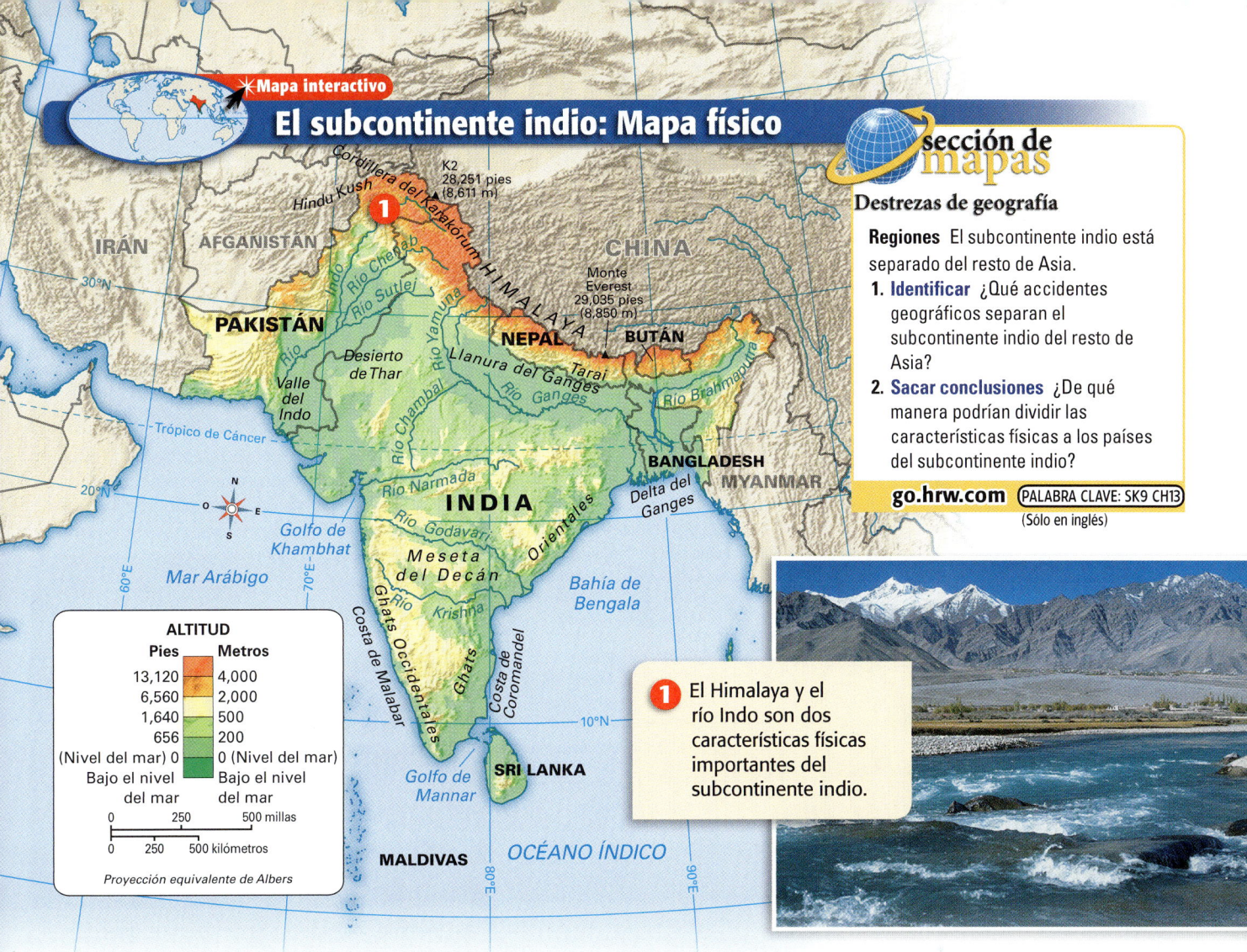

El subcontinente indio: Mapa físico

Destrezas de geografía

Regiones El subcontinente indio está separado del resto de Asia.

1. **Identificar** ¿Qué accidentes geográficos separan el subcontinente indio del resto de Asia?
2. **Sacar conclusiones** ¿De qué manera podrían dividir las características físicas a los países del subcontinente indio?

go.hrw.com PALABRA CLAVE: SK9 CH13
(Sólo en inglés)

1 El Himalaya y el río Indo son dos características físicas importantes del subcontinente indio.

A lo largo de las costas de la India se extienden dos cadenas montañosas más pequeñas. Los Ghats Orientales y los Ghats Occidentales son montañas bajas que separan las costas este y oeste de India del interior del país.

Sin embargo, probablemente la característica física más imponente del subcontinente sea el Himalaya. Esta enorme cordillera se extiende a lo largo de aproximadamente 1,500 millas (2,415 km) sobre la frontera septentrional del subcontinente indio. El Himalaya se formó a partir del choque de dos grandes placas tectónicas y está conformado por las montañas más altas del mundo. En el límite entre Nepal y China se encuentra el **Monte Everest**, la montaña más alta del planeta, que mide aproximadamente 29,035 pies (8,850 m). El K2, ubicado al norte de Pakistán, es el segundo pico más alto del mundo.

Los ríos y las llanuras

En lo profundo del Himalaya nacen algunos de los ríos más caudalosos de Asia. Dos de los sistemas fluviales más importantes, el río Ganges y el río Indo, nacen en el Himalaya. Ambos transportan grandes cantidades de agua que surgen del derretimiento de la nieve y los glaciares de las montañas. Durante miles de años, estos ríos inundaron las tierras de los alrededores, lo que permitió la acumulación de abundantes sedimentos y la formación de llanuras fértiles.

El río más importante de la India es el Ganges. El **río Ganges** recorre el norte de India y fluye hacia el interior de Bangladesh. Allí, el Ganges se une con otros ríos y forma un gran delta. Un **delta** es un accidente geográfico ubicado en la desembocadura de un río que se forma por la acumulación de sedimentos. A lo largo del Ganges se encuentra una extensa zona de suelo fértil y terrenos cultivables.

ENFOQUE EN LA LECTURA

¿Las oraciones de este párrafo son hechos u opiniones? ¿Cómo lo sabes?

GEOGRAFÍA FÍSICA DEL SUR Y EL ESTE DE ASIA

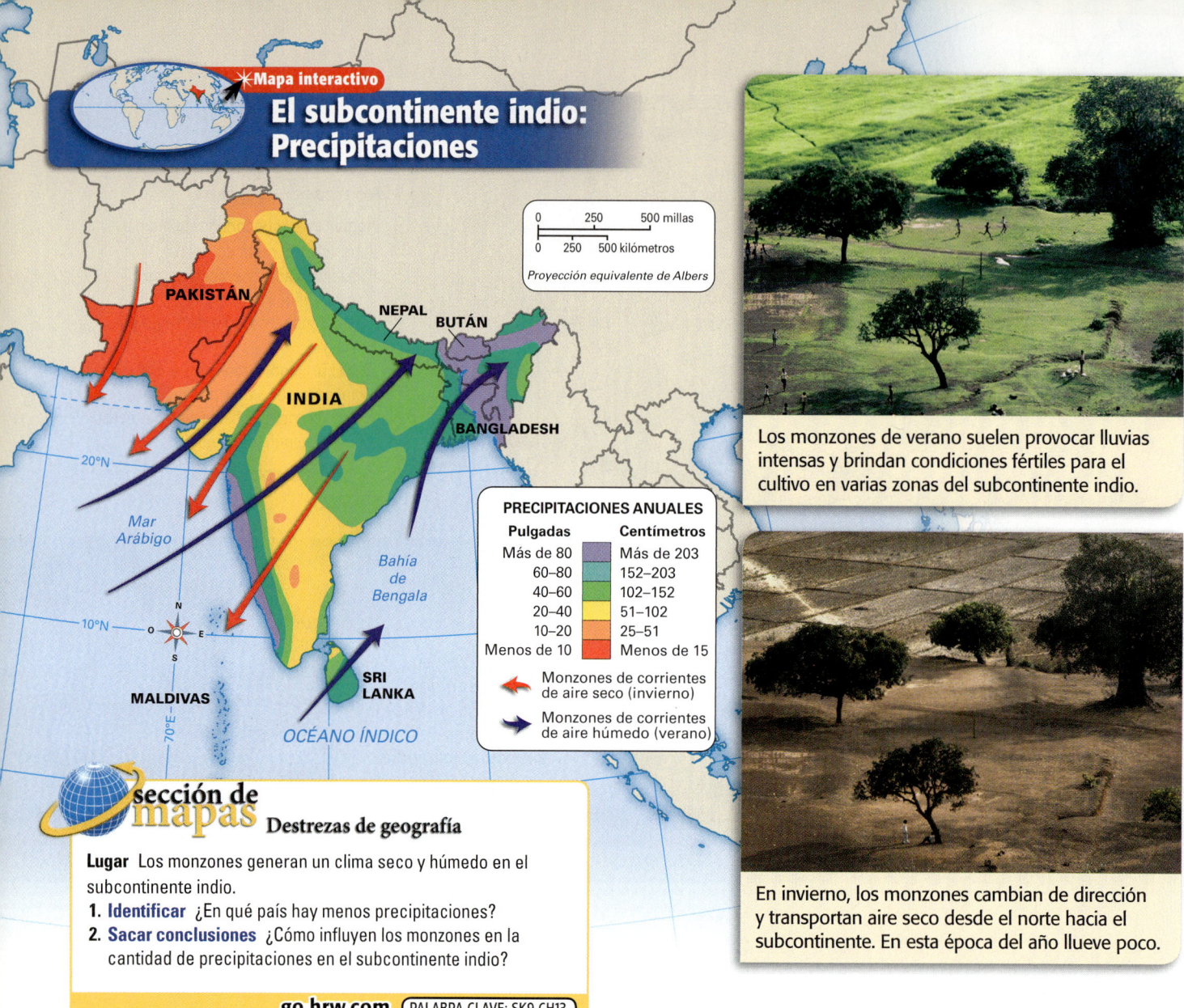

sección de mapas
Destrezas de geografía

Lugar Los monzones generan un clima seco y húmedo en el subcontinente indio.
1. **Identificar** ¿En qué país hay menos precipitaciones?
2. **Sacar conclusiones** ¿Cómo influyen los monzones en la cantidad de precipitaciones en el subcontinente indio?

go.hrw.com PALABRA CLAVE: SK9 CH13
(Sólo en inglés)

Los monzones de verano suelen provocar lluvias intensas y brindan condiciones fértiles para el cultivo en varias zonas del subcontinente indio.

En invierno, los monzones cambian de dirección y transportan aire seco desde el norte hacia el subcontinente. En esta época del año llueve poco.

Esta región es el corazón de la zona agrícola de la India y es conocida como la llanura del Ganges.

De la misma manera, el **río Indo,** en Pakistán, también crea una llanura fértil conocida como el valle del Indo. Las primeras civilizaciones indias habitaron este valle. En la actualidad, es la región de Pakistán que tiene mayor densidad de población.

Otras características

El subcontinente indio presenta otras características geográficas. Por ejemplo, al sur de la llanura del Ganges, se extiende una meseta grande y con muchas colinas llamada Decán. Al este del valle del Indo, se encuentra el desierto de Thar o Gran Desierto de la India. Este desierto se caracteriza por sus dunas onduladas y en algunas zonas sólo caen 4 pulgadas (100 mm) de lluvia por año. Otra región geográfica es la del Tarai, al sur de Nepal, en la que se encuentran tierras de cultivo fértiles y selvas tropicales.

COMPRENSIÓN DE LA LECTURA **Resumir** ¿Cuáles son las características físicas del subcontinente indio?

Climas y recursos

Al igual que las características físicas del subcontinente indio, el clima y los recursos de la región también varían. En esta región, pueden encontrarse diversos climas y recursos naturales.

408 CAPÍTULO 13

Las regiones climáticas

Desde los picos nevados del Himalaya hasta el árido desierto de Thar, los climas del subcontinente indio son muy variados. En el Himalaya, el clima de las alturas genera bajas temperaturas en gran parte de Nepal y Bután. En las llanuras ubicadas al sur del Himalaya, el clima es subtropical húmedo. En esta importante región agrícola, los veranos suelen ser húmedos, calurosos y con gran cantidad de lluvias.

En la mayor parte del subcontinente predominan los climas tropicales. El clima de sabana tropical en el centro de India y Sri Lanka hace que las temperaturas sean cálidas durante todo el año. En esta región hay temporadas húmedas y secas durante el año. El clima tropical húmedo genera temperaturas cálidas e intensas lluvias en algunas partes del sur de India, Sri Lanka, Maldivas y Bangladesh.

En el resto del subcontinente, el clima es seco. Los climas desérticos y de estepa se extienden a lo largo de todo el sur y el oeste de la India y la mayor parte de Pakistán.

Los monzones tienen una gran influencia sobre el tiempo y los climas del subcontinente. Los **monzones** son vientos estacionales que traen aire seco o húmedo a una zona determinada. Entre junio y octubre, los monzones de verano arrastran aire húmedo desde el océano Índico, lo que genera intensas lluvias. Los monzones de verano suelen provocar inundaciones. Por ejemplo, en 2005, en la ciudad de Mumbai (Bombay), en la India, cayeron 37 pulgadas (94 cm) de precipitaciones en sólo 24 horas. Sin embargo, los monzones cambian de dirección en invierno y transportan aire seco desde el norte. Es por eso que hay pocas precipitaciones entre noviembre y enero.

Los recursos naturales

En el subcontinente indio pueden encontrarse una gran variedad de recursos. Los recursos más abundantes son los agrícolas y los minerales.

El recurso más importante de esta región es probablemente el suelo fértil. Se cosechan diversos cultivos, como té, arroz, frutos secos y yute, una planta que se usa para fabricar cuerdas. La madera y el ganado también son recursos importantes del subcontinente, especialmente en Nepal y en Bután.

El subcontinente indio también cuenta con abundantes recursos minerales. En la India se encuentran grandes depósitos de mineral de hierro y carbón. Pakistán cuenta con reservas naturales de gas, mientras que en Sri Lanka se extraen grandes cantidades de piedras preciosas.

COMPRENSIÓN DE LA LECTURA **Resumir** ¿Qué climas y recursos se encuentran en esta región?

RESUMEN Y PRESENTACIÓN En esta sección, aprendiste sobre la gran variedad de características físicas, climas y recursos del subcontinente indio. A continuación, cruzarás el Himalaya para estudiar a China, Mongolia y Taiwán.

Evaluación de la Sección 1

go.hrw.com
Cuestionario en Internet
PALABRA CLAVE: SK9 HP13
(Sólo en inglés)

Repasar ideas, palabras y lugares

1. **a. Definir** ¿Qué es un **subcontinente**?
   b. Inferir ¿Por qué piensas que el **valle del Indo** tiene una gran densidad de población?
   c. Ordenar ¿Qué características físicas del subcontinente indio son las que más te gustaría conocer? ¿Por qué?
2. **a. Identificar** ¿Qué recursos naturales se encuentran en el subcontinente indio?
   b. Analizar ¿Cuáles son algunas de las ventajas y desventajas de los **monzones**?

Pensamiento crítico

3. **Hacer inferencias** Dibuja una tabla como la siguiente. Usa tus notas para escribir una oración que explique la manera en que cada aspecto influye sobre el modo de vida en el subcontinente indio.

	Influencia sobre la vida
Características físicas	
Climas	
Recursos naturales	

ENFOQUE EN LA EXPRESIÓN ORAL

4. **Hablar sobre la geografía física** ¿Qué información e imágenes de la geografía física de la India podrías incluir en tu diario de viaje? Anota algunas ideas.

GEOGRAFÍA FÍSICA DEL SUR Y EL ESTE DE ASIA

SECCIÓN 2

China, Mongolia y Taiwán

Lo que aprenderás...

Ideas principales

1. Algunas de las características físicas de China, Mongolia y Taiwán son las montañas, las mesetas y las cuencas, las llanuras y los ríos.
2. En China, Mongolia y Taiwán hay diversos climas y recursos naturales.

La idea clave

Las características físicas, el clima y los recursos de China, Mongolia y Taiwán son diferentes.

Lugares y palabras clave

Himalaya, *pág. 410*
meseta del Tíbet, *pág. 411*
Gobi, *pág. 411*
llanura del norte de China, *pág. 412*
Huang He, *pág. 412*
loess, *pág. 412*
Chang Jiang, *pág. 412*

TOMAR NOTAS A medida que lees, usa una tabla como la siguiente para tomar notas sobre las características físicas, el clima y los recursos de China, Mongolia y Taiwán.

Montañas	
Otros accidentes geográficos	
Ríos	
Climas y recursos	

Si VIVIERAS allí...

Eres un joven director cinematográfico que vive en Cantón, una ciudad portuaria en el sur de China. Estás preparando un documental sobre el Huang He, uno de los grandes ríos de China. Para hacer tu película, seguirás el curso del río a lo largo del norte de China. El viaje comenzará en el Himalaya y terminará en la costa del mar Amarillo.

¿Qué esperas ver en tu viaje?

CONOCER EL CONTEXTO China, Mongolia y Taiwán ocupan gran parte del este de Asia. Presentan una variedad de características físicas y climas: mesetas secas, montañas escarpadas y llanuras fértiles. Estas características geográficas han tenido una gran influencia sobre la vida en cada país.

Características físicas

¿Has apreciado la vista desde la cima del mundo? Con 29,035 pies (8,850 m), el monte Everest en el **Himalaya** es la montaña más alta del mundo. Si miras hacia el este desde la cima del Everest, verás que a través de las nubes se extienden picos nevados que van desapareciendo hacia tierras más bajas. Lo que ves es China. Este país tiene aproximadamente el mismo tamaño que Estados Unidos y distintas características físicas. En China se encuentran no sólo los picos más altos, sino también algunos de los desiertos más áridos y de los ríos más largos del mundo.

Existen otras dos zonas que están estrechamente relacionadas con China. Al norte se encuentra Mongolia. Este país, que no tiene salida al mar, es seco y escarpado y cuenta con extensas praderas y desiertos. Por el contrario, Taiwán es una isla tropical de abundante vegetación ubicada frente a la costa de China continental. Observa el mapa para ver todos los accidentes geográficos de la región.

Las montañas

La mayor parte de esta amplia región, incluyendo Taiwán, es montañosa. El Himalaya se extiende a lo largo de la frontera en el suroeste de China. Es la cadena montañosa más alta del mundo. Ubica en el mapa otras cadenas montañosas de la región. Ten en cuenta que la palabra *shan* significa "montaña" en chino.

China, Mongolia y Taiwán: Mapa físico

sección de mapas

Destrezas de geografía

Lugar Las características físicas varían a lo largo de la región.

1. **Identificar** ¿Qué ríos importantes nacen en la meseta del Tíbet?
2. **Generalizar** En general, ¿qué diferencia de altura hay entre el oeste y del este de China?

go.hrw.com **PALABRA CLAVE: SK9 CH13**
(Sólo en inglés)

1 El Himalaya es la cadena montañosa más alta del mundo.

Otros accidentes geográficos

Muchas cadenas montañosas están separadas por mesetas, cuencas y desiertos. En el sureste de China, la **meseta del Tíbet** se ubica al norte del Himalaya. Es la meseta más alta del planeta y se la llama el "techo del mundo".

Hacia el norte, se encuentra una zona baja y seca. Gran parte de esta zona está ocupada por el desierto de Taklamakan, una región árida con dunas e intensas tormentas de arena. De hecho, las tormentas de arena son tan habituales que en turco el nombre del desierto, Taklamakan, significa "si entras, no saldrás". Al noreste, la depresión de Turfán es el punto más bajo de China, ubicado a 505 pies (154 m) bajo nivel del mar.

Hacia el noreste, se encuentra el desierto de **Gobi**, en Mongolia. Esta zona árida de grava y rocas es el desierto más frío del mundo. Las temperaturas pueden caer por debajo de los de –40 °F (–40 °C).

2 Las colinas llamadas "karst de torres" se extienden a lo largo del río Li en el sureste de China. Estas colinas imponentes se formaron a lo largo del tiempo por la erosión del agua de lluvia sobre la piedra caliza.

Al este de China, el terreno se nivela y se forman llanuras bajas y valles fluviales. Estas llanuras fértiles, como la **llanura del norte de China**, son los principales centros de población y agrícolas de China. En Taiwán, una llanura ubicada en la costa oeste de la isla es el principal centro de población.

Los ríos

En China, hay dos grandes ríos que fluyen del oeste hacia el este. El **Huang He,** o río Amarillo, recorre el norte de China. A lo largo de su curso, se acumulan en el río grandes cantidades de **loess** o suelo amarillento y fértil. La tierra le da color al río, por eso se lo llama río Amarillo.

El Huang He suele desbordarse en verano. Las inundaciones esparcen capas de loess y así enriquecen la tierra de cultivo. Sin embargo, muchas personas han muerto a causa de las inundaciones, por eso se suele llamar al río "el dolor de China".

El caudaloso **Chang Jiang**, o río Yangtsé, atraviesa el centro de China. Es el río más largo de Asia y una de las principales rutas de transporte.

COMPRENSIÓN DE LA LECTURA Resumir ¿Cuáles son las principales características físicas de esta región?

El clima y los recursos

El clima varía mucho en toda la región. En el sureste tropical el clima varía entre cálido y caluroso, y los monzones provocan intensas lluvias en verano. Además, en verano y en otoño se producen tifones en la costa del sureste. Estas tormentas violentas se parecen a los huracanes y causan fuertes vientos y lluvias. Hacia el noreste, el clima es más seco y frío. En invierno, las temperaturas caen por debajo de 0 °F (–18 °C).

ENFOQUE EN LA LECTURA
¿Este párrafo expresa la opinión del autor? ¿Cómo lo sabes?

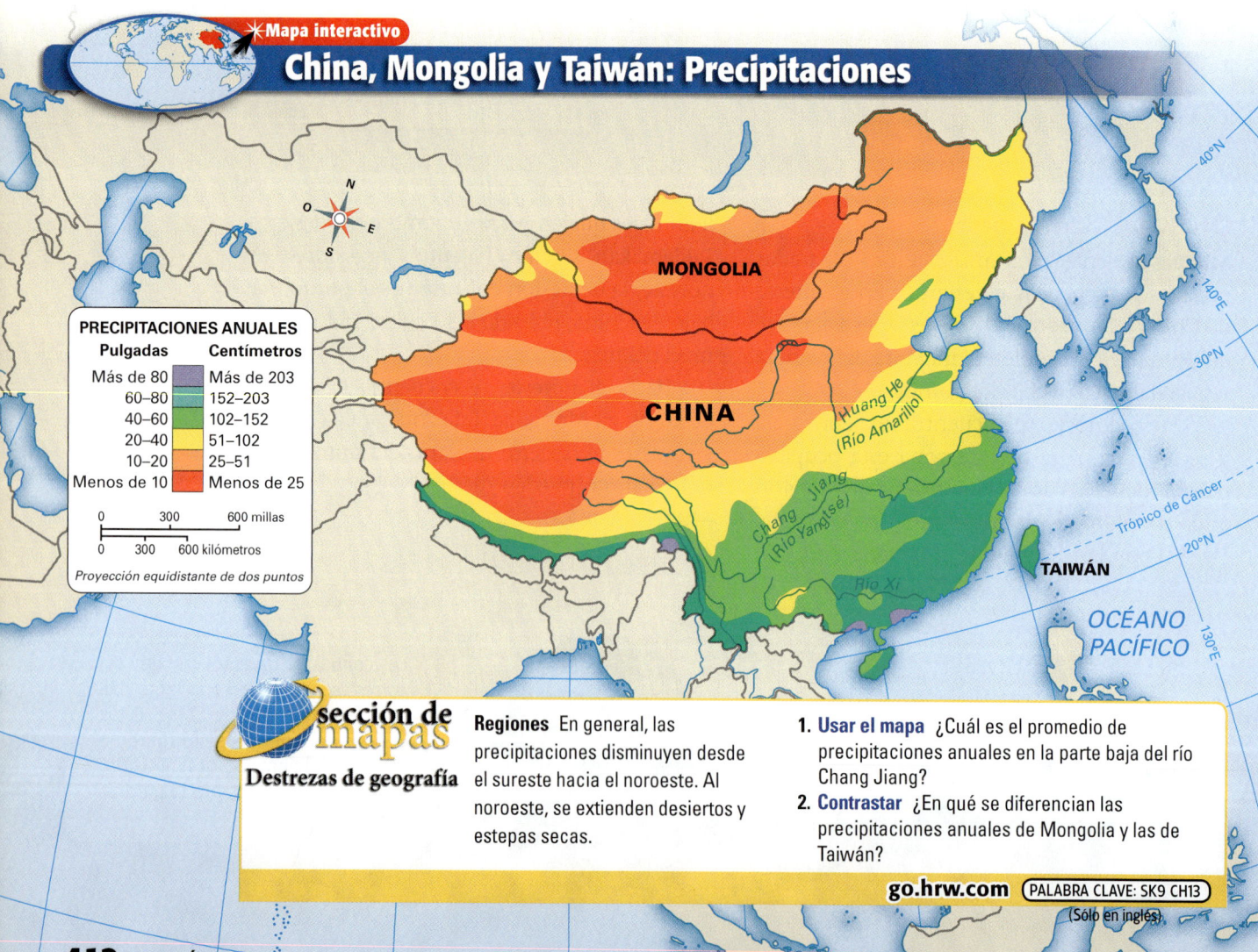

Sección de mapas — Destrezas de geografía

Regiones En general, las precipitaciones disminuyen desde el sureste hacia el noroeste. Al noroeste, se extienden desiertos y estepas secas.

1. **Usar el mapa** ¿Cuál es el promedio de precipitaciones anuales en la parte baja del río Chang Jiang?
2. **Contrastar** ¿En qué se diferencian las precipitaciones anuales de Mongolia y las de Taiwán?

go.hrw.com PALABRA CLAVE: SK9 CH13
(Sólo en inglés)

Vista satelital

Las inundaciones en China

Los ríos y los lagos de China suelen desbordarse durante el verano, que es la estación lluviosa. En las imágenes satelitales, se muestra el lago Dongting Hu, en el sur de China. El lago se ve azul y la tierra se ve roja. Poco después de que se tomara la imagen rotulada "Antes", se produjo una inundación debido a las intensas lluvias. En la imagen rotulada "Después" se muestran los resultados. Compara las dos imágenes para observar la extensión de la inundación que causó la muerte de más de 3,000 personas y destruyó alrededor de 5 millones de hogares.

Para comparar, estas flechas señalan el mismo lugar en ambas imágenes.

Hacer inferencias ¿Por qué las personas siguen viviendo en zonas que se inundan con frecuencia?

En el norte y el oeste, predomina el clima seco. Las temperaturas varían en esta zona y pueden llegar a ser muy altas o muy bajas.

Al igual que el clima, los recursos naturales de la región son muy variados. Los recursos naturales abundan en China. El país es rico en recursos minerales y es uno de los principales productores de carbón, plomo, estaño y tungsteno. China también produce muchos otros minerales y metales. Los bosques y terrenos cultivables de China también son recursos valiosos.

Entre los recursos naturales de Mongolia se encuentran minerales como el carbón, el hierro y el estaño, y también el ganado. El recurso natural más importante de Taiwán son sus terrenos cultivables. Entre los cultivos más importantes se encuentran la caña de azúcar, el té y los plátanos.

COMPRENSIÓN DE LA LECTURA Contrastar ¿Cuál de estos tres países tiene más recursos naturales?

RESUMEN Y PRESENTACIÓN Como has leído, China, Mongolia y Taiwán presentan una variedad de características físicas, climas y recursos. A continuación, estudiarás las características de Japón y Corea.

Evaluación de la Sección 2

go.hrw.com
Cuestionario en Internet
PALABRA CLAVE: SK9 HP13
(Sólo en inglés)

Repasar ideas, palabras y lugares

1. **a. Identificar** ¿Cuáles son los dos ríos más importantes de China?
   b. Explicar ¿De qué manera el **Huang He** beneficia y perjudica a la población de China?
   c. Profundizar ¿Por qué piensas que muchos habitantes viven en la **llanura del norte de China**?
2. **a. Definir** ¿Qué es un tifón?
   b. Contrastar ¿Cuáles son algunas de las diferencias entre los climas del sureste y del noroeste de China?
   c. Calificar Basándote en los diversos climas de esta región, ¿en qué parte de la región preferirías vivir? ¿Por qué?

Pensamiento crítico

3. **Crear categorías** Vuelve a leer tus notas de esta sección. Luego usa una gráfica como la siguiente para organizar, identificar y describir las principales características físicas de China, Mongolia y Taiwán.

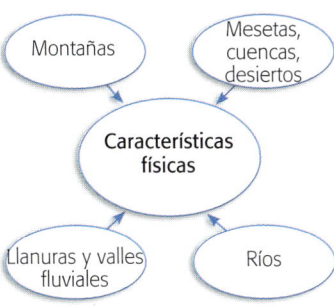

ENFOQUE EN LA EXPRESIÓN ORAL

4. **Describir las características de los accidentes geográficos de China** ¿Qué accidentes geográficos de China describirás en tu diario de viaje? Anota algunas ideas. Puedes escribir sobre las montañas, las mesetas y los desiertos.

SECCIÓN 3

Japón y Corea

Lo que aprenderás...

Ideas principales
1. Las principales características físicas de Japón y Corea son las montañas escarpadas.
2. Los climas y los recursos de Japón y Corea varían de norte a sur.

La idea clave
Japón y Corea son zonas montañosas y escarpadas rodeadas de agua.

Lugares y palabras clave
Fuji, *pág. 415*
península de Corea, *pág. 415*
tsunamis, *pág. 416*
pesquería, *pág. 417*

TOMAR NOTAS Dibuja una tabla como la siguiente. A medida que lees, toma notas sobre la geografía física de Japón en una columna y sobre la península de Corea en la otra.

Geografía física	
Japón	Península de Corea

Si VIVIERAS allí...

Eres pasajero de un tren que atraviesa los campos a toda velocidad. Si miras por la ventanilla hacia la derecha, ves a lo lejos un destello de sol en el océano. Si miras hacia la izquierda, ves montañas escarpadas y rocosas. De repente, el tren deja atrás las montañas y ves cientos de árboles cubiertos de delicadas flores rosadas. Detrás de los árboles, se eleva un volcán nevado.

¿Qué sientes al ver este paisaje?

CONOCER EL CONTEXTO El tren descrito anteriormente es uno de los numerosos trenes que atraviesan las islas de Japón todos los días. Las montañas, los árboles y las aguas de Japón les dan a las islas un carácter único. Cerca de allí se encuentra la península de Corea, que también tiene un paisaje distintivo.

Características físicas

Japón, Corea del Norte y Corea del Sur se ubican sobre el límite oriental del continente asiático, justo al este de China. Separados únicamente por un pequeño estrecho, Japón y Corea tienen un paisaje muy similar.

Las características físicas de Japón

Japón es un país insular. Está compuesto por cuatro grandes islas y más de 3,000 islas más pequeñas. Estas islas forman una larga cadena que mide más de 1,500 millas (2,400 km), aproximadamente la misma longitud que la costa este de Estados Unidos, desde el sur de Florida hasta el norte de Maine. Sin embargo, todo el territorio de Japón es un poco más pequeño que el estado de California.

Alrededor del 95 por ciento del territorio de Japón está formado por cuatro grandes islas. De norte a sur, se encuentran las islas de Hokkaido, Honshu, Shikoku y Kyushu. A estas cuatro islas se las llama las "islas principales de Japón" y la mayoría de los habitantes japoneses viven allí.

En Japón, es habitual ver montañas escarpadas cubiertas de árboles. De hecho, alrededor del 75 por ciento del país está cubierto de montañas. La mayoría son muy empinadas y rocosas. Es por eso que la cadena montañosa más grande de Japón, los Alpes Japoneses, es tan popular entre los alpinistas y esquiadores.

El **monte Fuji**, la montaña más alta de Japón, no forma parte de los Alpes. De hecho, no forma parte de ninguna cadena montañosa. El monte Fuji, que es un volcán, se eleva en una zona relativamente llana en el este de Honshu. La cima de la montaña, de forma cónica, se ha convertido en un símbolo de Japón. Además, muchos japoneses consideran que el monte Fuji es un lugar sagrado. Es por eso que se construyeron muchos santuarios en la base y en la cima del monte.

Las características físicas de Corea

Al sur del continente asiático, la **península de Corea** abarca Corea del Norte y Corea del Sur. Al igual que las islas de Japón, gran parte de la península está cubierta de montañas escarpadas. Estas montañas forman largas cadenas que se extienden a lo largo de la costa oriental de Corea. Las montañas más altas de la península se encuentran en el norte.

A diferencia de Japón, Corea también tiene extensas llanuras. Estas llanuras se encuentran principalmente en la costa occidental de la península y en valles fluviales. Además, en Corea hay más ríos que en Japón. La mayoría atraviesa la península hacia el oeste y desemboca en el mar Amarillo.

ENFOQUE EN LA LECTURA

¿De qué manera los hechos que se mencionan en estos párrafos podrían ayudarte a formar una opinión sobre Japón y Corea?

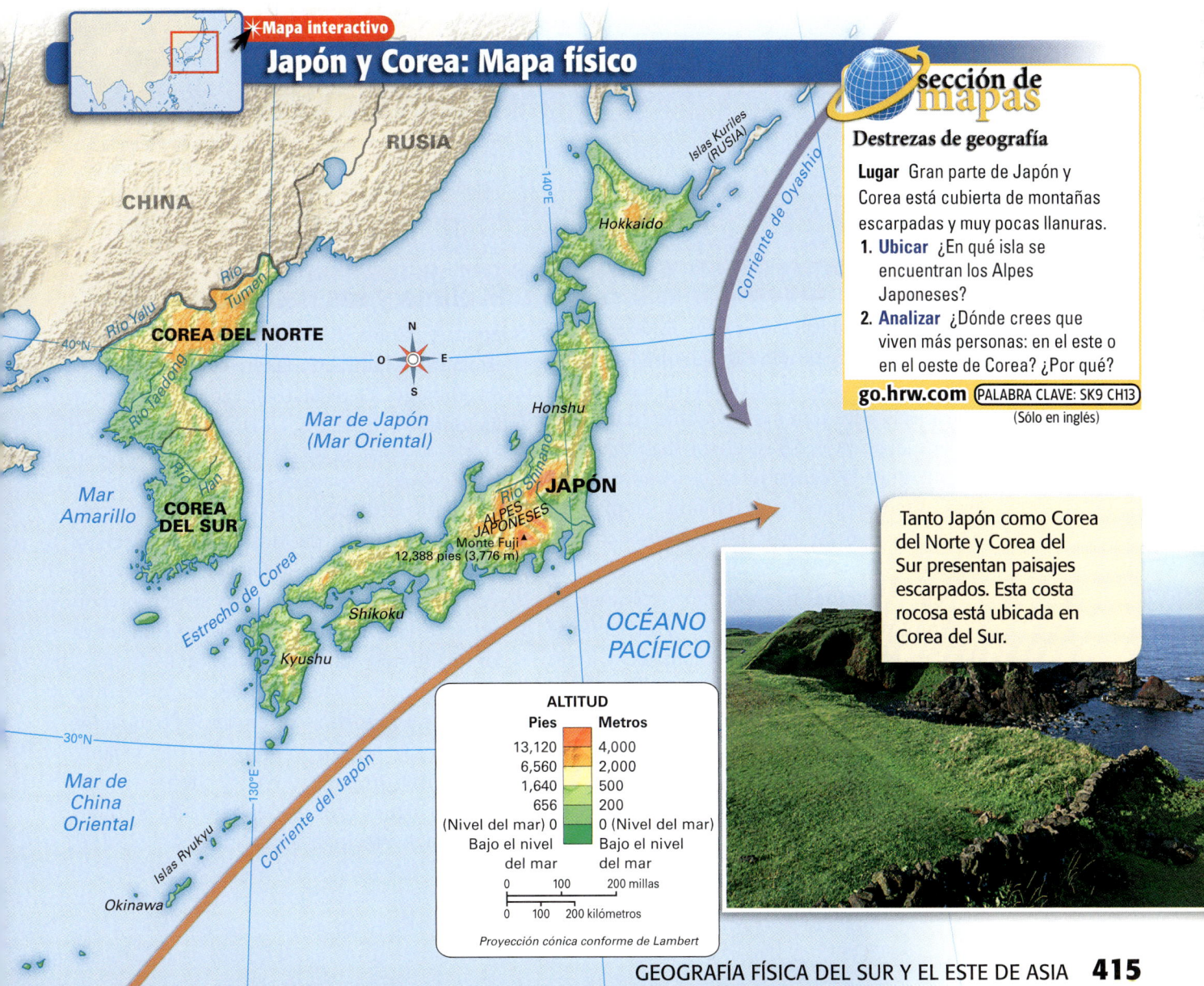

Japón y Corea: Mapa físico

sección de mapas

Destrezas de geografía

Lugar Gran parte de Japón y Corea está cubierta de montañas escarpadas y muy pocas llanuras.

1. **Ubicar** ¿En qué isla se encuentran los Alpes Japoneses?
2. **Analizar** ¿Dónde crees que viven más personas: en el este o en el oeste de Corea? ¿Por qué?

go.hrw.com PALABRA CLAVE: SK9 CH13
(Sólo en inglés)

Tanto Japón como Corea del Norte y Corea del Sur presentan paisajes escarpados. Esta costa rocosa está ubicada en Corea del Sur.

GEOGRAFÍA FÍSICA DEL SUR Y EL ESTE DE ASIA

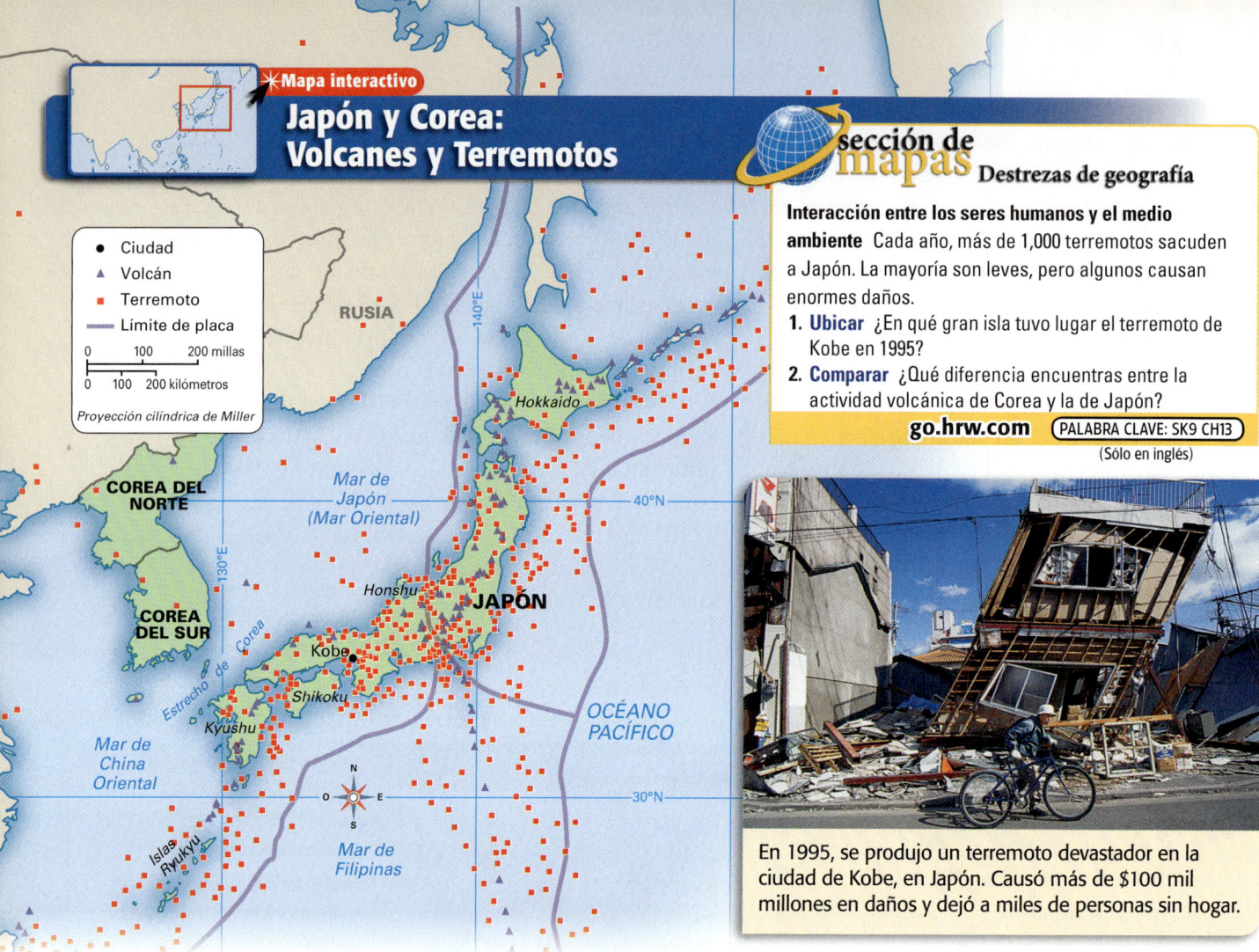

En 1995, se produjo un terremoto devastador en la ciudad de Kobe, en Japón. Causó más de $100 mil millones en daños y dejó a miles de personas sin hogar.

Los desastres naturales

Debido a su ubicación, Japón está expuesto a diversos tipos de desastres naturales. Entre estos desastres se encuentran las erupciones volcánicas y los terremotos. Como se muestra en el mapa, estos desastres son habituales en Japón. Pueden causar enormes daños en el país. Además, grandes terremotos submarinos a veces provocan olas destructivas llamadas tsunamis.

En Corea no hay muchos volcanes ni terremotos. Sin embargo, de vez en cuando se desatan enormes tormentas llamadas tifones que arrasan la península desde el Pacífico. Estas tormentas causan importantes daños tanto en la península de Corea como en Japón.

COMPRENSIÓN DE LA LECTURA Contrastar ¿En qué se diferencian las características físicas de Japón de las de Corea?

El clima y los recursos

Japón y Corea tienen características físicas similares y también tienen climas similares. Sin embargo, los recursos de cada país son muy diferentes.

El clima

Los climas de Japón y Corea varían de norte a sur. Las regiones del norte tienen un clima continental húmedo. Eso significa que los veranos son frescos pero los inviernos son largos y fríos. Además, esta zona se caracteriza por una temporada de cosecha corta.

El sur de la región presenta un clima subtropical húmedo, con inviernos templados y veranos calurosos y húmedos. En verano, se producen intensas lluvias y tifones en esta zona. En algunas zonas caen hasta 80 pulgadas (200 cm) de precipitaciones anuales.

Los recursos

Los recursos no están distribuidos en forma pareja en Japón y Corea. Por ejemplo, en Japón y en Corea del Sur no hay muchos recursos minerales. Por el contrario, Corea del Norte cuenta con grandes depósitos de carbón, hierro y otros minerales.

Aunque en la mayor parte de la región no hay recursos minerales, existen otros recursos. Por ejemplo, los habitantes de Corea aprovechan las características del terreno para generar electricidad. La península es un lugar ideal para generar energía hidroeléctrica gracias al terreno rocoso y los ríos torrentosos.

Por otro lado, la economía pesquera de Japón es una de las más sólidas del mundo. Las islas se encuentran cerca de una de las pesquerías más productivas del planeta. Un **pesquería** es un lugar donde suele haber muchos peces y mariscos para pescar. Las rápidas corrientes oceánicas ubicadas cerca de Japón transportan enormes cantidades de peces a las islas. Los pescadores usan enormes redes para atrapar los peces y los llevan a los numerosos mercados de pescado de Japón, que se encuentran entre los mercados más concurridos de todo el mundo.

Este mercado de pescado en Tokio, Japón, es el más concurrido del mundo. Las personas vienen aquí cada mañana para comprar pescado fresco.

COMPRENSIÓN DE LA LECTURA Analizar ¿Cuáles son algunos de los recursos que pueden encontrarse en Japón y en Corea?

RESUMEN Y PRESENTACIÓN Las islas de Japón y la península de Corea tienen muchas características en común. En la siguiente sección, verás que la región del sureste asiático tiene características similares y aprenderás cómo influyen en el modo de vida en esa región.

Evaluación de la Sección 3

go.hrw.com
Cuestionario en Internet
PALABRA CLAVE: SK9 HP13
(Sólo en inglés)

Repasar ideas, palabras y lugares

1. **a. Identificar** ¿Qué tipos de accidentes geográficos pueden encontrarse en Japón y en la **península de Corea**?
   b. Comparar y contrastar ¿En qué se parecen las características físicas de Japón y de Corea? ¿En qué se diferencian?
   c. Hacer predicciones ¿Qué influencia crees que tienen los desastres naturales en la vida en Japón y Corea?
2. **a. Describir** ¿Qué tipo de clima hay en la zona norte de la región? ¿Qué tipo de clima hay en la zona sur?
   b. Sacar conclusiones ¿Por qué las **pesquerías** son importantes para la economía de Japón?

Pensamiento crítico

3. **Crear categorías** Dibuja una tabla como la siguiente. En cada fila, describe los accidentes geográficos, los climas y los recursos de la región.

	Japón	Península de Corea
Accidentes geográficos		
Clima		
Recursos		

ENFOQUE EN LA EXPRESIÓN ORAL

4. **Pensar en la naturaleza** La naturaleza es un elemento fundamental en el arte y la cultura de Japón y de Corea. ¿Cómo describirías los entornos naturales de esta región en tu diario de viaje? Anota algunas ideas.

GEOGRAFÍA FÍSICA DEL SUR Y EL ESTE DE ASIA

SECCIÓN 4

El sureste asiático

Si VIVIERAS allí...

Tu familia vive en una casa flotante en un brazo del gran río Mekong, en Camboya. Atrapas peces en jaulas debajo de la casa. Tu hogar es parte de una aldea de casas flotantes y casas construidas sobre pilotes. Los comerciantes locales van de una casa a la otra en botes llenos de frutas y verduras. Incluso tu escuela está en un bote cercano.

¿Cómo influye el agua en el modo de vida de tu aldea?

CONOCER EL CONTEXTO Las vías fluviales, como los ríos, los canales, los mares y los océanos, son importantes para la vida en el sureste asiático. Estas vías son "carreteras" y a la vez fuentes de alimento. En el lugar donde los ríos desembocan en el océano se forman deltas, que son zonas donde el suelo es rico y apto para el cultivo.

Características físicas

¿Dónde puedes encontrar una flor que mide hasta 3 pies de ancho y huele como basura podrida? ¿Y un lagarto que puede llegar a medir hasta 10 pies de largo y pesar hasta 300 libras? Estas asombrosas atracciones, al igual que algunos de los paraísos tropicales más hermosos del mundo, se encuentran en el sureste asiático.

El sureste asiático está compuesto por dos penínsulas y dos grandes grupos de islas. La **península de Indochina** y la **península malaya** se extienden desde Asia continental. Esta parte de la región se llama "sureste asiático continental". Los dos grupos de islas son las Filipinas y el **archipiélago malayo**. Un **archipiélago** es un gran grupo de islas. Esta parte de la región se llama "sureste asiático insular".

Los accidentes geográficos

En el sureste asiático continental, las montañas escarpadas se extienden hacia los países de Myanmar, Tailandia, Laos y Vietnam. Entre estas montañas, hay mesetas bajas y llanuras que se inundan durante la crecida de los ríos.

Lo que aprenderás...

Ideas principales

1. Algunas de las características físicas del sureste asiático son las penínsulas, las islas, los ríos y diversos mares, estrechos y golfos.
2. El clima tropical del sureste asiático permite que haya una gran variedad de plantas y animales.
3. En el sureste asiático hay abundantes recursos naturales, como madera, caucho y combustibles fósiles.

La idea clave

El sureste asiático es una región tropical formada por penínsulas, islas y vías fluviales con una variedad de plantas, animales y recursos.

Lugares y palabras clave

península de Indochina, *pág. 418*
península malaya, *pág. 418*
archipiélago malayo, *pág. 418*
archipiélago, *pág. 418*
Nueva Guinea, *pág. 419*
Borneo, *pág. 419*
río Mekong, *pág. 419*

 A medida que lees, usa una tabla como la siguiente para tomar notas acerca de la geografía física del sureste asiático.

Características físicas	
Clima, plantas, animales	
Recursos naturales	

418 CAPÍTULO 13

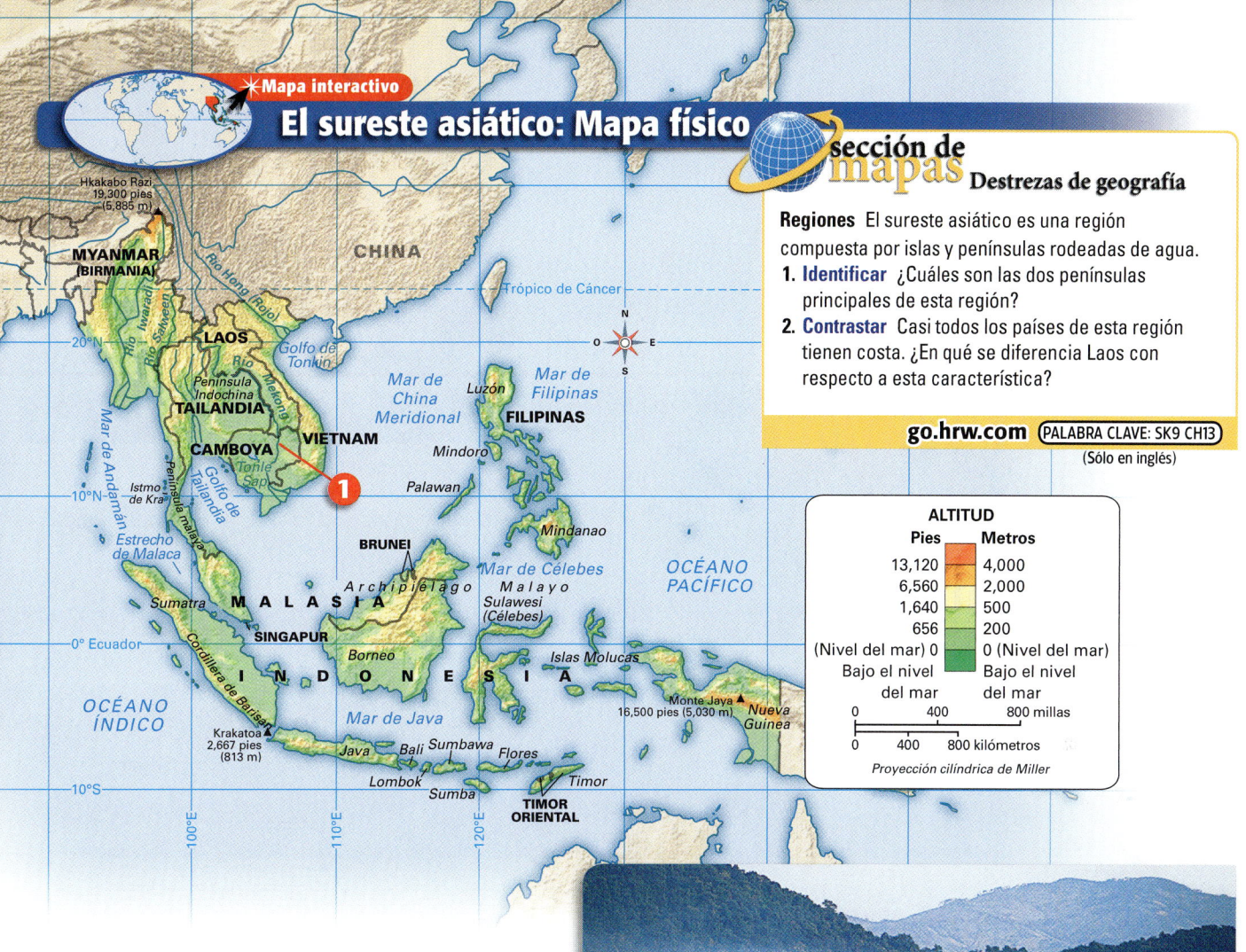

El sureste asiático: Mapa físico

sección de mapas — Destrezas de geografía

Regiones El sureste asiático es una región compuesta por islas y penínsulas rodeadas de agua.

1. **Identificar** ¿Cuáles son las dos penínsulas principales de esta región?
2. **Contrastar** Casi todos los países de esta región tienen costa. ¿En qué se diferencia Laos con respecto a esta característica?

go.hrw.com PALABRA CLAVE: SK9 CH13
(Sólo en inglés)

① La neblina se eleva sobre el río Mekong mientras éste atraviesa las montañas boscosas del norte de Tailandia.

El sureste asiático insular está compuesto por más de 20,000 islas, entre las que se encuentran las islas más grandes del mundo. **Nueva Guinea** es la segunda isla más grande del mundo y **Borneo** la tercera. Muchas de las islas más grandes de esta región tienen montañas altas. Algunos picos son tan altos que tienen nieve y glaciares.

El sureste asiático insular es parte del "Cinturón de fuego". Por este motivo, suelen producirse terremotos y erupciones volcánicas en la región. Cuando estos fenómenos ocurren debajo del agua, provocan tsunamis o series de olas gigantes. En 2004, un tsunami originado en el océano Índico mató a cientos de miles de personas, muchas de las cuales se encontraban en el sureste asiático.

Las masas de agua

El agua es una parte fundamental del sureste asiático. Observa el mapa para identificar los diversos mares, estrechos y golfos de esta región.

Además, muchos de los ríos principales desembocan en las penínsulas continentales. El más importante es el **río Mekong**. Los fértiles valles fluviales y deltas continentales son aptos para el cultivo y son el lugar donde habitan muchas personas.

COMPRENSIÓN DE LA LECTURA **Identificar las ideas principales** ¿Cuáles son las características físicas principales del sureste asiático?

GEOGRAFÍA FÍSICA DEL SUR Y EL ESTE DE ASIA

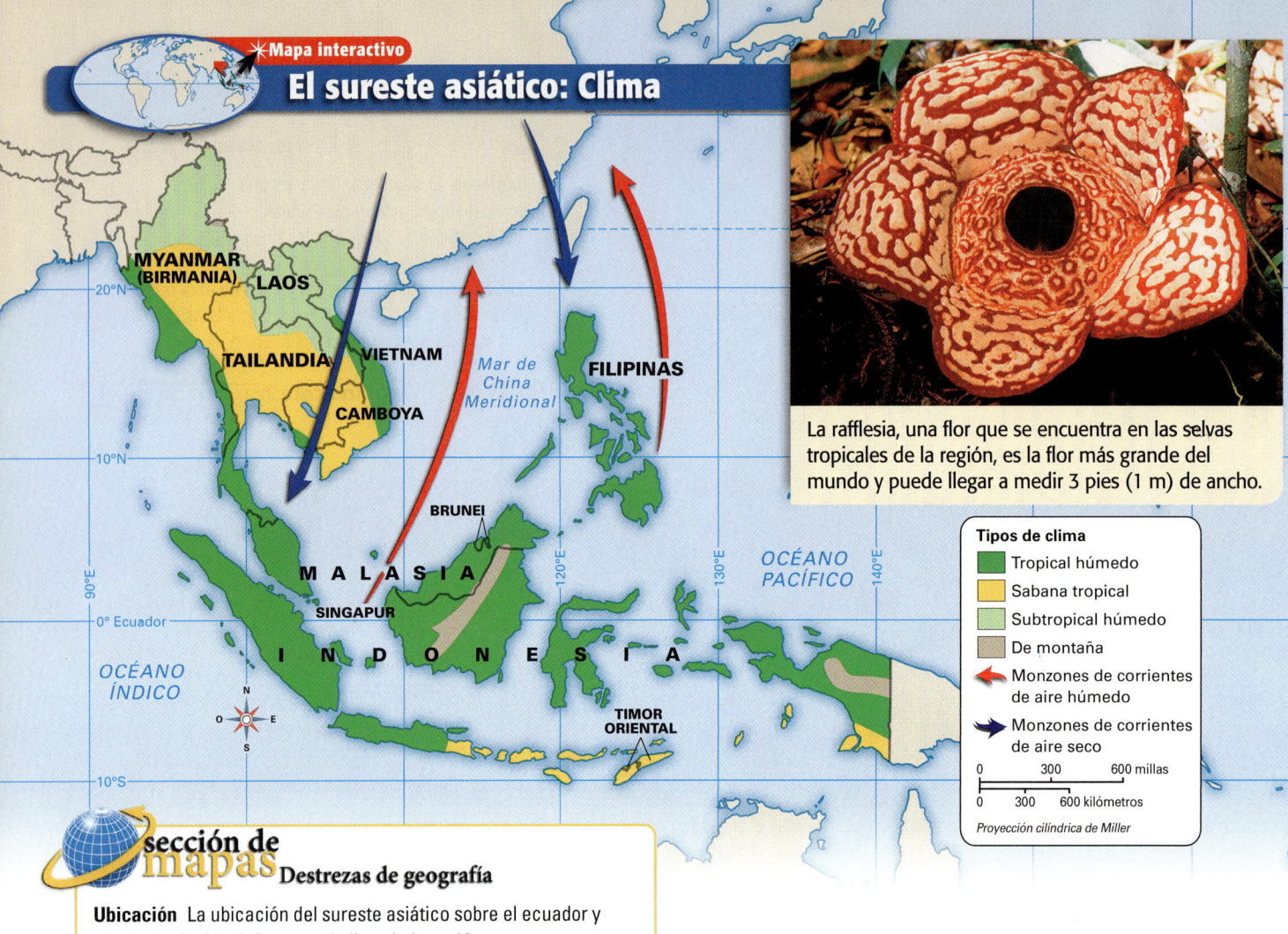

El sureste asiático: Clima

La rafflesia, una flor que se encuentra en las selvas tropicales de la región, es la flor más grande del mundo y puede llegar a medir 3 pies (1 m) de ancho.

Tipos de clima
- Tropical húmedo
- Sabana tropical
- Subtropical húmedo
- De montaña
- Monzones de corrientes de aire húmedo
- Monzones de corrientes de aire seco

Proyección cilíndrica de Miller

sección de mapas — Destrezas de geografía

Ubicación La ubicación del sureste asiático sobre el ecuador y alrededor de éste influye en el clima de la región.
1. **Identificar** ¿Cuál es el clima principal de Indonesia, Malasia y Filipinas?
2. **Interpretar** Según el mapa, ¿cómo influyen los monzones en el clima de la región?

go.hrw.com PALABRA CLAVE: SK9 CH13
(Sólo en inglés)

El clima, las plantas y los animales

El sureste asiático se encuentra en los trópicos, la zona que está sobre y alrededor del ecuador. El clima varía de templado a caluroso durante todo el año pero se torna más frío hacia el norte y en las montañas.

El clima de la mayor parte del continente es de sabana tropical, lo que permite el crecimiento de pastizales altos y árboles aislados. Los vientos monzones estacionales provenientes de los océanos causan intensas lluvias en verano y un clima más seco en invierno. Estas **circunstancias** pueden provocar importantes inundaciones todos los años durante las estaciones húmedas.

En las islas y la península malaya predomina un clima tropical húmedo. Este clima es caluroso, pesado y lluvioso durante todo el año. Hay chaparrones o tormentas casi todos los días. Además, las enormes tormentas llamadas tifones pueden provocar lluvias intensas y vientos fuertes.

El calor del clima tropical húmedo y las precipitaciones intensas dan origen a las selvas tropicales. Estas selvas exuberantes albergan un gran número de plantas y animales. Alrededor de 40,000 tipos de plantas con flores crecen sólo en Indonesia. Entre estas plantas se encuentra la rafflesia, la flor más grande del mundo, que puede llegar a medir hasta 3 pies (1 m) de ancho y emana un horrible olor a podrido.

Entre los animales que viven en las selvas tropicales hay elefantes, monos, tigres y diversas clases de aves. Algunas especies habitan únicamente en esta región, como los orangutanes y los dragones de Komodo, que son lagartos que pueden medir hasta 10 pies (3 m) de largo.

VOCABULARIO ACADÉMICO
circunstancias condiciones que influyen sobre un suceso o una actividad

Los orangutanes viven en las selvas tropicales de Borneo y Sumatra. La deforestación redujo drásticamente su hábitat.

Los recursos naturales

El sureste asiático contiene muchos recursos naturales valiosos. El clima cálido y húmedo de la región y la tierra fértil hacen que la agricultura sea muy productiva. El arroz es uno de los principales cultivos, además de los cocos, el café, la caña de azúcar, el aceite de palma y las especias. En algunos países, como Indonesia y Malasia, hay grandes plantaciones de caucho.

En los mares de la región hay pesquerías, y en las selvas tropicales se encuentran valiosos medicamentos y madera noble. La región también cuenta con una gran cantidad de minerales y combustibles fósiles, como el estaño, el mineral de hierro, el gas natural y el petróleo. Por ejemplo, la isla de Borneo está ubicada sobre un yacimiento petrolífero.

COMPRENSIÓN DE LA LECTURA Resumir ¿Cuáles son los principales recursos naturales de la región?

Muchas de estas plantas y animales se encuentran en peligro de extinción debido a la pérdida de su hábitat. Los seres humanos deforestan las selvas tropicales para cultivar y extraer madera y minerales. Estas actividades ponen en riesgo la diversidad de esta zona para el futuro.

COMPRENSIÓN DE LA LECTURA Analizar ¿Cómo influye el clima en la diversidad de seres vivos de la región?

RESUMEN Y PRESENTACIÓN El sureste asiático es una región tropical formada por penínsulas, islas y vías fluviales en la que hay una diversidad de seres vivos y recursos naturales. A continuación, leerás acerca de la cultura y la historia antigua de Asia en la India.

Evaluación de la Sección 4

Repasar ideas, palabras y lugares

1. **a. Definir** ¿Qué es un **archipiélago**?
   b. Comparar y contrastar ¿En qué se parecen y en qué se diferencian las características físicas del sureste asiático continental y las del el sureste asiático insular?
2. **a. Recordar** ¿Qué tipo de selva hay en la región?
   b. Resumir ¿Cómo es el clima en la mayor parte del sureste asiático?
   c. Hacer predicciones ¿Qué piensas que le podría ocurrir a la vida silvestre de la región si continúa la destrucción de las selvas tropicales?
3. **a. Identificar** ¿Qué países de la región son los principales productores de caucho?
   b. Analizar ¿Cómo influye el clima de la región en los recursos naturales?

Pensamiento crítico

4. **Resumir** Dibuja una gráfica como la siguiente. Usa tus notas para dar información sobre el clima, las plantas y los animales del sureste asiático. En el recuadro de la izquierda, también anota cómo influye el clima sobre el modo de vida de la región.

   Clima del sureste asiático → Plantas / Animales

go.hrw.com
Cuestionario en Internet
PALABRA CLAVE: SK9 HP13
(Sólo en inglés)

ENFOQUE EN LA EXPRESIÓN ORAL

5. **Planificar tus temas** Ahora que ya estudiaste todas las regiones del sur y el este de Asia, puedes decidir qué temas vas a incluir en tu diario de viaje. ¿Qué características incluirás? ¿Qué imágenes mostrarás? Escribe un plan en tu cuaderno para organizar tu diario de viaje.

Un vistazo a la Tierra

¡Tsunami!

Elementos esenciales

El mundo en términos espaciales
Lugares y regiones
Sistemas físicos
Sistemas humanos
El medio ambiente y la sociedad
Los usos de la geografía

Contexto "Enormes olas arrasan Japón". Este fenómeno es un tsunami, una serie de olas gigantes que se producen en el mar. Existen registros de tsunamis mortales que datan de 3,000 años. En algunos lugares, como Japón, los tsunamis han arrasado las costas una y otra vez.

Los tsunamis ocurren cuando un terremoto, una erupción volcánica u otro fenómeno hacen que se formen enormes olas en el mar. La mayoría de los tsunamis se producen en el océano Pacífico porque en esta región ocurren muchos terremotos.

Existen sistemas de alerta que dan aviso sobre los tsunamis. El Centro de Alerta de Tsunamis del Pacífico controla los tsunamis que ocurren en el océano Pacífico. Los sensores ubicados en el lecho del océano y las boyas de la superficie ayudan a detectar terremotos y miden el tamaño de las olas. Cuando hay peligro de que ocurra un tsunami, la radio, la TV y las sirenas alertan a la población.

Catástrofe en el océano Índico

El 26 de diciembre de 2004, se produjo un gran terremoto debajo del océano Índico. El terremoto provocó un tsunami gigantesco. En menos de media hora, muros de agua de hasta 65 pies de altura barrieron las costas de Indonesia. El agua arrasó botes, edificios y personas. Mientras tanto, el tsunami siguió avanzando en forma de anillos que se agrandaban cada vez más en el océano. Finalmente, las olas arrasaron las comunidades costeras en más de diez países. Murieron alrededor de 200,000 personas.

En ese momento, el océano Índico no contaba con un sistema de alerta de tsunamis. No es habitual que haya tsunamis en esa parte del mundo, es por eso que muchos de los países de la región no habían querido invertir en un sistema de alerta.

① Un terremoto submarino de 9.0 puntos provocó el tsunami del océano Índico en 2004. Este fenómeno empujó millones de toneladas de agua hacia arriba.

② El agua se elevó y formó enormes olas que avanzaban a una velocidad de aproximadamente 500 mph.

El tsunami del océano Índico

Una gran ola rompe en la playa de la isla de Penang, en Malasia, durante el tsunami del océano Índico del año 2004.

En 2004, estos países pagaron un precio terrible por su decisión. Como se muestra en el mapa, el tsunami de 2004 azotó países desde el sur de Asia hasta el este de África. La mayoría de las personas no recibió ningún alerta sobre el tsunami. Además, muchos no sabían cómo protegerse. En lugar de dirigirse hacia terrenos elevados, algunas personas fueron a la playa para ver más de cerca lo que sucedía. Muchos murieron cuando las olas rompieron sobre la playa.

Tilly Smith, una niña de 10 años que estaba de vacaciones en Tailandia, fue una de las pocas personas que se dieron cuenta del peligro. Dos semanas antes, su maestro de geografía había hablado sobre los tsunamis. Cuando el agua empezó a avanzar, Smith advirtió a su familia y a otros turistas para que escaparan. Los conocimientos de la niña sobre geografía les salvaron la vida.

¿Qué significa? Nadie puede evitar los tsunamis. Sin embargo, al estudiar geografía, podemos prepararnos para estos desastres y ayudar a proteger vidas y bienes materiales. En la actualidad, la Organización de las Naciones Unidas trabaja en la creación de un sistema de alerta mundial de tsunamis. Las personas también intentan plantar más mangles sobre las costas. Estos tupidos árboles de pantano ofrecen una barrera natural contra las altas olas.

③ En el momento en que se produce un tsunami, se percibe que la marea crece o que el agua se eleva rápidamente. Luego el agua avanza tierra adentro y vuelve a retroceder.

Actividad de geografía para la vida

1. ¿Qué medidas se toman en la actualidad para evitar otro desastre como el del tsunami del océano Índico de 2004?
2. Alrededor del 75 por ciento de las alertas de tsunami desde 1948 fueron falsa alarma. ¿Cuáles son los riesgos y los beneficios de las alertas tempranas para que las personas puedan ponerse a resguardo?
3. **Crear una guía de supervivencia** Crea una guía de supervivencia en caso de tsunamis. Haz una lista de lo que se debe hacer y lo que no se debe hacer ante esta emergencia.

GEOGRAFÍA FÍSICA DEL SUR Y EL ESTE DE ASIA

Destrezas de estudios sociales

Tablas y gráficas | Pensamiento crítico | Geografía | Estudio

Usar un mapa topográfico

Aprender

Los mapas topográficos muestran la elevación o altitud de la tierra sobre el nivel del mar mediante curvas de nivel, es decir, líneas que unen puntos del mapa que tienen la misma altitud. Todos los puntos que se encuentran sobre una curva de nivel se encuentran a la misma elevación. En la mayoría de los casos, todo lo que se encuentra dentro de esa línea tiene una mayor elevación. Todo lo que está fuera de la línea tiene una menor elevación. Las curvas de nivel están rotuladas para indicar la altitud que corresponde.

Una zona con muchas curvas de nivel es más escarpada que una zona con pocas curvas. La distancia entre las curvas de nivel muestra qué tan empinada es una zona. Si las líneas están muy cerca, entonces la zona tiene una gran inclinación. Si están más alejadas, entonces la inclinación de la zona es mucho más leve. Otros símbolos del mapa muestran características como ríos y carreteras.

Practicar

Usa el mapa topográfico de esta página para responder a las siguientes preguntas.

1. ¿La isla de Awaji es más escarpada al sur o al norte? ¿Cómo lo sabes?

2. ¿El terreno es más o menos elevado hacia el oeste de Yura?

Aplicar

Busca en Internet o en una biblioteca un mapa topográfico de la zona donde vives. Estudia el mapa, busca tres puntos principales y escribe sus altitudes. Luego escribe dos oraciones sobre la información que observas en el mapa.

CAPÍTULO 13 Repaso del capítulo

El impacto de la geografía: videos
Consulta el video para responder a la pregunta final:
¿De qué manera la ubicación de Japón dentro del Cinturón de fuego hace que el país esté tan expuesto a los peligros naturales?

Resumen visual

Usa el siguiente resumen visual para repasar las ideas principales del capítulo.

En el sur y el este de Asia hay muchas montañas. Algunas de ellas, como el monte Fuji, en Japón, son de origen volcánico.

Extensos ríos atraviesan la región. Los desbordes de estos ríos pueden causar problemas a los habitantes de la región.

Los climas de la región varían mucho: desde áridos desiertos hasta sabanas. Debido a los vientos monzones hay estaciones húmedas y estaciones secas.

Repasar vocabulario, palabras y lugares

Imagina que estas palabras del capítulo son las respuestas correctas de un crucigrama. Escribe las pistas para obtener las respuestas.

1. Gobi
2. circunstancias
3. Borneo
4. delta
5. Fuji
6. tsunami
7. monzón
8. archipiélago
9. pesquería
10. subcontinente
11. Himalaya
12. loess

Comprensión y pensamiento crítico

SECCIÓN 1 *(Páginas 406 a 409)*

13. **a. Definir** ¿Qué es un delta?

    b. Sacar conclusiones ¿Por qué los ríos son importantes para los habitantes del subcontinente indio?

    c. Evaluar ¿Piensas que los monzones tienen un efecto positivo o negativo en la India? ¿Por qué?

SECCIÓN 2 *(Páginas 410 a 413)*

14. **a. Recordar** ¿Qué características físicas separan muchas de las cadenas montañosas de China?

    b. Explicar ¿Qué significa Huang He en español y de dónde proviene el nombre del río?

    c. Profundizar ¿Qué características físicas importantes podría observar un turista durante un viaje desde el Himalaya, en el suroeste de China, hasta Beijing, en el noreste de China?

SECCIÓN 3 *(Páginas 414 a 417)*

15. **a. Identificar** ¿Qué características físicas abarcan la mayor parte de Japón y la península de Corea?

    b. Sacar conclusiones El pescado y los mariscos son alimentos muy importantes en la dieta de los japoneses. ¿Por qué crees que es así?

    c. Hacer predicciones Si vivieras en Japón, ¿cómo piensas que influirían en tu vida los terremotos y los tifones?

GEOGRAFÍA FÍSICA DEL SUR Y EL ESTE DE ASIA

SECCIÓN 4 *(Páginas 418 a 421)*

16. a. Identificar ¿Cuáles son las dos penínsulas y los dos archipiélagos que conforman el sureste asiático?

  b. Comparar y contrastar ¿En qué se parece y en qué se diferencia el clima del sureste asiático continental y el clima del sureste asiático insular?

  c. Desarrollar ¿Qué necesidades deberían tener en cuenta las personas al considerar cuál es la mejor manera de proteger las selvas tropicales del sureste asiático?

Destrezas de estudios sociales

Usar un mapa topográfico *Usa el mapa topográfico de la lección Destrezas de estudios sociales de este capítulo para responder a las siguientes preguntas.*

17. ¿Qué altitudes muestran las curvas de nivel en este mapa?

18. ¿Dónde se encuentran los puntos más altos de la isla de Awaji? ¿Cómo lo sabes?

19. ¿La ciudad de Somoto está ubicada a más o a menos de 500 pies sobre el nivel del mar?

ENFOQUE EN LA LECTURA Y LA EXPRESIÓN ORAL

Comprender hechos y opiniones *Decide si las siguientes oraciones son hechos u opiniones.*

20. India sería un buen lugar para vivir.

21. Japón es un país insular.

22. El Himalaya es la cadena montañosa más alta del mundo.

23. El Himalaya es hermoso.

Presentar tu diario de viaje *Usa tus notas y las siguientes instrucciones para crear y presentar tu diario de viaje.*

24. Usa tus notas para crear un guión de uno o dos minutos que describa tus viajes por el sur y el este de Asia. Identifica y reúne las imágenes que necesites para ilustrar tu presentación. Presenta tu diario de viaje en forma oral frente a la clase y brinda un panorama emocionante de la región. Observa mientras los demás presentan sus diarios de viaje. ¿De qué manera es único cada diario de viaje? ¿En qué se parecen los diarios de viaje?

Usar Internet

go.hrw.com
PALABRA CLAVE: SK9 CH13
(Sólo en inglés)

25. Actividad: Escribir un informe sobre las selvas tropicales En las selvas tropicales de Indonesia habita una gran diversidad de seres vivos. Lamentablemente, estas selvas enfrentan varias amenazas. Ingresa la palabra clave de la actividad para investigar sobre las selvas tropicales. Luego escribe un breve informe que resuma las amenazas que enfrentan.

Actividad con mapas

26. El sur y el este de Asia En una hoja aparte, une las letras del mapa con sus rótulos correspondientes.

Japón   Meseta del Tíbet
Mar de China Meridional   Desierto de Gobi
Río Ganges   Península Malaya

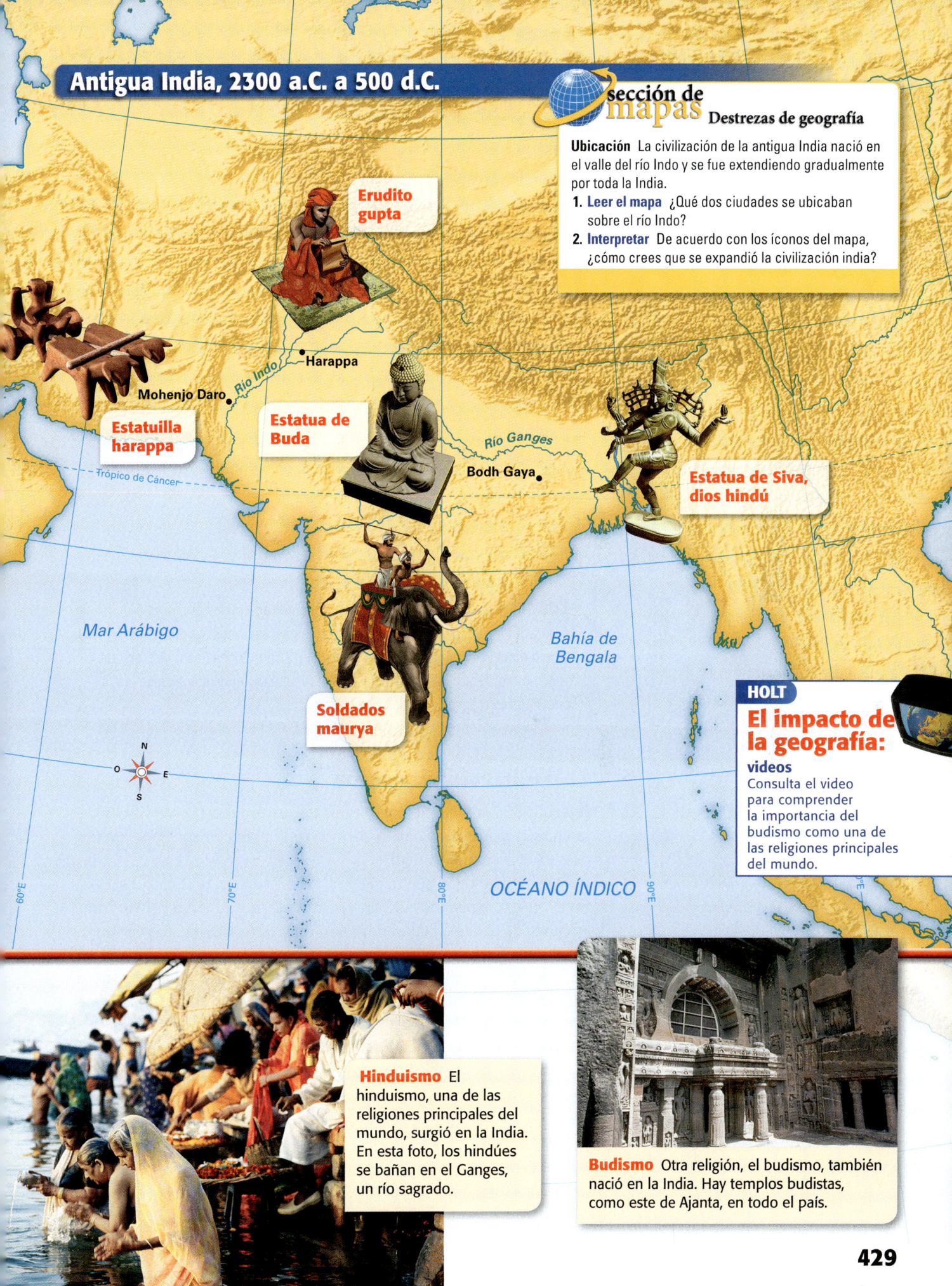

SECCIÓN 1

Primeras civilizaciones de la India

Lo que aprenderás...

Ideas principales

1. La civilización harappa estaba ubicada sobre el río Indo, pero se relacionó también con pueblos lejanos.
2. Algunos de los logros de los harappa son su sistema de escritura, su planificación urbana y su arte.
3. La invasión aria cambió la civilización india.

La idea clave

La civilización india se desarrolló sobre el río Indo.

Lugares y palabras clave

río Indo, *pág. 430*
harappa, *pág. 431*
Mohenjo Daro, *pág. 431*
sánscrito, *pág. 435*

 **TOMAR NOTAS** A medida que lees esta sección, toma notas sobre las dos primeras civilizaciones de la India, los harappa y los arios. Registra los datos que encuentres en un organizador gráfico como el siguiente.

Civilizaciones de la Antigua India	
Civilización harappa	Civilización aria

Si VIVIERAS allí...

Eres comerciante en la gran ciudad de Mohenjo Daro. Llegan otros comerciantes desde todos los rincones de Asia, y tu negocio florece. Con la fortuna que ganas, compras una casa enorme con una terraza en el piso superior... ¡que hasta tiene cañerías para el agua! Sin embargo, esta mañana te enteras de que los invasores se dirigen hacia la ciudad. Todos dicen que lo más seguro es huir.

¿Qué es lo que más vas a extrañar de la vida en la ciudad?

CONOCER EL CONTEXTO La India vio nacer una de las primeras civilizaciones del mundo. Al igual que otras civilizaciones antiguas, esta surgió en el valle de un río. Sin embargo, los arqueólogos descubrieron que la sociedad que se desarrolló en la India resultó ser muy diferente de las que se desarrollaron en otros sitios.

La civilización harappa

Imagina que eres arqueólogo. Estás en un terreno buscando vasijas, tablillas o algún otro objeto pequeño. ¡Imagina tu sorpresa cuando descubres toda una ciudad!

Los arqueólogos que trabajaron en la India en la década de 1920 tuvieron esa experiencia. Mientras excavaban a lo largo del **río Indo** en busca de objetos, hallaron no solo una, sino dos ciudades enormes. A pesar de que intuían que algunos pueblos habían vivido a orillas del río Indo hacía muchos siglos, jamás sospecharon que hubiera existido allí una civilización avanzada.

La primera civilización india

Los historiadores llaman harappa a la civilización que creció en las márgenes de los ríos Indo y Sarasvati. El nombre proviene de la ciudad moderna de Harappa, en Pakistán. Fue cerca de esta ciudad donde se encontraron por primera vez las ruinas de esa civilización antigua. Hoy en día, los arqueólogos estiman que su período de apogeo fue entre 2300 y 1700 a.C.

430 CAPÍTULO 14

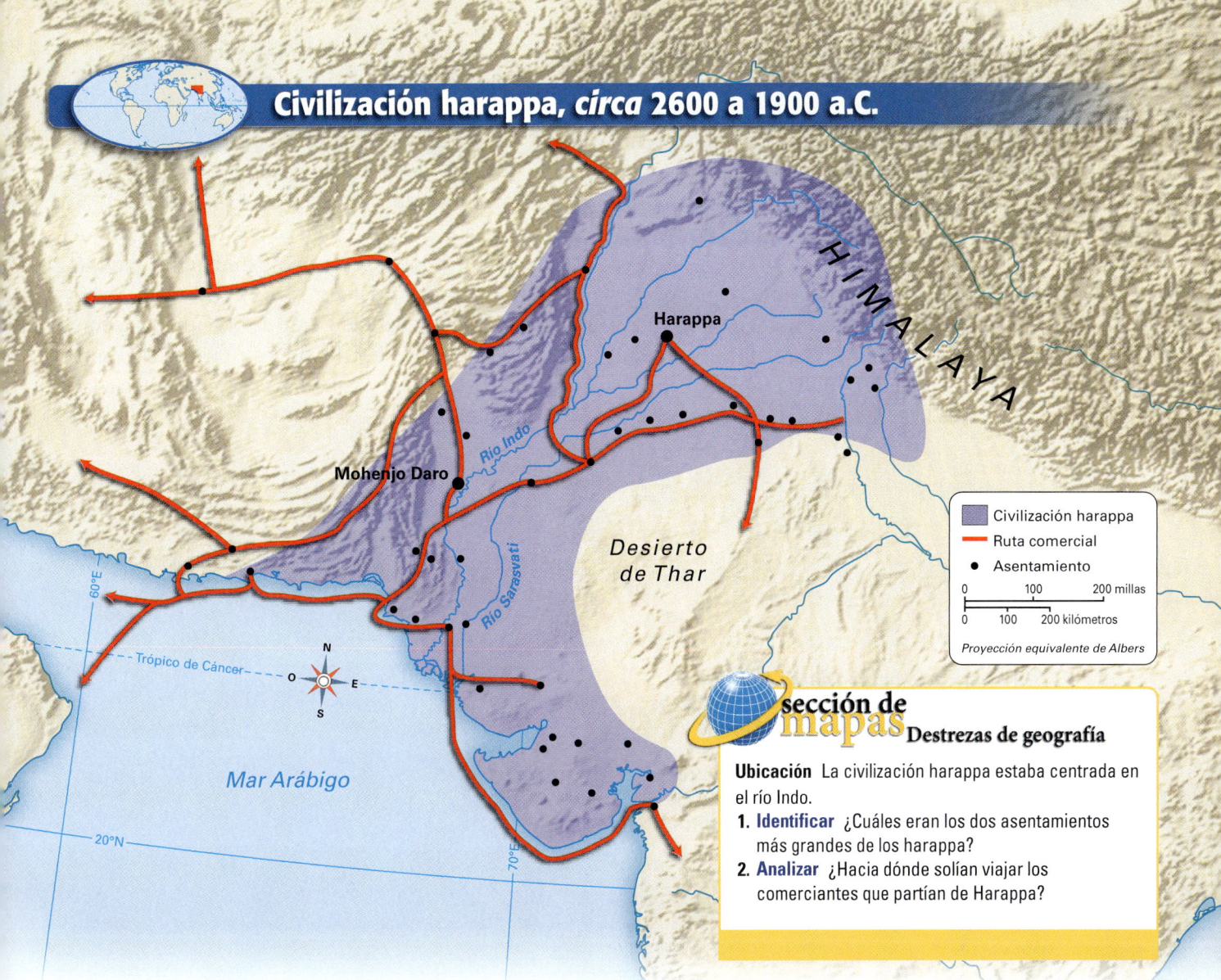

Civilización harappa, circa 2600 a 1900 a.C.

sección de mapas — Destrezas de geografía

Ubicación La civilización harappa estaba centrada en el río Indo.
1. **Identificar** ¿Cuáles eran los dos asentamientos más grandes de los harappa?
2. **Analizar** ¿Hacia dónde solían viajar los comerciantes que partían de Harappa?

Los harappa controlaban zonas extensas a ambos lados del río Indo. Como se ve en el mapa, había asentamientos distribuidos en una zona enorme. La mayoría de esos asentamientos se encontraban a orillas de los ríos. Los dos más grandes eran las ciudades de **Harappa** y **Mohenjo Daro**.

Al igual que la mayoría de las sociedades antiguas, la civilización harappa dependía de la agricultura. En el valle del río Indo, se sembraban varios cultivos, desde trigo y cebada hasta dátiles y verduras, que servían para alimentar a los propios agricultores y a los pobladores de las ciudades. Mediante canales de riego, transportaban agua hasta sus campos desde el Indo y otros ríos.

Contacto con otras culturas

A pesar de que los harappa se ubicaban a orillas del río Indo, su influencia llegó mucho más lejos. De hecho, los arqueólogos hallaron pruebas que demuestran que los harappa tuvieron contacto con pueblos tan lejanos como los del sur de la India y la Mesopotamia.

Estos contactos eran, en su mayoría, comerciales. Los harappa comerciaban para conseguir materias primas, que luego usaban para hacer vasijas, estampillas, sellos, estatuas y otros productos.

COMPRENSIÓN DE LA LECTURA **Identificar las ideas principales** ¿Dónde estaba ubicada la civilización harappa?

CIVILIZACIONES ANTIGUAS DE ASIA: INDIA

Los logros de los harappa

Los historiadores no conocen mucho de la civilización harappa. Creen que los harappa tenían reyes y gobiernos centrales fuertes, pero no pueden asegurarlo. Tampoco saben mucho de la religión harappa.

Aunque no sabemos con certeza cómo vivían los harappa, sí sabemos que alcanzaron grandes avances en muchos campos del conocimiento. Todo lo que sabemos de sus logros lo aprendimos de los objetos.

El sistema de escritura

Los antiguos harappa desarrollaron el primer sistema de escritura de la India, un idioma que los expertos aún no lograron descifrar. Los arqueólogos hallaron muchos ejemplos de escritura harappa, pero ninguno tenía más que unas pocas palabras. Al no contar con textos más largos, la traducción se hace difícil. Como no podemos leer lo que escribieron, debemos basarnos en otros datos para estudiar la sociedad harappa.

En detalle
La vida en Mohenjo Daro

Mohenjo Daro fue una de las dos ciudades principales de la civilización harappa. Estaba ubicada a orillas del río Indo, en lo que hoy es Pakistán, y probablemente ocupaba una milla cuadrada. Los habitantes de esta ciudad disfrutaban de algunas de las comodidades más avanzadas de su época, como edificios con instalaciones de agua.

Los mercaderes de Harappa tenían un conjunto estandarizado de pesos para medir lo que vendían, como piedras preciosas.

La planificación urbana

Casi todo lo que sabemos de los harappa lo aprendimos estudiando sus ciudades, en especial Harappa y Mohenjo Daro. Ambas ciudades estaban ubicadas sobre el río Indo, a más de 300 millas una de otra, pero eran muy similares.

Las dos ciudades habían sido bien planificadas. El análisis minucioso de las ruinas nos revela que los harappa eran detallados urbanistas y hábiles ingenieros.

Harappa y Mohenjo Daro se construyeron pensando en la seguridad. Las dos ciudades estaban cerca de fortalezas altísimas, desde donde los guardias podían vigilar las calles de ladrillo cuidadosamente diseñadas. Estas calles se cruzaban en ángulos rectos y tenían almacenes, talleres, mercados y casas. Como buenos ingenieros, los harappa construyeron un sistema de cloacas para que las calles no se inundaran. También instalaron cañerías de agua en muchos edificios.

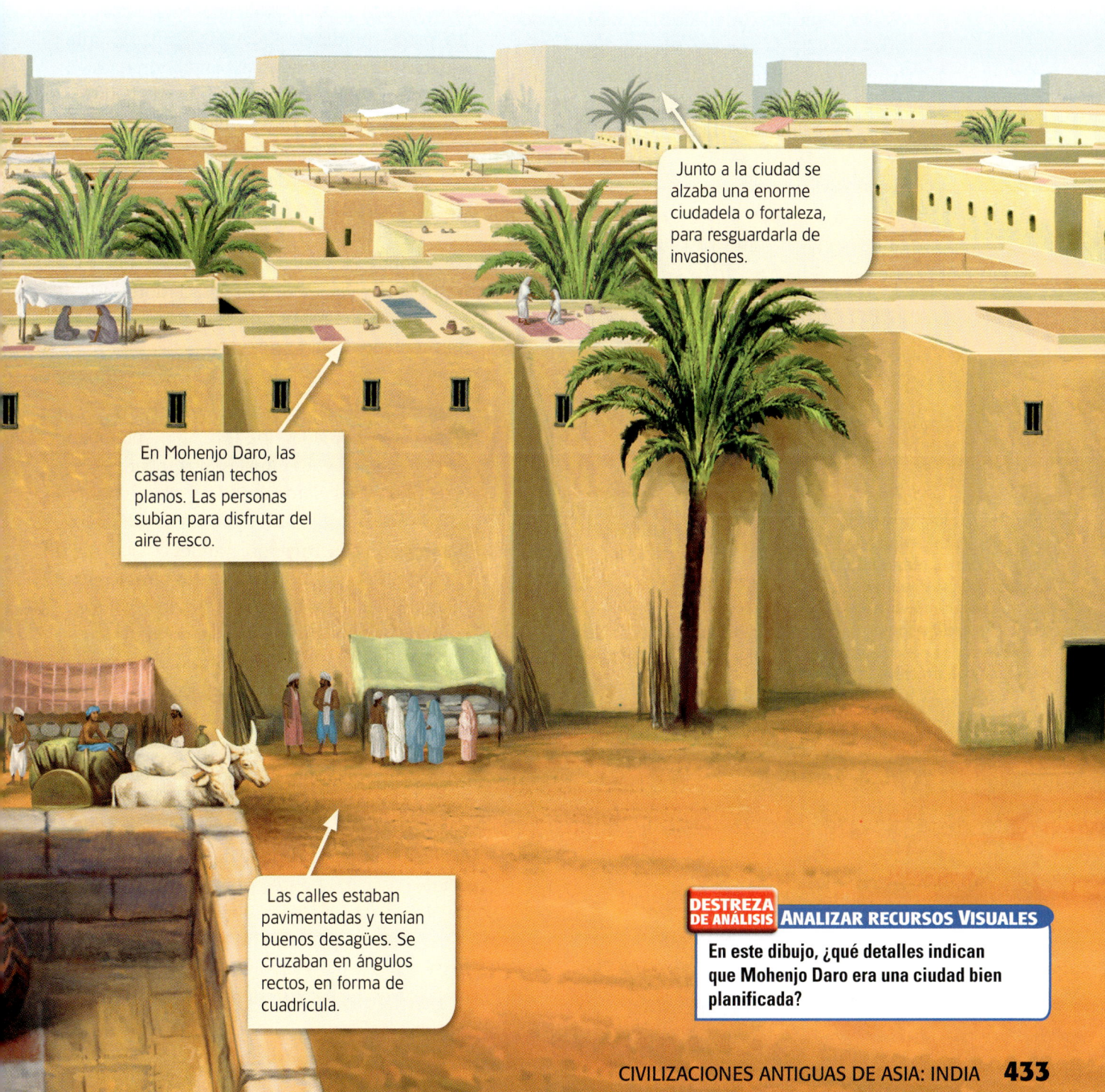

Junto a la ciudad se alzaba una enorme ciudadela o fortaleza, para resguardarla de invasiones.

En Mohenjo Daro, las casas tenían techos planos. Las personas subían para disfrutar del aire fresco.

Las calles estaban pavimentadas y tenían buenos desagües. Se cruzaban en ángulos rectos, en forma de cuadrícula.

DESTREZA DE ANÁLISIS ANALIZAR RECURSOS VISUALES
En este dibujo, ¿qué detalles indican que Mohenjo Daro era una ciudad bien planificada?

Los logros artísticos

En las ciudades de los harappa, los arqueólogos hallaron varios objetos que demuestran que los harappa eran hábiles artesanos. Por ejemplo, encontraron excelentes piezas de cerámica, joyas y objetos de marfil.

Los historiadores pudieron sacar algunas conclusiones sobre la sociedad harappa a partir de algunas de estas reliquias. Por ejemplo, encontraron una estatuilla que representa dos animales que tiran de un carro. Así, llegaron a la conclusión de que los harappa construían y usaban vehículos con ruedas. Del mismo modo, una estatuilla de una persona con joyas y ropa refinada sugiere que existía una clase alta en la sociedad harappa.

La civilización harappa desapareció a principios del siglo XVIII a.C., pero nadie sabe bien por qué. Tal vez los invasores destruyeron las ciudades, o algún desastre natural, como una inundación o un terremoto, destruyó la civilización.

ENFOQUE EN LA LECTURA
¿En qué orden los arios fueron colonizando tierras en la India?

COMPRENSIÓN DE LA LECTURA Analizar ¿Por qué no sabemos mucho sobre la civilización harappa?

La migración aria

Poco tiempo después del fin de la civilización harappa, surgió otro grupo en el valle del Indo: los arios. Este grupo, que probablemente vino de la zona que rodea el mar Caspio, en Asia Central, llegó a ser el más dominante de la India.

Llegada y distribución

Muchos historiadores y arqueólogos creen que los arios llegaron por primera vez a la India en el siglo XXI a.C., probablemente a través de los pasos montañosos del noroeste. Durante muchos siglos, se fueron expandiendo hacia el este y el sur, en dirección al centro de la India. Desde allí, se desplazaron más hacia el este y llegaron al valle del río Ganges.

Gran parte de lo que sabemos acerca de la sociedad aria lo aprendimos de los escritos religiosos conocidos como Vedas. Son colecciones de poemas, himnos religiosos, mitos y rituales escritos por sacerdotes arios. Más adelante, en este mismo capítulo, leerás más sobre los Vedas.

Gobierno y sociedad

Como eran nómadas, los arios se desplazaban con sus manadas de animales. Sin embargo, con el tiempo, se instalaron en aldeas y comenzaron a dedicarse a la agricultura. A diferencia de los harappa, no construyeron grandes ciudades.

El sistema político de los arios también era diferente del de los harappa. Los arios vivían en comunidades pequeñas basadas sobre todo en los vínculos familiares. La autoridad no recaía en una sola persona. En cambio, cada grupo tenía su propio líder, que solía ser un guerrero experto.

Las aldeas arias estaban gobernadas por rajás. Los rajás tenían autoridad sobre una aldea y las tierras que la rodeaban. Los habitantes de la aldea trabajan una parte de estas tierras para el rajá. Usaban el resto como pastura para sus caballos, vacas, ovejas y cabras.

A pesar de que muchos rajás eran parientes, no siempre se llevaban bien. A veces, unían sus fuerzas para luchar contra un enemigo común.

Arte harappa

Como otros pueblos antiguos, los harappa hacían sellos pequeños, como el que se muestra más abajo, con los que estampaban sus objetos. También hacían vasijas de arcilla, como la que está a la derecha decorada con un chivo.

Pero, otras veces, se enfrentaban entre sí. De hecho, los arios luchaban entre ellos tanto como con otros pueblos.

Idioma

Los primeros arios que se asentaron en la región no sabían leer ni escribir. Por eso, debían memorizar los poemas y los himnos religiosos que eran importantes en su cultura, como los Vedas. Si las personas olvidaban los poemas y los himnos, los libros se perderían para siempre.

El idioma de estos himnos y poemas era el **sánscrito**, el idioma más importante de la antigua India. Al principio, el sánscrito era sólo una lengua oral. Sin embargo, más tarde las personas hallaron una manera de escribirlo para poder llevar registros. Estos escritos en sánscrito son una fuente importante de información sobre la sociedad aria. Hoy en día, el sánscrito prácticamente no se habla, pero es la raíz de muchas lenguas modernas del sur de Asia.

COMPRENSIÓN DE LA LECTURA Identificar ¿Qué fuente contiene gran parte de la información relacionada con los arios?

Las migraciones arias

Sección de mapas — Destrezas de geografía

Movimiento Los arios migraron a la India.
1. **Leer el mapa** ¿En qué dirección se desplazaron mayormente los arios?
2. **Analizar** ¿Por qué crees que los arios ingresaron a la India por donde lo hicieron?

RESUMEN Y PRESENTACIÓN Las primeras civilizaciones de la India se ubicaron en el valle del río Indo. En la próxima sección, aprenderás sobre una nueva religión que surgió en esa zona después de la llegada de los arios: el hinduismo.

Evaluación de la Sección 1

Repasar ideas, palabras y personas

1. a. **Recordar** ¿Dónde se desarrolló la civilización harappa?
   b. **Explicar** ¿Por qué los harappa se relacionaron con pueblos ubicados lejos de la India?
2. a. **Identificar** ¿Qué era **Mohenjo Daro**?
   b. **Analizar** ¿Cuál es la razón por la que los expertos no comprenden totalmente algunos aspectos importantes de la sociedad harappa?
3. a. **Identificar** ¿Quiénes eran los arios?
   b. **Contrastar** ¿En qué se diferenciaba la sociedad aria de la harappa?

Pensamiento crítico

4. **Resumir** Con ayuda de tus notas, haz una lista de los logros más importantes de las dos primeras civilizaciones de la India. Registra tus conclusiones en un diagrama como este.

Logros de las primeras civilizaciones indias
Sociedad harappa
Sociedad aria

go.hrw.com
Cuestionario en Internet
PALABRA CLAVE: SK9 HP14
(Sólo en inglés)

ENFOQUE EN LA REDACCIÓN

5. **Ilustrar la geografía y las primeras civilizaciones** En esta sección se describieron dos temas posibles para tu cartel: la geografía y las primeras civilizaciones. ¿Cuál te resulta más interesante? Escribe algunas ideas para hacer un cartel sobre ese tema.

CIVILIZACIONES ANTIGUAS DE ASIA: INDIA

SECCIÓN 2

Orígenes del hinduismo

Lo que aprenderás...

Ideas principales
1. La sociedad india se dividió en grupos bien diferenciados.
2. Los arios formaron una religión llamada brahmanismo.
3. El hinduismo surgió del brahmanismo y de las influencias de otras culturas.
4. La reacción de los jainistas ante el hinduismo fue separarse y formar su propia religión.

La idea clave
El hinduismo, la religión más difundida de la India, se desarrolló a partir de antiguas creencias y prácticas indias.

Palabras clave
sistema de castas, *pág. 437*
reencarnación, *pág. 439*
karma, *pág. 440*
no violencia, *pág. 441*

TOMAR NOTAS A medida que lees, toma notas sobre el hinduismo en un diagrama como el siguiente. Presta atención a los orígenes, las enseñanzas y las otras religiones que se desarrollaron paralelamente al hinduismo.

Si VIVIERAS allí...

Perteneces a una familia de hábiles tejedores que hacen hermosas telas de algodón. En la sociedad aria, compartes la misma clase social que los comerciantes, los agricultores y los artesanos. A menudo, el rajá de tu ciudad ordena a los guerreros que vayan a la guerra. Tú admiras su valentía, pero sabes que jamás podrás ser uno de ellos. Para ser guerrero ario, debes nacer en una familia de clase noble. En cambio, tú tienes otras responsabilidades.

¿Cómo te sientes al saber que siempre serás tejedor?

CONOCER EL CONTEXTO Cuando dominaron el valle del río Indo, los arios desarrollaron un sistema de clases sociales. Este sistema se extendió por toda la India, junto con su influencia. En muy poco tiempo, se convirtió en una pieza fundamental de la sociedad india.

La sociedad india se divide

A medida que la sociedad aria se volvió más compleja, se dividió en grupos. En su mayoría, estos grupos estaban organizados según la ocupación de las personas. Se desarrollaron reglas estrictas sobre la interacción entre los miembros de distintos grupos. Con el tiempo, estas reglas se volvieron aun más rígidas y se volvieron fundamentales para la sociedad india.

Las *varnas*

De acuerdo con los Vedas, en la sociedad aria había cuatro varnas, o divisiones sociales, principales. Estas *varnas* eran

- los brahmanes, o sacerdotes,
- los chatrias, o gobernantes y guerreros,
- los vaisias, o agricultores, artesanos y comerciantes; y
- los sudras, u obreros y personas no arias.

Los brahmanes se consideraban la casta más alta porque realizaban rituales para los dioses. Así, tuvieron una gran influencia sobre las demás *varnas*.

436 CAPÍTULO 14

El sistema de castas

A medida que las reglas de la interacción entre las varnas se volvían más estrictas, el orden social ario se hizo complejo. Con el tiempo, cada varna de la sociedad aria se dividió a su vez en varias castas, o grupos. Este **sistema de castas** dividió a la sociedad india en grupos basados en el origen, el nivel económico o la profesión de cada persona. Llegaron a existir unas 3,000 castas distintas a la vez.

La casta determinaba el lugar que cada persona ocupaba en la sociedad. Sin embargo, este orden no era permanente en absoluto. Las castas recibían mayor o menor aprobación de la sociedad según las riquezas o el poder que adquirían los miembros. Era muy poco probable que una persona pudiera cambiar de casta.

La vida de las personas de la clase social más baja, los sudras, era sacrificada. Algunos siglos más tarde, surgió un quinto grupo que no pertenecía a ninguna de las castas. Los llamaban intocables porque nadie podía tener contacto con ellos. No se los consideraba puros y se los marginaba. Sólo podían tener trabajos desagradables, como curtir la piel de los animales o deshacerse de los animales muertos.

Las reglas de las castas

Para preservar las diferencias entre las clases sociales, los arios crearon sutras, o guías, con reglas para las castas. Por ejemplo, estaba prohibido casarse con alguien de otra casta. No se permitía siquiera comer con alguien de otra clase. Los que infringían las reglas podían ser expulsados de su casta y de su hogar, y así convertirse en intocables. Por lo tanto, las personas pasaban prácticamente todo el tiempo con los de su misma clase. El sistema de castas también volvió más estable a la sociedad hindú y las personas desarrollaban un sentido de pertenencia a su casta.

COMPRENSIÓN DE LA LECTURA Inferir ¿Cómo se determinaba la casta de una persona?

Las varnas

Brahmanes Eran sacerdotes indios y eran considerados la *varna* superior.

Chatrias Eran gobernantes y guerreros.

Vaisias Eran agricultores, artesanos y comerciantes.

Sudras Eran obreros y sirvientes.

DESTREZA DE ANÁLISIS **ANALIZAR RECURSOS VISUALES**
¿Por qué crees que los sacerdotes pertenecían a la clase más alta de la sociedad india?

CIVILIZACIONES ANTIGUAS DE ASIA: INDIA

Creencias y dioses hindúes

Los hindúes creen en muchos dioses, pero piensan que todos esos dioses son aspectos de un único espíritu universal llamado Brahman. Hay tres aspectos que son particularmente importantes en el hinduismo: Brahmá, Siva y Visnú.

Creencias principales del hinduismo

- Brahman, un espíritu universal, creó el universo y todo lo que hay en él. Todo lo que existe en el mundo simplemente forma parte de Brahman.
- Todas las personas tienen un alma, o atman, que un día se unirá a Brahman.
- Las almas se reencarnan varias veces antes de unirse a Brahman.
- El karma influye en la forma en que cada persona reencarnará.

El dios Brahmá representa el aspecto creador de Brahman. Las cuatro cabezas simbolizan los cuatro Vedas.

Brahmanismo

La religión siempre fue importante en la vida de los arios. Con el tiempo, la religión cobró aun más significado en la India. Como los sacerdotes arios eran conocidos como brahmanes, la religión pasó a conocerse como brahmanismo o brahmanismo védico.

Los Vedas

ENFOQUE EN LA LECTURA
¿Qué se escribió primero: los Vedas o los textos védicos?

La religión aria se basaba en los Vedas. Existen cuatro Vedas, y cada uno contiene poemas e himnos sagrados. El veda más antiguo, el *Rigveda*, probablemente se compiló en el segundo milenio antes de Cristo. Incluye himnos de alabanza a muchos dioses. Este fragmento, por ejemplo, es la introducción de un himno en honor a Indra, un dios del cielo y de la guerra.

> " Aquel que es primero y posee la sabiduría desde que nació; el dios que procuró proteger a los dioses con su fuerza; aquel ante cuya fuerza tiemblan los dos mundos por la grandeza de su virilidad [poder]: él, oh, pueblo, es Indra."
>
> –del *Rigveda*, en *Reading about the World, Volume I* (Lecturas sobre el mundo, Volumen I), editado por Paul Brians, et al.

Los textos védicos posteriores

Con el correr de los siglos, los brahmanes arios escribieron sus pensamientos acerca de los Vedas. Más tarde, estos pensamientos se compilaron en colecciones conocidas como textos védicos.

Una de las colecciones de textos védicos describe los rituales religiosos arios; por ejemplo, la manera de hacer sacrificios. Los sacerdotes preparaban animales, alimentos o bebidas para ofrecerlos como sacrificio en una hoguera. Los arios creían que estas ofrendas podían llegar hasta los dioses a través del fuego.

Una segunda colección describe rituales secretos que sólo podían realizar determinadas personas. De hecho, estos rituales eran tan secretos que se hacían en el bosque, lejos de otras personas.

El último grupo de textos védicos son los Upanisad, escritos en su mayoría alrededor de 600 a.C. Son reflexiones de algunos maestros y estudiantes religiosos acerca de los Vedas.

COMPRENSIÓN DE LA LECTURA **Identificar las ideas principales** ¿Qué son los textos védicos?

Siva, el aspecto destructor de Brahman, se suele representar con cuatro brazos y tres ojos. Aquí aparece bailando sobre la espalda de un demonio, al que ha vencido.

Visnú es el aspecto conservador de Brahman. En sus cuatro brazos lleva una caparazón marina, una maza y un disco, símbolos de su poder y grandeza.

El hinduismo crece

Durante siglos, los Veda, los Upanisad y demás textos védicos fueron la base de la religión india. Sin embargo, con el tiempo, las ideas de estos textos sagrados comenzaron a fundirse con las ideas de otras culturas. Por ejemplo, las personas provenientes de Persia y otros reinos de Asia Central llevaron sus ideas a la India. Más tarde, esta fusión de ideas dio origen a una religión llamada hinduismo, la religión más popular de la India hoy en día.

Las creencias hindúes

Los hindúes creen en muchos dioses. Los tres principales son: Brahmá, el creador; Siva, el destructor; y Visnú, el conservador. Pero al mismo tiempo, los hindúes creen que cada dios forma parte de un único espíritu universal llamado Brahman. Creen que Brahman creó el mundo y lo sostiene. Los dioses como Brahmá, Siva y Visnú representan diferentes aspectos de Brahman. De hecho, los hindúes creen que todo lo que hay en el mundo forma parte de Brahman.

Vida y renacimiento

De acuerdo con las enseñanzas hindúes, todos tenemos un alma, o atman. El alma contiene la personalidad de cada persona, esas cualidades que lo hacen quien es. Los hindúes creen que la meta final de una persona debe ser la reunión del alma con Brahman, el espíritu universal.

Para los hindúes, sus almas terminarán uniéndose con Brahman porque el mundo en que vivimos es una ilusión. Brahman es la única realidad. Los Upanisad enseñaban que las personas deben ver más allá de esa ilusión. Como no es fácil ver más allá de las ilusiones, puede lograrse en varias vidas. Es por eso que los hindúes creen que las almas nacen y renacen varias veces adoptando un cuerpo distinto cada vez. Este proceso de renacimiento se llama **reencarnación**.

El hinduismo y el sistema de castas

De acuerdo con la idea tradicional de los hindúes acerca de la reencarnación, la persona que muere renace en una forma física diferente.

En la actualidad, más de 900 millones de personas practican el hinduismo en la India.

El tipo de forma dependerá de su **karma, los efectos que las buenas o las malas acciones producen en el alma de una persona**. Las malas acciones que una persona haya cometido en su vida producirán un mal karma. Alguien con karma negativo renacerá en una casta inferior o, incluso, en una forma inferior a la humana, como un animal o una planta.

Por el contrario, las buenas acciones crean un buen karma. Los que tienen karma positivo nacen en una casta superior en su nueva vida. Con el tiempo, el buen karma los llevará a la salvación, o los liberará de las preocupaciones de la vida y del ciclo de renacimiento. Esta salvación se llama *moksha*.

El hinduismo enseñaba que todos deben aceptar el lugar que les toca en el mundo sin protestar. Esto se conoce como obedecer el dharma. El karma bueno se construye cumpliendo con los deberes específicos de la casta a la que cada uno pertenece. Por medio de la reencarnación, el hinduismo recompensaba a los que vivían una buena vida. Hasta los intocables pueden renacer en una casta superior.

El hinduismo era popular en todos los niveles de la sociedad hindú, en las cuatro *varnas*. Al predicar que todos debían aceptar su lugar en la vida, el hinduismo contribuyó a mantener el sistema de castas en la India.

El hinduismo y las mujeres

Al principio, el hinduismo enseñaba que tanto los hombres como las mujeres podían obtener la salvación. Sin embargo, y al igual que otras religiones antiguas, el hinduismo consideraba que las mujeres eran inferiores a los hombres. Por lo general, a las mujeres no se les permitían estudiar los Vedas.

A través de los siglos, las mujeres hindúes fueron ganando más derechos. Este cambio se alcanzó mediante el esfuerzo de algunos líderes hindúes influyentes como Mohandas Ghandi, que encabezó el movimiento para la independencia de la India. Como resultado, se levantaron muchas de las restricciones que alguna vez se impusieron sobre las mujeres hindúes.

COMPRENSIÓN DE LA LECTURA Resumir ¿Qué factores determinaban la forma en que una persona renacería?

ENFOQUE EN LA CULTURA

El río sagrado Ganges

Los hindúes creen que hay muchos lugares sagrados en la India. Según sus creencias, si peregrinan hacia uno de estos lugares, tendrán más posibilidades de mejorar su karma y de lograr la salvación. El destino más sagrado de la India es el río Ganges, en el noreste del país.

El Ganges, que los hindúes conocen como Mamá Ganges, nace en el Himalaya. Sin embargo, según las enseñanzas hindúes tradicionales, el río nace a los pies de Visnú y pasa por encima de la cabeza de Siva antes de surcar la tierra. Este contacto con los dioses hace que las aguas del río sean sagradas. Los hindúes creen que bañarse en el Ganges los purificará y les quitará parte de su karma malo.

Aunque todo el Ganges es considerado sagrado, se cree que algunas ciudades ubicadas en sus orillas son más sagradas que otras. En estas ciudades, los peregrinos se reúnen para bañarse y celebrar festividades hindúes. Hay escaleras que bajan directamente hacia el río desde la ciudad para que la gente pueda llegar más fácilmente hasta el agua.

Resumir ¿Por qué el Ganges es un sitio de peregrinaje?

Los jainistas reaccionan frente al hinduismo

Aunque el hinduismo era ampliamente aceptado en la India, no todos compartían sus creencias. Algunos grupos y personas insatisfechos buscaron ideas religiosas nuevas. Uno de esos grupos fueron los jainistas, que practicaban una religión llamada jainismo.

El jainismo se basaba en las enseñanzas de un hombre llamado Mahavira, que nació alrededor de 599 a.C. en la *varna* chatria. No estaba conforme con el control de la religión por parte de los brahmanes, porque creía que resaltaban demasiado los rituales. Mahavira abandonó su vida de lujos, se convirtió en monje y estableció los principios del jainismo.

La vida de los jainistas se rige por cuatro principios: no dañar ninguna forma de vida, decir la verdad, no robar y no poseer bienes. Para no hacer daño a nadie o a nada, los jainistas practican la **no violencia**, o el rechazo de las acciones violentas. La palabra en sánscrito para "no violencia" es *ahimsa*. Muchos hindúes también practican la *ahimsa*.

La importancia que dan los jainistas a la no violencia se basa en su creencia de que todo tiene vida y forma parte del ciclo de renacimiento. Los jainistas creen firmemente que no se debe dañar ni matar ninguna criatura, sea un humano, un animal, un insecto o una planta. No creen en los sacrificios de animales, como los que hacían los antiguos brahmanes. Como evitan hacer daño a cualquier criatura viviente, son vegetarianos. No comen nada que provenga de los animales.

COMPRENSIÓN DE LA LECTURA Identificar los puntos de vista ¿Por qué los jainistas no comen carne?

RESUMEN Y PRESENTACIÓN Aprendiste sobre dos religiones que se desarrollaron en la Antigua India: el hinduismo y el jainismo. En la Sección 3, aprenderás sobre una tercera religión que surgió allí: el budismo.

Estas mujeres jainistas usan mascarillas para no tragar ni matar accidentalmente ningún insecto.

Evaluación de la Sección 2

Repasar ideas, palabras y personas

1. **a. Identificar** ¿Qué es el **sistema de castas**?
   b. Explicar ¿Por qué había reglas estrictas para las castas?
2. **a. Identificar** ¿Qué contiene el *Rigveda*?
   b. Analizar ¿Qué lugar ocupaban los sacrificios en la sociedad aria?
3. **a. Definir** ¿Qué es el **karma**?
   b. Ordenar ¿Cómo se convirtió el brahmanismo en el hinduismo?
   c. Profundizar ¿Cómo alienta el hinduismo a sus seguidores a permanecer en sus castas?
4. **a. Recordar** ¿Cuáles son las cuatro enseñanzas principales del jainismo?
   b. Hacer predicciones ¿Cuáles crees que fueron los efectos de la **no violencia** en la vida diaria de los jainistas de la Antigua India?

Pensamiento crítico

5. **Analizar las causas**
   Dibuja un organizador gráfico como este. Con ayuda de tus notas, explica cómo el hinduismo surgió del brahmanismo y cómo el jainismo surgió del hinduismo.

   Brahmanismo → Hinduismo → Jainismo

ENFOQUE EN LA REDACCIÓN

6. **Ilustrar el hinduismo** Ahora tienes otro tema posible para tu cartel. ¿Cómo podrías ilustrar una religión compleja como el hinduismo? ¿Qué imágenes te ayudarían?

SECCIÓN 3

Orígenes del budismo

Lo que aprenderás...

Ideas principales
1. Siddhartha Gautama buscó la sabiduría de distintas maneras.
2. Las enseñanzas del budismo están relacionadas con la búsqueda de la paz.
3. El budismo se extendió más allá de las fronteras de la India, donde se originó.

La idea clave
El budismo surgió en la India y se convirtió en una de las religiones más importantes.

Palabras clave
ayuno, *pág. 443*
meditación, *pág. 443*
nirvana, *pág. 444*
misioneros, *pág. 446*

TOMAR NOTAS A medida que lees esta sección, busca información sobre las ideas básicas del budismo y sobre su expansión. Registra tus notas en un organizador gráfico como el siguiente.

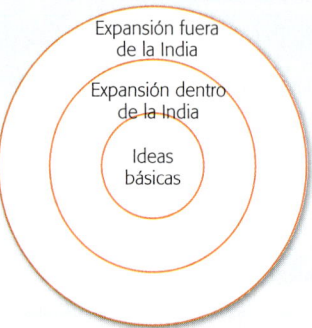

Si VIVIERAS allí...

Eres comerciante y estás viajando por el norte de la India alrededor del año 520 a.C. Al pasar por un pueblo, ves una multitud sentada en silencio bajo la sombra de un gran árbol. Al pie del árbol, hay un hombre sentado que les dice cómo deben vivir. Sus palabras no se parecen en nada a las de los sacerdotes hindúes.

¿Te quedarías a escucharlo? ¿Por qué?

CONOCER EL CONTEXTO Los jainistas no fueron los únicos que se separaron del hinduismo. En el siglo VI a.C., las enseñanzas de un joven príncipe indio sobre cómo se debía vivir atrajeron a muchas personas.

Siddhartha y la búsqueda de la sabiduría

A fines del siglo VI a.C., un joven inquieto e insatisfecho con las enseñanzas del hinduismo comenzó a plantearse sus propias preguntas acerca de la vida y las cuestiones religiosas. Con el tiempo, encontró respuestas. Estas respuestas atrajeron a muchos seguidores, y las ideas del joven se convirtieron en la base de una nueva e importante religión de la India.

En busca de respuestas

Este joven inquieto era Siddhartha Gautama. Había nacido alrededor de 563 a.C. en el norte de la India, cerca del Himalaya. Era príncipe y creció rodeado de lujos. Como era chatria, miembro de la clase guerrera, nunca tuvo que preocuparse por los problemas que tenían la mayoría de las personas de su época. Pero Siddhartha no estaba satisfecho. Sentía que a su vida le faltaba algo.

Siddhartha vio que la mayoría del pueblo trabajaba sin descanso y sufría mucho. Vio que las personas lloraban por los seres amados perdidos y se preguntó por qué había tanto sufrimiento en el mundo. En consecuencia, Siddhartha comenzó a hacerse preguntas sobre el sentido de la vida humana.

442 CAPÍTULO 14

La gran partida

En este cuadro, el príncipe Siddhartha deja su palacio y parte en busca del verdadero sentido de la vida, un suceso que se conoce como La gran partida. Un grupo de colaboradores especiales llamados *ganas* sostienen las herraduras del caballo para que nadie se despierte.

Antes de cumplir los treinta años, Siddhartha dejó su hogar y su familia para buscar respuestas. Viajó por varias regiones de la India. En todos los lugares adonde iba, intercambiaba ideas con sacerdotes y personas famosas por su sabiduría. Pero nadie tenía respuestas convincentes para las preguntas de Siddhartha.

Buda encuentra la iluminación

Siddhartha no se dio por vencido. Es más, estaba cada vez más decidido a encontrar las respuestas que buscaba. Durante muchos años, siguió viajando en busca de respuestas.

Siddhartha quería despejar de su mente las preocupaciones cotidianas. Durante un tiempo, ni siquiera se lavó. También comenzó a **ayunar**, es decir, dejó de comer. Dedicaba gran parte de su tiempo a la **meditación**, reflexión durante la cual una persona se concentra en ideas espirituales.

Según cuenta la leyenda, Siddhartha viajó por la India durante seis años. Finalmente, llegó a un lugar cerca del pueblo de Gaya, junto al río Ganges. Allí se sentó bajo un árbol a meditar. Después de siete semanas de profunda meditación, de pronto encontró las respuestas que buscaba. Entendió que el sufrimiento humano tiene tres causas:

- el deseo de poseer lo que no se tiene,
- el deseo de conservar lo que queremos y ya tenemos, y
- el deseo de deshacernos de lo que no queremos y sí tenemos.

Siddhartha siguió meditando siete semanas más bajo el árbol, al que sus seguidores luego llamaron el árbol de la sabiduría. Luego compartió sus nuevas ideas con cinco de sus antiguos compañeros. Sus seguidores llamaron a esta charla el primer sermón.

Siddhartha Gautama tenía alrededor de 35 años cuando encontró la iluminación bajo el árbol. Desde ese momento, lo llamaron el Buda, o "el iluminado". Buda pasó el resto de su vida viajando por el norte de la India y predicando sus ideas.

ENFOQUE EN LA LECTURA
¿Qué pasos siguió Buda para alcanzar la iluminación?

COMPRENSIÓN DE LA LECTURA Resumir ¿Cuáles fueron las conclusiones de Buda sobre las causas del sufrimiento humano?

Las enseñanzas del budismo

En sus viajes, Buda ganó muchos seguidores. Muchos eran comerciantes y artesanos, aunque también impartió sus enseñanzas a algunos reyes. Ellos fueron los primeros que creyeron en el budismo, la religión basada en las enseñanzas de Buda.

Buda se crió en el hinduismo, y muchas de sus enseñanzas reflejaban las ideas hindúes. Por ejemplo, creía que las personas debían tener un comportamiento moral y tratar bien a los demás. En uno de sus sermones dijo:

> "Que el hombre supere la ira con el amor. Que supere la avaricia con la generosidad, la mentira con la verdad. Esto se llama progreso en la disciplina [aprendizaje] de los Benditos."
> –Buda, citado en *The History of Nations: India* (*La historia de las naciones: India*)

Las Cuatro Nobles Verdades

La base de las enseñanzas de Buda era cuatro principios que se conocen como las Cuatro Nobles Verdades:

1. El sufrimiento y la infelicidad son parte de la vida humana. Nadie puede escapar a la tristeza.

2. El sufrimiento proviene de nuestro deseo de placer y cosas materiales. Las personas causan su propia infelicidad porque desean cosas que no pueden tener.

3. Las personas pueden dominar sus deseos y la ignorancia, y alcanzar el **nirvana, un estado de paz perfecta**. Al alcanzar el nirvana, el alma se libera del sufrimiento y de la necesidad de seguir reencarnando.

4. Las personas pueden dominar la ignorancia y los deseos siguiendo ocho pasos que conducen a la sabiduría, la iluminación y la salvación.

El cuadro de la página siguiente muestra este proceso de ocho pasos. Buda creía que mediante este proceso se abandonan los deseos humanos y se renuncia a todo tipo de placer. Él creía que las personas deben dominar el deseo de obtener bienes materiales. Sin embargo, deben ser razonables y no privarse de alimentos ni provocarse dolor innecesario.

Esta estatua gigante de Buda se encuentra al sur del pueblo de Gaya, en Bodh Gaya, India. Los budistas creen que allí Siddhartha alcanzó la iluminación.

El Sendero Óctuple

1 **El pensamiento correcto**
Creer en el sufrimiento como la naturaleza de la existencia y en las Cuatro Nobles Verdades.

2 **La intención correcta**
Inclinarse hacia la bondad y la amabilidad.

3 **El lenguaje correcto**
Evitar las mentiras y los chismes.

4 **La acción correcta**
No robar ni lastimar a otros.

5 **El modo correcto de ganarse la vida**
No aceptar trabajos que dañen a otras personas.

6 **El esfuerzo correcto**
Evitar el mal y hacer el bien.

7 **La mentalidad correcta**
Controlar los sentimientos y los pensamientos.

8 **La concentración correcta**
Meditar adecuadamente.

El cuestionamiento de las ideas hindúes

Algunas enseñanzas de Buda desafiaron las ideas hindúes tradicionales. Por ejemplo, Buda rechazaba muchas de las ideas de los Vedas, como el sacrificio de animales. Predicaba que no era necesario respetar esos textos.

Buda cuestionó la autoridad de los sacerdotes hindúes, los brahmanes. No creía que ni ellos ni sus rituales fueran necesarios para alcanzar la iluminación. Por el contrario, Buda enseñaba que cada ser humano debía esforzarse para alcanzar su propia salvación y que los sacerdotes no podían ayudarlos. Sin embargo, Buda no rechazó la idea hindú de la reencarnación. Decía que las personas que no alcanzaban el nirvana debían renacer una y otra vez hasta lograrlo.

Buda se oponía al sistema de castas. Sostenía que las personas no tenían por qué limitarse a un determinado lugar en la sociedad. Decía que todos los que siguieran correctamente el Sendero Óctuple alcanzarían el nirvana. No importaba a qué varna o casta pertenecieran, siempre y cuando vivieran como debían.

Por su oposición al sistema de castas, Buda se ganó el apoyo popular. A muchos pastores, agricultores, artesanos e intocables les gustaba saber que su rango social bajo no sería un obstáculo para alcanzar su iluminación. A diferencia del hinduismo, el budismo les hacía sentir que tenían el poder de cambiar sus vidas.

Buda también ganó seguidores de las clases más altas. A muchos ricos y poderosos les agradaba la idea de que no era necesario practicar conductas extremas para lograr la salvación. Cuando Buda murió, alrededor de 483 a.C., su influencia ya había comenzado a expandirse rápidamente por toda la India.

COMPRENSIÓN DE LA LECTURA **Comparar** ¿Qué enseñanzas de Buda coincidían con el hinduismo?

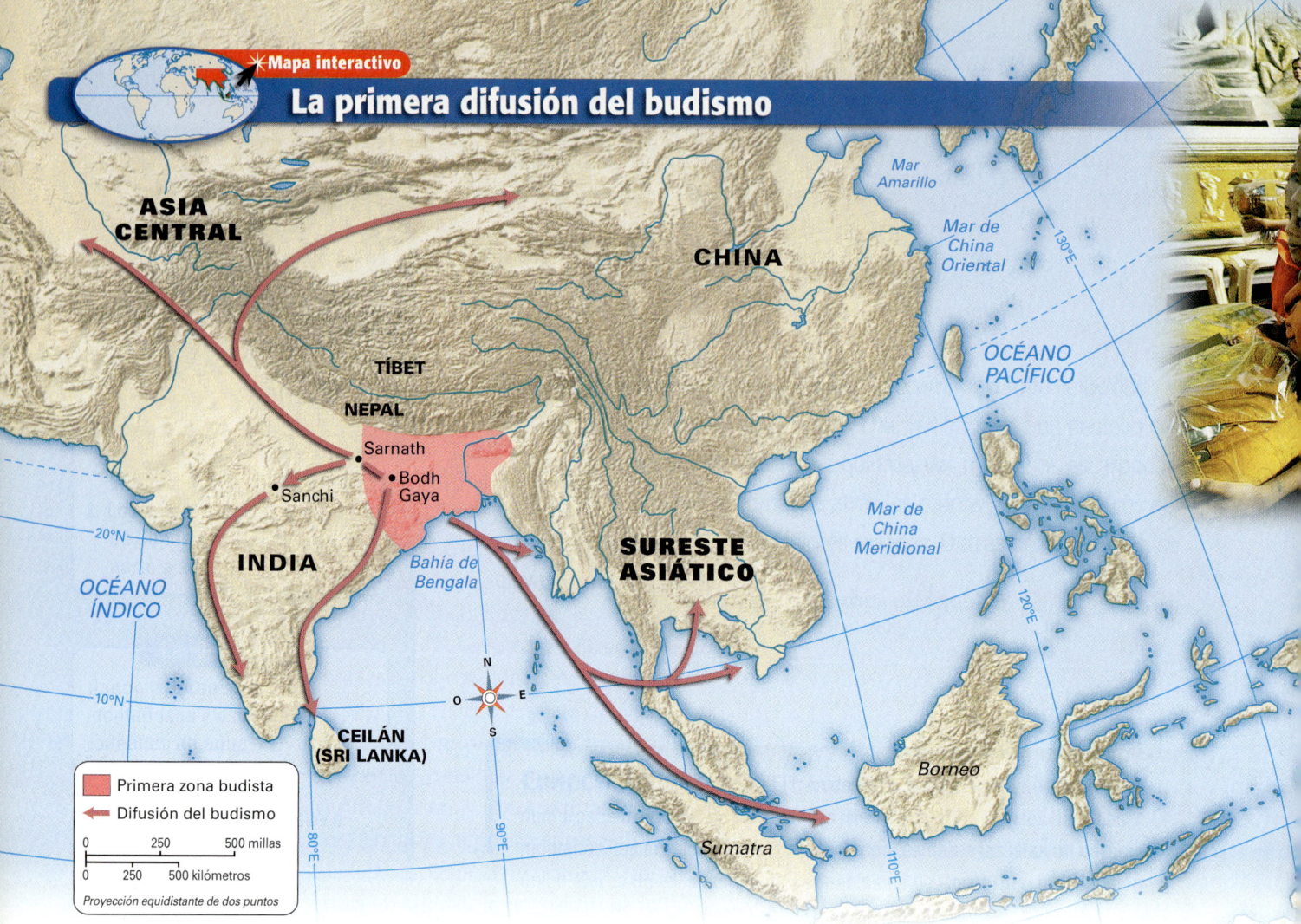

El budismo se difunde

El budismo siguió captando seguidores después de la muerte de Buda. Primero, se expandió por la India y después llegó a otras regiones.

El budismo se difunde por la India

De acuerdo con la tradición budista, 500 de los seguidores de Buda se reunieron poco después de su muerte. Querían asegurarse de que sus enseñanzas se recordaran adecuadamente.

En los años que siguieron a esta reunión, los seguidores de Buda se dedicaron a predicar sus enseñanzas por toda la India. Las ideas se expandieron muy rápidamente, porque las enseñanzas budistas eran populares y fáciles de comprender. No habían pasado dos siglos desde la muerte de Buda y el budismo ya se había extendido por casi toda la India.

El budismo se difunde más allá de la India

La difusión del budismo aumentó cuando uno de los reyes más poderosos de la India, Asoka, se convirtió al budismo en el siglo III a.C. Asoka construyó templos y escuelas budistas en toda la India. Sin embargo, lo más importante fue que se propuso difundir el budismo más allá de las fronteras indias. En la próxima sección, aprenderás más sobre Asoka y sus logros.

Asoka envió **misioneros** budistas, personas que trabajan para difundir sus creencias religiosas, a otros reinos de Asia. Alrededor de 251 a.C., un grupo de estos misioneros navegó hasta la isla de Sri Lanka. Otros siguieron las rutas comerciales hasta lo que hoy es Myanmar y otras partes del sureste asiático. Otros misioneros también viajaron hacia el norte y llegaron cerca del Himalaya.

Jóvenes estudiantes budistas llevan ofrendas en Sri Lanka, uno de los muchos lugares fuera de la India adonde llegó el budismo.

sección de mapas
Destrezas de geografía

Movimiento Después de la muerte de Buda, sus enseñanzas se difundieron por gran parte de Asia.
1. **Identificar** ¿A qué isla al sur de la India llegó el budismo?
2. **Interpretar** ¿Qué accidente geográfico impidió que los misioneros budistas fueran directamente a China?

go.hrw.com PALABRA CLAVE: SK9 CH14
(Sólo en inglés)

Los misioneros también llevaron el budismo al oeste de la India. Fundaron comunidades budistas en Asia Central y Persia. Hasta predicaron el budismo en tierras tan lejanas como Siria y Egipto.

El budismo siguió creciendo a lo largo de los siglos. Con el tiempo, siguió la Ruta de la Seda y llegó a China, y luego a Corea y Japón. El trabajo de los misioneros permitió que millones de personas conocieran el budismo.

El budismo se divide

Sin embargo, a medida que el budismo se extendía por Asia, comenzó a cambiar. No todos los budistas estaban de acuerdo en relación a sus creencias y prácticas. Con el tiempo, estos desacuerdos entre los budistas provocaron una división interna. Las dos ramas más importantes que surgieron del budismo fueron theravada y mahayana.

Los miembros de la rama theravada seguían las enseñanzas de Buda exactamente como él las había transmitido. En cambio, los budistas mahayanas creían que otras personas podían interpretar las enseñanzas de Buda para ayudar a otros a alcanzar el nirvana. Hoy en día, las dos ramas tienen millones de seguidores, pero la mahayana es muchísimo más numerosa.

COMPRENSIÓN DE LA LECTURA **Ordenar** ¿Cómo se difundieron las enseñanzas de Buda más allá de la India?

RESUMEN Y PRESENTACIÓN El budismo, una de las religiones más importantes de la India, se volvió más popular cuando lo adoptaron algunos gobernantes de los grandes imperios indios. En la próxima sección, aprenderás más sobre estos imperios.

Evaluación de la Sección 3

go.hrw.com
Cuestionario en Internet
PALABRA CLAVE: SK9 HP14
(Sólo en inglés)

Repasar ideas, palabras y personas

1. a. **Identificar** ¿Quién fue Buda y qué significa su nombre?
   b. **Resumir** ¿Cómo hizo Siddhartha Gautama para liberar la mente y clarificar sus pensamientos en su búsqueda de la sabiduría?
2. a. **Identificar** ¿Qué es el **nirvana**?
   b. **Contrastar** ¿En qué se diferencian las enseñanzas budistas de las hindúes?
   c. **Profundizar** ¿Por qué creen los budistas que el Sendero Óctuple los lleva a tener una vida mejor?
3. a. **Describir** ¿Hacia qué lugares se expandió el budismo?
   b. **Resumir** ¿Qué papel ocuparon los **misioneros** en la difusión del budismo?

Pensamiento crítico

4. **Identificar las ideas principales** Dibuja un diagrama como este. Con ayuda del diagrama y de tus notas, identifica y describe las Cuatro Nobles Verdades del budismo. Escribe una oración que explique por qué estas verdades son fundamentales para el budismo.

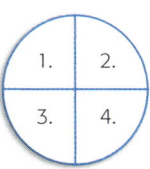

ENFOQUE EN LA REDACCIÓN

5. **Pensar en las religiones indias** Repasa lo que acabas de leer y tus notas acerca del hinduismo. Tal vez quieras hacer el cartel sobre las dos religiones principales de la Antigua India. Piensa cómo podrías diseñar un cartel sobre este tema.

SECCIÓN 4

Imperios de la India

Si VIVIERAS allí...

Es el año 240 a.C. Eres un mercader que viaja por la India. Viajas de pueblo en pueblo en tu burro y llevas rollos de coloridas telas. Es verano, hace calor, y agradeces la sombra de los banianos que están al costado del camino porque te protegen del sol abrasador. Te detienes en los pozos a beber agua fresca y descansas en los albergues. Sabes que todo esto es obra de tu rey: Asoka.

¿Qué piensas de tu rey?

CONOCER EL CONTEXTO Durante siglos, después de la migración aria, la India estuvo dividida en estados pequeños. Cada estado tenía reglas y gobernantes propios. Luego, en el siglo IV a.C., un general extranjero, Alejandro Magno, conquistó parte del noroeste de la India y unificó la región. Poco tiempo después de la partida de Alejandro, un líder poderoso unió a la India.

El Imperio maurya unifica la India

En la década de 320 a.C., un líder militar llamado Chandragupta Maurya subió al poder en el norte de la India. Con un ejército de **mercenarios**, o soldados a sueldo, se apoderó de todo el norte de la India. Así, fundó el Imperio maurya. El gobierno maurya duró alrededor de 150 años.

El Imperio maurya

Chandragupta Maurya gobernó su imperio con la ayuda de un complejo sistema, que incluía una red de espías y un enorme ejército de 600,000 soldados. El ejército también contaba con miles de elefantes y carros de guerra. Los agricultores pagaban un alto impuesto al gobierno a cambio de la protección que les ofrecía.

En 301 a.C., Chandragupta decidió convertirse en monje jainista. Para ello, debió renunciar al trono. Delegó el poder a su hijo, quien siguió expandiendo el imperio. Al poco tiempo, los maurya controlaban todo el norte y gran parte del centro de la India.

Lo que aprenderás...

Ideas principales
1. El Imperio maurya unificó la mayor parte de la India.
2. Los gobernantes gupta promovieron el hinduismo en su imperio.

La idea clave
Los Maurya y los Gupta construyeron grandes imperios en la India.

Palabras clave
mercenarios, *pág. 448*
edictos, *pág. 449*

TOMAR NOTAS A medida que lees, toma notas sobre el ascenso y la caída de los dos imperios principales de la Antigua India. Registra los datos en un cuadro como el siguiente.

Imperio maurya
Imperio gupta

448 CAPÍTULO 14

Asoka

Alrededor de 270 a.C., Asoka, el nieto de Chandragupta, se convirtió en rey. Asoka fue un gobernante poderoso, el más poderoso de todos los emperadores maurya. Extendió el dominio maurya a casi toda la India. Al conquistar otros reinos, Asoka fortaleció y enriqueció su propio imperio.

Durante muchos años, Asoka observó cómo su ejército luchaba batallas sangrientas contra otros pueblos. Sin embargo, unos años después de convertirse en soberano, Asoka adoptó el budismo y prometió que ya no se embarcaría en guerras de conquista.

Después de convertirse al budismo, Asoka tuvo el tiempo y los recursos para mejorar la calidad de vida del pueblo. Construyó pozos de agua y caminos en todo el imperio. A lo largo de estos caminos, plantó árboles frondosos, construyó albergues para los viajeros y levantó grandes pilares de piedra grabados con **edictos, o leyes** budistas. Además, impulsó la difusión del budismo en la India y en el resto de Asia. Como leíste en la sección anterior, envió misioneros por toda Asia.

Asoka murió en 233 a.C., y poco después, el imperio comenzó a desintegrarse. Sus hijos lucharon por el poder y los invasores amenazaron el imperio. En 184 a.C., el último rey maurya fue asesinado.

ENFOQUE EN LA LECTURA
¿Cuáles fueron algunos de los sucesos clave en la vida de Asoka? ¿En qué orden ocurrieron?

COMPRENSIÓN DE LA LECTURA **Identificar las ideas principales** ¿Cómo lograron los maurya controlar la mayor parte de la India?

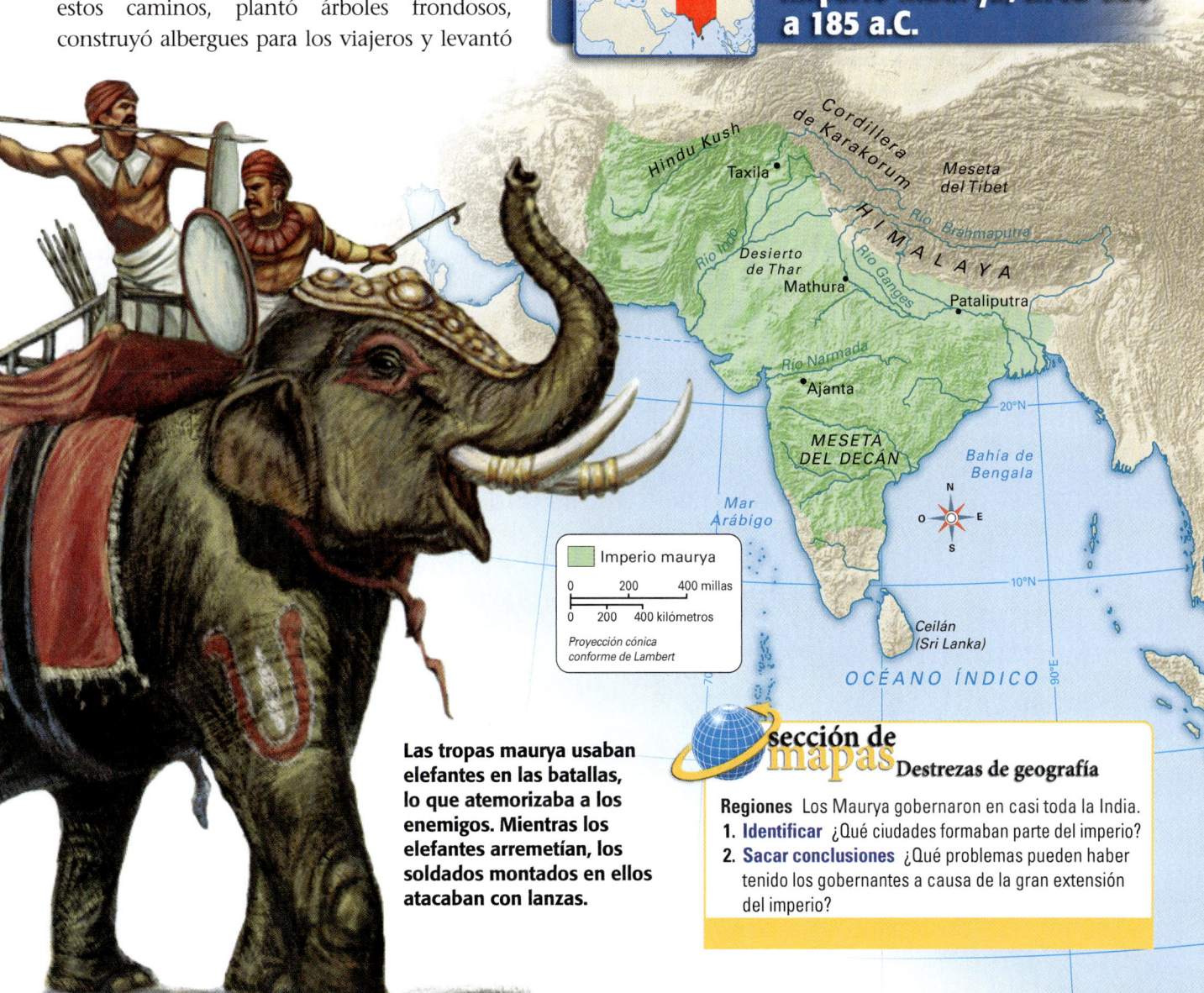

Imperio maurya, circa 320 a 185 a.C.

Las tropas maurya usaban elefantes en las batallas, lo que atemorizaba a los enemigos. Mientras los elefantes arremetían, los soldados montados en ellos atacaban con lanzas.

sección de mapas Destrezas de geografía

Regiones Los Maurya gobernaron en casi toda la India.
1. **Identificar** ¿Qué ciudades formaban parte del imperio?
2. **Sacar conclusiones** ¿Qué problemas pueden haber tenido los gobernantes a causa de la gran extensión del imperio?

CIVILIZACIONES ANTIGUAS DE ASIA: INDIA

Los gobernantes gupta promueven el hinduismo

Después del colapso del Imperio maurya, la India permaneció dividida durante unos 500 años. Durante ese tiempo, el budismo siguió prosperando y expandiéndose en la India, y el hinduismo perdió popularidad.

Un nuevo imperio hindú

VOCABULARIO ACADÉMICO
establecer
fundar o crear

Con el tiempo, sin embargo, una dinastía nueva se **estableció** en la India: los Gupta, quienes tomaron el control de la India alrededor de 320 d.C. Durante el reinado de los Gupta, la India volvió a unirse y prosperó nuevamente.

El primer emperador gupta fue Chandra Gupta I. A pesar de tener nombres similares, no era pariente de Chandragupta Maurya. Desde su base en el norte de la India, los ejércitos de Chandra Gupta I invadieron y conquistaron las tierras vecinas. Con el tiempo, controlaron gran parte del norte de la India.

Con el gobierno de los Gupta, la civilización india floreció. Como los gobernantes eran hindúes, el hinduismo se convirtió en la religión dominante. Los reyes gupta construyeron muchos templos hindúes, algunos de los cuales se convirtieron más tarde en modelos de la arquitectura india. Los reyes también fomentaron el renacimiento de las prácticas de adoración y los escritos hindúes.

A pesar de ser hindúes, los gobernantes gupta también apoyaron las creencias religiosas del budismo y el jainismo. Fomentaron el arte budista y construyeron templos budistas. También fundaron una universidad en Nalanda, que se convirtió en uno de los centros de estudios budistas más importantes de Asia.

La sociedad gupta

En 375, el emperador Chandra Gupta II subió al trono en la India. La sociedad gupta alcanzó su máximo esplendor durante este reinado. El imperio siguió creciendo y llegó a extenderse hasta el norte de la India. Al mismo tiempo, la economía del imperio se fortaleció y, por lo tanto, los habitantes se volvieron más prósperos. Se crearon magníficas obras de arte y literatura. Los extranjeros admiraban la belleza y la riqueza del imperio.

Los reyes gupta creían que el estricto orden social que imponía el sistema de castas hindú fortalecería el gobierno. También creían que mantendría la estabilidad del imperio. Por eso, los Gupta consideraban que el sistema de castas era una parte importante de la sociedad india.

Esto no caía muy bien a las mujeres, cuyos roles estaban limitados en el sistema de castas. Los brahmanes enseñaban que el rol de las mujeres era casarse y tener hijos. Las mujeres ni siquiera podían elegir a sus maridos. Los padres determinaban todos los matrimonios. Una vez

El Imperio gupta, circa 400

sección de mapas Destrezas de geografía

Lugar El Imperio gupta se desarrolló en el norte de la India.
1. **Identificar** ¿Qué región de la India no formó parte del imperio?
2. **Comparar** ¿Cómo se comparaba el Imperio maurya con el gupta?

El arte gupta
En esta pintura gupta de una escena palaciega se muestran algunas de las diferentes castas indias. Los gobernantes gupta apoyaban el hinduismo y el sistema de castas.

casadas, las mujeres tenían pocos derechos. Se suponía que debían servir a sus maridos. La condición social de las viudas era incluso inferior a la de las demás mujeres.

El poderío gupta se mantuvo fuerte en la India hasta fines del siglo V. En ese momento, los hunos, un grupo proveniente de Asia Central, invadió la India desde el noroeste. Sus ataques feroces acabaron con el poder y la riqueza del Imperio gupta. Cuando los ejércitos hunos se adentraron en la India, los Gupta perdieron toda esperanza.

A mediados del siglo VI, el gobierno gupta había llegado a su fin y la India quedó dividida en reinos pequeños una vez más

COMPRENSIÓN DE LA LECTURA **Resumir** ¿Cuál era la postura de la dinastía Gupta con respecto a la religión?

RESUMEN Y PRESENTACIÓN Los Maurya y los Gupta unificaron gran parte de la India. A continuación, aprenderás acerca de sus logros.

Evaluación de la Sección 4

Repasar ideas, palabras y lugares
1. **a. Identificar** ¿Quién creó el Imperio maurya?
   b. Resumir ¿Qué ocurrió después de que Asoka se convirtió al budismo?
   c. Profundizar ¿Por qué crees que muchos consideran a Asoka como el mejor gobernante maurya?
2. **a. Recordar** ¿A qué religión pertenecían la mayoría de los gobernantes gupta?
   b. Comparar y contrastar ¿En qué se parecían y en qué se diferenciaban los reyes Chandragupta Maurya y Chandra Gupta I?
   c. Evaluar ¿Crees que fue una buena idea que los Gupta implementaran el sistema de castas? ¿Por qué?

Pensamiento crítico
3. **Crear categorías** Dibuja una tabla como la siguiente. Complétala con datos acerca de los gobernantes indios.

Gobernante	Dinastía	Logros

ENFOQUE EN LA REDACCIÓN
4. **Comparar los imperios indios** Otro tema posible para tu cartel puede ser una comparación de los Imperios gupta y maurya. Escribe algunas ideas sobre lo que podrías incluir en esa comparación.

BIOGRAFÍA

Asoka

¿Cómo puede una decisión cambiar por completo la vida de un hombre?

¿Cuándo vivió? Antes del año 230 a.C.

¿Dónde vivió? El imperio de Asoka abarcaba gran parte del norte y centro de la India.

¿Qué hizo? Después de liderar muchas guerras sangrientas para expandir su imperio, Asoka abandonó la violencia y se convirtió al budismo.

¿Por qué es importante? Asoka es uno de los gobernantes más respetados de la historia india y una de las figuras más importantes de la historia del budismo. Era budista devoto y, durante años, trabajó para divulgar las enseñanzas de Buda. Además de enviar misioneros por toda Asia, hizo tallar columnas enormes con las enseñanzas de Buda por toda la India. En gran medida, el budismo se convirtió en una de las principales religiones de Asia gracias a los esfuerzos de Asoka.

Generalizar ¿En qué cambió la vida de Asoka después de convertirse al budismo?

SUCESOS CLAVE

- *circa* 270 a.C. Asoka se convierte en emperador maurya.
- *circa* 261 a.C. El imperio de Asoka alcanza su mayor extensión.
- *circa* 261 a.C. Asoka se convierte al budismo.
- *circa* 251 a.C. Asoka comienza a enviar misioneros budistas a otras regiones de Asia.

Asoka construyó este santuario budista en Sanchi, India.

Los logros de los indios

SECCIÓN 5

Si VIVIERAS allí...

Eres viajero y estás en el oeste de la India en el siglo IV. Te encuentras en una cueva donde se construyó un templo, tallado en la ladera de una montaña. El lugar es fresco y silencioso. A tu alrededor se elevan columnas enormes. No te sientes solo, porque las paredes y el techo están cubiertos de pinturas de figuras y escenas llenas de vida. En el centro hay una estatua grande, de rasgos calmos que transmiten paz.

¿Cómo te sientes en esta cueva?

CONOCER EL CONTEXTO Los Imperios maurya y gupta unieron políticamente a la mayor parte de la India. Durante este período, los científicos, estudiosos, escritores y artistas indios lograron grandes avances. Hoy en día, se sigue estudiando y admirando algunas de sus obras.

El arte religioso

Durante los períodos maurya y gupta, los indios crearon grandes obras de arte, en su mayoría, religiosas. Muchas pinturas y esculturas ilustraban enseñanzas hindúes o budistas. En toda la India se construyeron templos magníficos, tanto hindúes como budistas. En la actualidad, siguen siendo algunos de los edificios más bellos del mundo.

Los templos

Los primeros templos hindúes eran pequeñas estructuras de piedra. Tenían techos planos y sólo una o dos habitaciones. Sin embargo, en el período gupta, la arquitectura de los templos se volvió más compleja. Los templos se coronaban con torres inmensas, y sus paredes estaban cubiertas de grabados del dios que se adoraba en ese lugar.

Los templos budistas del período gupta también son impactantes. Algunos templos están completamente tallados en la ladera de una montaña. Los más famosos están en Ajanta y Ellora. Sus constructores llenaron las cuevas de hermosas pinturas y esculturas.

Otra clase de templo budista era el stupa. Tenían techos en forma

Lo que aprenderás...

Ideas principales
1. Los artistas indios crearon grandes obras de arte religioso.
2. La literatura sánscrita floreció durante el período gupta.
3. Los indios lograron avances científicos en la metalurgia, la medicina y otras ciencias.

La idea clave
Los habitantes de la Antigua India hicieron importantes aportes a las artes y la ciencia.

Palabras clave
metalurgia, *pág. 456*
aleaciones, *pág. 456*
números indoarábigos, *pág. 456*
inoculación, *pág. 456*
astronomía, *pág. 457*

 TOMAR NOTAS A medida que lees, busca información sobre los logros de los habitantes de la Antigua India. Registra las notas sobre estos logros en una tabla.

Tipo de logro	Detalles sobre los logros
Arte religioso	
Literatura sánscrita	
Avances científicos	

CIVILIZACIONES ANTIGUAS DE ASIA: INDIA **453**

La arquitectura de los templos

Este templo hindú está cubierto de adornos y grabados muy detallados. Muchas esculturas individuales son imágenes de los principales dioses hindúes, como la estatua de Visnú que se ve arriba.

de cúpula y albergaban objetos sagrados de la vida de Buda. Muchos de estos templos están recubiertos de tallados exquisitos.

Pintura y escultura

Durante el período gupta también se crearon innumerables obras de arte, tanto en la pintura como en la escultura. Ser pintor era una profesión muy respetada, y la India contaba con artistas muy hábiles. Sin embargo, no conocemos los nombres de muchos artistas de este período. Lo que sí conocemos son los nombres de muchos miembros ricos y poderosos de la sociedad gupta que les pagaban a esos artistas para que realizaran trabajos hermosos de relevancia religiosa y social.

La mayoría de las pinturas del período gupta son claras y coloridas. Algunas muestran a personas indias llevando joyas finas y ropa elegante con mucha gracia. Estas pinturas nos dan una idea sobre cómo era la vida ceremonial y cotidiana de los indios.

Los artistas de las dos religiones indias principales, el budismo y el hinduismo, se inspiraban en sus creencias para crear sus obras. Por eso muchas de las pinturas más destacadas de la Antigua India se encuentran en los templos. Los pintores hindúes dibujaban cientos de dioses en las entradas y las paredes de los templos. Los budistas cubrían las paredes y los techos con escenas tomadas de la vida de Buda.

Los escultores indios también crearon grandes obras de arte. Hicieron muchas estatuas para los templos budistas de las montañas. No sólo realizaron tallados intrincados en las columnas, sino que esculpieron estatuas de reyes y de Buda. Algunas de estas estatuas se encuentran sobre las entradas de las cuevas. Los templos hindúes también exhibían impactantes estatuas de sus dioses. De hecho, las paredes de algunos templos, como el que se ve arriba, estaban completamente cubiertas de bajorrelieves e imágenes.

COMPRENSIÓN DE LA LECTURA Resumir ¿De qué manera influyó la religión en el arte de la Antigua India?

La literatura sánscrita

Como ya leíste, el sánscrito era el idioma principal de los antiguos arios. Durante los períodos maurya y gupta, se crearon numerosas obras de la literatura sánscrita. Estas obras luego se tradujeron a varias lenguas.

Las épicas religiosas

Las obras principales de la literatura sánscrita son dos épicas religiosas: el *Mahabharata* y el *Ramayana*. El *Mahabharata*, aún popular en la India, es una de las obras literarias más largas de todos los tiempos. Es una historia sobre la lucha entre dos familias por ejercer el control de un reino. Dentro de la historia, se incluyeron largos fragmentos sobre las creencias hindúes. El más famoso se llama *Bhagavad Gita*.

El *Ramayana*, otra gran épica, cuenta sobre un príncipe llamado Rama. En realidad, el príncipe era el dios Visnú, que había tomado forma humana para liberar al mundo de los demonios. También debía rescatar a su esposa, una princesa llamada Sita. Durante siglos, los indios tomaron a los personajes del *Ramayana* como modelo de buen comportamiento. A Rama se lo considera el gobernante ideal, y su relación con Sita, el matrimonio ideal.

Otras obras

Los escritores del período gupta también crearon obras de teatro, poesías y otros tipos de literatura. Un escritor famoso de esa época fue Kalidasa. Era tan brillante que Chandra Gupta II lo contrató para que escribiera obras de teatro para la corte.

Poco antes del siglo VI, los escritores indios produjeron un libro de cuentos llamado *Panchatantra*. La intención era que los cuentos dejaran alguna enseñanza. En ellos se valoraban la inteligencia y la rapidez mental de las personas. Todos los cuentos terminan con un mensaje sobre temas como la importancia de tener amigos, la pérdida de bienes materiales, la guerra o alguna otra idea. Por ejemplo, el mensaje del siguiente párrafo advierte a los oyentes que deben pensar antes de actuar.

> "Antes de hacer cualquier cosa hay que pensar noche y día: la tonta garza no lo hizo y comieron a sus crías."
> —del *Panchatantra*, traducido de la versión de Arthur William Ryder

Con el tiempo, las traducciones de esta colección de cuentos recorrieron todo el mundo. Su popularidad llegó a países tan lejanos como los de Europa.

COMPRENSIÓN DE LA LECTURA **Crear categorías** ¿Qué tipos de obras literarias crearon los escritores de la Antigua India?

En esta ilustración del *Ramayana*, el rey mono le ordena al general mono Hanuman que encuentre a Sita. Hanuman ayuda a Rama a vencer a los demonios y rescatar a Sita. Muchos indios lo consideran un modelo de devoción y lealtad.

Las ciencias indias

Metalurgia
Los indios eran expertos en el trabajo con metales. En esta moneda de oro aparece el emperador Chandra Gupta II.

Medicina
En esta pintura moderna, el cirujano indio Susruta opera a un paciente. Los antiguos indios tenían conocimientos de medicina muy avanzados.

Avances científicos

Los logros indios no se limitaron al arte, la arquitectura y la literatura. También realizaron grandes avances en la metalurgia, las matemáticas y las ciencias.

La metalurgia

Los antiguos indios fueron pioneros de la **metalurgia**, la ciencia de trabajar los metales. Su conocimiento les permitió crear herramientas y armas de gran calidad. También conocían los **procesos** para mezclar los metales y crear **aleaciones**, mezclas de dos o más metales. En ocasiones, las aleaciones son más resistentes o más sencillas de trabajar que los metales puros.

Los objetos más fuertes se hacían con hierro. El hierro indio era muy puro y fuerte, lo que lo convertía en un elemento valioso para el comercio.

Durante la dinastía Gupta, se construyó el famoso Pilar de hierro cerca de Delhi. A diferencia de las demás piezas hechas con hierro, que se oxidan fácilmente, este pilar es muy resistente al óxido. La alta columna todavía atrae a muchísimos visitantes. Los expertos aún estudian la columna para aprender los secretos indios.

VOCABULARIO ACADÉMICO
proceso serie de pasos que se toman para completar una tarea

En la actualidad, se siguen dando inoculaciones contra muchas enfermedades.

Las matemáticas y otras ciencias

Los estudiosos gupta también progresaron en las ciencias y las matemáticas. De hecho, estaban entre los matemáticos más capaces de su época. Desarrollaron muchos de los elementos de nuestro sistema matemático moderno. Los números que utilizamos hoy se llaman **números indoarábigos** porque fueron creados por los indios y llevados a Europa por los árabes. Además, los indios fueron los creadores del cero. Aunque parece un detalle sin importancia, la matemática moderna no sería posible sin el cero.

Los antiguos indios también eran expertos en medicina. En épocas tan remotas como el siglo II d.C., los médicos escribían sus conocimientos en libros de texto. En esos libros se describe, por ejemplo, cómo elaborar medicamentos con plantas y minerales.

Los médicos indios no sólo curaban a sus pacientes con medicinas, sino que sabían cómo protegerlos contra las enfermedades. Utilizaban la **inoculación**, un método que consiste en inyectar una pequeña dosis de un virus a una persona para ayudarla a crear defensas contra la enfermedad. Al combatir esta pequeña dosis, el cuerpo aprende a defenderse.

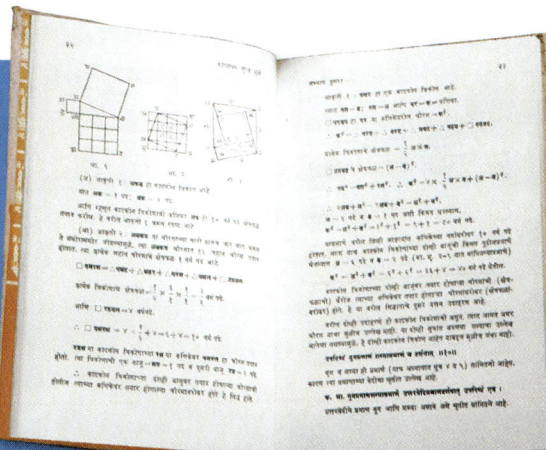

Matemáticas
Este libro es una copia de un antiguo libro del siglo VI d.C. aproximadamente que resume los conocimientos matemáticos de los indios. Incluye aritmética básica, fracciones y un sistema de conteo.

Astronomía
Los gupta hicieron grandes avances en astronomía, a pesar de que no contaban con instrumentos modernos, como el telescopio. Usaban elementos como este, que data del siglo XVIII, para observar y trazar mapas de las estrellas.

DESTREZA DE ANÁLISIS ANALIZAR RECURSOS VISUALES
¿Cuáles son algunas de las ciencias que estudiaron los antiguos indios?

A los que estaban muy lastimados, los médicos indios podían realizarles operaciones. Los cirujanos arreglaban huesos rotos, curaban heridas, extirpaban amígdalas infectadas, reconstruían narices quebradas y ¡hasta volvían a unir lóbulos cortados! Si no hallaban la cura para una enfermedad, usaban hechizos mágicos.

El interés de los indios por la **astronomía, el estudio de las estrellas y los planetas,** también se remonta a la antigüedad. Los astrónomos indios conocían siete de los nueve planetas del sistema solar. Sabían que el Sol era una estrella y que los planetas giraban a su alrededor. También sabían que la Tierra era una esfera y que giraba sobre su propio eje. Es más, eran capaces de predecir los eclipses solares y lunares.

COMPRENSIÓN DE LA LECTURA   Identificar las ideas principales ¿Cuáles fueron dos de los logros de los indios en matemáticas?

RESUMEN Y PRESENTACIÓN La India surgió de un grupo de ciudades a orillas de los ríos Indo y Sarasvati, y se convirtió en un imperio importante cuyos habitantes consiguieron grandes logros. En el próximo capítulo leerás sobre otra civilización que experimentó un crecimiento similar: China.

Evaluación de la Sección 5

Repasar ideas, palabras y lugares
1. a. **Describir** ¿Cómo eran los templos hindúes del período gupta?
   b. **Analizar** ¿Cómo puedes saber que los artistas indios eran respetados?
   c. **Evaluar** ¿Por qué crees que los templos hindúes y budistas albergaban obras de arte magníficas?
2. a. **Identificar** ¿Qué es el *Bhagavad Gita*?
   b. **Explicar** ¿Por qué se escribieron las historias de *Panchatantra*?
   c. **Profundizar** ¿Por qué crees que las épicas escritas en sánscrito siguen resultando interesantes?
3. a. **Definir** ¿Qué es la **metalurgia**?
   b. **Explicar** ¿Por qué los números que usamos hoy se llaman **números indoarábigos**?

Pensamiento crítico
4. **Crear categorías** Haz una tabla como la siguiente. Identifica los avances científicos de cada categoría.

Metalurgia	Matemáticas	Medicina	Astronomía

ENFOQUE EN LA REDACCIÓN

5. **Destacar los logros indios** Haz una lista de los logros indios que podrías incluir en el cartel. Piensa en este tema y en los temas de las otras secciones del capítulo. Elige un tema para tu cartel.

Destrezas de estudios sociales

- Tablas y gráficas
- Pensamiento crítico
- Geografía
- Estudio

Comparar mapas

Aprender

Los mapas son una herramienta necesaria para el estudio de la historia y la geografía. Sin embargo, a veces los mapas no contienen toda la información que necesitamos. En ese caso, quizás tengamos que comparar dos o más mapas y combinar los datos de cada uno.

Por ejemplo, en un mapa físico de la India encontrarás los relieves de la región. Luego puedes observar un mapa de población para ver cuántas personas viven allí. Al comparar ambos mapas, podrás saber la influencia que tiene el relieve en la distribución de la población.

Practicar

Compara los dos mapas de esta página y responde a las siguientes preguntas.

1. ¿Cuál era el límite noreste del Imperio gupta? ¿Cómo es el paisaje en esa zona?
2. ¿Qué región de la India nunca formó parte del Imperio gupta? Teniendo en cuenta el mapa físico, ¿por qué crees que ocurrió eso?

Aplicar

Elige dos mapas de este capítulo o dos mapas del atlas del libro. Analiza los mapas y escribe tres preguntas para que alguien pueda contestarlas después de compararlos. Recuerda hacer preguntas que deban responderse observando los dos mapas.

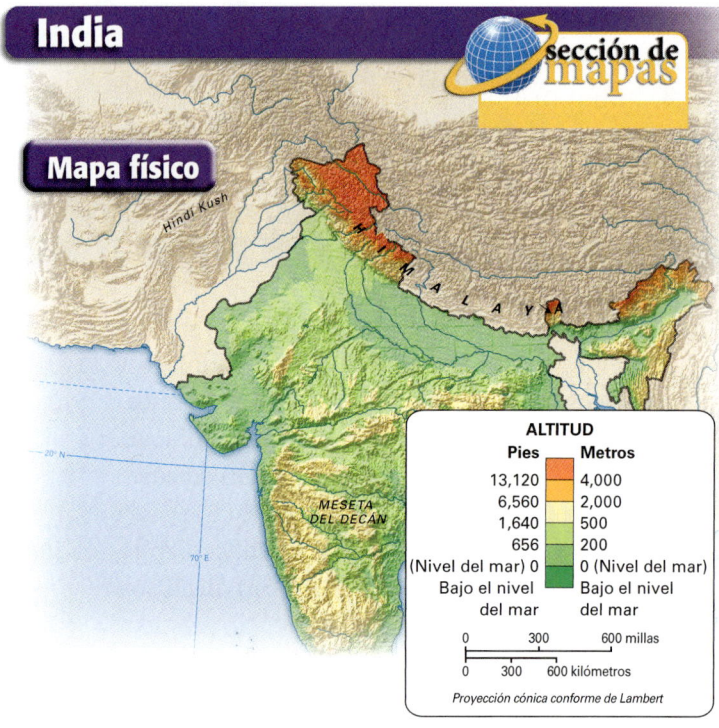

India — Mapa físico

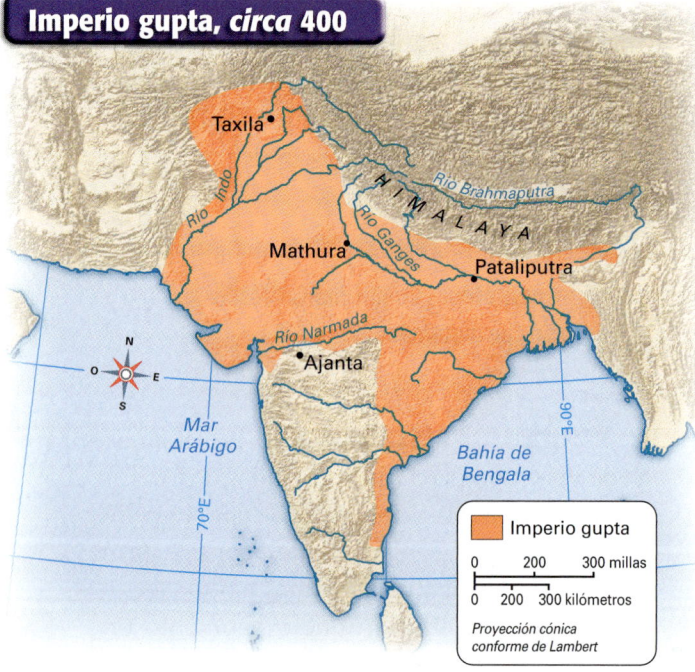

Imperio gupta, *circa* 400

458 CAPÍTULO 14

CAPÍTULO 14 – Práctica para el examen estandarizado

INSTRUCCIONES (1 a 7): Escribe en una hoja de respuestas aparte el *número* de la palabra o expresión dada que mejor complete las oraciones o responda a las preguntas.

1 ¿Sobre qué río se desarrollaron las primeras civilizaciones de la India?
   (1) Indo
   (2) Ganges
   (3) Brahmaputra
   (4) Krishna

2 En la Antigua India, ¿qué varna tenía la vida más sacrificada?
   (1) los brahmanes
   (2) los chatrias
   (3) los sudras
   (4) los vaisias

3 ¿Cuál es el objetivo principal de las personas que practican el budismo tal como lo enseñó Buda?
   (1) la riqueza
   (2) el renacimiento
   (3) el trabajo misionero
   (4) alcanzar el nirvana

4 ¿Qué soberano indio agrandó enormemente el imperio y luego abandonó la violencia y difundió el budismo?
   (1) Chandragupta Maurya
   (2) Asoka
   (3) Buddha
   (4) Mahavira

5 Las contribuciones de la Antigua India a la civilización mundial incluyeron
   (1) el desarrollo del primer calendario del mundo.
   (2) la creación de lo que hoy se llama álgebra.
   (3) la invención del arado y la rueda.
   (4) la introducción del cero al sistema numérico.

6 ¿En qué dos antiguas religiones indias es central el concepto del nirvana?
   (1) el hinduismo y el islam
   (2) el budismo y el judaísmo
   (3) el budismo y el hinduismo
   (4) el islam y el judaísmo

7 Según las enseñanzas hindúes, el espíritu universal que contiene todo lo que existe en el mundo se llama
   (1) Visnú.
   (2) Brahman.
   (3) Siva.
   (4) Buda.

Básate en el siguiente fragmento y en tus conocimientos de estudios sociales para responder a la pregunta 8.

> "De la ira surge la confusión;
> de la confusión, las fallas de la memoria;
> de la memoria deficiente surge la incomprensión;
> de la incomprensión, no se obtiene nada.
>
> Pero un hombre de fortaleza interior
> cuyos sentidos experimentan los objetos
> sin atracción ni odio,
> en el autocontrol, halla la serenidad."
>
> —del *Bhagavad Gita*,
> traducido de la versión de Barbara Stoler Miller

8 **Pregunta con respuesta elaborada** El fragmento anterior del Bhagavad Gita es un consejo sobre cómo alcanzar el nirvana. De acuerdo con el fragmento, ¿qué encontrará una persona si tiene fortaleza interior y autocontrol?

CAPÍTULO 15

Civilizaciones antiguas de Asia: China

PREGUNTA DE ENFOQUE
¿Qué aportes hicieron las civilizaciones antiguas al desarrollo del Hemisferio oriental?

Lo que aprenderás…

En este capítulo, aprenderás sobre la historia y la cultura de la antigua China. China fue uno de los primeros centros de civilización. También estudiarás las poderosas dinastías que gobernaron China y determinaron su cultura.

SECCIÓN 1
China en sus comienzos 464

SECCIÓN 2
La dinastía Han 468

SECCIÓN 3
Las dinastías Sui, Tang y Song 476

SECCIÓN 4
El confucianismo y el gobierno 482

SECCIÓN 5
Las dinastías Yuan y Ming 486

ENFOQUE EN LA LECTURA Y LA REDACCIÓN

Comprender el orden cronológico Cuando lees acerca de la historia, es importante recordar el orden en que ocurrieron los sucesos. Puedes usar las palabras del texto para comprender este orden. **Consulta la lección Comprender el orden cronológico la página ES18.**

Escribir un artículo periodístico Eres un escritor independiente y te han pedido que escribas un artículo periodístico sobre los logros de los antiguos chinos. A medida que lees este capítulo, reunirás información. Luego, usarás la información para escribir el artículo periodístico.

Comerciantes en la Ruta de la Seda

China en sus comienzos Las primeras dinastías que gobernaron China dejaron artefactos como esta figura de arcilla de un soldado.

462 CAPÍTULO 15

SECCIÓN 1

China en sus comienzos

Lo que aprenderás...

Ideas principales

1. La civilización china se originó en las orillas de dos ríos.
2. La dinastía Shang fue la primera dinastía conocida que gobernó China.
3. Las dinastías Zhou y Qin cambiaron la sociedad china e impulsaron grandes avances.

La idea clave

Tres dinastías dieron forma a la historia china en sus comienzos: las dinastías Shang, Zhou y Qin.

Lugares y palabras clave

Chang Jiang, *pág. 464*
Huang He, *pág. 464*
mandato divino, *pág. 466*
Xi'an, *pág. 467*
Gran Muralla, *pág. 467*

TOMAR NOTAS Dibuja una tabla como la siguiente. A medida que lees esta sección, completa la tabla con detalles acerca de cada período de la historia de la Antigua China.

Comienzos	Dinastía Shang	Dinastía Zhou	Dinastía Qin

Si VIVIERAS allí...

Eres el gobernante de China y cientos de miles de personas buscan tu protección. Tu país ha vivido en paz durante muchos años. Han surgido grandes ciudades y los comerciantes viajan libremente de un lugar a otro. Sin embargo, se avecina una nueva amenaza. Hay invasores que provienen del norte y amenazan las fronteras de China. Temerosos ante la violencia de estos invasores, el pueblo te pide ayuda.

¿Qué harás para proteger a tu pueblo?

CONOCER EL CONTEXTO Al igual que en la India, los primeros asentamientos en China se establecieron cerca de los ríos. En la Antigua China había dos ríos importantes: el Huang He y el Chang Jiang. A lo largo de estos ríos, se comenzó a cultivar, surgieron las ciudades y nació el gobierno de China. El jefe de ese gobierno era un emperador, que gobernaba toda China.

Comienzos de la civilización china

Ya en el año 7000 a.C. se había comenzado a cultivar en China. Se cultivaba arroz en la parte media del valle del **Chang Jiang**. Al norte, a lo largo del **Huang He**, la tierra era mejor para cultivar cereales como el mijo y el trigo. Al mismo tiempo, las personas domesticaban animales, como cerdos y ovejas. Con el sustento de estas fuentes de alimento, la población de China aumentó. Aparecieron aldeas a lo largo de los ríos.

Algunas de las aldeas a lo largo del río Huang He se convirtieron en grandes ciudades. Para defenderse de las inundaciones y los vecinos hostiles, las ciudades estaban rodeadas de murallas. Los chinos dejaron muchos artefactos en esas ciudades, como puntas de flecha, anzuelos, herramientas y objetos de cerámica. En algunos yacimientos de aldeas incluso se encontraron retazos de tela.

Con el tiempo, la cultura china se volvió más avanzada. Después del 3000 a.C. se empezaron a usar tornos para fabricar varios tipos de objetos de cerámica. También aprendieron a cavar pozos de agua. A medida que las poblaciones crecían, las aldeas se extendieron a lo largo de grandes zonas tanto en el norte como en el sudeste de China.

COMPRENSIÓN DE LA LECTURA **Analizar** ¿Dónde y cuándo se desarrollaron las primeras civilizaciones de China?

La dinastía Shang

A medida que pasó el tiempo, las dinastías, o familias de poderosos gobernantes, comenzaron a tomar el poder en China. La primera dinastía de la que se tienen pruebas concretas es la dinastía Shang, que se estableció con firmeza alrededor del siglo XVI a.C. La dinastía Shang, la más poderosa del valle del Huang He, gobernó gran parte de la zona del norte de China, como se muestra en el mapa. Los emperadores de la dinastía Shang gobernaron China hasta el siglo XII a.C.

La dinastía Shang logró muchos progresos, entre ellos, el primer sistema de escritura de China. Este sistema utilizaba más de 2,000 símbolos para expresar palabras o ideas. Aunque el sistema ha sufrido cambios a lo largo de los años, los símbolos chinos que se usan en la actualidad están basados en los que se usaban durante el dominio de la dinastía Shang.

Se han encontrado muchos ejemplos de la escritura Shang en huesos de ganado y caparazones de tortuga. Los sacerdotes tallaban preguntas acerca del futuro en huesos o caparazones que luego se agrietaban al calentarse. Los sacerdotes creían que podían "leer" estas grietas para predecir el futuro.

Además de la escritura, la dinastía Shang también alcanzó otros logros. Los artesanos fabricaban hermosos recipientes de bronce para cocinar y para las ceremonias religiosas. También fabricaban hachas, cuchillos y ornamentos con jade. Los soldados fabricaban carros de guerra, arcos potentes y armaduras de bronce. La dinastía Shang también inventó un calendario basado en los ciclos de la luna.

COMPRENSIÓN DE LA LECTURA Resumir ¿Cuáles fueron dos de los logros que alcanzó la dinastía Shang?

Las dinastías Zhou y Qin

La dinastía Shang fue sólo la primera de muchas dinastías que se describen en los registros chinos. Después de que la dinastía Shang perdió poder, surgieron otras dinastías que tomaron el control de China. Dos de esas dinastías fueron la dinastía Zhou y la dinastía Qin.

La dinastía Zhou

ENFOQUE EN LA LECTURA
¿Qué dinastía gobernó antes: la dinastía Zhou o la dinastía Qin?

En el siglo XII, los gobernantes de la dinastía Shang de China fueron derrocados en una rebelión. En su lugar, los rebeldes de la parte oeste de China tomaron el poder. Este suceso marcó el comienzo de la dinastía Zhou. Esta dinastía duró más que ninguna otra en la historia de China. Los gobernantes de la dinastía Zhou mantuvieron el poder en China hasta el año 771 a.C.

Los miembros de la dinastía Zhou afirmaban que el cielo los había elegido para gobernar China. Creían que nadie podía gobernar sin el permiso del cielo. La idea de que el cielo elegía a los gobernantes de China y les daba el poder se llamaba **mandato divino**.

Bajo el mandato de la dinastía Zhou, se formó un nuevo orden político en China. El emperador era la máxima figura dentro de la sociedad. Todo en China le pertenecía y todos tenían que serle fiel.

Los emperadores entregaban tierras a las personas a cambio de lealtad o por desempeñarse en el servicio militar. Quienes recibían estas tierras se convertían en nobles. Debajo de los nobles se encontraban los campesinos o agricultores que poseían terrenos de poca extensión. Además de cultivar su propio alimento, los campesinos debían cultivar alimentos para los nobles.

El período de los Reinos Combatientes

El sistema político de la dinastía Zhou se fue quebrando a medida que los nobles demostraban menor lealtad hacia los emperadores. Cuando un grupo de invasores atacaron la capital en 771 a.C., muchos nobles se negaron a pelear. Como consecuencia, el emperador fue derrocado. China se dividió en muchos reinos que peleaban entre sí. Esta época de disturbios en China se conoce con el nombre del "período de los Reinos Combatientes".

> **BIOGRAFÍA**
>
> **El emperador Shi Huangdi**
> (259 a 210 a.C. aprox.)
>
> Shi Huangdi fue un emperador poderoso y muy estricto. Exigía que todos en China creyeran lo mismo que él. Para evitar que las personas tuvieran otras ideas, ordenó quemar todos los libros que no coincidieran con sus creencias. Cuando un grupo de intelectuales protestó por la quema de estos libros, Shi Huangdi ordenó que los enterraran vivos. Estas acciones alimentaron un resentimiento contra el emperador. Por lo tanto, el pueblo estaba deseoso de poner fin a la dinastía Qin.

En 1974, un grupo de arqueólogos halló la tumba del emperador Shi Huangdi cerca de Xi'an y descubrió algo sorprendente. Cerca del emperador estaba enterrado un ejército de más de 6,000 soldados de terracota, o arcilla, de tamaño natural. Los soldados habían sido diseñados para acompañar a Shi Huangdi en la vida después de la muerte. En otras cámaras cercanas a la tumba había otras 1,400 figuras de arcilla de carros y caballería.

La dinastía Qin

El período de los Reinos Combatientes llegó a su fin cuando un estado se volvió lo suficientemente fuerte para derrotar a todos sus rivales. Ese estado se llamaba Qin. En el año 221 a.C., un rey de Qin logró unificar a toda China bajo su dominio y se autoproclamó emperador.

Como emperador, el rey adoptó un nuevo nombre. Se llamó a sí mismo Shi Huangdi, que significa "primer emperador". Shi Huangdi fue un gobernante muy estricto, pero también muy efectivo. Expandió el territorio de China hacia el norte y hacia el sur, como se muestra en el mapa al principio de esta sección.

Shi Huangdi cambió profundamente la política en China. A diferencia de los gobernantes de la dinastía Zhou, se negó a compartir su poder. Los nobles que anteriormente habían disfrutado de muchos derechos, los perdieron. Además, ordenó a miles de familias nobles a mudarse a la capital, que ahora se llamaba **Xi'an**. El emperador creía que si mantenía a los nobles cerca suyo sería menos probable que se rebelaran contra él.

La dinastía Qin no duró mucho. Mientras Shi Huangdi estaba vivo, tuvo la fuerza suficiente para mantener a China unificada. Sin embargo, sus sucesores no fueron tan fuertes. De hecho, China comenzó a dividirse pocos años después de la muerte de Shi Huangdi. Las rebeliones comenzaron en toda China y el país entró en una guerra civil.

Los logros de la dinastía Qin

Aunque la dinastía Qin no gobernó por mucho tiempo, impulsó grandes avances en China. Como emperador, Shi Huangdi se esforzó para que todos los habitantes de China actuaran y pensaran de la misma manera. Creó un sistema de leyes que se aplicarían de igual manera en todas partes de China. También estableció un nuevo sistema monetario. Anteriormente, las personas de cada región usaban monedas locales. También creó un sistema de escritura uniforme que eliminó las pequeñas diferencias que existían entre las regiones.

Sin embargo, los logros más conocidos de la dinastía Qin fueron en el campo de la construcción. Bajo la dinastía Qin, los chinos construyeron una enorme red de carreteras y canales. Estas carreteras y canales unían las zonas alejadas del imperio y facilitaron los viajes y el comercio.

Para proteger a China de las invasiones, Shi Huangdi construyó la **Gran Muralla, una barrera que unía las antiguas murallas que se levantaban cerca de la frontera del norte de China.** Cientos de miles de obreros trabajaron durante muchos años para construir la muralla. Las dinastías posteriores continuaron la construcción de la muralla y algunas partes todavía permanecen en pie.

RESUMEN Y PRESENTACIÓN Las dinastías Shang, Zhou y Qin dieron forma a los comienzos de la historia china. A continuación, leerás acerca de otra poderosa dinastía: la dinastía Han.

Evaluación de la Sección 1

go.hrw.com
Cuestionario en Internet
PALABRA CLAVE: SK9 HP15
(Sólo en inglés)

Repasar ideas, palabras y lugares

1. a. **Identificar** ¿En qué ríos se originó la civilización china?
   b. **Analizar** ¿Qué progresos lograron los antiguos chinos?
2. a. **Describir** ¿En qué área gobernó la dinastía Shang?
   b. **Evaluar** ¿Cuál crees que fue el logro más importante de la dinastía Shang? ¿Por qué?
3. a. **Definir** ¿Qué es el **mandato divino**?
   b. **Generalizar** ¿De qué forma cambió Shi Huangdi a China?

Pensamiento crítico

4. **Analizar** Dibuja una tabla como la siguiente. Usa tus notas para escribir detalles sobre los logros y el sistema político de las antiguas dinastías chinas.

	Logros	Sistema político
Shang		
Zhou		
Qin		

ENFOQUE EN LA REDACCIÓN

5. **Identificar progresos** Las dinastías Shang, Zhou y Qin lograron algunos de los avances más importantes de la historia de China. ¿Cuáles mencionarás en tu artículo periodístico? Escribe algunas notas.

CIVILIZACIONES ANTIGUAS DE ASIA: CHINA

SECCIÓN 2

La dinastía Han

Lo que aprenderás...

Ideas principales
1. El gobierno de la dinastía Han se basaba en gran medida en las ideas de Confucio.
2. La dinastía Han apoyó y fortaleció la vida familiar en China.
3. La dinastía Han alcanzó muchos logros en el arte, la literatura y la educación.

La idea clave
La dinastía Han creó una nueva forma de gobierno que valoraba la familia, el arte y la educación.

Palabras clave
reloj de sol, *pág. 472*
sismógrafo, *pág. 472*
acupuntura, *pág. 473*

 A medida que lees, toma notas sobre el gobierno, la vida familiar y los logros durante la dinastía Han. Usa un diagrama como el siguiente para organizar tus notas.

Si VIVIERAS allí...

Eres un joven estudiante chino que proviene de una familia pobre. Tu familia ha trabajado mucho para darte una buena educación y que puedas obtener un trabajo en el gobierno y tener un gran futuro. Tus amigos se ríen de ti. Dicen que sólo los niños de familias adineradas obtienen los mejores trabajos. Piensan que es mejor unirse al ejército.

¿Realizarás el examen o te unirás al ejército? ¿Por qué?

CONOCER EL CONTEXTO Aunque fue severo, el gobierno del primer emperador de la dinastía Qin ayudó a unificar el norte de China. Con la construcción de lo que luego se convertiría en la Gran Muralla, fortaleció las defensas del norte. Sin embargo, su sucesor no pudo conservar el poder. La dinastía Qin desapareció frente a una nueva dinastía que gobernaría durante los próximos 400 años.

El gobierno de la dinastía Han

Con la caída de la dinastía Qin, muchos grupos se enfrentaron por el poder. Después de años de lucha, un ejército dirigido por Liu Bang tomó el control. Liu Bang se convirtió en el primer emperador de la dinastía Han, que duró más de 400 años.

El surgimiento de una nueva dinastía

Liu Bang, que era un campesino, se convirtió en emperador en gran medida debido a la creencia china del mandato divino. Fue la primera persona común que se convirtió en emperador. Ganó la lealtad y la confianza del pueblo. Además, era muy querido entre los soldados y entre los campesinos, lo que le ayudó a mantener el control.

Línea cronológica

La dinastía Han

205 a.C. Comienza la dinastía Han.

140 a.C. Wudi se convierte en emperador e intenta fortalecer al gobierno chino.

25 d.C. La dinastía Han traslada la capital hacia el este, a Luoyang.

220 d.C. Cae la dinastía Han.

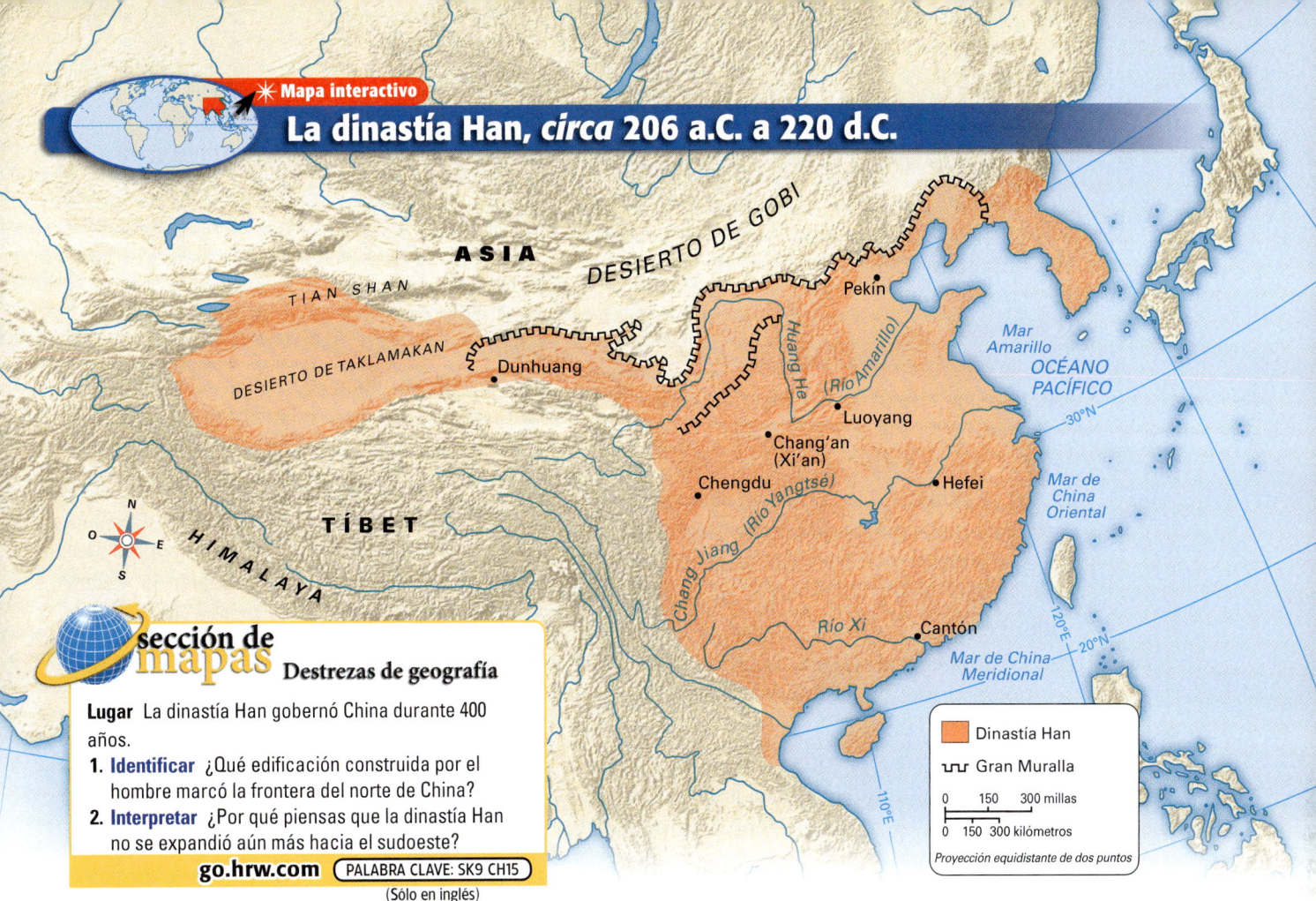

Mapa interactivo
La dinastía Han, *circa* 206 a.C. a 220 d.C.

sección de mapas
Destrezas de geografía

Lugar La dinastía Han gobernó China durante 400 años.
1. **Identificar** ¿Qué edificación construida por el hombre marcó la frontera del norte de China?
2. **Interpretar** ¿Por qué piensas que la dinastía Han no se expandió aún más hacia el sudoeste?

go.hrw.com PALABRA CLAVE: SK9 CH15
(Sólo en inglés)

El mandato de Liu Bang fue diferente al gobierno estricto de la dinastía Qin. Liu Bang quería liberar al pueblo de las severas políticas de gobierno. Disminuyó los impuestos para los agricultores y ordenó que los castigos fueran menos severos. Entregó grandes extensiones de tierra a sus seguidores.

Además de establecer nuevas políticas, Liu Bang modificó el funcionamiento del gobierno. Creó una estructura de gobierno basada en los cimientos sobre los que se había fundado la dinastía Qin. También se valió de funcionarios cultos para que lo ayudaran a gobernar.

Wudi crea un nuevo gobierno

En el año 140 a.C. el emperador Wudi subió al trono. Quería crear un gobierno más fuerte. Para ello, les quitó tierras a los nobles, subió los impuestos y ordenó que las provisiones de granos estuvieran bajo el control del gobierno. También estableció que el confucianismo fuera la filosofía oficial del gobierno de China.

El confucianismo es una filosofía que se basa en las enseñanzas de un hombre llamado Confucio. Hace hincapié en la importancia de los valores éticos y morales, como el respeto hacia los mayores y la lealtad hacia los miembros de la familia. Bajo la dinastía Han, se esperaba que los funcionarios del gobierno practicaran el confucianismo. Wudi incluso creó una universidad para enseñar las ideas de Confucio.

Si una persona estudiaba el confucianismo, podía obtener un buen trabajo. Si una persona aprobaba un examen sobre las enseñanzas de Confucio, podía obtener un puesto para trabajar en el gobierno. Sin embargo, no todos podían realizar ese examen. Únicamente las personas que ya habían sido recomendadas para el servicio gubernamental podían realizar los exámenes. Como consecuencia, las familias adineradas o influyentes continuaron controlando el gobierno.

ENFOQUE EN LA LECTURA
¿Quién gobernó primero: Liu Bang o Wudi?

COMPRENSIÓN DE LA LECTURA **Analizar** ¿De qué manera el gobierno de la dinastía Han se basaba en las ideas de Confucio?

CIVILIZACIONES ANTIGUAS DE ASIA: CHINA

La vida familiar

El período de la dinastía Han fue una época de gran cambio social en China. La estructura de clases se volvió más rígida. La familia volvió a ser importante dentro de la sociedad china.

Las clases sociales

Según el sistema confuciano, las personas se dividían en cuatro clases. La clase alta estaba constituida por el emperador, su corte y los intelectuales que ocupaban cargos gubernamentales. La segunda clase, la más amplia, estaba constituida por los campesinos. Luego estaban los artesanos que fabricaban objetos de uso cotidiano y algunos artículos de lujo. Los mercaderes constituían la clase más baja porque en realidad no producían nada. Sólo compraban y vendían lo que otros fabricaban. El ejército no constituía una clase en el sistema confuciano. Aun así, unirse al ejército ofrecía a los hombres una oportunidad para subir de posición en la escala social porque los militares eran considerados parte del gobierno.

Este artefacto de la época de la dinastía Han representa a un sirviente sosteniendo una lámpara de aceite.

La vida de los ricos y los pobres

Las clases sólo dividían a las personas en niveles sociales. No indicaban el nivel de riqueza o poder. Por ejemplo, aunque los campesinos constituían la segunda clase más alta, eran pobres. Por otro lado, muchos mercaderes eran ricos y poderosos a pesar de ser la clase más baja.

El estilo de vida variaba según la riqueza. El emperador y su corte vivían en un gran palacio. Los funcionarios de menor importancia vivían en casas de varios pisos construidas alrededor de un patio. Muchas de estas familias adineradas eran dueñas de grandes propiedades y empleaban peones para trabajar la tierra. Algunas familias incluso contrataban ejércitos privados para defender sus propiedades.

Los más adinerados llenaban sus casas con decoraciones costosas que incluían pinturas, objetos de cerámica, lámparas de bronce y figuras de jade. Las familias ricas contrataban músicos para entretenerse. Incluso las tumbas de los miembros de la familia se llenaban de hermosos y costosos objetos.

Sin embargo, durante la dinastía Han, muchos habitantes de China no vivían de manera tan cómoda. Durante la dinastía Han, China contaba con cerca de 60 millones de habitantes, y alrededor del 90 por ciento eran campesinos que vivían en el campo. Los campesinos trabajaban la tierra durante días largos y agotadores. El trabajo era arduo tanto en los campos de mijo del norte como en los arrozales del sur. En invierno, los campesinos tenían la obligación de trabajar en construcciones para el gobierno. Los impuestos altos y el mal tiempo obligaban a muchos agricultores a vender su tierra y trabajar para los terratenientes ricos. Hacia los últimos años de la dinastía Han, sólo unos pocos agricultores eran independientes.

Los campesinos llevaban una vida sencilla. Usaban ropas simples fabricadas con fibras de una planta autóctona. Los alimentos principales que comían eran granos cocidos, como la cebada. La mayoría de los campesinos vivían en pequeñas aldeas, en casas pequeñas enmarcadas en madera con muros hechos de barro o tierra aplastada.

La importancia de la familia

Honrar a la propia familia era una obligación importante en China durante la dinastía Han. En esta pintura, las personas dan las gracias delante del santuario familiar. Sólo los hombres pueden participar. Las mujeres observan desde el interior de la casa.

ANALIZAR RECURSOS VISUALES
¿Cómo dan las gracias los hombres de la pintura?

El resurgimiento de la familia

Como el confucianismo era la filosofía oficial del gobierno durante el reinado de Wudi, también se honraban las enseñanzas de Confucio acerca de la familia. A los niños se les enseñaba a respetar a sus mayores desde el momento en que nacían. Desobedecer a los padres era un delito. Incluso los emperadores tenían el deber de respetar a sus padres.

Confucio había enseñado que el padre era el jefe de la familia. Dentro de la familia, el padre tenía un poder absoluto. Durante la dinastía Han, se enseñaba que el deber de una mujer era obedecer a su esposo y que los niños debían obedecer a su padre.

Los funcionarios de la dinastía Han creían que si la familia era sólida y se obedecía al padre, entonces también se obedecería al emperador. Como los Han recompensaban los lazos familiares fuertes y el respeto por los mayores, algunos hombres incluso obtenían trabajos en el gobierno en base al respeto que mostraban a sus padres.

A los niños se los alentaba a servir a sus padres. También se esperaba que realizaran ceremonias y ofrendas para honrar a sus padres muertos. Se esperaba que todos los miembros de una familia cuidaran del lugar de sepultura familiar.

Los padres chinos valoraban más a los niños que a las niñas. Esto se debía a que los hijos varones continuaban con la descendencia de la familia y cuidaban de los padres cuando éstos eran ancianos. Por otro lado, las hijas pasaban a formar parte de la familia de sus esposos. Según un proverbio chino, "criar hijas es como criar a los hijos de otra familia". Sin embargo, aun así, algunas mujeres obtenían poder. Podían tener influencia en las familias de sus hijos varones. Una viuda anciana incluso podía convertirse en la jefa de la familia.

COMPRENSIÓN DE LA LECTURA **Identificar causa y efecto** ¿Por qué la familia adquirió tanta importancia durante la dinastía Han?

CIVILIZACIONES ANTIGUAS DE ASIA: CHINA

Los logros de la dinastía Han

Durante la dinastía Han, los chinos progresaron mucho en el arte y la educación. Aquí se muestran algunos de los avances que lograron.

Ciencia
Este es un modelo de un antiguo sismógrafo chino. Cuando se producía un terremoto, se accionaba una palanca interna que hacía caer una pelota desde la boca de un dragón hacia la boca de un sapo, lo que indicaba la dirección de donde provenía el terremoto.

Los logros de la dinastía Han

El gobierno de la dinastía Han fue una época de grandes logros. El arte y la literatura prosperaron, y los inventores desarrollaron muchos artefactos útiles.

El arte y la literatura

Los chinos del período Han crearon muchas obras de arte. Se volvieron expertos en la pintura de figuras (un estilo de pintura que incluye retratos de personas). Los retratos generalmente mostraban figuras religiosas e intelectuales confucianos. Los artistas de esta época también pintaban escenas realistas de la vida cotidiana. Sus creaciones cubrían los muros de los palacios y las tumbas.

En la literatura, la China de los Han es conocida por su poesía. Los poetas desarrollaron nuevos estilos de verso, como el estilo *fu*, que era el más popular. Los poetas del *fu* combinaban la prosa y la poesía para crear extensas obras literarias. Otro estilo, llamado *shi*, presentaba líneas de verso cortas que se podían cantar. Muchos gobernantes de la dinastía Han contrataban poetas conocidos por la belleza de sus versos.

Los escritores de la época de la dinastía Han también escribieron importantes obras de historia. Un historiador llamado Sima Qian escribió la historia completa de todas las dinastías hasta la primera época de la dinastía Han. El formato y estilo en que escribía sirvieron de modelo para los escritos históricos posteriores.

Los inventos y progresos

En la época de la dinastía Han se inventó un objeto que usamos todos los días: el papel. Para crear papel, trituraban fibras de plantas, como la corteza del árbol de mora y cáñamo, hasta convertirlo en una pasta. Luego dejaban que se secara en forma de hojas. Los intelectuales chinos fabricaban libros pegando varios pedazos de papel hasta crear una hoja larga que luego enrollaban.

La dinastía Han también realizó otras **innovaciones** en el campo de la ciencia, entre ellas, el reloj de sol y el sismógrafo. El **reloj de sol** es un dispositivo que utiliza la posición de las sombras que proyecta el sol para indicar las horas del día. Era un tipo primitivo de reloj. El **sismógrafo** es un aparato que mide la fuerza de los terremotos. Los emperadores Han estaban

VOCABULARIO ACADÉMICO
innovación una idea, método o artefacto nuevo

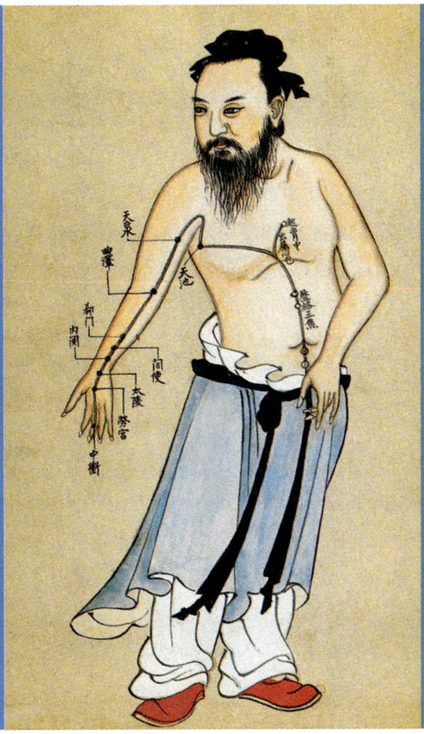

Medicina
Los médicos de la época de la dinastía Han estudiaban el cuerpo humano y usaban la acupuntura para curar a las personas.

Arte
Este caballo de bronce es sólo un ejemplo de los hermosos objetos que fabricaban los artesanos chinos.

DESTREZA DE ANÁLISIS ANALIZAR RECURSOS VISUALES

¿De qué manera muestran estos objetos la variedad de los logros alcanzados en China durante la dinastía Han?

muy interesados en conocer los movimientos de la Tierra. Creían que los terremotos eran señales de sucesos futuros malignos.

Otra innovación de la dinastía Han, la acupuntura, mejoró la medicina. La **acupuntura** es una práctica que consiste en insertar pequeñas agujas en la piel, en puntos específicos, para curar enfermedades o aliviar el dolor. Muchos de los inventos de la época de la dinastía Han relacionados con la ciencia y la medicina aún se usan en la actualidad.

COMPRENSIÓN DE LA LECTURA Crear categorías ¿Qué avances realizaron los chinos durante el período de la dinastía Han?

RESUMEN Y PRESENTACIÓN Los gobernantes de la dinastía Han basaron su gobierno en el confucianismo, que fortaleció los lazos familiares en China. Además, el arte y la educación prosperaron bajo la dinastía Han. En la próxima sección aprenderás acerca de dos dinastías que también realizaron grandes progresos: la dinastía Tang y la dinastía Song.

Evaluación de la Sección 2

go.hrw.com
Cuestionario en Internet
PALABRA CLAVE: SK9 HP15
(Sólo en inglés)

Repasar ideas, palabras y personas
1. **a. Identificar** ¿Qué es el confucianismo? ¿Qué influencia tuvo sobre el gobierno durante la dinastía Han?
   b. Resumir ¿Cómo creó el emperador Wudi un gobierno central fuerte?
   c. Evaluar ¿Crees que un sistema de examen es la mejor manera de asegurarse de que las personas sean elegidas de manera justa para trabajar en el gobierno? ¿Por qué?
2. **a. Describir** ¿Cuál era el papel del hijo varón en la familia?
   b. Contrastar ¿En qué se diferenciaban las condiciones de vida de los ricos de las de los campesinos durante la dinastía Han?
3. **Identificar** ¿Qué artefacto inventaron los chinos para medir la intensidad de los terremotos?

Pensamiento crítico
4. **Analizar** Usa tus notas para completar el siguiente diagrama sobre la influencia que tuvo el confucianismo en el gobierno y la familia durante la dinastía Han.

ENFOQUE EN LA REDACCIÓN
5. **Analizar la dinastía Han** La dinastía Han fue una de las más influyentes en toda la historia china. ¿Cómo describirás en tu artículo los numerosos logros de la dinastía? Haz una lista de los logros que quieras incluir.

CIVILIZACIONES ANTIGUAS DE ASIA: CHINA

Geografía e historia

La Ruta de la Seda

La Ruta de la Seda era una larga ruta comercial que atravesaba el corazón de Asia. Para alrededor del año 100 a.C., se desarrolló un activo intercambio comercial entre China y el suroeste asiático a lo largo de ese camino. Para el año 100 d.C., la Ruta de la Seda unía la China de la dinastía Han en oriente con el Imperio romano en occidente.

Los principales productos que se comerciaban por la Ruta de la Seda eran artículos de lujo (aquellos que eran pequeños, livianos y costosos), entre los cuales se encontraban la seda, las especias y el oro. Como eran pequeños y valiosos, los comerciantes podían transportarlos largas distancias y aun así venderlos y obtener una importante ganancia. Como resultado, los pueblos de oriente y occidente podían comprar bienes de lujo que no podían obtener en el lugar donde vivían.

Productos de occidente Los mercaderes romanos como éste se enriquecieron con el comercio de la Ruta de la Seda. Los mercaderes de occidente intercambiaban productos como los que se muestran en esta página: lana, ámbar y oro.

474 CAPÍTULO 15

SECCIÓN 3

Las dinastías Sui, Tang y Song

Lo que aprenderás...

Ideas principales

1. Después de la dinastía Han, China cayó en el desorden, pero fue reunificada por dos nuevas dinastías.
2. Durante las dinastías Tang y Song, las ciudades y el comercio crecieron.
3. Las dinastías Tang y Song desarrollaron las bellas artes y los inventos.

La idea clave

La época de las dinastías Tang y Song fue un período de logros económicos, culturales y tecnológicos.

Lugares y palabras clave

el Gran Canal, pág. 476
Kaifeng, pág. 478
porcelana, pág. 479
xilografía, pág. 480
pólvora, pág. 480
brújula, pág. 480

TOMAR NOTAS A medida que lees, busca información sobre los logros de las dinastías Tang y Song. Registra estos logros en una tabla como la siguiente.

Dinastía Tang	Dinastía Song

Si VIVIERAS allí...

Es el año 1270. Eres un adinerado mercader de una ciudad china en la que viven alrededor de un millón de habitantes. La ciudad que te rodea inunda tus sentidos. Ves personas con ropas coloridas entre hermosos edificios. Ves objetos brillantes que te atraen hacia tiendas concurridas. Oyes las conversaciones de personas que discuten sobre negocios, cuentan habladurías y se ríen de las bromas. Hueles comida deliciosa en un restaurante al final de la calle.

¿Cómo te sientes acerca de tu ciudad?

CONOCER EL CONTEXTO La época de las dinastías Tang y Song fue un período de gran riqueza y progreso. Los cambios en el cultivo fueron la base para otros progresos de la civilización china.

Desorden y reunificación

Cuando cayó la dinastía Han, China se dividió en varios reinos rivales, cada uno de los cuales estaba gobernado por líderes militares. Los historiadores suelen llamar "Período de desunión" a la época de desorden que siguió a la caída de la dinastía Han. Ese período se extendió desde el año 220 al 589.

Durante el Período de desunión, era habitual que hubiera guerras. Sin embargo, al mismo tiempo, la cultura china se expandió. Nuevos grupos se trasladaron a China desde zonas cercanas. Con el tiempo, muchos de esos grupos adoptaron las costumbres chinas y se convirtieron en ciudadanos chinos.

La dinastía Sui

Finalmente, después de siglos de confusión política y cambio cultural, China se reunificó. El hombre que puso fin al Período de desunión fue un gobernante del norte llamado Yang Jian. En el año 589, conquistó el sur, unificó China y creó la dinastía Sui.

La dinastía Sui no duró mucho, sólo se extendió desde el año 589 al 618. Sin embargo, durante esa época sus líderes reestablecieron el orden y comenzaron a construir el **Gran Canal,** un canal que conecta el norte con el sur de China.

Mapa interactivo
Las dinastías chinas, 589 a 1279

sección de mapas

Destrezas de geografía

Regiones Las dinastías Sui, Tang y Song gobernaron grandes zonas de Asia.

1. **Identificar** ¿Qué dinastía controló la mayor extensión de territorio?
2. **Analizar** ¿Por qué piensas que los gobernantes de la dinastía Sui construyeron el Gran Canal?

go.hrw.com **PALABRA CLAVE: SK9 CH15**
(Sólo en inglés)

La dinastía Tang

A la dinastía Sui le siguió la dinastía Tang, que gobernaría durante casi 300 años. Como se muestra en el mapa, bajo el mandato de la dinastía Tang China se expandió hasta abarcar gran parte del este y centro de Asia.

Los historiadores consideran que la época de la dinastía Tang fue una era de oro. Los gobernantes de la dinastía Tang conquistaron muchas tierras, reformaron el ejército y crearon códigos de leyes. También hubo grandes avances durante la dinastía Tang. Algunos de los mejores poetas de China, por ejemplo, vivieron durante esta época.

Dentro de la dinastía Tang se incluye a la única mujer que gobernó China: la emperatriz Wu. A veces sus métodos eran despiadados, pero era inteligente y talentosa.

La dinastía Song

Después de la caída de la dinastía Tang, China vivió otro breve período de caos y desorden, en el que distintos reinos competían por el poder. Como consecuencia, a este período de la historia china se lo llama el período de las "Cinco Dinastías y los Diez Reinos". Sin embargo, el desorden sólo duró 53 años, de 907 a 960.

En el año 960, China volvió a unificarse, esta vez bajo la dinastía Song. Al igual que la dinastía Tang, la dinastía Song gobernó cerca de 300 años, hasta 1279. Asimismo, el mandato de la dinastía Song fue una época de grandes logros.

ENFOQUE EN LA LECTURA
¿Qué dinastía siguió a la dinastía Tang?

COMPRENSIÓN DE LA LECTURA Identificar las ideas principales ¿Qué dinastías reestablecieron el orden en China?

CIVILIZACIONES ANTIGUAS DE ASIA: CHINA **477**

Las ciudades y el comercio

Durante las dinastías Tang y Song, muchos de los alimentos cultivados en las granjas de China se transportaban a las ciudades y los pueblos en crecimiento. Las ciudades de China eran lugares muy poblados y concurridos. Gracias a los comerciantes, los funcionarios del gobierno, los médicos, los artesanos, los líderes religiosos y los artistas, las ciudades también eran lugares de gran interés.

La vida en la ciudad

La capital y la ciudad más grande de China durante la dinastía Tang era Chang'an, un enorme y concurrido centro comercial que en la actualidad se llama Xi'an. Con una población de más de un millón de habitantes, era, sin lugar a dudas, la ciudad más grande del mundo.

Al igual que otras ciudades comerciales, Chang'an atraía a personas provenientes de muchas culturas: China, Corea, Persia, Arabia y Europa. También era conocida como un centro religioso y filosófico, no solo por los budistas y taoístas, sino también por los cristianos asiáticos.

Durante la dinastía Song, las ciudades continuaron su crecimiento. Muchas ciudades, como la capital bajo la dinastía Song, **Kaifeng**, tenían aproximadamente un millón de habitantes. Otras doce ciudades tenían poblaciones de cerca de medio millón de habitantes.

El comercio en China y más allá

El comercio creció junto con las ciudades chinas. En combinación con la agricultura, enriqueció a China como nunca antes.

Gran parte del comercio tuvo lugar dentro de la propia China. Los comerciantes transportaban los productos en barcazas y barcos a través de los ríos del país.

En el Gran Canal, una serie de vías navegables que unían importantes ciudades, se transportaba una gran cantidad de mercadería para comerciar, en especial productos agrícolas. La construcción del canal había comenzado durante la dinastía Sui. Durante la dinastía Tang, se lo mejoró y expandió. El Gran Canal permitió a los chinos transportar productos y cultivos desde zonas agrícolas alejadas hacia las ciudades.

El Gran Canal

Los chinos también llevaron a cabo intercambios comerciales con otras tierras y pueblos. Durante la dinastía Tang, la mayor parte del comercio exterior se realizó a través de rutas terrestres que llegaban a India y al suroeste asiático, aunque los comerciantes chinos también viajaban hacia el este, a Corea y Japón. Los chinos exportaban muchos productos, entre los que se encontraban el té, el arroz, las especias y el jade. Sin embargo, uno de los productos de exportación era particularmente importante: la seda. La seda era tan valiosa que los chinos mantenían en secreto el método de fabricación. A cambio de sus exportaciones, los chinos importaban diferentes alimentos, plantas, lana, vidrio y metales preciosos, como el oro y la plata.

Durante la dinastía Song, el comercio marítimo adquirió mayor importancia. China abrió los puertos del Pacífico a comerciantes extranjeros. Las rutas comerciales marítimas vinculaban a China con muchos otros países. Durante esta época, los chinos también desarrollaron otro valioso producto: un tipo de cerámica bella y delicada llamada **porcelana**.

El Gran Canal de China (a la izquierda) es la vía navegable hecha por el hombre más larga del mundo. Fue construida principalmente para transportar arroz y otros alimentos desde el sur para alimentar a los habitantes de las ciudades y los ejércitos del norte de China. Numerosas barcazas como la que se muestra en la foto navegan por el Gran Canal, que aún funciona como una importante vía de transporte en China.

El comercio ayudó a desarrollar una economía sólida. Como consecuencia, los mercaderes se transformaron en miembros importantes de la sociedad china durante la dinastía Song. En el siglo X, también como consecuencia del crecimiento del comercio y de la riqueza, la dinastía Song inventó el primer sistema de papel moneda del mundo.

COMPRENSIÓN DE LA LECTURA Resumir ¿Hasta dónde se extendían las rutas comerciales de China?

Las artes y los inventos

Mientras China se enriquecía económicamente, también se desarrolló desde el punto de vista cultural. En la literatura, el arte y la ciencia, China realizó enromes progresos.

Los artistas y poetas

Los artistas y escritores de la dinastía Tang se encontraban entre los mejores de China. Wu Daozi pintó murales que celebraban el budismo y la naturaleza. Li Bo y Du Fu escribieron poemas que aún se leen por su belleza. Este poema de Li Bo expresa la nostalgia por el hogar que uno siente por la noche:

La porcelana se volvió tan popular en Occidente que en inglés se la conoce como "*chinaware*" o simplemente "*china*".

"Pienso en la noche.
Delante de la cama, la luna brilla.
Encima de la escarcha está la duda.
Miro arriba y hay luna llena,
miro abajo y añoro mi tierra".
–Li Bo, *Quiet Night Thoughts (En la noche tranquila)*

Célebre también por su literatura, durante la dinastía Song vivió Li Qingzhao, quizás la mejor poetisa de China. Una vez dijo que el propósito de su poesía era capturar un único momento en el tiempo.

Tanto los artistas de la dinastía Tang como los de la dinastía Song fabricaron bellísimos objetos en arcilla. Las estatuillas de caballos de la época de la dinastía Tang muestran claramente la fortaleza de estos animales. Los artistas de la dinastía Song fabricaron objetos de porcelana cubiertos con un vidriado color verde pálido llamado verdeceledón.

CIVILIZACIONES ANTIGUAS DE ASIA: CHINA

Inventos chinos

Papel
Creado durante la dinastía Han, alrededor del año 105, el papel fue uno de los mejores inventos chinos. Brindó a los chinos una manera fácil y barata de llevar registros y facilitó la impresión.

Porcelana
La porcelana fue fabricada por primera vez durante la dinastía Tang, pero durante muchos siglos no fue perfeccionada. Los artistas chinos eran famosos por sus trabajos con este frágil material.

Xilografía
Los chinos inventaron la imprenta durante la dinastía Tang, siglos antes de que se conociera en Europa. Los impresores podían copiar dibujos o textos rápidamente, con mucha mayor rapidez que al realizar copias a mano.

Pólvora
Inventada durante la última época de la dinastía Tang o al comienzo de la dinastía Song, la pólvora se usaba para fabricar fuegos artificiales y señales. Los chinos no solían utilizarla como arma.

Tipos móviles
Los inventores de la dinastía Song crearon los tipos móviles, lo que permitió acelerar las impresiones. Las letras talladas podían reordenarse y reutilizarse para imprimir muchos mensajes diferentes.

Brújula magnética
Si bien la brújula se inventó antes del período de la dinastía Han, los Tang la perfeccionaron en gran medida. La nueva brújula permitía a los navegantes y comerciantes recorrer grandes distancias.

Papel moneda
El primer papel moneda del mundo se inventó durante la dinastía Song. Más liviano y más fácil de manipular que las monedas, el papel moneda ayudó a los chinos a administrar su creciente riqueza.

Inventos importantes

Las dinastías Tang y Song realizaron algunos de los inventos más destacados (y más importantes) de la historia de la humanidad. Algunos de estos inventos influyeron en sucesos alrededor del mundo.

Según cuenta la leyenda, un hombre llamado Cai Lun inventó el papel en el año 105 durante la dinastía Han. Un invento posterior, creado durante la dinastía Tang, se basó en este logro: la **xilografía**, una forma de impresión en la que una página completa se talla en una plancha de madera. El impresor aplica tinta en el bloque y presiona el papel sobre éste para crear una página impresa. El primer libro impreso conocido fue creado de esa forma en China en el año 868.

Otro invento de la dinastía Tang fue la pólvora. La **pólvora** es una mezcla de polvos utilizada en armas de fuego y explosivos. Originalmente se utilizaba sólo para crear fuegos artificiales, pero más tarde se usó para fabricar pequeñas bombas y cohetes. Con el tiempo, la pólvora se utilizó para fabricar explosivos, armas de fuego y cañones. La pólvora cambió drásticamente la manera de combatir en las guerras y, como consecuencia, cambió el curso de la historia de la humanidad.

Uno de los logros más útiles alcanzado en China durante la dinastía Tang fue el perfeccionamiento de la **brújula** magnética. Este instrumento, que utiliza el campo magnético de la Tierra para indicar la dirección, revolucionó los viajes. La brújula hizo posible orientarse con una precisión nunca vista. El perfeccionamiento de la brújula tuvo consecuencias de gran alcance. Los exploradores de todo el mundo usaban la brújula para viajar distancias largas. Tanto los barcos comerciales como los de guerra también utilizaban la brújula para orientar su navegación. De esta manera, la brújula fue un elemento clave en algunas de las travesías marítimas más importantes de la historia.

La dinastía Song también realizó muchos inventos importantes. Bajo la dinastía Song, los chinos inventaron los tipos móviles. Los tipos móviles son grupos de letras o caracteres que se usan para imprimir libros. A diferencia de los bloques que

CONEXIÓN CON la economía

El sendero del papel

Es posible que el billete que tienes en el bolsillo sea nuevo y crujiente, pero el papel moneda existe desde hace mucho tiempo. El papel moneda se imprimió por primera vez en China en el siglo X d.C. y se usó durante aproximadamente 700 años, a lo largo de la dinastía Ming, cuando se imprimió el billete que se muestra en la foto. Sin embargo, se imprimió tanto dinero que perdió valor. Los chinos dejaron de usar papel moneda durante siglos. A pesar de ello, su uso se impuso en Europa y, con el tiempo, se volvió común. La mayoría de los países emiten ahora papel moneda.

Sacar conclusiones ¿De qué manera sería diferente la vida en la actualidad si no hubiera papel moneda?

se usan en la xilografía, los tipos móviles pueden reordenarse y volver a usarse para crear nuevos renglones de texto y diferentes páginas.

La dinastía Song también introdujo el concepto de papel moneda. Las personas estaban acostumbradas a comprar productos y servicios con grandes monedas hechas de metales como el bronce, el oro y la plata. El papel moneda era mucho más liviano y fácil de usar. A medida que el comercio aumentaba y muchas personas en China se enriquecían, el uso del papel moneda se volvió más generalizado.

COMPRENSIÓN DE LA LECTURA **Identificar las ideas principales** ¿Cuáles fueron algunos de los inventos importantes de las dinastías Tang y Song?

RESUMEN Y PRESENTACIÓN La época de las dinastías Tang y Song fue un período de gran progreso. Muchos artistas y escritores importantes vivieron durante ese período. Los inventos de las dinastías Tang y Song también tuvieron importantes consecuencias en la historia del mundo. A continuación, aprenderás acerca de los grandes cambios que se produjeron en el gobierno de China durante la dinastía Song.

Evaluación de la Sección 3

go.hrw.com
Cuestionario en Internet
PALABRA CLAVE: SK9 HP15
(Sólo en inglés)

Repasar ideas, palabras y personas

1. a. **Recordar** ¿Qué fue el Período de desunión? ¿Qué dinastía puso fin a ese período?
   b. **Explicar** ¿De qué forma cambió China durante la dinastía Tang?
2. a. **Describir** ¿Cómo eran las ciudades capitales de China durante las dinastías Tang y Song?
   b. **Sacar conclusiones** ¿Cómo influyó la geografía en el comercio en China?
3. a. **Identificar** ¿Quién fue Li Bo?
   b. **Sacar conclusiones** ¿Qué relación puede haber existido entre el invento del papel moneda y el de la **xilografía**?
   c. **Ordenar** ¿Qué invento de las dinastías Tang o Song piensas que fue el más importante? Justifica tu respuesta.

Pensamiento crítico

4. **Crear categorías** Copia la tabla de la derecha. Úsala para organizar tus notas sobre las dinastías Tang y Song.

	Dinastía Tang	Dinastía Song
Ciudades		
Comercio		
Arte		
Inventos		

ENFOQUE EN LA REDACCIÓN

5. **Identificar logros** ¿Qué logros e inventos de las dinastías Tang y Song te parecen más importantes o más interesantes? Haz una lista para usarla más adelante.

CIVILIZACIONES ANTIGUAS DE ASIA: CHINA

SECCIÓN 4

El confucianismo y el gobierno

Lo que aprenderás...

Ideas principales

1. El confucianismo, que se basaba en las enseñanzas de Confucio acerca del comportamiento apropiado, tuvo una enorme influencia en el sistema de gobierno de la dinastía Song.
2. El gobierno de China estuvo a cargo de funcionarios eruditos durante la dinastía Song.

La idea clave

El pensamiento confuciano influyó sobre el gobierno de la dinastía Song.

Palabras clave

burocracia, *pág. 484*
administración pública, *pág. 484*
funcionarios eruditos, *pág. 484*

TOMAR NOTAS A medida que lees, usa un diagrama como el siguiente para anotar detalles acerca del confucianismo y el gobierno de la dinastía Song.

Confucianismo   Gobierno de la dinastía Song

Si VIVIERAS allí...

Eres un estudiante de China en 1184. Ya es de noche, pero no puedes dormir. Mañana tienes un examen. Sabes que será el examen más importante de toda tu vida. Has estudiado para el examen, no durante días o semanas, o incluso meses, sino durante años. Mientras das vueltas en la cama, piensas en la manera en que cambiará tu vida según los resultados que obtengas en este examen.

¿Cómo es posible que un simple examen sea tan importante?

CONOCER EL CONTEXTO La dinastía Song gobernó China desde el año 960 hasta 1279. Fue una época caracterizada por mejoras en la agricultura, la expansión de ciudades y del comercio, y el desarrollo del arte y los inventos. También fue una época de cambios importantes en el gobierno chino.

El confucianismo

La filosofía dominante en China, el confucianismo, se basa en las enseñanzas de Confucio, que vivió más de 1,000 años antes que la dinastía Song. Sin embargo, sus ideas tuvieron una gran influencia sobre el sistema de gobierno de la dinastía Song.

Las ideas confucianas

Las enseñanzas de Confucio se concentraban en la ética, o el comportamiento apropiado, de los individuos y los gobiernos. Confucio sostenía que las personas debían regir su vida según dos principios básicos. Estos principios eran *ren*, o la preocupación por los otros, y *li*, o el comportamiento apropiado. Confucio afirmaba que la sociedad funcionaría mejor si todos cumpliesen con el *ren* y el *li*.

Confucio creía que todos tenían un papel específico en la sociedad. El orden se mantenía cuando las personas conocían el lugar que les correspondía y se comportaban de manera apropiada. Por ejemplo, Confucio sostenía que los jóvenes debían obedecer a sus mayores y que los súbditos debían obedecer a sus gobernantes.

La influencia del confucianismo

Después de su muerte, las ideas de Confucio fueron divulgadas por sus seguidores, pero no tuvieron gran aceptación. De hecho, la dinastía Qin censuró oficialmente las ideas y enseñanzas confucianas. Para la época de la dinastía Han, el confucianismo había vuelto a ganar aceptación y se convirtió en la filosofía oficial del estado.

Durante el Período de desunión que siguió a la dinastía Han, el budismo eclipsó al confucianismo como la principal tradición en China. Muchos chinos se habían volcado al budismo en busca de paz y consuelo durante las épocas de agitación. De esa manera, se alejaron en gran medida de las ideas confucianas.

Más tarde, durante la dinastía Sui y los comienzos de la dinastía Tang, el budismo tuvo mucha influencia. A diferencia del confucianismo, que se enfocaba en el comportamiento **ético**, el budismo se concentraba en una perspectiva más espiritual que prometía un escape al sufrimiento. A medida que el budismo adquiría cada vez más aceptación en China, el confucianismo perdió parte de su influencia.

VOCABULARIO ACADÉMICO
ético relacionado con las normas de conducta o comportamiento apropiado

Además de la ética, el confucianismo hacía hincapié en la importancia de una buena educación. Esta pintura, creada durante el período de la dinastía Song, muestra a los intelectuales confucianos durante el Período de desunión mientras clasifican manuscritos que contienen textos confucianos clásicos.

Exámenes para la administración pública

Esta pintura del siglo XVII muestra a funcionarios públicos escribiendo ensayos para el emperador de China. Se diseñaban exámenes difíciles para asegurarse de que los funcionarios del gobierno fueran elegidos por su capacidad y no por su riqueza o sus contactos familiares.

Exámenes difíciles

- Los estudiantes debían memorizar textos confucianos enteros.
- Para aprobar los exámenes más difíciles, ¡los estudiantes quizás estudiaban durante más de 20 años!
- Algunos exámenes duraban hasta 72 horas, y se encerraba a los estudiantes en habitaciones privadas mientras los hacían.
- Algunos estudiantes deshonestos copiaban las obras de Confucio en el interior de su ropa, sobornaban a los calificadores de los exámenes o pagaban a alguien para que realizara el examen en su lugar.
- Para evitar que se hiciera trampa, los salones de los exámenes generalmente se cerraban con llave y se custodiaban.

El neoconfucianismo

Hacia la última época de la dinastía Tang, muchos historiadores y expertos chinos volvieron a interesarse en las enseñanzas de Confucio. Su interés se despertó a raíz del deseo de mejorar el gobierno y la sociedad china.

Durante y después de la dinastía Song, se desarrolló una nueva filosofía llamada "neoconfucianismo". El término *neo* significa "nuevo". Basado en el confucianismo, el neoconfucianismo era similar a la filosofía anterior en el sentido de que enseñaba el comportamiento apropiado. Sin embargo, también hacía hincapié en cuestiones espirituales. Por ejemplo, los intelectuales neoconfucianos debatían temas como los motivos que llevaban a los seres humanos a hacer cosas malas aun cuando su naturaleza fuera buena.

El neoconfucianismo adquirió una influencia mucho mayor durante la dinastía Song. Más tarde, su influencia creció aún más. De hecho, las ideas del neoconfucianismo se convirtieron en las enseñanzas oficiales del gobierno después de la dinastía Song.

VOCABULARIO ACADÉMICO

incentivo algo que lleva a las personas a actuar de una manera determinada

COMPRENSIÓN DE LA LECTURA Contrastar ¿En qué se diferenciaban el neoconfucianismo y el confucianismo?

Los funcionarios eruditos

La dinastía Song dio otro paso importante que influyó en China durante siglos. Mejoró el sistema de admisión de las personas que trabajaban para el gobierno. Estos trabajadores constituían una gran **burocracia,** o cuerpo de empleados no electos del gobierno. Se unían a la burocracia mediante la aprobación de exámenes de administración pública. La **administración pública** es el servicio como empleado del gobierno.

Para convertirse en funcionarios públicos, las personas tenían que aprobar una serie de exámenes escritos. Los exámenes evaluaban el conocimiento de los estudiantes sobre el confucianismo y otras ideas relacionadas.

Como los exámenes eran tan difíciles, los estudiantes se preparaban para ellos durante muchos años. Sólo un pequeño porcentaje de las personas que rendían los exámenes alcanzaba el máximo nivel y accedía a un puesto en el gobierno. Sin embargo, los candidatos para los exámenes de administración pública tenían un fuerte **incentivo** para estudiar tanto. Aprobar el examen significaba acceder a una vida como **funcionario erudito,** es decir, un miembro culto del gobierno.

Funcionarios eruditos
Los funcionarios eruditos surgieron por primera vez durante la dinastía Song y continuaron siendo importantes en China durante siglos. Estos funcionarios eruditos, por ejemplo, vivieron durante la dinastía Qing, que gobernó desde mediados del siglo XVII hasta principios del siglo XX. Entre sus responsabilidades se encontraban la administración de oficinas gubernamentales; el mantenimiento de las carreteras, los sistemas de irrigación y otras obras públicas; la actualización y el mantenimiento de los registros oficiales; o el cobro de impuestos.

Los funcionarios eruditos eran miembros privilegiados de la sociedad. Llevaban a cabo muchos trabajos importantes en el gobierno y eran muy admirados por sus conocimientos y su ética. Gozaban de beneficios como un gran respeto y la reducción de penas por violar la ley. Muchos también se enriquecieron debido a los regalos que recibían de las personas que buscaban su ayuda.

El sistema de exámenes para la administración pública aseguraba que las personas talentosas e inteligentes se convirtieran en funcionarios públicos. El sistema de administración pública fue un factor fundamental en la estabilidad del gobierno de la dinastía Song.

COMPRENSIÓN DE LA LECTURA Analizar ¿De qué manera la dinastía Song cambió al gobierno de China?

RESUMEN Y PRESENTACIÓN Durante el período de la dinastía Song, las ideas confucianas ayudaron a dar forma al gobierno de China. En la próxima sección, leerás acerca de las dos dinastías que siguieron a la dinastía Song: las dinastías Yuan y Ming.

Evaluación de la Sección 4

go.hrw.com
Cuestionario en Internet
PALABRA CLAVE: SK9 HP15
(Sólo en inglés)

Repasar ideas, palabras y personas
1. a. **Identificar** ¿Cuáles eran los dos principios que Confucio creía que las personas debían seguir?
   b. **Explicar** ¿Qué era el neoconfucianismo?
   c. **Profundizar** ¿Por qué crees que el neoconfucianismo atrajo a muchas personas?
2. a. **Definir** ¿Qué era un **funcionario erudito**?
   b. **Explicar** ¿Por qué las personas querían convertirse en funcionarios eruditos?
   c. **Evaluar** ¿Crees que los exámenes para la **administración pública** eran una buena manera de elegir a los funcionarios del gobierno? ¿Por qué?

Pensamiento crítico
3. **Ordenar** Repasa tus notas para ver cómo el confucianismo condujo al neoconfucianismo y este último a la burocracia gubernamental. Usa un organizador gráfico como el siguiente.

Confucianismo → Neo-confucianismo → Burocracia gubernamental

ENFOQUE EN LA REDACCIÓN
4. **Recolectar ideas sobre el confucianismo y el gobierno** Piensa en lo que podrías escribir en tu artículo sobre el confucianismo. Además, decide si vas a incluir alguno de los logros de la dinastía Song durante su gobierno.

CIVILIZACIONES ANTIGUAS DE ASIA: CHINA **485**

SECCIÓN 5

Las dinastías Yuan y Ming

Lo que aprenderás...

Ideas principales
1. El Imperio mongol abarcaba China, y los mongoles gobernaron China como la dinastía Yuan.
2. La época de la dinastía Ming fue un período de estabilidad y prosperidad.
3. Los Ming introdujeron grandes cambios en el gobierno y en las relaciones con otros países.

La idea clave
Durante la dinastía Yuan, el pueblo chino fue gobernado por extranjeros, pero derrocó al gobierno mongol y prosperó durante la dinastía Ming.

Lugares y palabras clave
Pekín, *pág. 488*
Ciudad Prohibida, *pág. 490*
aislacionismo, *pág. 492*

TOMAR NOTAS A medida que lees, usa una tabla como la siguiente para registrar los detalles importantes sobre las dinastías Yuan y Ming.

	Yuan	Ming
Gobierno		
Religión		
Comercio		
Construcciones		
Relaciones exteriores		

Si VIVIERAS allí...

Eres un granjero del norte de China en 1212. Mientras desmalezas un campo de trigo, oyes un sonido que parece un trueno. Cuando miras hacia el lugar de donde viene el sonido, ves cientos, no, *miles*, de guerreros a caballo en el horizonte dirigiéndose directo hacia ti. El miedo te paraliza. Un solo pensamiento invade tu mente: se acercan los mongoles.

¿Qué puedes hacer para salvarte?

CONOCER EL CONTEXTO A lo largo de su historia, el norte de China fue atacado una y otra vez por pueblos nómades. Durante la dinastía Song, estos ataques se volvieron más frecuentes y amenazadores.

El Imperio mongol

Entre los pueblos nómades que atacaron a los chinos se encontraban los mongoles. Durante siglos, los mongoles habían vivido en tribus en las amplias llanuras del norte de China. Luego, en 1206, un líder fuerte, o kan, los unió. Su nombre era Temüjin. Sin embargo, cuando se transformó en líder recibió un nuevo título: "gobernante universal", o Gengis Kan.

La conquista mongol

Gengis Kan organizó a los mongoles en un poderoso ejército y los condujo a sangrientas expediciones de conquista. La brutalidad de los ataques mongoles aterrorizó a los pueblos de gran parte de Asia y Europa oriental. Gengis Kan y su ejército mataron a todos los hombres, mujeres y niños de innumerables ciudades y aldeas. En 20 años, ya gobernaba gran parte de Asia.

Más tarde, Gengis Kan se concentró en China. Primero, en 1211, dirigió sus ejércitos hacia el norte de China. Lucharon hasta llegar al sur, destruyendo ciudades enteras y arruinando las tierras de cultivo. Cuando Gengis Kan murió en 1227, todo el norte de China se encontraba bajo el control de los mongoles.

El Imperio mongol, 1294

sección de mapas — Destrezas de geografía

Ubicación El Imperio mongol abarcó la mayor parte del centro y el este de Asia, como así también parte de Europa.
1. **Identificar** ¿Hasta qué río europeo llegaba el Imperio en occidente?
2. **Sacar conclusiones** ¿Cómo crees que hicieron los mongoles para construir un imperio tan grande?

Sin embargo, las conquistas de los mongoles no terminaron después de la muerte de Gengis Kan. Sus hijos y nietos continuaron asaltando tierras en toda Asia y Europa oriental. La destrucción que los mongoles dejaban a su paso era terrible, como lo advirtió un cronista ruso:

> "En la tierra de Riazán solía estar la ciudad de Riazán, pero su riqueza y gloria dejaron de existir y no se puede ver nada en la ciudad a excepción de humo, cenizas y tierra estéril".
> —de *Medieval Russia's Epics, Chronicles, and Tales* (Epopeyas, crónicas e historias de la Rusia medieval) editado por Serge Zenkovsky

En 1260, el nieto de Gengis Kan, Kublai Kan, se convirtió en gobernante del Imperio mongol. Completó la conquista de China y en 1279 se autoproclamó emperador de China. Así comenzó la dinastía Yuan, un período que algunos también llaman la "Supremacía mongola". Por primera vez en su larga historia, toda China estaba gobernada por extranjeros.

Guerrero mongol

La vida en China durante la dinastía Yuan

Kublai Kan y los gobernantes mongoles que dirigía pertenecían a un grupo étnico diferente al de los chinos. Hablaban un idioma diferente, veneraban a dioses diferentes, usaban ropas diferentes y tenían costumbres diferentes. A los chinos les molestaba ser gobernados por estos extranjeros, a quienes consideraban groseros e incivilizados.

CIVILIZACIONES ANTIGUAS DE ASIA: CHINA 487

Sin embargo, Kublai Kan no obligó a los chinos a aceptar la forma de vida mongola. Incluso algunos mongoles adoptaron aspectos de la cultura china, como el confucianismo. Aun así, los mongoles se aseguraron de mantener el control sobre los chinos. Prohibieron a los intelectuales confucianos adquirir mucho poder en el gobierno, por ejemplo. Los mongoles también impusieron a los chinos severos impuestos.

Gran parte del dinero proveniente de los impuestos que los mongoles cobraban estaban destinados a pagar enormes proyectos de obras públicas. Estos proyectos requerían del trabajo de muchos chinos. La dinastía Yuan expandió el Gran Canal y construyó nuevas carreteras y palacios. Los trabajadores también mejoraron las carreteras que usaba el sistema postal de China. Además, los emperadores Yuan construyeron una nueva capital, Dadu, cerca de donde se encuentra **Pekín** en la actualidad.

Los soldados mongoles fueron enviados a toda China para mantener la paz y también para vigilar a los chinos de cerca. La presencia de los soldados mantuvo las rutas comerciales terrestres seguras para los mercaderes. El comercio marítimo entre China, India y el sureste asiático también se mantuvo. Asimismo, los emperadores mongoles aceptaban la llegada de mercaderes extranjeros a los puertos chinos. Algunos de estos comerciantes recibían privilegios especiales.

Parte de lo que sabemos sobre la vida durante la dinastía Yuan proviene de uno de esos comerciantes, un mercader italiano llamado Marco Polo. Entre 1271 y 1295 realizó viajes a China y sus alrededores. Polo era muy respetado por los mongoles e incluso sirvió en la corte de Kublai Kan. Cuando Polo regresó a Europa, escribió acerca de sus viajes. Las descripciones de China que hizo Polo fascinaron a muchos europeos. Su libro despertó mucho interés por China entre los europeos.

El fin de la dinastía Yuan

A pesar de su amplio imperio, los mongoles no estaban satisfechos con sus tierras, por eso decidieron invadir Japón. En 1274 y en 1281, un ejército mongol navegó hacia Japón. Sin embargo, las campañas fueron desastrosas. Las violentas tormentas y los feroces defensores destruyeron la mayor parte de la fuerza mongola.

Las campañas fallidas contra Japón debilitaron al ejército mongol. Los proyectos de enormes y costosas obras públicas ya habían debilitado la economía. Estas debilidades, en combinación con el rencor del pueblo chino, crearon las circunstancias propicias para una rebelión.

En el siglo XIV muchos grupos chinos se rebelaron contra la dinastía Yuan. En 1368 un antiguo monje llamado Zhu Yuanzhang se hizo cargo de un ejército rebelde. Condujo al ejército a una victoria final sobre los mongoles. China volvía a estar gobernada por los chinos.

COMPRENSIÓN DE LA LECTURA **Identificar las ideas principales** ¿Cómo llegaron los mongoles a gobernar China?

Fuente primaria

LIBRO
Una ciudad china

En este fragmento, Marco Polo describe su visita a Hangzhou, una ciudad en el sureste de China.

"Dentro de la ciudad hay un lago...y alrededor de él se erigen [han construido] hermosos palacios y mansiones, que tienen la estructura más rica y exquisita [fina] que uno se pueda imaginar... En el medio del lago hay dos islas y en cada una de ellas se eleva un gran edificio suntuoso y hermoso, amueblado con un estilo digno del palacio de un emperador. Y si algún ciudadano deseara celebrar un banquete de matrimonio, o cualquier otro entretenimiento, éste se realizaría en uno de estos palacios. Todo estaba listo para pedir, como la platería, las fuentes [bandejas] y los platos, las servilletas y los manteles y cualquier otra cosa que se necesitara. El rey disponía estas provisiones para la gratificación [diversión] de su pueblo, y el lugar se encontraba abierto para cualquiera que deseara ofrecer un entretenimiento".

–Marco Polo, de *Description of the World (La descripción del mundo)*

DESTREZA DE ANÁLISIS **ANALIZAR FUENTES PRIMARIAS**
En base a esta descripción, ¿qué impresión podrían tener los europeos de Hangzhou?

Las travesías de Zheng He

Las travesías oceánicas de Zheng He fueron sorprendentes. Algunos de sus barcos, como el que se muestra aquí, se encontraban entre los más grandes del mundo en ese momento.

Este enorme barco medía más de 300 pies de largo y transportaba cerca de 500 personas.

Los marineros cultivaban verduras y hierbas en envases especiales y traían ganado para comer en sus largas travesías.

Zheng He trajo de África animales exóticos como estas jirafas.

DESTREZA DE ANÁLISIS ANALIZAR RECURSOS VISUALES
¿Cómo se aseguraba la tripulación de Zheng He de tener comida fresca?

La dinastía Ming

Después de que su ejército derrotara a los mongoles, Zhu Yuanzhang se convirtió en emperador de China. La dinastía Ming que fundó gobernó China desde 1368 hasta 1644 (cerca de 300 años). La época de la dinastía Ming fue una de las épocas más estables y prósperas de la historia china. La dinastía Ming aumentó la fama de China en el exterior y fomentó increíbles proyectos de construcción en toda China.

Grandes travesías marítimas

Durante la dinastía Ming, los chinos mejoraron sus barcos y sus destrezas de navegación. El navegante más importante de este período fue Zheng He. Entre 1405 y 1433, encabezó siete grandes travesías a lugares alrededor de Asia. Las flotas de Zheng He eran enormes. Una de ellas estaba compuesta por más de 60 barcos y 25,000 marineros. Algunos de los barcos también eran gigantescos, llegaban a medir más de 300 pies de largo. ¡Más largos que un estadio de fútbol!

En el transcurso de sus travesías Zheng He condujo su flota a través del océano Índico. Navegó hacia el oeste hasta llegar al golfo Pérsico y a la costa más oriental de África.

Dondequiera que desembarcara, Zheng He obsequiaba a los líderes hermosos regalos traídos de China. Presumía sobre su país y alentaba a los líderes extranjeros a enviar regalos al emperador de China. En una de sus travesías, Zheng He regresó a China con representantes de 30 naciones, enviados por sus líderes para honrar al emperador. También trajo a China bienes y anécdotas.

Las travesías de Zheng He se encuentran entre las más impresionantes de la historia de los navegantes. Aunque no llevaron a la creación de nuevas rutas comerciales o a la exploración de nuevas tierras, sirvieron como una clara señal del poder de China.

Grandes proyectos de construcción

La dinastía Ming también era conocida por sus magníficos proyectos de construcción. Muchos de esos proyectos fueron diseñados para impresionar tanto al pueblo chino como a sus enemigos del norte.

En Pekín, por ejemplo, los emperadores de la dinastía Ming construyeron la **Ciudad Prohibida, un enorme complejo de palacios que incluía cientos de residencias imperiales, templos y otros edificios del gobierno.** El complejo contaba con alrededor de 9,000 habitaciones. El nombre de Ciudad Prohibida provenía del hecho de que a las personas comunes ni siquiera se les permitía entrar al complejo. Durante siglos, esta ciudad dentro de una ciudad fue un símbolo de la gloria de China.

En detalle
La Ciudad Prohibida

La Ciudad Prohibida en realidad no es una ciudad. Es un enorme complejo de casi 1,000 edificios en el corazón de la capital de China. La Ciudad Prohibida se construyó para el emperador, su familia, su corte y sus sirvientes, y a las personas comunes se les prohibía entrar.

Los edificios principales de la Ciudad Prohibida estaban construidos con madera y tenían techos de tejas doradas que sólo se podían usar en los edificios del emperador.

Los grupos de funcionarios militares y gubernamentales que se congregaban para observar las ceremonias se acomodaban cuidadosamente según su rango.

A veces, al emperador se lo transportaba en un asiento especial llamado palanquín, al tiempo que sus funcionarios bordeaban el camino.

Los gobernantes de la dinastía Ming también dirigieron la restauración de la famosa Gran Muralla china. Numerosos soldados y campesinos trabajaron para reconstruir partes caídas del muro, conectar muros existentes y construir nuevos. El resultado fue una hazaña de construcción sin precedentes en la historia. El muro medía más de 2,000 millas de largo. ¡La distancia de San Diego a Nueva York! El muro medía aproximadamente 25 pies de alto y, en la parte superior, 12 pies de ancho. Con la protección de la muralla (y con los soldados que hacían guardia de pie a lo largo de ella), el pueblo chino se sentía seguro de las invasiones de las tribus del norte.

COMPRENSIÓN DE LA LECTURA **Generalizar** ¿De qué maneras la dinastía Ming fortaleció a China?

China durante la dinastía Ming

Durante la dinastía Ming, la sociedad china empezó a cambiar. Este cambió se debió en gran medida a los esfuerzos de los emperadores de la dinastía. Después de expulsar a los mongoles, los emperadores de la dinastía Ming se dedicaron a eliminar cualquier influencia extranjera de la sociedad china. Como consecuencia, el gobierno chino y las relaciones con otros países cambiaron drásticamente.

El Palacio de la Suprema Armonía es el edificio más grande de la Ciudad Prohibida. Aquí se llevaban a cabo majestuosas celebraciones de festividades importantes, como el cumpleaños del emperador y el Año Nuevo.

DESTREZA DE ANÁLISIS **ANALIZAR RECURSOS VISUALES**
¿De qué manera la Ciudad Prohibida mostraba el poder y la importancia del emperador?

El gobierno

Cuando la dinastía Ming asumió el poder en China, adoptó muchos planes de gobierno que habían creado las dinastías Tang y Song. Sin embargo, los emperadores de la dinastía Ming fueron mucho más poderosos que los de las dinastías Tang y Song. Eliminaron los puestos de algunos funcionarios poderosos y se abocaron más a llevar adelante el gobierno por ellos mismos. Estos emperadores protegían su poder con uñas y dientes y castigaban a cualquiera que desafiara su autoridad.

Sin embargo, a pesar de su poder, la dinastía Ming no disolvió el sistema de la administración pública. Como supervisaba personalmente a todo el gobierno, el emperador necesitaba funcionarios que organizaran sus asuntos.

La dinastía Ming también utilizaba exámenes para nombrar a los censores. Estos funcionarios eran enviados a toda China para investigar el comportamiento de los líderes locales y evaluar la calidad de las escuelas y otras instituciones. Los censores habían existido durante varios años en China, pero con los emperadores de la dinastía Ming ganaron mayor poder e influencia.

VOCABULARIO ACADÉMICO
consecuencias los efectos de uno o varios sucesos en particular

Las relaciones con otros países

En la década de 1430, un nuevo emperador de la dinastía Ming obligó a Zheng He a regresar a China y desmantelar su flota. Al mismo tiempo, prohibió el comercio exterior. China entró en un período de aislacionismo. El **aislacionismo** es la política de evitar el contacto con otros países.

Finalmente, el aislacionismo tuvo grandes **consecuencias** para China. Para finales del siglo XIX, el mundo occidental había logrado enormes progresos tecnológicos. Los occidentales pudieron tomar el poder en algunas partes de China. En parte debido a su aislamiento y falta de progreso, China se encontraba demasiado débil para detenerlos. Gradualmente, la gloria de China se desvaneció.

COMPRENSIÓN DE LA LECTURA Identificar causa y efecto ¿Qué influencia tuvo el aislacionismo en China?

RESUMEN Y PRESENTACIÓN En este capítulo, aprendiste acerca de la larga historia de China. A continuación, aprenderás la manera en que la cultura china ayudó a dar forma y a definir otra cultura antigua de Asia: la cultura japonesa.

Evaluación de la Sección 5

Repasar ideas, palabras y personas

1. a. **Identificar** ¿Quién fue Gengis Kan?
   b. **Explicar** ¿Cómo lograron los mongoles controlar China?
   c. **Evaluar** Opina sobre esta oración: "Los mongoles nunca debieron intentar invadir Japón".
2. a. **Identificar** ¿Quién fue Zheng He? ¿Qué hizo?
   b. **Analizar** ¿Qué impresión piensas que tenían los residentes de Pekín sobre la Ciudad Prohibida?
   c. **Desarrollar** ¿De qué manera la Gran Muralla ayudó y perjudicó a China?
3. a. **Definir** ¿Qué es el **aislacionismo**?
   b. **Explicar** ¿Qué cambios se produjeron en China durante la dinastía Ming?
   c. **Desarrollar** ¿Cuáles son las ventajas y las desventajas de una política aislacionista?

Pensamiento crítico

4. **Comparar y contrastar** Dibuja un diagrama como el siguiente. Usa tus notas para ver en qué se parecían y en qué se diferenciaban las dinastías Yuan y Ming.

   Sólo la dinastía Yuan — Ambas — Sólo la dinastía Ming

ENFOQUE EN LA REDACCIÓN

5. **Identificar los logros de las dinastías posteriores**
   Haz una lista de los logros de las dinastías Yuan y Ming. Luego, vuelve a mirar tus notas y califica los logros e inventos. ¿Cuáles crees que son los cuatro o cinco logros e inventos más importantes?

BIOGRAFÍA

Kublai Kan

¿Cómo hizo un mongol nómada para asentarse y gobernar un vasto imperio?

¿Cuándo vivió? De 1215 a 1294

¿Dónde vivió? Kublai Kan era proveniente de Mongolia pero pasó gran parte de su vida en China. La capital, Dadu, estaba cerca del lugar que hoy ocupa la ciudad de Pekín.

¿Qué hizo? Kublai Kan completó la conquista de China que había comenzado Gengis Kan. Gobernó China como el emperador de la dinastía Yuan.

¿Por qué es importante? Las tierras que gobernó Kublai Kan conformaron uno de los imperios más grandes de la historia del mundo. Se extendía desde el océano Pacífico hasta Europa oriental. Como gobernante de China, Kublai Kan aceptaba la llegada de visitantes extranjeros, como el mercader italiano Marco Polo y el historiador árabe Ibn Battutah. Las historias que contaron esos dos hombres ayudaron a despertar el interés de los occidentales por China y sus productos.

Generalizar ¿Cómo contribuyeron las acciones de Kublai Kan a cambiar la visión de las personas acerca de China?

CONCEPTOS CLAVE

- Unificó a toda China bajo su mandato
- Instauró la paz, y durante los tiempos de paz creció la población de China
- Extendió el Gran Canal de manera que los alimentos se pudieran transportar en barco desde el Huang He (Río Amarillo) hasta la capital cerca del lugar que hoy ocupa la ciudad de Pekín
- Unió a China con India y Persia gracias a la construcción de mejores carreteras
- Tuvo mayor contacto con Occidente

En esta pintura del siglo XIII se muestra a Kublai Kan cazando a caballo.

CIVILIZACIONES ANTIGUAS DE ASIA: CHINA

Destrezas de estudios sociales

- Tablas y gráficas
- Pensamiento crítico
- Geografía
- Estudio

Tomar decisiones económicas

Aprender

Las decisiones económicas forman parte de la geografía. Los líderes mundiales toman decisiones económicas todos los días. Por ejemplo, es posible que el presidente de un país deba decidir si utiliza el dinero del gobierno para mejorar la defensa, la educación o el sistema de salud.

También debes tomar decisiones económicas en tu propia vida. Por ejemplo, es posible que debas decidir si ir al cine con un amigo o comprar un CD. No puedes pagar las dos cosas, así que debes tomar una decisión.

Tomar decisiones económicas implica hacer sacrificios y ceder en algunas cosas. Si decides gastar tu dinero en una película, cedes en las otras cosas que quieres pero no puedes comprar. Puedes tomar mejores decisiones económicas si analizas en qué aspectos puedes ceder.

Practicar

Imagina que estás en la banda musical de la escuela. Este año, la banda tiene suficiente dinero para realizar una compra grande. Como se muestra en el siguiente diagrama, la banda puede utilizar el dinero para comprar instrumentos musicales nuevos, uniformes nuevos o realizar un viaje. La banda decide comprar instrumentos nuevos.

1 Basándote en el siguiente diagrama, ¿qué cosas debió ceder la banda?

2 ¿Qué cosas hubiese tenido que ceder si en su lugar la banda hubiera votado por utilizar el dinero para hacer un viaje?

3 ¿De qué forma crees que crear un diagrama como el siguiente pudo haber ayudado a la banda a tomar su decisión económica?

Aplicar

1. Describe un ejemplo de una decisión económica que podrías enfrentar y en la que puedas ceder en tres aspectos.
2. Para cada decisión económica posible, identifica en qué cosas deberías ceder si tomas esa decisión.
3. ¿Cuál sería tu decisión final? ¿Por qué?
4. ¿De qué manera analizar en qué aspectos ceder te ayudó a tomar tu decisión?

CAPÍTULO 15 Repaso del capítulo

El impacto de la geografía: videos
Consulta el video para responder a la pregunta final:
¿Estás de acuerdo con las ideas de Confucio acerca de la familia? ¿Por qué?

Resumen visual

Usa el siguiente resumen visual para repasar las ideas principales del capítulo.

DATOS BREVES

Las dinastías Shang, Qin y Han gobernaron China y realizaron muchos progresos que sirvieron de base a desarrollos futuros.

Bajo las dinastías Tang y Song, el confucianismo fue un aspecto importante del gobierno chino.

Los mongoles invadieron China y la gobernaron como la dinastía Yuan.

La poderosa dinastía Ming fortaleció China y expandió el comercio, pero luego China se aisló.

Repasar vocabulario, palabras y lugares

Une las palabras o nombres con la definición o descripción correspondiente.

- **a.** pólvora
- **b.** funcionario erudito
- **c.** mandato divino
- **d.** burocracia
- **e.** sismógrafo
- **f.** porcelana
- **g.** la Gran Muralla
- **h.** aislacionismo
- **i.** incentivo

1. aparato que mide la fuerza de los terremotos
2. algo que guía a las personas a realizar una acción determinada
3. cuerpo de funcionarios del gobierno no elegidos por votación
4. cerámica bella y delicada
5. empleado culto del gobierno
6. política que consiste en evitar el contacto con otros países
7. barrera que se extiende a lo largo de la frontera norte de China
8. mezcla de polvos que se usa para hacer explosivos
9. idea de que el cielo elige quién debe gobernar

Comprensión y pensamiento crítico

SECCIÓN 1 *(Páginas 464 a 467)*

10. a. Identificar ¿Cuál fue la primera dinastía conocida que gobernó China? ¿Qué logros alcanzó?

b. Analizar ¿Por qué la dinastía Qin no duró mucho después de la muerte de Shi Huangdi?

c. Evaluar ¿Crees que Shi Huangdi fue un buen gobernante para China? ¿Por qué?

SECCIÓN 2 *(Páginas 468 a 473)*

11. a. Definir ¿Qué fue el confucianismo? ¿Cómo afectó a la sociedad durante la dinastía Han?

b. Analizar ¿Cómo era la vida de los campesinos durante el período de la dinastía Han?

c. Profundizar ¿Qué inventos muestran que los miembros de la dinastía Han estudiaron la naturaleza?

CIVILIZACIONES ANTIGUAS DE ASIA: CHINA

SECCIÓN 3 (Páginas 476 a 481)

12. a. Describir ¿De qué manera contribuyeron Wu Daozi, Li Bo, Du Fu y Li Quingzhao a la cultura china?

b. Analizar ¿De qué manera los gobernantes de la dinastía Tang cambiaron el gobierno de China?

c. Evaluar ¿Qué invento chino tuvo mayor influencia en la historia mundial: la brújula magnética o la pólvora? ¿Por qué?

SECCIÓN 4 (Páginas 482 a 485)

13. a. Definir ¿Cómo cambió el confucianismo durante la dinastía Song y después de ella?

b. Inferir ¿Por qué crees que se creó el sistema de exámenes para la administración pública?

c. Profundizar ¿Por qué eran tan difíciles los exámenes para la administración pública de China?

SECCIÓN 5 (Páginas 486 a 492)

14. a. Describir ¿De qué manera crearon los mongoles su vasto imperio? ¿Qué áreas abarcaba?

b. Sacar conclusiones ¿De qué manera contribuyeron Marco Polo y Zheng He a dar una idea de cómo era China?

c. Profundizar ¿Por qué crees que la dinastía Ming invirtió tanto tiempo y dinero en la Gran Muralla?

Usar Internet

go.hrw.com
PALABRA CLAVE: SK9 CH15
(Sólo en inglés)

15. Actividad: Crear un mural En el período de las dinastías Tang y Song hubo numerosos avances en la agricultura, la tecnología y el comercio. Algunos de ellos fueron las nuevas técnicas de irrigación, los tipos móviles y la pólvora. Ingresa la palabra clave de la actividad y aprende más acerca de esos avances. Imagina que un funcionario de la ciudad te ha contratado para crear un mural que muestre todos los grandes inventos que los chinos desarrollaron durante las dinastías Tang y Song. Crea un gran mural que muestre la mayor cantidad de avances posible.

Destrezas de estudios sociales

Tomar decisiones económicas *Tienes suficiente dinero para comprar uno de los siguientes objetos: zapatos, un DVD o un libro.*

16. ¿En qué cederías si compras el DVD?

17. ¿En qué cederías si compras el libro?

ENFOQUE EN LA LECTURA Y LA REDACCIÓN

18. Comprender el orden cronológico Organiza la siguiente lista de sucesos en el orden en que ocurrieron. Luego, escribe un breve párrafo que describa los sucesos. Usa palabras como *entonces* y *más tarde* para mostrar la secuencia adecuada.

- La dinastía Han gobierna China.
- La dinastía Shang toma el poder.
- Los ejércitos mongoles invaden China.
- La dinastía Ming toma el control.

19. Escribir el artículo periodístico Ahora que has identificado los logros o inventos sobre los que quieres escribir, comienza tu artículo. Comienza con una oración que describa la idea principal. Incluye un párrafo de dos o tres oraciones acerca de cada invento o logro. Describe cada logro o invento y explica por qué fue tan importante. Termina tu artículo con una o dos oraciones que resuman la importancia que tuvo China en el mundo.

Actividad con mapas

20. Antigua China En una hoja de papel aparte, une las letras del mapa con los rótulos correspondientes.

| Chang'an | Pekín | Huang He |
| Kaifeng | Chang Jiang | |

CAPÍTULO 15 Práctica para el examen estandarizado

INSTRUCCIONES (1 a 7): Escribe en una hoja de respuestas aparte el *número* de la palabra o expresión dada que mejor complete las oraciones o responda a las preguntas.

1 ¿Quién fue el almirante chino que navegó por toda Asia durante la dinastía Ming?
- (1) Li Bo
- (2) Gengis Kan
- (3) Zhu Yuanzhang
- (4) Zheng He

2 ¿Durante qué dinastía se interrumpió el comercio y el contacto con pueblos alejados de China?
- (1) Ming
- (2) Yuan
- (3) Song
- (4) Sui

3 ¿Cuál de las siguientes opciones fue una de las formas en que el confucianismo tuvo una influencia en China?
- (1) hincapié en la familia y en los valores familiares
- (2) expansión de la industria y el comercio
- (3) aumento de los impuestos
- (4) eliminación del gobierno

4 ¿Cuál de las siguientes opciónes fue un logro de la dinastía Shang?
- (1) invención de los fuegos artificiales
- (2) construcción del Gran Canal
- (3) creación de un sistema de escritura
- (4) construcción de la Ciudad Prohibida

5 ¿Qué religión surgida en la antigua India también se volvió popular en la antigua China?
- (1) hinduismo
- (2) islam
- (3) jainismo
- (4) budismo

6 El emperador Shi Huangdi contrató a obreros para que trabajaran en una estructura que los gobernantes de la dinastía Ming mejoraron. ¿Cuál fue esa estructura?
- (1) la Gran Muralla
- (2) la Gran Tumba
- (3) la Ciudad Prohibida
- (4) el Templo de Buda

7 Al gobernante que completó la conquista mongola de China se lo llamó
- (1) Shi Huangdi.
- (2) Du Fu.
- (3) Kublai Kan.
- (4) Confucio.

Básate en la siguiente imagen y en tus conocimientos de estudios sociales para responder a la pregunta 8.

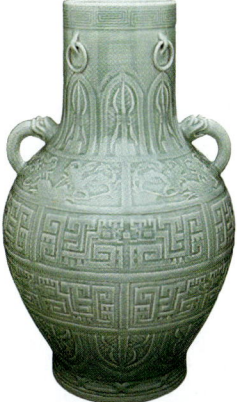

8 Este objeto exhibe la habilidad de los chinos para trabajar con
- (1) la xilografía.
- (2) la pólvora.
- (3) las fibras de algodón.
- (4) la porcelana.

Estudio de caso

El antiguo Japón

Historia

Japón tiene una larga historia. Los primeros ciudadanos japoneses vivían en aldeas gobernadas por poderosos clanes o familias extendidas. Cada clan estaba gobernado por un jefe. Durante muchos años, los clanes vivieron de manera independiente. Sin embargo, para el siglo VI, un clan poderoso había tomado el control de gran parte de Japón. El líder de ese clan se convirtió en el primer emperador de Japón.

En 794 el emperador y la emperatriz de Japón se mudaron a Heian, una ciudad que ahora se llama Kioto. Muchos nobles siguieron a sus gobernantes a la nueva ciudad. Allí crearon una corte imperial, es decir, un grupo de nobles que viven cerca de los gobernantes y los asesoran.

De hecho, el emperador y los nobles de Heian estaban tan concentrados en su propio estilo de vida que prestaban muy poca atención al resto del país. Afuera de Heian, los nobles que eran poderosos luchaban por obtener tierras. Además, los rebeldes luchaban contra los funcionarios imperiales.

Como el emperador tenía otras distracciones, los nobles rurales de Japón decidieron que necesitaban proteger sus propias tierras de los bandidos y ladrones. Los nobles contrataron guerreros profesionales para que defendieran a ellos y su propiedad. Estos guerreros eran conocidos como "samuráis".

Muchos nobles estaban descontentos con la manera en que se manejaba el gobierno de Japón. Querían un cambio en el liderazgo. Finalmente, dos clanes de nobles entraron en guerra en la década de 1150. Cada clan quería tomar el poder para sí.

La escritura japonesa es una forma de arte en sí misma. Este álbum realizado en forma de abanico está cubierto de texto e ilustraciones.

El santuario de Heian Jingu en Kioto celebra el pasado imperial de Japón. Construido en 1895, es una reconstrucción del antiguo palacio imperial de Heian.

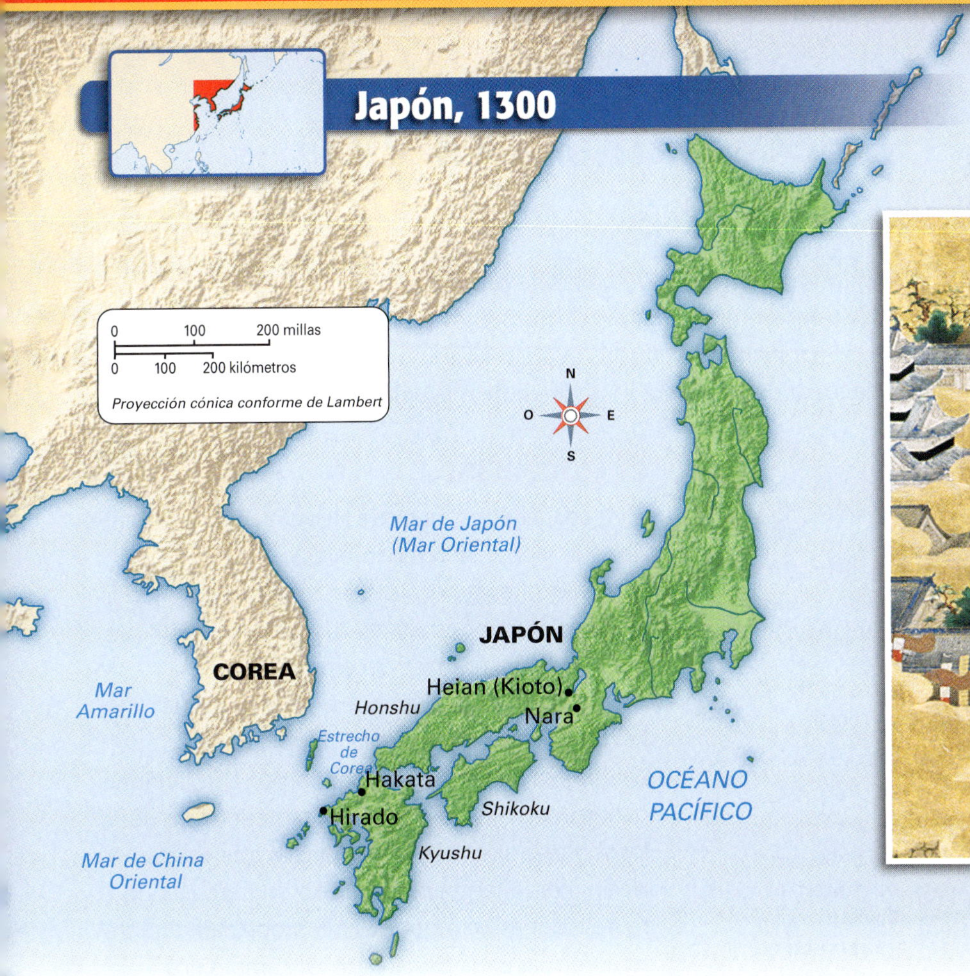
Japón, 1300
0
100
200 millas
0
100
200 kilómetros
Proyección cónica conforme de Lambert
N
O
E
S
Mar de Japón
(Mar Oriental)
JAPÓN
COREA
Mar
Amarillo
Honshu
Heian (Kioto)
Nara
Estrecho
de
Corea
Hakata
Hirado
Shikoku
Kyushu
OCÉANO
PACÍFICO
Mar de China
Oriental

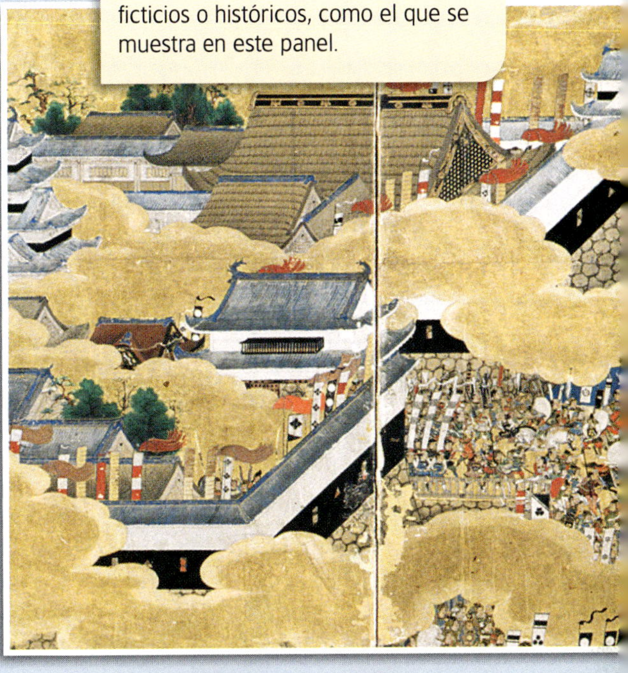

Los nobles japoneses amaban el arte. Pintaban imágenes de sucesos ficticios o históricos, como el que se muestra en este panel.

La guerra transformó al líder del clan Minamoto en el hombre más poderoso de Japón. Decidió asumir el gobierno del país pero no quería deshacerse del emperador. En su lugar, mantuvo al emperador como una figura decorativa, una persona que parece que gobierna, aunque el poder real está en manos de otra persona. Minamoto se autoproclamó sogún y gobernó Japón en nombre del emperador. Cuando Minamoto murió, legó su título y poder a uno de sus hijos. Durante aproximadamente 700 años, Japón estuvo gobernado por una serie de sogunes.

Evaluación del estudio de caso

1. ¿Cómo era la vida en Heian?
2. ¿Por qué perdió poder el emperador de Japón?
3. **Actividad** Los abanicos con ilustraciones eran populares en el antiguo Japón. Crea un abanico con la imagen de algún suceso clave de la historia japonesa.

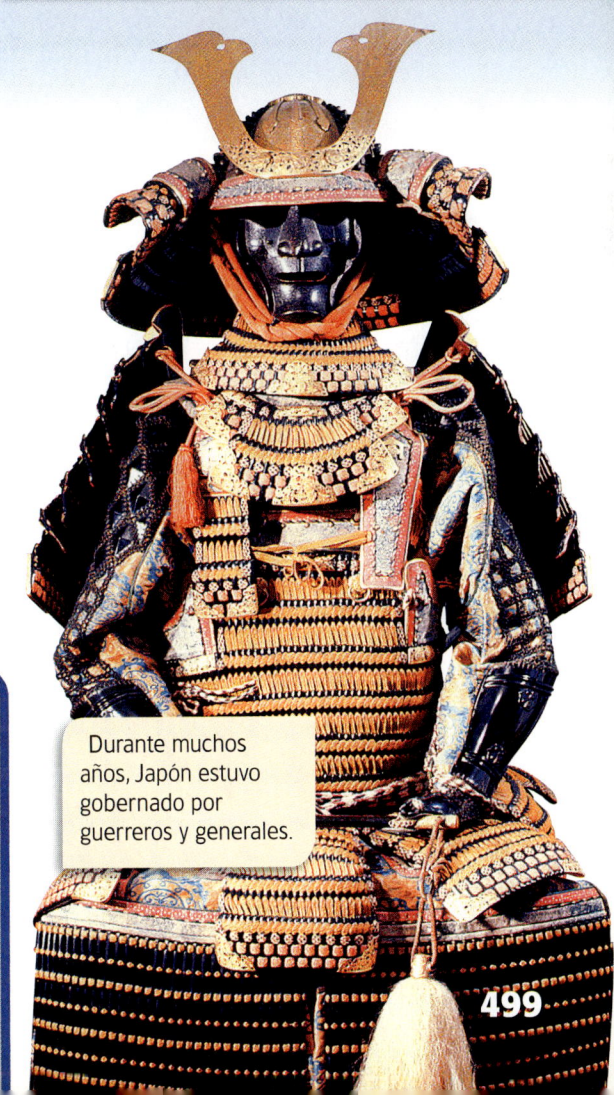

Durante muchos años, Japón estuvo gobernado por guerreros y generales.

La sociedad y la vida cotidiana

Para principios del siglo XI, Heian era el centro de la sociedad japonesa. Allí vivían el emperador y muchos nobles poderosos, es decir, la elite del país. Imaginaban que todos querían vivir como ellos. Sin embargo, la vida fuera de Heian era muy diferente a la vida en la capital.

La sociedad samurái

DATOS BREVES

El emperador
El emperador tenía muy poco poder real; era una figura decorativa.

El sogún
El sogún era un poderoso líder militar y gobernaba en nombre del emperador.

El daimio y el samurái
Los daimios eran poderosos señores feudales que a menudo dirigían ejércitos de samuráis. Los guerreros samuráis servían a los sogunes y a los daimios.

Campesinos
La mayoría de los japoneses eran campesinos pobres que no tenían poder.

El gobierno

En teoría, el emperador de Heian era el gobernante de todo Japón. Sin embargo, la verdad era que el emperador tenía poco poder fuera de la ciudad. El verdadero poder estaba en manos del sogún, que gobernaba en nombre del emperador.

Debajo del sogún, había un número de terratenientes poderosos llamados daimios. Cada daimio era dueño de una gran propiedad, aunque generalmente no vivían allí. Durante muchos años, los sogunes exigieron a los daimios que vivieran en Heian. Por lo tanto, cada daimio nombraba a un representante para gobernar la propiedad durante su ausencia. En la propiedad, los campesinos cultivaban arroz para alimentar a los daimios y a sus familias y también a ellos mismos.

Como las guerras eran algo habitual en Japón, los daimios necesitaban soldados para defender su propiedad. Con ese propósito, contrataban a guerreros profesionales llamados samuráis. La mayoría de los samuráis provenían de familias nobles, pero muchos tenían poco dinero. A cambio de sus servicios militares, los samuráis recibían tierras o alimento. Como las tierras llanas escasean en Japón, sólo los samuráis más poderosos recibían tierras por sus servicios.

La vida cotidiana

La vida en Japón variaba de acuerdo al lugar de residencia. Quienes vivían en la capital, Heian, tenían una forma de vida muy diferente a la de quienes vivían afuera de la ciudad.

"Lady Dainagon es muy pequeña y refinada...Su cabello es tres pulgadas más largo que su estatura".

"Lady Senji también es una persona pequeña y altanera...Nos avergüenza, su carruaje es tan noble".

"Lady Koshosho, pura nobleza y encanto. Es como un sauce florecido. Su estilo es muy elegante y todas la envidiamos por sus modales".

—del diario de Lady Murasaki Shikibu, en *Antología de la literatura japonesa*, editado por Donald Keene

La vida en la corte japonesa era formal y estaba llena de rituales, como se muestra en esta pintura y estas citas.

Los miembros de la corte real de Japón amaban los rituales y las ceremonias. Llevaban una vida fácil y privilegiada y pasaban sus días escribiendo y participando en fiestas o ceremonias budistas. Vivían separados de los ciudadanos pobres y rara vez abandonaban la ciudad.

Los nobles de Heian también valoraban la belleza, por lo que dedicaban horas a su apariencia personal. Muchos tenían guardarropas llenos de vestimentas de seda y joyas de oro. Los nobles se deleitaban con trajes elaborados. Por ejemplo, las mujeres usaban vestidos hechos de 12 capas de seda de colores, cortadas y dobladas con gran habilidad para mostrar varias capas a la vez. Las mujeres completaban su atuendo con abanicos delicadamente pintados.

Fuera de Heian, la vida se enfocaba más en las obligaciones que en la belleza. En particular, los samuráis vivían según un estricto código de honor conocido como Bushido. Este código exigía que los samuráis fueran soldados valientes y virtuosos. También les exigía llevar vidas sencillas y disciplinadas. Sin embargo, la mayor exigencia del Bushido era la lealtad a sus señores.

Los nobles dedicaban horas a los rituales budistas elaborados. La mayoría de los que no eran nobles también eran budistas, pero no tenían tiempo para rituales.

Evaluación del estudio de caso

1. ¿Quiénes eran los daimios? ¿Y los samuráis?
2. ¿Cómo era la vida para un samurái?
3. **Actividad** Imagina que eres un noble de Heian. ¿Cómo sería tu día? Escribe una serie de actividades que reflejen un día típico.

EL ANTIGUO JAPÓN

Sucesos clave en el antiguo Japón

550

circa 550
El budismo llega a Japón.

646
Con un nuevo código de leyes se crea oficialmente la clase de los samuráis.

794
La corte imperial de Japón se traslada a Heian.

Guerrero samurái

La cultura y los logros

El período de Heian es considerado una era dorada de la cultura japonesa. Como has leído, los nobles de Heian valoraban la belleza en todas sus formas. Dedicaban horas a sus escritos y pinturas. Como consecuencia, crearon sorprendentes obras de literatura y de arte.

Los nobles de Heian (tanto hombres como mujeres) dedicaban mucho tiempo a la escritura. Muchas mujeres escribían diarios detallados sobre la vida en la corte. Además, una mujer noble conocida como Lady Murasaki Shikibu escribió una novela llamada *La historia de Genji*. Muchos historiadores consideran que este libro, que fue escrito alrededor del año 1000, es la primera novela del mundo.

Los hombres no solían escribir diarios ni novelas. En su lugar, se dedicaban a la poesía. Tanto los hombres como las mujeres de Heian escribían poemas hermosos. Incluso algunas personas realizaban fiestas en las que se turnaban para escribir y leer poemas. Los poemas casi siempre trataban sobre el amor o la naturaleza. La mayoría de los poemas de esa época se basaban en fórmulas estrictas. Un tipo de poema popular en Heian era el tanka. Un tanka siempre tiene cinco líneas. La primera y la tercera tienen cinco sílabas, mientras que las otras tienen siete. Los poemas de tres líneas llamados haiku también eran populares.

Una cultura alfabetizada

Los nobles de Heian valoraban mucho la literatura. Se esperaba que todos los nobles, hombres y mujeres por igual, escribieran obras de gran belleza. Muchas de sus obras aún se leen y se admiran en la actualidad.

Algunas mujeres nobles japonesas escribían diarios detallados, novelas y poemas.

Este samurái escribe un poema en un cerezo. Escribir poemas ayudaba a los samuráis a ejercitar la concentración.

circa 1000
Lady Murasaki Shikibu escribe *La historia de Genji*.

Una escena de *La historia de Genji*

1192
El primer sogún toma el poder en Japón.

1274
Los japoneses repelen una invasión de la China mongol.

1300

Además de la literatura, los nobles de Heian alcanzaron grandes logros en otras áreas. Les encantaba pintar y crearon pinturas majestuosas. Muchas de sus obras ilustran escenas de historias, como *La historia de Genji*. Algunos nobles también eran arquitectos talentosos. Diseñaron magníficos templos y palacios, generalmente rodeados de jardines y charcas.

En Heian también se originaron muchas formas arte interpretativo. Los nobles de la corte imperial apreciaban la música, la danza y las acrobacias. También les gustaba ver obras de teatro. Con el tiempo, las obras que se interpretaban en Heian evolucionaron en una forma de teatro llamada Noh, que aún hoy es popular en Japón.

El castillo de Matsumoto, construido en Japón en la época de los sogunes

Evaluación del estudio de caso

1. ¿Cuál es la importancia de *La historia de Genji*?
2. ¿Cuáles eran algunas de las formas de arte que se practicaban en Heian?
3. **Actividad** Los nobles de Japón amaban el teatro. Escribe una escena de una obra acerca de la vida en el antiguo Japón. Representa la escena con un grupo.

BIOGRAFÍA

Lady Murasaki Shikibu
circa 978 a 1026

Durante su vida, Lady Murasaki Shikibu fue honrada como una mujer noble y como una sierva de la emperatriz Akiko. Desde su muerte, se la recuerda más como cronista y escritora. Lady Murasaki escribió *La historia de Genji*, que se considera la primera novela completa y la obra clásica más importante de la literatura japonesa. La novela cuenta acerca de un príncipe llamado Genji y su larga búsqueda del amor. Durante su búsqueda, conoce a muchas mujeres. Al describir a las mujeres con gran detalle, Lady Murasaki nos da una visión de cómo era la vida en Heian.

CAPÍTULO 16

El crecimiento y el desarrollo del sur y el este de Asia

PREGUNTA DE ENFOQUE

¿Qué fuerzas influyeron en el desarrollo de Asia y por qué?

Lo que aprenderás…

Asia, cuna de antiguas civilizaciones e imperios, sufrió muchos cambios después de fines del siglo XIX. La llegada de los europeos y las luchas políticas internas tuvieron consecuencias muy importantes en la región.

SECCIÓN 1
Contacto entre culturas..............506

SECCIÓN 2
Interacción con Occidente............510

SECCIÓN 3
Nuevos movimientos políticos.......515

SECCIÓN 4
Asia en guerra........................522

SECCIÓN 5
Una nueva Asia........................528

ENFOQUE EN LA LECTURA Y LA EXPRESIÓN ORAL

Usar pistas del contexto: Definiciones A medida que lees, generalmente puedes deducir el significado de una palabra desconocida usando pistas del contexto. Un tipo de pistas del contexto es una definición, que consiste en reformular el significado de una palabra. **Consulta la lección Usar pistas del contexto: Definiciones** de la página ES19.

Hacer una entrevista Con un compañero, jugarás a ser un periodista que entrevista a una figura histórica de Asia. Primero, lee sobre la región y elije a una figura que quieras entrevistar. Luego haz tu entrevista y pídele a tu compañero que represente a la figura histórica que elegiste.

Mohandas Gandhi

Imperialismo Bajo el dominio británico, se construyeron en India líneas de ferrocarriles de miles de millas de longitud. Aquí se ve cómo los obreros construían el ferrocarril de Bengala del Este alrededor del año 1870.

SECCIÓN 1

Contacto entre culturas

Lo que aprenderás...

Ideas principales

1. La cultura china tuvo una fuerte influencia en muchas civilizaciones asiáticas.
2. India fue una influencia importante en la cultura del sur de Asia.
3. Una nueva religión llamada sijismo se desarrolló en India a finales del siglo XV.

La idea clave

El contacto entre culturas en Asia hizo que hubiera muchos rasgos culturales en común, en especial los provenientes de India y China.

Lugares y palabras clave

difusión cultural, *pág. 506*
Angkor Wat, *pág. 508*
sijismo, *pág. 509*

TOMAR NOTAS A medida que lees, usa un diagrama como el siguiente para tomar notas acerca de las influencias de China e India en otras culturas de Asia, especialmente en las del sureste asiático.

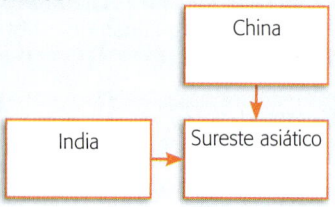

Si VIVIERAS allí...

Eres miembro de una familia de nobles y funcionario del gobierno japonés. Durante muchos años, tú y tu príncipe han leído las obras del antiguo erudito chino, Confucio. Ambos admiran sus obras y están fascinados con la cultura china. Ahora el príncipe te dice que recibió una carta del emperador de China en la que te invita a visitar China. El príncipe quiere que aceptes la invitación y que aprendas todo lo que puedas sobre la vida allí.

¿Qué esperas aprender sobre China?

CONOCER EL CONTEXTO En China y en India comenzaron dos de las primeras civilizaciones del mundo. Durante varios siglos, los habitantes de China e India desarrollaron culturas ricas y distintas entre sí. A medida que otras civilizaciones se desarrollaban en Asia, no podían evitar la influencia de China e India.

Influencia china en Asia

La antigua China fue una de las civilizaciones más avanzadas del mundo. Al contar ya con varios siglos de antigüedad cuando surgieron otras civilizaciones del este de Asia, China ejerció una fuerte influencia en las culturas de sus vecinos más jóvenes. Entre los lugares que recibieron la influencia de China se encontraban Corea, Japón y Vietnam.

Corea

Corea está ubicada en una península del este de Asia, justo al este de China. No existen grandes barreras físicas que separen la península del resto de Asia; por lo tanto, es fácil viajar de una región a otra. Como podrás deducir por su ubicación, las personas de China y Corea tuvieron contacto desde los comienzos de su historia. Como resultado de este contacto, muchos elementos de la cultura china se expandieron hacia Corea. La difusión de rasgos culturales de una región a otra, como de China a Corea, se llama **difusión cultural.**

En el siglo II a.C., la dinastía Han conquistó parte de la península coreana, y colonos chinos se mudaron a Corea. Llevaron con ellos muchos elementos de su propia cultura, como el budismo y la escritura china. Incluso después de que Corea ganó su independencia, algunos de sus gobernantes alentaron la adopción de la cultura china.

Entre los gobernantes que querían aprender de los chinos se encontraban los reyes de la dinastía Koryo, de cuyo nombre deriva la palabra Corea. Los gobernantes Koryo adoptaron varios elementos de la cultura china. Por ejemplo, crearon un sistema de administración pública similar al de China. Al mismo tiempo, no querían que Corea se transformara en una segunda China e impulsaron a los artesanos a desarrollar sus propios estilos de cerámica y de otras artesanías. El resultado fue una sociedad coreana que combinaba la vida china con la autóctona.

Japón

Al igual que Corea, Japón recibió una enorme influencia por parte de la cultura china. De hecho, muchos elementos de la cultura china que llegaron a Japón lo hicieron a través de Corea. Para el siglo VI, los comerciantes coreanos habían comenzado a viajar en barco a Japón. Con ellos llegaron la escritura china y el budismo. Rápidamente, los japoneses adoptaron tanto la escritura como la religión.

Los japoneses de esa época no tenían un idioma escrito propio. Por lo tanto, los japoneses cultos usaban los caracteres chinos para escribir su propio idioma.

Finalmente, los líderes de Japón decidieron aprender sobre la cultura china directamente de la fuente. Uno de esos líderes fue el príncipe Shotoku, que gobernó Japón desde 593 hasta 622. Shotoku era un gran admirador de los chinos. Envió eruditos a China para aprender sobre la religión, la filosofía y la forma de gobierno chinas. Como resultado, la comida, la moda y el arte de China adquirieron popularidad.

Vietnam

Durante el siglo III a.C., un reino llamado Nam Viet llegó al poder en Vietnam. Su gobernante era un antiguo funcionario de China que se había declarado independiente. En consecuencia, el pueblo de Vietnam adoptó varios elementos de la cultura china. Las personas hablaban en chino, vestían ropas chinas y llevaban peinados chinos. Muchos también practicaban una variante china del budismo.

COMPRENSIÓN DE LA LECTURA Ordenar ¿Cómo se extendió la cultura china a Corea y a Japón?

Influencia china en Japón

El techo arqueado del templo Todai ji en Nara, Japón, refleja la influencia de China.

BIOGRAFÍA

Príncipe Shotoku
573 a 621

La expansión del budismo en Japón se dio principalmente gracias a los esfuerzos del príncipe Shotoku. Cuando Shotoku asumió el poder como regente de Japón, el budismo no era muy popular, pero él trabajó para cambiar la opinión de las personas. Construyó un majestuoso templo y escribió acerca de las enseñanzas del budismo. A su muerte, el budismo ya se había arraigado fuertemente entre los nobles japoneses.

Angkor Wat

Las majestuosas torres y los minuciosos tallados de las ruinas de Angkor Wat atraen a millones de turistas.

ANALIZAR RECURSOS VISUALES ¿Por qué crees que tantas personas visitan Angkor Wat?

India y el sur de Asia

La larga historia de China y su avanzada civilización la convirtieron en la potencia más influyente del este de Asia. Sin embargo, más hacia el sur, se encontraba otra antigua y avanzada civilización. Esta civilización era India, que se transformó en la mayor influencia en la vida del sur de Asia. Con los siglos, comerciantes y misioneros difundieron elementos de la cultura india a lo largo de gran parte de la región.

Probablemente, el elemento más notorio de la cultura india en Asia fue la religión. Como recordarás, India había sido cuna de dos religiones muy importantes: el hinduismo y el budismo. Durante varios siglos, los misioneros indios llevaron ambas religiones a todas partes.

Junto con la religión, las ideas indias relacionadas con la escritura, el gobierno, la ciencia y el arte se expandieron por toda Asia. Algunos gobernantes del sureste asiático admiraban tanto la cultura india que adoptaron nombres indios y construyeron templos de estilo indio. Muchos también adoptaron en sus reinos el idioma sánscrito de India.

Entre las naciones que recibieron la influencia india, se encontraba el Imperio jemer de lo que actualmente es Camboya. El Imperio jemer adoptó los estilos arquitectónicos indios e hinduistas. El ejemplo más famoso de esta arquitectura es el espectacular complejo de templos de **Angkor Wat**. Construido en el siglo XII, el complejo tenía muros altos y un templo con torres altas. Muchos de los muros del templo estaban cubiertos con tallas de escenas de mitos hindúes.

A principios del siglo XVI, un grupo de musulmanes de Asia Central conquistó India. Se trataba de los mogoles, quienes en poco tiempo construyeron un gran imperio. Los mogoles trajeron a India un refinado y novedoso estilo arquitectónico. El mejor ejemplo de este estilo es el Taj Mahal, construido por un emperador en el siglo XVII como tumba para su esposa. Los gobernantes mogoles impulsaron la expansión del Islam. Como resultado, comerciantes y misioneros difundieron el Islam por las islas de Indonesia, Malasia y Filipinas.

COMPRENSIÓN DE LA LECTURA Crear categorías ¿Qué elementos de la cultura india se expandieron en Asia?

Desarrollo del sijismo

Poco después de que los mogoles tomaran el poder en India, surgió allí una nueva religión. Se trataba del **sijismo**, una religión monoteísta que se desarrolló en el siglo XV.

Orígenes del sijismo

El sijismo tiene su origen en las enseñanzas del Gurú Nanak, que vivió a fines del siglo XV en la región de Panyab, en el norte de India. El término *gurú* significa "maestro" en sánscrito. El Gurú Nanak fue criado dentro del hinduismo, pero no estaba del todo conforme con las enseñanzas hinduistas. Por lo tanto, se dispuso a aprender más acerca del mundo. Según la leyenda, sus viajes lo llevaron hasta la Meca y Medina, las ciudades sagradas del Islam.

Los conocimientos que el Gurú Nanak adquirió en sus viajes se convirtieron en la base de las posteriores creencias sij. Durante los siglos siguientes, sus enseñanzas fueron difundidas y explicadas por otros nueve gurús. El último de ellos, el Gurú Gobind Singh, murió a comienzos del siglo XVIII. La mayoría de los gurús escribieron himnos en los que describían la naturaleza de Dios y la manera en que las personas debían comportarse. Estos himnos fueron recopilados en el *Gurú Granth Sahib*, el texto más sagrado del sijismo.

Creencias y prácticas del sijismo

Los sijs son monoteístas, o sea, creen en un solo Dios. Creen que Dios no tiene forma física, pero que puede percibirse en el mundo, el cual fue creado por él. Para los sijs, el objetivo fundamental de la vida es reunirse con Dios después de la muerte. Para alcanzar este objetivo, las personas deben meditar para hallar la iluminación espiritual. Sin embargo, para alcanzar esta iluminación se pueden requerir varias vidas. Por eso, los sijs creen en la reencarnación. Los sijs también creen que las personas deben vivir con honestidad y tratar a todos por igual, más allá del género, la clase social o cualquier otro factor.

Los sijs rezan varias veces al día. Deben llevar todo el tiempo cinco elementos como signos de su religión: el cabello largo, un peine pequeño, un brazalete de acero, una espada y ropa interior especial. Además, todos los hombres sijs llevan turbante, al igual que muchas mujeres.

COMPRENSIÓN DE LA LECTURA **Analizar** ¿Cuáles son las creencias básicas del sijismo?

SU IMPORTANCIA HOY
Más de 20 millones de personas en el mundo practican hoy en día el sijismo. La mayoría vive en la región Panyab de India y en Pakistán.

RESUMEN Y PRESENTACIÓN Dentro de Asia, las culturas se mezclaron a lo largo de los siglos. A continuación, aprenderás de qué manera las ideas provenientes de otras tierras también cambiaron la vida en Asia.

go.hrw.com
Cuestionario en Internet
PALABRA CLAVE: SK9 HP16
(Sólo en inglés)

Evaluación de la Sección 1

Repasar ideas, palabras y lugares

1. **a. Definir** ¿Qué es la **difusión cultural**?
   b. Generalizar ¿Qué influencia tuvieron los chinos en la civilización de Japón?
   c. Evaluar ¿Crees que la influencia china fue buena o mala para Corea y Japón? ¿Por qué?
2. **a. Identificar** ¿Qué elementos de la cultura india fueron adoptados por otras civilizaciones asiáticas?
   b. Ordenar ¿Cómo contribuyeron los indios a que avanzara la expansión del Islam en Asia?
3. **a. Recordar** ¿Cuándo se desarrolló el **sijismo**?
   b. Sacar conclusiones ¿Por qué crees que los sijs llevan cinco elementos especiales todo el tiempo?

Pensamiento crítico

4. **Crear categorías** Usa tus notas y la siguiente tabla para identificar la influencia de China e India en cada elemento de la cultura asiática.

	Religión	Idioma	Arquitectura
China			
India			

ENFOQUE EN LA EXPRESIÓN ORAL

5. **Elegir un tema** ¿Sobre qué o quién tratará tu entrevista? ¿Hablarás con alguien que vivió durante este período o con un experto en la cultura china de esa época? Escribe algunas ideas.

SECCIÓN 2

Interacción con Occidente

Lo que aprenderás…

Ideas principales

1. Los británicos transformaron a India en colonia en los siglos XVIII y XIX.
2. Los países europeos usaron la fuerza para obligar a China a abrir sus puertos al comercio.
3. Por impulso de Estados Unidos, Occidente comenzó a comerciar con Japón.

La idea clave

Durante los siglos XVIII y XIX, los europeos y los estadounidenses se abalanzaron sobre Asia e introdujeron a la fuerza muchos cambios políticos y económicos.

Lugares y palabras clave

British East India Company, *pág. 511*
Raj, *pág. 511*
Guangzhou, *pág. 513*
esferas de influencia, *pág. 513*
rebelión de los bóxers, *pág. 513*

TOMAR NOTAS A medida que lees, toma notas acerca de la interacción entre Occidente y China, Japón e India.

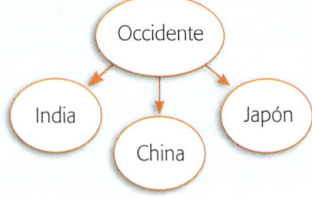

Si VIVIERAS allí…

Eres un mercader indio que se dedica a las telas de seda y algodón. Acabas de terminar una larga travesía a la ciudad de Kolkata con un cargamento de tus mejores rollos de tela para enviar a Gran Bretaña. Esperas con este envío ganar el dinero suficiente para subsistir durante varios meses. Sin embargo, al aproximarte al puerto de Kolkata, te detiene un funcionario británico. Te dice que ya no se te permitirá enviar telas a Gran Bretaña porque la importación de telas perjudica a las compañías británicas.

¿Cómo te afecta esta nueva política?

CONOCER EL CONTEXTO Antes del siglo XVIII, Asia tenía poco contacto con Europa, más allá de un comercio limitado. Sin embargo, hacia fines de siglo, grandes cantidades de europeos llegaron a Asia y provocaron importantes cambios culturales.

Los británicos en India

Ya desde la época del Imperio romano, los europeos estaban fascinados con Asia. Durante siglos, los comerciantes viajaron de un continente al otro por la Ruta de la Seda, transportando valiosos productos en ambas direcciones. Sin embargo, la travesía por la Ruta de la Seda era larga y peligrosa, y muy pocas personas se atrevían a emprenderla.

A finales del siglo XIII, siglos después de la caída de Roma, el mercader italiano Marco Polo viajó a China. A su regreso, publicó un informe sobre sus viajes que, en poco tiempo, se transformó en un éxito de ventas. Aun así, muy pocos europeos siquiera soñaban con ir a Asia.

Finalmente, en el siglo XV, exploradores portugueses lograron navegar a India por primera vez. Les siguieron otros europeos. Algunos mercaderes ambiciosos construyeron puestos comerciales a lo largo de toda la costa asiática, desde India hasta China. Sin embargo, los europeos rara vez se adentraban mucho en el continente. Su presencia en Asia estaba restringida más que nada a la costa. La situación cambió después de que los británicos se mudaron a India.

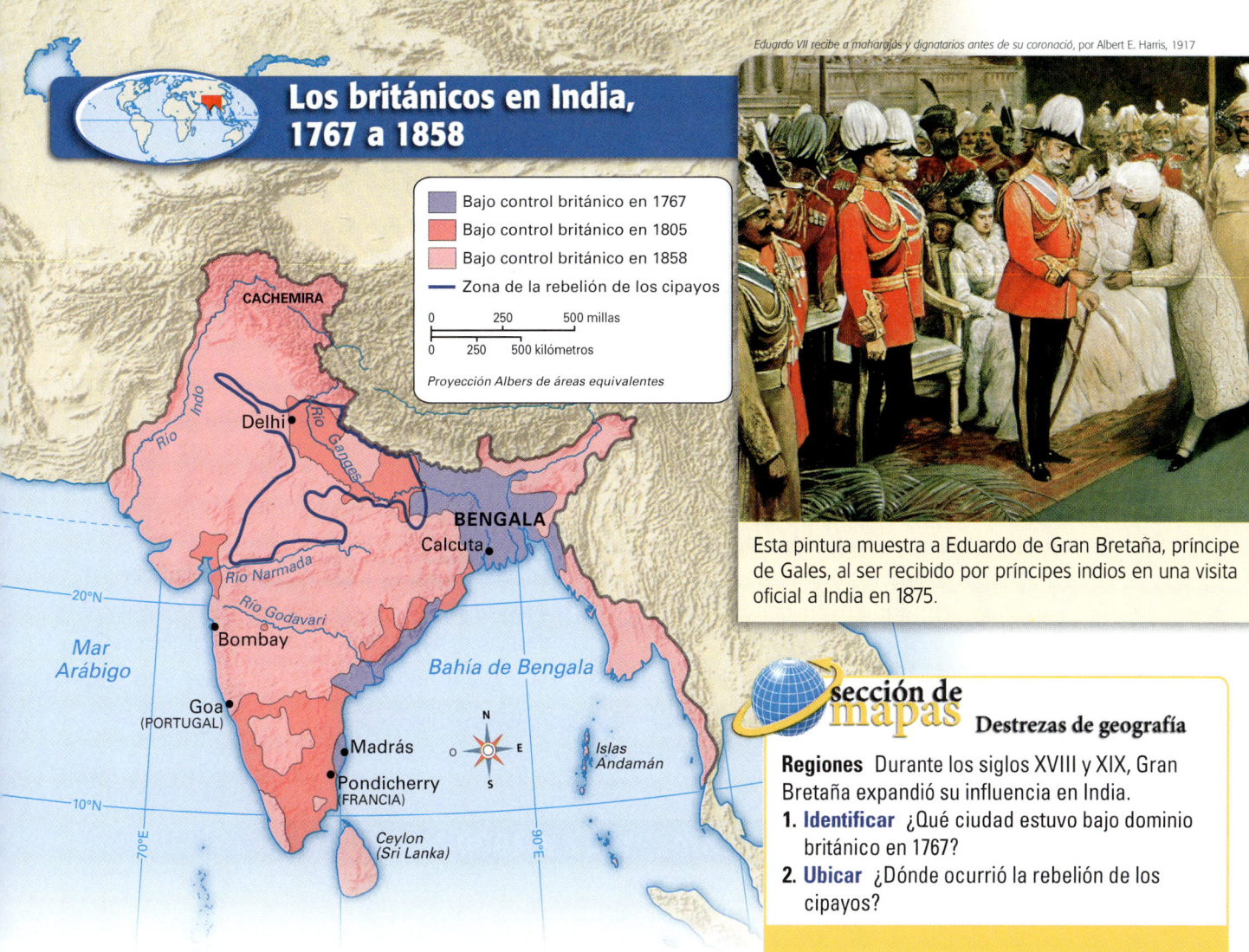

Los británicos en India, 1767 a 1858

- Bajo control británico en 1767
- Bajo control británico en 1805
- Bajo control británico en 1858
- Zona de la rebelión de los cipayos

Eduardo VII recibe a maharajás y dignatarios antes de su coronación, por Albert E. Harris, 1917

Esta pintura muestra a Eduardo de Gran Bretaña, príncipe de Gales, al ser recibido por príncipes indios en una visita oficial a India en 1875.

sección de mapas — Destrezas de geografía

Regiones Durante los siglos XVIII y XIX, Gran Bretaña expandió su influencia en India.
1. **Identificar** ¿Qué ciudad estuvo bajo dominio británico en 1767?
2. **Ubicar** ¿Dónde ocurrió la rebelión de los cipayos?

British East India Company

Las personas que cambiaron la naturaleza de la actividad europea en Asia fueron los mercaderes británicos. A fines del siglo XVIII, llegaron a India miembros de la **British East India Company**, empresa establecida para controlar el comercio entre Gran Bretaña, India y Asia oriental.

A pesar de que habían llegado para comerciar, los británicos pronto se involucraron en la política de India. En esa época, India estaba gobernada por el Imperio mogol. En el siglo XVIII, ese imperio comenzó a desmoronarse. A medida que los mogoles perdían control, los británicos ganaban poder. La British East India Company trajo su propio ejército para tomar el control. Como puedes ver en el mapa, en poco tiempo la compañía pasó a controlar casi toda India.

El Raj

Muchos indios no estaban contentos con las **políticas** de la British East India Company. En 1857, estalló una rebelión. La rebelión fue liderada por los cipayos, soldados indios que luchaban con el ejército británico.

El enfrentamiento fue brutal y duró más de dos años. Los cipayos rebeldes mataron a funcionarios, mujeres y niños británicos. Los británicos incendiaron aldeas sospechadas de apoyar la rebelión.

Como consecuencia de la rebelión, el gobierno británico le quitó el control a la British East India Company y comenzó a gobernar India de manera directa. El período de gobierno británico en la India se llama **Raj,** que proviene de una palabra hindi que significa "gobernar".

VOCABULARIO ACADÉMICO
política regla, curso de acción

EL CRECIMIENTO Y EL DESARROLLO DEL SUR Y EL ESTE DE ASIA 511

Durante el Raj, la mayoría de los funcionarios que trabajaban en el gobierno indio eran británicos, no indios. Los funcionarios británicos se consideraban superiores al pueblo indio, al que gobernaban. La mayoría de ellos vivían en barrios aparte y pertenecían a clubes exclusivos. Tenían poco contacto con las personas comunes.

Cambios en India

La mayoría de los funcionarios británicos en India creían que su gobierno mejoraba la vida del pueblo indio. Introdujeron un nuevo sistema educativo occidental y obligaron a los indios a aprender inglés. También prohibieron algunas costumbres indias. Al mismo tiempo, invitaron a misioneros cristianos a difundir sus creencias.

Muchos habitantes de India estaban en desacuerdo con esos funcionarios. No consideraban que sus vidas eran mejores bajo el gobierno británico. Querían la oportunidad de participar en el gobierno y les molestaba haber tenido que renunciar a su cultura. Algunos indios comenzaron a manifestarse en contra de la presencia británica. Organizaron protestas y boicotearon los productos británicos.

Al final, estas protestas tuvieron poco efecto en la situación de India. Para los británicos, India era una colonia demasiado redituable como para abandonarla. India era una gran fuente de materias primas, como algodón, té e índigo, que se utilizaban en las industrias británicas. También era uno de los principales mercados para los productos británicos.

COMPRENSIÓN DE LA LECTURA **Identificar causa y efecto** ¿Cómo cambió la vida en India después de que los británicos tomaron el gobierno?

SU IMPORTANCIA HOY
El inglés sigue siendo uno de los idiomas que más se habla en India hoy en día. En general, se usa para asuntos gubernamentales y comerciales.

Regiones Los países europeos y Japón dividieron a China en varias esferas de influencia.
1. **Consultar el mapa** ¿Qué países tuvieron las mayores esferas de influencia?
2. **Identificar** ¿A qué esfera pertenecía Qingdao?

Los europeos en China

Mientras India caía bajo el dominio británico, en China ocurrían sucesos similares. Al igual que en India, los europeos se dispusieron a aumentar su influencia —y control— sobre China.

Diferentes puntos de vista

En el siglo XVIII, el comercio con China era una importante fuente de ingresos para Europa. Los productos chinos, como la seda y las especias, alcanzaban valores altos en toda Europa. Como resultado, para los europeos era esencial continuar con el comercio.

Sin embargo, para los chinos, comerciar con Europa no era tan importante. Para ellos Europa era tan sólo un socio comercial más. De hecho, los gobernantes de China veían a los europeos, y a todos los que vivían fuera de China, como bárbaros. No querían que estos bárbaros vivieran en su país. Por lo tanto, sólo permitían a los comerciantes europeos vivir en una sola ciudad, **Guangzhou.** Los británicos conocían la ciudad con el nombre de Cantón.

Medidas por la fuerza

En 1839, se desató una disputa entre el gobierno Qing de China y los comerciantes británicos. Los británicos, miembros de la British East India Company, ingresaban opio a China de manera clandestina para vender, lo que enfurecía a los chinos. Los chinos confiscaron y destruyeron todo el opio que encontraron. Los mercaderes británicos se quejaron ante su gobierno y Gran Bretaña atacó China.

En poco tiempo, la marina británica tomó la ciudad de Shanghái. Obligaron a los chinos a abrir cinco puertos más para los comerciantes europeos. En algunos años, China había sido forzada a llegar a acuerdos similares con varios otros países. Entre esos países se encontraban Francia, Rusia y Estados Unidos. China había sido dividida en muchas **esferas de influencia**, o zonas sobre las que otros países tenían poder económico.

Cambios en China

En respuesta a la presencia de tantos europeos en China, el gobierno Qing introdujo muchos cambios a la cultura. Creían que los conocimientos y la tecnología de Occidente eran lo que había permitido a Gran Bretaña derrotarlos. Por lo tanto, los líderes de China trataron de introducir el conocimiento y los idiomas occidentales en China. Además, fabricaron armas y embarcaciones occidentales.

Estas nuevas armas fueron puestas a prueba en 1894, cuando China entró en guerra con Japón. A pesar de sus nuevas armas, China perdió. La derrota debilitó a China y las potencias occidentales se apresuraron a aprovecharse de esta situación. Se propusieron aumentar su influencia en China de inmediato. Por temor a que los europeos se apoderaran de China por completo y los eliminaran del comercio, Estados Unidos también se dispuso a obtener poder en la región.

Los chinos se sentían humillados por este aumento del dominio occidental. Algunos comenzaron a planificar acciones en contra de los europeos y los estadounidenses. En 1899, comenzaron la **rebelión de los bóxers**, un intento de expulsar a todos los occidentales de China. Las potencias de Occidente acallaron la rebelión sin dificultad y acusaron al gobierno chino de brindar su apoyo. La fallida rebelión dejó a China aún más humillada que antes.

COMPRENSIÓN DE LA LECTURA Ordenar ¿Qué hechos desencadenaron la rebelión de los bóxers?

Occidente en Japón

Antes del siglo XV, el contacto de Europa con India y China era escaso pero no nulo. En contraste con eso, los europeos no conocían casi nada acerca de Japón. A diferencia de India y China, Japón había logrado aislarse de Occidente durante muchos años. Los únicos europeos que tenían permiso para ingresar a las islas eran unos pocos comerciantes holandeses, y sólo podían permanecer dentro de la ciudad de Nagasaki.

ENFOQUE EN LA LECTURA

¿Cómo te ayuda el texto resaltado a deducir el significado de *esferas de influencia*?

Reacción de Japón

Este grabado muestra la llegada del Comodoro Perry a la Bahía de Edo en 1853. Las descomunales embarcaciones de guerra de Perry enviaban un contundente mensaje a los japoneses acerca del poder militar estadounidense.

ANALIZAR RECURSOS VISUALES ¿Qué diferencias puedes ver entre los botes japoneses y el barco estadounidense?

Sin embargo, el aislamiento de Japón llegó a su fin drásticamente en 1852. En ese año, el comandante naval estadounidense Matthew Perry ingresó a la Bahía de Tokio con una flota de buques de guerra. Los japoneses le indicaron que continuara navegando hasta Nagasaki, pero Perry se rehusó. Insistía en abrir un comercio directo con Tokio. El presidente de Estados Unidos lo había autorizado a recurrir a la fuerza, si era necesario, para iniciar el comercio con Tokio. Ante esta amenaza, los japoneses no tuvieron otra opción que permitirle el acceso a la ciudad.

Tal como había sucedido con China, los japoneses consideraron humillante esta aceptación forzada de Occidente. Sin embargo, en vez de resistirse a la influencia occidental, como lo habían hecho los chinos, los nuevos gobernantes japoneses decidieron que el mejor plan sería modernizarse. Estudiaron las tácticas militares y prácticas económicas de Occidente y las copiaron. Querían que Japón formara parte del mundo moderno.

COMPRENSIÓN DE LA LECTURA **Contrastar** ¿En qué se diferenció la reacción de Japón ante Occidente de la de China?

RESUMEN Y PRESENTACIÓN La llegada de los europeos a Asia provocó importantes cambios en la sociedad. A continuación, aprenderás sobre los cambios políticos que tuvieron lugar más adelante.

go.hrw.com
Cuestionario en Internet
PALABRA CLAVE: SK9 HP16
(Sólo en inglés)

Evaluación de la Sección 2

Repasar ideas, palabras y lugares

1. a. **Definir** ¿Qué era el **Raj**?
   b. **Ordenar** ¿Qué llevó al gobierno británico a tomar el control de India?
   c. **Profundizar** ¿Cómo crees que se sintieron los indios con respecto a la actitud de los funcionarios británicos?

2. a. **Identificar** ¿Cuál fue el primer país en ingresar a China por la fuerza?
   b. **Identificar causa y efecto** ¿Qué causó la **rebelión de los bóxers**?

3. a. **Describir** ¿De qué manera los estadounidenses forzaron a los japoneses a comerciar con ellos?
   b. **Resumir** ¿Cómo influyó en Japón la llegada de los estadounidenses?

Pensamiento crítico

4. **Identificar las ideas principales** Usando tus notas, completa el siguiente organizador gráfico con detalles sobre las civilizaciones asiáticas. En el recuadro de la izquierda, describe las civilizaciones antes de la llegada de los europeos. En el recuadro de la derecha, indica cómo cambiaron a partir de ella.

   | India:
 China:
 Japón: | → | Llegada de los europeos | → | India:
 China:
 Japón: |

ENFOQUE EN LA EXPRESIÓN ORAL

5. **Elegir las preguntas** Si entrevistaras a una persona que vivió durante este período, ¿quién sería? Escribe tres preguntas que podrías hacerle a esa persona.

514 CAPÍTULO 16

Nuevos movimientos políticos

SECCIÓN 3

Si VIVIERAS allí...

Eres un abogado de India en 1932. Una mañana, dos amigas se te acercan para preguntarte algo. Están disconformes con una nueva ley que sancionaron los británicos. Una de ellas quiere alzarse en armas e intentar expulsar a los británicos del país. La otra no está de acuerdo. Quiere manifestarse en contra de la ley, pero no quiere recurrir a la violencia para hacerlo. Ella cree que la violencia no es necesaria y teme que las personas puedan resultar lastimadas. Las dos te piden tu opinión sobre cuál es la forma más efectiva de protestar.

¿A quién vas a apoyar? ¿Por qué?

CONOCER EL CONTEXTO Los europeos ejercieron el poder en algunas partes de Asia por varias décadas. Su presencia provocó muchos cambios, tanto culturales como políticos. Finalmente, una combinación de factores llevaron al desarrollo de sistemas políticos totalmente nuevos en muchos países de Asia.

El llamado a la independencia india

A principios del siglo XX, muchos indios se oponían a la interferencia británica en su país. Su descontento aumentó después de la Primera Guerra Mundial. Durante la guerra, más de 800,000 soldados indios combatieron del lado de los británicos. Cuando regresaron a su país, los soldados tenían la esperanza de que con los sacrificios hechos durante la guerra se ganarían algo de respeto. Por el contrario, se encontraron con que nada había cambiado.

Resentimiento creciente

El resentimiento creciente en India llamó la atención de los funcionarios británicos que estaban allí. Por temor a una rebelión, los británicos castigaron duramente a todo aquel que expresara descontento. Las tropas británicas disolvieron todas las protestas en contra del gobierno, incluso las pacíficas. En vez de acabar con el resentimiento, el proceder británico sólo consiguió enojar más a los indios.

Lo que aprenderás...

Ideas principales

1. El llamado a la independencia india estuvo acompañado de protestas no violentas.
2. A comienzos del siglo XX, finalizó el período imperial de China y comenzó en el país el comunismo.
3. Cambios en el gobierno de Japón llevaron a la formación de un nuevo imperio.

La idea clave

A principios del siglo XX, se produjeron importantes cambios en Asia que marcaron el fin de la dominación europea en el continente.

Lugares y palabras clave
no violencia, *pág. 516*
desobediencia civil, *pág. 516*
partición, *pág. 517*
Pakistán, *pág. 517*
Dieta, *pág. 520*

TOMAR NOTAS A medida que lees, toma notas acerca de los cambios políticos que tuvieron lugar en los diferentes países de Asia. Usa un organizador gráfico como el siguiente para organizar tus notas.

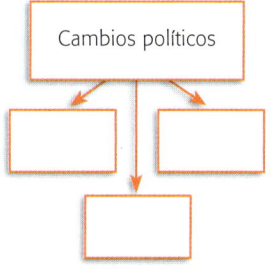

515

Protestas no violentas

Las protestas no violentas en India, como la de la imagen más grande, inspiraron a activistas políticos posteriores. Entre ellos, se encontraban algunos afroamericanos que lucharon por los derechos civiles en la década de 1960, quienes se manifestaban en sentadas no violentas como la que se muestra en la foto más pequeña.

ANALIZAR RECURSOS VISUALES
¿Qué similitudes puedes ver entre las dos protestas que se muestran en esta página?

El conflicto entre británicos e indios explotó en 1919. Durante una protesta en el pueblo de Amritsar, las tropas británicas dispararon contra una multitud de indios y mataron a más de 400 personas. La llamada Masacre de Amritsar motivó incluso a más indios a querer expulsar a los británicos de India.

Mohandas Gandhi

Después de la Masacre de Amritsar, surgió un nuevo líder de la resistencia india. Ese líder era Mohandas Gandhi. Gandhi era un abogado que creía que todas las personas debían ser tratadas de manera justa. Para él, la resistencia y la protesta no eran ninguna novedad. Gandhi había vivido en Sudáfrica durante muchos años y había organizado campañas en contra del apartheid. También trabajó en favor de los derechos de los pobres y de las mujeres.

Las protestas de Gandhi se basaban en dos creencias clave. La primera era la **no violencia**; o sea, evitar las acciones violentas. Gandhi creía que las personas no necesitaban ni debían recurrir a la violencia para protestar en contra de las injusticias. Creía que las protestas pacíficas eran más efectivas que las violentas.

La otra creencia clave de Gandhi era la **desobediencia civil**; o sea, rehusarse a obedecer las leyes para generar el cambio. Por ejemplo, alentaba a las personas a no pagar los impuestos a los británicos. Gandhi pensaba que si los indios se negaban a cooperar con las autoridades británicas, los británicos se sentirían frustrados y se irían.

Como parte de su plan de no cooperación, Gandhi alentaba a los indios a boicotear todos los productos británicos. Dejó de usar vestimentas fabricadas por Gran Bretaña y alentó a los demás a hacer lo mismo. Muchas personas comenzaron a fabricar telas en sus casas para hacer ellos mismos las vestimentas. Como resultado, las ruecas y la ropa hecha en casa se convirtieron en símbolos de la resistencia india. Gandhi también alentaba a las personas a dejar de comprar sal a los británicos y, en su lugar, fabricar su propia sal a partir del agua de mar.

Gandhi y sus seguidores fueron arrestados varias veces. No se rindieron, y su perseverancia convenció a otros indios de unírseles. Para la década de 1930, millones de personas protestaban en contra de la soberanía británica.

División e independencia

Finalmente, las protestas de Gandhi produjeron cambios en India. En 1935, el gobierno británico le otorgó al pueblo indio un derecho de autogobierno limitado. No conformes con esto, muchos continuaron con las protestas.

Incluso mientras los indios protestaban en contra de los británicos, las tensiones entre las comunidades hindú y musulmana en India causaron una crisis. Los musulmanes temían que, aun con una India completamente independiente, ellos tendrían muy poca participación en el gobierno. Muchos comenzaron a reclamar una nación aparte para ellos.

Para evitar una guerra civil, el gobierno británico accedió a la **partición**, o división, de India. En 1947, se formaron dos países independientes. India era en su mayoría hinduista. **Pakistán**, que comprendía la zona que actualmente es Bangladesh, era en su mayoría musulmana. Como consecuencia, unas 10 millones de personas se abalanzaron a cruzar la frontera. Tanto musulmanes como hinduistas querían vivir en el país donde fueran parte de la mayoría.

COMPRENSIÓN DE LA LECTURA **Identificar causa y efecto** ¿Cuál fue el efecto de las protestas de Gandhi?

El fin de China imperial

Mientras los indios reclamaban la independencia de los británicos, los chinos también reclamaban un cambio en el gobierno. La creciente influencia de las potencias extranjeras en China provocó el descontento de los habitantes con el gobierno imperial. Ese descontento provocó una revolución en China.

Revolución

Al ver que el pueblo estaba disconforme, los gobernantes de China, la dinastía Qing, intentaron reformar el gobierno. Construyeron nuevas escuelas y formaron un nuevo ejército. Incluso permitieron a los habitantes elegir asambleas regionales por primera vez.

Sin embargo, los intentos de reforma fueron muy pocos y llegaron demasiado tarde. Los activistas radicales llamaron a derrocar el gobierno de China. Querían que China se convirtiera en una república.

Uno de los líderes de esas protestas fue Sun Yixian. En Occidente, su nombre a veces se escribe Sun Yat-sen. Sun quería convertir a China en una democracia, pero pensaba que el pueblo chino todavía no estaba preparado para ella. Opinaba que era tarea del gobierno enseñar a las personas a gobernarse a sí mismas.

Inspirados por Sun, los rebeldes destronaron al último emperador Qing, el último emperador de todas las dinastías de China, en 1911. Los rebeldes formaron así una república.

Guerra civil

La creación de una república no acabó con las luchas de poder en China. En la década de 1920, surgieron dos grupos rivales. Un grupo eran los comunistas. Sus rivales eran los nacionalistas, liderados por Chiang Kai-shek. Por muchos años, los dos grupos trabajaron en conjunto para expulsar a los imperialistas extranjeros de China, pero su alianza siempre fue tensa.

La alianza se quebró por completo en 1929. Por temor al gran avance de la influencia comunista en China, las fuerzas nacionalistas atacaron a los comunistas en varias ciudades. Este ataque desencadenó una guerra civil que duró 20 años.

Durante los primeros años de la guerra civil, los nacionalistas tenían el control. Sin embargo, para la década de 1930, había surgido un nuevo líder comunista. Su nombre era Mao Zedong. En 1949, Mao y los comunistas ganaron la batalla. Proclamaron un nuevo gobierno comunista, la República Popular China, con Mao como líder. Los nacionalistas que sobrevivieron huyeron a la isla de Taiwán, donde fundaron la República de China.

El comunismo en China

Bajo un régimen comunista, el gobierno es dueño de la mayor parte de las empresas y de las tierras y ejerce control sobre todos los aspectos de la vida. Por lo tanto, la primera medida que tomó el nuevo gobierno comunista de China fue asumir el control de la economía. El gobierno se apoderó de todas las fincas privadas y las organizó en grandes campos administrados por el Estado. También se apropió de todas las empresas y fábricas. Aquellos que se pronunciaban en contra del gobierno eran asesinados o castigados.

Como gobernante Mao introdujo muchos cambios en la sociedad china. Quería deshacerse de las costumbres tradicionales y crear un nuevo sistema. Su objetivo era hacer de China un país moderno.

Aunque algunos de los cambios que introdujo Mao mejoraron la vida en China, otros no lo hicieron. Por un lado, las mujeres adquirieron más derechos que los que tenían durante el imperio, como el derecho a trabajar fuera de sus casas. Por otro, el gobierno limitó las libertades de las personas y encarceló a quienes lo criticaban. Cientos de miles de personas fueron asesinadas por criticar al gobierno. Además, muchos programas económicos no tuvieron éxito y otros fueron un rotundo fracaso. La mala planificación provocó, en varias ocasiones, hambrunas que mataron a millones de personas.

COMPRENSIÓN DE LA LECTURA **Resumir** ¿Cómo cambió el comunismo la vida en China?

En detalle
China comunista

China celebra los inicios del comunismo chino en el Día Nacional, el 1 de octubre. El 1 de octubre de 1949, Mao Zedong creó la República Popular China. La celebración incluye un gran desfile en la Plaza de Tiananmen, en Pekín.

Sobre la entrada de la Puerta de la Paz Celestial se encuentra el retrato de Mao Zedong.

En los desfiles participan parejas que se casaron en el Día Nacional, una fecha muy popular para casarse.

Un desfile militar de soldados, tanques y otros equipamientos muestra el poder de China.

Un nuevo imperio japonés

Cuando los chinos estuvieron disconformes con su gobierno, derrocaron a su emperador. Cuando, 50 años antes, el pueblo de Japón se sintió de la misma manera, la reacción fue la contraria. Decidieron elegir un nuevo emperador para gobernar su país.

Un nuevo gobierno

Oficialmente, Japón había estado gobernado por emperadores durante siglos. Sin embargo, la realidad era que el emperador tenía muy poco poder. Desde el siglo XII, el poder real estaba en manos de líderes militares llamados shogunes.

La llegada de estadounidenses y otros occidentales a Japón en el siglo XIX enfureció a muchas personas. Les molestaba la interferencia extranjera en Japón y culpaban al shogun. Les parecía que él debería haber sido suficientemente fuerte para mantener a estadounidenses y europeos fuera del país.

En 1868, una alianza de nobles derrotó al ejército del shogun y obligó al shogun a retirarse. De esa manera, restauraron el poder del emperador. El nuevo y poderoso emperador tomó el nombre de Meiji, que en japonés significa "gobierno ilustrado". Como consecuencia, la vuelta al poder imperial en Japón se conoce como la Restauración Meiji.

DESTREZA DE ANÁLISIS ANALIZAR RECURSOS VISUALES

¿Por qué podría el gobierno de China auspiciar una celebración tan grande por el Día Nacional?

Los chinos creen que la danza del dragón trae buena suerte para sucesos importantes.

La danza del león se realiza para extender bendiciones a la comunidad.

EL CRECIMIENTO Y EL DESARROLLO DEL SUR Y EL ESTE DE ASIA

Reformas en Japón

Cuando Meiji tomó el poder en Japón, introdujo cambios radicales en el gobierno. Primero, abolió el antiguo sistema feudal. Bajo este sistema, unos guerreros llamados samuráis habían recibido tierras y poder a cambio de servicio militar. Meiji les quitó todas las tierras a los samuráis y las puso bajo el dominio del Estado.

Para reemplazar el sistema feudal, Meiji envió funcionarios a Europa y Estados Unidos para que aprendieran sobre el gobierno y la economía occidentales. Luego, se dispuso a aplicar en Japón lo que estos funcionarios habían aprendido. Por ejemplo, creó la **Dieta**, la asamblea legislativa electa que aún gobierna Japón en la actualidad.

Meiji también reformó el sistema educativo japonés. Exigió que todos los niños asistieran a la escuela. También alentó a algunos niños a estudiar en otros países para aprender más acerca de esos países.

Quizás, lo más importante que hizo Meiji fue promover la industrialización de Japón. Construyó líneas de telégrafo, un servicio postal y ferrocarriles para mejorar las comunicaciones. Además, estableció la primera moneda nacional de Japón. En poco tiempo, Japón se convirtió en una importante potencia industrial de Asia.

VOCABULARIO ACADÉMICO
repercusiones consecuencias

Imperialismo japonés

Las reformas de Meiji también provocaron cambios en el ejército del país. Todos los soldados debían jurar personalmente lealtad al emperador. Como resultado, el ejército se transformó en una fuerza que haría cualquier cosa que el emperador pidiera.

Entre 1890 y 1910, Japón lanzó una serie de ataques militares contra los países cercanos. En poco tiempo, los japoneses derrotaron a los ejércitos de China y de Rusia. Estas victorias hicieron de Japón el país más poderoso de Asia e inspiraron el respeto hacia Japón de muchas naciones de Occidente.

Sin embargo, el respeto pronto se convirtió en cautela. En 1910, Japón invadió Corea y la transformó en una colonia. Al mismo tiempo, el gobierno comenzó a expandir el ejército japonés. Muchos observadores temían las posibles repercusiones de esa expansión.

COMPRENSIÓN DE LA LECTURA Resumir ¿Por qué algunos países se manejaban con cautela ante Japón?

RESUMEN Y PRESENTACIÓN En esta sección, aprendiste acerca de los cambios políticos de Asia en los siglos XIX y XX. A continuación, aprenderás cómo estos cambios llevaron a la violencia y a la guerra.

Evaluación de la Sección 3

go.hrw.com
Cuestionario en Internet
PALABRA CLAVE: SK9 HP16
(Sólo en inglés)

Repasar ideas, palabras y lugares

1. **a. Identificar** ¿Qué países se crearon con la **partición** de India?
   b. Generalizar ¿De qué manera Gandhi alentó a las personas a oponerse a los británicos?
2. **a. Describir** ¿Cómo cambió China bajo el gobierno comunista?
   b. Hacer predicciones ¿Cómo crees que se sentían la mayoría de los chinos con respecto a los cambios que promovió Mao en China?
3. **a. Recordar** ¿Cuáles fueron las consecuencias de la Restauración Meiji en Japón?
   b. Explicar ¿Cómo cambió la política exterior de Japón?

Pensamiento crítico

4. **Resumir** Usa tus notas para completar el organizador gráfico de la derecha con un breve resumen de los cambios políticos en cada región.

India	
China	
Japón	

ENFOQUE EN LA EXPRESIÓN ORAL

5. **Elegir un enfoque** En esta sección se presentó a varias figuras que podrías entrevistar: Gandhi, Mao, Meiji. Escribe algunas ideas sobre los temas que podrías usar como enfoque para entrevistar a cada persona.

BIOGRAFÍA

Mohandas Gandhi

¿Cómo un abogado que predicaba la paz logró la libertad de su país?

¿Cuándo vivió? 1869 a 1948

¿Dónde vivió? India

¿Qué hizo? Considerado por muchos como el padre de la India moderna, Mohandas Gandhi lideró la lucha por la independencia india.

¿Por qué es importante? Como uno de los miembros principales del Congreso Nacional de India, Gandhi implementó una política de resistencia no violenta al gobierno británico. Estuvo al frente de ayunos, marchas de protesta pacíficas y boicots a productos británicos, de los que participaron millones de personas. Su devoción por la no violencia le valió el nombre de *Mahatma*, o "gran alma". Los métodos de Gandhi fueron exitosos. En 1947, India logró su independencia de Gran Bretaña.

Sacar conclusiones ¿Por qué las personas llamaban "Mahatma" a Gandhi?

IDEAS CLAVE

Mohandas Gandhi escribió que la no violencia era un medio más eficaz para generar un cambio que la violencia.

"Es completamente cierto que [los ingleses] emplearon la fuerza bruta y que nosotros podríamos proceder de la misma manera, pero con medios similares sólo obtendremos lo mismo que obtuvieron ellos (...) [Usar la violencia para alcanzar la libertad] es igual a decir que podemos obtener una rosa plantando una mala hierba".

—Mohandas Gandhi, *Freedom's Battle (La batalla de la libertad)*, 1908

Gandhi y sus seguidores usaban métodos no violentos para protestar en contra del gobierno británico en India.

SECCIÓN 4

Asia en guerra

Si VIVIERAS allí...

Eres un agricultor que vive en las afueras de un pueblo pequeño en China. Un día, oyes explosiones a la distancia. Poco después, ves a personas que vienen corriendo desde la ciudad y atraviesan tus campos. Detienes a una de esas personas que vienen huyendo y le preguntas qué ha sucedido.

¿Cómo reaccionarás al ataque?

CONOCER EL CONTEXTO La expansión del imperialismo y del comunismo en Asia a principios del siglo XX no tardó en generar conflictos entre las naciones. En algunos casos, estos conflictos llevaron a una guerra a gran escala.

La agresión japonesa en Asia

Como leíste en la sección anterior, Japón se había convertido en una importante potencia militar para principios del siglo XX. Con la derrota de China y Rusia, Japón se había asegurado de que ningún pueblo asiático pudiera derrotarlo fácilmente. Poco después, los japoneses utilizaban su nuevo poder para extender su influencia hacia gran parte de Asia continental.

Durante la Primera Guerra Mundial, los japoneses lucharon del lado de los Aliados. Sin embargo, su participación no fue muy grande. Solamente atacaron zonas en China que estaban bajo el control de los alemanes. Después de la guerra, los Aliados le otorgaron a Japón las tierras que habían sido ocupadas por los alemanes a modo de recompensa por su ayuda.

Manchuria

Durante varios años después de la Primera Guerra Mundial, los japoneses permanecieron satisfechos sólo con estas tierras. Sin embargo, esa actitud cambió en la década de 1930. Japón, ya en una postura agresiva, invadió **Manchuria**, una región del noreste de China. La región era rica en minerales y otros recursos que los japoneses deseaban tener.

El gobierno japonés en Manchuria fue brutal. Obligaban a millones de ciudadanos chinos a trabajar en campos de trabajos forzados, donde murieron decenas de miles de personas. Además, los japoneses se apropiaron de tierras pertenecientes a familias chinas para otorgárselas a los colonos japoneses. También maltrataron a muchos colonos rusos que vivían en Manchuria.

Lo que aprenderás...

Ideas principales
1. La agresividad de Japón en Asia disgustó a muchos países.
2. Durante la Segunda Guerra Mundial, Japón luchó por el dominio del Pacífico.
3. Las guerras de Corea y Vietnam se libraron con el fin de detener la expansión del comunismo.
4. India y Pakistán han estado en conflicto por Cachemira.

La idea clave
Desde la década de 1930 se han librado varias guerras importantes en Asia.

Lugares y palabras clave
Manchuria, *pág. 522*
Nankín, *pág. 523*
Pearl Harbor, *pág. 523*
saltar de isla en isla, *pág. 525*
Hiroshima, *pág. 525*
teoría del efecto dominó, *pág. 526*
Cachemira, *pág. 527*

TOMAR NOTAS A medida que lees, toma notas acerca de las guerras que se libraron en Asia durante el siglo XX. Usa una tabla como la siguiente para organizar tus notas.

Los japoneses en Asia	Segunda Guerra Mundial
Corea y Vietnam	Cachemira

Nankín

Desde Manchuria, los japoneses lanzaron ataques al resto de China. Uno de sus blancos principales fue la ciudad de **Nankín**, que en ese momento era la capital de China. En 1937, los japoneses tomaron la ciudad, a lo que le siguieron seis semanas de horror. Los soldados japoneses robaron, torturaron y asesinaron a cientos de civiles. Además, incendiaron aproximadamente un tercio de la ciudad.

La destrucción de Nankín por parte de los japoneses es conocida como la Masacre de Nankín. Esto trajo como consecuencia décadas de desconfianza entre China y Japón. Además, este hecho puso a la opinión pública mundial en contra de Japón.

COMPRENSIÓN DE LA LECTURA **Describir** ¿Cómo trataban los japoneses a los habitantes de las zonas que conquistaban en Asia?

Segunda Guerra Mundial

Cuando Japón comenzó su política agresiva de expansión en la década de 1930, muchas personas comenzaron a preocuparse. Entre ellos se encontraban muchos estadounidenses. Temían que los japoneses continuaran atacando países asiáticos si nadie los detenía. Sin embargo, la mayoría de los estadounidenses no querían involucrarse en ningún conflicto de Asia.

El ataque a Pearl Harbor

La postura estadounidense hacia la guerra con Japón cambió el 7 de diciembre de 1941. En la mañana de ese día, bombarderos y aviones de combate japoneses bombardearon la base naval estadounidense en **Pearl Harbor**, Hawai. Este ataque fue una declaración de guerra no sólo a Estados Unidos sino también a sus aliados.

El ataque fue totalmente sorpresivo para Estados Unidos. La mayoría de los aviones estadounidenses que estaban en la base ni siquiera tuvieron la posibilidad de despegar antes de ser destruidos. En menos de 2 horas, murieron más de 2,000 soldados estadounidenses y la mayor parte de la flota de Pearl Harbor quedó destruida.

La respuesta estadounidense al ataque a Pearl Harbor fue inmediata. Al día siguiente, el presidente Franklin D. Roosevelt solicitó al Congreso declarar la guerra a Japón. En un comunicado radial, anunció al pueblo estadounidense que ahora el país estaba en guerra con Japón.

Fuente primaria

DISCURSO
El ataque a Pearl Harbor

Al día siguiente del ataque a Pearl Harbor, el presidente Franklin D. Roosevelt solicitó al Congreso declarar la guerra a Japón.

"En el día de ayer, 7 de diciembre de 1941, una fecha que quedará por siempre en la infamia, Estados Unidos de América fue repentina y deliberadamente atacado por fuerzas navales y aéreas del Imperio de Japón . . .

Como comandante en jefe del Ejército y la Marina, he dispuesto que se tomaran todas las medidas necesarias para nuestra defensa. Pero nuestra nación recordará siempre la envergadura del ataque lanzado contra nosotros.

No importa cuánto tiempo nos lleve superar esta invasión premeditada; el pueblo estadounidense, en pleno derecho, alcanzará la victoria absoluta . . .

La hostilidad está presente . . . nuestros habitantes, nuestro territorio y nuestros intereses se encuentran en grave peligro.

Confiando en nuestras fuerzas armadas, con la firme determinación de nuestro pueblo, alcanzaremos el inevitable triunfo, y que Dios nos ampare."

DESTREZA DE ANÁLISIS **ANALIZAR FUENTES PRIMARIAS**
Según Roosevelt, ¿cuál será el desenlace final de la guerra?

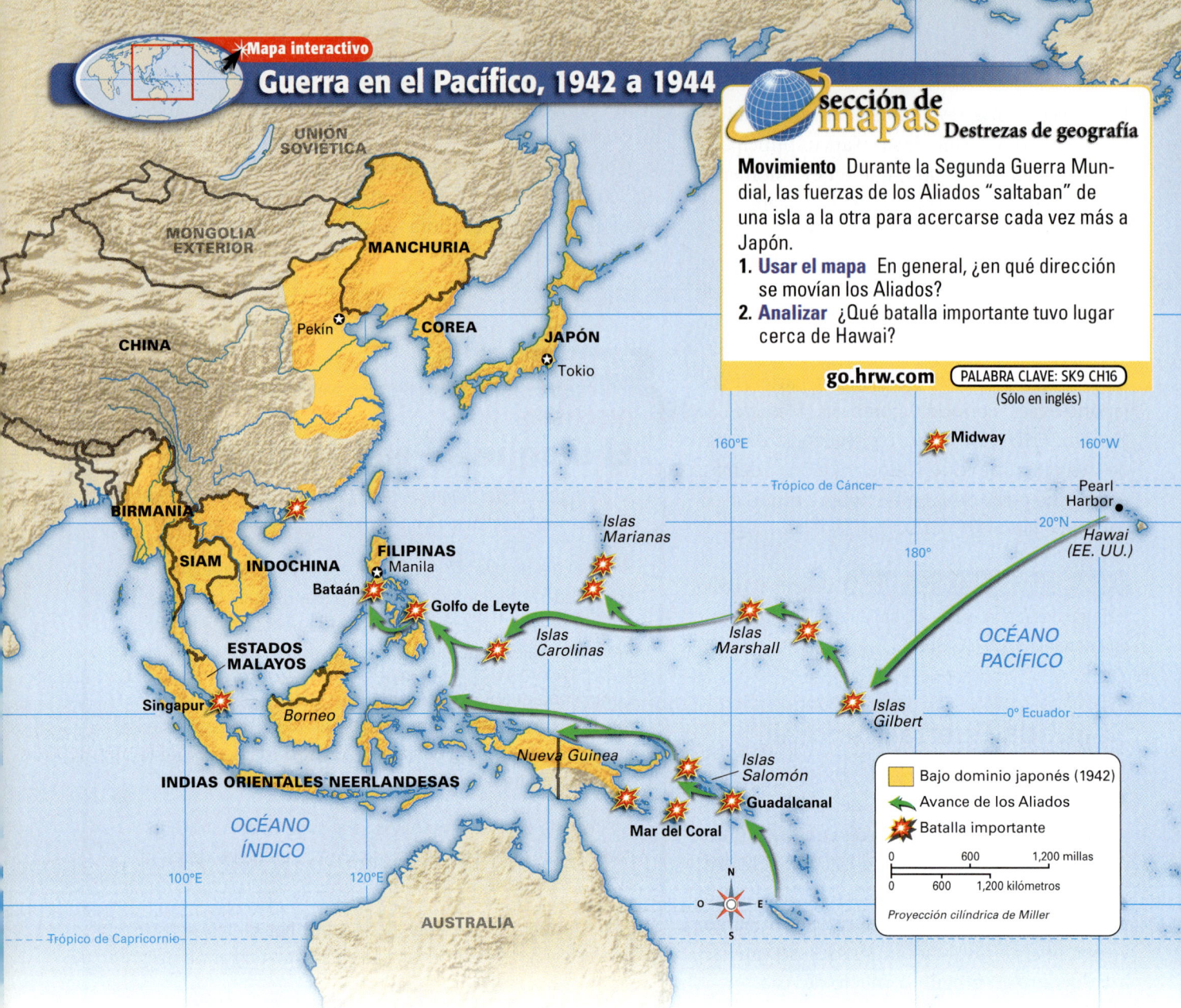

Etapa inicial de la guerra

Durante los primeros meses de la Segunda Guerra Mundial, Japón básicamente dominaba el Pacífico. El ataque a Pearl Harbor había debilitado a la marina estadounidense. Como consecuencia, no había nada que pudiera detener a la sólida marina japonesa.

Poco tiempo después, Japón controlaba gran parte del este de Asia. Como puedes ver en el mapa, los japoneses también tenían bajo su dominio decenas de islas en todo el Pacífico. Entre ellas estaban las Filipinas, que Japón le había quitado a Estados Unidos.

Los japoneses trataban muy mal a los habitantes de las tierras que tomaban. Cuando tomaron las Filipinas, tomaron a más de 70,000 personas como prisioneros. Luego los obligaron a marchar hacia un atroz campo de prisioneros a 60 millas de distancia. Más de 600 estadounidenses y 10,000 filipinos murieron.

En 1942, los Aliados decidieron que Japón era una amenaza importante. Hasta ese momento, sus esfuerzos se concentraban principalmente en la guerra en Europa. Sin embargo, ahora comenzaban a concentrarse en la guerra del Pacífico también.

Momento crucial

El primer desafío para los japoneses llegó a fines de 1942. En dos batallas, la Batalla del mar del Coral y la de Midway, los japoneses perdieron ante los Aliados. Estas derrotas marcaron un momento crucial en la guerra.

Después de la Batalla de Midway, los Aliados comenzaron a atacar blancos japoneses. La principal estrategia aliada en el Pacífico se llamó saltar de isla en isla. Mediante la estrategia de **saltar de isla en isla,** los Aliados tomaron sólo las islas de mayor importancia estratégica, en vez de todas las que estaban bajo el dominio japonés. Utilizaron estos blancos capturados como bases para lanzar ataques hacia otros blancos. De esta manera, las fuerzas aliadas pudieron acercase a Japón.

Fin de la guerra

La guerra del Pacífico continuó por varios años. En 1945, los Aliados ya estaban lo bastante cerca de Japón como para invadirlo. Sin embargo, los líderes militares advirtieron que invadir Japón tendría un costo muy alto. Dicha invasión se cobraría más de un millón de vidas entre las tropas aliadas.

En su lugar, los comandantes del ejército propusieron otra opción para dar fin a la guerra. El 6 de agosto de 1945, un avión estadounidense arrojó una bomba atómica sobre la ciudad de **Hiroshima**, en Japón. Los efectos de la bomba fueron devastadores. Más de 70,000 personas murieron al instante, y miles de edificios fueron destruidos. Pero aun así, los japoneses no se rindieron. Tres días más tarde, Estados Unidos lanzó otra bomba, esta vez sobre la ciudad de Nagasaki. Como resultado, los japoneses se rindieron el 15 de agosto de 1945.

En los años posteriores a la Segunda Guerra Mundial, decenas de miles de habitantes de Hiroshima y Nagasaki murieron a causa de envenenamiento por radiación. En 1949, el gobierno de Japón creó el Parque Conmemorativo de la Paz de Hiroshima en honor a quienes murieron.

COMPRENSIÓN DE LA LECTURA Identificar **causa y efecto** ¿Cuáles fueron las causas de la Segunda Guerra Mundial en el Pacífico?

Guerra en Corea y Vietnam

Durante la Segunda Guerra Mundial, países democráticos y comunistas lucharon juntos para vencer a Japón. Sin embargo, esas alianzas se rompieron una vez terminada la guerra. Impulsados por diferencias políticas y económicas, los países democráticos y comunistas entraron en conflicto. En Corea y Vietnam, estos conflictos llevaron a la guerra.

La Guerra de Corea

Antes de la Segunda Guerra Mundial, Corea formaba parte del creciente imperio japonés. Después de la guerra, los Aliados le quitaron Corea a Japón, y así Corea volvió a ser independiente.

Homenaje a los fallecidos

Millones de ciudadanos japoneses se reúnen en el Parque Conmemorativo de la Paz de Hiroshima en el año 2000 para homenajear a quienes fallecieron a causa de la bomba atómica.

ANALIZAR RECURSOS VISUALES ¿Por qué crees que tantas personas se reunieron en este monumento?

Sin embargo, en vez de formar un único país, los coreanos formaron dos. Con la ayuda de la Unión Soviética, los habitantes de Corea del Norte, bajo el mando de Kim Il Sung, establecieron un gobierno comunista. En Corea del Sur, Estados Unidos ayudó a formar un gobierno democrático.

En 1950, Corea del Norte invadió Corea del Sur y dio inicio a la Guerra de Corea. Con la ayuda de muchos países, entre ellos, Estados Unidos, Corea del Sur expulsó a los invasores. La Guerra de Corea tuvo un costo alto y sus efectos aún siguen repercutiendo en Corea hoy en día. Las relaciones entre Corea del Norte y Corea del Sur son tensas. Para evitar que se desencadene otro conflicto, los países mantienen una zona desmilitarizada, o ZDM, a lo largo de su frontera en común. No se permiten tropas dentro de la ZDM, pero fuerzas armadas patrullan ambos lados.

Las guerras de Corea y de Vietnam

La Guerra de Corea
- Duró desde 1950 hasta 1953.
- Enfrentó a Corea del Norte comunista y Corea del Sur democrática.
- Corea del Norte tenía el apoyo de China y de la Unión Soviética.
- Corea del Sur tenía el apoyo de Estados Unidos y de más de una decena de países.
- Corea del Sur y Corea del Norte siguieron separadas. Se estableció una zona desmilitarizada entre ellas.

La Guerra de Vietnam
- Duró desde 1957 hasta 1975.
- Enfrentó a comunistas y no comunistas por el dominio de Vietnam del Sur.
- Los comunistas de Vietnam del Norte tenían el apoyo de China y de la Unión Soviética.
- Las tropas democráticas no comunistas de Vietnam del Sur tenían el apoyo de Estados Unidos, Australia, Corea del Sur y otros países.
- El gobierno de Vietnam del Sur cayó, y el país se unificó como un Estado comunista.

La Guerra de Vietnam

Al igual que la Guerra de Corea, la Guerra de Vietnam fue una lucha entre gobiernos comunistas y democráticos. Tal como había ocurrido en Corea, el norte era comunista y el sur era democrático.

Llegó un momento en que los comunistas de Vietnam del Sur iniciaron una guerra civil. Para defender el gobierno democrático de Vietnam del Sur, Estados Unidos envió tropas en la década de 1960. Estados Unidos pretendía detener la expansión comunista en Asia. Según la **teoría del efecto dominó**, si un país cae en manos del comunismo, los países vecinos lo seguirán como fichas de dominó.

Tantos años de conflicto bélico en Vietnam causaron millones de muertes y una destrucción descomunal. Finalmente, Vietnam del Norte y Vietnam del Sur se reunificaron para formar un único país comunista. A raíz de la toma del poder por parte de los comunistas, alrededor de 1 millón de refugiados huyeron de Vietnam del Sur y muchos fueron a Estados Unidos.

COMPRENSIÓN DE LA LECTURA **Comparar y contrastar** ¿Qué tuvieron en común la Guerra de Corea y la Guerra de Vietnam? ¿En qué se diferenciaron?

Guardias armados patrullan ambos lados de la zona desmilitarizada que todavía separa los países de Corea del Sur y Corea del Norte.

Conflicto en Cachemira

El sur de Asia también fue escenario de un conflicto armado en la década de 1940. Poco después de la separación de India y Pakistán en 1947, los dos países comenzaron a enfrentarse por la región de **Cachemira**. Cachemira es una zona montañosa del norte, cerca de la frontera con China.

Origen del conflicto

Cuando se produjo la partición de India, Cachemira estaba gobernada por un príncipe hinduista. Como era hinduista, decidió que Cachemira formaría parte de India y no de Pakistán.

Su decisión despertó el enojo de la gran población musulmana de Cachemira. El gobierno pakistaní, con el argumento de que Cachemira debía pertenecer a Pakistán, envió tropas a Cachemira rápidamente. India respondió enviando sus propias tropas. Así se desató la guerra.

El combate en Cachemira duró dos años. En 1949, la Organización de las Naciones Unidas negoció un tratado de paz. Este tratado disponía la división de Cachemira en dos. India controlaría la parte sur, y Pakistán, la del norte. Tiempo después, China también reclamó parte de Cachemira. De acuerdo con este tratado, los habitantes de Cachemira decidirían sobre su futuro por votación. Sin embargo, esa votación nunca tuvo lugar.

Cachemira hoy

Hoy en día, el territorio de Cachemira aún sigue en disputa y el conflicto continúa. Gran parte de la población musulmana de la región habita en la zona gobernada por India, y algunos militantes se han alzado en armas contra India. El gobierno de India sostiene que esos militantes son terroristas respaldados por Pakistán. Por su parte, el gobierno pakistaní rechaza esta afirmación. Afirma que los militantes son simplemente residentes de Cachemira que luchan por desligarse del dominio indio.

El desacuerdo respecto de Cachemira es una fuente permanente de tensión entre los gobiernos de India y Pakistán. Aunque no se ha desatado una guerra a gran escala, miles de personas han muerto en las luchas que tienen lugar en la región.

COMPRENSIÓN DE LA LECTURA **Resumir** ¿Qué factores provocaron el conflicto en Cachemira?

RESUMEN Y PRESENTACIÓN Durante las décadas de 1940, 1950 y 1960, Asia estuvo atravesada por conflictos ocasionados por diferencias políticas y económicas. A continuación, aprenderás cómo cambió la vida en Asia después de esos conflictos.

Evaluación de la Sección 4

go.hrw.com
Cuestionario en Internet
PALABRA CLAVE: SK9 HP16
(Sólo en inglés)

Repasar ideas, palabras y lugares

1. a. **Identificar** ¿Qué regiones de Asia invadió Japón?
   b. **Explicar** ¿De qué manera las acciones japonesas en **Nankín** y **Manchuria** afectaron la opinión pública?
2. a. **Ordenar** ¿Cómo revirtieron la situación los Aliados durante la Segunda Guerra Mundial?
   b. **Evaluar** ¿Crees que usar la bomba atómica fue una buena decisión? ¿Por qué?
3. a. **Describir** ¿Cuál fue el resultado final de la Guerra de Corea?
   b. **Profundizar** ¿Cómo llevó la **teoría del efecto dominó** a la participación estadounidense en Vietnam?
4. a. **Recordar** ¿Qué problema provocó el conflicto en **Cachemira**?

Pensamiento crítico

5. **Resumir** Dibuja una tabla como la que se muestra aquí. Usa tus notas para completar cada una de las columnas con información acerca del conflicto correspondiente.

Conflicto	Participantes	Resultado
Manchuria		
Segunda Guerra Mundial		
Guerra de Corea		
Guerra de Vietnam		
Cachemira		

ENFOQUE EN LA EXPRESIÓN ORAL

6. **Hacer preguntas sobre sucesos** Si entrevistaras a una persona que participó en alguno de los conflictos que se describen en esta sección, ¿qué le preguntarías? Haz una lista de preguntas.

SECCIÓN 5

Una nueva Asia

Si VIVIERAS allí...

Eres propietario de una pequeña empresa y vives en Taiwán, a poco tiempo del fin de la Segunda Guerra Mundial. Antes de la guerra, tu empresa fabricaba juguetes a mano. Sin embargo, durante la guerra, tu edificio y todo tu equipamiento fueron destruidos. Ahora que la guerra terminó, un banco europeo te ofrece un préstamo de dinero para restablecer tu negocio.

Además, un amigo te comentó que hay una compañía que vende maquinaria con la que podrías fabricar tus juguetes mucho más rápido que antes.

¿Comprarás las máquinas? ¿Por qué?

CONOCER EL CONTEXTO Tantos años de conflicto en Asia dejaron muchas zonas de la región en estado desastroso. Había inestabilidad en los gobiernos, desorden en las economías y confusión entre las personas. Sin embargo, con la recuperación de la paz después de tantos enfrentamientos, los asiáticos tuvieron la oportunidad de reconstruir sus países. Muchos aprovecharon esta oportunidad de inmediato.

Éxito económico

Antes de la Segunda Guerra Mundial, los países del sur y el este de Asia no eran considerados potencias económicas. Eran muy pocos los países que estaban altamente industrializados. Por esta razón, estaban muy atrasados con respecto a los países de Europa y América.

Sin embargo, a partir de la Segunda Guerra Mundial, los países de la región cambiaron su situación. Varias economías asiáticas se encuentran ahora entre las más fuertes del mundo.

Japón

Japón fue el país asiático más devastado por la Segunda Guerra Mundial. Sin embargo, fue también el primero en recuperarse y prosperar. Con la ayuda de Europa y Estados Unidos, Japón reconstruyó su economía por completo. A pocas décadas del fin de la guerra, la economía japonesa se convirtió en una de las más fuertes del mundo.

El área más productiva de la economía de Japón es la manufactura. Las empresas japonesas son famosas por fabricar productos de gran

---

Lo que aprenderás...

Ideas principales
1. Muchos países de Asia lograron éxito económico después de la Segunda Guerra Mundial.
2. Los cambios políticos de Asia dieron lugar a nuevos gobiernos en muchos países.
3. Muchas culturas asiáticas combinaron ideas nuevas y antiguas.

La idea clave
Desde el fin de la Segunda Guerra Mundial, Asia ha experimentado grandes cambios económicos, políticos y culturales.

Lugares y palabras clave
excedente comercial, *pág. 529*
arancel, *pág. 529*
monarquías constitucionales, *pág. 531*
Plaza de Tiananmen, *pág. 531*
derechos humanos, *pág. 531*

TOMAR NOTAS A medida que lees, toma notas acerca de los cambios económicos, políticos y culturales que ocurrieron en Asia desde la Segunda Guerra Mundial.

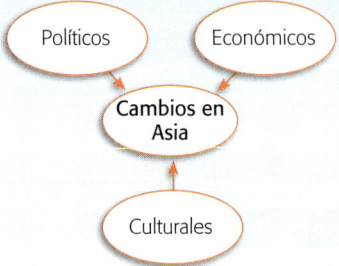

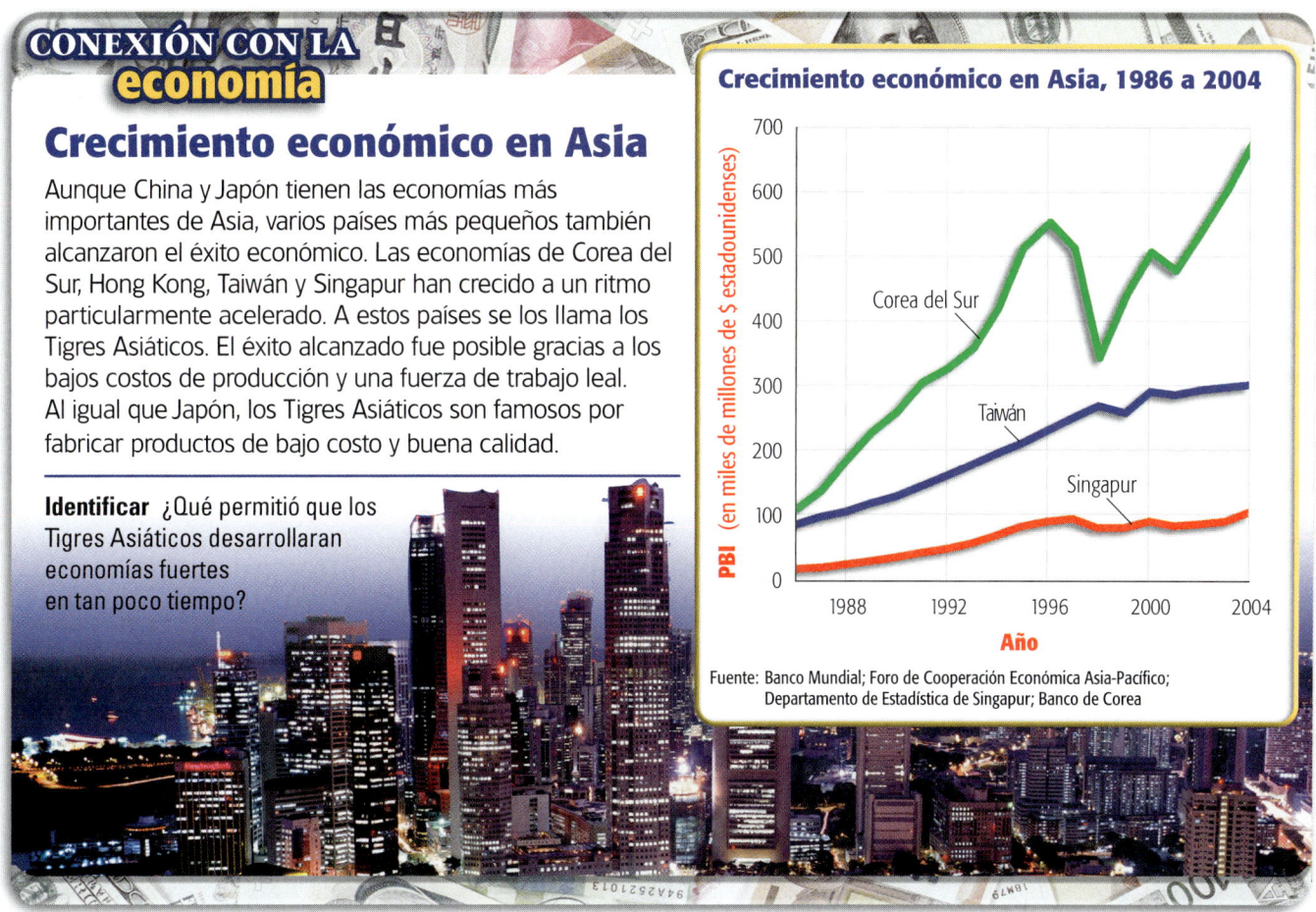

CONEXIÓN CON LA economía

Crecimiento económico en Asia

Aunque China y Japón tienen las economías más importantes de Asia, varios países más pequeños también alcanzaron el éxito económico. Las economías de Corea del Sur, Hong Kong, Taiwán y Singapur han crecido a un ritmo particularmente acelerado. A estos países se los llama los Tigres Asiáticos. El éxito alcanzado fue posible gracias a los bajos costos de producción y una fuerza de trabajo leal. Al igual que Japón, los Tigres Asiáticos son famosos por fabricar productos de bajo costo y buena calidad.

Identificar ¿Qué permitió que los Tigres Asiáticos desarrollaran economías fuertes en tan poco tiempo?

Crecimiento económico en Asia, 1986 a 2004

Fuente: Banco Mundial; Foro de Cooperación Económica Asia-Pacífico; Departamento de Estadística de Singapur; Banco de Corea

---

calidad, particularmente carros y artículos de electrónica, como televisores y reproductores de DVD. Los japoneses son innovadores inteligentes y fabricantes **eficientes**. En consecuencia, son capaces de fabricar productos de excelente calidad a bajo costo.

Muchos productos japoneses se fabrican para venderse fuera del país, especialmente en China y Estados Unidos. De hecho, el comercio en Japón ha tenido tanto éxito que el país ha acumulado un enorme excedente comercial. El **excedente comercial** existe cuando un país exporta más bienes de los que importa.

Japón puede exportar más de lo que importa, en parte debido a sus altos aranceles. Un **arancel** es una tarifa que impone un país a las importaciones o exportaciones. Durante muchos años, el gobierno de Japón ha aplicado aranceles altos a los productos que ingresan al país. Esto hace que los productos importados sean más caros y así las personas compran productos japoneses en vez de importados.

China

Cuando los comunistas tomaron el poder en China en 1940, establecieron una economía de mando. Dentro de una economía de mando, el gobierno es dueño de todas las empresas y toma todas las decisiones.

Sin embargo, la economía de mando generó grandes problemas económicos en China. Por ejemplo, la fabricación de productos se redujo drásticamente. El gobierno reaccionó cerrando muchas fábricas del Estado y comenzó a permitir la existencia de empresas privadas. Hoy en día, estas empresas fabrican todo tipo de productos, desde satélites y químicos hasta juguetes y ropa. Además, el gobierno creó zonas económicas especiales donde empresarios extranjeros pueden tener sus empresas. Este enfoque mixto de la economía facilitó el despegue económico de China. En la actualidad, es la segunda economía más importante del mundo.

VOCABULARIO ACADÉMICO

eficiente productivo y que no derrocha

EL CRECIMIENTO Y EL DESARROLLO DEL SUR Y EL ESTE DE ASIA

India

Desde que India obtuvo su independencia, se ha convertido en una de las principales potencias industriales. Su producto bruto interno (PBI) la coloca entre los cinco países de mayor peso industrial. Sin embargo, su PBI per cápita es de solamente $3,700. Millones de indios viven en la pobreza.

El gobierno ha tomado medidas para reducir la pobreza. Por ejemplo, ha incentivado a los granjeros a implementar técnicas agrícolas modernas. También ha intentado atraer nuevas industrias hacia India. Ha convertido a la ciudad de Bangalore en un centro para la industria de alta tecnología. Además, el gobierno ha promocionado la industria cinematográfica de India. Esta industria, conocida como Bollywood, produce más películas por año que cualquier otro país.

COMPRENSIÓN DE LA LECTURA **Resumir** ¿Cómo han cambiado las economías asiáticas desde la Segunda Guerra Mundial?

Cambios políticos

El sur y el este de Asia también han sido testigos de grandes cambios políticos desde la Segunda Guerra Mundial. En algunos países, la democracia se ha establecido con firmeza. En otros, los gobiernos fueron tomados por militares.

Democracia en Asia

Desde el fin de la Segunda Guerra Mundial, varios países de Asia se han aferrado a la democracia. Uno de ellos es Japón. El emperador de Japón renunció al trono al final de la guerra y contribuyó a crear un gobierno democrático. Cuando India se independizó en 1947, también se transformó en una democracia. De hecho, India tiene la población más numerosa de todas las democracias del mundo en la actualidad. Otros países democráticos de la región son Bangladesh, Mongolia e Indonesia.

En detalle
Plaza de Tiananmen, 1989

En la primavera de 1989, más de 1 millón de manifestantes en favor de la democracia ocuparon la Plaza de Tiananmen en Pekín. Al principio, los líderes chinos toleraron la protesta, pero al ver que era cada vez mayor, decidieron aplacarla. Durante la noche del 3 de junio, el gobierno envió tanques y tropas a la plaza para sofocar la protesta, y murieron cientos de personas.

Día 18
30 de mayo Cerca del retrato oficial de Mao Zedong, los estudiantes construyen una gran estatua que se conocería como la "Diosa de la democracia."

DESTREZA DE ANÁLISIS **ANALIZAR RECURSOS VISUALES**
¿Qué sugieren estas fotos acerca del anhelo por lograr la democracia en China?

Por otra parte, en algunos países de Asia, se establecieron **monarquías constitucionales**. Bajo esta variante de la democracia, el monarca sirve como jefe de estado, pero una asamblea legislativa hace las leyes. Tailandia y Malasia son monarquías constitucionales. Tailandia ha tenido la misma familia real desde la década de 1780. En Malasia, los gobernantes locales se turnan para reinar.

China y la democracia

China no es una democracia. Su gobierno comunista aún ejerce un estricto control sobre la mayoría de los aspectos de la vida. Por ejemplo, controla los periódicos y el acceso a Internet para limitar el flujo de información y de ideas.

Algunos chinos han intentado traer la democracia a su país. Sin embargo, el gobierno aplica severos castigos a quienes se oponen a sus políticas.

El ejemplo más conocido de estos castigos tuvo lugar en 1989. En la primavera de ese año, más de un millón de chinos se reunieron en la **Plaza de Tiananmen,** en Pekín, la capital de China, para manifestarse en favor de la democracia. Los manifestantes reclamaban más libertades y derechos políticos. El gobierno de China intentó convencer a los manifestantes de que abandonaran la plaza. Como se negaron a hacerlo, el gobierno usó tropas y tanques para obligarlos a retirarse. Cientos de manifestantes murieron y muchos más resultaron heridos o fueron encarcelados.

Gobiernos militares

En algunos casos, el cambio político en Asia fue provocado por líderes militares. Tanto en Pakistán como en Myanmar, por ejemplo, los líderes militares se apropiaron del poder.

Pakistán ha estado acosado por gobiernos inestables desde su creación, en 1947. A través de los años, sufrió rebeliones y asesinatos de líderes gubernamentales. En 2001, el general Pervez Musharraf asumió la presidencia de Pakistán tras un golpe militar. Uno de sus principales rivales en la lucha por el poder era Benazir Bhutto, que en 1988, se convirtió en la primera mujer en asumir como primer ministro en un país musulmán. Bhutto fue asesinada por terroristas a fines de 2007.

En Myanmar, conocido también como Birmania, también rige un gobierno militar. Los militares tomaron el poder allí en 1962. Desde entonces, el gobierno ha violado los **derechos humanos**; o sea, los derechos que toda la gente merece, como derechos a la igualdad y la justicia. Una mujer birmana, Aung San Suu Kyi, lideró un movimiento a favor de más democracia y más derechos. Ella y otras personas fueron encarceladas y hostigadas por su accionar.

> **COMPRENSIÓN DE LA LECTURA** **Crear categorías** ¿Qué formas de gobierno se desarrollaron en Asia desde la Segunda Guerra Mundial?

> **ENFOQUE EN LA LECTURA**
> ¿Qué pistas pueden ayudarte a descubrir el significado del término *monarquías constitucionales*?

Día 24
5 de junio En esta famosa imagen de los sucesos en la Plaza de Tiananmen, se muestra a un hombre que no porta armas frente a una hilera de tanques chinos.

Hoy en día, la cultura asiática combina las costumbres tradicionales con las influencias modernas. Las nuevas tecnologías modifican la vida incluso en los tradicionales templos budistas, como éste en Tailandia.

La combinación de lo antiguo y lo moderno

La cultura asiática actual es una compleja combinación de antiguas costumbres y nuevas tendencias. Esta combinación se hace evidente en la arquitectura. Ciudades como Shanghái, en China, y Kuala Lumpur, en Malasia, poseen algunos de los edificios más altos y deslumbrantes del mundo. En medio de los edificios modernos se emplazan minúsculos templos antiguos.

La combinación de lo antiguo y lo moderno también puede verse en la vida diaria de las personas. Las creencias tradicionales, como el respeto por los ancestros en China y el código de honor japonés, siguen ejerciendo una gran influencia en la vida de las personas. Sin embargo, al mismo tiempo, los teléfonos celulares e Internet permiten a las personas comunicarse con todo el mundo. Como consecuencia, algunos elementos de otras culturas, en especial los que provienen de Occidente, se han filtrado en la vida de los asiáticos.

COMPRENSIÓN DE LA LECTURA Sacar conclusiones ¿De qué manera la combinación de lo antiguo y lo nuevo afecta la vida en Asia?

RESUMEN Y PRESENTACIÓN Los gobiernos, las economías y las culturas de Asia cambiaron drásticamente desde la Segunda Guerra Mundial. A continuación, aprenderás cómo esos cambios afectaron la vida en China.

go.hrw.com
Cuestionario en Internet
PALABRA CLAVE: SK9 HP16
(Sólo en inglés)

Evaluación de la Sección 5

Repasar ideas, palabras y lugares

1. **a. Describir** ¿Cuáles son algunos de los factores que contribuyeron a que Japón se convirtiera en una potencia económica?
   b. Resumir ¿Qué cambios implementó China para promover su crecimiento económico?
   c. Evaluar ¿Cuál crees que es el país que ha reconstruido su economía con mayor éxito? ¿Por qué?
2. **a. Recordar** ¿Qué sucedió en la **Plaza de Tiananmen**?
   b. Contrastar ¿En qué se diferencian los gobiernos de Japón, China y Myanmar?
3. **a. Identificar** ¿Cuáles son las dos tradiciones antiguas que siguen teniendo influencia en Asia?
   b. Generalizar ¿De qué manera la tecnología provocó un cambio cultural en Asia?

Pensamiento crítico

4. **Ordenar** Dibuja un organizador gráfico como el siguiente. Usa tus notas para completar los espacios con los pasos que llevaron al cambio económico en Asia.

ENFOQUE EN LA EXPRESIÓN ORAL

5. **Elegir un tema** Ahora que has leído acerca de Asia moderna, puedes elegir a la persona que entrevistarás. ¿Quién será? ¿Qué le preguntarás? Escribe algunas notas.

Destrezas de estudios sociales

Tablas y gráficas | **Pensamiento crítico** | Geografía | Estudio

Analizar recursos visuales

Aprender

Los geógrafos obtienen información de muchas fuentes. Estas fuentes incluyen no sólo textos y datos, sino también recursos visuales, como diagramas y fotografías. Usa estos consejos para analizar recursos visuales:

- **Identifica el tema.** Lee el título y la leyenda, si es que hay. Si no hay, observa el contenido de la imagen. ¿Qué muestra? ¿Dónde se encuentra?

- **Analiza el contenido.** ¿Cuál es el propósito de la imagen? ¿Qué información aparece en la imagen? ¿Qué conclusiones puedes sacar a partir de esta información? Escribe tus conclusiones en tus notas.

- **Resume tu análisis.** Escribe un resumen de la información que brinda el recurso visual y de las conclusiones que puedes sacar.

Practicar

Analiza la fotografía de la derecha. Luego responde a las siguientes preguntas.

1. ¿Cuál es el título de la fotografía?
2. ¿Dónde ocurre esta escena y qué está sucediendo?
3. ¿Qué conclusiones puedes sacar a partir de la información que contiene la fotografía?

La vida urbana en el sureste asiático

El título te indica que el propósito de la foto es mostrar la vida en las ciudades de la región.

La foto muestra los medios de transporte, la cantidad de personas y la calidad del aire en Hanói.

Las ciudades del sureste asiático están creciendo rápidamente. En Hanói, Vietnam, las calles están colmadas de personas y de vehículos.

Aplicar

Analiza las imágenes de las protestas en la Plaza de Tiananmen de la Sección 5. Luego responde a las siguientes preguntas.

1. ¿Cuál es el propósito de estas fotos?
2. ¿Qué muestran las fotos sobre las protestas?
3. Basándote en la información de las fotos, ¿qué conclusiones puedes sacar sobre las protestas políticas en particular y sobre la política de China en general?

CAPÍTULO 16

Literatura

de Shabanu: la hija del viento

por Suzanne Fisher Staples

Una novia pakistaní en el día de su boda

LECTURA GUIADA

AYUDA DE VOCABULARIO

chadrs telas que usan las mujeres para cubrirse la cabeza

henna tintura rojiza que se obtiene a partir de un arbusto; suele utilizarse para decorar las manos y los pies

cacofonía combinación de sonidos fuertes

curry plato preparado en una salsa muy condimentada

lapislázuli piedra de un color azul muy intenso

❶ En una celebración *mehndi*, las mujeres se reúnen para preparar a la novia para el día de su boda.

❷ Delinear los ojos significa oscurecer los bordes de los párpados con una máscara negra, o delineador de ojos.

Sobre la lectura En Shabanu, la autora Suzanne Fisher Staples escribe sobre la vida de Shabanu, una muchacha perteneciente a una tradicional cultura nómade del desierto de Pakistán. En este pasaje, Shabanu y su familia se preparan para la boda de su hermana mayor.

A MEDIDA QUE LEES Busca detalles sobre las costumbres y tradiciones de Shabanu y su pueblo.

Dos días antes de la boda, Bibi Lal ... encabeza una procesión de mujeres hacia nuestra casa para llevar a cabo la celebración *mehndi* ❶ ... Bibi Lal parece una enorme margarita blanca al lado de sus primas y sobrinas, quienes llevan canastas con dulces sobre sus coloridos y floreados *chadrs*. Cantan y bailan por los campos, atravesando el canal, hasta nuestro asentamiento al borde del desierto.

Sakina lleva una caja de madera que contiene henna. Detrás de ella caminan las *mehndi*, mujeres hinduistas de una aldea situada en la profundidad del desierto y quienes pintarán nuestras manos y pies. A su alrededor, revolotean músicos y una alegre cacofonía de trompas, flautas y címbalos.

Mamá, la sirvienta y yo preparamos un curry de pollo, platos de verduras condimentadas, arroz dulce y varios tipos de pan para sumar a la comida que traerán las mujeres de la familia de Murad ... Sharma me lavó y cepilló el cabello. Llevo puesta una túnica rosada nueva. Me delinea los ojos y me pasa el polvo brillante de lapislázuli por los párpados. ❷

Conectar la literatura con la geografía

1. Describir ¿Cómo se preparaban las mujeres para la boda que se acercaba? ¿Cómo era la celebración *mehndi*?

2. Interpretar ¿Por qué crees que las mujeres pakistaníes de la actualidad conservan viejas costumbres como estos preparativos para una boda? ¿Qué simbolizan esas costumbres?

CAPÍTULO 16 Repaso del capítulo

El impacto de la geografía: videos
Consulta el video para responder a la pregunta final.
¿De qué manera puede afectar a un país la densidad de población?

Resumen visual

Usa el siguiente resumen visual para repasar las ideas principales del capítulo.

DATOS BREVES

Entre los siglos XVIII y XX, los países europeos dominaron gran parte de Asia, incluyendo India y China.

Asia sufrió cambios políticos, a principios del siglo XX, que llevaron a la independencia y a nuevos gobiernos.

Desde el final de la Segunda Guerra Mundial, muchos países asiáticos han desarrollado economías sólidas basadas en el comercio.

Repasar vocabulario, palabras y lugares

Completa los espacios en blanco con la palabra o el lugar correctos del capítulo.

1. Existe _____ cuando un país exporta más productos de los que importa.
2. Gandhi creía en la _____, o sea, evitar las acciones violentas.
3. La extensión de rasgos culturales de una región a otra se conoce como _____.
4. _____ era una ciudad comercial de China, a veces también llamada Cantón.
5. Las personas _____ son productivas y no derrochan.
6. Los japoneses invadieron la región china de _____ antes de la Segunda Guerra Mundial.
7. El _____ fue el período de soberanía británica en India.
8. La _____ de un país, como en India, lo divide en países más pequeños.

Comprensión y pensamiento crítico

SECCIÓN 1 *(Páginas 506 a 509)*

9. **a. Recordar** ¿Qué dos civilizaciones antiguas influyeron en la vida de gran parte de Asia?

    b. Resumir ¿Cómo influyó China en la vida del antiguo Vietnam?

    c. Desarrollar ¿De qué manera la influencia india cambió el mapa religioso de Asia?

SECCIÓN 2 *(Páginas 510 a 514)*

10. **a. Describir** ¿Qué cambios ocurrieron en Japón después de la llegada de los estadounidenses?

    b. Explicar ¿Por qué muchos indios estaban disconformes con el Raj?

    c. Profundizar ¿Por qué los europeos querían adueñarse de parte de China?

EL CRECIMIENTO Y EL DESARROLLO DEL SUR Y EL ESTE DE ASIA

SECCIÓN 3 *(Páginas 515 a 520)*

11. a. Identificar ¿Quién creó el gobierno comunista en China?

   b. Inferir ¿Por qué crees que Gandhi es admirado en todo el mundo hoy en día?

   c. Evaluar ¿Crees que la Restauración Meiji fue un acontecimiento positivo para Japón? ¿Por qué?

SECCIÓN 4 *(Páginas 522 a 527)*

12. a. Describir ¿Cuáles fueron las causas de la Guerra de Corea?

   b. Analizar ¿Cuáles fueron las consecuencias de la bomba atómica arrojada sobre Hiroshima?

   c. Hacer predicciones ¿Cómo cambiaría la vida en Cachemira si India y Pakistán firmaran un tratado de paz?

SECCIÓN 5 *(Páginas 528 a 532)*

13. a. Recordar ¿Qué tipo de gobierno tiene Japón hoy en día? ¿Y China?

   b. Explicar ¿De qué manera la sociedad asiática moderna refleja una combinación de ideas antiguas y modernas?

   c. Profundizar ¿De qué manera la Segunda Guerra Mundial generó economías más sólidas en Asia?

Usar Internet

PALABRA CLAVE: SK9 CH16
(Sólo en inglés)

14. Actividad: Investigar la agresión japonesa
Japón adoptó una política imperialista en la década de 1930. El trato cruel a los ciudadanos coreanos por parte de los japoneses durante este período continúa hoy en día afectando las relaciones entre ambos países. Ingresa la palabra clave para investigar sobre la colonización japonesa. Luego escribe una entrada de un diario como si fueras un campesino coreano que vivió en ese período.

Destrezas de estudios sociales

Analizar recursos visuales *Consulta la Sección 3 y analiza la imagen del desfile comunista en China. Luego responde a las siguientes preguntas acerca de la imagen.*

15. ¿Cuál es el título y la ubicación de la imagen?

16. ¿Cómo te ayudan las leyendas a comprender la información de la imagen?

17. ¿Qué tipos de actividades se están llevando a cabo en la imagen?

ENFOQUE EN LA LECTURA Y LA EXPRESIÓN ORAL

Usar pistas del contexto: Definiciones *Agrega una frase u oración para brindar una definición de la palabra subrayada.*

18. Durante el Raj, el gobierno británico transformó a India en una colonia.

19. Muchas partes de Asia fueron devastadas por los enfrentamientos durante la Segunda Guerra Mundial.

Presentar una entrevista *Usa tus notas de la entrevista para completar la siguiente actividad.*

20. Ahora que has elegido a la persona para tu entrevista, escribe una lista de preguntas que le harás. Cuando hayas terminado las preguntas, trabaja con un compañero para realizar tu entrevista. Tu compañero representará a la persona que elegiste y responderá a las preguntas que le hagas. Luego, intercambien los roles. Tú representarás a la persona que tu compañero eligió para entrevistar y responderás a las preguntas que te haga.

Actividad con mapas

21. Asia moderna En una hoja de papel aparte, une las letras del mapa con el rótulo correcto.

Singapur	Pakistán
Tokio	Xizang (Tíbet)
Pekín	

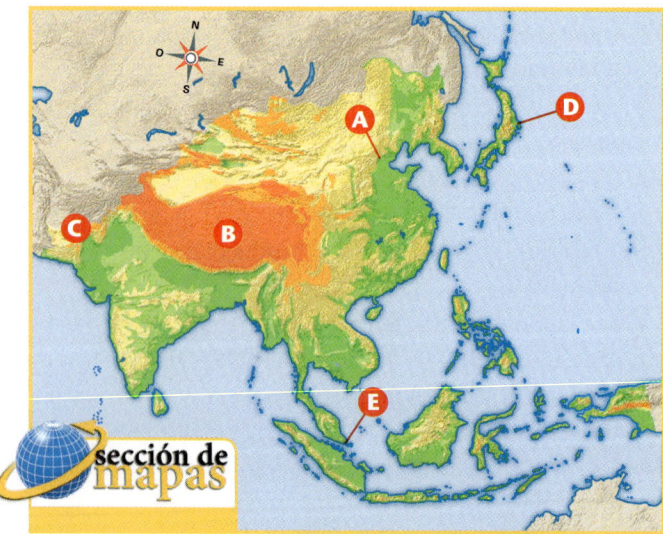

CAPÍTULO 16 Práctica para el examen estandarizado

INSTRUCCIONES (1 a 7): Escribe en una hoja de respuestas aparte el *número* de la palabra o expresión dada que mejor complete las oraciones o responda a las preguntas..

1 ¿En qué país tuvo lugar la Restauración Meiji?
- (1) India
- (2) Japón
- (3) China
- (4) Pakistán

2 Estados Unidos ingresó a la Segunda Guerra Mundial en el Pacífico después de que Japón bombardeó
- (1) Pearl Harbor.
- (2) Nankín.
- (3) Washington.
- (4) Hiroshima.

3 ¿Quién lideró la lucha por la independencia de India?
- (1) Mohandas Gandhi
- (2) Mao Zedong
- (3) Sun Yixian
- (4) el emperador Meiji

4 ¿Cuál de la siguientes opciones *no* es un ejemplo de difusión cultural?
- (1) la expansión del budismo a Vietnam
- (2) la adopción del idioma chino en Japón
- (3) la construcción de la Gran Muralla China
- (4) el uso de estilos de construcción indios en el sureste asiático

5 ¿Qué país tiene un gobierno militar que viola los derechos humanos de las personas?
- (1) Myanmar (Birmania)
- (2) Tailandia
- (3) Singapur
- (4) Taiwán

6 La partición de India tuvo como resultado la creación de un nuevo país llamado
- (1) Singapur.
- (2) Cachemira.
- (3) Taiwán.
- (4) Pakistán.

7 ¿Cuál de las siguientes oraciones sobre la Rebelión de los bóxers es verdadera?
- (1) Ocurrió en India.
- (2) Expulsó a todos los extranjeros de China.
- (3) No tuvo éxito.
- (4) La iniciaron guerreros profesionales.

Básate en el siguiente pasaje y en tus conocimientos de estudios sociales para responder a la pregunta 8.

> "La ampliación del derecho de los individuos a comportarse bien o mal según les parezca ha ocurrido a expensas de una sociedad ordenada. En Oriente, el objetivo principal es tener una sociedad ordenada de modo que todos puedan gozar al máximo de sus libertades. La libertad solamente puede existir cuando un Estado está en orden".
>
> –Lee Kuan Kew, ex primer ministro de Singapur, de *A Conversation with Lee Kuan Kew (Una conversación con Lee Kuan Kew)*

8 Basándote en este pasaje, ¿cuál crees que era uno de los objetivos principales de Lee Kuan Kew como primer ministro de Singapur?
- (1) aumentar el tamaño del país
- (2) mantener el orden
- (3) ampliar las libertades de las personas
- (4) hacerse rico

EL CRECIMIENTO Y EL DESARROLLO DEL SUR Y EL ESTE DE ASIA

Estudio de caso

 # China

Geografía

China, el cuarto país más grande del mundo en cuanto a superficie, es el país con mayor cantidad de población del mundo. Más de 1,300 millones de personas habitan entre sus fronteras. Esto es más que la población total de Europa, Rusia y Estados Unidos juntos.

Debido a su geografía, la mayoría de los habitantes de China viven en la mitad oriental del país. La mayor parte del este de China se compone de extensas llanuras abiertas que son óptimas para la agricultura. Varios ríos, entre ellos, el Chang Jiang, el Huang He y el Xi atraviesan estas llanuras, y llevan el agua necesaria para los cultivos.

Más hacia el oeste, el terreno de China se eleva y el paisaje se vuelve menos acogedor. El oeste de China se caracteriza por sus montañas escarpadas, mesetas elevadas y desiertos áridos. Entre sus cadenas montañosas se encuentran la de Tian Shan al noroeste, la de Qinling Shandi en el centro y el Himalaya (donde se hallan las montañas más altas del mundo) en el extremo sur. Cerca del Himalaya se encuentra la Meseta Tibetana, una de las regiones más elevadas del mundo. Muy pocas plantas pueden sobrevivir en regiones tan altas, por lo tanto, el terreno es árido. Algunos desiertos, como el de Gobi y Taklamakán, son igualmente áridos, pero menos elevados.

Como has de suponer, la mayoría de las grandes ciudades de China se encuentran sobre las llanuras del este. La ciudad más grande es Shanghái, donde habitan unas 14 millones de personas. Situada en la desembocadura del Chang Jiang, en el mar de China Oriental, es el puerto marítimo más importante de China y un centro comercial e industrial.

Datos sobre China

Nombre oficial: República Popular China

Capital: Pekín

Superficie: 3,705,407 millas cuadradas (un poco más pequeña que Estados Unidos)

Población: 1,300 millones (367 habitantes por milla cuadrada)

Expectativa de vida promedio: 73 años

Idioma oficial: mandarín

Religiones principales: oficialmente atea

Moneda: Yuan Renminbi

1 La **Meseta Tibetana** es famosa por su paisaje árido. Este fuerte antiguo está ubicado en el borde de la meseta.

China

2 **Pekín,** la capital de China, es una ciudad vibrante y muy concurrida. El distrito de compras está ubicado cerca del centro de la ciudad.

La segunda ciudad más grande de China es su capital, Pekín. Esta histórica ciudad, también conocida como Beijing, posee muchos palacios y templos hermosos. Pekín es una combinación de lo antiguo y lo moderno, y es el centro político y cultural de China.

Al sur de China se ubican Hong Kong y Macao, importantes ciudades portuarias y también centros comerciales y turísticos. Ambas son modernas, concurridas y populosas. Tanto Hong Kong como Macao eran hasta hace poco colonias europeas. Debido a su historia, estas ciudades reflejan una mezcla cultural.

Evaluación del estudio de caso

1. ¿Dónde se encuentran las montañas más elevadas en China?
2. ¿En qué región vive la mayor parte de la población china?
3. **Actividad** Diseña un folleto para atraer turistas a una de las ciudades de China. Describe la ciudad y sus atractivos. Asegúrate de incluir imágenes en tu folleto.

3 **Shanghái** es la ciudad más grande de China. El panorama de sus edificios refleja una combinación única de estilos modernos y tradicionales.

Sucesos clave de la historia de China

300 a.C.

221 a.C. La dinastía Qin unifica toda China.

68 d.C. Según la tradición, se construye el primer templo budista de China.

618 La dinastía Tang asume el poder en China.

Guerrero de terracota de la dinastía Qin

Historia y cultura

China fue una de las primeras civilizaciones del mundo. Durante miles de años, China fue gobernada por una serie de poderosas dinastías. Desde los Shang, en el siglo XVI a.C., hasta los Qing, en el siglo XIX d.C., cada una de las dinastías que gobernaron China dejaron su huella en los habitantes y en la cultura del país.

El último emperador de China fue desplazado del poder después de una revolución, en 1911. En 1949, un nuevo gobierno comunista dirigido por Mao Zedong asumió el poder en China. Bajo el mandato de Mao, la economía de China se vio golpeada, y las personas perdieron muchos derechos.

Mao murió en 1976 y, poco tiempo después, Deng Xiaoping subió al poder. Deng se dedicó a modernizar y mejorar la economía de China. Permitió la existencia de algunas empresas privadas y alentó a otros países a invertir en China. Como consecuencia, la economía comenzó a crecer rápidamente.

A pesar de estos cambios en el gobierno, las religiones, los valores y las creencias antiguas siguieron dando forma a la vida de los habitantes de China. Su influencia es fuerte, a pesar de que el gobierno comunista desalienta la religión. El taoísmo, el budismo y el confucianismo aún tienen una fuerte influencia sobre la vida de las personas.

La experiencia de la cultura china

La historia de China se extiende miles de años atrás. Durante ese largo período, China desarrolló una cultura muy particular que dio forma a la vida en gran parte de Asia.

Tradición Los chinos celebran días festivos y sucesos especiales con desfiles que incluyen coloridos disfraces, danzas y fuegos artificiales.

Religión El budismo ha sido tradicionalmente una gran influencia en la vida de los chinos. Estos monjes budistas viven en la región del Xizang, o Tíbet.

Gran Muralla China

1450

circa **1450**
La Gran Muralla se termina de construir durante la dinastía Ming.

1911
El último emperador de China es destronado.

1949
Mao Zedong crea un gobierno comunista en China.

1950

Mao Zedong

China tiene una rica tradición artística. Los artistas chinos han sido reconocidos desde hace mucho tiempo por sus obras en bronce, jade, marfil, seda y madera. La porcelana china tiene mucho valor por su calidad y belleza. La pintura tradicional china refleja un interés por alcanzar equilibrio y armonía con la naturaleza. Los paisajes son un tema favorito en las pinturas chinas. China también es famosa por la belleza de su poesía, su ópera y su arquitectura.

La cultura popular en China abarca muchas actividades. Entre los deportes populares, se encuentran las artes marciales y el tenis de mesa. Otro juego popular es el mahjong, que se juega con fichas pequeñas. Muchas personas disfrutan de los clubes de karaoke, donde quienes participan cantan canciones sobre una base musical.

Evaluación del estudio de caso

1. ¿Cómo cambió China después de 1900?
2. ¿Qué formas de arte son populares en China?
3. **Actividad** Los chinos valoran mucho las formas de arte tradicionales. Haz un dibujo de una escena de la historia china o de un elemento de la cultura china con un estilo tradicional.

Comida La comida china varía según la región. Esta comida cantonesa tiene paloma, langostinos y fideos.

Deportes Las artes marciales son muy populares entre los chinos. Resaltan la disciplina y el control.

China hoy

Gobierno

China tiene uno de los pocos gobiernos comunistas que quedan en el mundo. Los ciudadanos chinos que han protestado en reclamo de mayor libertad fueron reprimidos con violencia. China también ha tomado medidas muy duras frente a las rebeliones étnicas. Por ejemplo, muchos habitantes del Tíbet han reclamado su libertad desde la década de 1950. Estos reclamos llevaron al gobierno de China a aplacar los derechos de los tibetanos. Debido a acciones como ésta, muchos países acusan a China de no respetar los derechos humanos.

La autoridad máxima del gobierno en China es la Asamblea Popular Nacional (APN). La APN, compuesta por aproximadamente 3,000 delegados, se reúne durante dos semanas al año para debatir y aprobar políticas y leyes nacionales. La mayoría de los miembros de la APN son elegidos por el Partido Comunista de China.

El presidente y el Consejo de Estado, encabezado por un primer ministro, se encargan de los asuntos gubernamentales que surgen día a día. El presidente es electo por la APN para cumplir la función de jefe de estado y ocuparse de la política exterior. El Consejo de Estado y el primer ministro son elegidos para ocuparse de los asuntos internos.

Economía

Cuando China pasó a ser comunista en la década de 1940, tenía una estricta economía de mando. El gobierno tomaba todas las decisiones económicas y era dueño de todas las empresas. Sin embargo, las fallas de planificación produjeron una gran crisis económica.

Como consecuencia de la crisis, el gobierno de China realizó cambios en la economía y permitió el desarrollo de algunas industrias privadas. Además, permitió que algunas empresas extranjeras se establecieran en China. Estos cambios permitieron que la economía creciera y produjeron una mejora en los salarios y en la calidad de vida de muchos trabajadores.

A pesar del crecimiento industrial del país, la mayoría de los habitantes de China trabajan como agricultores. Más de la mitad de la población trabaja la tierra y se dedica a cultivos como el trigo y el arroz.

Estructura del gobierno de China

El gobierno de China está controlado en su mayor parte por el Partido Comunista del país. El partido elige a los miembros de la Asamblea Popular Nacional, quienes a su vez eligen al presidente y a los miembros del Consejo de Estado.

La Asamblea Popular Nacional
La APN, único órgano legislativo y autoridad máxima del gobierno, está controlado en su mayor parte por el Partido Comunista.

El presidente
El presidente es elegido por la APN y maneja las relaciones exteriores de China.

El Consejo de Estado
El Consejo de Estado está encabezado por un primer ministro, que se encarga de los asuntos internos de China.

Crecimiento de la población y contaminación en China

Los ciclistas en Pekín usan máscaras para evitar respirar el aire contaminado. Los automóviles son una de las principales fuentes de contaminación en China.

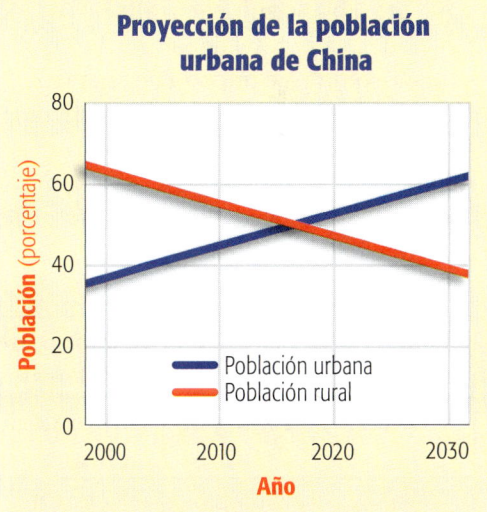

Proyección de la población urbana de China

Problemas

El crecimiento económico de China también ha generado graves problemas ambientales. Un problema importante es la contaminación. La cantidad cada vez mayor de automóviles y fábricas contamina el aire y el agua. Al mismo tiempo, China utiliza carbón para generar gran parte de su electricidad, lo cual aumenta la contaminación del aire.

Otro problema grave es la superpoblación. La población de China, que ya es enorme, sigue creciendo a un ritmo de aproximadamente 7.5 millones por año. Los funcionarios de China se han propuesto desacelerar este crecimiento. Instaron a los habitantes a esperar más para tener hijos e intentaron restringir la cantidad por pareja a un solo hijo.

El crecimiento de la población contribuyó a la pérdida de terrenos forestales y agrícolas en China. Muchas de las ciudades, en continua expansión, están ubicadas sobre los terrenos más fértiles, lo cual deja menos espacio para el cultivo de alimentos.

Evaluación del estudio de caso

1. ¿Por qué el gobierno de China realizó cambios en la economía?
2. ¿Cuál piensas que es el problema más grave de China?
3. **Actividad** Haz una investigación en Internet para aprender acerca de las protestas en contra del gobierno de China. Elige una protesta y resume el motivo y la reacción del gobierno frente a ella.

UNIDAD 4 — PREGUNTA BASADA EN EL DOCUMENTO

Nuevas economías asiáticas

Parte A: Preguntas con respuesta breve

Instrucciones: Lee y examina los siguientes documentos. Luego, en una hoja aparte, responde a las preguntas usando oraciones completas.

DOCUMENTO 1

Entre los principales socios comerciales de Estados Unidos, se encuentran muchos países asiáticos. En la siguiente tabla se enumeran algunos de esos países y también el valor total de los productos que Estados Unidos exporta a e importa de cada país. En la columna de balance se muestra la diferencia entre las exportaciones y las importaciones. Un balance positivo significa que Estados Unidos exporta más de lo que importa; un balance negativo significa que importa más de lo que exporta.

Comercio de EE. UU. con algunos países asiáticos (en millones de dólares)			
País	Exporta-ciones	Importa-ciones	Balance
China	$65,238	$321,508	-$256,270
Hong Kong	$20,121	$7,031	$13,090
India	$17,593	$24,024	-$6,431
Japón	$62,665	$145,464	-$82,799
Singapur	$26,284	$18,395	$7,889
Corea del Sur	$34,703	$47,566	-$12,863
Taiwán	$26,359	$38,302	-$11,943

Fuente: Oficina del Censo de EE. UU., Estadísticas del comercio exterior

1a. ¿De qué país Estados Unidos importa más?

1b. ¿Con qué países Estados Unidos tiene un balance comercial positivo?

DOCUMENTO 2

En los últimos años, China ha comenzado a comerciar intensamente con Estados Unidos. Cada país se encuentra entre los principales socios comerciales del otro. El siguiente documento proviene de un discurso que realizó el enviado del Departamento del Tesoro a China.

> La interdependencia económica entre Estados Unidos y China está creciendo. Nos necesitamos más mutuamente y en lo que respecta a muchas más cuestiones económicas y de importancia económica. En los últimos 5 años, según datos de Estados Unidos, las exportaciones estadounidenses a China han aumentado de $18 mil millones a $52 mil millones, mientras que las importaciones desde China a Estados Unidos han aumentado de $102 mil millones a $287 mil millones.
>
> —**Embajador Alan Holmer,** 29 de noviembre de 2007

2a. ¿De qué manera ha cambiado el comercio de Estados Unidos con China?

2b. ¿Qué quiere decir el autor con "interdependencia económica"?

DOCUMENTO 3

Como una de las potencias económicas de Asia, Japón comercia con países de todo el mundo. El siguiente informe fue publicado por la Organización Japonesa para el Comercio Exterior, JETRO *(Japan External Trade Organization)*, en 2005.

- El comercio japonés alcanzó nuevos récords por tercer año consecutivo con $598.2 mil millones en exportaciones y $518.6 mil millones en importaciones. Las importaciones se incrementaron rápidamente debido al aumento de los precios del petróleo, pero las exportaciones quedaron un tanto detenidas, por lo que el superávit comercial se redujo en $30.8 mil millones y quedó en $79.6 mil millones. Ésta es la primera caída en cuatro años.
- En volumen, las exportaciones aumentaron 0.8% y las importaciones 2.9%, ambas por cuarto año consecutivo.
- China y Estados Unidos fueron los principales destinos de exportación. Las altas exportaciones de automóviles contribuyeron al aumento del porcentaje de exportaciones japonesas a Estados Unidos por primera vez en cuatro años. Las principales importaciones provinieron de Oriente Medio, debido al gran aumento de los precios del petróleo.

3a. Las exportaciones japonesas, ¿aumentaron o disminuyeron durante el período?

_____

3b. ¿Qué países compraron la mayor parte de los productos exportados por Japón?

_____

DOCUMENTO 4

La Asociación de Naciones del Sureste Asiático, ASEAN *(Association of Southeast Asian Nations)*, es una organización comercial de países de esa región. En 2002, la Oficina del Representante Comercial de Estados Unidos introdujo una nueva política comercial para los países de la ASEAN. El siguiente documento es un resumen extraído del sitio web del Representante Comercial donde se explica esta política.

La Iniciativa Empresas para la ASEAN, EAI *(Enterprise for ASEAN Initiative)*, anunciada en octubre de 2002, tiene como fin reforzar los lazos con los países de la ASEAN: Brunéi, Camboya, Indonesia, Laos, Malasia, Myanmar, Filipinas, Singapur, Tailandia y Vietnam. Con un comercio recíproco de casi $168.5 mil millones en 2006, el grupo de 10 miembros de la ASEAN ya es, en conjunto, el quinto socio comercial más grande de Estados Unidos. La región representa alrededor de 580 millones de personas con un producto bruto interno total de $2.81 billones.

4a. ¿Cuál fue el valor del comercio con la ASEAN en 2006?

_____

4b. ¿Por qué Estados Unidos considera importante el comercio con la ASEAN?

_____

Parte B: Ensayo

Contexto histórico: Desde la Segunda Guerra Mundial, los países de Asia han desempeñado papeles importantes en el comercio mundial. Hoy en día, muchos países asiáticos se encuentran entre los principales socios comerciales de Estados Unidos.

Tarea: Usando la información de los cuatro documentos y lo que sabes sobre estudios sociales, escribe un ensayo en el que:

- expliques la importancia del comercio para las economías asiáticas.
- examines cómo afecta a Estados Unidos el comercio con Asia.

Taller de escritura de la Unidad 4

Persuasión

La persuasión consiste en convencer a otros para que actúen de cierta manera o crean ciertas cosas. De la misma forma en que usas la persuasión para convencer a tus amigos para que vean una determinada película, las personas usan la persuasión para convencer a otros para que los ayuden a resolver los problemas mundiales.

Tarea
Escribe un ensayo persuasivo sobre una cuestión que enfrenten las personas de Asia. Elige un tema relacionado con el medio ambiente o con la cultura de la región.

1. Antes de escribir

Elige un tema
- Elige un tema para escribir. Por ejemplo, puedes elegir el peligro de los tsunamis o el papel que desempeñan los gobiernos.
- Escribe una oración con tu opinión. Por ejemplo, puedes decir: "Los países de esta región deben crear un sistema de alerta de tsunamis".

Reúne y organiza la información
- Busca en tu libro de texto, en la biblioteca o en Internet pruebas que apoyen tu opinión.
- Identifica por lo menos dos razones que apoyen tu opinión. Encuentra datos, ejemplos y opiniones de expertos que apoyen tus razones.

> **CONSEJO** **Esa es una buena razón** Convence a tus lectores presentando razones que apoyen tu opinión. Por ejemplo, una de las razones para crear un sistema de alerta de tsunamis es que puede salvar vidas.

2. Escribe

Usa el esquema del escritor

Esquema del escritor

Introducción
- Comienza con un dato o una pregunta relacionada con el tema que tratarás.
- Expresa claramente tu opinión en una oración.

Desarrollo
- Escribe un párrafo para cada razón. Comienza con la razón menos importante y termina con la más importante.
- Incluye datos, ejemplos y opiniones de expertos como apoyo.

Conclusión
- Reformula tu opinión y resume tus razones.

3. Evalúa y revisa

Revisa y mejora tu ensayo
- A medida que revisas tu ensayo, usa las siguientes preguntas para evaluarlo.
- Haz cambios para mejorar tu ensayo.

Preguntas para evaluar para un ensayo persuasivo

1. ¿Comienzas con una pregunta o un dato interesante relacionado con el tema?
2. ¿Tu introducción expresa claramente tu opinión y brinda la información de contexto necesaria?
3. ¿Comentas tus razones en orden de la menos importante a la más importante?
4. ¿Incluyes datos, ejemplos u opiniones de expertos para apoyar cada una de tus razones?
5. ¿Tu conclusión reformula tu opinión y resume tus razones?

4. Corrige y publica

Da el toque final a tu ensayo
- Asegúrate de que todos los nombres de personas o lugares estén escritos correctamente y comiencen con letra mayúscula.
- Verifica el uso correcto de la coma cuando presentes una lista de razones o pruebas.
- Decide cómo mostrarás tu ensayo. Por ejemplo, ¿podrías publicarlo en el periódico de la escuela o en una compilación de ensayos de la clase?

5. Practica y aplica

Usa los pasos y estrategias explicados en este taller para escribir tu ensayo persuasivo. Muestra tu opinión a otros estudiantes para ver si creen que tu opinión es convincente.

Europa

Los Alpes

Los Alpes, una de las principales cadenas montañosas de Europa, se ubican en el corazón de Europa central.

Islas y penínsulas

Europa está rodeada de islas y penínsulas, y las personas se acercan al mar para trabajar, viajar y comerciar.

UNIDAD 5

Europa

Gran llanura europea

En el norte de Europa, hay una vasta extensión de tierras bajas llamada la gran llanura europea.

Examina la imagen satelital
En Europa, la tierra y el mar están siempre cerca. Las islas y las penínsulas son accidentes geográficos clave de esta región. ¿Qué puedes aprender sobre la geografía de Europa a partir de esta imagen satelital?

La trayectoria del satélite

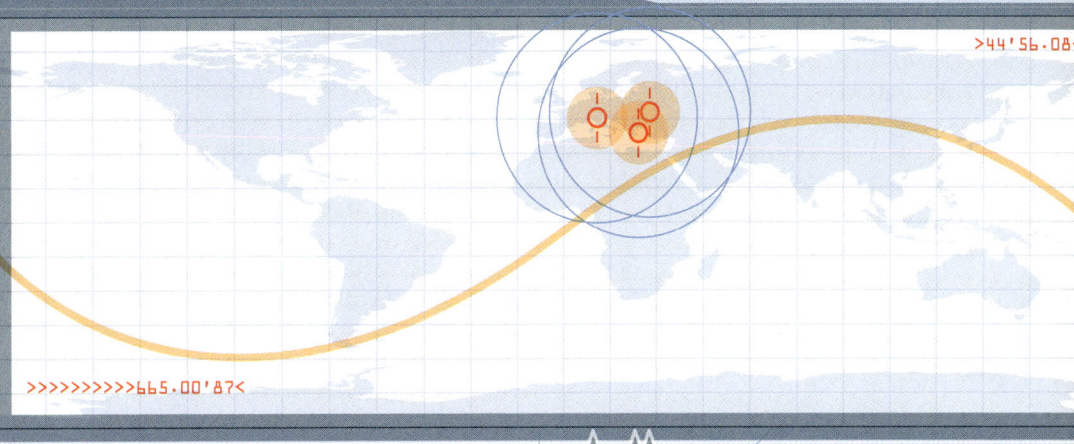

EUROPA 549

UNIDAD 5 ATLAS REGIONAL

Europa y Rusia: Mapa físico

Extremos geográficos: Europa y Rusia

Datos sobre el mundo — THE WORLD ALMANAC

Río más largo	Río Volga, Rusia: 2,290 millas (3,685 km)
Punto más alto	Monte Elbrus, Rusia: 18,510 pies (5,642 m)
Punto más bajo	Mar Caspio, Rusia/Azerbaiyán: 92 pies (28 m) bajo el nivel del mar
Temperatura más alta registrada	Sevilla, España: 122 °F (50 °C)
Temperatura más baja registrada	Ust'Shchugor, Rusia: −67 °F (−55 °C)
Lugar más lluvioso	Crkvica, Bosnia y Herzegovina: Promedio de 183 pulgadas (464.8 cm) de precipitaciones anuales
Lugar más seco	Astracán, Rusia: Promedio de 6.4 pulgadas (16.3 cm) de precipitaciones anuales

go.hrw.com PALABRA CLAVE: SK9 UN5 (Sólo en inglés)

ALTITUD

Pies	Metros
13,120	4,000
6,560	2,000
1,640	500
656	200
(Nivel del mar) 0	0 (Nivel del mar)
Bajo el nivel del mar	Bajo el nivel del mar

Proyección de Robinson

Europa

Comparación de tamaños: Estados Unidos y Europa y Rusia

sección de mapas
Destrezas de geografía

Lugar Europa es un continente pequeño. Rusia se extiende desde Europa oriental a lo largo del norte de Asia.

1. **Identificar** ¿Cómo se llama la gran región ubicada en el este de Rusia?
2. **Inferir** Según su latitud, ¿cómo crees que es el clima de Siberia?

UNIDAD 5 ATLAS REGIONAL

Europa: Mapa político

sección de mapas
Destrezas de geografía

Lugar Europa comprende muchos países pequeños.

1. **Identificar** ¿Qué países europeos son islas?
2. **Generalizar** Según el mapa, ¿qué países crees que podrían concentrar la mayor cantidad de habitantes? ¿Por qué?

UNIDAD 5 ATLAS REGIONAL

Europa: Población

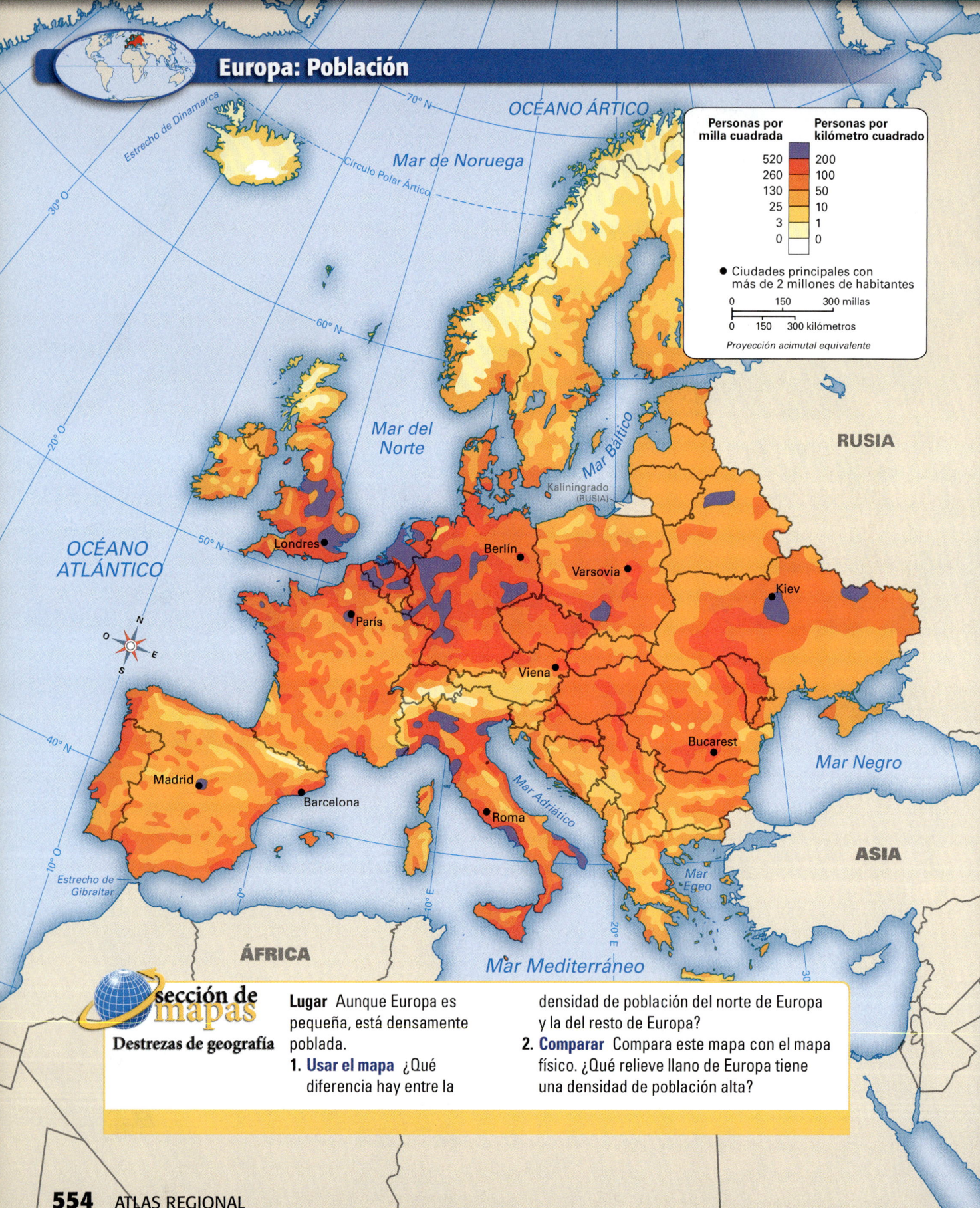

sección de mapas
Destrezas de geografía

Lugar Aunque Europa es pequeña, está densamente poblada.

1. **Usar el mapa** ¿Qué diferencia hay entre la densidad de población del norte de Europa y la del resto de Europa?
2. **Comparar** Compara este mapa con el mapa físico. ¿Qué relieve llano de Europa tiene una densidad de población alta?

SECCIÓN 1

La Antigua Grecia

Si VIVIERAS allí...

Vives en la antigua ciudad de Atenas, una de las más grandes de Grecia. Tu hermano, que sólo tiene dos años más que tú, está muy entusiasmado: por fin tiene la edad suficiente para participar en el gobierno de la ciudad. Él y tu padre, junto con los demás hombres libres de la ciudad, se reunirán para votar las leyes y a los gobernantes. Sin embargo, tu madre y tus hermanas no pueden participar en el proceso.

¿Por qué está tu hermano tan entusiasmado por votar?

CONOCER EL CONTEXTO En la mayoría de las culturas de la antigüedad, los pueblos eran gobernados por un rey. Sin embargo, en Grecia la vida era diferente. No había nadie que gobernara toda Grecia. Por el contrario, los griegos vivían en ciudades independientes. Cada una de ellas tenía una forma de gobierno, cultura y vida propia.

La cultura de la Antigua Grecia

Imagina que tú y tus amigos quieren ir al cine pero no se deciden por una película. Algunos querrán ver el último *thriller*, mientras que otros prefieren ver una comedia. ¿De qué manera podrían decidir qué película ver? Una manera de decidir sería por medio de una votación. La película que reciba más votos será la que verán.

¿Sabías que al votar estarías participando en un proceso que se inventó hace 2,500 años? Así es. Uno de los primeros pueblos en hacer uso del voto para tomar decisiones importantes fueron los antiguos griegos. Pero la votación fue sólo una de las tantas contribuciones que los griegos hicieron a nuestra cultura. De hecho, muchas personas consideran a la Antigua Grecia como la cuna de la civilización moderna.

Las ciudades estado

A veces, la Antigua Grecia era un lugar peligroso. Oleadas de invasores arrasaban las tierras, y la violencia era algo común. Con el tiempo, las personas comenzaron a formar grupos para protegerse. Luego, estos grupos se convirtieron en **ciudades estado**, o unidades políticas formadas por una ciudad y los campos que la rodeaban.

Lo que aprenderás...

Ideas principales

1. Con la cultura de la Antigua Grecia, surgieron las ciudades estado y se crearon colonias.
2. En la edad dorada griega hubo numerosos progresos en el gobierno, el arte y la filosofía.
3. Alejandro Magno formó un gran imperio y difundió la cultura griega en nuevas regiones.

La idea clave

A través de la colonización, el comercio y las conquistas, los griegos expandieron su cultura por Europa y Asia.

Lugares y palabras clave

ciudades estado, *pág. 588*
edad dorada, *pág. 590*
Atenas, *pág. 591*
Esparta, *pág. 593*
helenístico, *pág. 594*

TOMAR NOTAS A medida que lees, anota los sucesos clave de la historia de Grecia. Organiza los sucesos en el orden en que ocurrieron. Puedes hacer una línea cronológica como la siguiente para organizar tus notas.

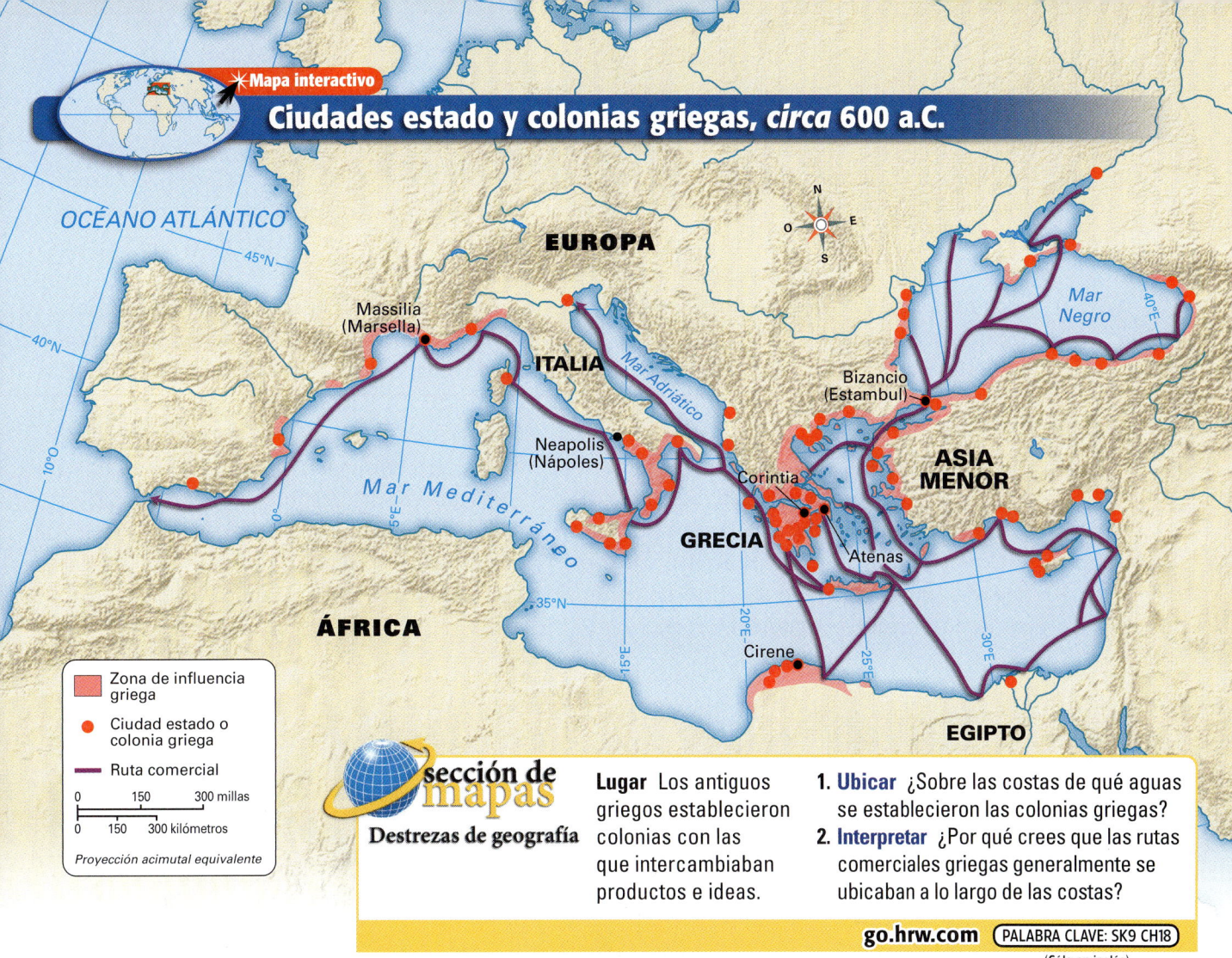

Ciudades estado y colonias griegas, circa 600 a.C.

Sección de mapas — Destrezas de geografía

Lugar Los antiguos griegos establecieron colonias con las que intercambiaban productos e ideas.

1. **Ubicar** ¿Sobre las costas de qué aguas se establecieron las colonias griegas?
2. **Interpretar** ¿Por qué crees que las rutas comerciales griegas generalmente se ubicaban a lo largo de las costas?

go.hrw.com PALABRA CLAVE: SK9 CH18
(Sólo en inglés)

En el centro de la mayoría de las ciudades estado había una fortaleza construida sobre una colina. Esta colina se llamaba acrópolis, que en griego significa "ciudad alta". Además del fuerte, muchas ciudades estado erigían templos y otras construcciones en la acrópolis.

Alrededor de la acrópolis se encontraba el resto de la ciudad, que incluía casas y mercados. La ciudad estaba protegida por altas murallas. En tiempos de guerra, los agricultores que vivían fuera de las murallas podían refugiarse adentro.

La vida dentro de las ciudades estado tenía muchas ventajas para los griegos. En la ciudad, podían socializar y comerciar. Además, la ciudad estado daba a los griegos un nuevo sentido de identidad: se veían a sí mismos como residentes de una ciudad estado específica, no como griegos.

Las colonias

Con el paso del tiempo, algunas ciudades estado establecieron nuevos asentamientos o colonias sobre las costas del mar Negro y el mar Mediterráneo. Puedes ver estas colonias en el mapa que se encuentra arriba. Algunas de estas colonias siguen existiendo como ciudades modernas; por ejemplo, Nápoles, en Italia, y Marsella, en Francia.

Aunque las colonias eran independientes, la mayoría mantenía lazos con las antiguas ciudades de Grecia. Intercambiaban productos y compartían ideas. Estos lazos contribuyeron a fortalecer las economías de las ciudades y de las colonias, y también la cultura griega. Al mantener contacto, las ciudades griegas de toda Europa tenían una cultura en común.

COMPRENSIÓN DE LA LECTURA Resumir ¿Dónde establecieron colonias los antiguos griegos?

CIVILIZACIONES ANTIGUAS DE EUROPA

La edad dorada de Grecia

Hoy en día, cuando la mayoría de las personas piensan en la cultura de la Antigua Grecia, les vienen a la mente ciertas imágenes. Piensan en las ruinas de templos majestuosos y en estatuas realistas. También piensan en grandes escritores, filósofos y científicos, cuyas ideas cambiaron el mundo.

Estas imágenes representan algunas de las tantas contribuciones que los griegos hicieron a la historia universal. Sorprendentemente, la mayor parte de estas contribuciones se llevaron a cabo durante un período relativamente corto, entre los siglos VI y IV a.C. Por esta razón, a este período generalmente se lo llama **la edad dorada**, un período de la historia de una sociedad marcado por grandes logros.

El crecimiento del poder griego

En los comienzos de la historia de Grecia, las ciudades estado eran independientes en extremo. Cada una de ellas se preocupaba por sus propios asuntos y no interfería en los de las demás.

Sin embargo, alrededor del siglo VI a.C., una invasión hizo que los griegos se unieran contra un enemigo en común. Esa invasión provenía de Persia, un poderoso imperio de la región central de Asia. El ejército persa era enorme, estaba bien entrenado y tenía experiencia. Por otro lado, Grecia no contaba con un ejército en común. Cada ciudad estado tenía un ejército, pero ninguno igualaba al de Persia. Por lo tanto, los persas anticipaban una rápida victoria.

En detalle
El Partenón

Generalmente, se considera al Partenón como un símbolo de la Antigua Atenas. Era un hermoso templo dedicado a la diosa Atenea, a quien el pueblo de Atenas consideraba su protectora. Hoy en día, el templo está en ruinas, pero esta ilustración muestra cómo se veía cuando fue construido alrededor del año 440 a.C.

El Partenón estaba decorado con tallados que representaban sucesos de la historia y la mitología griegas.

Una vez al año, el pueblo de Atenas organizaba un gran festival en honor a Atenea. Parte del festival consistía en una gran procesión que recorría la ciudad.

No obstante, los griegos se enfrentaron a los persas. Liderados por **Atenas**, una ciudad estado de Grecia oriental, los griegos lograron derrotar a los persas y evitar que conquistaran Grecia. Cuando los persas volvieron a invadir Grecia, 10 años después, los atenienses ayudaron a derrotarlos una vez más.

La victoria frente a los persas aumentó la confianza de los griegos. Se dieron cuenta de que eran capaces de alcanzar grandes logros. Durante el período que siguió a la invasión persa, los griegos hicieron grandes progresos en el arte, la escritura y el pensamiento. Muchos de estos progresos fueron hechos por los habitantes de Atenas.

La cultura ateniense

Durante el siglo siguiente a la derrota de Persia, Atenas fue el centro cultural de Grecia. Algunos de los políticos, artistas y pensadores más famosos de la historia vivieron en Atenas en este período.

Una de las causas de los grandes progresos de los atenienses en este período fueron sus gobernantes. Algunos líderes, como Pericles, que gobernó Atenas en el siglo V a.C., apoyaban las artes y promovían la creación de importantes obras. Por ejemplo, Pericles contrató a grandes arquitectos y artistas para que construyeran y decoraran el Partenón, el templo que se muestra a continuación.

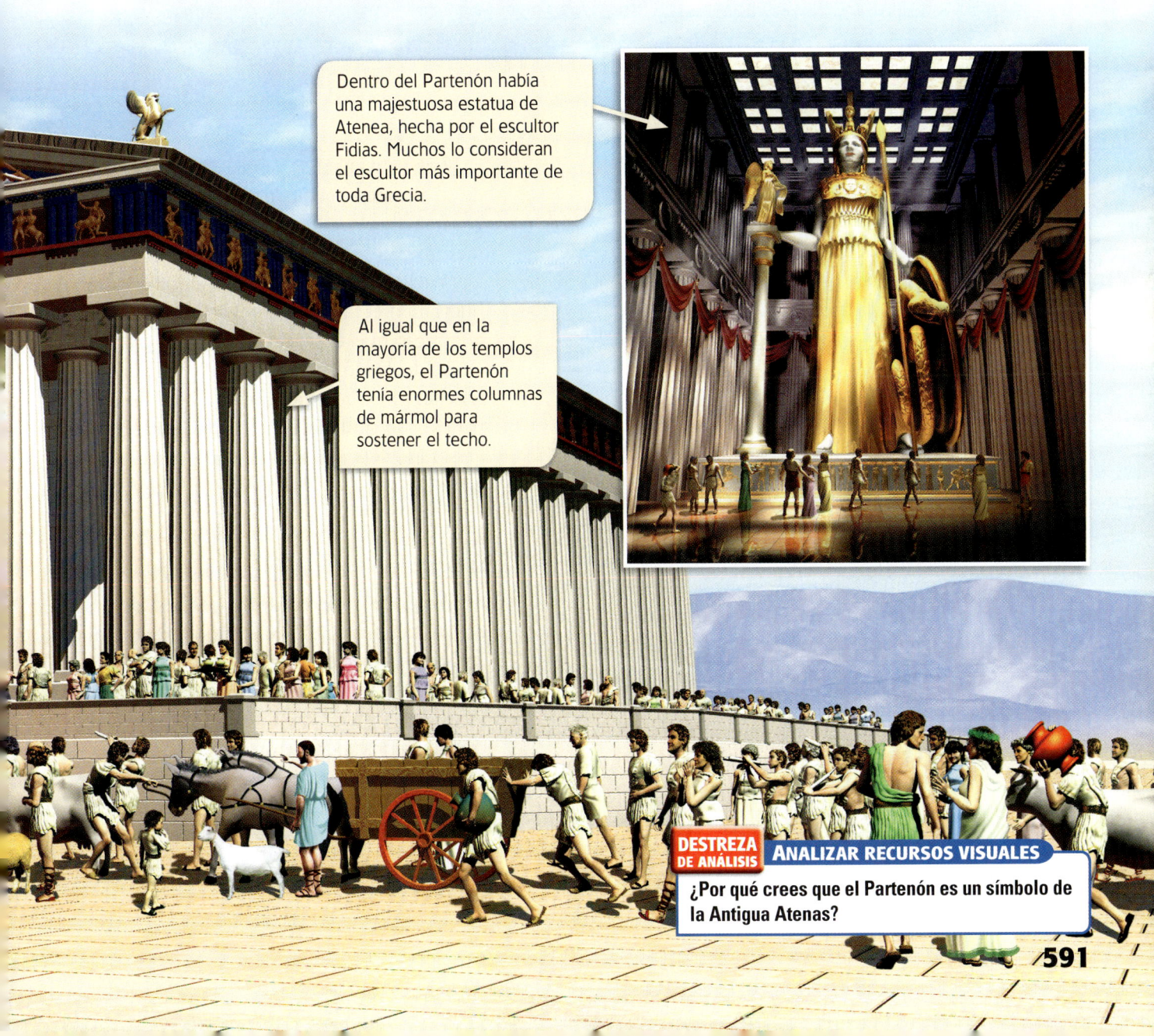

Dentro del Partenón había una majestuosa estatua de Atenea, hecha por el escultor Fidias. Muchos lo consideran el escultor más importante de toda Grecia.

Al igual que en la mayoría de los templos griegos, el Partenón tenía enormes columnas de mármol para sostener el techo.

DESTREZA DE ANÁLISIS — **ANALIZAR RECURSOS VISUALES**

¿Por qué crees que el Partenón es un símbolo de la Antigua Atenas?

La democracia ateniense

La forma de gobierno de Atenas era una democracia. Una vez por mes, todos los hombres adultos de la ciudad acudían a una asamblea para hacer las leyes de la ciudad.

En la asamblea, los hombres daban su opinión a favor o en contra de las propuestas. A veces, las personas del público intercambiaban opiniones con ellos.

La votación se realizaba levantando las manos o mediante el voto secreto. Como "papeletas", se usaban trozos de piezas de cerámica rota.

BIOGRAFÍA

Pericles
(*circa* 495 – 429 a.C.)

Pericles, el gobernante más conocido de toda la historia de Atenas, quería que los atenienses estuvieran orgullosos de su ciudad. En sus discursos, hacía hincapié en la grandeza de la democracia ateniense y alentaba a todos a participar. También trabajó mucho para embellecer la ciudad. Contrató a los mejores arquitectos de la ciudad para que construyeran monumentos, como el Partenón, y llamó a grandes artistas para decorarlos. Pericles también apoyaba la labor de escritores y poetas con el fin de que Atenas se convirtiera en el centro cultural de Grecia.

La democracia ateniense

Los líderes como Pericles tenían un gran poder en Atenas, pero no gobernaban solos. La ciudad de Atenas era una democracia, y sus gobernantes eran electos por el pueblo. De hecho, Atenas fue la primera democracia del mundo. Ninguna otra civilización en la historia había conformado un gobierno en el que los habitantes se gobernaran a sí mismos.

En Atenas, la mayor parte del poder se concentraba en el pueblo. Los gobernantes de la ciudad sólo podían sugerir ideas. Esas ideas tenían que ser aprobadas por una asamblea de hombres libres para convertirse en ley. Por lo tanto, era esencial que todos los hombres de Atenas participaran de las decisiones del gobierno.

Los atenienses se sentían muy orgullosos de su democracia y también de su ciudad en general. Este orgullo se veía reflejado en los monumentos y el arte de la ciudad.

Vuelve a la página anterior y mira nuevamente la imagen del Partenón. ¿Por qué crees que el Partenón era tan grande y estaba decorado con tanto detalle? Al igual que muchas construcciones griegas, estaba diseñado para ser un símbolo de la ciudad, para que las personas vieran a Atenas como una ciudad grande y gloriosa.

Arte y arquitectura

El Partenón quizás sea la construcción más famosa de la Antigua Grecia, pero es sólo uno de los tantos majestuosos monumentos que construyeron los griegos. Por toda Grecia se construyeron hermosos templos de mármol. Estos templos eran símbolo de la gloria de las ciudades en las que fueron erigidos.

Los templos y otros monumentos griegos solían decorarse con estatuas y tallados. Hoy en día, la gente aún admira estas obras de los artistas griegos.

El arte griego es muy admirado por la destreza y detallada preparación de los antiguos artistas griegos. Ellos querían hacer obras que se vieran realistas. Para lograrlo, observaban el modo en que la gente se paraba y se movía. Querían aprender exactamente cómo se veía el cuerpo humano en movimiento. Así, los artistas ponían en práctica lo que habían observado para que sus estatuas fueran lo más reales posibles.

Ciencia, filosofía y literatura

Los artistas no eran los únicos que estudiaban a otras personas en la Antigua Grecia. Los científicos, por ejemplo, las estudiaban para aprender cómo funcionaba el cuerpo. Con estos estudios, los griegos aprendieron mucho sobre medicina y biología. Otros eruditos griegos hicieron grandes avances en matemática, astronomía y otras áreas de la ciencia.

Los filósofos o pensadores griegos también estudiaban a las personas. Querían saber cómo podían ser felices. Tres de los filósofos más influyentes (Sócrates, Platón y Aristóteles) vivieron y enseñaron en Atenas durante este período. Incluso en nuestros días, sus ideas siguen influenciando la manera en que vivimos y pensamos.

Los antiguos griegos también hicieron importantes contribuciones al mundo de la literatura. Algunos de los clásicos de la literatura universal fueron escritos en la Antigua Grecia. Entre ellos se incluyen relatos de héroes griegos y sus audaces aventuras, poemas sobre el amor y la amistad, y mitos que intentan transmitir enseñanzas sobre la vida. Es muy probable que hayas leído un libro, visto una película o una obra de teatro inspirada en los antiguos griegos o incluso escrita por ellos.

De hecho, si alguna vez viste una obra de teatro, deberías agradecérselo a los griegos. Los antiguos griegos fueron el primer pueblo en escribir y hacer teatro. En un primer momento, el teatro era parte de ciertas ceremonias religiosas, y luego se convirtió en una de las formas de entretenimiento más populares de Grecia.

La decadencia de las ciudades estado

Aunque fue muy importante, la edad dorada griega no duró para siempre. Finalmente, Grecia fue devastada por una guerra entre Atenas y su ciudad estado rival, **Esparta**.

Esparta era una ciudad militar que contaba con uno de los ejércitos más poderosos de Grecia. Celosos por la influencia ateniense en otras ciudades estado, los espartanos atacaron Atenas.

La guerra entre estas dos poderosas ciudades estado dejó a Grecia devastada. Otras ciudades estado se involucraron en la guerra, apoyando a uno u otro bando. La guerra continuó por años. Al final Esparta ganó, pero en Grecia reinaba el caos. Miles de personas murieron y ciudades enteras quedaron destruidas. Debilitada, Grecia quedó expuesta a una conquista extranjera.

COMPRENSIÓN DE LA LECTURA Analizar ¿Por qué se le llama edad dorada al período griego que va del siglo VI al IV a.C.?

El arte de Grecia

Los antiguos griegos intentaban que sus obras de arte se vieran reales. Esta estatua representa a Atenea, una diosa de la mitología griega.

ANALIZAR RECURSOS VISUALES
¿Qué detalles hacen que esta estatua se vea real?

CIVILIZACIONES ANTIGUAS DE EUROPA

El imperio de Alejandro

De hecho, hubo un conquistador que dominó toda Grecia en la década de 330 a.C. Por primera vez en su historia, Grecia entera se unificó bajo la dirección de un gobernante. Provenía de una región que se encontraba al norte de Grecia y se llamaba Macedonia, una región a la que muchos griegos consideraban incivilizada. Se lo conocía como Alejandro Magno.

Las conquistas de Alejandro

En el año 336 a.C., Alejandro invadió Grecia con un ejército poderoso y bien entrenado. En tan sólo unos años, había conquistado toda Grecia.

Sin embargo, a Alejandro no le alcanzaba con gobernar solamente Grecia. Quería crear un gran imperio. En el año 334 a.C., se embarcó en esa misión. Como puedes ver en el mapa, la misión fue muy exitosa.

En su momento de mayor extensión, el imperio de Alejandro comprendía desde Grecia, en occidente, hasta India, en oriente. Abarcaba casi toda la región central de Asia, incluso lo que había sido el Imperio persa, y Egipto. Alejandro soñaba con extender aun más su imperio hacia oriente, pero sus tropas se negaron a continuar. Los soldados, cansados y lejos de casa, exigieron a Alejandro que los dejara regresar. Y así lo hizo. En el año 325 a.C., emprendieron el regreso. Sin embargo, Alejandro enfermó en el camino y murió. Tenía 33 años.

La propagación de la cultura griega

ENFOQUE EN LA LECTURA
Después de leer este fragmento, vuelve a leerlo para asegurarte de que comprendes toda la información.

A lo largo de su vida, Alejandro quiso que la cultura griega se propagara por todo su imperio. Para lograrlo, construía ciudades en las tierras que conquistaba y les pedía a los griegos que se instalaran allí. Nombró a muchas ciudades Alejandría, en honor a sí mismo.

Sin embargo, cuando los griegos se trasladaban a estas ciudades, se mezclaban con los habitantes y la cultura de la región. Como consecuencia, la cultura griega se fusionó con otras. El resultado fue un nuevo tipo de cultura en la que se mezclaban elementos de diferentes pueblos y lugares.

En el idioma griego, "helénico" es sinónimo de "griego". Es por eso que, en general, los historiadores usan la palabra **helenístico**, o **al estilo griego**, para referirse a esa fusión de culturas. La cultura helenística influyó en Egipto, la región central de Asia y otras partes del mundo durante muchos años.

COMPRENSIÓN DE LA LECTURA Identificar las ideas principales ¿Qué territorios incluía el imperio de Alejandro?

> **RESUMEN Y PRESENTACIÓN** La primera gran civilización de Europa fue la griega. Sin embargo, más adelante fue derrotada por una nueva potencia, el Imperio romano.

sección de mapas
Destrezas de geografía

Regiones El imperio de Alejandro Magno abarcaba gran parte de la región central de Asia, Europa y Egipto.

1. **Identificar** ¿Qué ríos cruzó Alejandro?
2. **Analizar** ¿Qué distancia aproximada recorrió Alejandro desde Pella hasta Babilonia?

Evaluación de la Sección 1

Cuestionario en Internet
PALABRA CLAVE: SK9 HP18
(Sólo en inglés)

Repasar ideas, palabras y lugares

1. a. **Describir** ¿Cómo estaba formada una ciudad estado en la Antigua Grecia?
   b. **Explicar** ¿Por qué formaron los griegos ciudades estado?
2. a. **Identificar** ¿Cuáles fueron algunos de los grandes logros de Grecia entre los siglos VI y IV a.C.?
   b. **Resumir** ¿Cómo era el gobierno de la Antigua Atenas?
   c. **Evaluar** ¿Te hubiera gustado vivir en la Antigua Grecia? ¿Por qué?
3. a. **Describir** ¿De qué manera intentó Alejandro Magno propagar la cultura griega en su imperio?
   b. **Sacar conclusiones** ¿En qué hubiera cambiado la historia griega de no haber existido Alejandro?

Pensamiento crítico

4. **Analizar** Usa tus notas y traza una línea cronológica que incluya los sucesos más importantes de la historia de Grecia. Por cada suceso que incluyas en tu línea cronológica, escribe una oración que explique su importancia.

ENFOQUE EN LA REDACCIÓN

5. **Elegir personajes** Muchos mitos griegos contaban las hazañas de héroes u otras figuras importantes. ¿Qué personas que vivieron en la Antigua Grecia podrían aparecer en un mito? Escribe algunas ideas en tu cuaderno.

CIVILIZACIONES ANTIGUAS DE EUROPA **595**

SECCIÓN 2

El mundo romano

Lo que aprenderás...

Ideas principales
1. La República romana era gobernada por líderes electos.
2. El Imperio romano fue un período de grandes logros.
3. La expansión del cristianismo comenzó durante el imperio.
4. Diversos factores contribuyeron a la decadencia de Roma.

La idea clave
Los romanos unificaron partes de Europa, África y Asia y formaron una de las civilizaciones más grandes de la antigüedad.

Lugares y palabras clave
Roma, *pág. 596*
república, *pág. 597*
Senado, *pág. 597*
ciudadanos, *pág. 597*
Cartago, *pág. 598*
imperio, *pág. 598*
acueductos, *pág. 600*

TOMAR NOTAS Dibuja en tu cuaderno una tabla como la que se muestra a continuación. A medida que lees, completa las columnas con notas sobre los factores que contribuyeron al crecimiento de Roma, el apogeo de la cultura romana y los sucesos que llevaron a su caída.

Crecimiento	Apogeo	Caída

Si VIVIERAS allí...

Vives en Roma alrededor del año 50 a.C. Son tiempos difíciles para los romanos comunes. El pan escasea en la ciudad, y no es fácil conseguir trabajo. En este momento, un conocido general está organizando una campaña para cruzar las montañas hacia un territorio llamado Galia. Quiere conquistar a los bárbaros que viven allí. Podría ser peligroso, pero ser soldado te garantiza trabajo y te daría una oportunidad de ganar dinero.

¿Te unirás al ejército? ¿Por qué?

CONOCER EL CONTEXTO Gracias a su ejército bien entrenado, Roma pudo conquistar grandes partes de Europa, África y Asia. Por medio de estas conquistas, Roma construyó un imperio duradero que dejó su marca en los idiomas, las culturas y los gobiernos de Europa.

La República romana

"Todos los caminos llevan a Roma". "Roma no se construyó en un día". "Si a Roma fueras, haz lo que vieras". ¿Alguna vez escuchaste estos dichos? Todos están inspirados en la Antigua Roma, una civilización que cayó hace más de 1,500 años.

¿Por qué hoy en día las personas usan dichos relacionados con una cultura tan antigua? Se refieren a Roma porque fue una de las civilizaciones más grandes e influyentes de la historia. De hecho, todavía se puede ver la influencia de la Antigua Roma en nuestras vidas.

Historia antigua de Roma

Sin embargo, Roma no fue siempre tan influyente. Al principio, sólo era una pequeña ciudad de Italia. Según cuenta la leyenda, en el año 753 a.C., los latinos fundaron la ciudad de **Roma**.

Durante muchos años, los romanos fueron gobernados por reyes. Pero no todos esos reyes fueron latinos. Por mucho tiempo, los romanos vivieron bajo el dominio de los etruscos. Los romanos aprendieron mucho de ellos. Por ejemplo, aprendieron a escribir y a construir carreteras pavimentadas y alcantarillas. Los romanos mejoraron lo que aprendieron de los etruscos e hicieron de Roma una ciudad grande y próspera.

Los comienzos de la República

No todos los reyes de Roma fueron buenos gobernantes o buenas personas. Algunos eran crueles, severos e injustos. El último rey de Roma recibió tan poca aprobación que fue derrocado. En el año 509 a.C., un grupo de nobles romanos lo obligó a abandonar la ciudad.

En lugar del rey, los romanos crearon una nueva clase de gobierno. Formaron una **república**, un tipo de gobierno en el que el pueblo elige a los líderes para que creen las leyes. Una vez elegidos, estos líderes tomaban todas las decisiones del gobierno.

Para tomar decisiones, los gobernantes romanos acudían al **Senado**, un consejo de romanos ricos y poderosos que ayudaban a dirigir la ciudad. Al aconsejar a los gobernantes de la ciudad, el Senado tenía mucha influencia en Roma.

Para que el gobierno republicano de Roma funcionara, era necesario que los **ciudadanos**, es decir, las personas que podían participar del gobierno, fuesen activos. Los gobernantes de Roma alentaban a los ciudadanos a que votaran y se postularan como candidatos. Por eso, los discursos y debates eran comunes en la ciudad. Un lugar popular para estas actividades era el Foro, la plaza pública de la ciudad.

En detalle
El Foro Romano

El foro era una gran plaza pública ubicada en el centro de la ciudad. Los ciudadanos romanos solían reunirse allí para debatir las políticas y los asuntos de la ciudad.

Los edificios del gobierno y los templos estaban ubicados en las colinas que rodeaban el Foro.

Sólo los ciudadanos, es decir, las personas que podían votar, podían usar esta vestimenta, llamada toga.

Muchas personas se reunían en el Foro para debatir sobre política, temas actuales y otros asuntos.

DESTREZA DE ANÁLISIS **ANALIZAR RECURSOS VISUALES**
¿Qué lugares de tu comunidad cumplen la misma función que el Foro?

ENFOQUE EN LA LECTURA
Vuelve a leer este fragmento. Enumera los detalles que no hayas notado en tu primera lectura.

Crecimiento y conquista

Después de crear la República, los romanos empezaron a expandir su territorio. Esta expansión comenzó en Italia. Como se ve en el mapa de la derecha, la República siguió expandiéndose. Hacia el siglo II a.C. los romanos gobernaban gran parte del mundo mediterráneo.

Los romanos conquistaron tantas tierras gracias a su ejército poderoso y organizado. Usaban ese ejército para dominar a sus rivales. Por ejemplo, los romanos lucharon contra el pueblo de **Cartago**, una ciudad que se encuentra en el norte de África, y dominaron sus tierras.

La expansión de Roma no terminó en el siglo II a.C. En la década de 40 a.C., un general llamado Julio César conquistó muchas tierras nuevas para Roma. Estas conquistas le dieron mucho poder a César y lo hicieron muy importante en Roma. Temerosos del poder de César, un grupo de senadores decidió ponerle fin al tema. Se unieron y lo asesinaron en el año 44 a.C.

COMPRENSIÓN DE LA LECTURA **Resumir** ¿Cómo expandieron los romanos su territorio?

El Imperio romano

El asesinato de Julio César cambió la sociedad romana por completo. Los romanos estaban horrorizados por su muerte y querían castigo para los asesinos de César. Una de las personas convocadas para castigar a los asesinos fue el hijo adoptivo de César, Octavio. Las medidas de Octavio reformaron el mundo romano. Bajo su conducción, Roma pasó de ser una república a ser un **imperio**, una forma de gobierno que reúne varios territorios y pueblos bajo un solo gobernante.

El primer emperador

Octavio actuó rápidamente para castigar a los asesinos de su tío. Condujo un ejército contra ellos y, en poco tiempo, los venció.

Después de vencer a sus enemigos, Octavio se volvió mucho más poderoso. Uno por uno, eliminó a sus rivales en busca de poder. Finalmente, Octavio gobernó solo toda Roma como el primer emperador romano.

Las conquistas romanas

El ejército romano tenía poder y flexibilidad, lo que le permitió dominar y vencer a muchos enemigos. Ni los enormes elefantes que montaban los soldados de Cartago podían igualar la valentía y la astucia de los romanos.

ANALIZAR RECURSOS VISUALES ¿Qué clase de equipo usaba el ejército romano?

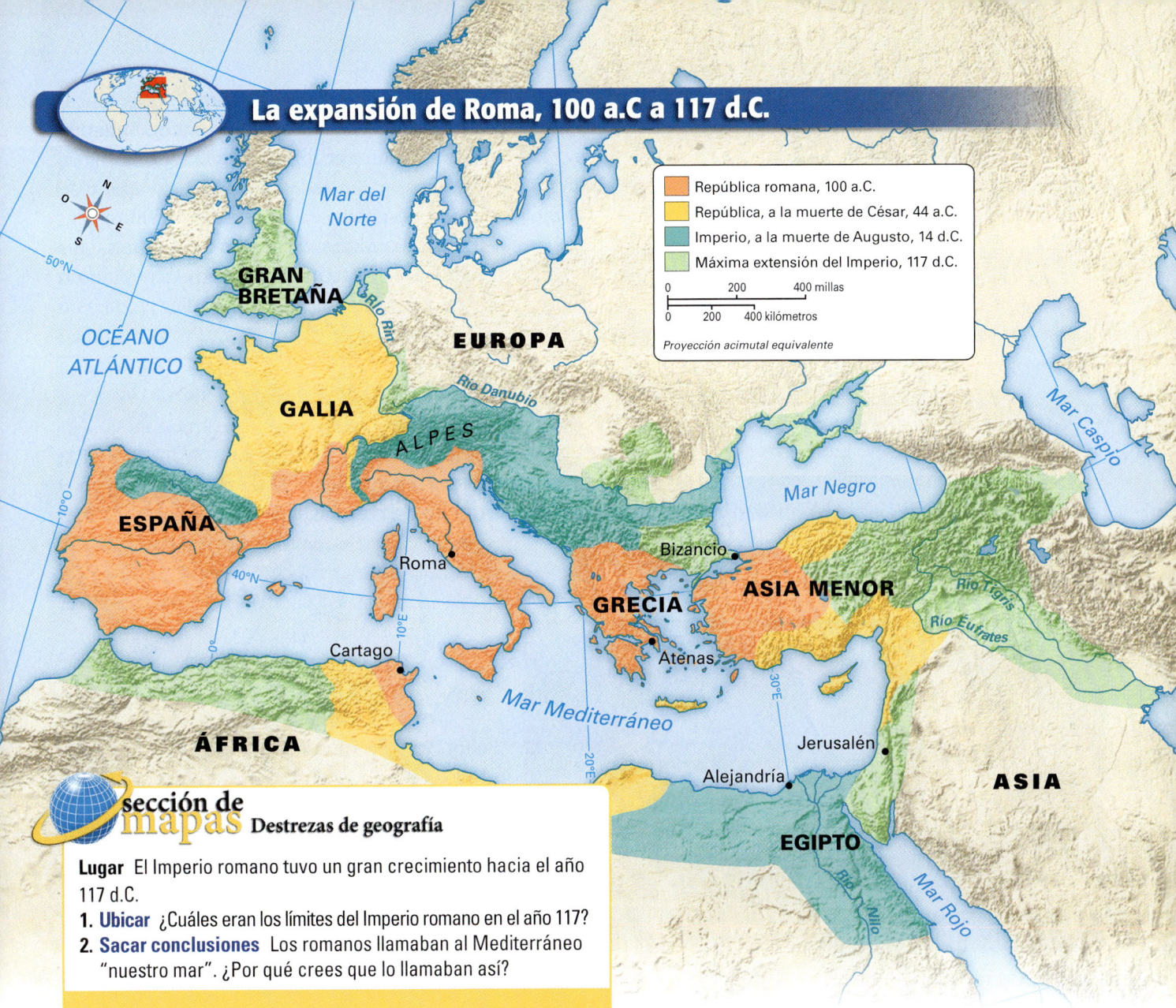

Al convertirse en emperador, Octavio recibió un nuevo nombre, Augusto, que significa "venerable". El pueblo romano respetaba y admiraba a Augusto. Ese respeto provenía principalmente de sus numerosos logros. Tal como se ve en el mapa de arriba, Augusto incrementó en gran medida el territorio del imperio. También mejoró las tierras que ya pertenecían al imperio. Por ejemplo, construyó monumentos y edificios públicos en la ciudad de Roma. También mejoró y amplió la red de caminos de Roma, lo que **facilitó** tanto los viajes como el comercio.

La Pax romana

Los emperadores que siguieron a Augusto intentaron seguir su ejemplo. Algunos se empeñaron en ganar aun más tierras para el imperio. Otros se concentraron en mejorar la sociedad romana.

Gracias a los esfuerzos de estos emperadores, Roma atravesó un largo período de paz y logros. No había guerras importantes dentro del imperio y el comercio crecía. A este período, que duró alrededor de 200 años, se lo llamó la Pax o Paz romana.

VOCABULARIO ACADÉMICO

facilitar
hacer algo más simple

CIVILIZACIONES ANTIGUAS DE EUROPA   **599**

CONEXIÓN CON la tecnología

Construcciones que duran

Piensa en los edificios de tu vecindario. ¿Piensas que seguirán en pie dentro de 1,000 años? Los antiguos romanos sí lo pensaban. Muchas de las construcciones que levantaron hace casi 2,000 años siguen en pie. ¿Cómo es posible?

Los romanos conocían muchas técnicas para construir estructuras sólidas y duraderas. Observa el Coliseo. Observa la cantidad de arcos que se usaron en el diseño. Los arcos son uno de los elementos más sólidos para la construcción, y los romanos lo sabían. También inventaron materiales como el cemento para hacer que sus construcciones fueran más sólidas.

Hacer generalizaciones ¿Cómo contribuyó la tecnología para que los romanos construyeran estructuras sólidas y duraderas?

Construcción e ingeniería romana

La Pax romana fue un período de estabilidad que permitió a los romanos alcanzar grandes logros culturales. Algunos de los progresos de este período aún hoy siguen afectando nuestras vidas.

Uno de los campos en donde los romanos lograron progresos visibles fue la arquitectura. Los romanos eran grandes constructores y muchas de sus estructuras han durado siglos. De hecho, todavía hoy se pueden ver construcciones romanas en Europa, casi 2,000 años después de construidas. Esto se debe a que los romanos eran ingenieros expertos que sabían cómo hacer construcciones sólidas.

Los edificios no fueron las únicas estructuras romanas que duraron mucho. Aún pueden verse en toda Europa antiguos caminos, puentes y **acueductos**, que son canales usados para transportar agua a largas distancias. Muchas de estas estructuras, que fueron planificadas por ingenieros romanos expertos, todavía siguen en uso.

La ley y el idioma de los romanos

No todos los logros romanos se ven tan fácilmente como las construcciones. Por ejemplo, los romanos influyeron mucho en la manera en que hablamos, escribimos y pensamos incluso en la actualidad. Muchos de los idiomas que se hablan en Europa hoy en día, como el español, el francés y el italiano, se basan en el latín, la lengua de los romanos. El inglés también ha adoptado muchas palabras del latín.

Los romanos usaron el latín para escribir grandes obras literarias. Entre ellas, algunas de las obras teatrales, poemas y relatos más conocidos del mundo. Millones de personas en todo el mundo leen y disfrutan esas obras hoy en día.

Sin embargo, las contribuciones políticas de los romanos son aún más importantes que sus logros literarios. En todo el mundo, se utilizan sistemas legales basados en la antigua ley romana. En algunos países, el sistema de gobierno se basa principalmente en el sistema de la Antigua Roma.

Uno de esos países es Estados Unidos. Los fundadores de nuestro país admiraban al gobierno romano y lo usaron como modelo para nuestro gobierno. Al igual que la Antigua Roma, Estados Unidos es una república. Elegimos a nuestros gobernantes y les confiamos el poder de crear nuestras leyes. También al igual que los romanos, exigimos que todos los habitantes cumplan una serie de leyes básicas escritas. En la Antigua Roma, estas leyes se tallaban en placas de piedra y se exponían. En Estados Unidos, están escritas en un documento, la Constitución.

COMPRENSIÓN DE LA LECTURA **Identificar las ideas principales** ¿Cuáles fueron algunos de los principales logros de los romanos?

La expansión del cristianismo

Además de influir en el arte y las leyes, los antiguos romanos también tuvieron mucha influencia en la religión. Una de las religiones más importantes del mundo, el cristianismo, apareció por primera vez y se expandió en el mundo romano.

Los comienzos del cristianismo

El cristianismo se basa en la vida, las acciones y enseñanzas de Jesús de Nazaret. Él y sus primeros seguidores vivían en el territorio romano de Judea, en el sudoeste de Asia. Convirtieron al cristianismo a muchos habitantes de Jerusalén y de otras ciudades de Judea.

Sin embargo, el cristianismo se expandió rápidamente más allá de los límites de Judea. Los seguidores de Jesús viajaban mucho, y predicaban y divulgaban sus enseñanzas. Gracias a sus esfuerzos, comenzaron a aparecer comunidades cristianas en todo el mundo romano. Las ideas cristianas se propagaron rápidamente en estas ciudades, y cada vez más personas se convertían al cristianismo.

Persecución y aceptación

La rápida expansión del cristianismo alarmó a algunos gobernantes romanos. Temían que el cristianismo creciera más que las demás religiones del imperio. Si eso sucedía, los cristianos podrían rebelarse y tomar Roma.

Para evitar la rebelión, algunos emperadores comenzaron a perseguir o castigar a los cristianos. Arrestaban, multaban o incluso mataban a los cristianos que hallaban.

Sin embargo, la persecución no logró que la gente abandonara el cristianismo. Por el contrario, los cristianos empezaron a reunirse en secreto y ocultaban su religión al gobierno.

Finalmente, la persecución terminó. En el siglo IV, un poderoso emperador llamado Constantino se hizo cristiano. Al convertirse el emperador, la fe cristiana se aceptó aún más abiertamente en el imperio. Observa en el siguiente mapa cómo se expandió el cristianismo entre los siglos IV y V.

El cristianismo primitivo en el Imperio romano

Sección de mapas

Destrezas de geografía

Regiones Hacia el año 400, el cristianismo se había expandido en la mayor parte del Imperio romano.

1. **Usar el mapa** ¿Aumentó o disminuyó el tamaño de las regiones cristianas entre los siglos IV y V?
2. **Interpretar** ¿Por qué crees que la mayoría de las regiones cristianas de este mapa están concentradas en las ciudades?

Regiones cristianas, 300 d.C.
Regiones cristianas, 400 d.C.
Límites del Imperio romano, 395 d.C.

Proyección acimutal equivalente de Lambert

CIVILIZACIONES ANTIGUAS DE EUROPA

La decadencia de Roma

A principios del siglo III, el poderoso Imperio romano comenzó a debilitarse. Factores internos y externos causaron muchos problemas a sus gobernantes y llevaron a la caída del imperio a finales del siglo V.

Invasores bárbaros

Causas de la decadencia de Roma

- Los malos gobernantes daban más importancia a su propio bienestar que al pueblo romano.
- Los impuestos y los precios subieron, y la pobreza creció.
- El pueblo perdió la lealtad hacia Roma.
- Los líderes militares se peleaban por el poder.
- El imperio era demasiado grande para que una persona sola gobernara correctamente.
- Hubo invasiones bárbaras desde el exterior.

DESTREZA DE ANÁLISIS   ANALIZAR RECURSOS VISUALES

¿Cuáles fueron los factores internos de la decadencia de Roma?
¿Cuáles provinieron de afuera del imperio?

La religión oficial

Aun después de que Constantino se convirtiera en cristiano, muchos habitantes del Imperio romano no lo hicieron. Los romanos continuaron profesando diferentes religiones.

Con el tiempo, sin embargo, los gobernantes de Roma apoyaron el cristianismo cada vez más. Hacia la década de 380, el apoyo al cristianismo había crecido tanto que un emperador decidió prohibir todas las demás religiones. Con esa prohibición, el cristianismo era la única religión permitida en el Imperio romano.

Hacia fines del siglo IV, la Iglesia cristiana se había convertido en una de las fuerzas más influyentes del mundo romano. Sin embargo, a medida que la Iglesia crecía, se desmoronaban otras partes de la sociedad romana. El Imperio romano se terminaba.

COMPRENSIÓN DE LA LECTURA   Ordenar ¿Cómo ganó poder en Roma la Iglesia cristiana?

La decadencia de Roma

En realidad, los problemas de Roma habían comenzado mucho antes del siglo IV. Durante aproximadamente un siglo, se elevó la tasa de delitos y la pobreza creció. Además, los sistemas romanos de educación y gobierno habían empezado a funcionar mal, y muchos ya no sentían lealtad hacia Roma. ¿Qué pudo haber causado estos problemas?

Problemas en el gobierno

Muchos de los problemas de Roma eran el resultado de un mal gobierno. Después del siglo III, Roma estuvo gobernada por una serie de malos emperadores. La mayoría de ellos estaban más interesados en su propio bienestar que en gobernar bien. Algunos simplemente hacían caso omiso de las necesidades del pueblo romano. Otros subían los impuestos para pagar nuevas construcciones o guerras, lo cual llevó a muchos romanos a la pobreza.

Roma tuvo algunos buenos emperadores que trabajaron arduamente para salvar el imperio. Uno de ellos temía que el imperio hubiese crecido demasiado para ser gobernado por una persona. Para solucionar este problema, dividió el imperio en dos y nombró a un cogobernarte para que lo ayudara. Más tarde, el emperador Constantino construyó una nueva capital, Constantinopla, en el territorio que en la actualidad ocupa Turquía, más cerca del centro del Imperio romano. Pensó que gobernar desde un lugar central sería bueno para mantener el imperio unido. Estas medidas lograron mantener el orden por un tiempo, pero no fueron suficientes para salvar al Imperio romano.

Invasiones

Aunque los problemas internos debilitaron el imperio, no fueron la única causa de su destrucción. A medida que el imperio se debilitaba por dentro, a finales del siglo IV y en el siglo V, también comenzaron los ataques de invasores externos. Los romanos estaban muy ocupados con sus propios problemas y no pudieron defenderse de las invasiones.

La mayoría de los romanos veían a los grupos que invadían su imperio como bárbaros, incivilizados y atrasados. Pero, en realidad, algunos de los llamados grupos bárbaros tenían sus propias sociedades complejas y líderes poderosos y capaces. Es por eso que pudieron derrotar a los ejércitos romanos y quitarle tierras al imperio. Al final, los bárbaros hasta lograron atacar y destruir la ciudad de Roma. En el año 476, el último emperador romano fue derrocado y reemplazado por el líder de un grupo invasor.

El Imperio romano de oriente

La caída de Roma en manos de ejércitos invasores no significó el final de la civilización romana. Aunque la antigua capital había desaparecido, la nueva capital romana de Constantinopla seguía existiendo, y siguió siendo la capital de un poderoso imperio durante aproximadamente 600 años.

En Oriente, cambiaron algunos elementos de la cultura romana. La gente comenzó a hablar griego en lugar de romano. Otras cosas quedaron igual. El imperio continuó siendo una sociedad cristiana y los misioneros de Constantinopla expandieron la religión a Rusia, Europa Oriental y otras partes del mundo.

COMPRENSIÓN DE LA LECTURA Generalizar ¿Por qué entró en decadencia el Imperio romano?

RESUMEN Y PRESENTACIÓN En esta sección aprendiste que los romanos lucharon contra muchos pueblos para expandir su imperio. Luego aprenderás sobre uno de esos pueblos, los celtas.

Evaluación de la Sección 2

go.hrw.com
Cuestionario en Internet
PALABRA CLAVE: SK9 HP18
(Sólo en inglés)

Repasar ideas, palabras y lugares

1. **a. Describir** ¿Cómo era el gobierno de la **República** romana?
   b. Contrastar ¿En qué se diferenciaba el gobierno romano durante la República del gobierno de los reyes?
2. **a. Identificar** ¿Quién fue Augusto?
   b. Explicar ¿Cómo contribuyó la Pax romana a los grandes logros de los romanos?
3. **Generalizar** ¿De qué manera influyeron los emperadores romanos en la expansión del cristianismo?
4. **a. Identificar** ¿Qué amenazas al Imperio romano surgieron en los siglos III, IV y V?
   b. Evaluar ¿Qué crees que influyó más en la caída de Roma: los problemas internos o las invasiones? ¿Por qué?

Pensamiento crítico

5. **Identificar las causas** Dibuja un diagrama como el siguiente. En la parte izquierda, enumera las principales causas del crecimiento de Roma. En la parte derecha, enumera las principales causas de su decadencia.

ENFOQUE EN LA REDACCIÓN

6. **Hallar un escenario** ¿En qué contexto sucederá tu mito? Piensa en lo que leíste en esta sección y en la anterior para hallar un escenario apropiado para tu mito.

CIVILIZACIONES ANTIGUAS DE EUROPA

Geografía e historia

Caminos romanos

Los romanos son conocidos por sus caminos. Construyeron una red de caminos tan grande y tan bien hecha que aún hoy, después de aproximadamente 2,000 años, quedan partes de ella. Gracias a los caminos, los romanos pudieron gobernar su imperio. Ejércitos, viajantes, mensajeros y comerciantes usaron los caminos para trasladarse. Llegaban a todos los extremos del imperio y conformaban una red tan inmensa que aún hoy se dice "todos los caminos conducen a Roma".

Los caminos romanos llegaban hasta el norte de Escocia.

Los romanos construyeron alrededor de 50,000 millas de caminos. ¡Es la misma distancia que dos vueltas completas alrededor de la Tierra!

En Occidente, los caminos atravesaban España.

Los caminos romanos del sur conectaban diferentes regiones del norte de África.

EUROPA
PIRINEOS
ITALIA
Roma
Mar Mediterráneo
ÁFRICA

Destrezas de estudios sociales

Tablas y gráficas | Pensamiento crítico | Geografía | Estudio

Interpretar un mapa histórico

Aprender
La historia y la geografía están estrechamente relacionadas. No se puede comprender totalmente la historia de un lugar sin saber dónde está y cómo es. Por eso, los mapas históricos son importantes cuando se estudia la historia. Un mapa histórico muestra cómo era un lugar en un determinado momento del pasado.

Al igual que otros mapas, los mapas históricos tienen colores y símbolos que representan información. Por ejemplo, un color puede representar los territorios dominados por un reino determinado o las regiones en donde era común una religión o un tipo de gobierno. Los símbolos pueden identificar ciudades clave, campos de batalla u otros lugares importantes.

Practicar
Usa el mapa de esta página para responder a las siguientes preguntas:

1. Lee el título del mapa. ¿Qué región se muestra en este mapa? ¿Qué período histórico?

2. Observa las referencias del mapa. ¿Qué representa en este mapa el color morado?

3. De acuerdo con el mapa, ¿quién controlaba la región que rodeaba la ciudad de Roma en ese momento?

4. ¿Qué partes de Europa estaban bajo el control griego en el siglo VI a.C.?

Italia, 500 a.C.

- Romanos
- Etruscos
- Griegos
- Cartaginenses

Aplicar
Vuelve a mirar el mapa de El cristianismo primitivo en el Imperio romano que figura en la Sección 2 de este capítulo. Obsérvalo y luego escribe cinco preguntas que podrías responder con ese mapa en un examen. Asegúrate de que las preguntas que haces puedan responderse sólo con la información del mapa.

CAPÍTULO 18

Repaso del capítulo

El impacto de la geografía: videos
Consulta el video para responder a la pregunta final:
¿De qué tres formas han influido los eruditos griegos en la educación de Estados Unidos?

Resumen visual

Usa el siguiente resumen visual para repasar las ideas principales del capítulo.

DATOS BREVES

La Antigua Grecia fue la cuna de la democracia, el teatro y muchos otros progresos de la civilización occidental.

Los romanos eran expertos constructores y crearon uno de los imperios más grandes de la historia universal.

El Imperio romano de oriente siguió siendo muy poderoso aun después de la caída del imperio de occidente.

Repasar vocabulario, palabras y lugares

Para cada grupo de palabras que se presenta a continuación, escribe la letra de la palabra que no se relaciona con las demás. Luego, escribe una oración que explique cómo se relacionan las otras dos palabras.

1. **a.** Atenas
   b. Esparta
   c. Roma
2. **a.** Alejandro Magno
   b. Pax romana
   c. helenístico
3. **a.** Partenón
   b. república
   c. imperio
4. **a.** Senado
   b. ciudadano
   c. colonia

Comprensión y pensamiento crítico

SECCIÓN 1 *(Páginas 588 a 595)*

5. **a. Identificar** ¿Cuál era la unidad política básica de la Antigua Grecia? Da un ejemplo.

   b. Contrastar ¿En qué se diferenciaba la vida en Grecia durante el gobierno de Alejandro de la vida durante la edad dorada?

   c. Evaluar ¿Cuál crees que fue el logro más importante de los antiguos griegos? ¿Por qué?

SECCIÓN 2 *(Páginas 596 a 603)*

6. **a. Definir** ¿Qué fue la Pax romana? ¿Qué sucedió durante ese período?

   b. Resumir ¿Cómo cambió el gobierno de Roma después de la caída de la república?

   c. Profundizar ¿Qué papel tuvieron los gobernantes de Roma en la expansión del cristianismo?

CIVILIZACIONES ANTIGUAS DE EUROPA

Usar Internet

go.hrw.com
PALABRA CLAVE: SK9 CH18
(Sólo en inglés)

7. Actividad: Explorar la Antigua Grecia La edad dorada de Grecia fue un período asombroso: los griegos influyeron en nuestro gobierno, arte, filosofía, escritura ¡y más! Ingresa la palabra clave de la actividad y aprende más sobre los antiguos griegos. Imagina que has viajado en el tiempo y has vuelto a la Antigua Grecia. ¿Qué hace la gente? ¿Qué tipo de construcciones ves? ¿Cómo es el lugar? Haz un dibujo o un collage para registrar lo que observas.

ENFOQUE EN LA LECTURA Y LA REDACCIÓN

8. Volver a leer Lee el fragmento titulado El crecimiento del poder griego en la Sección 1. Después de leerlo, escribe las ideas principales. Después, vuelve a leerlo más detenidamente. Agrega a tu lista de ideas principales la información nueva que hayas encontrado en tu segunda lectura. ¿Cuánto más aprendiste del fragmento con la segunda lectura?

9. Escribir tu mito Ahora que has aprendido sobre sucesos y personas de la Europa antigua, puedes escribir un mito sobre uno de ellos. Recuerda que en tu mito debes tratar de explicar algo sobre la persona o el suceso de la manera en que se hubiera explicado en esa época. Por ejemplo, se podría haber pensado que César era hijo de una diosa o que la idea de la democracia fue inspirada por un dios sabio. Intenta incluir detalles descriptivos que te ayuden a darle vida al mito.

Destrezas de estudios sociales

Interpretar un mapa histórico Usa el mapa de La expansión de Roma que figura en la Sección 2 de este capítulo para responder a las siguientes preguntas:

10. ¿Qué período histórico se muestra en este mapa?

11. ¿Qué representa el color anaranjado en este mapa?

12. Las regiones que están en dorado se convirtieron en parte de Roma ¿antes o después de las que están en verde claro?

13. ¿Qué región fue conquistada por los romanos primero: España o Galia?

14. ¿Entre qué dos años pasó Egipto a ser territorio romano?

Actividad con mapas

15. Europa, 2000 a.C.–500 d.C En una hoja aparte, une las letras del mapa con los nombres correctos.

| Atenas | Cartago | Roma |
| Galia | Judea | Alejandría |

CAPÍTULO 18 Práctica para el examen estandarizado

INSTRUCCIONES (1 a 7): Escribe en una hoja de respuestas aparte el *número* de la palabra o expresión dada que mejor complete las oraciones o responda a las preguntas.

1 ¿En qué ciudad estado de la Antigua Grecia se practicó la democracia por primera vez?
- (1) Atenas
- (2) Cartago
- (3) Roma
- (4) Esparta

2 ¿A qué gran imperio derrotaron los griegos en una serie de guerras?
- (1) Roma
- (2) Esparta
- (3) Egipto
- (4) Persia

3 El primer emperador romano que se convirtió al cristianismo fue
- (1) Julio César.
- (2) Augusto.
- (3) Constantino.
- (4) Jesús de Nazaret.

4 ¿Cuál de las siguientes opciones fue creación de los griegos?
- (1) acueductos
- (2) latín
- (3) teatro
- (4) el Coliseo

5 La fusión de culturas que se creó durante el imperio de Alejandro Magno se llama cultura
- (1) griega.
- (2) helenística.
- (3) romana.
- (4) medieval.

6 Durante su historia, Roma tuvo todas estas formas de gobierno, a excepción de
- (1) imperio.
- (2) monarquía.
- (3) democracia.
- (4) república.

7 ¿Qué parte del Imperio romano mantuvo el poder después de la derrota de la ciudad de Roma?
- (1) el norte
- (2) el sur
- (3) el occidente
- (4) el oriente

Básate en el siguiente mapa y en tus conocimientos de estudios sociales para responder a la pregunta 8.

Europa, 117 d.C.

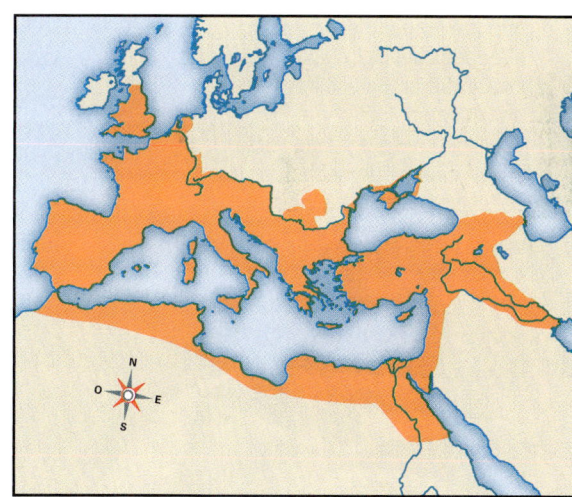

8 Pregunta con respuesta elaborada Como se ve en este mapa, en su apogeo, el Imperio romano controlaba la mayor parte del mundo mediterráneo. Su gran tamaño fue tanto una ventaja como una desventaja. Enumera una consecuencia positiva y una negativa de la expansión romana.

CIVILIZACIONES ANTIGUAS DE EUROPA

Estudio de caso

Los celtas

Historia

Mientras los romanos construían su imperio en el sur de Europa, otro pueblo controlaba la mayor parte del norte de ese continente: los celtas. A diferencia de los romanos, los celtas no formaban una sociedad unificada, sino que convivían como tribus individuales. Lo único que unía a las tribus celtas eran sus costumbres, creencias e idiomas similares.

En Europa se desarrollaron varias culturas celtas. La más antigua, llamada cultura de Hallstatt, se había desarrollado hacia el siglo XIII a.C., aproximadamente. La palabra Hallstatt proviene de un pueblo de Austria donde se hallaron objetos celtas primitivos. Luego, la cultura de Hallstatt dio lugar a la cultura de La Tène, llamada así por un pueblo de Suiza. La cultura de La Tène se desarrolló durante la Edad de Hierro. Gracias a las armas de hierro, los celtas podían derrotar a sus enemigos y conquistar nuevos territorios.

Hacia el siglo III a.C. los celtas de La Tène se habían expandido por gran parte del norte y oeste de Europa. Algunos grupos habían cruzado el Canal de la Mancha y llegado a las Islas Británicas. Además, algunos celtas se habían dirigido hacia el este, hasta el lugar que ocupa Turquía en la actualidad.

Cuando los celtas ingresaban en nuevas regiones, solían entrar en conflicto con los habitantes de esos lugares. Por ejemplo, lucharon contra los habitantes originarios de las Islas Británicas y los vencieron. Un ejército celta también atacó Roma en el siglo IV a.C.

Más de 200 años después del ataque celta a Roma, los romanos contraatacaron. En el año 58 a.C., un ejército romano bajo el mando de Julio César invadió el territorio celta de Galia.

Los celtas eran conocidos por ser feroces guerreros. Armados con espadas, hachas y lanzas, aterrorizaban a sus enemigos.

El famoso Caballo Blanco, que fue grabado en el suelo alrededor del siglo I a.C., se encuentra en una colina cerca de Uffington, Inglaterra. El caballo, que sólo puede verse desde el aire, fue hecho por los celtas por motivos religiosos.

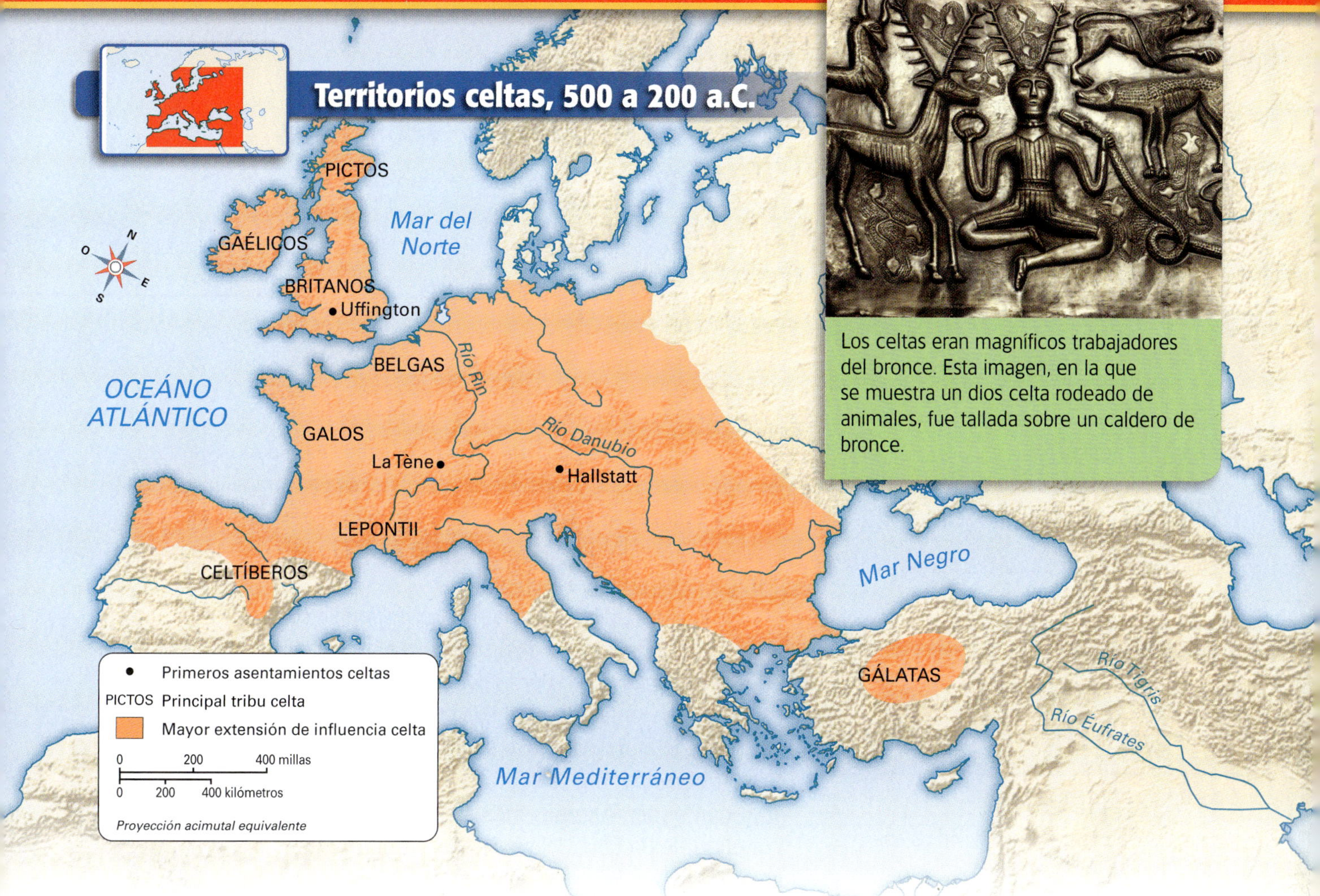

Territorios celtas, 500 a 200 a.C.

Los celtas eran magníficos trabajadores del bronce. Esta imagen, en la que se muestra un dios celta rodeado de animales, fue tallada sobre un caldero de bronce.

Los celtas de Galia lucharon contra los romanos durante muchos años, pero finalmente Galia fue conquistada y se convirtió en una provincia romana. César también luchó contra los celtas en Gran Bretaña. Los romanos vencieron a los celtas del sur de Gran Bretaña, pero los del norte continuaron siendo libres.

En los siglos IV y V d.C., gran parte del territorio romano fue tomado por invasores germánicos del este. Estos mismos invasores echaron a los celtas de sus tierras. Los celtas se vieron obligados a instalarse en algunas regiones lejanas, como Irlanda y Escocia.

Evaluación del estudio de caso

1. ¿Cómo se expandió en Europa la cultura celta?
2. ¿Con quién entraron en conflicto los celtas?
3. **Actividad** Los celtas no dejaron registros escritos pero sí transmitieron canciones sobre sus héroes. Investiga a un líder celta y escribe una canción sobre él o ella.

Con el tiempo, muchos celtas renunciaron a sus religiones tradicionales y se hicieron cristianos devotos.

LOS CELTAS

La sociedad y la vida cotidiana

Los celtas no dejaron registros escritos. Por eso, gran parte de lo que sabemos sobre su sociedad se basa en escritos de otros pueblos; en general, de sus adversarios

Gobierno

Tal como has leído, los celtas no tenían una sociedad unificada. La sociedad celta tenía como centro la tribu. Bajo circunstancias extraordinarias, las tribus formaban alianzas para trabajar juntas. Una de esas alianzas se formó cuando los romanos atacaron Galia en el siglo I a.C. Sin embargo, aun cuando se unían de esta manera, los celtas se sentían tribus separadas.

Cada tribu era gobernada por un rey, que era asesorado por un consejo de ancianos. En algunas tribus el rey era elegido por los integrantes de la tribu. Por lo general, los líderes elegidos debían obedecer las leyes que dictaba el consejo.

Aunque la mayor parte de los reyes celtas fueron hombres, algunas mujeres tuvieron acceso al poder. Algunas incluso fueron reinas. Por ejemplo, la tribu Iceni de Gran Bretaña fue gobernada por una reina llamada Boudicca. En el año 60 d.C., la reina hizo que su pueblo se rebelara contra los romanos.

En la sociedad celta también había nobles, que se encontraban por debajo de los reyes y las reinas. A diferencia de los nobles de otras partes del mundo, los nobles celtas no nacían en esa posición social. Debían ganar su lugar en la nobleza. Un rey podía nombrar noble a alguien por ser un guerrero excepcional o por prestar un servicio a la tribu.

Los druidas y los bardos estaban entre los que a menudo se convertían en nobles. Ambos grupos ejercían gran influencia en la sociedad celta. Los druidas, que originariamente eran figuras religiosas, luego tuvieron otras funciones. Eran los que mantenían la tradición y oficiaban de curanderos, eruditos y jueces. Los bardos viajaban por todo el territorio y divulgaban las noticias e ideas que surgían entre las tribus y dentro de ellas.

La estructura de la sociedad celta

La realeza
- Cada tribu estaba gobernada por un rey o, en algunos casos, una reina.
- En algunas tribus, se elegía al gobernante.
- Un consejo de ancianos asesoraba a los gobernantes.

La nobleza
- Los nobles eran elegidos por el rey o la reina.
- La nobleza se ganaba, no se heredaba.

Los agricultores
- La mayor parte de la población estaba conformada por agricultores.
- La mayoría de los agricultores eran dueños de su tierra.
- Algunos agricultores trabajaban las tierras que pertenecían a los nobles.

Los druidas y los bardos
- Los druidas mantenían la tradición y oficiaban de curanderos, eruditos y jueces.
- Los bardos divulgaban las noticias e ideas de las tribus.

Esta estatua, encontrada en Alemania, representa a un noble celta con vestimenta de guerra.

La vida celta

La mayoría de los celtas vivían en pequeños poblados de chozas circulares y pequeñas. En esta recreación de un poblado de Irlanda se muestra cómo puede haber sido un típico pueblo celta. Para ocasiones especiales, los celtas usaban varios tipos de joyas, como las que se muestran aquí.

La vida cotidiana

La vida celta estaba organizada en torno al clan, o familia extensa. La mayoría de los clanes vivían juntos en pequeños poblados. En general, las chozas de los poblados eran circulares y tenían techos de paja y pastos. Muchas veces, los celtas rodeaban sus poblados de zanjas o murallas como forma de protección.

Dentro de un poblado celta, la mayoría de los habitantes eran agricultores. Los agricultores celtas fueron unos de los primeros pobladores de Europa en utilizar arados de hierro. Antes de eso, se usaban varas con punta para hacer hoyos en la tierra y así plantar las semillas. El arado facilitó la plantación de cultivos y contribuyó a obtener cosechas más grandes.

Según la información que pudieron recopilar los historiadores, las mujeres celtas tenían más derechos que los que tenían las mujeres en muchas otras sociedades antiguas. Ya has visto que mujeres como Boudicca podían ser reinas y líderes en tiempos de guerra. Además, las mujeres celtas podían ser propietarias y contraer matrimonio con quien quisieran.

Evaluación del estudio de caso

1. ¿Quiénes eran los druidas? ¿Qué papel cumplían?
2. ¿Cómo era un típico poblado celta?
3. **Actividad** Si hubieses pertenecido a la sociedad celta, ¿qué posición habrías elegido? Escribe la entrada de un diario en la que describas un día en la vida de una persona en esa posición.

Sucesos clave de la historia celta

Siglo XIII a.C.

circa 1200 a.C.
La cultura Hallstatt se desarrolla en Europa central.

Casco celta de Gran Bretaña

circa 500 a.C.
Los celtas de la cultura de La Tène se expanden por toda Europa y las Islas Británicas.

390 a.C.
Un ejército celta ataca la ciudad de Roma y la derrota.

Cultura y logros

Estatua de un guerrero celta

Aunque los celtas no conformaban una sociedad unificada, había algunos elementos culturales que reflejaban su patrimonio común. Uno de esos elementos era el idioma. Todas las tribus celtas hablaban idiomas relacionados, la mayoría de los cuales hoy han desaparecido. En la actualidad, sólo se hablan algunos pocos idiomas celtas. Entre ellos están el irlandés, el gaélico escocés y el galés.

Las religiones de las tribus celtas también eran similares. Los primeros celtas adoraban a muchos dioses y los druidas eran sus líderes espirituales. Sin embargo, hacia el siglo VI, el cristianismo reemplazó en gran parte a la religión celta primitiva. Los misioneros cristianos de Roma y de otras partes de Europa llevaron su religión a las tierras celtas. Según cuenta la leyenda, uno de esos misioneros fue Patricio, quien convirtió a muchos de los celtas irlandeses a principios del siglo V. Más tarde, se lo conoció como San Patricio.

Los estilos de arte celta de toda Europa también eran muy similares. Los artistas hacían hermosos objetos, entre ellos, cuencos y tazones ornamentados para las ceremonias religiosas y joyas para enterrar junto a los cuerpos de los líderes muertos. Muchos de estos objetos están decorados con elaborados diseños de nudos. Estos nudos celtas aún hoy son conocidos en el arte.

El legado celta

Aunque hoy en día no existe una cultura celta pura en Europa, las influencias celtas se pueden ver aún en muchas culturas modernas. Además, algunos líderes celtas han cautivado la imaginación de los europeos durante siglos.

El líder galo Vercingetorix todavía es admirado por su valentía al enfrentar al poderoso ejército romano, aunque al final fue derrotado.

Los monjes irlandeses de la Edad Media crearon hermosos manuscritos. Esta Biblia fue ilustrada en el Monasterio de Lindisfarne.

614 ESTUDIO DE CASO

circa **275 a.C.**
Una tribu celta establece el reino de Galacia, en el territorio donde hoy se encuentra Turquía.

58 a.C.
El general romano Julio César comienza una serie de guerras contra los celtas de Galia.

circa **430 d.C.**
Patricio enseña el cristianismo a los celtas de Irlanda.

550 d.C.

Con el tiempo, los celtas se mezclaron con otros pueblos de Europa. Por esta razón, ya no existe una cultura celta pura. Sin embargo, la cultura celta no ha desaparecido. Muchos artistas, por ejemplo, siguen inspirándose en el arte celta. Los gobernantes celtas también han dejado su huella en el mundo. A muchos se los recuerda y admira por su valentía y nobleza. En Inglaterra, muchos consideran a la reina Boadicea una heroína popular. El rey galo Vercingetorix también es considerado un héroe por haber unido a varias tribus celtas para luchar contra César y los romanos. Vercingetorix también es venerado en Francia, donde se encuentra gran parte del territorio que solía ocupar Galia.

Evaluación del estudio de caso

1. ¿De qué manera influyó el cristianismo sobre la cultura celta?
2. ¿Por qué aún hoy se honra a algunos líderes celtas?
3. **Actividad** ¿Por qué crees que se debería recordar a los celtas? Trabaja con tus compañeros para diseñar una exposición de museo sobre las contribuciones de los celtas al mundo.

Biografía

Boadicea
Murió en el año 60 d.C.

Boadicea fue la más conocida de las reinas guerreras celtas. Condujo a la tribu Iceni a una rebelión en la cual quemaron varias ciudades romanas, incluida Londres, que había sido recién fundada. Al final, la rebelión fue controlada. Sin embargo, hoy en día se considera a Boadicea una heroína inglesa. De hecho, hay una estatua de ella en Londres, la ciudad que una vez quemó.

CAPÍTULO 19
El crecimiento y el desarrollo de Europa

PREGUNTA DE ENFOQUE
¿Qué fuerzas influyeron en el desarrollo de Europa y por qué?

Lo que aprenderás...
En este capítulo, aprenderás sobre la historia de Europa a partir de la caída del Imperio romano. Nuevas ideas e innovaciones cambiaron la vida y el conocimiento.

SECCIÓN 1
La Edad Media 618

SECCIÓN 2
El Renacimiento y la Reforma 628

SECCIÓN 3
Los cambios políticos en Europa 634

SECCIÓN 4
La revolución industrial 642

SECCIÓN 5
La Primera Guerra Mundial 648

SECCIÓN 6
La Segunda Guerra Mundial 654

SECCIÓN 7
Europa desde 1945 660

ENFOQUE EN LA LECTURA Y LA REDACCIÓN

Usar pistas del contexto: Contrastar A veces, puedes adivinar el significado de una palabra por medio del contraste entre una palabra que no conoces y una que sí. **Consulta la lección Usar pistas del contexto: Contrastar de la página ES22.**

Escribir una entrada de un diario En este capítulo, leerás sobre muchos períodos de la historia de Europa. Después de leer, escribirás una entrada de diario desde el punto de vista de alguien que vivió en alguno de estos períodos.

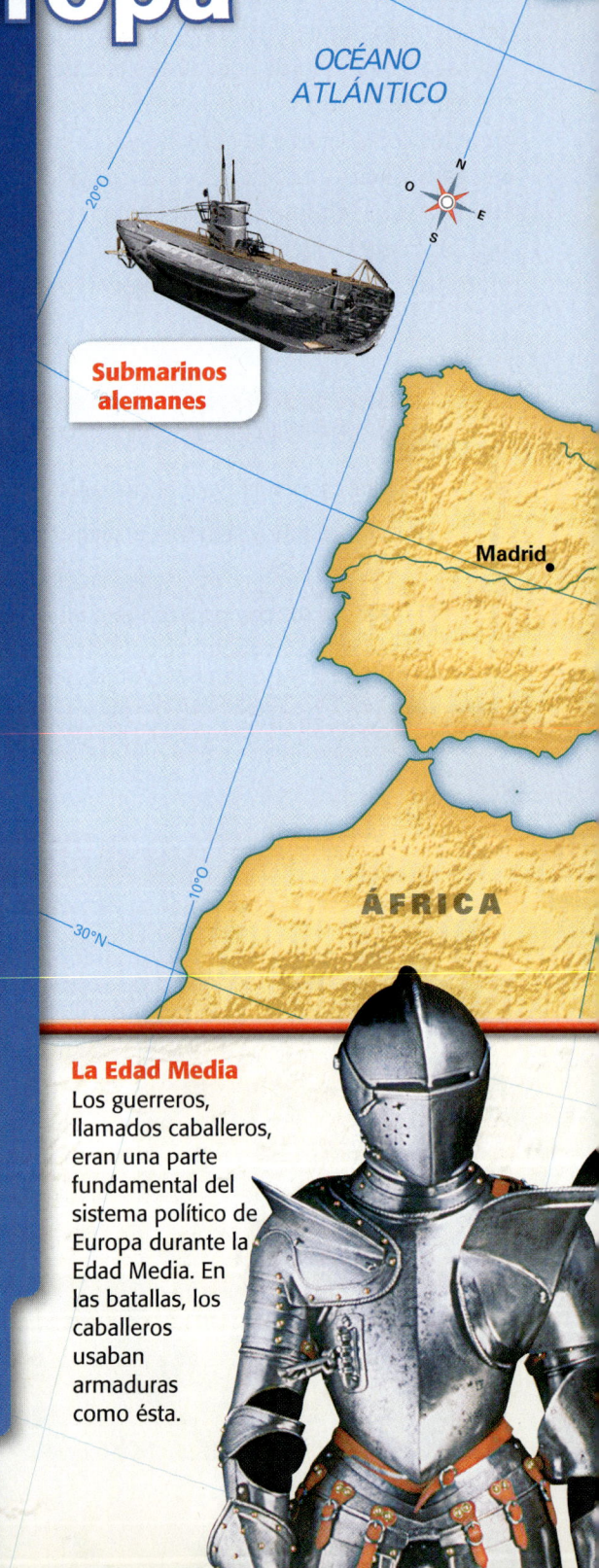

Submarinos alemanes

La Edad Media Los guerreros, llamados caballeros, eran una parte fundamental del sistema político de Europa durante la Edad Media. En las batallas, los caballeros usaban armaduras como ésta.

SECCIÓN 1

La Edad Media

Si VIVIERAS allí...

Eres el hijo menor de una familia de la nobleza de Francia durante la Edad Media. Un día tu padre te dice que te enviarán a la corte de otra familia noble. Allí aprenderás buenos modales y cómo comportarte adecuadamente. También aprenderás música y dibujo. Sabes que es un gran honor, pero extrañarás a tu familia.

¿Qué piensas de este cambio en tu vida?

CONOCER EL CONTEXTO Cuando se piensa en la Edad Media desde la perspectiva actual, se suelen imaginar castillos, princesas y caballeros con armaduras brillantes. Aunque estos elementos formaron parte de la Edad Media, no son los elementos más importantes de esta época. La Edad Media fue una etapa de grandes cambios en Europa, a medida que la influencia del mundo antiguo se desvanecía.

Lo que aprenderás...

Ideas principales
1. La Iglesia cristiana influyó en casi todos los aspectos de la sociedad durante la Edad Media.
2. Complejos sistemas políticos y económicos rigieron la vida durante la Edad Media.
3. Después del año 1000, la sociedad medieval sufrió grandes cambios.

La idea clave
El cristianismo y los sistemas sociales influyeron en la vida europea durante la Edad Media.

Lugares y palabras clave
Edad Media, pág. 618
papa, pág. 619
cruzada, pág. 619
Tierra Santa, pág. 619
arquitectura gótica, pág. 620
sistema feudal, pág. 621
feudo, pág. 622
estado-nación, pág. 625

TOMAR NOTAS Dibuja en tu cuaderno un diagrama como el siguiente. A medida que lees esta sección, escribe los detalles de la sociedad medieval en el círculo apropiado.

La Iglesia cristiana y la sociedad

Cuando los historiadores hablan del pasado, a menudo lo dividen en tres largos períodos. El primer período es la Antigüedad, el período de las civilizaciones más antiguas, como Egipto, China, Grecia y Roma. El último período, al que los historiadores llaman la Edad Moderna, es la etapa que comienza alrededor del año 1500. A partir de entonces, las nuevas ideas y el contacto entre las civilizaciones cambiaron el mundo completamente.

¿Qué ocurrió entre la Antigüedad y la Edad Moderna? Este período, que duró aproximadamente desde el año 500 hasta el 1500, recibe el nombre de **Edad Media**. También se lo conoce como medioevo o período medieval. La palabra *medieval* proviene de dos palabras del latín que significan "edad media". Fue una etapa de grandes cambios en Europa, muchos de los cuales fueron inspirados por la Iglesia cristiana.

La importancia de la Iglesia

Cuando cayó el Imperio romano a fines del siglo V, los pueblos de Europa quedaron sin ningún gobierno dominante que los uniera. Ante la ausencia de líderes fuertes, Europa se dividió en muchos reinos pequeños. Cada uno de estos reinos tenía sus propias leyes, costumbres e idiomas. Europa ya no era el mismo lugar que había sido bajo el control de los romanos.

618 CAPÍTULO 19

SECCIÓN 1

La Edad Media

Lo que aprenderás...

Ideas principales
1. La Iglesia cristiana influyó en casi todos los aspectos de la sociedad durante la Edad Media.
2. Complejos sistemas políticos y económicos rigieron la vida durante la Edad Media.
3. Después del año 1000, la sociedad medieval sufrió grandes cambios.

La idea clave
El cristianismo y los sistemas sociales influyeron en la vida europea durante la Edad Media.

Lugares y palabras clave
Edad Media, pág. 618
papa, pág. 619
cruzada, pág. 619
Tierra Santa, pág. 619
arquitectura gótica, pág. 620
sistema feudal, pág. 621
feudo, pág. 622
estado-nación, pág. 625

TOMAR NOTAS Dibuja en tu cuaderno un diagrama como el siguiente. A medida que lees esta sección, escribe los detalles de la sociedad medieval en el círculo apropiado.

Si VIVIERAS allí...

Eres el hijo menor de una familia de la nobleza de Francia durante la Edad Media. Un día tu padre te dice que te enviarán a la corte de otra familia noble. Allí aprenderás buenos modales y cómo comportarte adecuadamente. También aprenderás música y dibujo. Sabes que es un gran honor, pero extrañarás a tu familia.

¿Qué piensas de este cambio en tu vida?

CONOCER EL CONTEXTO Cuando se piensa en la Edad Media desde la perspectiva actual, se suelen imaginar castillos, princesas y caballeros con armaduras brillantes. Aunque estos elementos formaron parte de la Edad Media, no son los elementos más importantes de esta época. La Edad Media fue una etapa de grandes cambios en Europa, a medida que la influencia del mundo antiguo se desvanecía.

La Iglesia cristiana y la sociedad

Cuando los historiadores hablan del pasado, a menudo lo dividen en tres largos períodos. El primer período es la Antigüedad, el período de las civilizaciones más antiguas, como Egipto, China, Grecia y Roma. El último período, al que los historiadores llaman la Edad Moderna, es la etapa que comienza alrededor del año 1500. A partir de entonces, las nuevas ideas y el contacto entre las civilizaciones cambiaron el mundo completamente.

¿Qué ocurrió entre la Antigüedad y la Edad Moderna? Este período, que duró aproximadamente desde el año 500 hasta el 1500, recibe el nombre de **Edad Media**. También se lo conoce como medioevo o período medieval. La palabra *medieval* proviene de dos palabras del latín que significan "edad media". Fue una etapa de grandes cambios en Europa, muchos de los cuales fueron inspirados por la Iglesia cristiana.

La importancia de la Iglesia

Cuando cayó el Imperio romano a fines del siglo V, los pueblos de Europa quedaron sin ningún gobierno dominante que los uniera. Ante la ausencia de líderes fuertes, Europa se dividió en muchos reinos pequeños. Cada uno de estos reinos tenía sus propias leyes, costumbres e idiomas. Europa ya no era el mismo lugar que había sido bajo el control de los romanos.

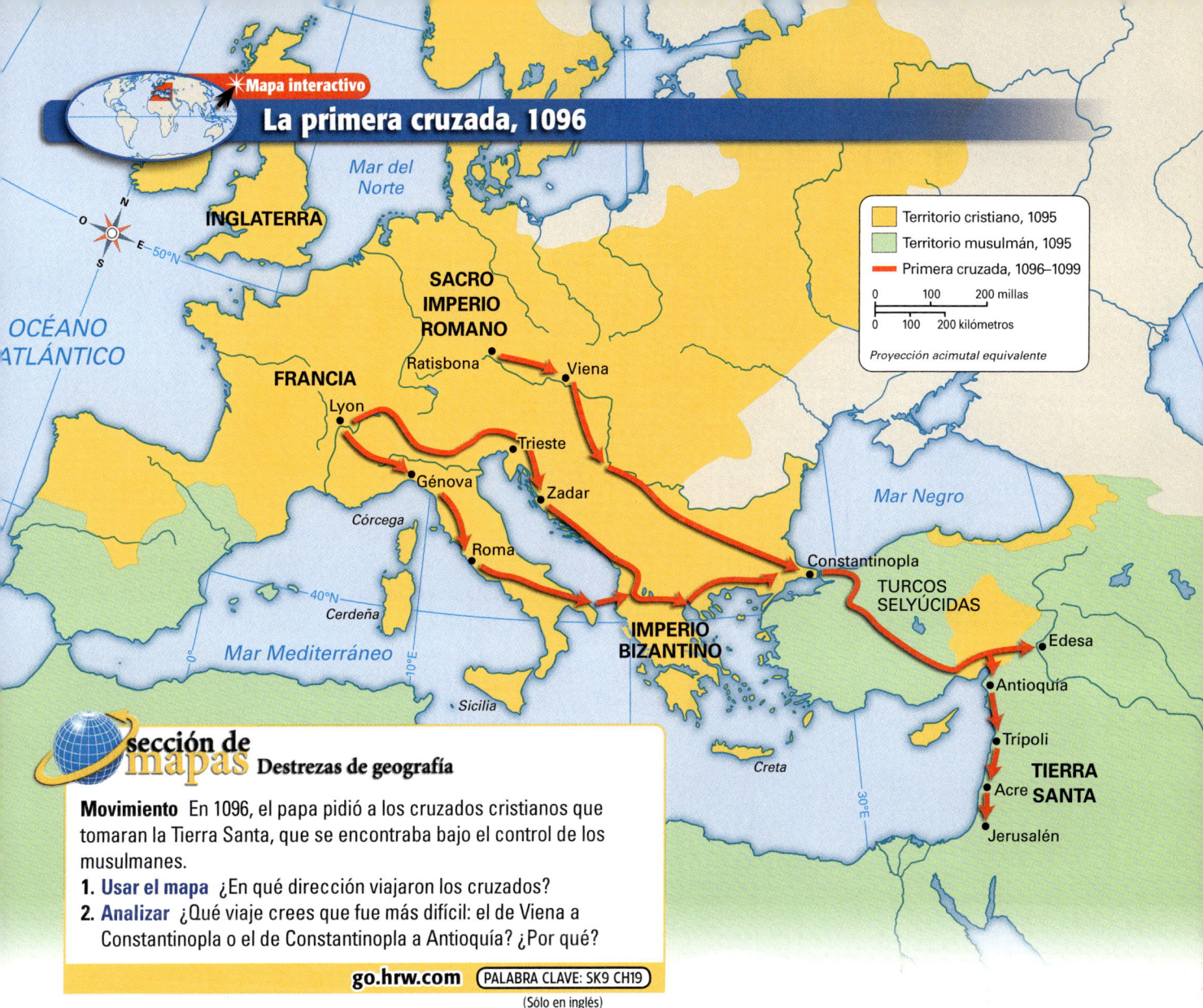

sección de mapas — Destrezas de geografía

Movimiento En 1096, el papa pidió a los cruzados cristianos que tomaran la Tierra Santa, que se encontraba bajo el control de los musulmanes.

1. **Usar el mapa** ¿En qué dirección viajaron los cruzados?
2. **Analizar** ¿Qué viaje crees que fue más difícil: el de Viena a Constantinopla o el de Constantinopla a Antioquía? ¿Por qué?

go.hrw.com PALABRA CLAVE: SK9 CH19
(Sólo en inglés)

Sin embargo, un factor seguía manteniendo unidos a los pueblos de Europa: la religión. Casi todos los habitantes de Europa eran cristianos y, por lo tanto, la mayoría de los europeos se sentían unidos por sus creencias. Con el correr del tiempo, aumentó el número de cristianos en Europa. Las personas empezaron a sentir cada vez más que formaban parte de una única comunidad religiosa.

Como el cristianismo era tan importante en Europa, la Iglesia cristiana adquirió mucha influencia. Con el tiempo, la Iglesia empezó a tener influencia sobre la política, el arte y la vida diaria de los habitantes de todo el continente. De hecho, en Europa, durante la Edad Media, casi no había ningún aspecto de la vida que no estuviera regido por la Iglesia y sus enseñanzas.

La Iglesia cristiana y la política

A medida que la influencia de la Iglesia cristiana en Europa crecía, algunos de sus líderes se volvieron poderosos. Además de la autoridad religiosa, ganaron poder político.

El líder religioso con mayor poder era el **papa**, la figura principal de la Iglesia cristiana. Sus decisiones tenían gran influencia en la vida de las personas. Por ejemplo, un papa decidió comenzar una **guerra religiosa, o cruzada**, contra los enemigos de la Iglesia en el suroeste asiático. Quería que los europeos tomaran la **Tierra Santa**, la región en la que había vivido Jesús. Durante muchos años, la región había estado en manos de otro grupo religioso, los musulmanes.

EL CRECIMIENTO Y EL DESARROLLO DE EUROPA   **619**

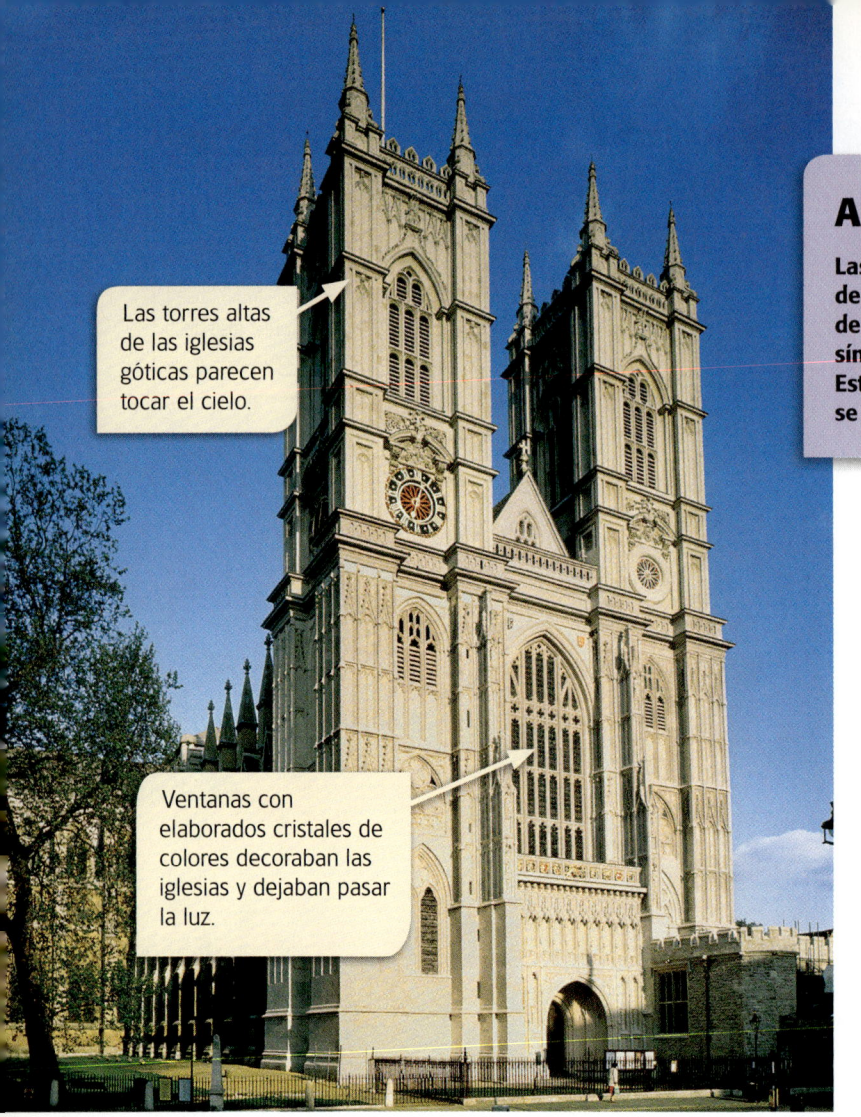

Arquitectura gótica
Las iglesias góticas fueron diseñadas de modo que sobresalieran del paisaje de las ciudades medievales, como símbolos de la grandeza de la Iglesia. Esta catedral, la Abadía de Westminster, se encuentra en Londres, Inglaterra.

Las torres altas de las iglesias góticas parecen tocar el cielo.

Ventanas con elaborados cristales de colores decoraban las iglesias y dejaban pasar la luz.

Miles de personas obedecieron la petición del papa de comenzar una cruzada. Como se muestra en el mapa de la página anterior, los cruzados viajaron miles de kilómetros para luchar contra los enemigos de la Iglesia. Esta cruzada fue la primera de ocho intentos que realizaron los cristianos a lo largo de dos siglos para recuperar la Tierra Santa.

Al final, en las cruzadas no se logró expulsar a los musulmanes de la Tierra Santa. Sin embargo, las cruzadas provocaron grandes cambios en Europa. Los cruzados regresaron a Europa con nuevos bienes y nuevas ideas. Los europeos deseaban obtener más de estos bienes, de modo que el comercio entre Europa y Asia aumentó. Al mismo tiempo, sin embargo, la relación entre los cristianos y los musulmanes empeoró. Durante muchos años, los miembros de ambas religiones sintieron resentimiento y desconfianza mutuos.

La Iglesia y el arte
La política no fue la única área en la que la Iglesia tuvo gran influencia. El arte de la Edad Media también refleja su influencia. Los pintores y escultores, por ejemplo, representaban temas religiosos en sus obras. La mayoría de las obras musicales y literarias trataban temas religiosos.

Los ejemplos más importantes del arte religioso de la Edad Media lo constituyen las edificaciones de la Iglesia. Por toda Europa, se construyeron iglesias enormes como la que se muestra en esta página. Muchos de ellos son ejemplos de la **arquitectura gótica, un estilo que se conoce por los techos altos en punta, las torres altas y los vitrales de colores**. Las iglesias góticas se construían como símbolos de fe. Las personas creían que mediante estas estructuras asombrosas podían demostrar su amor por Dios. El interior de esas iglesias es tan elaborado y ornamentado como el exterior.

La Iglesia y la vida diaria
La mayoría de los europeos nunca vieron una iglesia gótica, en especial, el interior. En su lugar, veneraban a Dios en pequeñas iglesias de la zona. De hecho, la vida de las personas a menudo giraba en torno a la iglesia local. Los mercados, los festivales y las ceremonias religiosas tenían lugar allí. Los sacerdotes aconsejaban sobre cómo se debía vivir y actuar. Además, como la mayoría de los habitantes no sabían leer ni escribir, la Iglesia se encargaba de llevar el registro de los datos de la población.

COMPRENSIÓN DE LA LECTURA **Resumir** ¿Qué influencia tuvo la Iglesia cristiana en el modo de vida durante la Edad Media?

La vida en la Edad Media

El cristianismo fue una de las mayores influencias en la vida de las personas que vivieron durante el medioevo, pero no fue la única. Gran parte de la sociedad europea estaba controlada por dos sistemas de relaciones: el sistema feudal y el régimen señorial.

El sistema feudal

La Europa medieval estaba dividida en muchos reinos pequeños. En la mayoría de los reinos, el rey era el dueño de todo el territorio. A veces, los reyes entregaban parte de sus tierras a los nobles, es decir, personas que nacían en familias ricas y poderosas. A su vez, estos nobles entregaban tierras a los caballeros, o guerreros entrenados, que prometían ayudarlos a defender sus tierras y al rey. Este sistema de intercambio de tierras por servicio militar se llama **sistema feudal**, o feudalismo.

Todos aquellos involucrados en el sistema feudal tenían que cumplir determinados deberes. Los reyes y los nobles proveían las tierras bajo la promesa de proteger a las personas que los servían y de tratar a todos de manera justa. A cambio de ello, los caballeros que recibían las tierras prometían servir a los nobles diligentemente, en particular, en épocas de guerra. El conjunto de las relaciones entre caballeros y nobles era el aspecto más importante del sistema feudal europeo.

Este sistema era muy complejo. Las normas variaban según el reino y cambiaban constantemente. Por ejemplo, las obligaciones feudales en Francia no eran las mismas que en Alemania o Inglaterra. Además, un caballero podía prestar servicio a más de un noble. Si los dos nobles a los que él servía se declaraban en guerra, el pobre caballero tenía que elegir por quién luchar. En estas situaciones, las relaciones feudales podían llegar a ser confusas e incluso, peligrosas.

Relaciones feudales

El sistema feudal europeo estaba basado en las relaciones entre caballeros y nobles. Cada uno tenía que cumplir determinadas obligaciones.

ANALIZAR RECURSOS VISUALES ¿Quién debía proveer servicio militar como una de sus obligaciones?

Obligaciones del noble
- Proporcionar tierras al caballero
- Tratar a los caballeros de manera justa y honesta

Obligaciones del caballero
- Proveer servicio militar
- Brindar comida y alojamiento al noble durante sus visitas

EL CRECIMIENTO Y EL DESARROLLO DE EUROPA

El régimen señorial

El sistema feudal era sólo una serie de pautas que gobernaban la vida en la Edad Media. Mediante otro sistema, el régimen señorial, se controlaba la mayor parte de la actividad económica de Europa durante este período.

El elemento más importante del régimen señorial era el **feudo, es decir, una gran finca perteneciente a un caballero o noble**. Cada feudo era diferente, pero en la mayoría había una casa grande o un castillo, campos, pasturas y bosques. En los feudos también había una aldea en la que vivían quienes trabajaban en los campos. Todos los días, los trabajadores se trasladaban hasta el campo y volvían a la aldea.

El dueño del feudo no trabajaba sus propias tierras, sino que otros las trabajaban para él. La mayor parte de la cosecha pertenecía al dueño. A cambio por su trabajo, los trabajadores tenían un lugar donde vivir y una pequeña parcela de tierra en la que podían cultivar sus propios alimentos.

En la mayoría de los feudos, quienes trabajaban las tierras eran campesinos libres o siervos. Los campesinos eran agricultores libres. Por el contrario, los siervos no eran libres. Aunque no eran esclavos, no tenían permitido salir de las tierras que trabajaban.

En detalle
La vida en un feudo

Los feudos eran fincas grandes que se desarrollaron durante la Edad Media. Muchos feudos eran, en gran medida, autosuficientes, puesto que allí se producía la mayor parte de los alimentos y los bienes que se necesitaban para vivir. En esta ilustración se muestra cómo era un feudo en Inglaterra.

El dueño del feudo vivía en una gran casa de piedra llamada casa solariega.

Los campesinos cultivaban verduras en huertas pequeñas ubicadas cerca de sus casas.

A fines de la primavera, los campesinos cosechaban cultivos como el trigo.

Las ciudades y el comercio

En la Edad Media, no todos vivían en feudos. Algunas personas preferían vivir en ciudades como París o Londres. En comparación con las ciudades actuales, la mayoría de estas ciudades medievales eran pequeñas, sucias y oscuras.

Muchos de los habitantes de las ciudades eran comerciantes. Compraban y vendían mercancías de toda Europa y de otras partes del mundo. La mayoría de sus mercancías se vendían en ferias comerciales. Cada año, los mercaderes de muchos lugares de Europa se encontraban en estas ferias y vendían sus mercancías.

Antes del año 1000, el comercio no era muy común en Europa. Sin embargo, después de ese año, el comercio se incrementó. A medida que aumentaba el comercio, más personas empezaron a trasladarse a las ciudades. Las ciudades, que antes habían sido pequeñas, empezaron a crecer. A medida que las ciudades crecían, el comercio aumentaba y los habitantes de las ciudades empezaron a enriquecerse. Hacia fines de la Edad Media, las ciudades se habían convertido en los centros de riqueza y cultura de Europa.

COMPRENSIÓN DE LA LECTURA **Identificar las ideas principales** ¿Cuáles eran dos de los sistemas que gobernaban la vida en Europa durante la Edad Media? ¿En qué se diferenciaban?

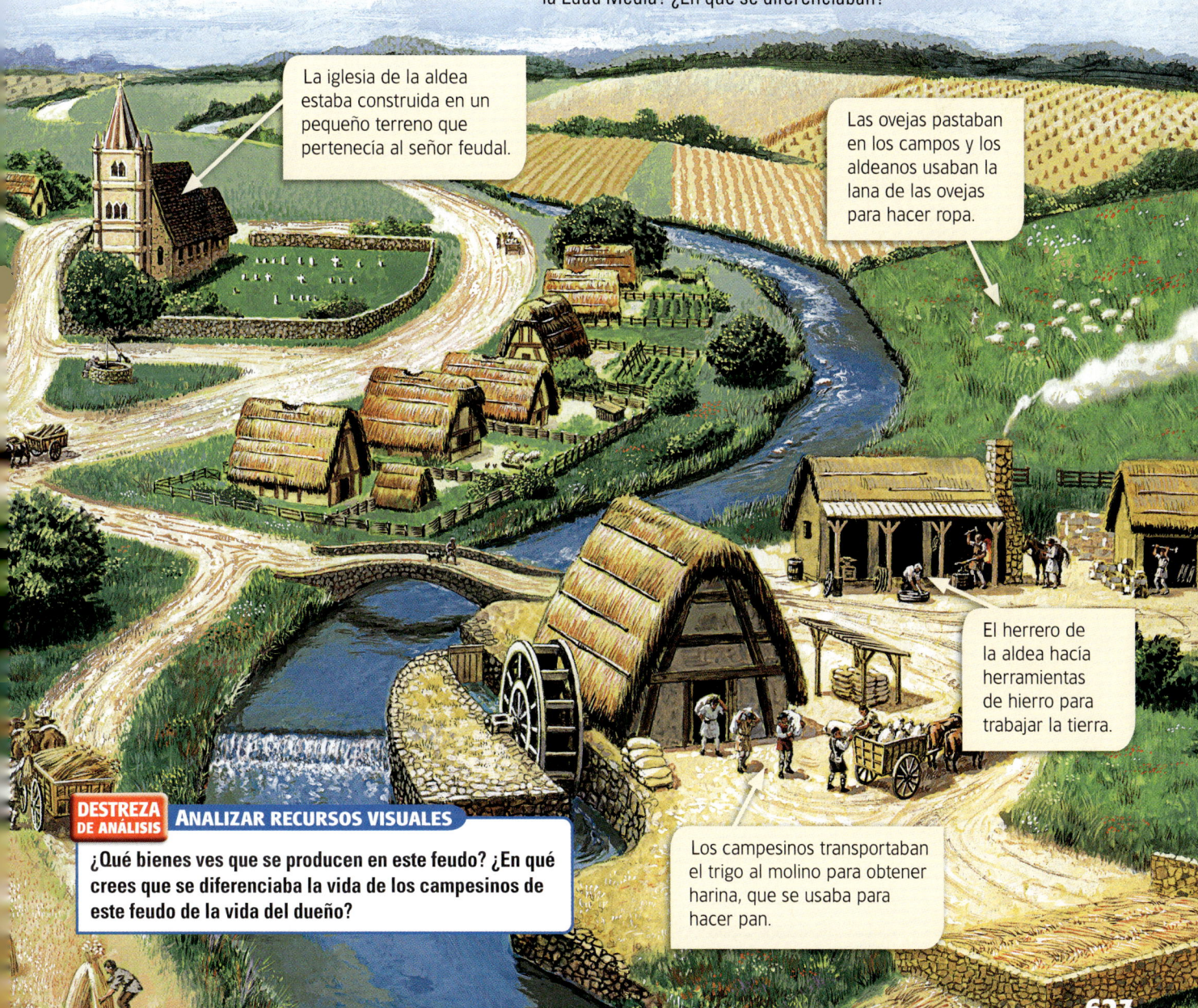

La iglesia de la aldea estaba construida en un pequeño terreno que pertenecía al señor feudal.

Las ovejas pastaban en los campos y los aldeanos usaban la lana de las ovejas para hacer ropa.

El herrero de la aldea hacía herramientas de hierro para trabajar la tierra.

Los campesinos transportaban el trigo al molino para obtener harina, que se usaba para hacer pan.

DESTREZA DE ANÁLISIS **ANALIZAR RECURSOS VISUALES**
¿Qué bienes ves que se producen en este feudo? ¿En qué crees que se diferenciaba la vida de los campesinos de este feudo de la vida del dueño?

Los cambios en la sociedad medieval

La vida en la Edad Media cambió mucho después del año 1000. Crecieron las ciudades y aumentó el comercio. Pero además de estos cambios, otros cambios más importantes ocurrían en toda Europa.

Los cambios políticos en Inglaterra

Uno de los países que sufrió mayores cambios durante la Edad Media fue Inglaterra. En 1066, un noble del norte de Francia, Guillermo el Conquistador, derrocó al rey y se autoproclamó nuevo rey de Inglaterra.

Guillermo estableció un gobierno fuerte en Inglaterra, algo nuevo para los ingleses. Los reyes que lo sucedieron siguieron su ejemplo. Por más de un siglo, estos reyes aumentaron su poder. Para fines del siglo XII, el rey de Inglaterra era uno de los hombres más poderosos de Europa.

Sin embargo, cuando Juan, uno de los sucesores de Guillermo el Conquistador, se convirtió en rey, impuso un aumento de impuestos que enojó a muchos nobles. Juan creía que los reyes tenían el derecho de hacer lo que quisieran. Los nobles ingleses no estaban de acuerdo.

En 1215, un grupo de nobles obligó al rey Juan a firmar la Carta Magna, uno de los documentos más importantes en la historia de Inglaterra. La Carta Magna establecía que la ley, y no el rey, representaba el poder supremo en Inglaterra. El rey debía obedecer la ley. No podía subir los impuestos sin el permiso de los nobles.

Muchos consideran que la Carta Magna fue uno de los primeros pasos hacia la democracia de la Europa moderna y uno de los documentos más importantes de la historia. Al establecer que el rey debía someterse a la autoridad de la ley, la Carta Magna limitó el poder del rey. Además, concedió a un grupo de nobles el poder para aconsejar al rey. Con el tiempo, ese consejo de nobles se desarrolló y se convirtió en el Parlamento, el organismo elegido por el pueblo que gobierna a Inglaterra en la actualidad.

SU IMPORTANCIA HOY
Las ideas de la Carta Magna tuvieron gran influencia en los documentos posteriores, entre los que se encuentra nuestra Constitución.

Fuente primaria

DOCUMENTO HISTÓRICO
La Carta Magna

La Carta Magna fue uno de los primeros documentos que protegió los derechos humanos. Fue tan importante que los británicos aún lo consideran parte de su constitución. Algunas ideas también se encuentran en la Constitución de Estados Unidos. La Carta Magna contenía 63 demandas que los nobles ingleses obligaron al rey Juan a cumplir. Aquí se muestra una lista con algunas de esas demandas.

> La demanda 31 defiende el derecho a la propiedad, no sólo el derecho a la leña.

> La Carta Magna garantizaba a los hombres libres el derecho a un juicio imparcial.

A todos los hombres libres de nuestro reino hemos otorgado asimismo, para nosotros y para nuestros herederos, para siempre, todas las libertades que a continuación se enuncian, para que las obtengan y posean de nosotros y de nuestros herederos, para ellos y sus herederos:

(16) Nadie está obligado a prestar más servicios para el "feudo" de un caballero o cualquier otra tierra que posea libremente que lo que deba por este concepto.

(31) Ni nosotros ni ningún funcionario de la realeza llevaremos leña para nuestro castillo o para otra finalidad sin el consentimiento [permiso] del dueño.

(38) En lo sucesivo, ningún funcionario llevará a los tribunales a un hombre en virtud únicamente de acusaciones suyas, sin presentar al mismo tiempo a testigos directos dignos de crédito sobre la veracidad de aquellas.

— Carta Magna

DESTREZA DE ANÁLISIS — **ANALIZAR FUENTES PRIMARIAS**
¿De qué manera crees que las ideas mencionadas anteriormente influyeron en la democracia moderna?

La Peste Negra

No todos los cambios ocurridos en Europa durante la Edad Media fueron positivos. En 1347, una enfermedad llamada Peste Negra azotó Europa y mató a un tercio de la población. Pero esta catástrofe tuvo algunas consecuencias positivas. Debido al descenso de la población, disminuyó la mano de obra. Por tanto, se podía exigir un salario más alto.

La lucha por el poder

Mientras la Peste Negra arrasaba Europa, los reyes luchaban por el poder. En 1337, se desató la Guerra de los Cien Años entre Inglaterra y Francia. Como su nombre lo indica, duró más de 100 años. Francia ganó.

Entonces los reyes de Francia se dedicaron a incrementar su poder. Arrebataron tierras a los nobles. Francia se convirtió en un **estado-nación**, un país unido bajo un solo gobierno fuerte.

En el resto de Europa, otros soberanos siguieron el ejemplo francés. Con el surgimiento de los estados-nación en toda Europa, el feudalismo desapareció y la Edad Media llegó a su fin.

COMPRENSIÓN DE LA LECTURA **Identificar las ideas principales** ¿Qué cambios ocurrieron en Europa después del año 1000?

BIOGRAFÍA

Juana de Arco
(*circa* 1412 a 1431)

Uno de los líderes de guerra más famosos de la historia europea fue una adolescente. Juana de Arco, líder de las tropas francesas durante la Guerra de los Cien Años, tenía sólo 16. Ganó muchas batallas contra los ingleses, pero en 1430 fue capturada, sometida a juicio y ejecutada. Su coraje inspiró a los franceses, que continuaron con la lucha y ganaron la guerra. Hoy, Juana es considerada una heroína nacional en Francia.

Inferir ¿Por qué crees que en Francia consideran que Juana de Arco es una heroína?

RESUMEN Y PRESENTACIÓN En esta sección, has leído sobre la Edad Media, un período que determinó la historia política de Europa en los años que siguieron. A continuación, aprenderás sobre dos períodos que tuvieron mucha importancia en el desarrollo cultural del continente: el Renacimiento y la Reforma.

Evaluación de la Sección 1

Repasar ideas, palabras y lugares

1. **a. Recordar** ¿Por qué el **papa** ordenó que se llevara a cabo una **cruzada**?
   b. Generalizar ¿Qué influencia tuvo la Iglesia cristiana en el arte de la Edad Media?
2. **a. Definir** ¿Qué era el **sistema feudal**?
   b. Explicar ¿Cómo funcionaba el **régimen señorial**?
   c. Profundizar ¿Qué hacía que el sistema feudal fuera tan complejo?
3. **a. Describir** ¿Cómo afectó la Peste Negra a Europa?
   b. Explicar Después del año 1000, ¿cómo cambió el gobierno de Inglaterra?

Pensamiento crítico

4. **Analizar** Usa tus notas para completar una gráfica como la que se muestra a la derecha. Escribe las maneras en que la Iglesia influyó en la política, la vida y el arte del medioevo.

La Iglesia cristiana → Política, Arte, Vida diaria

go.hrw.com
Cuestionario en Internet
PALABRA CLAVE: SK9 HP19
(Sólo en inglés)

ENFOQUE EN LA REDACCIÓN

5. **Pensar en las personas** ¿Cuál sería el contenido de una entrada en el diario personal de un campesino medieval? ¿Y el de un señor feudal? Anota algunas ideas.

EL CRECIMIENTO Y EL DESARROLLO DE EUROPA **625**

Geografía e historia

La Peste Negra

"Y morían de a cientos de día y de noche", escribió un hombre que presenció el horror. La Peste Negra había llegado. La Peste Negra fue una serie de plagas mortales que se cobraron la vida de millones de europeos entre 1347 y 1351. Las personas no sabían qué causaba la peste. Tampoco sabían que la geografía fue un elemento fundamental en su propagación: quienes viajaban por cuestiones comerciales llevaban la enfermedad a nuevos lugares sin darse cuenta.

EUROPA • Kaffa
ASIA CENTRAL
CHINA
ÁFRICA

Es posible que la plaga se originara en el este y el centro de Asia. Estas flechas señalan cómo se propagó por Europa.

Este barco acaba de llegar a Europa desde el este con mercancías... y ratas con pulgas.

Las pulgas que transmiten la peste saltan a un hombre que está descargando el barco. Pronto, enfermará y morirá.

SECCIÓN 2

El Renacimiento y la Reforma

Lo que aprenderás...

Ideas principales

1. El Renacimiento fue un período de nuevos conocimientos, nuevas ideas y nuevos avances en el arte, la literatura y la ciencia.
2. La Reforma modificó el mapa religioso de Europa.

La idea clave

El Renacimiento y la Reforma introdujeron nuevas ideas y nuevas formas de pensar en Europa.

Lugares y palabras clave

Renacimiento, *pág. 628*
Florencia, *pág. 628*
Venecia, *pág. 628*
humanismo, *pág. 629*
Reforma, *pág. 632*
protestantes, *pág. 633*
Reforma católica, *pág. 633*

TOMAR NOTAS A medida que lees, usa una tabla como la siguiente para tomar notas sobre el Renacimiento y la Reforma.

Renacimiento

Reforma

Si VIVIERAS allí...

Vives en Florencia, Italia, en el siglo XV. Tu padre, que es mercader, acaba de contratar a un tutor de Asia Menor para que les enseñe a ti y a tus hermanos y hermanas. El tutor comienza la lección diciendo: "No se ha escrito nada bueno en mil años". Insiste en que debes aprender a leer en latín y griego para que puedas estudiar los libros griegos y romanos que se escribieron hace mucho tiempo.

¿Qué puedes aprender de estos libros antiguos?

CONOCER EL CONTEXTO Hacia el final de la Edad Media se produjeron importantes cambios en la política y en la sociedad europeas. Estos cambios brindaron el marco para un nuevo período fascinante de aprendizaje y creatividad. A lo largo de este período, las nuevas ideas influyeron en el arte, la ciencia y las nuevas posturas respecto de la religión.

El Renacimiento

¿Alguna vez sientes la necesidad de hacer algo creativo? Si es así, ¿cómo expresas tu creatividad? ¿Te gusta dibujar o pintar? Quizá prefieres escribir cuentos o poemas, o crear música.

A fines de la Edad Media, los habitantes de toda Europa sintieron la necesidad de ser creativos. Esta necesidad surgió de las nuevas ideas y los descubrimientos que se estaban extendiendo por Europa en ese momento. Este período de creatividad, de nuevas ideas e inspiración, se denomina **Renacimiento**. Comenzó en el año 1350, aproximadamente, y terminó a fines del siglo XVI. Quienes nombraron este período creían que representaba un nuevo comienzo, o renacimiento, de la historia y la cultura de Europa.

Nuevas ideas

El Renacimiento comenzó en Italia. Durante las cruzadas y después de ellas, ciudades italianas como **Florencia** y **Venecia** se enriquecieron gracias al comercio. Las mercancías que provenían de lugares lejanos de Asia se comercializaban en estas ciudades. La llegada de estas mercancías despertó la curiosidad de los habitantes de esas ciudades por otros lugares del mundo. Al mismo tiempo, eruditos de otras partes del mundo viajaron a Italia y llevaron libros que los griegos y los romanos habían escrito en la Antigüedad.

Inspirados por estos libros y por las ruinas antiguas que los rodeaban, algunos italianos se interesaron por las culturas antiguas. Comenzaron a leer obras en latín y griego y a estudiar materias que se habían enseñado en las escuelas griegas y romanas. Entre estas materias, conocidas en su conjunto como humanidades, se encontraban la historia, la poesía y la gramática. Cada vez más personas estudiaban humanidades, lo que generó una nueva manera de pensar y de aprender, conocida como humanismo.

El **humanismo** enfatizaba la capacidad y los logros de los seres humanos. Los humanistas creían que las personas eran capaces de alcanzar grandes logros. Por lo tanto, admiraban a los artistas, a los arquitectos, a los líderes, a los escritores, a los científicos y a otras personas con talento.

SU IMPORTANCIA HOY

Las universidades estadounidenses otorgan títulos de humanidades. Quizás un día obtengas un título que pertenezca a un campo de las humanidades.

Las principales rutas comerciales, 1350 a 1500

sección de mapas

Destrezas de geografía

Movimiento Los comerciantes traían mercancías a Europa desde tierras lejanas, como África y Asia.

1. **Identificar** ¿Qué mares servían como rutas de comercio?
2. **Analizar** ¿De qué manera crees que la ubicación geográfica de las ciudades comerciales de Italia les permitía a sus habitantes controlar el comercio en la zona del Mediterráneo?

— Rutas comerciales controladas por las ciudades estado de Italia

Proyección acimutal equivalente

Florencia Florencia era un centro bancario y comercial. Los líderes adinerados de la ciudad usaban su dinero para embellecerla.

Venecia Venecia era la más exitosa de las ciudades comerciales italianas. Los comerciantes traían mercancías desde lugares remotos, como China y la India.

EL CRECIMIENTO Y EL DESARROLLO DE EUROPA **629**

El Renacimiento

El Renacimiento fue un período de gran creatividad y avances en el arte, la literatura y la ciencia.

Los escultores del Renacimiento se preocupaban por mostrar hasta los detalles más pequeños en sus obras. Esta estatua que representa a David, rey del antiguo reino de Israel, fue realizada por Miguel Ángel.

Pintores como Hans Holbein el Joven querían mostrar cómo era la vida real de los europeos.

El arte del Renacimiento

El Renacimiento fue un período de logros artísticos. Los artistas de la época desarrollaron nuevas técnicas para mejorar sus obras. Por ejemplo, desarrollaron la técnica de la perspectiva, un método en el que se muestra una escena tridimensional sobre una superficie plana para que parezca real.

Muchos artistas del Renacimiento también eran humanistas. Estos artistas valoraban los logros individuales. Querían que sus pinturas y esculturas representaran la personalidad única de cada individuo. Uno de los artistas que mejor logró transmitir los rasgos de la personalidad en sus obras fue el artista italiano Miguel Ángel, que fue un gran pintor y escultor. Sus estatuas, como la del rey David que se muestra arriba, parecen estar vivas.

Otro artista importante del Renacimiento fue Leonardo da Vinci. Leonardo logró uno de los objetivos del Renacimiento: sobresalir en muchas áreas. No sólo fue un gran pintor y escultor, sino que también fue arquitecto, científico e ingeniero. Hizo bosquejos de plantas y animales y también de inventos, como el submarino. Da Vinci también estudió el cuerpo humano. Tanto Leonardo como Miguel Ángel son ejemplos de lo que llamamos personas del Renacimiento: personas que, prácticamente, hacen bien todo lo que se proponen.

La literatura del Renacimiento

Al igual que los artistas, los escritores expresaban la postura de la época. El escritor más conocido del Renacimiento posiblemente sea el dramaturgo inglés William Shakespeare. Su poesía era excelente, aunque Shakespeare es más conocido por sus obras de teatro, entre las que se encuentran más de 30 comedias, historias y tragedias. En sus obras de teatro, Shakespeare convertía historias populares en grandes obras dramáticas. En su escritura, muestra una comprensión profunda de la naturaleza humana y expresa hábilmente los pensamientos y sentimientos de sus personajes. Por eso, sus obras siguen siendo muy populares en muchas partes del mundo.

En comparación con la literatura de épocas anteriores, muchas más personas leían y disfrutaban de la literatura del Renacimiento. Este cambio se debió, en gran medida, a los avances en la ciencia y la tecnología, como el desarrollo de la imprenta.

William Shakespeare es considerado el más grande de todos los escritores del Renacimiento. Sus obras aún se leen y se representan en la actualidad.

Leonardo da Vinci hizo bosquejos de muchos artefactos que no se inventaron hasta siglos después de su muerte. Este modelo de un tipo de helicóptero se basó en el bosquejo de Leonardo que se muestra abajo.

DESTREZA DE ANÁLISIS | **ANALIZAR RECURSOS VISUALES**

Basándote en la escultura del David y la pintura de Holbein, ¿cómo describirías el arte del Renacimiento?

La ciencia del Renacimiento

Algunas de las obras antiguas que se redescubrieron durante el Renacimiento trataban sobre la ciencia. Por primera vez en siglos, los europeos podían leer sobre los avances científicos de los griegos y de los romanos. Inspirados por lo que leían, algunos empezaron a estudiar matemática, astronomía y otras disciplinas científicas.

Con los conocimientos científicos que adquirieron, los europeos desarrollaron técnicas e inventos nuevos. Por ejemplo, aprendieron a construir cúpulas enormes que se elevaban mucho más que las construcciones anteriores.

Otro invento del Renacimiento fue la imprenta de tipos móviles. Un alemán llamado Johann Gutenberg construyó la primera imprenta de tipos móviles a mediados del siglo XV. Con ese tipo de imprenta se podían imprimir libros de manera más rápida y a un menor costo. Por primera vez, las personas que vivían en zonas alejadas entre sí podían intercambiar ideas. La imprenta contribuyó a que las ideas del Renacimiento se extendieran más allá de Italia.

COMPRENSIÓN DE LA LECTURA Resumir ¿Cómo cambió la vida en Europa durante el Renacimiento?

CONEXIÓN CON la tecnología

La imprenta

La impresión no era una idea nueva en la Europa renacentista. Lo novedoso era el método. Johann Gutenberg diseñó un sistema llamado de tipos móviles. Utilizaba pequeños bloques de plomo que tenían talladas las letras del alfabeto. Así, se podía escribir una página entera de un texto e imprimirlo. Una vez hechas las copias, se podían volver a utilizar los bloques para escribir otra página. Esto era mucho más rápido y fácil que los sistemas anteriores.

Generalizar ¿De qué manera el sistema de tipos móviles mejoró la imprenta?

La Reforma

A principios del siglo XVI, algunos europeos habían comenzado a quejarse sobre algunos problemas que observaban en la Iglesia católica. Por ejemplo, pensaban que la Iglesia se había vuelto corrupta. Con el transcurso del tiempo, sus quejas dieron origen a un movimiento de reforma religiosa llamado la **Reforma**.

La Reforma protestante

Aunque en otras partes de Europa se reclamaba una reforma de la Iglesia, la Reforma se inició en el territorio que ocupa Alemania en la actualidad. Esta zona formaba parte del Sacro Imperio Romano. Algunos creían que los miembros de la Iglesia estaban demasiado concentrados en su propio poder y habían olvidado sus deberes religiosos.

La religión en Europa, 1600

sección de mapas — Destrezas de geografía

Regiones Hacia fines de la época de la Reforma, algunas partes de Europa todavía eran católicas, mientras que otras se habían convertido en su mayoría al protestantismo.

1. **Ubicar** ¿En qué parte de Europa la mayoría de la población era protestante?
2. **Analizar** ¿Cuál era la distribución de las distintas zonas religiosas dentro del Sacro Imperio Romano?

go.hrw.com PALABRA CLAVE: SK9 CH19
(Sólo en inglés)

Una de las primeras personas que expresaron su disconformidad con la Iglesia católica fue un monje alemán llamado Martín Lutero. En 1517, Lutero clavó una lista de reclamos en la puerta de una iglesia en Wittenberg. Los reclamos de Lutero provocaron el enojo de miembros de la Iglesia, quienes, al poco tiempo, lo expulsaron de la institución. En respuesta a lo sucedido, los discípulos de Lutero formaron otra Iglesia. Se convirtieron en los primeros **protestantes**, es decir, cristianos que se separaron de la Iglesia católica por cuestiones religiosas.

Otros reformistas que siguieron a Lutero comenzaron a crear sus propias iglesias. La Iglesia católica romana ya no era la única iglesia en Europa Occidental. Como se muestra en el mapa, para el año 1600, muchas zonas de Europa se habían convertido al protestantismo.

La Reforma católica

Los protestantes no eran los únicos que exigían una reforma en la Iglesia católica romana. Muchos miembros de la Iglesia católica también querían reformarla. Al mismo tiempo que los primeros protestantes se alejaban de la Iglesia católica, muchos de sus miembros pusieron en práctica una serie de reformas que se conocieron con el nombre de **Reforma católica**.

Como parte de la Reforma católica, los líderes de la Iglesia hicieron más hincapié en temas espirituales y no tanto en el poder político. También se dedicaron a simplificar las enseñanzas de la Iglesia para que las personas pudieran comprenderlas. Para informar a la población acerca de estos cambios en la Iglesia, se enviaron curas y maestros a toda Europa. Los líderes de la Iglesia también se dedicaron a difundir las enseñanzas católicas en Asia, África y otras partes del mundo.

Las guerras religiosas

La Reforma generó cambios muy importantes en el mapa religioso de Europa. El catolicismo, que había sido la religión principal en la mayor parte del continente, ya no era tan dominante. En muchas zonas, particularmente en el norte, el número de protestantes superaba al de católicos.

En algunas partes de Europa, los católicos y los protestantes convivían en paz. Sin embargo, en otras partes no sucedía lo mismo. En Francia, Alemania, Holanda y Suiza, estallaron guerras sangrientas por causas religiosas. Los enfrentamientos entre los bandos religiosos dejaron en ruinas algunas partes de Europa.

Estas guerras religiosas desencadenaron cambios sociales y políticos en Europa. Por ejemplo, muchos empezaron a desconfiar cada vez más de las afirmaciones de los miembros de la Iglesia y otras autoridades. En su lugar, empezaron a hacerse preguntas y a buscar respuestas en la ciencia.

COMPRENSIÓN DE LA LECTURA **Identificar las ideas principales** ¿Cómo cambió Europa después de la Reforma?

ENFOQUE EN LA LECTURA
Según el texto resaltado, ¿qué puedes suponer sobre las creencias religiosas de los protestantes?

RESUMEN Y PRESENTACIÓN Desde el siglo XIV hasta fines del siglo XVI, surgieron nuevas ideas que generaron cambios en la cultura europea. A continuación, leerás sobre las ideas que generaron cambios en la política.

Evaluación de la Sección 2

go.hrw.com
Cuestionario en Internet
PALABRA CLAVE: SK9 HP19
(Sólo en inglés)

Repasar ideas, palabras y lugares

1. a. **Definir** ¿Qué fue el **Renacimiento**?
   b. **Resumir** ¿Cuáles fueron algunos de los cambios que se produjeron en el arte durante el Renacimiento?
   c. **Profundizar** ¿De qué manera contribuyó la imprenta a difundir las ideas del Renacimiento?
2. a. **Describir** ¿Qué sucesos condujeron a la **Reforma**?
   b. **Explicar** ¿Por qué los líderes de la Iglesia católica impulsaron una serie de reformas conocidas como la **Reforma católica**?

Pensamiento crítico

3. **Identificar las ideas principales** Dibuja una tabla como la que se muestra a la derecha. Usa tus notas para describir las nuevas ideas del Renacimiento y de la Reforma. Agrega las filas que sean necesarias.

Idea	Descripción

ENFOQUE EN LA REDACCIÓN

4. **Describir a los personajes del Renacimiento y de la Reforma** ¿Qué personajes de este período podrían llegar a ser buenos escritores de un diario personal? Anota algunas ideas sobre los grandes personajes de este período.

SECCIÓN 3

Los cambios políticos en Europa

Lo que aprenderás...

Ideas principales

1. Durante la época de la Ilustración, surgieron nuevas ideas sobre la forma de gobierno en Europa.
2. Los siglos XVII y XVIII representaron la Era de las Revoluciones en Europa.
3. Después de la Revolución francesa, Napoleón Bonaparte conquistó gran parte de Europa.

La idea clave

Las ideas de la Ilustración inspiraron el surgimiento de revoluciones y de nuevas formas de gobierno en Europa.

Palabras clave

Ilustración, *pág. 634*
Declaración de Derechos inglesa, *pág. 636*
Declaración de Independencia, *pág. 637*
Declaración de los Derechos del Hombre y del Ciudadano, *pág. 638*
Reino del Terror, *pág. 638*

TOMAR NOTAS A medida que lees, usa una tabla como la siguiente para describir las ideas de la Ilustración y los sucesos que inspiró.

Ideas de la Ilustración
↓
Sucesos inspirados por la Ilustración

Si VIVIERAS allí...

Vives en una aldea en el norte de Francia en el siglo XVIII. Tu padre es panadero y tu madre es costurera. Como la mayoría de los habitantes de la aldea, tu familia trabaja arduamente para ganarse el pan. Toda tu vida te han dicho que la nobleza tiene el derecho de gobernar. Sin embargo, hoy un hombre muy enojado dio un discurso en el mercado de la aldea, en el que expresó que las personas comunes deberían reclamar más derechos.

¿Cómo reaccionarán los habitantes de la aldea?

CONOCER EL CONTEXTO El Renacimiento y la Reforma fomentaron el conocimiento de los europeos y cambiaron el modo de vida en muchos sentidos. Durante los siglos XVII y XVIII se produjeron aún más cambios. Algunos individuos se basaron en la razón para mejorar el gobierno y la sociedad.

La Ilustración

Recuerda la última vez que enfrentaste un problema que requería pensar con atención. Quizás tratabas de resolver un problema complejo de matemática o pensabas cómo ganar un juego. Cualquiera que haya sido el caso, al pensar cuidadosamente en cómo resolverlo, pusiste en práctica tu poder de razonamiento, o de pensar de manera lógica.

La Edad de la Razón

En los siglos XVII y XVIII, un grupo de personas empezó a darle mucha importancia a la razón, o al pensamiento lógico. Empezaron a usar la razón para desafiar antiguas creencias sobre la educación, el gobierno, el derecho y la religión. A través de la razón, esperaban poder resolver problemas como la pobreza y la guerra. Creían que con el uso de la razón podían alcanzar tres objetivos (el conocimiento, la libertad y la felicidad) y, de esa manera, mejorar la sociedad. El uso de la razón para guiar las ideas sobre la sociedad y la política definió un período llamado **Ilustración**. Dado que se centraba en el uso de la razón, esta etapa también se conoce como la Edad de la Razón.

La Ilustración

En esta pintura de 1764, se muestra un salón, una reunión en la que se debatía sobre las ideas de la Ilustración. El artista es Michel-Barthelemy Ollivier.

INTERPRETAR GRÁFICAS ¿Cuáles eran las ideas clave de la Ilustración sobre las leyes de la naturaleza?

Ideas clave de la Ilustración

- La capacidad de razonar es exclusiva de los seres humanos.
- La razón se puede aplicar para resolver problemas y para mejorar la vida de las personas.
- La razón libera de la ignorancia.
- La naturaleza está gobernada por leyes que pueden descubrirse por medio de la razón.
- Las leyes de la naturaleza también gobiernan el comportamiento humano.
- El gobierno debe reflejar las leyes de la naturaleza y fomentar la educación y el debate.

Las nuevas ideas sobre el gobierno

Durante la Ilustración, algunos pensadores aplicaron la razón para examinar el funcionamiento del gobierno. Se preguntaban cómo funcionaba y cuál debía ser su **propósito.** De esta manera, desarrollaron ideas totalmente nuevas sobre el gobierno. Estas ideas conducirían al surgimiento de la democracia moderna.

En la época de la Ilustración, los monarcas, o reyes y reinas, gobernaban en la mayor parte del continente europeo. Muchos de estos monarcas creían que gobernaban por derecho divino, es decir, pensaban que Dios les había otorgado el derecho de gobernar como ellos quisieran.

Algunas personas cuestionaban el gobierno por derecho divino. Creían que el poder de los gobernantes debía limitarse a proteger las libertades del pueblo. Estas personas sostenían que el propósito del gobierno era proteger y servir al pueblo.

El filósofo inglés John Locke tuvo una gran influencia durante la Ilustración gracias a sus ideas sobre la función del gobierno. Locke sostenía que el gobierno debía ser un **contrato** entre el gobernante y el pueblo. El contrato compromete a las dos partes, de manera que limita el poder del gobernante. Locke también creía que todas las personas tenían determinados derechos naturales, como el derecho a vivir, a la libertad y a la propiedad. Si un gobernante no protegía estos derechos naturales, el pueblo tenía el derecho de cambiar de gobernante.

Otros pensadores se basaron en las ideas de Locke. Uno de ellos fue Jean-Jacques Rousseau, que sostenía que el gobierno debía expresar la voluntad, o el deseo, del pueblo. Según Rousseau, los ciudadanos le conceden al gobierno el poder de crear y de hacer cumplir las leyes. Pero si estas leyes no responden a los intereses del pueblo, el gobierno debe renunciar al poder.

Las ideas de la Ilustración se extendieron por toda Europa. Más tarde, servirían de inspiración a algunos europeos para alzarse contra sus gobernantes.

VOCABULARIO ACADÉMICO
propósito
razón por la que se hace algo

COMPRENSIÓN DE LA LECTURA Contrastar ¿En qué se diferenciaban las ideas de la Ilustración sobre el gobierno de la postura de la mayoría de los monarcas?

EL CRECIMIENTO Y EL DESARROLLO DE EUROPA **635**

La Era de las Revoluciones

En los siglos XVII y XVIII hubo grandes cambios en Europa. Algunos fueron pacíficos, como los de la ciencia. Otros fueron más violentos. En Inglaterra, Norteamérica y Francia, las nuevas ideas sobre el gobierno condujeron a la guerra y a la Era de las Revoluciones.

La guerra civil y la reforma en Inglaterra

En Inglaterra, las ideas de la Ilustración desataron un conflicto entre los monarcas y el Parlamento, el cuerpo encargado de crear leyes. Por muchos años, los monarcas ingleses habían compartido su poder con el Parlamento. Pero la relación era difícil. La lucha por el poder entre ambos hizo que la situación empeorara cada vez más.

En 1642, la lucha por el poder provocó el estallido de la guerra civil. Los que estaban a favor del Parlamento derrocaron al rey Carlos I, que fue juzgado y decapitado. Luego, se formó un nuevo gobierno, pero inestable.

Para 1660, muchos ingleses estaban cansados de la inestabilidad. Querían restablecer la monarquía, así que pidieron al hijo del rey derrocado que gobernara con el nombre de Carlos II. Pero Carlos tuvo que aceptar que el Parlamento conservara los poderes adquiridos durante la guerra civil.

En 1689, el Parlamento limitó aún más el poder de la monarquía. Ese año, se aprobó la **Declaración de Derechos inglesa**. Este documento enumeraba los derechos del Parlamento y del pueblo de Inglaterra. Por ejemplo, otorgaba al Parlamento el poder de aprobar leyes y de aumentar los impuestos.

Además, el Parlamento obligó al rey a respetar la Carta Magna. Este documento, firmado en 1215, imponía límites al poder del gobernante y establecía algunos derechos del pueblo. Pocos monarcas lo habían respetado en los cuatro siglos posteriores a su creación. El Parlamento quería asegurarse de que los gobernantes respetaran la Carta Magna.

Para el siglo XVIII, el Parlamento inglés tenía casi todo el poder político. El derecho divino de gobernar había llegado a su fin para la monarquía de Inglaterra.

Los documentos de la democracia

Los documentos clave que se muestran a continuación tuvieron una gran influencia sobre el desarrollo de la democracia moderna.

ANALIZAR RECURSOS VISUALES ¿Cuál de los dos documentos que se muestran a la derecha contiene alguna de las ideas de John Locke?

Carta Magna (1215)
- Impuso límites al poder de la monarquía.
- Estableció que las personas tienen derecho a la propiedad.
- Estableció que toda persona tiene derecho a ser juzgada por un jurado.

Declaración de Derechos inglesa (1689)
- Prohibió los castigos crueles y fuera de lo común.
- Garantizó la libertad de expresión de los miembros del Parlamento.

La Revolución estadounidense

Con el tiempo, las ideas de la Ilustración llegaron a las colonias británicas en Norteamérica. Allí, el poder del monarca británico no estaba limitado como en Inglaterra y muchos colonos no estaban conformes con el gobierno. Estos colonos se oponían a las leyes británicas que creían injustas.

En 1775, las protestas se tornaron violentas y comenzó la Guerra de Independencia de Estados Unidos. Los líderes de la colonia, que conocían las ideas de Locke y de Rousseau, afirmaban que Gran Bretaña les negaba sus derechos. En julio de 1776, firmaron la **Declaración de Independencia**. Escrita en gran parte por Thomas Jefferson, declaró la independencia de las colonias de América del Norte respecto de Gran Bretaña. Una nueva nación había nacido: Estados Unidos de América.

En 1783, Estados Unidos logró independizarse de manera oficial. Los colonos habían puesto en práctica las ideas de la Ilustración de manera exitosa. El éxito que lograron serviría de inspiración para muchos otros pueblos, en especial, el pueblo francés.

La Revolución francesa

El pueblo francés siguió de cerca los sucesos de la Revolución estadounidense. Pronto, se sintieron inspirados para luchar por sus propios derechos en la Revolución francesa.

Una de las causas por las que se desató la revolución fue el enojo por diferencias entre las clases sociales. En Francia, el rey gobernaba una sociedad dividida en tres clases llamadas estamentos. El primero estaba formado por el clero católico y tenía muchos beneficios. El segundo, por los nobles, que ocupaban puestos importantes en el ejército, el gobierno y los tribunales. La mayor parte del pueblo pertenecía al tercer estamento. Éste estaba compuesto por campesinos, artesanos y comerciantes.

Muchos de los ciudadanos que pertenecían al tercer estamento pensaban que las clases sociales francesas eran injustas. Estos ciudadanos eran pobres y pasaban hambre. Sin embargo, pagaban los impuestos más altos. Mientras ellos sufrían, el rey Luis XVI organizaba fiestas lujosas y la reina María Antonieta usaba vestidos costosos.

Declaración de Independencia de Estados Unidos (1776)
- Establecía que las personas tienen derechos naturales que los gobiernos deben proteger.
- Sostenía que el pueblo tiene el derecho de reemplazar a su gobierno.

Declaración francesa de los Derechos del Hombre y del Ciudadano (1789)
- Establecía que el gobierno francés recibía su poder del pueblo.
- Afianzaba los derechos individuales y la igualdad entre los ciudadanos.

EL CRECIMIENTO Y EL DESARROLLO DE EUROPA

Mientras tanto, el gobierno francés tenía grandes deudas. Para recaudar dinero, Luis XVI decidió cobrar impuestos a los ricos. Convocó una reunión con representantes de los tres estamentos para acordar un aumento en los impuestos.

La reunión no fue tranquila. Algunos miembros del tercer estamento conocían las ideas de la Ilustración. Estos miembros exigían tener más poder en las decisiones que se tomaban. Finalmente, los miembros del tercer estamento formaron un grupo por separado llamado Asamblea Nacional. Este grupo exigía al rey que aceptara una constitución que limitaba su poder.

Luis XVI se negó, lo que enfureció al pueblo parisino. El 14 de julio de 1789, una multitud movilizada por la furia tomó la Bastilla, una prisión de París. La muchedumbre liberó a los prisioneros y destruyó el edificio. La Revolución francesa había comenzado.

La Revolución francesa pronto se extendió al campo. En un conjunto de sucesos que se llamó el Gran Miedo, los campesinos se vengaron de los terratenientes y otros nobles por el maltrato sufrido durante tantos años. Impulsados por la ira, los campesinos quemaron casas y monasterios.

Al mismo tiempo, otros líderes de la revolución tomaron un camino pacífico. La Asamblea Nacional escribió y aprobó la **Declaración de los Derechos del Hombre y del Ciudadano**. La Constitución francesa de 1789 garantizaba a los ciudadanos de Francia algunos derechos y establecía impuestos más justos. Esta Constitución apoyaba la libertad de expresión, la libertad de prensa y la libertad de culto, entre otras libertades.

La República francesa

Con el tiempo, los líderes revolucionarios crearon una república francesa. Sin embargo, la nueva república no terminó con los problemas de Francia. Pronto volvió el descontento.

En 1793 los revolucionarios ejecutaron a Luis XVI. Fue la primera de una serie de ejecuciones, ya que el gobierno comenzó a arrestar a toda persona que cuestionara su forma de gobernar. Así comenzó el **Reino del Terror**, un período sangriento de la Revolución francesa durante el cual el gobierno ejecutó a miles de personas, oponentes y otros, en la guillotina. Este aparato tenía una cuchilla larga y pesada que decapitaba a las víctimas. El Reino del Terror finalmente llegó a su fin cuando uno de sus propios líderes fue ejecutado en 1794.

A pesar de que fue un período violento, la Revolución francesa alcanzó algunos de sus objetivos. Los campesinos y trabajadores franceses obtuvieron nuevos derechos políticos. El gobierno abrió nuevas escuelas y mejoró los salarios. Además, prohibió la esclavitud en las colonias francesas.

Sin embargo, los líderes de la República francesa aún tenían dificultades. A medida que los problemas empeoraban, surgió un líder fuerte que tomó el control.

COMPRENSIÓN DE LA LECTURA Analizar ¿Por qué tantos miembros del tercer estamento apoyaban la revolución?

La toma de la Bastilla

El 14 de julio de 1789, una multitud tomó y destruyó la Bastilla, una prisión de París. Para muchos franceses, esta prisión simbolizaba el gobierno autoritario y abusivo del rey.

ANALIZAR RECURSOS VISUALES ¿Cuáles fueron algunas de las armas que se usaron en la Revolución francesa?

Napoleón Bonaparte

El pintor Jacques-Louis David pintó esta escena en la que Napoleón corona a su esposa Josefina y la nombra emperatriz, después de haberse autoproclamado emperador. La coronación tuvo lugar en 1804 en la catedral de Notre Dame de París, en Francia.

ANALIZAR RECURSOS VISUALES ¿De qué manera este suceso representa el poder de Napoleón?

Imperio napoleónico, 1812

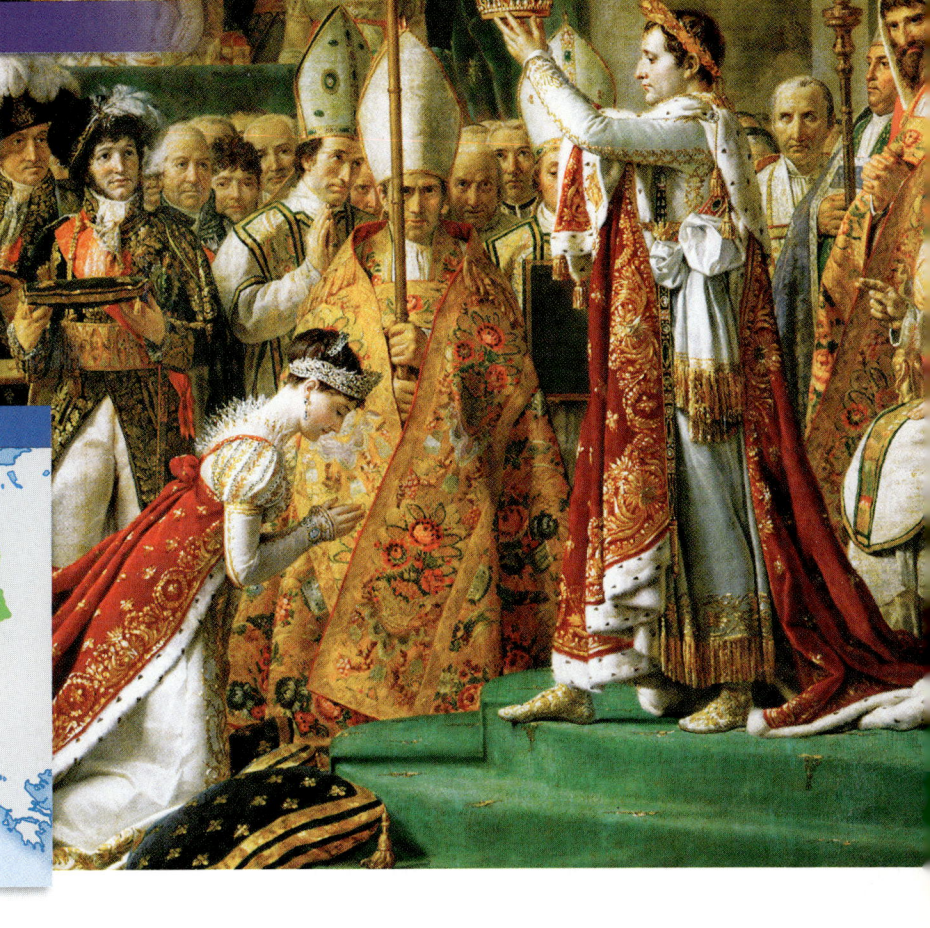

Napoleón Bonaparte

En 1799, Francia estaba lista para un cambio de líder. Ese año, Napoleón Bonaparte, un general de 30 años, tomó el mando. Muchos franceses se alegraron porque, al parecer, Napoleón apoyaba los objetivos de la Revolución. Su popularidad aumentó rápidamente y, en 1804, se autoproclamó emperador.

Las conquistas militares y el gobierno de Napoleón

Napoleón era un líder militar brillante. Bajo su mando, el ejército francés obtuvo deslumbrantes victorias. Para 1810, el imperio francés se había expandido por toda Europa.

En Francia, Napoleón restituyó el orden. Creó un gobierno eficiente, estableció un sistema de impuestos más justo y desarrolló un sistema de educación pública. Quizá, su logro más importante fue la creación de un nuevo sistema legal francés: el Código Napoleónico. Este código legal reflejaba los ideales de la Revolución francesa, como la igualdad ante la ley y la igualdad de los derechos civiles.

Viendo todos estos logros, podría creerse que Napoleón fue un líder perfecto. Pero no lo fue. Castigaba duramente a todo aquel que se le opusiera o lo cuestionara.

La derrota de Napoleón

Finalmente, el mal tiempo contribuyó a la caída de Napoleón. En 1812 lideró una invasión a Rusia que resultó desastrosa. El frío glacial y las tácticas inteligentes de los rusos obligaron al ejército de Napoleón a retirarse. Muchos soldados franceses murieron.

Gran Bretaña, Prusia y Rusia unieron sus fuerzas y, en 1814, derrotaron al ejército debilitado de Napoleón. Un año más tarde, Napoleón volvió a intentarlo con un nuevo ejército, pero fue derrotado nuevamente. Los británicos ordenaron el exilio de Napoleón a una isla, donde murió en 1821.

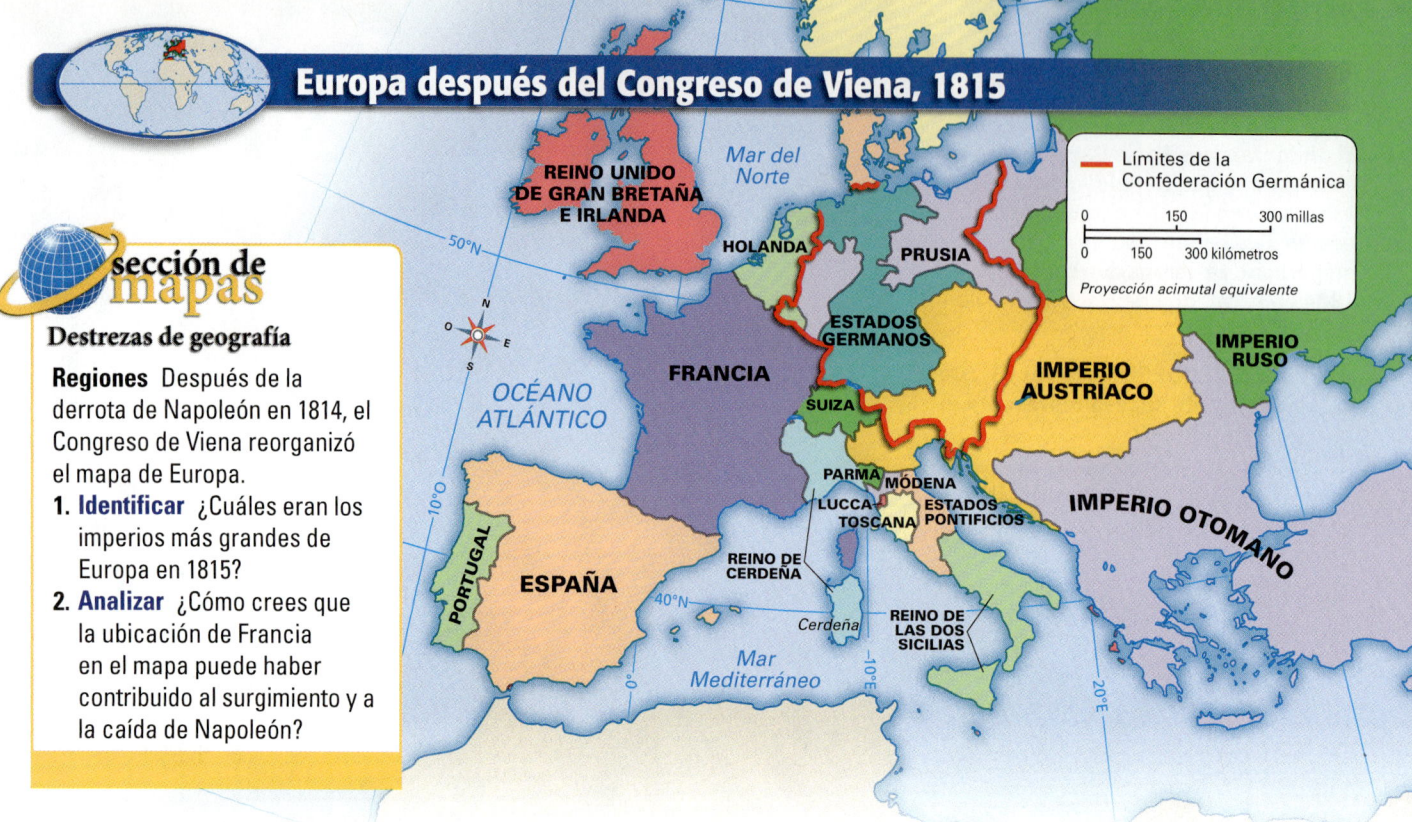

sección de mapas

Destrezas de geografía

Regiones Después de la derrota de Napoleón en 1814, el Congreso de Viena reorganizó el mapa de Europa.

1. **Identificar** ¿Cuáles eran los imperios más grandes de Europa en 1815?
2. **Analizar** ¿Cómo crees que la ubicación de Francia en el mapa puede haber contribuido al surgimiento y a la caída de Napoleón?

En 1814, los líderes europeos se reunieron en el Congreso de Viena. Allí volvieron a trazar el mapa de Europa. Su objetivo era evitar que cualquier país se volviera lo suficientemente poderoso para amenazar a Europa de nuevo.

COMPRENSIÓN DE LA LECTURA **Hacer inferencias** ¿Por qué los demás países querían derrotar a Napoleón?

RESUMEN Y PRESENTACIÓN Has leído sobre la manera en que la Ilustración dio origen a nuevas ideas sobre el gobierno. Estas ideas provocaron revoluciones y cambios políticos en Europa y en otros países. A continuación, leerás sobre el crecimiento de la industria y cómo éste cambió la sociedad europea.

Evaluación de la Sección 3

go.hrw.com
Cuestionario en Internet
PALABRA CLAVE: SK9 HP19
(Sólo en inglés)

Repasar ideas, palabras y lugares

1. **a. Definir** ¿Qué significa derecho divino?
   b. Explicar ¿Cuál debía ser el propósito del gobierno según los pensadores de la **Ilustración**?
2. **a. Describir** ¿Cuál fue la importancia de la **Declaración de Derechos inglesa**?
   b. Inferir ¿Por qué crees que muchos estadounidenses consideran que Thomas Jefferson fue un héroe?
   c. Evaluar ¿Qué tan exitosa crees que fue la Revolución francesa? Explica tu respuesta.
3. **a. Identificar** ¿Quién fue Napoleón Bonaparte? ¿Cuáles fueron sus principales logros?
   b. Analizar ¿Cómo se debilitaron las fuerzas de Napoleón y cómo fue derrotado?

Pensamiento crítico

4. **Ordenar** Repasa tus notas. Luego, traza una línea cronológica como la siguiente para enumerar los sucesos más importantes de la Era de las Revoluciones. Enumera los sucesos en el orden en que ocurrieron.

ENFOQUE EN LA REDACCIÓN

5. **Describir el cambio político en Europa** Si tuvieras que escribir un diario como si hubieras vivido en este período, ¿cómo describirías los emocionantes cambios políticos que te rodeaban? Escribe algunas ideas en tu cuaderno.

BIOGRAFÍA

John Locke

¿Te arriesgarías a que te arrestaran por tu postura respecto de los derechos humanos?

¿Cuándo vivió? entre 1632 y 1704

¿Dónde vivió? en Inglaterra y Holanda

¿Qué hizo? Locke trabajó como profesor, médico y funcionario del gobierno. Escribió sobre la mente humana, la ciencia, el gobierno, la religión y otros temas.

¿Por qué es importante? Locke creía que las personas tenían derecho a pensar lo que quisieran, a creer en quien quisieran y a tener propiedades. También tenía una gran fe en la ciencia y en la bondad de las personas. Sus ideas no agradaban a todo el mundo. En un momento de su vida, Locke tuvo que escapar a Holanda para evitar que sus enemigos políticos lo arrestaran. Las ideas de Locke inspiraron reformas políticas en Occidente durante aproximadamente 300 años.

Hacer inferencias ¿Por qué crees que a algunas personas no les gustaban las ideas de Locke?

IDEAS CLAVE

" Dado que la humanidad, por naturaleza, como ya se dijo, es libre, igual e independiente, nadie puede... ser sometido al poder político de otra persona sin su consentimiento. La única manera en que alguien puede despojarse de su propia libertad... es mediante un acuerdo con otros seres humanos para unirse y formar una comunidad".

–John Locke, *Segundo tratado sobre el gobierno civil*

Este libro, impreso en 1740, es una recopilación de los escritos de Locke.

EL CRECIMIENTO Y EL DESARROLLO DE EUROPA

SECCIÓN 4

La revolución industrial

Lo que aprenderás...

Ideas principales

1. En Gran Bretaña, la gran cantidad de mano de obra disponible, las materias primas y el dinero para invertir dieron origen a la revolución industrial.
2. El crecimiento de la industria comenzó en Gran Bretaña y luego se extendió a otras partes de Europa.
3. La revolución industrial provocó cambios positivos y negativos en la sociedad.

La idea clave

Gracias a las nuevas ideas y los avances tecnológicos, en gran parte del continente europeo se desarrollaron sociedades industriales durante los siglos XVIII y XIX.

Palabras clave

revolución industrial, *pág. 642*
productos textiles, *pág. 644*
capitalismo, *pág. 644*
sufragistas, *pág. 646*

TOMAR NOTAS A medida que lees, completa una red de conceptos como la siguiente. Para ello, completa los óvalos que sobresalen.

Si VIVIERAS allí...

Eres de una familia de tejedores. Vives en Lancashire, Inglaterra, en 1815. Hilas la lana de las ovejas para fabricar hilo. Con el hilo fabricas telas de calidad que vendes a los mercaderes de la zona. Hay una fábrica en construcción cerca de tu casa, en la que habrá grandes máquinas para fabricar telas. El dueño busca trabajadores para que operen las máquinas. Algunos de tus amigos irán a trabajar a la fábrica para ganar más dinero

¿Qué opinas acerca de trabajar en la fábrica?

CONOCER EL CONTEXTO A mitad del siglo XVIII, grandes cambios en la industria revolucionaron la vida en Europa. Como en revoluciones anteriores, el crecimiento de la industria fue impulsado por los nuevos inventos y la tecnología, con consecuencias importantes para la sociedad.

El origen de la revolución industrial

Las máquinas, desde el reloj despertador hasta el lavavajillas, hacen muchas tareas por nosotros. Pero, a principios del siglo XVIII, las personas debían realizar la mayor parte del trabajo. Fabricaban a mano casi todos los artículos que necesitaban. Para obtener energía, usaban animales, agua o sus propios músculos. A mitad del siglo XVIII, todo cambió. Se inventaron máquinas para fabricar productos y suministrar energía que cambiaron por completo la vida de los europeos. Este período de rápido aumento de los bienes producidos hechos con máquinas se denomina **revolución industrial**.

Del campo a la industria

Los cambios en la agricultura sentaron las bases para el crecimiento industrial. Desde la Edad Media, la agricultura en Europa había cambiado. Los agricultores ricos comenzaron a comprar tierras y tenían granjas más grandes, que eran más eficientes. Muchas personas que tenían granjas pequeñas perdieron su tierra, y debían trabajar para otros agricultores o mudarse a la ciudad.

Al mismo tiempo, la población europea aumentaba y era necesario producir más alimento. Para satisfacer esta necesidad, los agricultores empezaron a pensar de qué manera podían generar más y mejores cultivos. Comenzaron a experimentar con nuevos métodos. También mejoraron la tecnología agrícola. El inglés Jethro Tull, por ejemplo, inventó la máquina sembradora. Este aparato permitía plantar semillas en línea recta y a una profundidad determinada. Por consiguiente, más semillas llegaban a germinar.

Las mejoras en la tecnología y los métodos agrícolas tuvieron muchas consecuencias. Por lo pronto, los agricultores producían más cultivos con menos mano de obra. Dado que había más alimentos gracias al cultivo, la población creció aún más. Sin embargo, como la mano de obra ya no era tan necesaria, los trabajadores agrícolas perdieron su trabajo. Como consecuencia, se trasladaron a las ciudades. Allí, formaron una gran mano de obra para el futuro crecimiento industrial.

Los recursos de Gran Bretaña

Gran Bretaña fue el escenario ideal para el comienzo la revolución industrial. El reino y sus colonias contaban con los recursos necesarios para el crecimiento industrial. Entre estos recursos se encontraban la mano de obra, las materias primas y el dinero para invertir. Por ejemplo, en Gran Bretaña había una gran cantidad de mano de obra, un abundante suministro de carbón y muchos ríos para abastecerse de energía hidráulica.

Además, los mercados y la población en aumento de las colonias británicas incrementaban la demanda de productos manufacturados. La demanda era tan grande que se empezaron a buscar maneras de producir manufacturas de modo más fácil o más rápido. En Gran Bretaña, la combinación de todos estos elementos dio origen a la revolución industrial.

COMPRENSIÓN DE LA LECTURA **Identificar causa y efecto** ¿Qué influencia tuvieron las nuevas tecnologías y las mejoras en los métodos de cultivo en la agricultura europea?

Inventos de la revolución industrial

A comienzos del siglo XVIII, los inventos cambiaron la manera de producir bienes. James Hargreave creó la primera máquina para hilar (arriba). El horno de Bessemer (izquierda) fue un invento de fines de la revolución industrial. Con este horno se producía acero a partir de hierro fundido.

ANALIZAR RECURSOS VISUALES
¿Cómo crees que sería operar un horno de Bessemer?

EL CRECIMIENTO Y EL DESARROLLO DE EUROPA

El crecimiento industrial

El crecimiento industrial comenzó con los **productos textiles**, es decir, los productos de tela. A principios del siglo XVIII, las telas se hacían a mano. La rueca producía hilo y los telares, telas. Como esto llevaba mucho tiempo, se buscó una manera más rápida de producir telas.

La industria textil

En 1769, hubo un gran avance tecnológico. Un inglés llamado Richard Arkwright inventó una máquina hiladora que funcionaba con energía hidráulica: consistía en un marco giratorio impulsado por agua y producía decenas de hilos a la vez. En cambio, la rueca sólo podía producir un hilo por vez.

Otras máquinas aceleraron aún más la producción: se podían producir grandes cantidades de tela rápidamente. En consecuencia, el precio de la tela cayó. Al poco tiempo, en Gran Bretaña, se empezaron a usar máquinas para producir todo tipo de bienes. Estas máquinas se guardaban en edificios llamados fábricas, y estas fábricas necesitaban energía.

Otros inventos

La mayoría de las primeras máquinas funcionaban con energía hidráulica. Por lo tanto, era necesario que las fábricas estuvieran ubicadas cerca de ríos. Aunque en Gran Bretaña había muchos ríos, no siempre estaban bien ubicados.

La energía de vapor ofreció una solución. En la década de 1760, un escocés llamado James Watt construyó la primera máquina de vapor moderna. Pronto, la mayoría de las máquinas funcionaban con vapor. Ya era posible construir fábricas en lugares más apropiados, por ejemplo, en la ciudad.

La demanda de carbón y hierro aumentó, ya que eran necesarios para construir las máquinas de vapor. Sin embargo, como el hierro es un metal quebradizo, las piezas de hierro se rompían a menudo. Más tarde, en 1855, un inglés llamado Henry Bessemer desarrolló una manera económica de convertir hierro en acero, un metal más resistente. Este invento impulsó el crecimiento de la industria siderúrgica.

Además, los nuevos inventos mejoraron el transporte y las comunicaciones. La máquina de vapor impulsaba barcos y trenes, lo que aceleraba el transporte. El telégrafo agilizó las comunicaciones: en lugar de enviar una nota en barco o en tren, se podía enviar un mensaje instantáneo a lugares lejanos.

El sistema de fábricas

El crecimiento industrial provocó grandes cambios en el modo de vida y de trabajo. Hasta ese momento, la mayor parte de la población trabajaba en el campo o en sus casas. A partir de entonces, más personas comenzaron a trabajar en las fábricas. Muchos trabajadores eran niños y mujeres, que recibían salarios más bajos.

El trabajo en la fábrica era de muchas horas, agotador y peligroso. Los trabajadores realizaban las mismas tareas durante 12 horas, o más, por día, seis días a la semana. No había muchos recesos y las reglas eran muy estrictas. A pesar de que los trabajadores ganaban más que en el campo, los salarios eran bajos.

Además de agotadoras, las condiciones de trabajo eran peligrosas. El aire estaba siempre lleno de polvo y podía dañar los pulmones de los trabajadores. Además, las enormes máquinas eran peligrosas y causaban accidentes. A pesar de todo, las fábricas atraían a quienes tenían pocas alternativas.

La expansión de la industria

Con el tiempo, la revolución industrial se extendió a otras partes de Europa. Para fines del siglo XIX, las fábricas producían manufacturas en gran parte de Europa Occidental.

El crecimiento de la industria condujo a un nuevo sistema económico: el **capitalismo**. En este sistema, los individuos son dueños de la mayoría de las empresas y de los recursos. Las personas invierten dinero en las empresas con la esperanza de obtener una ganancia.

COMPRENSIÓN DE LA LECTURA Evaluar Si hubieras vivido en esta época, ¿habrías abandonado el campo para trabajar en una fábrica y ganar más dinero? ¿Por qué?

SU IMPORTANCIA HOY

En la actualidad, los nuevos inventos siguen haciendo que las comunicaciones sean más rápidas y más fáciles. El teléfono celular y el correo electrónico son sólo dos ejemplos de esos inventos.

En detalle
Una fábrica textil en Gran Bretaña

En las primeras fábricas textiles, los trabajadores operaban máquinas que estaban ubicadas en una gran habitación. Había un supervisor que los vigilaba muy de cerca. Las condiciones eran malas y el trabajo era agotador y peligroso. A pesar de esto, mujeres jóvenes y niños de hasta tan sólo seis años trabajaban en muchas de las primeras fábricas.

Los dueños de las fábricas mantienen las ventanas cerradas para evitar que se vuelen los hilos. Así, el aire de la habitación se torna viciado y aumenta el calor.

El aire está cargado de polvo y fibras de algodón, lo que provoca enfermedades respiratorias.

Una de las tareas es enderezar los hilos a medida que salen de la máquina. Los trabajadores se pueden lastimar las manos al hacer esta tarea.

Las máquinas hacen mucho ruido. Los trabajadores tienen que gritar para que otros puedan oírlos por encima del ruido ensordecedor.

Para no lastimarse o sufrir accidentes mortales, las niñas deben atarse el pelo para que no se enrede en las máquinas.

DESTREZA DE ANÁLISIS **ANALIZAR RECURSOS VISUALES**

¿Por qué crees que las máquinas de las primeras fábricas textiles causaban tantos accidentes?

EL CRECIMIENTO Y EL DESARROLLO DE EUROPA **645**

Los esfuerzos para promover una reforma se centraban en las condiciones de trabajo, la sociedad y el gobierno. En la foto se muestra a sufragistas británicas que reclaman su derecho a votar.

Los cambios en la sociedad

La revolución industrial mejoró la vida en Europa en muchos sentidos. Los productos manufacturados se tornaron más económicos y accesibles. Los inventos facilitaron la realización de muchas tareas. Más personas se enriquecieron y pasaron a formar parte de la clase media. Estas personas pudieron darse el lujo de vivir bien.

Al mismo tiempo, el crecimiento industrial empeoró la vida en otros sentidos. Las ciudades crecieron rápido y se convirtieron en lugares sucios, ruidosos y multitudinarios. Muchos trabajadores no lograron salir de la pobreza. A menudo, vivían amontonados en viviendas en mal estado y poco seguras. En estas condiciones, las enfermedades se esparcían rápidamente.

Debido a esos problemas, hubo intentos para llevar a cabo reformas sociales y políticas. Algunos grupos intentaban que se aprobaran leyes para mejorar los salarios y las condiciones de trabajo. Otros grupos intentaban lograr que las ciudades fueran más limpias y seguras. Las **sufragistas**, que eran mujeres que hacían campaña para obtener el derecho a votar, lideraron los esfuerzos para obtener poder político. En 1928, las sufragistas lograron que las mujeres de Gran Bretaña obtuvieran el derecho a votar. Esta clase de cambios contribuyeron a llegar a la Edad Contemporánea.

COMPRENSIÓN DE LA LECTURA Resumir ¿Qué influencia tuvo la revolución industrial en las ciudades europeas?

RESUMEN Y PRESENTACIÓN Has leído que el crecimiento industrial cambió la manera de vivir y de trabajar en Europa. En la próxima sección, aprenderás sobre un suceso que provocó más cambios: la Primera Guerra Mundial.

Evaluación de la Sección 4

go.hrw.com
Cuestionario en Internet
PALABRA CLAVE: SK9 HP19
(Sólo en inglés)

Repasar ideas, palabras y lugares

1. **a. Recordar** ¿En qué país comenzó la **revolución industrial**?
   b. Sacar conclusiones ¿De qué manera los cambios en la agricultura contribuyeron al crecimiento industrial?
   c. Desarrollar Escribe algunas oraciones en las que defiendas por qué Gran Bretaña estaba preparada para la revolución industrial a principios del siglo XVIII.
2. **a. Identificar** ¿Cuáles fueron dos inventos que contribuyeron al crecimiento de la industria en este período?
   b. Inferir ¿En qué crees que se diferenciaba el trabajo en una fábrica del trabajo en el campo?
3. **a. Recordar** ¿Qué lograron las **sufragistas**?
   b. Resumir ¿Qué problemas surgieron con la industria? ¿Cómo se resolvieron estos problemas?

Pensamiento crítico

4. **Identificar causa y efecto** Repasa tus notas. Luego, usa un diagrama como el siguiente para explicar cómo un cambio en la sociedad generó otro cambio.

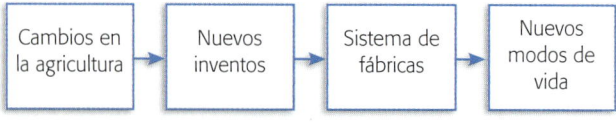

ENFOQUE EN LA REDACCIÓN

5. **Describir la revolución industrial** ¿Qué podría decir sobre la revolución industrial una persona que escribe un diario personal? Anota algunas ideas en tu cuaderno. Por ejemplo, una de las anotaciones podría describir cómo era el trabajo en una de las primeras fábricas textiles.

Destrezas de estudios sociales

Tablas y gráficas | Pensamiento crítico | Geografía | Estudio

Escribir para aprender

Aprender

Escribir es una herramienta importante para aprender información nueva. Cuando escribes sobre lo que leíste, puedes entender y recordar mejor la información. Por ejemplo, cuando haces una lista de lo que necesitas comprar en la tienda de comestibles, el hecho de escribirla puede ayudarte a recordar qué comprar. Sigue los siguientes pasos para escribir para aprender.

- Lee el texto con atención. Busca la idea principal y los detalles importantes.
- Piensa en lo que acabas de leer. Luego, resume con tus propias palabras lo que aprendiste.
- Escribe una respuesta personal a lo que leíste. ¿Qué piensas acerca de la información? ¿Qué preguntas podrías llegar a tener? ¿Qué influencia tiene esta información en tu vida?

Practicar

Sigue los pasos que acabas de leer y practica cómo escribir para aprender. Lee detenidamente el siguiente párrafo y completa una tabla como la siguiente.

> Finalmente, los miembros del tercer estamento formaron un grupo por separado llamado Asamblea Nacional. Este grupo exigía al rey que aceptara una constitución que limitaba su poder. Luis XVI se negó, lo que enfureció al pueblo parisino. El 14 de julio de 1789, una multitud movilizada por la furia tomó la Bastilla, una prisión de París. La muchedumbre liberó a los prisioneros y destruyó el edificio. La Revolución francesa había comenzado.

Lo que aprendí	Respuesta personal

Aplicar

Lee atentamente la información de la Sección 4. Luego, dibuja una tabla como la anterior. En la primera columna, resume las ideas clave de la sección con tus propias palabras. En la segunda columna, escribe cuál es tu impresión personal sobre la información que aprendiste.

SECCIÓN 5

La Primera Guerra Mundial

Lo que aprenderás...

Ideas principales

1. Las rivalidades en Europa provocaron el estallido de la Primera Guerra Mundial.
2. Después de una guerra muy larga y devastadora, los Aliados salieron victoriosos.
3. El fin de la guerra produjo grandes cambios políticos y territoriales en Europa.

La idea clave

La Primera Guerra Mundial y el tratado de paz que se firmó posteriormente provocaron grandes cambios en Europa.

Palabras clave

nacionalismo, pág. 648
alianza, pág. 649
guerra de trincheras, pág. 650
Tratado de Versalles, pág. 651
comunismo, pág. 652

TOMAR NOTAS A medida que lees, toma notas sobre las causas y los efectos de la Primera Guerra Mundial. Usa un organizador gráfico como el siguiente para organizar tus notas.

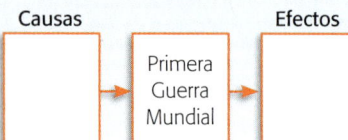

Si VIVIERAS allí...

Es el año 1914 y vives en Londres. Sabes que existe una alianza importante entre Gran Bretaña, Francia y Rusia. Estos países prometieron protegerse entre sí. Hace unos días, te enteraste de que estalló la guerra en Europa Oriental. Rusia y Francia se preparan para la guerra. Se dice que Gran Bretaña luchará para proteger a sus aliados. Si eso ocurre, los países más poderosos de Europa estarán en guerra.

¿Qué piensas sobre la posibilidad de una guerra?

CONOCER EL CONTEXTO El siglo XIX fue un período de cambios muy rápidos en Europa. Las industrias crecieron rápidamente. Las ciudades se expandieron. Los países europeos competían por construir imperios y obtener poder. A medida que cada país intentaba superar a los otros, surgían conflictos. Europa estaba preparada para la guerra.

El estallido de la guerra

A principios del siglo XX, Europa estaba al borde de la guerra. Las rivalidades entre las naciones más fuertes eran cada vez mayores. Una pequeña chispa sería suficiente para que se desatara la guerra.

Las causas de la guerra

En el siglo XIX, el nacionalismo cambió Europa. El **nacionalismo es un sentimiento de lealtad al país de uno**. Algunos grupos, bajo el gobierno de imperios poderosos, querían formar su propio estado-nación. Por ejemplo, una parte de los habitantes de Bosnia-Herzegovina, una región en el sureste de Europa, exigían su independencia del Imperio austrohúngaro. El nacionalismo generó rivalidades entre muchas naciones. Para principios del siglo XX, los sentimientos nacionalistas eran tan fuertes que los países estaban dispuestos a ir a la guerra para demostrar que eran mejores que sus rivales. Se desató una feroz competencia entre los países de Europa.

Esta competencia por la obtención de territorios, recursos y poder llevó a muchos países europeos a consolidar sus fuerzas armadas. Formaron ejércitos poderosos y acumularon armas. Cada país buscaba demostrar su poder e intimidar a sus rivales. Por ejemplo, tanto Gran

Alianzas europeas, 1914

- Triple Alianza
- Triple Entente

0   200   400 millas
0   200   400 kilómetros
Proyección acimutal equivalente

sección de mapas Destrezas de geografía

Regiones Las rivalidades dividieron Europa en dos alianzas enfrentadas: la Triple Alianza y la Triple Entente.
1. **Ubicar** ¿Qué alianza controlaba el centro de Europa?
2. **Sacar conclusiones** ¿Por qué crees que la ubicación de la Triple Entente podría haber amenazado a la Triple Alianza?

Bretaña como Alemania competían por ver quién construía marinas más fuertes y barcos de guerra más nuevos y poderosos.

A medida que las tensiones y las sospechas crecían, algunos líderes europeos crearon alianzas con la esperanza de proteger a sus países. Una **alianza** es un acuerdo entre países. Si un país es atacado, sus aliados (los miembros de la alianza) lo ayudan a defenderse. En 1882, Italia, Alemania y Austria-Hungría formaron la Triple Alianza. En respuesta a ello, Francia, Gran Bretaña y Rusia crearon su propia alianza: la Triple Entente. Como se muestra en el mapa, estas alianzas dividieron Europa.

La chispa que provocó el estallido de la guerra

Para el verano de 1914, el estallido de la guerra en Europa era inminente. Habían aumentado las tensiones entre Austria-Hungría y Serbia por el control de Bosnia-Herzegovina, una provincia de Austria-Hungría que es vecina de Serbia. El 28 de junio de 1914, un asesino serbio mató al archiduque Francisco Fernando, heredero del trono de Austria-Hungría. Para vengarse, Austria-Hungría declaró la guerra a Serbia. Cuando Serbia pidió ayuda a Rusia, el sistema de alianzas dividió Europa en dos bandos enfrentados. Por un lado, se encontraban Austria-Hungría y Alemania, conocidos como las Potencias Centrales. Por otro lado, se encontraban los Aliados: Serbia, Rusia, Gran Bretaña y Francia.

COMPRENSIÓN DE LA LECTURA **Identificar las ideas principales** ¿Cuáles fueron las causas de la Primera Guerra Mundial?

EL CRECIMIENTO Y EL DESARROLLO DE EUROPA **649**

La guerra y la victoria

Alemania dio el primer golpe al enviar un ejército numeroso a Bélgica y Francia. Sin embargo, las tropas de los Aliados lograron detener el paso de los alemanes justo cuando se encontraban en las afueras de París. En el este, Rusia atacó a Alemania y a Austria-Hungría; de esta manera, Alemania se vio obligada a defender dos frentes. Las esperanzas de conseguir una victoria rápida pronto se esfumaron en ambos bandos.

Un nuevo tipo de guerra

Una nueva **estrategia** militar, la guerra de trincheras, fue una de las principales razones por las que no se pudo obtener una victoria rápida. Desde los inicios de la guerra, ambos bandos utilizaron esta estrategia. La **guerra de trincheras** es una forma de guerra en la cual ambos bandos luchan desde profundas zanjas, o trincheras, cavadas en el suelo.

VOCABULARIO ACADÉMICO
estrategia un plan para luchar en una guerra o batalla

Tanto los Aliados como las Potencias Centrales cavaron cientos de millas de trincheras a lo largo de la línea de fuego. Los soldados que estaban en las trincheras padecieron muchos sufrimientos. No sólo se encontraban en constante peligro de ataque, sino que también pasaban frío y hambre y contraían enfermedades. A veces, los soldados "salían" de las trincheras y luchaban por unas pocas horas; luego, debían retirarse y volver a su posición anterior. Millones de soldados morían en la guerra de trincheras, pero ninguno de los dos bandos lograba ganar la guerra.

Para obtener ventajas en las trincheras, cada bando desarrolló nuevas armas mortales. Las ametralladoras detenían el avance de los soldados que trataban de acercarse. El gas tóxico, usado primero por los alemanes, dejaba ciegos a los soldados que estaban dentro de las trincheras. Más tarde, ambos bandos hicieron uso del gas tóxico. Los británicos emplearon otra arma para ingresar en el campo enemigo: los tanques.

En detalle
La guerra de trincheras

Durante la Primera Guerra Mundial, tanto los Aliados como las Potencias Centrales combatieron desde las trincheras. En consecuencia, la guerra se extendió durante muchos años sin que ningún bando obtuviera una victoria definitiva. Cada bando desarrolló nuevas armas y tecnología para tratar de obtener una ventaja en las trincheras.

A menudo, los soldados tiraban o disparaban pequeñas bombas llamadas granadas.

Los soldados usaban máscaras de gas para sobrevivir durante los ataques de gas tóxico.

Las trincheras se cavaban en forma de zigzag para evitar que el enemigo disparara a lo largo de una trinchera.

En el mar, la marina británica bloqueó el envío de provisiones a Alemania. Alemania respondió con el uso de submarinos. El objetivo de los submarinos alemanes era quebrar el bloqueo británico y hundir los barcos que transportaban provisiones a Gran Bretaña.

La victoria de los Aliados

Durante tres años, la guerra se mantuvo en un punto muerto: ningún bando podía vencer al otro. Sin embargo, poco a poco la guerra se inclinó en favor de los Aliados. A principios de 1917, los submarinos alemanes empezaron a atacar a los barcos estadounidenses que transportaban provisiones a Gran Bretaña. Como Alemania hizo caso omiso de las advertencias estadounidenses para que los submarinos dejaran de destruir sus barcos, Estados Unidos se sumó a la guerra del lado de los Aliados.

Cada bando usaba aviones para observar el movimiento de las tropas y otras acciones que sucedían detrás de las líneas enemigas.

Los vehículos blindados, o tanques, se usaban para lanzar ataques en terrenos irregulares.

DESTREZA DE ANÁLISIS **ANALIZAR RECURSOS VISUALES**

¿Qué ventajas y desventajas tuvo la guerra de trincheras para los soldados?

La ayuda de las fuerzas estadounidenses dio a los Aliados una nueva ventaja. Sin embargo, al poco tiempo, las fuerzas rusas, que estaban exhaustas, se retiraron. Alemania rápidamente atacó a los Aliados con la esperanza de poner fin a la guerra. Sin embargo, las tropas de los Aliados frenaron el ataque alemán. Las Potencias Centrales sufrieron un gran golpe. En el otoño de 1918, las Potencias Centrales se rindieron. Los Aliados habían ganado la guerra.

COMPRENSIÓN DE LA LECTURA **Ordenar** ¿Qué sucesos condujeron al fin de la Primera Guerra Mundial?

El fin de la guerra

Después de más de cuatro años de combate, la guerra llegó a su fin el 11 de noviembre de 1918. Más de 8.5 millones de soldados murieron y, por lo menos, 20 millones más resultaron heridos. Además, millones de civiles perdieron la vida. La guerra provocó cambios muy grandes en Europa.

Hacer las paces

Poco después del fin de la guerra, los líderes del bando de los Aliados se reunieron en Versalles, cerca de París. Allí discutieron los términos de paz para las Potencias Centrales.

Estados Unidos, bajo la presidencia de Woodrow Wilson, quería establecer la paz en términos justos al finalizar la guerra. No quería establecer términos de paz severos que pudieran causar el enojo de los países que habían perdido la guerra y provocar nuevos conflictos en el futuro.

Sin embargo, otros líderes de los Aliados querían castigar a Alemania. Creían que Alemania había comenzado la guerra y que tenía que pagar por ello. Creían que, al debilitar a Alemania, podrían prevenir guerras en el futuro.

Al final, los Aliados obligaron a Alemania a firmar un tratado. El **Tratado de Versalles** fue el acuerdo de paz final de la Primera Guerra Mundial. Este acuerdo obligaba a Alemania a aceptar la responsabilidad de haber comenzado la guerra. Alemania también tuvo que reducir el tamaño de su ejército y renunciar a sus colonias fuera del continente. Además, Alemania tuvo

ENFOQUE EN LA LECTURA

¿Qué quiere decir la frase *"términos justos"*? ¿Cómo lo sabes?

Vladimir Lenin alentó a los trabajadores rusos a que apoyaran su nuevo gobierno comunista.

que pagar miles de millones de dólares por los daños causados durante la guerra.

Una nueva Europa

La Primera Guerra Mundial tuvo grandes consecuencias para los países de Europa. En algunos países, hubo un cambio de gobierno, y en otros, se modificaron los límites geográficos. Por ejemplo, en Rusia, la guerra causó grandes dificultades para el pueblo. Una revolución obligó al zar, o emperador, ruso a abandonar el poder. Al poco tiempo, Vladimir Lenin asumió el gobierno de Rusia y estableció un gobierno comunista. El **comunismo** es un sistema político en el que el gobierno es dueño de todas las propiedades y controla todos los aspectos de la vida de un país. Hacia el final de la guerra, un levantamiento también obligó al emperador alemán a abandonar su puesto. Una república frágil reemplazó al Imperio alemán.

La Primera Guerra Mundial también modificó los límites geográficos de muchos países de Europa. Austria y Hungría se separaron en dos países. Polonia y Checoslovaquia obtuvieron su independencia. Serbia, Bosnia-Herzegovina y otros países balcánicos se unieron para formar Yugoslavia. Finlandia, Estonia, Letonia y Lituania, que habían pertenecido a Rusia, obtuvieron su independencia.

COMPRENSIÓN DE LA LECTURA Resumir ¿Qué cambios provocó en Europa la Primera Guerra Mundial?

RESUMEN Y PRESENTACIÓN Las fuertes rivalidades entre los países europeos provocaron el estallido de la Primera Guerra Mundial, una de las guerras más devastadoras de la historia. En la próxima sección, aprenderás sobre los problemas que plagaron Europa y que provocaron la Segunda Guerra Mundial.

go.hrw.com
Cuestionario en Internet
PALABRA CLAVE: SK9 HP19
(Sólo en inglés)

Evaluación de la Sección 5

Repasar ideas, palabras y lugares

1. a. **Identificar** ¿Qué suceso desencadenó la Primera Guerra Mundial?
   b. **Analizar** ¿De qué manera el **nacionalismo** causó rivalidades entre algunos países europeos?
   c. **Evaluar** ¿Crees que las **alianzas** ayudaron o dañaron las relaciones entre la mayoría de los países? Explica tu respuesta.
2. a. **Describir** ¿Cómo era la **guerra de trincheras**?
   b. **Sacar conclusiones** ¿Qué dificultades tuvieron que enfrentar los soldados a raíz de la guerra de trincheras?
   c. **Hacer predicciones** ¿Qué crees que habría sido diferente en la guerra si Estados Unidos no hubiera participado del conflicto?
3. a. **Recordar** ¿Cómo se castigó a Alemania en el **Tratado de Versalles** por su actuación en la guerra?
   b. **Contrastar** ¿En qué se diferenciaban las ideas de los líderes de los Aliados sobre el tratado de paz con Alemania?

   c. **Profundizar** ¿Por qué crees que la guerra provocó cambios en los gobiernos de Rusia y de Alemania?

Pensamiento crítico

4. **Crear categorías** Dibuja una tabla como la siguiente. Usa tus notas para escribir los resultados de la Primera Guerra Mundial bajo la categoría correspondiente.

Políticos	Económicos

ENFOQUE EN LA REDACCIÓN

5. **Escribir sobre la Primera Guerra Mundial** Piensa en los sucesos de la Primera Guerra Mundial. Imagina que estuviste presente en uno o más sucesos durante o después de la guerra. ¿Sobre qué escribirías en tu diario?

Literatura

de Sin novedad en el frente

de Erich Maria Remarque

Los soldados se preparan para salir corriendo de la trinchera durante una batalla de la Primera Guerra Mundial.

Sobre la lectura *En* Sin novedad en el frente, *el autor Erich Maria Remarque presenta un relato de ficción sobre la vida de los soldados durante la Primera Guerra Mundial. Se considera que este libro es uno de los relatos más realistas de la guerra. En esta selección, el narrador de la historia, un soldado alemán de veinte años llamado Paul Bäumer, describe una batalla entre el ejército alemán y el británico.*

A MEDIDA QUE LEES Presta atención a las palabras que el autor usa para describir la batalla.

Hace un tiempo ya que nuestras trincheras fueron destruidas y luchamos en una línea de batalla elástica, por lo que prácticamente ya no se trata de una verdadera guerra de trincheras. ❶ Como las líneas de ataque y contraataque han avanzado y retrocedido, sólo queda una línea quebrada y una lucha implacable que va de un cráter a otro. Se ha penetrado la línea del frente y, por todas partes, se han establecido pequeños grupos. El combate continúa en los huecos que han dejado las bombas.

Estamos ocultos en un cráter. Los ingleses se acercan furtivamente, nos rodean por los flancos y se acercan por detrás. ❷ Estamos rodeados. No es fácil rendirse, sobre nuestras cabezas flotan la niebla y el humo; nadie se daría cuenta de que queremos rendirnos y, tal vez, no queremos, uno no se conoce ni a sí mismo en estos momentos. Escuchamos que las explosiones de las granadas de mano se acercan. Disparamos la ametralladora en semicírculo delante de nosotros... Por detrás, el ataque está cada vez más cerca.

LECTURA GUIADA

AYUDA DE VOCABULARIO

cráter un hoyo en la tierra producido por la explosión de una bomba o de un proyectil
penetrado introducido
furtivamente indirectamente o a escondidas

❶ Una línea elástica describe una línea de batalla que se adelanta o retrocede según las acciones de las fuerzas enemigas.

❷ "Nos rodean por los flancos" se refiere a una táctica en la que un bando avanza por los costados del sitio en el que se encuentran las fuerzas enemigas para rodearlas.

Conectar la literatura con la geografía

1. **Describir** ¿Qué detalles del primer párrafo revelan que la técnica de la guerra de trincheras ya no funciona?

2. **Inferir** ¿Por qué crees que la ubicación de esta trinchera es tan importante para la guerra y para los soldados que luchan allí?

SECCIÓN 6

La Segunda Guerra Mundial

Lo que aprenderás...

Ideas principales

1. En los años posteriores a la Primera Guerra Mundial, Europa atravesó problemas políticos y económicos.
2. La Segunda Guerra Mundial estalló cuando Alemania invadió Polonia.
3. Durante el Holocausto, el blanco de la Alemania nazi fueron los judíos.
4. Las victorias de los Aliados en Europa y Japón pusieron fin a la Segunda Guerra Mundial.

La idea clave

Los problemas en Europa provocaron el estallido de la Segunda Guerra Mundial, la guerra más sangrienta de la historia.

Palabras clave

Gran Depresión, *pág. 654*
dictador, *pág. 655*
Potencias del Eje, *pág. 657*
Aliados, *pág. 657*
Holocausto, *pág. 657*

TOMAR NOTAS A medida que lees, toma notas de los sucesos y las fechas importantes de la Segunda Guerra Mundial. Usa una tabla como la siguiente para organizar tus notas.

Suceso	Fecha	Importancia

Si VIVIERAS allí...

Es 1922 y, en una plaza de Roma, una multitud escucha el apasionado discurso de un nuevo líder que promete que hará a Italia grande, como lo fue en la Antigua Roma. Tus padres y algunos de tus maestros están entusiasmados con sus ideas. Otros, en cambio, tienen miedo de que sea un líder demasiado fuerte.

¿Qué piensas del mensaje de este nuevo líder?

CONOCER EL CONTEXTO Muchos países enfrentaron graves problemas políticos y económicos tras la Primera Guerra Mundial. En algunos países, surgieron dictadores que tomaron el poder, pero en lugar de traer soluciones, atacaron a sus vecinos y volvieron a sumergir al mundo en una guerra.

Los problemas inquietan a Europa

Después de la Primera Guerra Mundial, los europeos comenzaron a reconstruir sus países. Sin embargo, justo cuando habían comenzado a recuperarse, surgieron muchos problemas políticos y económicos. Estos problemas amenazaron la paz y la seguridad en Europa.

La Gran Depresión

La Primera Guerra Mundial dejó gran parte de Europa sumida en el caos. Se habían destruido fábricas y tierras de cultivo, y la economía de muchos países estaba en ruinas. Los perdedores, como Alemania y Austria, debían miles de millones por daños. Muchos pidieron ayuda a Estados Unidos. En la década de 1920, la economía estadounidense estaba en auge. Los préstamos que emitieron las empresas y los bancos estadounidenses contribuyeron a la recuperación y reconstrucción de muchas naciones europeas después de la guerra.

No obstante, en 1929, esta recuperación se frenó. Una caída en la Bolsa de Estados Unidos desató una crisis económica global que se extendió durante la década de 1930 y que se conoce como la **Gran Depresión**. Cuando la economía estadounidense comenzó a tambalearse, los bancos dejaron de dar préstamos a Europa. Sin inversiones ni préstamos, las economías europeas decayeron. El desempleo aumentó rápidamente, y las empresas, las granjas y los bancos, quebraron.

El surgimiento de los dictadores

La Gran Depresión aumentó los problemas de Europa. Algunos europeos culparon a los gobiernos débiles por las dificultades y dieron su apoyo a dictadores para fortalecer sus países y mejorar su modo de vida. Un **dictador** es un gobernante que tiene el control absoluto. Los dictadores ascendieron al poder en Rusia, Italia y Alemania.

Uno de los primeros dictadores europeos fue Vladimir Lenin, de Rusia. Lenin llegó al poder gracias a la revolución de 1917. Creó el primer gobierno comunista y tomó el control de los negocios y de la propiedad privada. También unificó Rusia y otras repúblicas para crear la Unión Soviética. Después de la muerte de Lenin en 1924, Joseph Stalin tomó el poder. Como dictador, Stalin tomaba todas las decisiones relacionadas con la economía, restringió la libertad de culto y ordenó a la policía secreta que espiara a los ciudadanos.

Benito Mussolini, de Italia, fue otro dictador poderoso durante este período. En la década de 1920, Mussolini obtuvo el control del gobierno italiano y se convirtió en un dictador. Prometió fortalecer Italia y recomponer su economía. Incluso habló de restablecer la gloria del antiguo Imperio romano. Sin embargo, como dictador, Mussolini suspendió los derechos básicos, como la libertad de expresión y el derecho a un juicio imparcial.

Para la década de 1930, muchos alemanes habían perdido la fe en su gobierno y apoyaban a un nuevo partido político, el partido nazi. El líder del partido, Adolfo Hitler, prometió fortalecer Alemania y reconstruir la economía y el ejército. Después de años de lucha, muchos alemanes recibieron su mensaje con entusiasmo. En 1933, Hitler llegó al poder y pronto se convirtió en un dictador. Prohibió todos los partidos políticos, excepto el partido nazi. También empezó a discriminar a supuestas razas inferiores, en especial a los judíos alemanes.

COMPRENSIÓN DE LA LECTURA **Generalizar** ¿Por qué algunas personas apoyaron el surgimiento de los dictadores?

Los dictadores de Europa

En las décadas de 1920 y 1930, dictadores populares llegaron al poder en Europa. Adolfo Hitler, en Alemania, y Benito Mussolini, en Italia, obtuvieron el apoyo del pueblo bajo la promesa de mejorar el modo de vida y de fortalecer sus países.

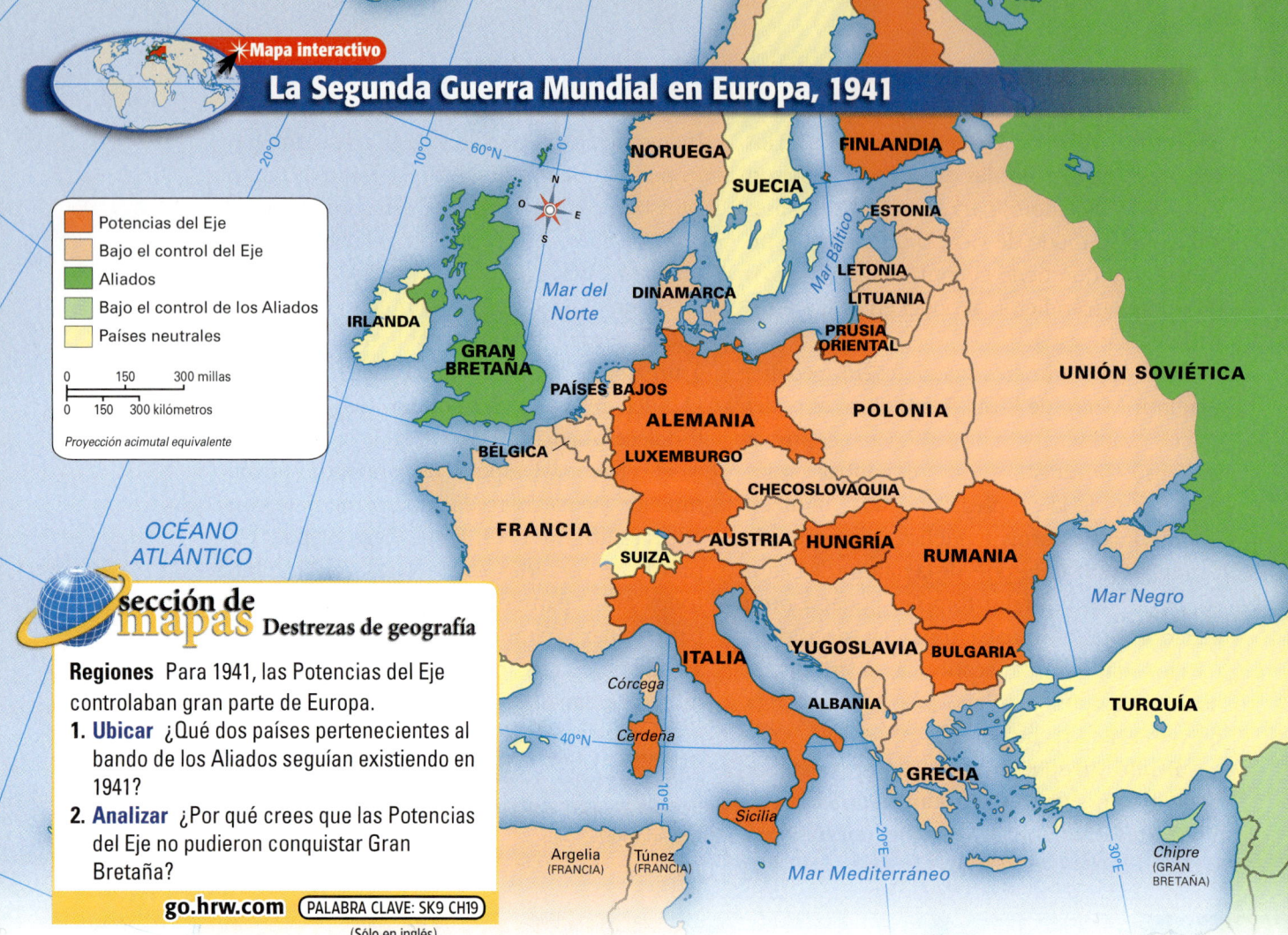

Mapa interactivo
La Segunda Guerra Mundial en Europa, 1941

- Potencias del Eje
- Bajo el control del Eje
- Aliados
- Bajo el control de los Aliados
- Países neutrales

sección de mapas — Destrezas de geografía

Regiones Para 1941, las Potencias del Eje controlaban gran parte de Europa.
1. **Ubicar** ¿Qué dos países pertenecientes al bando de los Aliados seguían existiendo en 1941?
2. **Analizar** ¿Por qué crees que las Potencias del Eje no pudieron conquistar Gran Bretaña?

go.hrw.com PALABRA CLAVE: SK9 CH19
(Sólo en inglés)

El estallido de la guerra

Los dictadores Hitler y Mussolini estaban decididos a fortalecer sus países a cualquier precio. Sus acciones provocaron la guerra más sangrienta de la historia: la Segunda Guerra Mundial.

La paz se ve amenazada

Después de la Primera Guerra Mundial, los países europeos querían mantener la paz. Muchos países esperaban evitar otra guerra devastadora. Sin embargo, para fines de la década de 1930, los intentos para mantener la paz habían fracasado. La agresividad que demostraban Italia y Alemania provocó el estallido de una segunda guerra mundial en Europa.

En 1935, Benito Mussolini ordenó a sus tropas que invadieran Etiopía, un país de África Oriental. Otras naciones se horrorizaron ante sus acciones, pero ninguna trató de detener la invasión. Mientras tanto, el líder de Italia y el líder de Alemania, Adolfo Hitler, se unieron para formar una alianza conocida como el Eje Roma-Berlín.

Hitler dio el siguiente paso. En 1938, rompió el Tratado de Versalles y anexó, o agregó, a Austria al territorio alemán. A pesar de que Gran Bretaña y Francia protestaron, no hicieron ningún intento por detener a Alemania.

Más tarde, ese mismo año, Hitler anunció su plan de tomar Checoslovaquia. Muchos líderes europeos estaban preocupados, pero aún tenían la esperanza de evitar una guerra. Permitieron que Hitler anexara parte de Checoslovaquia a cambio de la promesa de mantener la paz. Sin embargo, para la primavera de 1939, Alemania había conquistado el resto de Checoslovaquia. Italia pronto ocupó Albania, en los países balcánicos. Los intentos por mantener la paz habían fracasado.

ENFOQUE EN LA LECTURA
¿De qué manera las pistas que indican contraste te ayudan a entender el significado de la palabra *agresividad*?

Finalmente, Gran Bretaña y Francia se dieron cuenta de que no podían ignorar las acciones de Hitler. Cuando Alemania amenazó con invadir Polonia, los Aliados prometieron protegerla a toda costa. El 1 de septiembre de 1939, las fuerzas alemanas lanzaron un ataque total en Polonia. Dos días más tarde, Gran Bretaña y Francia declararon la guerra a Alemania. La Segunda Guerra Mundial había comenzado.

Los Aliados pierden terreno

La invasión de Polonia por parte de Alemania desató la Segunda Guerra Mundial. Alemania, Italia y Japón formaron una alianza llamada las **Potencias del Eje**. El bando opuesto era el de los **Aliados**, es decir, Francia, Gran Bretaña y otros países que se oponían al Eje.

Alemania atacó primero. Después de vencer a Polonia, Alemania obtuvo rápidamente una serie de victorias en Europa Occidental. Uno por uno, los países se rindieron ante las fuerzas alemanas. En junio de 1940, Alemania invadió y derrotó rápidamente a una de las potencias más importantes de Europa: Francia. En menos de un año, Hitler había obtenido el control de casi toda Europa Occidental.

El próximo paso para los alemanes era ocupar Gran Bretaña. La fuerza aérea alemana atacó una y otra vez las ciudades y los objetivos militares británicos. Hitler esperaba que los británicos se rindieran. Sin embargo, en lugar de rendirse, los británicos perseveraron.

Al no poder vencer a Gran Bretaña, las Potencias del Eje centraron su atención en otra región. Mientras que las tropas alemanas marchaban hacia Europa Oriental, las fuerzas italianas invadieron África del Norte. Para fines de 1941, Alemania había invadido la Unión Soviética, y Japón había atacado a Estados Unidos en Pearl Harbor, Hawai. Los Aliados estaban perdiendo terreno en la guerra.

COMPRENSIÓN DE LA LECTURA **Hacer inferencias** ¿Por qué crees que las Potencias del Eje avanzaron con tanta facilidad durante los primeros años de la guerra?

El Holocausto

Uno de los aspectos más horrorosos de la guerra fue el Holocausto. El **Holocausto** fue el intento del gobierno nazi de eliminar a todos los judíos de Europa durante la Segunda Guerra Mundial. Los nazis creían que los alemanes eran una raza superior; entonces, intentaron destruir a todos aquellos que consideraban inferiores, en particular, a los judíos.

Incluso antes de que comenzara la guerra, el gobierno nazi restringió los derechos de los judíos y de otras personas que vivían en Alemania. Por ejemplo, la ley prohibía que los judíos tuvieran trabajo en el gobierno o que asistieran a escuelas alemanas. Los nazis encerraron en campos a una infinita cantidad de judíos. Miles de judíos escaparon de Alemania porque eran perseguidos. Sin embargo, muchos

---

Fuente primaria

ENTRADA DE UN DIARIO
El diario de Anne Frank

Anne Frank y su familia viajaron a Ámsterdam para escapar de la persecución a los judíos en Alemania por parte de los nazis. En 1942, cuando los nazis empezaron a perseguir a los judíos en los Países Bajos, la familia Frank se vio obligada a esconderse. Anne escribió un diario durante el tiempo que estuvo oculta.

"*Muchísimos de nuestros amigos y conocidos han encontrado un horrible destino. Noche tras noche pasan los camiones militares verdes y grises. Llaman a todas las puertas y preguntan si allí viven judíos. En caso afirmativo, se llevan en el acto a toda la familia. En caso negativo, continúan su recorrido. Nadie escapa a esta suerte, a menos que se esconda*".

—del *Diario*

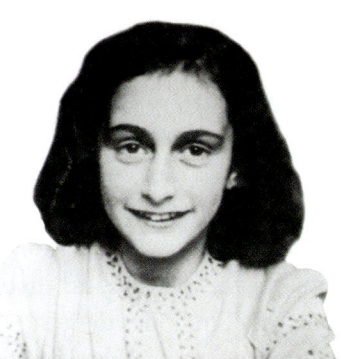

DESTREZA DE ANÁLISIS **ANALIZAR FUENTES PRIMARIAS**
Probablemente, ¿qué les ocurría a los judíos que apresaban los oficiales alemanes?

Línea cronológica

Segunda Guerra Mundial

Del 1 al 3 de septiembre de 1939
Las fuerzas alemanas invaden Polonia; Gran Bretaña y Francia declaran la guerra.

22 de junio de 1940
Francia es derrotada por las fuerzas alemanas.

De julio a septiembre de 1940
Alemania bombardea Londres en la Batalla de Inglaterra.

22 de junio de 1941
Alemania invade la Unión Soviética.

---

miles más se quedaron en el país.

La expansión alemana hacia Europa Oriental permitió que Hitler tomara el control sobre la vida de millones de judíos. Por esta razón, los nazis buscaron distintas maneras de lidiar con la población judía. En 1942, el gobierno nazi ordenó la destrucción de toda la población de judíos de Europa. Los nazis llevaron a cabo ejecuciones en masa y establecieron campos de exterminio, como Auschwitz, en Polonia, para asesinar a millones de judíos.

Algunos judíos se resistieron a los nazis e intentaron luchar. Por ejemplo, los judíos de Varsovia, en Polonia, organizaron un levantamiento. Algunos europeos trataron de salvar a los judíos de los nazis. Un hombre de negocios llamado Oskar Schindler, por ejemplo, salvó a muchos judíos al darles empleo en sus fábricas. Sin embargo, la mayoría de los judíos no pudieron escapar. Para la época en que los nazis fueron finalmente derrotados, habían matado a alrededor de 6 millones de judíos y a varios millones de personas que no eran judías.

COMPRENSIÓN DE LA LECTURA Analizar ¿Por qué el gobierno nazi de Hitler intentó destruir a los judíos?

El fin de la guerra

Al principio, los Aliados no obtuvieron buenos resultados. Sin embargo, las victorias de 1943 y 1944 contribuyeron a poner fin a la Segunda Guerra Mundial.

Los Aliados ganan la guerra

A principios de 1943, las fuerzas de Estados Unidos y Gran Bretaña tomaron el control de África del Norte e Italia y obligaron a Mussolini a rendirse. Ese mismo año, los Aliados derrotaron a los japoneses en muchas batallas importantes. En el este, las tropas soviéticas obligaron a las fuerzas alemanas a replegarse.

En junio de 1944, las fuerzas de los Aliados desembarcaron en las playas de Normandía, en Francia. La invasión, también conocida como Día D, representó un duro golpe para el Eje y preparó el terreno para que los Aliados avanzaran hasta Alemania.

En la primavera de 1945, las tropas aliadas llegaron al territorio alemán. En mayo de 1945, Alemania se rindió. En agosto, Estados Unidos usó un arma nueva y muy poderosa, la bomba atómica, para poner fin a la guerra con Japón. Después de casi seis años, la Segunda Guerra Mundial había terminado.

Febrero de 1945
Los líderes de las Potencias Aliadas planean la derrota final de las Potencias del Eje.

Abril de 1945
Las tropas de las Potencias Aliadas comienzan la liberación de los campos de concentración nazis.

1944 — 1945 — 1946

6 de junio de 1944
Las Potencias Aliadas invaden Normandía, en Francia, en lo que se llamó el Día D.

7 de mayo de 1945
Alemania se rinde ante las Potencias Aliadas.

DESTREZA DE ANÁLISIS — LEER LÍNEAS CRONOLÓGICAS
Aproximadamente, ¿cuánto tiempo después del comienzo de la guerra los alemanes invadieron la Unión Soviética?

Los resultados de la guerra

La guerra tuvo un gran impacto en el mundo: provocó millones de muertes, suscitó tensiones entre los miembros de las Potencias Aliadas y resultó en la creación de las Naciones Unidas.

La Segunda Guerra Mundial fue el conflicto más sangriento de la historia. Más de 50 millones de personas perdieron la vida. Millones de personas más resultaron heridas.

Al final de la guerra, Estados Unidos y la Unión Soviética emergieron como los dos países más poderosos del mundo. Una intensa rivalidad se desarrolló entre estos dos países.

Después de la guerra, se buscó evitar otro conflicto terrible. En 1945, 50 naciones formaron las Naciones Unidas, una organización internacional que intenta mantener la paz.

COMPRENSIÓN DE LA LECTURA Resumir ¿Cuáles fueron los principales resultados de la Segunda Guerra Mundial?

RESUMEN Y PRESENTACIÓN La Segunda Guerra Mundial fue la guerra más sangrienta de la historia. A continuación, aprenderás sobre Europa en la posguerra.

Evaluación de la Sección 6

go.hrw.com
Cuestionario en Internet
PALABRA CLAVE: SK9 HP19
(Sólo en inglés)

Repasar ideas, palabras y lugares

1. a. **Definir** ¿Qué fue la **Gran Depresión**?
   b. **Explicar** ¿De qué manera los problemas económicos de Estados Unidos provocaron la Gran Depresión?
2. a. **Describir** ¿Qué provocó el estallido de la Segunda Guerra Mundial?
   b. **Hacer predicciones** ¿Qué habría ocurrido si Gran Bretaña se hubiera rendido ante Alemania?
3. a. **Identificar** ¿Qué fue el **Holocausto**?
   b. **Hacer inferencias** ¿Por qué los nazis querían eliminar a determinados grupos?
4. a. **Recordar** ¿Qué sucesos provocaron que Alemania se rindiera?
   b. **Analizar** ¿De qué manera la Segunda Guerra Mundial cambió Europa?

Pensamiento crítico

5. **Ordenar** Dibuja una línea cronológica como la siguiente. Usa las notas que hayas tomado sobre los sucesos importantes para ubicar los sucesos principales y sus fechas en la línea cronológica.

ENFOQUE EN LA REDACCIÓN

6. **Hablar sobre la Segunda Guerra Mundial** Imagina que eres adulto y que vives en la época de la Segunda Guerra Mundial. ¿Dónde habrías vivido? ¿Qué habrías visto y qué habrías hecho allí? Escribe algunas ideas en tu cuaderno.

EL CRECIMIENTO Y EL DESARROLLO DE EUROPA

SECCIÓN 7
Europa desde 1945

Lo que aprenderás...

Ideas principales
1. La Guerra Fría dividió Europa en naciones democráticas y naciones comunistas.
2. Muchos países de Europa Oriental modificaron sus límites y su forma de gobierno al terminar la Guerra Fría.
3. La cooperación europea provocó cambios políticos y económicos en Europa.

La idea clave
En la actualidad, después de años de haber estado dividida durante la Guerra Fría, Europa busca la unión.

Palabras clave
superpotencias, *pág. 660*
Guerra Fría, *pág. 660*
carrera armamentista, *pág. 662*
mercado común, *pág. 664*
Unión Europea (UE), *pág. 664*

 A medida que lees, toma notas sobre la Guerra Fría, el final de la Guerra Fría y la cooperación europea. Usa una tabla como la siguiente para organizar tus notas.

Guerra Fría	Fin de la Guerra Fría	Cooperación europea

Si VIVIERAS allí...

Es el mes de noviembre de 1989 y vives en la zona de Berlín que está controlada por Alemania Oriental. Hace años que el muro de Berlín divide tu ciudad en dos partes. El gobierno controla cuidadosamente quién puede cruzar el muro. Una noche oyes un rumor interesante: la puerta para pasar al otro lado del muro está abierta. Las personas que viven en Berlín Oriental y en Berlín Occidental pueden pasar de un lado al otro con libertad. Los jóvenes berlineses festejan en las calles.

¿Qué significará este cambio para tu país?

CONOCER EL CONTEXTO En los años que siguieron a la Segunda Guerra Mundial, las tensiones entre los Aliados de occidente y la Unión Soviética dividieron Europa en Europa Oriental y Europa Occidental. Para fines de la década de 1980, las tensiones estaban llegando a su fin. Finalmente, Europa pudo buscar la unión.

La Guerra Fría

A pesar de que los europeos se sintieron aliviados cuando terminó la Segunda Guerra Mundial, pronto surgieron nuevos problemas. Aquellos países en los que el gobierno y la economía se habían debilitado, tuvieron que esforzarse para reforzarlos. Ciudades enteras tuvieron que ser reconstruidas. Lo más importante fue que las tensiones de posguerra entre los Aliados dividieron Europa.

Las superpotencias se enfrentan

Al término de la Segunda Guerra Mundial, Estados Unidos y la Unión Soviética emergieron como las naciones más poderosas del mundo. Si bien fueron aliados durante la guerra, las dos **superpotencias**, o **países poderosos e influyentes**, ahora desconfiaban una de la otra. La creciente hostilidad entre las dos superpotencias condujo a la **Guerra Fría**, un **período de rivalidad tensa entre Estados Unidos y la Unión Soviética**.

Muchas de las diferencias entre la Unión Soviética y Estados Unidos se basaban en temas políticos y económicos. Estados Unidos es una democracia que basa su economía en la libre empresa. La Unión Soviética era un país comunista, en el que las libertades individuales estaban restringidas. Sus líderes ejercían un control estricto sobre la economía y el sistema político. Estas diferencias básicas dividieron a los dos países.

Causas y efectos de la Guerra Fría

Causas

- Después de la guerra, surgen rivalidades entre Estados Unidos y la Unión Soviética.
- Crecen las diferencias entre los gobiernos democrático y comunista.
- Las superpotencias debaten la división de Alemania después de la guerra.

Efectos

- Se concretan alianzas que dividen Europa en países comunistas y países que no son comunistas.
- Alemania se divide en dos países diferentes.
- Estados Unidos y la Unión Soviética entran en una carrera armamentista.

Una Europa dividida

La Guerra Fría dividió Europa en comunista y no comunista. La mayor parte de Europa Occidental apoyaba la democracia y a Estados Unidos. Gran parte de Europa Oriental practicaba el comunismo soviético. El primer ministro británico, Winston Churchill, describió así la división que existía en Europa:

> " …una cortina de hierro ha descendido sobre el continente. Detrás de esa línea yacen las capitales de los estados antiguos de Europa Central y Europa Oriental. …todas están sometidas…no sólo a la influencia soviética … sino también … al control por parte de Moscú "
> —del discurso que dio Winston Churchill en 1946 en Westminster College en Fulton, Missouri.

Dentro de la Europa dividida, se encontraba una Alemania dividida. Después de la Segunda Guerra Mundial, los Aliados habían separado Alemania en cuatro zonas. Para 1948, los Aliados del oeste estaban dispuestos a reunificar las zonas. Pero el gobierno soviético sostenía que una Alemania unida planteaba una amenaza. Al año siguiente, las zonas del oeste se unieron y se formó la República Federal Alemana, o Alemania Occidental. Los soviéticos establecieron la República Democrática Alemana, o Alemania Oriental. La ciudad de Berlín, dentro de Alemania Oriental, estaba dividida en una parte occidental y una parte oriental. En 1961, los líderes comunistas construyeron el muro de Berlín para que ningún alemán de la zona oriental escapara a la zona occidental.

Nuevas alianzas dividieron aún más Europa. En 1949, Estados Unidos se unió con muchas naciones occidentales para formar una alianza nueva y poderosa llamada OTAN, Organización del Tratado del Atlántico Norte.

SU IMPORTANCIA HOY

En la actualidad, la OTAN es una alianza poderosa que cuenta con 26 naciones miembro en Europa y América del Norte.

Los miembros de la OTAN acordaron protegerse mutuamente en caso de ser atacados. En respuesta a esta alianza, la Unión Soviética formó su propia alianza, llamada el Pacto de Varsovia. La mayoría de los países de Europa Oriental formaban parte del Pacto de Varsovia. Las dos alianzas amenazaban con declarar una guerra nuclear para defenderse. Para la década de 1960, Estados Unidos, la Unión Soviética, Gran Bretaña y Francia tenían armas nucleares.

La división de posguerra de Europa entre oriente y occidente tuvo un efecto perdurable en las dos zonas. Con la ayuda de Estados Unidos, muchos países de Europa occidental crecieron económicamente. Sin embargo, las economías de la Europa oriental comunista no se desarrollaron. Dado que esos países no tenían una economía de mercado ni industrias fuertes, sufrieron de desabastecimiento. A menudo, no contaban con suficientes alimentos, ropa y automóviles para cubrir las demandas.

COMPRENSIÓN DE LA LECTURA Resumir ¿Qué influencia tuvo la Guerra Fría en Europa?

El fin de la Guerra Fría

A fines de la década de 1980, las tensiones entre Europa Oriental y Europa Occidental llegaron a su fin. El colapso del comunismo y el fin de la Guerra Fría generaron grandes cambios en Europa.

El triunfo de la democracia

Durante la época de la Guerra Fría, Estados Unidos y la Unión Soviética compitieron en una carrera armamentista. Una **carrera armamentista** es una competencia entre dos países para construir armas mejores. Cada país trató de desarrollar más misiles nucleares que el otro y de crear armas más avanzadas. Esta carrera armamentista fue increíblemente costosa. Finalmente, los altos costos perjudicaron a la economía soviética.

Para la década de 1980, la economía soviética estaba en graves problemas. El líder soviético, Mijail Gorbachov intentó resolver los problemas que su país enfrentaba. Redujo el control del gobierno sobre la economía y estableció elecciones democráticas. Mejoró las relaciones con Estados Unidos. Junto con el presidente estadounidense, Ronald Reagan, Gorbachov tomó medidas para frenar la carrera armamentista.

En parte debido a estas nuevas políticas, surgieron movimientos de reforma que se extendieron con rapidez. A partir de 1989, los movimientos democráticos se extendieron por Europa Oriental. Por ejemplo, Polonia y Checoslovaquia derrocaron a sus gobiernos comunistas. Los alemanes demolieron, felices, el muro de Berlín, que separaba la parte oriental de la parte occidental. Muchas repúblicas soviéticas exigieron su independencia. Finalmente, en diciembre de 1991, cayó la Unión Soviética.

Cambios en Europa Oriental

El fin de la Guerra Fría generó muchos cambios en Europa Oriental. Estos cambios fueron el resultado de la reunificación de Alemania, la creación de nuevos países y la tensión creciente entre diversos grupos étnicos del sureste de Europa.

BIOGRAFÍA

Mijail Gorbachov
(1931–)

Mijail Gorbachov fue un personaje clave en la finalización de la Guerra Fría. En 1985, los líderes del comunismo eligieron a Gorbachov como líder de la Unión Soviética. Al poco tiempo, aprobó reformas que modernizaron su país. Restauró las libertades básicas, como la libertad de expresión y la libertad de prensa. Sus reformas democráticas contribuyeron a finalizar la etapa comunista de la Unión Soviética. En 1990, Mijail Gorbachov ganó el Premio Nobel de la Paz por sus esfuerzos para finalizar la Guerra Fría y promover la paz.

Evaluar ¿Crees que Gorbachov fue un gobernante popular? ¿Por qué?

La caída del comunismo

Las reformas en la Unión Soviética durante la década de 1980 fomentaron el apoyo a la democracia en toda Europa Oriental.

ANALIZAR RECURSOS VISUALES ¿Qué papel tuvo el pueblo en la caída del comunismo?

La caída del muro de Berlín Ciudadanos de Alemania Oriental y Alemania Occidental festejan la caída del muro de Berlín.

La democracia en Checoslovaquia En 1989, se produjeron manifestaciones a favor de la democracia en toda Checoslovaquia. Este tipo de concentraciones contribuyeron a la caída del gobierno comunista en Checoslovaquia.

La reunificación de Alemania Oriental y Alemania Occidental fue uno de los grandes cambios en Europa Oriental que marcaron el final de la Guerra Fría. Después de la caída del muro de Berlín en 1989, miles de personas de Alemania Oriental exigieron un cambio. A principios de 1990, el gobierno comunista se desmoronó. Pocos meses más tarde, los gobiernos de Alemania Oriental y Alemania Occidental acordaron reunificarse. Después de haber estado dividida durante 45 años, Alemania se reunificaba.

Otros cambios importantes surgieron en Europa Oriental después de la Guerra Fría. La disolución de la Unión Soviética generó más de una decena de naciones independientes. La Federación Rusa es el país más grande y más poderoso de estos países nuevos. Ucrania, Lituania, Bielorrusia y otros países más también surgieron de lo que había sido la Unión Soviética.

Los conflictos entre distintos grupos étnicos también transformaron Europa Oriental desde el fin de la Guerra Fría. Por ejemplo, la tensión entre los grupos étnicos de Checoslovaquia y de Yugoslavia condujo a la posterior separación de estos países.

Dentro de Checoslovaquia, las tensiones étnicas dividieron al país. Las disputas entre los dos grupos étnicos más importantes surgieron a principios de la década de 1990. Tanto los checos como los eslovacos **abogaban** por tener gobiernos separados. En enero de 1993, Checoslovaquia se dividió pacíficamente en dos países: la República Checa y Eslovaquia.

Mientras que los problemas entre los grupos étnicos de la ex Checoslovaquia fueron pacíficos, los de Yugoslavia fueron violentos. Después de la caída del comunismo, muchas repúblicas yugoslavas declararon su independencia. Diferentes grupos étnicos se enfrentaron para obtener el control del territorio. Las guerras civiles yugoslavas duraron muchos años y tuvieron un saldo de miles de muertes. Para 1994, Yugoslavia se había dividido en cinco países: Bosnia-Herzegovina, Croacia, Macedonia, Serbia y Montenegro y Eslovenia.

VOCABULARIO ACADÉMICO
abogar defender, hablar en favor de algo

COMPRENSIÓN DE LA LECTURA Sacar conclusiones ¿Qué influencia tuvo el final de la Guerra Fría en Europa?

THE WORLD ALMANAC
Datos sobre los países — La Unión Europea

País	Año de admisión	Unidad monetaria	Número de representantes en el Parlamento europeo
Alemania	1952	euro	99
Austria	1995	euro	18
Bélgica	1952	euro	24
Bulgaria	2007	lev	18
Chipre	2004	libra	6
Dinamarca	1973	corona danesa	14
Eslovaquia	2004	euro	14
Eslovenia	2004	euro	7
España	1986	euro	54
Estonia	2004	corona estonia	6
Finlandia	1995	euro	14
Francia	1952	euro	78
Grecia	1979	euro	24
Hungría	2004	florín húngaro	24
Irlanda	1973	euro	13
Italia	1952	euro	78
Letonia	2004	lats	9
Lituania	2004	litas	13
Luxemburgo	1952	euro	6
Malta	2004	lira	5
Países Bajos	1952	euro	27
Polonia	2004	zloty	54
Portugal	1986	euro	24
Reino Unido	1973	libra	78
República Checa	2004	corona	24
Rumania	2007	leu	35
Suecia	1995	corona	19

Sacar conclusiones ¿Cuáles son los países más poderosos del Parlamento europeo?

go.hrw.com PALABRA CLAVE: SK9 CH19
(Sólo en inglés)

La cooperación europea

Europa atravesó muchos cambios durante la posguerra. Uno de los más importantes fue la creación de una organización que ahora une a la mayoría de los países de Europa.

Una comunidad europea

Las dos guerras mundiales dividieron Europa durante el siglo XX. Después de la Segunda Guerra Mundial, muchos líderes de países europeos empezaron a buscar maneras de prevenir otra guerra sangrienta. Algunos pensaban que crear un sentimiento de unidad entre los europeos evitaría que los países se enfrentaran en una guerra. Algunos líderes, como Winston Churchill de Gran Bretaña, pensaban que los países de Europa debían cooperar y no competir entre ellos. Creían que la clave era establecer economías y lazos políticos fuertes.

Seis países (Bélgica, Francia, Italia, Luxemburgo, los Países Bajos y Alemania Occidental) fueron los primeros en iniciar el camino hacia la unidad. A principios de la década de 1950, los seis países se unieron para crear una comunidad económica unida. El objetivo de esta organización era crear un **mercado común**, un grupo de naciones que cooperan para facilitar el comercio entre los miembros. Este mercado común europeo, creado en 1957, facilitó el comercio entre los miembros. Con el paso del tiempo, otras naciones se unieron. Los europeos habían empezado a desarrollar un nuevo sentimiento de unidad.

La Unión Europea

Desde sus comienzos en la década de 1950, muchas naciones se han convertido en miembros de esta comunidad europea, ahora conocida como la Unión Europea. **La Unión Europea (UE) es una organización que promueve la cooperación política y económica entre los países de Europa.** En la actualidad, la Unión Europea tiene más de 25 miembros que tratan en conjunto distintos temas, entre los que se encuentran el comercio, el medio ambiente y la inmigración.

La Unión Europea consta de un poder ejecutivo, un poder legislativo y un poder judicial. Una comisión compuesta por un representante de cada nación miembro dirige la UE. Dos grupos legislativos, el Consejo de la Unión Europea y el Parlamento Europeo, debaten y crean leyes. Finalmente, el Tribunal de Justicia resuelve las disputas y hace cumplir las leyes de la UE.

A través de la Unión Europea, los países de Europa trabajan para alcanzar objetivos económicos en común. Esta comunidad contribuye a que las naciones que la componen puedan competir con potencias económicas como Estados Unidos y Japón. En 1999, la UE introdujo una moneda común, el euro, que muchos miembros usan en la actualidad. El euro facilitó el comercio entre estos países.

La Unión Europea contribuyó a la unificación de Europa. En los últimos años, muchos países de Europa Oriental se unieron a la UE. Otros países esperan unirse en el futuro. A pesar de las dificultades, los líderes de la UE esperan continuar con el objetivo de reunir a las naciones de Europa.

En 2005, los votantes franceses y holandeses rechazaron una constitución propuesta para la Unión Europea. Aquí, los votantes de Francia exigen que se respete su voto.

COMPRENSIÓN DE LA LECTURA **Identificar las ideas principales** ¿De qué manera la cooperación entre los países de Europa influyó en la región?

RESUMEN Y PRESENTACIÓN En esta sección, aprendiste cómo la Unión Europea contribuyó a unificar gran parte de Europa después de años de separación durante la Guerra Fría. En el próximo capítulo, aprenderás sobre la geografía física y la cultura del sur de Europa.

Evaluación de la Sección 7

go.hrw.com
Cuestionario en Internet
PALABRA CLAVE: SK9 CH19
(Sólo en inglés)

Repasar ideas, palabras y lugares

1. **a. Recordar** ¿Qué fue la **Guerra Fría**?
   b. Analizar ¿Por qué Europa se dividió durante la Guerra Fría?
2. **a. Identificar** ¿Qué países nuevos se formaron después de la Guerra Fría?
   b. Comparar y contrastar ¿En qué se parecían y en qué se diferenciaban los conflictos étnicos en Checoslovaquia y en Yugoslavia?
   c. Evaluar ¿Crees que el final de la Guerra Fría favoreció o perjudicó a las naciones de Europa Oriental?
3. **a. Definir** ¿Qué es un **mercado común**?
   b. Inferir ¿Por qué algunos europeos creían que al establecer lazos políticos y económicos más fuertes podrían evitar una guerra en Europa?

Pensamiento crítico

4. **Resumir** Usa tus notas y la siguiente tabla para resumir el efecto que tuvo cada suceso en las diferentes regiones de Europa. Escribe una oración que resuma el efecto de cada suceso.

	Guerra Fría	Fin de la Guerra Fría	Unión Europea
Europa Occidental			
Europa Oriental			

ENFOQUE EN LA REDACCIÓN

5. **Pensar en Europa desde 1945** Imagina que tienes alrededor de 85 años. ¿Qué influencia crees que tuvieron en tu vida los sucesos que ocurrieron durante y después de la Guerra Fría?

EL CRECIMIENTO Y EL DESARROLLO DE EUROPA

Destrezas de estudios sociales

Tablas y gráficas | Pensamiento crítico | Geografía | Estudio

Interpretar caricaturas políticas

Aprender

Las caricaturas políticas son dibujos que expresan una visión sobre temas políticos o sociales importantes. La capacidad de interpretar caricaturas políticas te ayudará a entender los temas y la posición que las personas tienen respecto de ellos.

Las caricaturas políticas usan imágenes y palabras para comunicar un mensaje sobre una persona, un tema o un suceso en particular que aparece en las noticias. Por ejemplo, a menudo en las caricaturas políticas aparece el Tío Sam como una representación de Estados Unidos. También usan títulos y leyendas para expresar su punto de vista.

Practicar

Examina la caricatura de esta página. Luego, responde a las siguientes preguntas para interpretar el mensaje de la caricatura.

1. Lee el título, la etiqueta o la leyenda que acompaña a la caricatura para identificar el tema. ¿Qué información te da la leyenda de esta caricatura? ¿A qué suceso se refiere esta caricatura?

2. Identifica a las personas y los símbolos que aparecen en la caricatura. ¿Qué persona se muestra en esta caricatura? ¿Qué representan el martillo y la hoz destruidos?

3. ¿Qué mensaje quiere comunicar el caricaturista?

El líder soviético Mijail Gorbachov examina un martillo y una hoz destruidos.

Aplicar

Aplica la nueva destreza para interpretar una caricatura política reciente. Busca una caricatura política sobre algún tema o suceso que haya aparecido en las noticias recientemente. Responde a las siguientes preguntas.

1. ¿Qué tema o suceso se trata en la caricatura?
2. ¿Qué personas o símbolos se muestran en la caricatura?
3. ¿Qué es lo que se quiere comunicar en la caricatura?

CAPÍTULO 19 Repaso del capítulo

El impacto de la geografía:
videos
Consulta el video para responder a la pregunta final:
¿Por qué crees que la creación de la Unión Europea fue importante para muchos europeos?

Resumen visual

Usa el siguiente resumen visual para repasar las ideas principales del capítulo.

DATOS BREVES

Durante la Edad Media, la mayoría de los habitantes vivían en feudos o en aldeas en lugar de en las ciudades.

La Ilustración contribuyó al fin de las monarquías en Europa.

Después de años de haber estado divididas, las naciones de Europa se reunieron, por fin, después de la Guerra Fría.

Repasar vocabulario, palabras y lugares

Une las palabras o nombres con la definición o descripción correspondiente.

1. humanismo
2. capitalismo
3. dictador
4. nacionalismo
5. estrategia
6. sistema feudal

a. un gobernante poderoso que gobierna a través de la fuerza
b. un sistema mediante el que se intercambian territorios por servicio militar
c. un plan de combate para una batalla o una guerra
d. sistema económico en el que los individuos son dueños de la mayoría de los negocios
e. devoción y lealtad por el propio país
f. una corriente filosófica que enaltecía las capacidades del ser humano

Comprensión y pensamiento crítico

SECCIÓN 1 *(Páginas 618 a 625)*

7. **a. Describir** ¿Cuáles fueron dos cambios que influyeron en Europa a fines de la Edad Media?

   b. Explicar ¿Cuáles eran las obligaciones de los caballeros en el sistema feudal?

SECCIÓN 2 *(Páginas 628 a 633)*

8. **a. Definir** ¿Qué fue la Reforma?

   b. Resumir ¿Qué influencia tuvo el Renacimiento en el arte, la literatura y la ciencia?

SECCIÓN 3 *(Páginas 634 a 640)*

9. **a. Comparar** ¿Qué ideas compartían John Locke y Jean-Jacques Rousseau?

   b. Profundizar ¿Qué influencia tuvieron la Declaración de Derechos inglesa y la Declaración de los Derechos del Hombre y del Ciudadano sobre el poder de los monarcas?

SECCIÓN 4 *(Páginas 642 a 646)*

10. **a. Recordar** ¿En qué país comenzó la revolución industrial?

    b. Identificar causa y efecto ¿Qué mejoras en la sociedad trajo aparejado el crecimiento industrial?

EL CRECIMIENTO Y EL DESARROLLO DE EUROPA **667**

SECCIÓN 5 *(Páginas 648 a 652)*

11. a. Recordar ¿Qué provocó el estallido de la Primera Guerra Mundial?

b. Sacar conclusiones ¿Qué influencia tuvo la participación de Estados Unidos en la Primera Guerra Mundial en el resultado de la guerra?

SECCIÓN 6 *(Páginas 654 a 659)*

12. a. Identificar ¿Cuáles fueron las dos alianzas que lucharon en la Segunda Guerra Mundial? ¿Qué países formaban cada una de las alianzas?

b. Comparar ¿En qué se parecían Joseph Stalin, Benito Mussolini y Adolfo Hitler?

SECCIÓN 7 *(Páginas 660 a 665)*

13. a. Identificar ¿Cuáles fueron las dos alianzas que dividieron Europa durante la Guerra Fría?

b. Hacer predicciones ¿Crees que la Unión Europea perjudicará o favorecerá a Europa? Explica tu respuesta.

Usar Internet

PALABRA CLAVE: SK9 CH19
(Sólo en inglés)

14. Actividad: Crear una biografía En el Renacimiento, hubo muchos avances en el arte y la literatura. Ingresa la palabra clave de la actividad para buscar información sobre algunos artistas y escritores de la época. Elige uno sobre el que quieras aprender más y escribe su biografía. Asegúrate de incluir información sobre los logros de esa persona.

ENFOQUE EN LA LECTURA Y LA REDACCIÓN

Usar pistas del contexto: Contrastar *Usa las pistas del contexto para determinar el significado de las palabras que están subrayadas en las siguientes oraciones.*

15. En la Segunda Guerra Mundial, las personas que ayudaban a los judíos eran <u>detenidas</u> en lugar de ser liberadas.

16. Muchos de los festejos que se llevaron a cabo cuando terminó la Guerra Fría fueron <u>desenfrenados</u>, no tranquilos y ordenados.

Escribir una entrada de un diario *Usa tus notas y las siguientes instrucciones para escribir una entrada de un diario.*

17. Elige a la persona cuya entrada de diario escribirás. Describe los sucesos que esta persona haya experimentado desde su punto de vista. Recuerda describir los pensamientos y sentimientos que esa persona haya tenido sobre cada suceso.

Destrezas de estudios sociales

Interpretar caricaturas políticas *Examina la siguiente caricatura política y luego responde a las siguientes preguntas.*

18. ¿Qué suceso se describe en la caricatura?

19. ¿Qué es lo que quiere comunicar el artista?

Actividad con mapas

20. Europa En una hoja de papel, une las letras que figuran en el mapa con los nombres correctos.

Berlín	Polonia	Alemania
Londres	Moscú	Yugoslavia
París		

CAPÍTULO 19 Práctica para el examen estandarizado

INSTRUCCIONES (1 a 7): Escribe en una hoja de respuestas aparte el *número* de la palabra o expresión dada que mejor complete las oraciones o responda a las preguntas.

1 ¿Qué líder mundial tuvo *mayor* participación en el fin de la Guerra Fría?

(1) Francisco Fernando
(2) Joseph Stalin
(3) Mijail Gorbachov
(4) Winston Churchill

2 ¿Qué suceso marcó el inicio de la Revolución francesa?

(1) el Congreso de Viena
(2) el Gran Miedo
(3) el Reino del Terror
(4) la toma de la Bastilla

3 ¿Cuál de los siguientes sucesos fue una consecuencia de la Segunda Guerra Mundial?

(1) la formación de las Naciones Unidas
(2) la acusación a Adolfo Hitler de haber cometido crímenes de guerra
(3) una revolución comunista en Rusia
(4) el colapso de la economía estadounidense

4 ¿Qué documento limitó el poder del rey en Inglaterra?

(1) la Peste Negra
(2) la cruzada
(3) el sistema feudal
(4) la Carta Magna

5 ¿Quién fue el primer líder de Rusia durante la era comunista?

(1) Benito Mussolini
(2) Joseph Stalin
(3) Mijail Gorbachov
(4) Vladimir Lenin

6 El período en el que aumentó la producción de bienes fabricados con máquinas durante los siglos XVIII y XIX se llamó

(1) Revolución estadounidense.
(2) Revolución francesa.
(3) Revolución industrial.
(4) Revolución científica.

7 ¿Cuál de los siguientes países se dividió como consecuencia de los conflictos étnicos?

(1) Francia
(2) Alemania
(3) Estados Unidos
(4) Yugoslavia

Básate en la siguiente gráfica y en tus conocimientos de estudios sociales para responder a la pregunta 8.

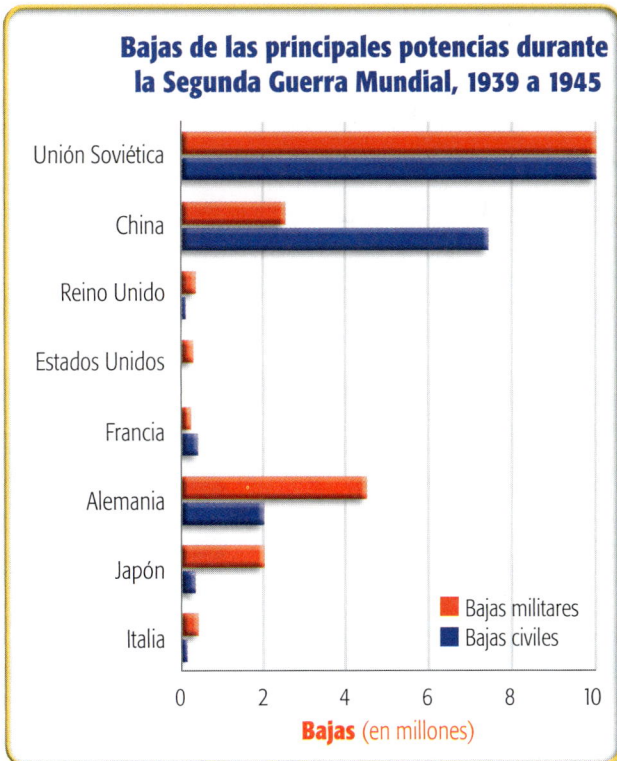

8 **Pregunta con respuesta elaborada** ¿Qué país de las Potencias Aliadas tuvo la menor cantidad de bajas civiles durante la Segunda Guerra Mundial? ¿Qué país tuvo la mayor cantidad de bajas?

EL CRECIMIENTO Y EL DESARROLLO DE EUROPA

Estudio de caso

 Francia

Geografía

Francia es uno de los países más grandes e influyentes de Europa. Célebre por su comida, arte y cultura, Francia también es una de las potencias económicas más importantes del continente. Por su ubicación en el centro y el oeste de Europa, Francia influye sobre el resto del continente y el mundo.

Las características físicas de Francia varían según cada región. El norte y el oeste son, en general, llanos y bajos, ya que forman parte de la gran llanura europea. Hacia el sur, el territorio se eleva y se torna más escarpado. La meseta rocosa que cubre la mayor parte del centro y el sur de Francia es el Macizo Central. En el suroeste, los Pirineos forman el límite entre Francia y España. Hacia el este, los Alpes y el cordón montañoso de Jura limitan con Suiza.

Como se muestra en el mapa de la página siguiente, muchos ríos nacen en estas montañas. El más largo es el Loira, que nace en el Macizo Central. No muy lejos, se encuentra el Ródano, que fluye hacia el sur, hacia el mar Mediterráneo. Más al norte, el Sena atraviesa la capital, París.

París también es la ciudad más grande de Francia. Allí viven 10 millones de habitantes. Moderna y de ritmo acelerado, París es el centro de los negocios, las finanzas, la educación y la cultura. Cuenta con museos, galerías de arte y restaurantes de nivel internacional y, además, tiene monumentos famosos, como la Torre Eiffel y la catedral de Notre Dame. Gracias a su belleza, París recibe el nombre

Datos sobre Francia

DATOS BREVES

Nombre oficial: República Francesa

Capital: París

Superficie: 211,209 millas cuadradas (un poco más pequeña que Texas)

Población: 63.7 millones (258 habitantes/milla cuadrada)

Expectativa de vida promedio: 81 años

Idioma oficial: francés

Religión mayoritaria: catolicismo

Unidad monetaria: euro

❶ El **Loira,** el río más largo de Francia, atraviesa el corazón del país. El valle del Loira es famoso por su hermoso paisaje y por sus numerosos *châteaux*, o castillos, en ambas orillas del río.

Francia

2 París Es la capital de Francia, la ciudad más grande del país y un destino turístico popular.

de "ciudad de la luz" y es una de las ciudades más visitadas del mundo.

París no es la única gran ciudad de Francia. La segunda ciudad más grande es Marsella, una ciudad portuaria junto al mar Mediterráneo. Lyon, ubicada a orillas del Ródano, es un centro comercial y se la llama la capital culinaria de Francia. Una compleja red de carreteras, canales y trenes comunican a éstas y a otras ciudades francesas.

3 Marsella es un puerto concurrido que está ubicado en la costa sur de Francia.

Evaluación del estudio de caso

1. ¿Cuáles son las características físicas más importantes de Francia?
2. ¿Qué hace que París sea una de las ciudades más importantes del mundo?
3. **Actividad** Planea un viaje de cinco días a Francia. Identifica los lugares que te gustaría visitar y qué atracciones te gustaría ver. Después, escribe el itinerario o el calendario de tu viaje.

FRANCIA **671**

Sucesos clave en la historia francesa

800
El emperador franco Carlomagno es coronado emperador romano después de construir un enorme imperio.

Carlomagno

1066
El francés Guillermo el Conquistador, duque de Normandía, invade Inglaterra y se convierte en su rey.

1337 a 1453
Francia e Inglaterra luchan por el control de Francia en la Guerra de los Cien Años.

Historia y cultura

La historia de Francia es una de las más largas de Europa. Pinturas rupestres halladas en el suroeste de Francia muestran que la zona está habitada desde hace más de 15,000 años. Desde esos tiempos, los franceses han influido en la vida del resto del continente.

En la antigüedad, Francia, que se llamaba Galia, estuvo gobernada primero por los celtas y después por los romanos. Después de la caída de Roma, la zona que ocupa Francia en la actualidad fue invadida por los francos, de quienes recibe su nombre. El gobernante más importante de los francos fue Carlomagno, que construyó un poderoso imperio cristiano que ocupaba la mayor parte de Europa. Los reyes de Francia que lo sucedieron aseguraban que eran descendientes del poderoso Carlomagno.

Francia estuvo gobernada por la monarquía hasta que, a fines del siglo XVIII, tuvo lugar la Revolución francesa. Después de la revolución, un general llamado Napoleón construyó un nuevo imperio francés, cuya expansión lograron frenar únicamente las fuerzas conjuntas de muchos países europeos.

La primera mitad del siglo XX fue difícil para Francia. Alemania invadió el país en las dos guerras mundiales. Sin embargo, Francia se ha recuperado de estas invasiones y, desde la década de 1950, disfruta de un rápido crecimiento.

Experimentar la cultura francesa

La cultura francesa refleja la larga historia del país y la alegría de vivir de sus habitantes. En su mayoría, los franceses están unidos por una herencia común. Por ejemplo, la mayoría habla francés y es de religión católica.

Comida Los franceses son conocidos en todo el mundo por su cocina.

Religión La herencia católica de Francia se ve reflejada en catedrales maravillosas como la Catedral de Chartres, que se muestra en la fotografía.

Guillotina de la Revolución francesa

1789
La Revolución francesa comienza con la toma de la Bastilla.

1815
Muchas potencias europeas se unen para derrotar al emperador francés Napoleón.

1940–1944
Durante la Segunda Guerra Mundial, las fuerzas alemanas invaden Francia.

2000

A pesar de haber atravesado épocas turbulentas a lo largo de la historia, los franceses disfrutan de la vida. Suelen usar una frase que describe esta actitud: *joie de vivre*, que quiere decir "alegría de vivir". Los franceses disfrutan de la buena comida, de la buena compañía y de la buena conversación. Su gusto por la comida ha contribuido a que la cocina francesa sea una de las más famosas del mundo.

A través de la historia, los franceses también han realizado grandes contribuciones al arte. En la Edad Media, construyeron las primeras catedrales góticas, como Notre Dame, en París. En el siglo XIX, Francia fue el centro del movimiento impresionista. Los artistas de este movimiento intentaban plasmar la luz en sus pinturas para crear la impresión de una escena. En la actualidad, Francia también es reconocida por las industrias del cine y de la moda.

La ocupación alemana de Francia durante la Segunda Guerra Mundial

Evaluación del estudio de caso

1. ¿Cómo cambió Francia durante el siglo XX?
2. ¿Qué significa *joie de vivre,* y de qué manera se refleja en Francia?
3. **Actividad** Recrea un momento importante de la historia francesa. Escribe una pequeña sátira que represente un suceso importante. Asegúrate de describir qué ocurrió y quiénes participaron en el suceso.

Moda París es uno de los principales centros de la moda en el mundo.

Arte El estilo de pintura conocido como impresionismo fue uno de los obsequios de Francia al mundo del arte.

FRANCIA **673**

Los atractivos turísticos, como la Torre Eiffel de París, son muy visitados, por lo que el turismo es una industria muy importante en Francia.

Cantidad de visitantes internacionales en Francia

Fuente: Organización Mundial del Turismo, *Tourism Market Trends* (Tendencias del mercado del turismo), 2006

Francia en la actualidad

La economía

Francia tiene una economía sólida, una de las más sólidas de Europa. Es miembro activo de la Unión Europea (UE) y se beneficia del comercio con otros países que también son miembros. Por ejemplo, Francia es el productor agrícola más importante de la UE y exporta gran parte de su cosecha a otros miembros. Entre sus principales cultivos se encuentran el trigo y la uva. Además, Francia es el principal productor y vendedor de vinos y quesos en el mundo. Los vinos y los quesos franceses tienen mucho éxito en todo el mundo.

Otra industria importante en Francia es el turismo. Las estadísticas demuestran que Francia es uno de los países más visitados del mundo todos los años. Como se mencionó anteriormente, millones de turistas visitan los monumentos famosos de París.

Además, los turistas visitan otras regiones de Francia. Algunos eligen el sur de Francia para esquiar en los Alpes o para descansar en una de las playas de la Costa Azul. Esta zona de balnearios es famosa por sus playas arenosas y soleadas. La Costa Azul también es conocida por ser la sede de un festival de cine que se celebra anualmente en Cannes y que atrae a miles de fanáticos del cine. Otros turistas prefieren visitar los pequeños pueblos franceses o los *châteaux*, o castillos, del valle del Loira.

El gobierno

Después de la Revolución francesa, Francia se convirtió en uno de los primeros países del mundo en tener un gobierno republicano. A pesar de que ha habido distintos tipos de gobierno desde aquella época, Francia sigue siendo una república.

Estructura del gobierno francés

El gobierno francés está dividido en tres ramas. Esta división de poderes evita que cualquier individuo o grupo adquiera demasiado poder.

Poder ejecutivo
Está encabezado por un presidente y un primer ministro y su obligación es hacer cumplir las leyes del país.

Poder legislativo
Está conformado por dos cámaras, la Asamblea Nacional y el Senado, y se encarga de crear las leyes.

Poder judicial
Se divide en dos tipos de tribunales, que presiden los casos y castigan a aquellos que violen la ley.

Como se muestra en el diagrama de la página anterior, el gobierno francés está compuesto por tres poderes. Al dividir el poder en tres ramas, los franceses evitan que cualquier persona o grupo de personas adquiera demasiado poder.

El primer poder del gobierno francés es el poder ejecutivo, que es responsable de aplicar las leyes del país. Está encabezado por un presidente, electo cada cinco años, y un primer ministro, que es designado por el presidente. El segundo poder, el legislativo, se compone de dos partes: la Asamblea Nacional y el Senado, que crean las leyes en conjunto. El tercer poder, el judicial, consiste en muchos tipos de tribunales.

Los problemas

En general, Francia es un país próspero con una economía sólida. Sin embargo, la nación también tiene algunos problemas. Por ejemplo, los funcionarios franceses no creen que la economía sea tan sólida como podría llegar a serlo. Afirman que esto se debe a que la semana laboral francesa es muy corta.

En la mayoría de los países industrializados, las personas trabajan 40 horas por semana. Sin embargo, en Francia, la mayoría de los habitantes trabajan sólo 35 horas por semana. Los esfuerzos por parte de algunos funcionarios para extender la semana de trabajo han generado protestas y huelgas. Debido a las huelgas, las industrias más importantes de Francia interrumpen sus actividades periódicamente.

Francia también ha enfrentado problemas culturales. Desde principios del siglo XX, muchos residentes de las colonias que antes pertenecían a Francia abandonaron su país para ir a vivir a Francia. La llegada de estos inmigrantes generó dificultades en el suministro de los recursos de Francia. Además, algunos funcionarios temían que Francia perdiera su carácter cultural único ante la llegada de demasiados inmigrantes. Por lo tanto, tomaron distintas medidas para limitar la inmigración, lo que incrementó el resentimiento de algunos grupos hacia el gobierno.

Los trabajadores franceses, enojados, protestan por un plan del gobierno para extender la semana de trabajo. En la actualidad, la mayoría de los franceses trabajan 35 horas por semana.

Evaluación del estudio de caso

1. ¿Cuáles son las funciones de cada uno de los poderes del gobierno francés?
2. ¿Cuáles son las industrias más importantes de Francia?
3. **Actividad** ¿Cuál crees que es el problema más grave que enfrenta Francia? Haz un cartel en el que describas el problema y ofrezcas una posible solución.

UNIDAD 5: PREGUNTA BASADA EN EL DOCUMENTO

La unidad europea

Parte A: Preguntas con respuesta breve

Instrucciones: Lee y examina los siguientes documentos. Luego, en una hoja aparte, responde las preguntas usando oraciones enteras.

DOCUMENTO 1

El Tratado de Maastricht se firmó el 7 de febrero de 1992. El nombre oficial fue Tratado de la Unión Europea, y condujo a la creación de la Unión Europea (UE). A continuación, se muestra un fragmento del tratado en el que se explican los objetivos de la UE.

> La Unión perseguirá los siguientes objetivos:
> - promover el progreso económico y social, equilibrado y sustentable, en particular mediante la creación de un área sin fronteras interiores, el fortalecimiento de la cohesión económica y social y el establecimiento de una unión económica y monetaria que incluirá, a la larga, una moneda única . . .
> - afirmar su identidad en el ámbito internacional, en particular mediante la implementación de una política exterior y de seguridad común . . .
> - fortalecer la protección de los derechos e intereses de los nacionales [residentes] de los Estados miembro . . .
> - desarrollar la mutua cooperación en materia de justicia y de los asuntos internos de cada país. . .

1a. ¿Qué medidas establece el tratado que tomará la UE para promover el progreso económico y social?

1b. ¿Qué otros objetivos tiene la UE?

DOCUMENTO 2

La UE es difícil de describir. No es una federación, o una asociación libre de estados, pero tampoco es un país unificado. El siguiente fragmento de la Agencia Central de Inteligencia (CIA) analiza la dificultad de categorizar a la UE.

> Aunque la UE no es una federación en el sentido estricto de la palabra, es mucho más que una asociación de libre comercio, como lo son la Asociación de Naciones del Sureste Asiático, ASEAN (Association of Southeast Nations); el Tratado de Libre Comercio de América del Norte, TLCAN; o el Mercado Común del Sur, Mercosur; y tiene muchos de los atributos asociados a las naciones independientes: su propia bandera, himno, fecha de fundación y moneda, como así también una incipiente política exterior y de seguridad común para tratar con otras naciones.
>
> Es muy probable que, en el futuro, muchas de estas características de nación se expandan.
>
> —*The World Factbook* (**El libro mundial de hechos**), 2008

2a. ¿Qué atributos comparte la UE con las naciones independientes?

2b. Según este documento, ¿de qué manera cambiará la UE en el futuro?

DOCUMENTO 3

Las personas de todo el mundo han observado el progreso de la Unión Europea. La siguiente caricatura política apareció en un periódico de Dubai, parte de los Emiratos Árabes Unidos en el Oriente Medio.

3a. Según esta caricatura, ¿para cumplir qué objetivo están trabajando los miembros de la Unión Europea?

_____

3b. ¿Qué sugiere el caricaturista acerca de las posibilidades de alcanzar este objetivo?

_____

DOCUMENTO 4

La nación de Turquía, que se ubica en parte en Europa y en parte en Asia, ha intentado unirse a la Unión Europea desde 1987. El siguiente fragmento, de los Estudios sobre países de la Biblioteca del Congreso de Estados Unidos, explica por qué la solicitud no ha sido aceptada hasta ahora.

> Las principales objeciones al ingreso de Turquía en la CE/UE relacionadas con el aspecto económico se centran en el desarrollo relativamente escaso de la economía de Turquía en comparación con las economías de los otros miembros, y en la alta tasa de crecimiento demográfico de dicho país... Los obstáculos políticos que impiden la admisión de Turquía a la UE se relacionan con su política interior y exterior. Como el organismo europeo se enorgullece de ser una asociación de democracias, el golpe de estado de 1980 (en un país que gozaba de la condición de asociado) causó gran inquietud... En términos de política exterior, el principal obstáculo siguen siendo las cuestiones sin resolver entre Turquía y un miembro de la UE: Grecia.

4a. ¿Qué obstáculos económicos se interponen entre Turquía y su admisión en la UE?

_____

4b. ¿Qué problemas políticos han mantenido a Turquía fuera de la UE?

_____

Parte B: Ensayo

Contexto histórico: Creada en 1992, la Unión Europea ha reunido a muchos países de Europa en lo político, económico y cultural. El ingreso a la UE se ha disparado y nuevos países lo solicitan casi todos los años.

TAREA: Usando la información de los cuatro documentos y tus conocimientos de estudios sociales, escribe un ensayo en el que:

- examines el objetivo de la creación de la UE.
- expliques por qué los países quieren pertenecer a la UE.

Taller de escritura de la Unidad 5

Una narración biográfica

Las personas han dado forma al mundo. ¿Quiénes son las personas importantes de la historia? ¿Cuáles fueron los sucesos fundamentales en sus vidas? ¿Qué efecto tuvo la geografía o la ubicación en esos sucesos? Éstas son las preguntas que nos hacemos cuando intentamos comprender nuestro mundo.

Tarea
Escribe una narración biográfica acerca de un suceso importante en la vida de un personaje histórico, como Juana de Arco, Martín Lutero, Napoleón o Mikhail Gorbachov.

1. Antes de escribir
Elige un tema
- Elige a una persona que haya influido de alguna forma en la historia europea o rusa.
- Elige un suceso o incidente específico en la vida de esa persona. Por ejemplo, puedes elegir a Napoleón en la Batalla de Waterloo.

> **CONSEJO** Para elegir el suceso, piensa en la importancia o trascendencia de esa persona. Elige un suceso que te ayude a explicar ese punto.

Reúne y organiza la información
- Busca información sobre tu tema en la biblioteca o en Internet. Una buena fuente son las biografías completas acerca de la persona.
- Identifica las partes del suceso. Organízalas en orden cronológico, o temporal. Presta atención a las personas, las acciones y la ubicación del suceso.

2. Escribe
Usa el esquema del escritor

Esquema del escritor

Introducción
- Presenta a la persona y el suceso.
- Identifica la importancia del suceso.

Desarrollo
- Escribe por lo menos un párrafo para cada parte importante del suceso. Incluye detalles específicos.
- Usa un orden cronológico, o temporal, para organizar las partes del suceso.

Conclusión
- Resume la importancia de la persona y del suceso en el párrafo final.

3. Evalúa y revisa
Revisa y mejora tu ensayo
- Lee tu primer borrador por lo menos dos veces, y luego utiliza las siguientes preguntas para evaluar tu ensayo.
- Realiza los cambios necesarios para mejorar tu ensayo.

Preguntas para evaluar una narración biográfica
1. ¿Has presentado a la persona y el suceso, e identificado la importancia de cada uno?
2. ¿Hay un párrafo para cada parte importante del suceso?
3. ¿Incluiste detalles específicos acerca de las personas, las acciones y la ubicación?
4. ¿Utilizaste un orden cronológico, u orden en el tiempo, para organizar las partes del suceso?
5. ¿El ensayo finaliza con un resumen de la importancia de la persona y del suceso?

4. Corrige y publica
Dale a tu explicación el toque final
- Asegúrate de que tus frases de transición (como *entonces*, *luego* o *finalmente*) ayuden a aclarar el orden en que las acciones tuvieron lugar.
- Asegúrate de haber usado mayúscula en todos los nombres propios.
- Puedes compartir tu narración biográfica leyéndola en clase en voz alta o agregándola a una colección de biografías de la clase.

5. Practica y aplica
Usa los pasos y estrategias de este taller para escribir tu narración biográfica. Comparte tu trabajo con los demás y compara y contrasta la importancia de las personas y los sucesos.

Referencias

Lectura en estudios sociales	ES12
Manual de economía	R1
Datos sobre el mundo	R6
Atlas	R10
Diccionario geográfico	R14
Diccionario biográfico	R23
Glosario bilingüe	R27
Índice	R35
Créditos y agradecimientos	R49

Capítulo 9 Geografía física de África

Comprender la comparación y el contraste

ENFOQUE EN LA LECTURA

La comparación muestra en qué se parecen las cosas. El contraste muestra en qué se diferencian. Se puede comprender la comparación y el contraste aprendiendo a reconocer palabras clave y puntos de comparación. Las palabras clave indican si se deben buscar similitudes o diferencias. Los puntos de comparación son los temas principales que se están comparando o contrastando. Observa cómo se comparan y contrastan distintas regiones de África del Sur en el siguiente fragmento.

> Los climas de África del Sur varían de este a oeste. El **lugar más húmedo** de la región es la **costa este** de la isla de Madagascar...
>
> A diferencia de la parte oriental del continente, el oeste es muy árido. Desde la costa del Atlántico, los desiertos dan lugar a las llanuras con climas semiáridos y de estepa.
>
> *De la Sección 5, África del Sur*

Las palabras resaltadas son puntos de comparación.

Las palabras subrayadas son palabras clave.

Palabras clave	
Comparación	**Contraste**
compartir, similar, igual, también, ambos, además, asimismo	sin embargo, si bien, diferente, distinto, pero, aunque

¡INTÉNTALO!

Lee el siguiente fragmento sobre los desiertos de Namibia y de Kalahari. Usa un diagrama como el que se muestra para comparar y contrastar los dos territorios.

> El lugar más árido de la región es el desierto de Namibia en la costa del Atlántico ... Otro desierto, el Kalahari, ocupa la mayor parte de Botsuana. Aunque este desierto recibe suficiente lluvia en el norte para sustentar pastos y árboles, sus llanuras arenosas están cubiertas en su mayoría por arbustos dispersos.
>
> *De la Sección 5, África del Sur*

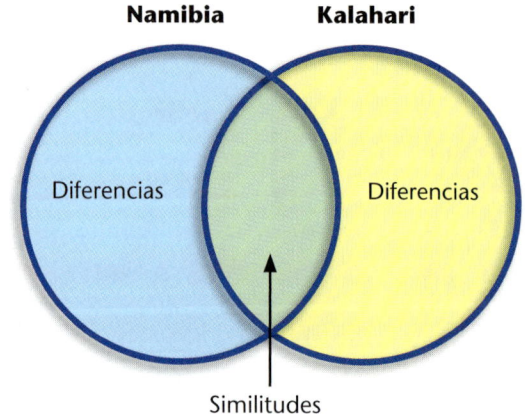

LECTURA EN ESTUDIOS SOCIALES

Capítulo 10 Civilizaciones antiguas de África: Egipto

Crear categorías

ENFOQUE EN LA LECTURA

Cuando clasificas cosas en grupos de elementos similares, creas categorías. Piensa en el doblado de la ropa lavada. Primero podrías clasificarla en distintas pilas: toallas, calcetines y camisetas. Las pilas, o categorías, te ayudan a ordenar la ropa lavada porque las toallas se guardan en un lugar distinto que los calcetines. Cuando lees, crear categorías te ayuda a manejar la información identificando los principales tipos, o grupos, de información. Entonces, puedes ver más fácilmente los datos y detalles individuales de cada grupo. Observa cómo se clasificó la información del siguiente párrafo en tres grupos principales.

> Los temas de las pinturas egipcias varían mucho. Algunas pinturas muestran hechos históricos importantes, como la coronación de un nuevo rey o la fundación de un templo. Otras presentaban rituales religiosos importantes. También presentaban escenas de la vida diaria, como la agricultura o la caza.
>
> *De la Sección 4, Los logros de los egipcios*

Temas de las pinturas egipcias		
Categoría 1: Hechos históricos importantes	**Categoría 2:** Rituales religiosos importantes	**Categoría 3:** Vida diaria

¡INTÉNTALO!

Lee las siguientes oraciones. Luego, usa un organizador gráfico como el de arriba para crear categorías para las barreras naturales del antiguo Egipto. Crea tantas categorías como sean necesarias.

> Además del suministro estable de alimentos, la ubicación de Egipto también tenía otras ventajas. Tenía barreras naturales que dificultaban la invasión del país. Al oeste, el desierto era demasiado grande y difícil de cruzar. Al norte, el Mar Mediterráneo mantenía a los enemigos alejados. Al este, el desierto y el Mar Rojo brindaban protección. Por último, al sur, los rápidos del Nilo dificultaban la navegación de los invasores.
>
> *De la Sección 1, El antiguo Egipto*

Capítulo 11 Civilizaciones antiguas de África: los reinos comerciales

Comprender causa y efecto

ENFOQUE EN LA LECTURA

Para comprender la historia de un país, debes buscar las cadenas de causas y efectos. Una causa hace que algo ocurra y un efecto es lo que ocurre como resultado de una causa. A su vez, el efecto puede transformarse en una causa y crear otro efecto. Observa cómo los siguientes sucesos crean una cadena de causas y efectos.

> A medida que aumentaba el comercio de oro y sal, los gobernantes de Ghana ganaban poder. Con el tiempo, su poderío militar también creció. Con sus ejércitos, comenzaron a quitar el control de este comercio a los mercaderes que una vez lo habían controlado. Los mercaderes del norte y el sur se encontraban para comerciar artículos en Ghana. Como resultado del control de las rutas de comercio, los gobernantes de Ghana se enriquecieron.
>
> *De la Sección 3, Imperio de Ghana*

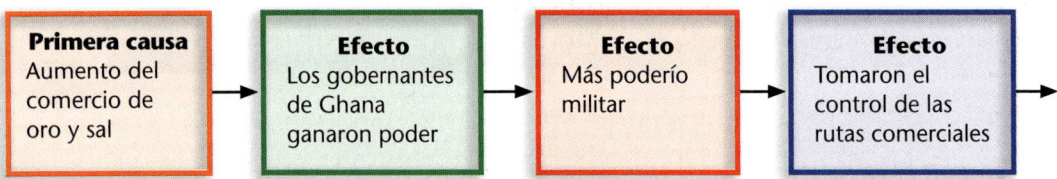

¡INTÉNTALO!

Lee las siguientes oraciones y luego usa un organizador gráfico como el de arriba para analizar las causas y los efectos. Crea tantos recuadros como sean necesarios para nombrar las causas y los efectos.

> Cuando Mansa Musa murió, su hijo Maghan subió al trono. Maghan era un gobernante débil. Cuando los invasores del sureste entraron en Malí, él no pudo detenerlos. Los invasores incendiaron las grandes escuelas y mezquitas de Tombuctú. Malí nunca se recuperó completamente de este golpe tan terrible. El imperio siguió debilitándose y cayendo.
>
> *De la Sección 4, Malí y Songhai*

Capítulo 12 El crecimiento y el desarrollo de África

Identificar detalles de apoyo

ENFOQUE EN LA LECTURA

¿Por qué crees en lo que lees? Una razón es por los detalles que apoyan o prueban la idea principal. Estos detalles pueden ser hechos, estadísticas, ejemplos o definiciones. En el ejemplo siguiente, observa qué tipo de prueba o detalles de apoyo te ayudan a creer en la idea principal.

> Durante el *apartheid*, sólo los sudafricanos blancos podían votar o tener un cargo político. Los negros, que conformaban casi el 75 por ciento de la población, no eran ciudadanos. Sólo podían tener determinados trabajos y no ganaban mucho dinero. Únicamente se les permitía vivir en áreas establecidas.
>
> *De la Sección 5, África desde la independencia*

Idea principal
El *apartheid* daba más derechos a los blancos que a los negros.

Detalles de apoyo			
Ejemplo	**Estadística**	**Dato**	**Dato**
Los blancos podían votar y tener un cargo político.	Los negros conformaban el 75 por ciento de la población, pero no eran ciudadanos.	Los negros sólo podían tener determinados trabajos.	Tenían que vivir en áreas establecidas.

¡INTÉNTALO!

Lee las siguientes oraciones y luego usa un organizador gráfico como el de arriba para identificar los detalles de apoyo.

> El tráfico de esclavos en Europa trajo consecuencias devastadoras para África. Condujo a un notable descenso de su población. Millones de jóvenes africanos eran forzados a dejar sus hogares e ir hacia tierras muy lejanas. Miles de ellos murieron. Los historiadores estiman que entre 15 y 20 millones de esclavos africanos fueron enviados en barco hacia el continente americano contra su voluntad.
>
> *De la Sección 2, La colonización europea*

Capítulo 13 Geografía física del sur y el este de Asia

Comprender hechos y opiniones

ENFOQUE EN LA LECTURA

Cuando lees, es importante que distingas entre hechos y opiniones. Un hecho es una oración que puede ser probada o desmentida. Una opinión es una creencia o actitud personal, entonces no se puede comprobar si es verdadera o falsa. Cuando lees un texto de estudios sociales, solamente quieres leer hechos, no las opiniones del autor. Para determinar si una oración es un hecho o una opinión, pregúntate si se puede comprobar usando fuentes externas. Si eso es posible, la oración es un hecho. Los siguientes pares de oraciones muestran la diferencia entre hechos y opiniones.

Hecho: El Huang He se desborda con frecuencia, causando daños por valor de millones de dólares. *(Este hecho se puede comprobar a través de la investigación).*

Opinión: Yo creo que se deberían construir diques en el Huang He para impedir las inundaciones. *(La palabra* creo *significa que éste es el criterio o la opinión del autor).*

Hecho: Con sus 3,776 metros, la cima del monte Fuji es el punto más alto de Japón. *(Se puede verificar con precisión la altura del monte Fuji).*

Opinión: El monte Fuji es una hermosa montaña que todos deberían visitar. *(Nadie puede comprobar que el monte Fuji sea hermoso, porque es una cuestión de gusto personal).*

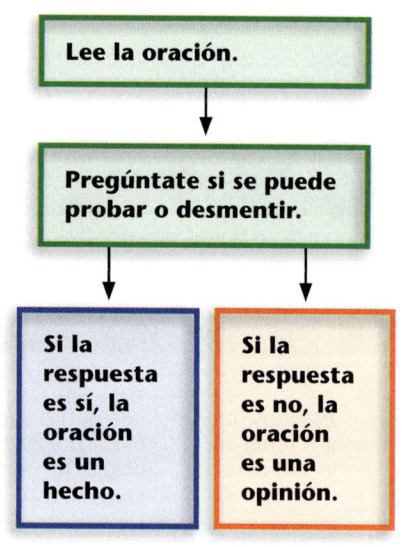

¡INTÉNTALO!

Lee las siguientes oraciones e identifica cada una como hecho u opinión.

1. El río Ganges es sagrado para muchos hindúes.
2. Millones de personas visitan el Ganges cada año para bañarse en sus aguas.
3. Las montañas de China son las más majestuosas del mundo.
4. China e India tienen algunas de las montañas más altas del mundo.
5. Muchas casas en el sureste asiático están construidas sobre pilotes para protegerse de las inundaciones.
6. Las casas elevadas del sureste asiático son fascinantes.

Capítulo 14 Civilizaciones antiguas de Asia: India

Ordenar

ENFOQUE EN LA LECTURA

¿Alguna vez seguiste instrucciones escritas para armar algún artículo que hayas comprado? Si lo hiciste, sabes que se deben seguir los pasos de las instrucciones en orden. Es probable que las instrucciones incluyeran palabras como *primero*, *después* y *luego* para ayudarte a entender en qué orden debías seguir los pasos. El mismo tipo de palabras te pueden ayudar cuando lees un libro de historia. Palabras como *primero*, *luego*, *a continuación* y *finalmente* te ayudan a deducir la secuencia, o el orden, en el que ocurrieron los sucesos. Lee el siguiente fragmento y observa las palabras clave subrayadas. Advierte cómo indican el orden de los sucesos mencionados en la cadena de secuencia de la derecha.

> Poco tiempo después del fin de la civilización harappa, surgió otro grupo en el valle del Indo: los arios. Este grupo, que probablemente vino de la zona que rodea el mar Caspio en Asia Central, llegó a ser el más dominante en la India.
>
> *De la Sección 1, Primeras civilizaciones de la India*

¡INTÉNTALO!

Lee el siguiente fragmento. Busca las palabras clave para deducir el orden de los sucesos que se describen en él. Luego, haz una cadena de secuencia como la de arriba para mostrar ese orden.

> Durante muchos años, Asoka observó cómo su ejército libraba batallas sangrientas contra otros pueblos. Sin embargo, unos años después de convertirse en soberano, Asoka adoptó el budismo y prometió que ya no se embarcaría en guerras de conquista. Después de convertirse al budismo, Asoka tuvo el tiempo y los recursos para mejorar la calidad de vida del pueblo.
>
> *De la Sección 4, Imperios de la India*

Capítulo 15 Civilizaciones antiguas de Asia: China

Comprender el orden cronológico

ENFOQUE EN LA LECTURA

Cuando lees un párrafo de un texto de historia, generalmente puedes usar palabras clave para seguir el orden de los sucesos. Sin embargo, cuando lees una sección de texto más larga, que incluye muchos párrafos, puedes necesitar más claves. Una de las mejores claves que puedes usar en este caso son las fechas. Cada una de las siguientes oraciones incluye, al menos, una fecha. Observa cómo se usaron esas fechas para crear una línea cronológica que nombra los sucesos en orden cronológico, o temporal.

> Ya en el año 7000 a.C. se había comenzado a cultivar en China.
>
> Después del 3000 a.C. se empezaron a usar tornos para fabricar varios tipos de objetos de cerámica.
>
> La primera dinastía de la que se tienen pruebas concretas es la dinastía Shang, que se estableció alrededor del siglo XVI a.C.
>
> Los emperadores de la dinastía Shang gobernaron China hasta el siglo XII a.C.
>
> *De la Sección 1, China en sus comienzos*

7000 a.C.
Comenzó la agricultura en China.

3000 a.C.
Se comenzaron a usar tornos para cerámica.

1500 a.C.
La dinastía Shang gobierna China.

5000 a.C.

¡INTÉNTALO!

Lee las siguientes oraciones. Usa las fechas de las oraciones para crear una línea cronológica que nombre los sucesos en orden cronológico.

> La dinastía Ming que fundó gobernó China desde 1368 hasta 1644 (cerca de 300 años).
>
> En 1211, Gengis Kan dirigió sus ejércitos hacia el norte de China.
>
> Entre 1405 y 1433, Zheng He encabezó siete grandes travesías a lugares alrededor de Asia.
>
> En el siglo XIV muchos grupos chinos se rebelaron contra la dinastía Yuan.
>
> *De la Sección 5, Las dinastías Yuan y Ming*

Capítulo 16 El crecimiento y el desarrollo del sur y el este de Asia

Usar pistas del contexto: definiciones

ENFOQUE EN LA LECTURA

Una de las formas de deducir el significado de una palabra o término desconocido es hallar pistas en su contexto, es decir, las palabras u oraciones que rodean a la palabra o término. Una pista de contexto común es una reformulación. La reformulación es simplemente una definición de la nueva palabra usando palabras comunes que ya conoces. Observa cómo el siguiente fragmento usa una reformulación para definir la desobediencia civil. Algunas claves de contexto no son tan completas ni obvias. Observa cómo el párrafo que le sigue brinda una descripción que es una definición parcial de perseverancia.

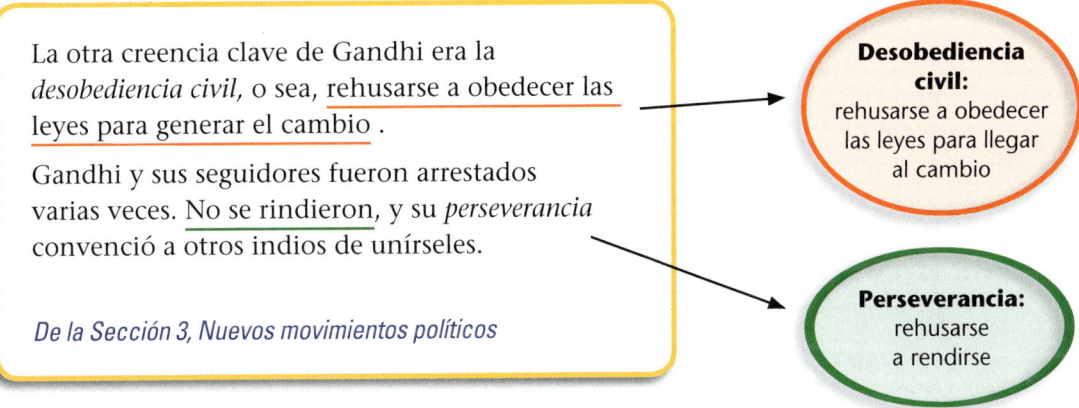

La otra creencia clave de Gandhi era la *desobediencia civil*, o sea, rehusarse a obedecer las leyes para generar el cambio.

Gandhi y sus seguidores fueron arrestados varias veces. No se rindieron, y su *perseverancia* convenció a otros indios de unírseles.

De la Sección 3, Nuevos movimientos políticos

Desobediencia civil: rehusarse a obedecer las leyes para llegar al cambio

Perseverancia: rehusarse a rendirse

¡INTÉNTALO!

Lee los siguientes fragmentos e identifica el significado de las palabras en itálica usando las definiciones, o reformulaciones, del contexto.

El comercio en Japón ha tenido tanto éxito que el país ha acumulado un enorme excedente comercial. El **excedente comercial** existe cuando un país exporta más bienes de los que importa.

De la Sección 5, Una nueva Asia

India había sido cuna de dos religiones muy importantes: el hinduismo y el budismo. Durante varios siglos, los *misioneros* indios llevaron ambas religiones a todas partes.

De la Sección 1, Contacto entre culturas

Capítulo 17 Geografía física de Europa

Hacer preguntas

ENFOQUE EN LA LECTURA

La lectura es una actividad en la que hacer preguntas nunca te traerá problemas. Las cinco palabras interrogativas (quién, qué, cuándo, dónde y por qué) te ayudarán a asegurarte de que comprendes el material que lees. Después de leer una sección, hazte las 5 preguntas con estas palabras: ¿De **quién** o de **quiénes** trata esta sección? ¿**Qué** hicieron? ¿**Cuándo** y **dónde** vivieron? ¿**Por qué** hicieron lo que hicieron? Observa el ejemplo siguiente para aprender de qué manera esta estrategia de lectura te ayudará a identificar los puntos principales de un fragmento.

> Sin embargo, los recursos naturales de la región no se han administrado correctamente. Hasta el principio de la década de 1990, esta región formaba parte de la Unión Soviética. El gobierno soviético dio más importancia a la industria que a la administración de sus recursos.
>
> *De la Sección 5, Rusia y el Cáucaso*

Las 5 palabras interrogativas

- **¿Quién?** el gobierno soviético
- **¿Qué?** Administró mal los recursos.
- **¿Dónde?** en Rusia
- **¿Cuándo?** hasta principios del siglo XX
- **¿Por qué?** Dio más importancia a la industria que a la administración de los recursos.

¡INTÉNTALO!

Lee el siguiente fragmento y responde a las 5 preguntas para comprobar si lo has comprendido.

> Otro recurso natural valioso se encuentra en la imponente belleza de los Alpes. Cada año, cientos de turistas acuden a los Alpes para disfrutar del paisaje, realizar caminatas y esquiar.
>
> *De la Sección 2, Europa Occidental y Central*

Capítulo 18 Civilizaciones antiguas de Europa
Volver a leer

ENFOQUE EN LA LECTURA

¿Alguna vez pulsaste el botón de rebobinar del reproductor de videos o de DVD porque te perdiste alguna escena importante o no pudiste entender lo que dijo un personaje? Mientras rebobinabas, probablemente te hayas hecho preguntas como "¿Qué dijo?" o "¿Cómo hizo eso?". Volver a ver la escena te ayudó a comprender qué estaba sucediendo.

Esta idea también vale para la lectura. Cuando vuelves a leer un fragmento, puedes descubrir detalles que no advertiste la primera vez. Cuando vuelvas a leer, hazlo despacio y verifica si comprendes haciéndote preguntas. En el ejemplo siguiente, observa las preguntas que se hizo el lector. Luego, observa cómo se respondieron volviendo a leer el fragmento.

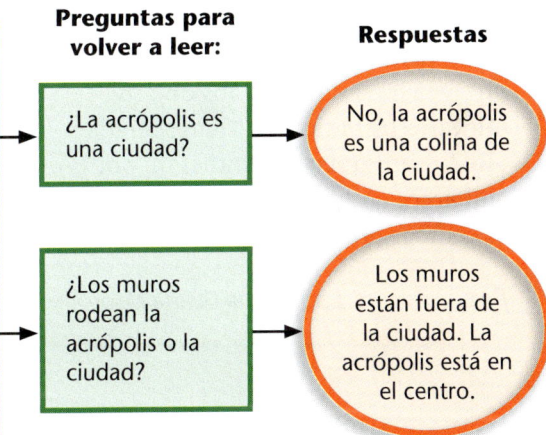

En el centro de la mayoría de las ciudades estado había una fortaleza construida sobre una colina. Esta colina se llamaba acrópolis, que en griego significa "ciudad alta". Además del fuerte, muchas ciudades estado erigían templos y otras construcciones en la acrópolis.

Alrededor de la acrópolis se encontraba el resto de la ciudad, que incluía casas y mercados. La ciudad estaba protegida por altas murallas.

De la Sección 1, La Antigua Grecia

Preguntas para volver a leer:
- ¿La acrópolis es una ciudad?
- ¿Los muros rodean la acrópolis o la ciudad?

Respuestas
- No, la acrópolis es una colina de la ciudad.
- Los muros están fuera de la ciudad. La acrópolis está en el centro.

¡INTÉNTALO!

Lee el siguiente fragmento y luego haz dos preguntas que puedas responder al volver a leer el fragmento. Escribe las preguntas y las respuestas.

Al convertirse en emperador, Octavio recibió un nuevo nombre, Augusto, que significa "venerable". El pueblo romano respetaba y admiraba a Augusto. Ese respeto provenía principalmente de sus numerosos logros. Tal como se ve en el mapa de arriba, Augusto incrementó en gran medida el territorio del imperio. También mejoró las tierras que ya pertenecían al imperio. Por ejemplo, construyó monumentos y edificios públicos en la ciudad de Roma. También mejoró y amplió la red de caminos de Roma, lo que facilitó tanto los viajes como el comercio.

De la Sección 2, El mundo romano

Capítulo 19 El crecimiento y el desarrollo de Europa

Usar pistas del contexto: contrastar

ENFOQUE EN LA LECTURA

Es posible que, de niño, hayas jugado a este juego: "¿Cuál de estas cosas es distinta a las otras?". Este mismo juego puede ayudarte a comprender las palabras nuevas a medida que lees. Algunas veces las palabras u oraciones que rodean a una palabra nueva muestran un contraste, o cómo la palabra se diferencia de otras. Estas pistas de contraste pueden ayudarte a entender el significado de la palabra nueva. Observa cómo el fragmento siguiente indica que *perseveraron* significa algo distinto a *rendirse*.

> La fuerza aérea alemana atacó una y otra vez las ciudades y los objetivos militares británicos. Hitler esperaba que los británicos se rindieran. Sin embargo, en lugar de rendirse, los británicos *perseveraron*.
>
> *De la Sección 6, La Segunda Guerra Mundial*

Pistas de contraste:

1. Busca palabras u oraciones que indiquen contraste.
Las palabras que indican contraste incluyen *sin embargo, en lugar de, en cambio* y *no*. En este párrafo, las palabras *en lugar de* indican las claves de contraste para la palabra desconocida *perseveraron*.

2. Verifica la definición reemplazando por una palabra o frase que tenga sentido.
Es probable que perseverar signifique seguir intentando. *Sin embargo, en lugar de rendirse, los británicos siguieron intentando.*

¡INTÉNTALO!

Lee el siguiente fragmento y luego usa los pasos enumerados arriba para formular una definición de la palabra *competir*.

> Algunos líderes, como Winston Churchill de Gran Bretaña, pensaban que los países de Europa debían cooperar y no competir entre ellos.
>
> *De la Sección 7, Europa desde 1945*

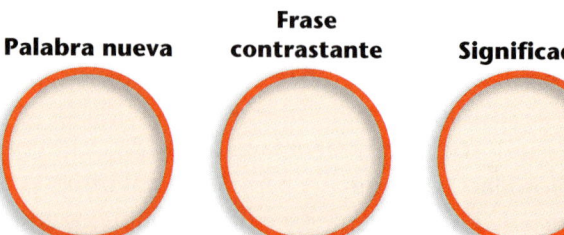

Palabra nueva   Frase contrastante   Significado

Manual de economía

¿Qué es la economía?

La palabra economía puede parecer aburrida, pero se relaciona con casi todos los aspectos de tu vida. Veamos algunos ejemplos de los tipos de elecciones económicas que tú mismo puedes haber hecho.

- Qué par de zapatos comprar: los que están en liquidación o los que más te gustan, que cuestan mucho más
- Seguir ahorrando dinero para comprar el reproductor de DVD que quieres o usar una parte ahora para ir al cine
- Donar dinero para la construcción de un nuevo parque o para hacer viviendas para las personas sin hogar

Como lo demuestran estos ejemplos, podemos pensar que la economía es un análisis de elecciones. Estas elecciones son las que las personas hacen para satisfacer sus necesidades o deseos.

Glosario de términos económicos

Éstas son algunas de las palabras que usamos para hablar de economía.

SISTEMAS ECONÓMICOS

Los países han desarrollado diferentes sistemas económicos que los ayudan a tomar decisiones, como las que se refieren a qué bienes y servicios producir, cómo producirlos y para quiénes producirlos. Los sistemas económicos más comunes del mundo son las economías de mercado y las economías mixtas.

capitalismo Ver economía de mercado.

comunismo sistema político en el que el gobierno es dueño de todas las propiedades y administra una economía dirigida

economía de mercado sistema económico basado en la propiedad privada, la libertad de comercio y la competencia; el gobierno no interviene mucho respecto de qué bienes y servicios se producen, cómo o para quiénes; por ejemplo, Alemania y Estados Unidos

economía dirigida sistema económico en el que el gobierno central toma todas las decisiones económicas, como en Cuba o Corea del Norte

economía mixta sistema económico en el que se combinan la economía dirigida, la economía de mercado y la economía tradicional

economía tradicional sistema económico en el que la producción se basa en costumbres y tradiciones y en el que las personas producen sus propios alimentos, fabrican sus propios bienes y usan el trueque para comerciar

libre empresa sistema en el que las empresas operan con poca participación del gobierno, como en los países con economía de mercado

LA ECONOMÍA Y EL DINERO

Las personas, las empresas y los países obtienen los artículos que necesitan y desean a través de actividades económicas como la producción, la venta y la compra de bienes o servicios. Los países se diferencian por la cantidad de actividad económica que desarrollan y por la fuerza de sus economías.

acción participación en la propiedad de una corporación

bienes objetos o materiales que los seres humanos compran para satisfacer sus deseos y necesidades

bienes de consumo productos terminados que se venden a los consumidores para uso personal u hogareño

consumidor alguien que compra bienes o servicios para uso personal

corporación empresa en la que un grupo de propietarios comparte las ganancias y las pérdidas

demanda cantidad de bienes y servicios que los consumidores desean y pueden comprar en un momento dado

depresión severa caída en toda la actividad económica durante un período prolongado

desarrollo económico nivel de la actividad económica, el crecimiento y la calidad de vida de un país

dinero cualquier instrumento, generalmente monedas o papel moneda, que se usa para el pago de bienes o servicios

economía estructura de la vida económica de un país

ganancias beneficio o excedente que se obtiene al vender bienes o servicios respecto de su costo

industrialización proceso de usar máquinas para los medios principales de producción

inflación aumento general de precios

inversión compra de algo con la expectativa de que aumente su valor; generalmente propiedades, acciones, etc.

moneda billetes o monedas que se usan en un país como dinero

nivel de vida grado de bienestar de las personas; se determina por la cantidad de bienes y servicios que pueden adquirir

oferta cantidad de bienes y servicios disponibles en un momento dado

países desarrollados países con economías fuertes y alta calidad de vida; a menudo tienen altos PBI per cápita y un alto nivel de industrialización y tecnología

países en desarrollo países con economías menos productivas y calidad de vida más baja; a menudo tienen niveles menores de industrialización y tecnología

poder de compra cantidad de ingresos que las personas tienen disponible para gastar en bienes y servicios

productividad cantidad de bienes o servicios que un trabajador o grupo de trabajadores puede producir en un tiempo dado

producto bruto interno (PBI) valor total de mercado de todos los bienes y servicios producidos en un país en un año determinado; el *PBI per cápita* es el valor promedio de los bienes y servicios que se producen por persona en un país en un año determinado

productor persona o grupo que produce bienes o brinda servicios para satisfacer los deseos y las necesidades de los consumidores

servicios todas las actividades que se realizan cobrando una tarifa

COMERCIO INTERNACIONAL

Los países comercian entre sí para obtener recursos, bienes y servicios. El crecimiento del comercio internacional ha contribuido al desarrollo de una economía global.

balanza comercial diferencia entre el valor de las exportaciones e importaciones de un país

barreras comerciales limitaciones financieras o legales para comerciar; restricción del libre comercio

comercio electrónico el intercambio electrónico de bienes y servicios, por ejemplo a través de Internet

competencia rivalidad entre empresas que venden bienes y servicios similares; situación que suele dar como resultado menores precios o productos mejorados

costo de oportunidad valor de la mejor alternativa que se pierde cuando se decide consumir o producir otro bien o servicio

economía de monocultivo economía que es dominada por la producción de un único producto

economía sumergida actividades económicas ilegales y actividades económicas legales no informadas

escasez situación de recursos limitados y necesidades ilimitadas para las personas

especialización enfoque en sólo uno o dos aspectos de la producción para producir un producto más rápidamente y a menor costo; por ejemplo, un trabajador lava las ruedas del automóvil, otro limpia el interior y otro lava la carrocería

exportaciones bienes o servicios que un país vende y envía a otros países

importaciones bienes o servicios que un país recibe o compra de otro país

interdependencia relación entre países en la que ambos dependen del otro para obtener recursos, bienes o servicios

libre comercio comercio entre naciones que no se ve afectado por barreras financieras o legales; comercio sin barreras

mercado comercio de bienes y servicios

mercado negro compra y venta ilegales de bienes, a menudo a precios elevados

precio de equilibrio de mercado precio de un bien o servicio cuando la oferta iguala a la demanda

trade-offs **(compensaciones)** bienes o servicios que se pierden para consumir o producir otro bien o servicio

trueque intercambio de un bien o servicio por otro

ventaja comparativa habilidad de una empresa o país para producir algo a un costo menor que otras empresas o países

ECONOMÍA PERSONAL

Los individuos hacen elecciones personales sobre la manera de administrar y usar su dinero para satisfacer sus necesidades y deseos. Los individuos pueden elegir gastar, ahorrar o invertir su dinero.

ahorros dinero o ingresos que no se usan para comprar bienes o servicios

crédito sistema que permite a los consumidores pagar por bienes y servicios a lo largo del tiempo

deuda cantidad de dinero que se debe

impuesto pago requerido por los gobiernos locales, estatales o nacionales; entre los distintos tipos de impuestos se encuentran los impuestos sobre las ventas, los impuestos sobre las rentas y los impuestos sobre la propiedad

ingreso ganancia de dinero que proviene generalmente del trabajo o del capital

instituciones financieras empresas que guardan e invierten el dinero de las personas y prestan dinero a las personas; incluye a los bancos y a las cooperativas de crédito

interés dinero que un prestatario paga al prestador por un préstamo

préstamo dinero dado con la condición de que será devuelto, generalmente con el pago de interés

presupuesto plan en el que se enumeran los gastos y los ingresos de un individuo u organización

salario pago que un trabajador recibe por su labor

RECURSOS

Las personas y las empresas necesitan recursos, como tierra, mano de obra y dinero, para producir bienes y servicios.

capital generalmente se refiere a la riqueza, en particular a la que se puede usar para financiar la producción de bienes o servicios

capital humano denominación que a veces se usa para las destrezas y la educación de los seres humanos, que influyen sobre la producción de bienes y servicios en una empresa o país

mano de obra todas las personas que tienen la edad legal para trabajar y que están empleadas o buscan empleo

materia prima recurso natural usado para hacer un producto o bien

recurso natural todo material de la naturaleza que las personas usan y valoran

recurso no renovable recurso que no puede ser reemplazado naturalmente, como el carbón o el petróleo

recurso renovable recurso que la Tierra reemplaza naturalmente, como el agua, el suelo y los árboles

ORGANIZACIONES

Los países han formado muchas organizaciones para promover la cooperación, el crecimiento económico y el comercio. Estas organizaciones son importantes en la economía global actual.

Banco Mundial agencia de la ONU que otorga préstamos a los países para su desarrollo y recuperación

Fondo Monetario Internacional (FMI) agencia de la ONU que promueve la cooperación en el comercio internacional y que trabaja para mantener la estabilidad en el intercambio de la moneda de los países

Organización de las Naciones Unidas (ONU) organización de países que promueve la paz y la seguridad en todo el mundo

Organización Mundial del Comercio (OMC) organización internacional que se ocupa del comercio entre las naciones

Organización para la Cooperación y el Desarrollo Económico (OCDE) organización de países que promueve la democracia y las economías de mercado

Unión Europea (UE) organización que promueve la cooperación política y económica en Europa

Repaso del Manual de economía

Repasar vocabulario y palabras

En una hoja de papel aparte, completa los espacios en blanco de las siguientes oraciones:

SISTEMAS ECONÓMICOS

1. **A.** Las empresas pueden trabajar con poca intervención del gobierno en un sistema _____.
   B. En un/una _____, un gobierno central toma todas las decisiones económicas.
   C. El/La _____ es un sistema político en el que el gobierno es dueño de todas las propiedades y ejerce una economía dirigida.
   D. Los sistemas económicos en los que se combinan partes de economía dirigida, economía de mercado o economía tradicional se llaman _____.
   E. _____ es otro término para la economía de mercado, que se basa en la propiedad privada, el libre comercio y la competencia.

LA ECONOMÍA Y EL DINERO

2. **A.** Los/Las _____ son objetos o materiales que las personas pueden comprar para satisfacer sus necesidades y deseos.
   B. Un/Una _____ es cualquier actividad que se realiza cobrando una tarifa.
   C. Una persona que compra bienes o servicios es un/una _____ y una persona o grupo que produce bienes o servicios es un/una _____.
   D. La cantidad de bienes y servicios que los consumidores quieren y pueden comprar en un momento dado se llama _____.
   E. El valor total de todos los bienes y servicios producidos en Estados Unidos en un año es su _____.

MANUAL DE ECONOMÍA

MANUAL DE ECONOMÍA

COMERCIO INTERNACIONAL

3. **A.** Si tenemos una demanda ilimitada de un recurso natural, como el petróleo, y bajo tierra hay una cantidad limitada de petróleo, tendremos una situación llamada _____.
   B. Los bienes o servicios que un país vende a otros países son _____.
   C. La rivalidad entre productores que venden el mismo bien o servicio se llama _____.
   D. Si un país puede producir un bien o servicio a menor costo que otros países, se dice que tiene un/una _____.
   E. El comercio entre naciones que no está limitado por barreras legales o económicas se llama _____.

ECONOMÍA PERSONAL

4. **A.** Un/Una _____ es un pago requerido por un gobierno local, estatal o nacional, que se usa para apoyar servicios públicos como la educación, construcción de carreteras y ayuda gubernamental.
   B. El dinero que no gastamos en bienes o servicios son nuestros/nuestras _____.
   C. Se puede usar el sistema de _____ para pagar bienes y servicios a lo largo del tiempo.
   D. El pago que un trabajador recibe por su labor se llama _____.
   E. Los individuos y las empresas usan _____ para planificar y administrar sus gastos e ingresos.

Actividades

1. Con un compañero, comparen precios en dos tiendas de comestibles. Hagan una tabla que muestre el precio de cinco artículos de las dos tiendas. Además, calculen el precio promedio de los artículos en cada tienda. ¿De qué manera puede afectar a los precios la distancia entre ambas tiendas? ¿Cómo podrían cambiar los precios si una de las tiendas dejara de funcionar? ¿En qué podrían parecerse o diferenciarse los precios si Estados Unidos tuviera una economía dirigida? Expongan lo que han aprendido acerca de los precios y la competencia a sus compañeros de clase.

2. En grupos, elijan cinco países de la misma región para investigarlos. Busquen el PBI per cápita y la expectativa de vida de cada uno de esos países en el atlas regional. Luego, usen sus libros de texto, vayan a la biblioteca o usen Internet para averiguar el índice de alfabetización y la cantidad de televisores cada 1,000 personas en esos países. Organicen esta información en una tabla de cinco columnas como la que se muestra abajo. Analicen la información para hallar algún patrón. Escriban un breve párrafo explicando lo que han aprendido acerca de estos cinco países.

Región				
País	PBI per cápita ($ estadounidenses)	Expectativa de vida al nacer	Índice de alfabetización	Televisores cada 1,000 personas

3. Trabaja con un compañero para identificar algunos de los muchos tipos de moneda usados en África o en Asia. Luego, imaginen que son los propietarios de una empresa en Estados Unidos. Han creado un nuevo producto que desean vender en el continente que eligieron, pero allí las personas no usan la misma moneda que ustedes. Para vender su producto, necesitarán poder cambiar un tipo de moneda por otro. Busquen en Internet o en un periódico una lista de las tasas de cambio de monedas. Por ejemplo, si su producto se vende a 1,000 dólares, ¿cuánto debería costar en rands sudafricanos? ¿Y en rupias indias? ¿Y en yuanes chinos? ¿Y en yenes japoneses?

RECURSOS

5.
A. Los diamantes y el oro son ejemplos de _____, que son los materiales de la naturaleza que las personas usan y valoran.
B. El/La _____ consiste en todas las personas que tienen la edad legal para trabajar y que están empleadas o buscan empleo.
C. La riqueza que se puede usar para financiar la producción de bienes y servicios se llama _____.
D. El petróleo es un ejemplo de un/una _____, que es un recurso que no puede ser reemplazado naturalmente.
E. El agua y los árboles son ejemplos de _____, recursos que la Tierra reemplaza naturalmente.

ORGANIZACIONES

6.
A. Muchos países europeos se han unido al/a la _____ para ayudar a promover la cooperación política y económica en toda Europa.
B. El/La _____ está integrado/a por muchas agencias que promueven la paz y la seguridad en todo el mundo.
C. El/La _____ es una agencia de la ONU que otorga préstamos a países para ayudarlos a desarrollar sus economías.
D. El/La _____ es una agencia de la ONU que ayuda a proteger la estabilidad de las monedas de los países.
E. Muchos países democráticos promueven las economías de mercado a través del/de la _____.

MANUAL DE ECONOMÍA

4. Con tres o cuatro compañeros, hagan una dramatización que ilustre uno de los siguientes conceptos económicos básicos: escasez y recursos limitados, oferta y demanda, o costos de oportunidad y *trade-offs*. Por ejemplo, una dramatización podría ilustrar la oferta y la demanda mostrando cómo la demanda elevada de los mejores lugares en un concierto incrementa el precio de las entradas para esos lugares. Escriban un libreto para su dramatización que incluya una introducción que indique qué concepto económico están ilustrando. Todos los miembros de tu grupo deben participar en la dramatización. Luego, practiquen la dramatización y represéntenla para el resto de la clase.

5. Investiga la siguiente información de cada uno de los países de la tabla de abajo: principales socios comerciales, exportaciones, importaciones, productos industriales, productos agrícolas y recursos. Organiza la información en una segunda tabla. Luego, usa la información de las dos tablas para escribir un informe de una página, explicando cómo el comercio internacional, la especialización y los recursos naturales disponibles afectan el PBI per cápita y el nivel de vida de cada país.

THE WORLD ALMANAC — Datos sobre los países: Suroeste asiático y Asia Central

PAÍS / Capital	BANDERA	POBLACIÓN	ÁREA (mi²)	PBI PER CÁPITA ($ estadounidenses)	EXPECTATIVA DE VIDA AL NACER	TELEVISORES CADA 1,000 PERSONAS
Afganistán Kabul		29.9 millones	250,001	$800	42.9	14
Arabia Saudita Riad		26.4 millones	756,985	$12,000	75.5	263
Irak Bagdad		26.1 millones	168,754	$3,500	68.7	82
Kazajstán Astaná		15.2 millones	1,049,155	$7,800	66.6	240
Kuwait Kuwait		2.3 millones	6,880	$21,300	77.0	480
Estados Unidos Washington, D.C.		295.7 millones	3,718,710	$40,100	77.7	844

El mundo físico

El interior de la Tierra

El interior de la Tierra tiene varias capas distintas. En lo más profundo del planeta está el núcleo. El núcleo interno es sólido y el núcleo externo es líquido. Sobre el núcleo está el manto, que en su mayor parte está formado por roca sólida con una capa fundida en la parte superior. La capa de la superficie terrestre incluye la corteza, que está compuesta por rocas y suelo. Finalmente, la atmósfera se extiende desde la corteza hasta el espacio. La atmósfera hace posible la vida en la Tierra.

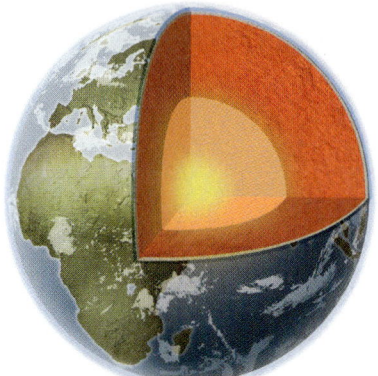
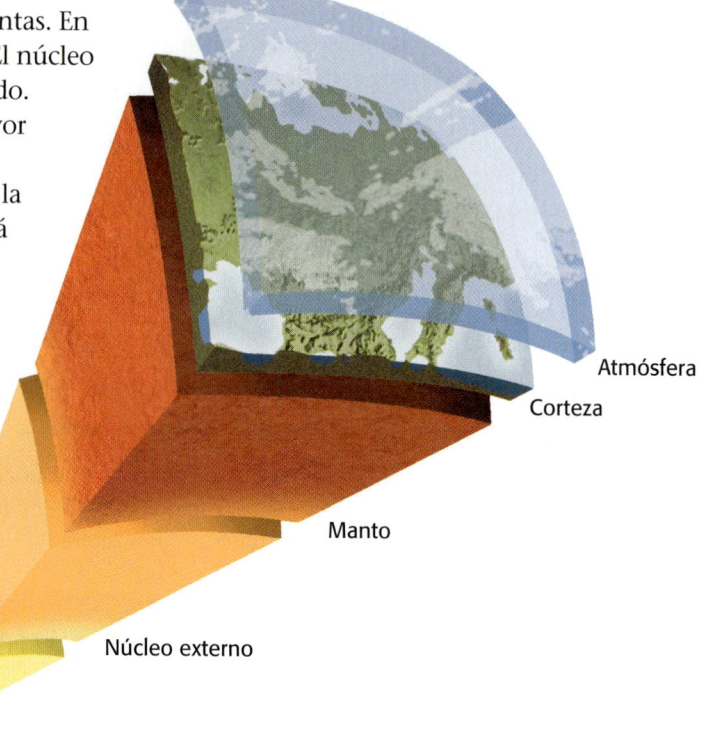

Atmósfera
Corteza
Manto
Núcleo externo
Núcleo interno

Las placas tectónicas

La corteza terrestre está dividida en enormes piezas llamadas placas tectónicas, que encajan entre sí como un rompecabezas. A medida que estas placas se desplazan lentamente, chocan y se separan, provocando alteraciones en la superficie, como montañas, cuencas oceánicas y fosas oceánicas.

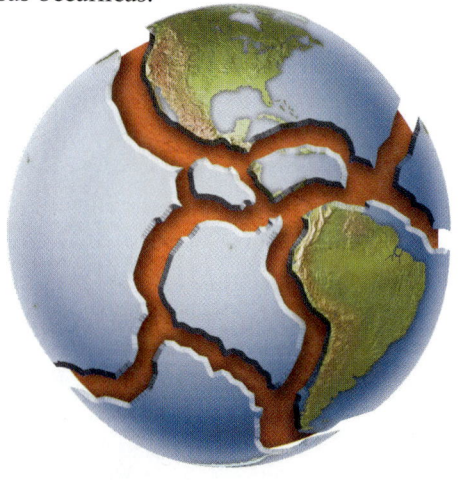

Datos sobre la Tierra

Antigüedad:	4.6 mil millones de años
Masa:	5,974,000,000,000,000,000,000 toneladas métricas
Distancia alrededor del ecuador:	24,902 millas (40,067 km)
Distancia alrededor de los polos:	24,860 millas (40,000 km)
Distancia desde el Sol:	aproximadamente 93 millones de millas (150 millones de km)
Velocidad de la Tierra alrededor del Sol:	18.5 millas por segundo (29.8 km por segundo)
Porcentaje de la superficie terrestre cubierta de agua:	71%
Lo que hace única a la Tierra:	grandes cantidades de agua líquida, actividad tectónica y vida

Los continentes

Los geógrafos identifican siete grandes masas de tierra, o continentes, en la Tierra. La mayoría de estos continentes están completamente rodeados de agua. Pero Europa y Asia no lo están. Comparten una larga frontera terrestre.

Los continentes del mundo son muy diferentes. Por ejemplo, la mayor parte de Australia es seca y rocosa, mientras que la Antártida es fría y está cubierta de hielo. La siguiente información resalta algunos datos clave sobre cada continente.

América del Norte
- Porcentaje de la superficie terrestre: 16.5%
- Porcentaje de la población mundial: 5.1%
- Punto más bajo: Valle de la Muerte, 282 pies (86 m) bajo el nivel del mar

América del Sur
- Porcentaje de la superficie terrestre: 12%
- Porcentaje de la población mundial: 8.6%
- Cadena montañosa más larga: los Andes, 4,500 millas (7,240 km)

Asia
- Porcentaje de la superficie terrestre: 30%
- Porcentaje de la población mundial: 60.7%
- Punto más alto: monte Everest, 29,035 pies (8,850 m)

Europa
- Porcentaje de la superficie terrestre: 6.7%
- Porcentaje de la población mundial: 11.5%
- Habitantes por milla cuadrada: 187

África
- Porcentaje de la superficie terrestre: 20.2%
- Porcentaje de la población mundial: 13.6%
- Río más largo: río Nilo, 4,160 millas (6,693 km)

Australia
- Porcentaje de la superficie terrestre: 5.2%
- Porcentaje de la población mundial: 0.3%
- Rocas más antiguas: 3.7 mil millones de años

Antártida
- Porcentaje de la superficie terrestre: 8.9%
- Porcentaje de la población mundial: 0%
- Lugar más frío: Plateau Station, -56.7 °C (-70.1 °F) de temperatura promedio

El mundo de los seres humanos

Población mundial

Actualmente, viven en el mundo más de 6 mil millones de personas y esa cantidad está creciendo rápidamente. Algunos predicen que la población mundial llegará a 9 mil millones de personas en 2050. A medida que nuestra población crece, también se urbaniza más. Pronto, vivirá la misma cantidad de personas en las ciudades y pueblos que las que viven en áreas rurales.

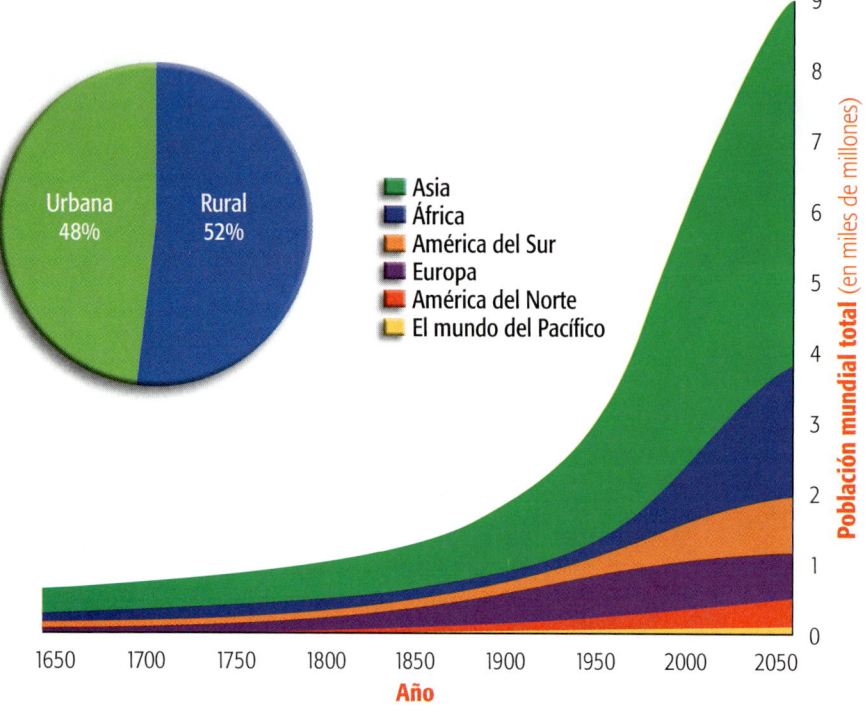

A medida que la población mundial crece, las personas se mudan a las grandes ciudades, como Shanghai (arriba) y Hong Kong (derecha) en China.

Los geógrafos dividen al mundo en regiones desarrolladas y menos desarrolladas. En general, los países desarrollados son más ricos y más urbanos, tienen menores tasas de crecimiento demográfico y mayores expectativas de vida. Como puedes imaginar, la vida en las regiones desarrolladas es muy diferente a la vida en las regiones menos desarrolladas.

Países desarrollados y menos desarrollados

	Población	Tasa de crecimiento natural	Expectativa de vida	Porcentaje de población urbana	PBI per cápita ($ estadounidenses)
Países desarrollados	1.2 mil millones	0.1%	77	77%	$27,790
Países menos desarrollados	5.3 mil millones	1.5%	65	41%	$4,950
El mundo	6.5 mil millones	1.2%	67	48%	$9,190

Religiones universales

Un gran porcentaje de los habitantes del mundo practican alguna de las principales religiones universales. El cristianismo es la religión más grande. Aproximadamente el 33 por ciento de la población mundial es cristiana. El Islam es la segunda religión en importancia en el mundo, practicado por un 20% de la población mundial. También es la religión que crece más rápidamente. El hinduismo y el budismo también son importantes religiones universales.

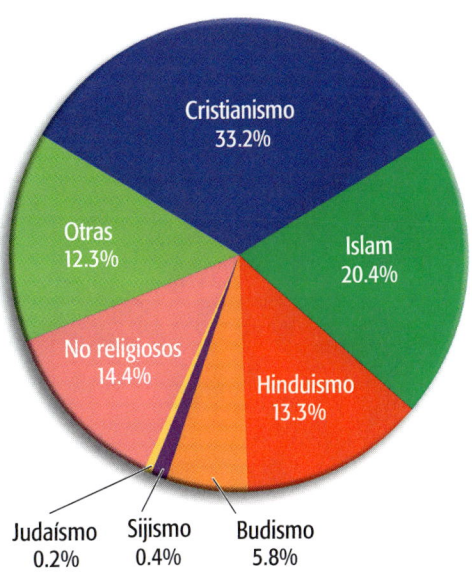

Cristianismo 33.2%
Islam 20.4%
Hinduismo 13.3%
Budismo 5.8%
Sijismo 0.4%
Judaísmo 0.2%
No religiosos 14.4%
Otras 12.3%

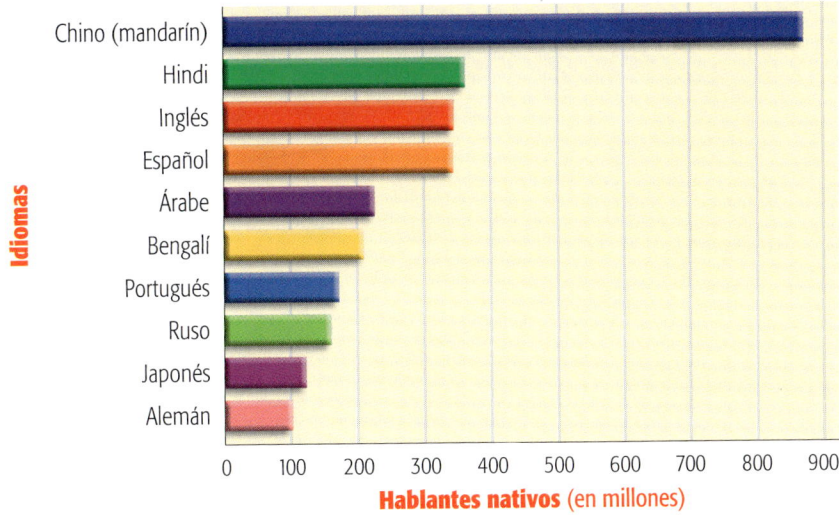

Idiomas: Chino (mandarín), Hindi, Inglés, Español, Árabe, Bengalí, Portugués, Ruso, Japonés, Alemán

Hablantes nativos (en millones)

Idiomas mundiales

Aunque en la actualidad se hablan varios miles de idiomas, un puñado de idiomas principales tienen las mayores cantidades de hablantes nativos. Prácticamente, una de cada seis personas en el mundo habla chino (mandarín). Lo siguen el hindi, el inglés, el español y el árabe, con hablantes nativos en todo el mundo.

DATOS SOBRE EL MUNDO

Planisferio: Mapa físico

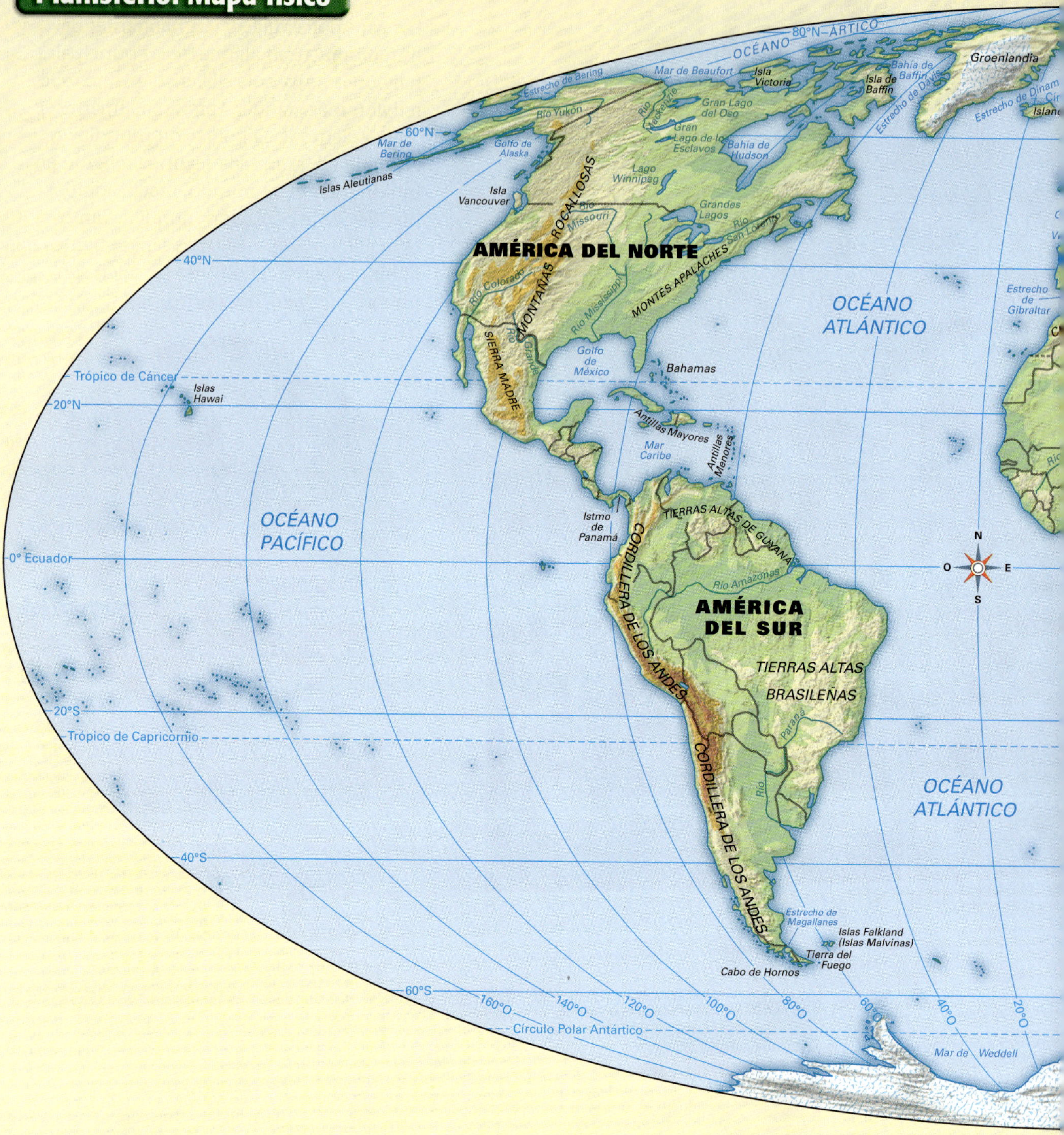

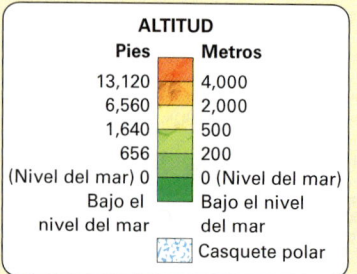

ALTITUD

Pies	Metros
13,120	4,000
6,560	2,000
1,640	500
656	200
(Nivel del mar) 0	0 (Nivel del mar)
Bajo el nivel del mar	Bajo el nivel del mar
	Casquete polar

0 500 1,000 1,500 2,000 millas
0 1,000 2,000 kilómetros
Proyección de Mollweide

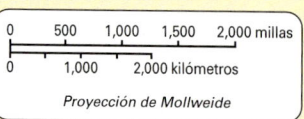

Planisferio: Mapa político

Diccionario geográfico

A

Abuja (9°N, 7°E) capital de Nigeria (pág. 383)
Accra (6°N, 0°) capital de Ghana (pág. 240)
Adís Abeba (9°N, 39°E) capital de Etiopía (pág. 240)
África segundo continente en extensión; está rodeado por el océano Atlántico, el océano Índico y el mar Mediterráneo
Aksum antiguo estado al sureste de Nubia, a orillas del mar Rojo, en los territorios que actualmente ocupan Etiopía y Eritrea; por medio del comercio, Aksum se volvió el estado más poderoso de la región (pág. 319)
Albania país de la península Balcánica en Europa sudoriental (pág. 575)
Alejandría (31°N, 30°E) ciudad de Egipto, lleva su nombre por Alejandro Magno (pág. 594)
Alemania país del centro-oeste de Europa (pág. 567)
Alpes gran cadena montañosa de Europa Central (pág. 567)
Altiplanicie Central área de montañas, mesetas y valles del centro de Europa (pág. 567)
Alto Egipto la región sureña, en el interior del antiguo Egipto, situada río arriba del Bajo Egipto (pág. 278)
América del Norte continente que abarca Canadá, Estados Unidos, México, América Central y las islas del Caribe
América del Sur continente ubicado en los hemisferios sur y occidental
Ámsterdam (52°N, 5°E) capital y mayor ciudad de los Países Bajos (pág. 552)
Angkor Wat (14°N, 104°E) vasto complejo de templos construido por los jemer en lo que actualmente es Camboya (pág. 508)
Angola país de África Central que bordea el océano Atlántico (pág. 263)
Antananarivo (19°S, 48°E) capital de Madagascar (pág. 240)
Antártida continente alrededor del Polo Sur
Apeninos la mayor cadena montañosa de la península Itálica (pág. 563)
Archipiélago malayo gran grupo de islas del sureste asiático (pág. 418)
Argel (37°N, 3°E) capital de Argelia (pág. 240)
Argelia país del norte de África, entre Marruecos y Libia (pág. 251)
Armenia país ubicado en las montañas del Cáucaso (pág. 579)
Asia el continente más grande del mundo; ubicado entre Europa y el océano Pacífico
Asmara (15°N, 39°E) capital de Eritrea (pág. 240)
Atenas (38°N, 24°E) ciudad antigua y capital moderna de Grecia; considerada la cuna de la democracia (pág. 591)
Australia único país que ocupa la totalidad de un continente (también denominado Australia); ubicado entre el océano Índico y el océano Pacífico
Austria país del centro-oeste de Europa (pág. 567)
Azerbaiyán país ubicado en las montañas del Cáucaso (pág. 579)

B

Bahía de Bengala gran bahía del océano Índico situada entre la India y el sureste asiático (pág. 407)
Bajo Egipto la región costera, del norte, del antiguo Egipto (pág. 278)
Bakú (40°N, 48°E) capital de Azerbaiyán (pág. 553)
Bamako (13°N, 8°O) capital de Malí (pág. 240)
Bandar Seri Begawan (5°N, 115°E) capital de Brunéi (pág. 396)
Bangkok (14°N, 100°E) capital de Tailandia (pág. 396)
Bangladesh país del sur de Asia (pág. 407)
Bangui (4°N, 19°E) capital de la República Centroafricana (pág. 240)
Banjul (13°N, 17°O) capital de Gambia (pág. 240)
Bélgica país del centro-oeste de Europa (pág. 567)
Belgrado (45°N, 21°E) capital de Serbia (pág. 552)
Benín antiguo reino de África Occidental; área ocupada actualmente por el sur de Nigeria (pág. 342)
Benín país de África Occidental, situado entre Togo y Nigeria (pág. 255)
Berlín (53°N, 13°E) capital de Alemania (pág. 552)
Berna (47°N, 7°E) capital de Suiza (pág. 552)
Bielorrusia país de Europa Oriental (pág. 575)
Birmania (Myanmar) país del sureste asiático (pág. 419)
Bissau (12°N, 16°O) capital de Guinea-Bissau (pág. 240)
Bloemfontein (29°S, 26°E) capital judicial de Sudáfrica (pág. 240)

Borneo la tercera isla del mundo en extensión; situada en el sureste asiático (pág. 419)
Bosnia-Herzegovina país ubicado en la península Balcánica (pág. 575)
Botsuana país del sur de África, situado entre Namibia y Zimbabwe (pág. 269)
Bratislava (48°N, 17°E) capital de Eslovaquia (pág. 552)
Brazzaville (4°S, 15°E) capital de la República del Congo (pág. 240)
Brunéi país del sureste asiático, situado en la costa norte de Borneo (pág. 419)
Bruselas (51°N, 4°E) capital de Bélgica (pág. 552)
Bucarest (44°N, 26°E) capital de Rumania (pág. 552)
Budapest (48°N, 19°E) capital de Hungría (pág. 552)
Bulgaria país situado en los Balcanes (pág. 575)
Burkina Faso país sin salida al mar de África Occidental (pág. 255)
Burundi país sin salida al mar de África Oriental (pág. 259)
Bután país del sur de Asia, situado al norte de la India (pág. 407)
Buyumbura (3°S, 29°E) capital de Burundi (pág. 240)

C

Cabo de Buena Esperanza cabo situado en el extremo sur de África (pág. 269)
Cabo Verde país insular situado cerca de la costa de África Occidental (pág. 255)
Cachemira región disputada por la India y Pakistán (pág. 527)
Cairo, El (30°N, 31°E) capital de Egipto (pág. 240)
Camboya país del sureste asiático (pág. 419)
Camerún país de África Central, situado al sur de Nigeria (pág. 263)
Canal de la Mancha estrecho del océano Atlántico entre Inglaterra y Francia (pág. 570)
Canal de Suez canal de Egipto que une los mares Mediterráneo y Rojo (pág. 251)
Cantón (23°N, 113°E) importante ciudad comercial de China; también llamada Guangzhou (pág. 513)
Cárpatos importante cadena montañosa del centro y este de Europa (pág. 574)
Cartago (37°N, 10°E) antigua ciudad portuaria fenicia situada en África del Norte; hoy, Túnez (pág. 598)
Chad país sin salida al mar de África Occidental, situado al este de Níger (pág. 255)
Chernobyl (51°N, 30°E) ciudad de Ucrania en la que se produjo en 1986 el peor accidente de un reactor nuclear del mundo (pág. 577)
China país del este de Asia; una serie de dinastías convirtieron a China en una potencia mundial (pág. 538)
Círculo polar antártico línea de latitud ubicada a 66.5° al sur del ecuador; paralelo más allá del cual no llega la luz del sol en el solsticio de junio
Círculo polar ártico línea de latitud ubicada a 66.5° al norte del ecuador; paralelo más allá del cual no llega la luz del sol en el solsticio de diciembre
Ciudad de Benín (6°N, 6°E) anterior capital del reino de Benín, ahora centro industrial de Nigeria (pág. 345)
Ciudad del Cabo (34°S, 18°E) capital legislativa de Sudáfrica (pág. 240)
Ciudad del Vaticano (42°N, 12°E) pequeño país situado en Roma, que es la sede de la Iglesia Católica Romana (pág. 552)
Colombo (7°N, 80°E) capital de Sri Lanka (pág. 396)
Comores país insular situado en el océano Índico, cerca de la costa de África (pág. 269)
Conakry (10°N, 14°O) capital de Guinea (pág. 240)
Congo Belga la colonia belga más grande de África; se transformó en la República Democrática del Congo después de ganar su independencia (pág. 370)
Congo, República del país de África Central, a orillas del río Congo (pág. 263)
Congo, República Democrática del el país más grande y populoso de África Central (pág. 263)
Constantinopla (41°N, 29°E) capital del Imperio Romano de Oriente, situada entre el mar Negro y el mar Mediterráneo; hoy, la moderna ciudad de Estambul (pág. 603)
Copenhague (56°N, 13°E) capital de Dinamarca (pág. 552)
Corea del Norte país de Asia Oriental (pág. 415)
Corea del Sur país de Asia Oriental (pág. 415)
Corriente del Atlántico Norte corriente oceánica cálida que circula cruzando el océano Atlántico y a lo largo de Europa Occidental (pág. 572)
Costa de Marfil país de África Occidental, situado entre Liberia y Ghana (pág. 240)
Costa de Oro colonia británica de África Occidental; fue rebautizada como Ghana cuando se independizó en 1960 (pág. 357)
Croacia país de los Balcanes (pág. 575)

Cuenca del Congo extensa planicie junto al río Congo en África Central (pág. 262)
Cuevas de Ajanta (21°N, 76°E) complejo de cuevas en el norte de la India, famosas por sus antiguas pinturas y estatuas budistas (pág. 453)
Cuevas de Ellora (20°N, 75°E) conjunto de cuevas en el centro de la India, famosas por sus templos y obras de arte budistas, hinduistas y jainistas (pág. 453)

Dacca (24°N, 90°E) capital de Bangladesh (pág. 396)
Dakar (15°N, 17°O) capital de Senegal (pág. 240)
Danubio el segundo río de Europa por su longitud; fluye desde el este de Alemania hasta el mar Negro (pág. 576)
Dar es Salaam (7°S, 39°E) capital de Tanzania (pág. 240)
Darfur región de Sudán Occidental; debido al genocidio, millones de personas huyeron de Darfur (pág. 375)
Decán gran planicie en el sur de la India (pág. 407)
Delta del Níger delta formado por el río Níger en el sur de Nigeria; posee grandes reservas de petróleo (pág. 382)
Desierto de Namibia desierto del suroeste de África (pág. 270)
Desierto de Thar desierto que abarca India Occidental y Pakistán Oriental (pág. 408)
Dili (8°N, 125°E) capital de Timor Oriental (pág. 396)
Dinamarca país de Europa del Norte (pág. 571)
Djenné ciudad en la actual Malí que fue un centro de comercio y cultura durante el imperio de Songhai (pág. 332)
Dodoma (6°S, 36°E) capital de Tanzania (pág. 240)
Drakensberg cadena montañosa de África del Sur (pág. 268)
Dublín (53°N, 6°O) capital de Irlanda (pág. 552)

ecuador línea imaginaria de latitud que rodea el globo terráqueo a mitad de camino entre los Polos Norte y Sur
Edimburgo (56°N, 3°O) capital de Escocia (pág. 552)
Egipto país del norte de África a orillas del mar Mediterráneo; cuna de una de las civilizaciones más antiguas del mundo (pág. 251)

Erevan (40°N, 45°E) capital de Armenia (pág. 553)
Eritrea país de África Oriental situado al norte de Etiopía (pág. 259)
Escandinavia gran península de Europa del Norte que incluye a Noruega y a Suecia (pág. 570)
Escocia país del Reino Unido situado en la parte norte de Gran Bretaña (pág. 571)
Eslovaquia país de Europa Oriental (pág. 575)
Eslovenia país de Europa Oriental (pág. 575)
España país de Europa del Sur, situado en la península Ibérica (pág. 563)
Esparta (37°N, 22°E) antigua ciudad de Grecia (pág. 593)
Estocolmo (59°N, 18°E) capital de Suecia (pág. 552)
Estonia país báltico de Europa Oriental (pág. 575)
Etiopía país de África Oriental situado en el Cuerno de África; fue un reino independiente (pág. 259)
Europa continente que se extiende desde los montes Urales hasta el océano Atlántico

Filipinas país insular del sureste asiático (pág. 419)
Finlandia país de Europa del Norte (pág. 571)
Florencia (44°N, 11°E) ciudad de Italia que fue un importante centro del Renacimiento (pág. 628)
Francia país del centro de Europa Occidental (pág. 670)
Freetown (9°N, 13°O) capital de Sierra Leona (pág. 240)
Fuji (35°N, 135°E) volcán y el pico más alto de Japón (pág. 415)

Gabón país de África Central situado entre Camerún y la República Democrática del Congo (pág. 263)
Gaborone (24°S, 26°E) capital de Botsuana (pág. 240)
Gales país del Reino Unido situado al oeste de Inglaterra en la isla de Gran Bretaña (pág. 571)
Galia antigua región de Europa Occidental que incluía partes de lo que actualmente son Francia y Bélgica (pág. 610)
Gambia país de África Occidental que está rodeado por tres lados por Senegal (pág. 255)
Gao (16°N, 0°O) antigua ciudad comercial de África que era la capital del imperio de Songhai (pág. 331)

Georgia país de las montañas del Cáucaso (pág. 579)
Ghana país de África Occidental, situado entre Costa de Marfil y Togo (pág. 255)
Ghana poderoso imperio establecido alrededor del año 150 (pág. 320)
Ghats Occidentales cadena montañosa de la India (pág. 407)
Ghats Orientales cadena montañosa de la India (pág. 407)
Giza (30°N, 31°E) ciudad egipcia y emplazamiento de grandes pirámides, incluyendo la gran pirámide de Keops (pág. 288)
Gobi desierto de China y Mongolia (pág. 411)
Gran llanura europea extensa llanura que atraviesa el centro y norte de Europa (pág. 566)
Gran Valle del Rift serie de valles de África Oriental originados por la expansión de la corteza terrestre (pág. 258)
Grecia país de Europa del Sur (pág. 563)
Guinea país de África Occidental situado al norte de Sierra Leona (pág. 255)
Guinea-Bissau país de África Occidental situado al norte de Guinea (pág. 255)
Guinea Ecuatorial país de África Central, situado entre Camerún y Gabón (pág. 263)

Hallstatt (48°N, 14°E) pueblo austríaco cerca del cual se descubrieron artefactos celtas de la Edad de Bronce en 1846 (pág. 610)
Hanoi (21°N, 106°E) capital de Vietnam (pág. 396)
Harappa ciudad que prosperó entre 2300 y 1700 a.C. en el valle del Indo, en lo que actualmente es Pakistán (pág. 431)
Harare (18°S, 31°E) capital de Zimbabwe (pág. 240)
Heian (35°N, 136°E) ciudad de Japón actualmente llamada Kioto; fue centro cultural y capital de Japón durante muchos siglos (pág. 498)
Helsinki (60°N, 25°E) capital de Finlandia (pág. 552)
Hemisferio norte la mitad norte del globo, comprendida entre el ecuador y el Polo Norte
Hemisferio occidental la mitad del globo comprendida entre los meridianos de 180° y 0°, que abarca América del Norte, América del Sur y los océanos Pacífico y Atlántico
Hemisferio oriental la mitad del globo entre los meridianos 0° y 180° de longitud, que abarca la mayor parte de África y Europa, además de Asia, Australia y el océano Índico
Hemisferio sur la mitad sur del globo, entre el ecuador y el Polo Sur
Himalaya las montañas más altas del mundo; separan el subcontinente indio de China (pág. 410)
Hindu Kush cadena de montañas que separa el subcontinente indio de Asia Central (pág. 406)
Hiroshima (34°N, 132°E) ciudad japonesa donde se lanzó la primera bomba atómica al final de la Segunda Guerra Mundial (pág. 525)
Hokkaido es la isla situada más al norte de las cuatro islas principales de Japón (pág. 414)
Hong Kong (22°N, 115°E) ciudad del sur de China (pág. 529)
Honshu la más grande de las cuatro islas principales de Japón (pág. 414)
Huang He (río Amarillo) principal río del norte de China (pág. 412)

Imperio romano imperio grande y poderoso que incluía todo el territorio alrededor del mar Mediterráneo; alcanzó su apogeo alrededor de 599 d.C. (pág. 598)
India gran país del sur de Asia (pág. 407)
Indonesia el país más grande del sureste asiático (pág. 419)
Inglaterra país del Reino Unido que ocupa la mayor parte de la isla de Gran Bretaña (pág. 571)
Irlanda país situado al oeste de Gran Bretaña en las Islas Británicas (pág. 571)
Islamabad (34°N, 73°E) capital de Pakistán (pág. 396)
Islandia país insular de Europa del Norte (pág. 571)
Islas Británicas grupo de islas situadas cerca de la costa noroeste de Europa, que incluye a Gran Bretaña e Irlanda (pág. 570)
Italia país de Europa del Sur (pág. 563)

Japón país insular montañoso cerca de la costa oriental de Asia, próximo a China y a las dos Coreas (pág. 415)
Jartum (16°N, 33°E) capital de Sudán (pág. 240)
Java extensa isla de Indonesia (pág. 419)

K

Kaifeng (35°N, 114°E) capital de China durante la dinastía Song (pág. 478)
Kampala (0°, 32°E) capital de Uganda (pág. 240)
Katmandú (28°N, 85°E) capital de Nepal (pág. 396)
Kenia país de África Oriental situado al sur de Etiopía (pág. 259)
Kerma ciudad a orillas del Nilo en el reino de Kush; fue tomada por Egipto, forzando a los kushitas a mudar su capital a Napata (pág. 311)
Kiev (50°N, 31°E) capital de Ucrania (pág. 552)
Kigali (2°S, 30°E) capital de Ruanda (pág. 240)
Kinshasa (4°S, 15°E) capital de la República Democrática del Congo (pág. 240)
Kishinev (47°N, 29°E) capital de Moldavia (pág. 552)
Kuala Lumpur (3°N, 102°E) capital de Malasia (pág. 396)
Kush el primer gran reino del interior de África; Kush gobernó a Egipto y en otros períodos fue dominado por Egipto (pág. 310)
Kyushu una de las cuatro islas principales de Japón; ubicada en el extremo sur (pág. 414)

L

Lago Baikal enorme lago de agua dulce de Rusia; es el lago más profundo del mundo (pág. 580)
Lago Victoria el lago más grande de África (pág. 260)
Lagos (6°N, 3°E) ciudad de Nigeria; la más poblada de África Occidental (pág. 383)
Laos país sin salida al mar del sureste asiático (pág. 419)
La Tène (47°N, 7°E) pueblo suizo cerca del cual se descubrieron artefactos celtas de la Edad de Hierro en 1857 (pág. 610)
Lesoto país totalmente rodeado por Sudáfrica (pág. 269)
Letonia país báltico de Europa Oriental (pág. 575)
Liberia país de África Occidental entre Sierra Leona y Costa de Marfil (pág. 255)
Libia país del norte de África entre Egipto y Argelia (pág. 251)
Libreville (0°, 9°E) capital de Gabón (pág. 240)
Lilongüe (14°S, 34°E) capital de Malaui (pág. 240)
Lisboa (39°N, 9°O) capital de Portugal (pág. 552)
Lituania país báltico de Europa Oriental (pág. 575)
Liubliana (46°N, 15°E) capital de Eslovenia (pág. 552)
Llanura del Ganges extensa llanura del norte de la India formada por el río Ganges (pág. 407)
Llanura del norte de China región de llanuras del noreste de China (pág. 412)
Llanura del Serengeti extensa llanura de África Oriental, famosa por su fauna y flora (pág. 259)
Loira el río más grande de Francia (pág. 670)
Lomé (6°N, 1°E) capital de Togo (pág. 240)
Londres (51°N, 1°O) capital de Inglaterra y del Reino Unido (pág. 615)
Luanda (9°S, 13°E) capital de Angola (pág. 240)
Lusaka (15°S, 28°E) capital de Zambia (pág. 240)
Luxemburgo (45°N, 6°E) capital de Luxemburgo (pág. 552)
Luxemburgo país del centro de Europa Occidental (pág. 567)
Lyon (46°N, 5°E) gran ciudad del centro de Francia (pág. 671)

M

Macedonia país de la península Balcánica en el sureste de Europa (pág. 575)
Macedonia pequeño reino situado al oeste del mar Negro y al norte del mar Egeo; los macedonios conquistaron Grecia en la década de 150 a.C. (pág. 594)
Macizo Central altiplanicie en el centro-sur de Francia (pág. 670)
Madagascar extenso país insular cerca de la costa sureste de África (pág. 269)
Madrid (40°N, 4°O) capital de España (pág. 552)
Malabo (4°N, 9°E) capital de Guinea Ecuatorial (pág. 240)
Malasia país del sureste asiático (pág. 419)
Malawi país sin salida al mar de África Central situado al sur de Tanzania (pág. 263)
Maldivas país insular situado al sur de la India (pág. 407)
Malé (5°N, 72°E) capital de Maldivas (pág. 396)
Malí imperio que alcanzó su apogeo alrededor de 1300 (pág. 328)
Malí país de África Occidental a orillas del río Níger (pág. 255)
Manchuria extensa región del norte de China; fue invadida por Japón antes de la Segunda Guerra Mundial (pág. 522)
Manila (15°N, 121°E) capital de Filipinas (pág. 396)

Maputo (27°S, 33°E) capital de Mozambique (pág. 240)

Mar Amarillo masa de agua entre el noreste de China y la península de Corea (pág. 411)

Mar Báltico brazo poco profundo del océano Atlántico, en Europa del Norte (pág. 575)

Mar Caspio mar interno situado entre Europa y Asia; es la mayor masa de agua interior del mundo (pág. 578)

Mar del Norte brazo poco profundo del océano Atlántico, en Europa del Norte (pág. 571)

Mar Mediterráneo mar rodeado por Europa, Asia y África (pág. 562)

Mar Rojo mar situado entre la península Arábiga y África (pág. 251)

Marruecos país del norte de África, al sur de España (pág. 251)

Marsella (43°N, 5°E) ciudad portuaria de Francia a orillas del mar Mediterráneo (pág. 671)

Maseru (29°S, 27°E) capital de Lesoto (pág. 240)

Mauricio país insular situado al este de Madagascar (pág. 240)

Mauritania país de África Occidental situado entre Malí y el océano Atlántico (pág. 255)

Mbabane (26°S, 31°E) capital de Suazilandia (pág. 240)

Menfis (30°N, 31°E) antigua capital de Egipto (pág. 281)

Meridiano de Greenwich línea imaginaria que pasa por Greenwich, Inglaterra, a los 0° de longitud

Meroë (17°N, 34°E) antigua capital de Kush (pág. 316)

Meseta del Tíbet elevada meseta de China Occidental (pág. 411)

Mogadiscio (2°N, 45°E) capital de Somalia (pág. 240)

Mohenjo Daro (27°N, 68°E) antigua ciudad de la civilización harappa ubicada en el Pakistán actual (pág. 431)

Moldavia país de Europa Oriental (pág. 575)

Mónaco pequeño país del centro-oeste de Europa (pág. 567)

Mongolia país sin salida al mar de Asia oriental (pág. 411)

Monrovia (6°N, 11°O) capital de Liberia (pág. 240)

Montañas del Cáucaso cadena montañosa del sureste de Europa, entre el mar Negro y el mar Caspio (pág. 578)

Mont Blanc (46°N, 7°E) pico montañoso de Francia; el más alto de los Alpes (pág. 568)

Monte Elbrus el pico más alto de las montañas del Cáucaso (pág. 580)

Monte Everest la montaña más alta del mundo, con 29,035 pies (8,850 m) de altura; está situado entre la India y Nepal (pág. 407)

Monte Kilimanjaro (3°S, 37°E) la montaña más alta de África, con 19,341 pies (5,895 m) de altura; se encuentra en Tanzania, cerca de la frontera con Kenia (pág. 259)

Montenegro país de los Balcanes (pág. 575)

Montes Atlas alta cadena montañosa en el noroeste de África (pág. 252)

Montes Kjolen cadena montañosa de Escandinavia situada a lo largo de la frontera entre Noruega y Suecia (pág. 570)

Montes Urales cadena montañosa de Rusia que separa Europa de Asia (pág. 578)

Moroni (12°S, 43°E) capital de Comoras (pág. 240)

Moscú (56°N, 38°E) capital de Rusia (pág. 553)

Mozambique país del sur de África al sur de Tanzania (pág. 269)

Myanmar (Birmania) país del sureste asiático (pág. 419)

Nairobi (1°S, 37°E) capital de Kenia (pág. 240)

Namibia país de la costa atlántica de África del Sur (pág. 269)

Nankín (32°N, 119°E) ciudad del norte de China que fue invadida por los japoneses antes de la Segunda Guerra Mundial (pág. 523)

Napata ciudad construida por los egipcios a orillas del río Nilo; fue la capital de Kush en los siglos VIII y VII a.C. (pág. 313)

Nepal país sin salida al mar del sur de Asia (pág. 407)

Niamey (14°N, 2°E) capital de Níger (pág. 240)

Níger país de África Occidental situado al norte de Nigeria (pág. 255)

Nigeria país de la costa atlántica de África Occidental (pág. 382)

Noruega país de Europa del Norte (pág. 571)

Nouakchott (18°N, 16°O) capital de Mauritania (pág. 240)

Nubia región del norte de África, situada a orillas del río Nilo al sur de Egipto; allí se originó el reino de Kush (pág. 310)

Nueva Delhi (29°N, 77°E) capital de la India (pág. 396)

Nueva Guinea la segunda isla del mundo por su tamaño; situada en el sureste asiático (pág. 419)

Océano Ártico océano al norte del círculo polar ártico; el cuarto del mundo en extensión

Océano Atlántico océano ubicado entre los continentes de América del Norte y América del Sur y los continentes de Europa y África; el segundo del mundo en extensión

Océano Índico el tercer océano del mundo en extensión; está situado entre Asia y la Antártida

Océano Pacífico el océano más grande del mundo; situado entre Asia y América

Oslo (60°N, 11°E) capital de Noruega (pág. 552)

Países Bajos país del centro-oeste de Europa (pág. 567)

Pakistán país del sur de Asia situado al noroeste de la India (pág. 407)

Papúa Nueva Guinea país situado en la isla de Nueva Guinea (pág. 419)

París (46°N, 0°) capital de Francia (pág. 671)

Pearl Harbor (21°N, 158°O) puerto hawaiano; emplazamiento de una base naval de EE. UU. que fue bombardeada por Japón dando comienzo a la Segunda Guerra Mundial en el Pacífico (pág. 523)

Pekín (40°N, 116°E) capital de China (pág. 488)

Península Balcánica península de Europa del Sur (pág. 575)

Península de Corea península de la costa oriental de Asia (pág. 415)

Península de Indochina gran península del sureste asiático (pág. 418)

Península de Kamchatka gran península montañosa de Rusia Oriental, sobre el océano Pacífico (pág. 579)

Península Ibérica gran península de Europa del Sur; en ella están situados España y Portugal (pág. 562)

Península Malaya estrecha península del sureste asiático (pág. 418)

Phnom Penh (12°N, 105°E) capital de Camboya (pág. 396)

Pirineos elevada cadena montañosa entre España y Francia (pág. 563)

Plaza Tiananmen (40°N, 116°E) gran plaza pública cerca del centro de Pekín, China (pág. 531)

Podgorica (43°N, 19°E) capital de Montenegro (pág. 552)

Polonia país de Europa Oriental (pág. 575)

Polo Norte (90°N) el extremo norte del eje de la Tierra

Polo Sur (90°S) el extremo sur del eje de la Tierra

Port Louis (20°S, 58°E) capital de Mauricio (pág. 240)

Port Moresby (10°S, 147°E) capital de Papúa Nueva Guinea (pág. 396)

Porto Novo (6°N, 3°E) capital de Benín (pág. 240)

Portugal país de Europa del Sur, situado en la península Ibérica (pág. 563)

Praga (50°N, 14°E) capital de la República Checa (pág. 552)

Praia (15°N, 24°O) capital de Cabo Verde (pág. 240)

Pretoria (26°S, 28°E) capital administrativa de Sudáfrica (pág. 240)

Pyongyang (39°N, 126°E) capital de Corea del Norte (pág. 396)

Rabat (34°N, 7°O) capital de Marruecos (pág. 240)

Rangún (Yangon) (17°N, 96°E) capital de Birmania (Myanmar) (pág. 396)

Reikiavik (64°N, 22°O) capital de Islandia (pág. 552)

Reino Unido estado de las Islas Británicas que abarca Inglaterra, Gales, Escocia e Irlanda del Norte (pág. 571)

República Centroafricana país sin salida al mar de África Central, al sur de Chad (pág. 263)

República Checa país de Europa Oriental (pág. 575)

Riga (57°N, 24°E) capital de Lituania (pág. 552)

Rin importante río de Europa; nace en Suiza y fluye hacia el norte hasta el mar del Norte (pág. 568)

Río Benue gran río de África Occidental (pág. 382)

Río Congo el río más importante de África Central (pág. 263)

Río Indo río de la actual Pakistán; a su orilla comenzó una de las más antiguas civilizaciones (pág. 408)

Río Ganges gran río del noreste de la India, considerado sagrado por los hindúes (pág. 407)

Río Mekong principal río del sureste asiático (pág. 419)

Río Níger principal río de África Occidental (pág. 255)

Río Nilo el río más largo del mundo; fluye desde el centro de África hasta el Mediterráneo y fue esencial para el desarrollo de las civilizaciones de Egipto y de Kush (pág. 250)

Río Obi río largo del centro de Rusia (pág. 580)

Río Zambezi río de África Central que desemboca en el océano Índico (pág. 263)

Roma (42°N, 13°E) capital de Italia; en la antigüedad fue la capital del Imperio romano (pág. 552)

Ruanda país de África Oriental entre Tanzania y la República Democrática del Congo (pág. 259)

Rumania país de Europa Oriental (pág. 575)

Rusia enorme país que se extiende desde Europa Oriental hasta el océano Pacífico; es el país más grande del mundo (pág. 579)

Ruta de la Seda antigua ruta comercial desde China que atravesaba Asia Central hasta llegar al Mediterráneo (pág. 474)

Sahara el desierto más grande del mundo; domina gran parte del norte de África (pág. 250)

Sahel región semiárida entre el Sahara y áreas más húmedas del sur (pág. 256)

Santo Tomé (1°N, 6°E) capital de Santo Tomé y Príncipe (pág. 240)

Santo Tomé y Príncipe país insular situado cerca de la costa atlántica de África Central (pág. 263)

Sarajevo (44°N, 18°E) capital de Bosnia-Herzegovina (pág. 552)

Senegal país de África Occidental al sur de Mauritania (pág. 255)

Serbia país de los Balcanes (pág. 575)

Seúl (38°N, 127°E) capital de Corea del Sur (pág. 396)

Seychelles país insular ubicado al este de África en el océano Índico (pág. 240)

Shanghai (31°N, 121°E) importante ciudad portuaria de China Oriental (pág. 538)

Shikoku la más pequeña de las cuatro islas principales de Japón (pág. 414)

Siberia enorme región de Rusia Oriental (pág. 579)

Sierra Leona país de África Occidental situado al sur de Guinea (pág. 255)

Singapur país insular en el extremo de la península Malaya, en el sureste asiático (pág. 419)

Sofía (43°N, 23°E) capital de Bulgaria (pág. 552)

Somalia país de África Oriental situado en el Cuerno de África (pág. 259)

Songhai imperio grande y poderoso de África Occidental durante los siglos XV y XVI (pág. 331)

Sri Lanka país insular situado al sur de la India (pág. 407)

Suazilandia país del sur de África casi totalmente rodeado por Sudáfrica (pág. 269)

Sudáfrica país situado en el extremo sur de África (pág. 269)

Sudán país de África Oriental; es el más grande de África (pág. 259)

Suecia país de Europa del Norte (pág. 571)

Suiza país del centro-oeste de Europa (pág. 567)

Sumatra gran isla de Indonesia (pág. 419)

Tailandia país del sureste asiático (pág. 419)

Taipei (25°N, 122°E) capital de Taiwán (pág. 396)

Taiwán país insular situado al sureste de China (pág. 411)

Tallín (59°N, 25°E) capital de Estonia (pág. 552)

Tanzania país de África Oriental situado al sur de Kenia (pág. 259)

Tierra Santa región del suroeste asiático donde vivió y enseñó Jesús; los cristianos intentaron recuperar el área en las Cruzadas (pág. 619)

Tiflis (42°N, 45°E) capital de Georgia (pág. 553)

Timbu (28°N, 90°E) capital de Bután (pág. 396)

Timor Oriental país insular del sureste asiático (pág. 419)

Tirana (41°N, 20°E) capital de Albania (pág. 552)

Togo país de África Occidental entre Ghana y Benín (pág. 255)

Tokio (36°N, 140°E) capital de Japón (pág. 396)

Tombuctú (17°N, 3°O) importante ciudad cultural y comercial de los imperios de Malí y Songhai (pág. 329)

Trípoli (33°N, 13°E) capital de Libia (pág. 240)

Trópico de Cáncer paralelo 23.5° al norte del ecuador; paralelo del globo en el cual los rayos más directos del sol tocan la Tierra durante el solsticio de junio

Trópico de Capricornio paralelo 23.5° al sur del ecuador; paralelo del globo en el cual los rayos más directos del sol tocan la Tierra durante el solsticio de diciembre

Túnez (37°N, 10°E) capital de Túnez (pág. 240)

Túnez libró las Guerras Púnicas contra Roma (pág. 598)
Túnez país del norte de África, a orillas del mar Mediterráneo (pág. 251)

Uagadugú (12°N, 2°O) capital de Burkina Faso (pág. 240)
Ucrania país de Europa Oriental (pág. 575)
Uganda país de África Oriental situado al oeste de Kenia (pág. 259)
Ulán Bator (48°N, 107°E) capital de Mongolia (pág. 396)

Varsovia (52°N, 21°E) capital de Polonia (pág. 552)
Venecia (45°N, 12°E) ciudad italiana, centro del comercio durante el Renacimiento (pág. 628)
Victoria (1°S, 33°E) capital de las Seychelles (pág. 240)
Viena (45°N, 12°E) capital de Austria (pág. 552)
Vientián (18°N, 103°E) capital de Laos (pág. 396)
Vietnam país del sureste asiático (pág. 419)
Vilna (55°N, 25°E) capital de Lituania (pág. 552)
Volga el río más largo de Europa y el más importante para el comercio en Rusia (pág. 580)

W, X, Y

Windhoek (22°S, 17°E) capital de Namibia (pág. 240)
Xi'an (34°N, 91°E) capital de China durante la dinastía Tang (pág. 467)
Yakarta (6°S, 107°E) capital de Indonesia (pág. 396)
Yamena (12°N, 15°E) capital de Chad (pág. 240)
Yamusukro (7°N, 5°O) capital de Costa de Marfil (pág. 240)
Yangón (Rangún) (17°N, 96°E) capital de Birmania (Myanmar) (pág. 396)
Yangtsé (Chang Jiang) río que atraviesa China Central, desde su nacimiento en las montañas del Tíbet hasta el océano Pacífico (pág. 412)
Yaundé (4°N, 12°E) capital de Camerún (pág. 240)
Yibuti (12°N, 43°E) capital de Yibuti (pág. 240)
Yibuti país de África Oriental situado en el Cuerno de África (pág. 259)

Zagreb (46°N, 16°E) capital de Croacia (pág. 552)
Zambia país de África Central al este de Angola (pág. 263)
Zimbabwe país del sur de África, situado entre Botsuana y Mozambique (pág. 269)

Diccionario biográfico

A

Ahmose (gobernó *circa* 1570–1546 a.C.) Faraón egipcio, derrotó a los hicsos. Con su reinado se inicia el Reino Nuevo de Egipto. (pág. 292)

Alejandro Magno (*circa* 356–323 a.C.) Rey de Macedonia, uno de los líderes militares más grandes de todos los tiempos. (pág. 594)

Ali, Sunni (fallecido en 1492) Emperador de Songhai, conquistó Malí y transformó Songhai en un poderoso estado. (pág. 331)

Aristóteles (*circa* 384–322 a.C.) Filósofo griego, enseñó que las personas deben vivir con moderación y usando el razonamiento. (pág. 593)

Arkwright, Richard (1732–1792) Inventor inglés, inventó un marco de agua para hilar. (pág. 644)

Askia el Grande (*circa* 1443–1538) Gobernante songhai, depuso a Sunni Baru. Su reinado representó el apogeo de la cultura songhai. (pág. 331)

Asoka (gobernó entre 270 y 232 a.C.) Gobernante del Imperio maurya, extendió su control sobre la mayor parte de la India y promovió la difusión del budismo. (pág. 452)

Augusto (63 a.C.–14 d.C.) Primer emperador romano, originalmente llamado Octavio. Como emperador, Augusto construyó muchos monumentos y un foro nuevo. (pág. 598)

B

Bessemer, Henry (1813–1898) Ingeniero inglés, desarrolló una forma económica de fabricar acero. (pág. 644)

Boadicea (fallecida en 60 d.C.) Reina de la tribu icena de los celtas, encabezó una rebelión contra los romanos en las Islas Británicas. (pág. 615)

Bonaparte, Napoleón (1769–1821) General francés, gobernó Francia después de la Revolución francesa y conquistó gran parte de Europa. (pág. 639)

Buda (*circa* 563–483 a.C.) Fundador del budismo, fue un príncipe indio originalmente llamado Siddharta Gautama. Fundó la religión budista después de un largo viaje por la India. (pág. 442)

C

Carlomagno (*circa* 742–814) Rey de los francos, fue un excelente guerrero y un gran líder cuyo imperio incluyó gran parte de la Europa Occidental cristiana. (pág. 672)

Carlos I (1600–1649) Rey de Inglaterra, depuesto y ejecutado durante la Guerra Civil de ese país. (pág. 636)

Carlos II (1630–1685) Hijo de Carlos I, fue nombrado rey de Inglaterra en 1660, después de la Guerra Civil. (pág. 636)

César, Julio (*circa* 100–44 a.C.) General romano, conquistó la mayor parte de Galia y fue nombrado dictador perpetuo, pero luego fue asesinado por un grupo de senadores. (pág. 598)

Chandra Gupta II (siglos IV–V a.C.) Emperador gupta, gobernó la India durante el apogeo de los gupta. (pág. 450)

Chandragupta Maurya (fines del siglo IV a.C.) Gobernante maurya, fundó el Imperio maurya en el norte de la India. (pág. 448)

Chiang Kai-shek (1887–1975) General chino y líder de los nacionalistas, perdió la Guerra Civil china y huyó a Taiwán con sus seguidores. (pág. 517)

Churchill, Winston (1874–1965) Estadista inglés, gobernó el Reino Unido durante la Segunda Guerra Mundial. (pág. 661)

Confucio (551–479 a.C.) Filósofo chino, fue el maestro de mayor influencia de la historia china. Sus enseñanzas, llamadas confucianismo, se centran en la moralidad, la familia, la sociedad y el gobierno. (pág. 483)

Constantino (*circa* 280–337) Primer emperador romano en convertirse al cristianismo. Constantino trasladó la capital de Roma a Constantinopla y eliminó las restricciones impuestas sobre el cristianismo. (pág. 601)

D

Deng Xiaoping (1904–1997) Líder revolucionario y político chino, ascendió al poder después de la muerte de Mao y realizó amplias reformas en la economía china. (pág. 540)

Du Fu (712–770) Uno de los más grandes poetas chinos, vivió durante la dinastía Tang. (pág. 479)

E

Erediauwa I (1923–) *Oba* de Benín desde 1979, asesora a los líderes políticos en el sur de Nigeria. (pág. 345)

Ewuare (gobernó *circa* entre 1440 y 1473) *Oba* de Benín, expandió los territorios del reino de Benín. (pág. 342)

Ezana (*circa* siglo IV) Rey aksumita, destruyó Meroë y conquistó el reino de Kush alrededor del año 350 d.C. (pág. 319)

F

Fay, Michael (1956–) Científico estadounidense, caminó 2,000 millas a través de las selvas de África Central recolectando datos para hacer mapas y determinar los patrones del uso de la tierra. (pág. 266)

Francisco Fernando (1863–1914) Archiduque de Austria, su asesinato desencadenó el inicio de la Primera Guerra Mundial. (pág. 649)

Frank, Ana (1929–1945) Víctima del Holocausto, era una niña cuando escribió un diario de su vida mientras su familia se escondía de los nazis. (pág. 657)

Gandhi, Mohandas (1869–1948) Nacionalista y líder espiritual indio, usó la no violencia para protestar contra el gobierno británico de la India y contribuyó a la independencia del país. (pág. 521)

Gengis Kan (*circa* 1162–1227) Gobernante de los mongoles, bajo su liderazgo, su pueblo atacó China y otras regiones de Asia. Su nombre significa "gobernante universal". (pág. 486)

Gorbachov, Mijail (1931–) Líder de la Unión Soviética, sus reformas produjeron la ruptura de la Unión Soviética, el fin de la Guerra Fría y la caída del comunismo en Europa. (pág. 662)

Guillermo el Conquistador (*circa* 1028–1087) Poderoso noble francés que conquistó Inglaterra, introdujo el feudalismo en ese país. (pág. 624)

Gutenberg, Johann (*circa* 1400–1468) Tipógrafo alemán, desarrolló una imprenta de tipos móviles que aceleró y facilitó la producción de libros. (pág. 631)

Hatshepsut (gobernó *circa* entre 1503 y 1482 a.C.) Reina egipcia, aumentó el comercio con las regiones que no pertenecían a Egipto y ordenó la construcción de muchos templos y monumentos imponentes durante su reinado. (pág. 292)

Hitler, Adolfo (1889–1945) Dictador y líder nazi alemán, sus agresiones dieron inicio a la Segunda Guerra Mundial. (pág. 655)

Ibn Battutah (1304–*circa* 1368) Viajero y escritor musulmán, visitó África, India, China y España. (pág. 336)

Jefferson, Thomas (1743–1826) Tercer presidente de Estados Unidos y pensador de la Ilustración, escribió la Declaración de la Independencia. (pág. 637)

Juan (1167–1216) Rey de Inglaterra, fue obligado a firmar la Carta Magna en 1215. (pág. 624)

Juana de Arco (*circa* 1412–1431) Joven campesina de origen francés, se unió a las tropas francesas durante la Guerra de los Cien Años y se convirtió en heroína nacional. (pág. 625)

Kenyatta, Jomo (*circa* 1893–1978) Líder político africano, dirigió el movimiento nacionalista africano y fue el primer presidente de Kenia de 1964 a 1978. (pág. 368)

Keops (gobernó en el siglo XXVI a.C.) Faraón egipcio, gobernó durante el Antiguo Reino y se lo conoce por los monumentos construidos en su honor. (pág. 284)

Kim Il Sung (1912–1994) Líder de Corea del Norte, estableció un gobierno comunista allí y atacó Corea del Sur en 1950, lo cual desató la Guerra de Corea. (pág. 526)

Kublai Kan (1215–1294) Gobernante mongol, completó la conquista de China y fundó la dinastía Yuan. (pág. 493)

Lalibela (*circa* 1180–*circa* 1250) Gobernante etíope, conocido por construir grandes iglesias cristianas de piedra, muchas de las cuales aún existen. (pág. 351)

Lenin, Vladimir (1870–1924) Líder revolucionario ruso, dirigió los esfuerzos para derrocar el gobierno ruso en 1917 y crear el primer estado comunista. (pág. 652)

Leonardo da Vinci (1492–1519) Genio del Renacimiento, pintor, escultor, inventor, ingeniero, urbanista y cartógrafo. (pág. 630)

Li Bo (701–762) Uno de los más grandes poetas chinos, vivió durante la dinastía Tang. (pág. 479)

Liu Bang (256–195 a.C.) Primer emperador de la dinastía Han, campesino de origen, dirigió un ejército que tomó el control de China. Como emperador, bajó los impuestos y contó con el apoyo de funcionarios cultos durante su gobierno. (pág. 468)

Locke, John (1632–1704) Filósofo inglés, creía que el gobierno era un contrato entre el gobernante y el pueblo. (pág. 635)

Luis XVI (1754–1793) Rey de Francia, fue derrocado y ejecutado durante la Revolución francesa. (pág. 637)

Lutero, Martín (1483–1546) Sacerdote alemán, dio inicio a la Reforma clavando una lista de reclamos contra la Iglesia católica en la puerta de una iglesia. (pág. 633)

M

Mandela, Nelson (1918–) Presidente de Sudáfrica y ganador del Premio Nobel de la Paz, luchó para mejorar las condiciones de vida de los sudafricanos negros. Antes de ser presidente, denunció el *apartheid* y fue encarcelado durante 26 años. (pág. 373)

Mao Zedong (1893–1976) Líder de China, dirigió el ascenso al poder de los comunistas en China en 1949 y fue líder del gobierno hasta 1976. (pág. 517)

María Antonieta (1775–1793) Reina de Francia, fue ejecutada junto con su esposo, el rey Luis XVI, durante la Revolución francesa. (pág. 637)

Meiji, emperador (1852–1912) Emperador de Japón entre 1867 y 1912, restauró el orden imperial en Japón e impulsó muchas reformas. (pág. 519)

Menelik II (1844–1913) Emperador de Etiopía después de 1431, venció al ejército italiano en la Batalla de Adua en 1896. (pág. 365)

Menes (*circa* 3100 a.C.) Legendario gobernante egipcio, unificó los reinos del Alto y el Bajo Egipto y construyó una nueva capital en Menfis. (pág. 281)

Miguel Ángel (1475–1564) Artista italiano del Renacimiento, diseñó edificios, escribió poesía y creó famosas obras de arte. (pág. 630)

Mobutu, Joseph (1930–1997) Dictador africano, se hizo rico y usó la violencia contra sus adversarios mientras la economía de su país se desmoronaba. (pág. 374)

Murasaki Shikibu (*circa* 978–*circa* 1026) Escritora japonesa y miembro de la nobleza, escribió *La historia de Genji,* la primera novela que se haya conocido. (pág. 503)

Musa, Mansa (fallecido *circa* 1332) Rey de Malí, fue el más famoso y grande gobernante de Malí. Mansa Musa era un musulmán devoto cuyo peregrinaje a La Meca contribuyó a que la fama de Malí se extendiera. (pág. 333)

Mussolini, Benito (1883–1945) Dictador fascista italiano, se unió a Hitler durante la Segunda Guerra Mundial y luchó contra los Aliados. (pág. 655)

N

Nanak, Gurú (1469–1538) Fundador del sijismo, es considerado el primero de los gurú sij. (pág. 509)

Nkrumah, Kwame (1909–1972) Líder de Ghana, creía que África prosperaría si se unía en lugar de separarse en países después de independizarse de las potencias coloniales europeas. (pág. 367)

P

Patricio (siglo V) Santo cristiano, convirtió al pueblo de Irlanda al cristianismo. (pág. 614)

Pericles (*circa* 495–429 a.C.) Líder ateniense, promovió la difusión de la democracia y dirigió Atenas durante el apogeo de la ciudad. (pág. 592)

Perry, Matthew (1794–1858) Comandante de la marina estadounidense, negoció un acuerdo de comercio con Japón en 1854. (pág. 514)

Piankhi (*circa* 751–716 a.C.) Gobernante de Kush, fue uno de sus líderes militares más exitosos. Su ejército conquistó todo Egipto. (pág. 313)

Platón (428–389 a.C.) Filósofo griego, escribió *La República,* que describe una sociedad ideal dirigida por filósofos. (pág. 593)

Polo, Marco (1254–1324) Comerciante italiano, viajó a China y luego escribió un libro sobre el viaje. Durante su estadía en China, trabajó como funcionario en la corte de Kublai Kan. (pág. 488)

R

Ramsés el Grande (fines del siglo XIV y principios del siglo XIII a.C.) Faraón egipcio, expandió el reino y construyó templos monumentales en Karnak, Luxor y Abu Simbel. Ramsés el Grande suele considerarse uno de los más grandes gobernantes de Egipto. (pág. 297)

Rhodes, Cecil (1853–1902) Imperialista y magnate británico, su objetivo fue expandir el Imperio británico y creía en la superioridad de la raza británica. (pág. 362)

Roosevelt, Franklin Delano (1882–1945) Presidente número treinta y dos de Estados Unidos, declaró la guerra a Japón después del bombardeo de Pearl Harbor. (pág. 523)

Rousseau, Jean-Jacques (1712–1778) Filósofo francés, creía en la soberanía popular y en el contrato social entre los ciudadanos y el gobierno. (pág. 635)

S

Shaka (fallecido en 1828) Fundador del Imperio zulú, reorganizó el ejército y garantizó la libertad de los zulúes. (pág. 365)

Shanakhdakheto (gobernó entre 170 y 150 a.C.) Gobernante de Kush, los historiadores creen que fue la primera mujer que gobernó Kush. Su tumba es una de las pirámides más grandes de Meroë. (pág. 317)

Shi Huangdi (259–210 a.C.) Gobernante de China, unió China por primera vez, construyó caminos y canales, comenzó la Gran Muralla china e impuso un sistema estandarizado de leyes, moneda, pesos y escritura. (pág. 466)

Shotoku (573–621) Regente japonés, fue uno de los más grandes líderes de Japón. Influyó para que el budismo y las ideas chinas llegaran a Japón. (pág. 507)

Sócrates (470–399 a.C.) Filósofo griego, su estilo de enseñanza se basaba en hacer preguntas. (pág. 593)

Soyinka, Wole (1934–) Escritor nigeriano, escribió obras de teatro, novelas y poemas acerca de la vida en África Occidental. Ganó el Premio Nobel de Literatura. (pág. 371)

Stalin, Joseph (1879–1953) Líder soviético, fue un dictador cruel que asesinaba o encarcelaba a los que se le oponían. (pág. 655)

Sundiata (fallecido en 1255) Fundador del Imperio malí, los relatos de su reinado aparecen en leyendas. (pág. 328)

Sun Yixian (1866–1925) Líder revolucionario chino, inspiró la revolución que derrocó al último emperador de China. (pág. 517)

Suu Kyi, Aung San (1945–) Defensora de los derechos humanos en Myanmar, protestó contra el gobierno militar del país y ganó el Premio Nobel de la Paz en 1991. (pág. 531)

Tull, Jethro (1674–1741) Inventor inglés, inventó la sembradora mecánica. (pág. 643)
Tunka Manin (gobernó *circa* 1068) Gobernante de Ghana, un grupo de escritores musulmanes visitó su reino. (pág. 324)
Tutankamón (*circa* 1300 a.C.) Faraón egipcio, falleció cuando aún era un joven gobernante. Los arqueólogos obtuvieron muchos conocimientos de la cultura egipcia cuando se descubrió su tumba en 1922. (pág. 303)

Vercingetorix (fallecido en 46 a.C.) Rey galo, unió a varias tribus celtas para luchar contra los romanos. (pág. 615)

Watt, James (1736–1819) Inventor escocés, creó el primer motor de vapor. (pág. 644)
Wilson, Woodrow (1856–1924) Presidente número veintiocho de Estados Unidos, participó en las negociaciones de paz después de la Primera Guerra Mundial. (pág. 651)

Wu (625–705) Emperatriz de China durante la dinastía Tang, gobernó sin piedad y trajo prosperidad a China. (pág. 477)
Wudi (156–87 a.C.) Emperador de China, convirtió el confucianismo en la filosofía oficial del gobierno. (pág. 469)

Yang Jian (541–604) Emperador chino, reunificó China después del Período de desunión y fundó la dinastía Sui. (pág. 476)

Zheng He (*circa* 1371–*circa* 1433) Almirante chino durante la dinastía Ming, realizó grandes viajes que extendieron la fama de China por toda Asia. (pág. 489)
Zhu Yuanzhang (1368–1398) Emperador de China y fundador de la dinastía Ming, dirigió un ejército que derrocó a los mongoles. (pág. 488)

Glosario bilingüe

acantilado cara empinada en el borde de una meseta o de otra área elevada (pág. 268)
escarpment a steep face at the edge of a plateau or other raised area (p. 268)

acueducto canal elevado hecho por el ser humano que trae agua desde lugares lejanos (pág. 600)
aqueduct a human-made raised channel that carries water from distant places (p. 600)

acupuntura práctica china que consiste en insertar pequeñas agujas en la piel en puntos específicos para curar enfermedades o aliviar el dolor (pág. 473)
acupuncture the Chinese practice of inserting fine needles through the skin at specific points to cure disease or relieve pain (p. 473)

administración pública servicio como empleado del gobierno (pág. 484)
civil service service as a government official (p. 484)

aislacionismo política de evitar el contacto con otros países (pág. 492)
isolationism a policy of avoiding contact with other countries (p. 492)

aleación mezcla de dos o más metales (pág. 456)
alloy a mixture of two or more metals (p. 456)

Aliados Gran Bretaña, Francia, la Unión Soviética y Estados Unidos; se unieron durante la Segunda Guerra Mundial contra Alemania, Italia y Japón (pág. 657)
Allies Great Britain, France, the Soviet Union, and the United States; they joined together in World War II against Germany, Italy, and Japan (p. 657)

alianza acuerdo de colaboración (pág. 649)
alliance an agreement to work together (p. 649)

apartheid política gubernamental de Sudáfrica de separar las razas, abandonada en las décadas de 1980 y 1990; apartheid significa "separación" (pág. 373)
apartheid South Africa's government policy of separation of races that was abandoned in the 1980s and 1990s; apartheid means "apartness" (p. 373)

arancel tarifa que impone un país a las importaciones o exportaciones (pág. 529)
tariff a fee that a country charges on imports or exports (p. 529)

archipiélago gran grupo de islas (pág. 418)
archipelago a large group of islands (p. 418)

arquitectura gótica estilo de arquitectura europea que se conoce por los techos altos en punta, las torres altas y los vitrales de colores (pág. 620)
Gothic architecture a style of architecture in Europe known for its high pointed ceilings, tall towers, and stained glass windows (p. 620)

astronomía estudio de las estrellas y los planetas (pág. 457)
astronomy the study of stars and planets (p. 457)

ayunar dejar de comer durante un período de tiempo (pág. 443)
fasting going without food for a period of time (p. 443)

bóers agricultores afrikaners de la frontera en Sudáfrica (pág. 364)
Boers Afrikaner frontier farmers in South Africa (p. 364)

British East India Company una empresa británica establecida para controlar el comercio entre Gran Bretaña, India y Asia oriental (pág. 511)
British East India Company a British company created to control trade between Britain, India, and East Asia (p. 511)

brújula instrumento que utiliza el campo magnético de la Tierra para indicar la dirección (pág. 480)
compass an instrument that uses Earth's magnetic field to indicate direction (p. 480)

burocracia cuerpo de empleados no electos del gobierno (pág. 484)
bureaucracy a body of unelected government officials (p. 484)

capitalismo sistema económico en el que los individuos y las empresas privadas controlan la mayoría de las industrias (pág. 644)
capitalism an economic system in which individuals and private businesses run most industries (p. 644)

carrera armamentista competencia entre países para construir armas mejores (pág. 662)
arms race a competition between countries to build superior weapons (p. 662)

cieno mezcla de tierra fértil y piedrecitas que pueden crear un terreno ideal para el cultivo (pág. 250)
silt a mixture of fertile soil and tiny rocks that can make land ideal for farming (p. 250)

ciudadano persona que tiene el derecho de participar en el gobierno (pág. 597)
citizen a person who has the right to participate in government (p. 597)

GLOSARIO BILINGÜE **R27**

GLOSARIO BILINGÜE

ciudad estado unidad política formada por una ciudad y los campos que la rodean (pág. 588)
city-state a political unit consisting of a city and its surrounding countryside (p. 588)

Ciudad Prohibida enorme complejo de palacios construido por orden de los emperadores Ming de China que incluía cientos de residencias imperiales, templos y otros edificios del gobierno (pág. 490)
Forbidden City a huge palace complex built by China's Ming emperors that included hundreds of imperial residences, temples, and other government buildings (p. 490)

clima mediterráneo tipo de clima de toda Europa del Sur; se caracteriza por días de verano cálidos y soleados, noches templadas e inviernos lluviosos y más frescos (pág. 564)
Mediterranean climate the type of climate found across Southern Europe; it features warm and sunny summer days, mild evenings, and cooler, rainy winters (p. 564)

comunismo sistema económico y político en el que el gobierno es dueño de todos los negocios y controla la economía (pág. 652)
Communism an economic and political system in which the government owns all businesses and controls the economy (p. 652)

cristianismo cóptico una forma del cristianismo que mezcla costumbres africanas con enseñanzas cristianas (pág. 352)
Coptic Christianity a form of Christianity that blended African customs with Christian teachings (p. 352)

cruzadas larga serie de guerras entre cristianos y musulmanes en el suroeste de Asia para conseguir el control de la Tierra Santa; tuvieron lugar entre 1096 y 1291 (pág. 619)
Crusades a long series of wars between Christians and Muslims in Southwest Asia fought for control of the Holy Land; took place from 1096 to 1291 (p. 619)

cuenca región generalmente llana rodeada de tierras más altas, como montañas y mesetas (pág. 262)
basin a generally flat region surrounded by higher land such as mountains and plateaus (p. 262)

Declaración de Derechos inglesa documento aprobado en 1689 que enumeraba los derechos del Parlamento y del pueblo de Inglaterra, inspirada en los principios de la Carta Magna (pág. 636)
English Bill of Rights a document approved in 1689 that listed rights for Parliament and the English people and drew on the principles of Magna Carta (p. 636)

Declaración de Independencia documento escrito en 1776 que declaró la independencia de las colonias de América del Norte del dominio británico (pág. 637)
Declaration of Independence a document written in 1776 that declared the American colonies' independence from British rule (p. 637)

Declaración de los Derechos del Hombre y del Ciudadano documento escrito en Francia en 1789 que garantizaba libertades específicas para los ciudadanos franceses (pág. 638)
Declaration of the Rights of Man and of the Citizen a document written in France in 1789 that guaranteed specific freedoms for French citizens (p. 638)

delta zona de tierra de forma triangular creada a partir de los sedimentos que deposita un río (págs. 279, 407)
delta a triangle-shaped area of land made from soil deposited by a river (pp. 279, 407)

depresiones áreas bajas y planas (pág. 270)
pans low, flat areas (p. 270)

derechos humanos derechos que toda la gente merece, como derechos a la igualdad y la justicia (pág. 531)
human rights rights that all people deserve, such as rights to equality and justice (p. 531)

desertización ampliación de las condiciones desérticas (pág. 256)
desertification the spread of desert-like conditions (p. 256)

desobediencia civil negativa no violenta a obedecer la ley como una manera de exigir un cambio (pág. 516)
civil disobedience the nonviolent refusal to obey the laws as a way to advocate change (p. 516)

dictador gobernante que tiene poder casi absoluto (pág. 655)
dictator a ruler who has almost absolute power (p. 655)

Dieta nombre de la asamblea legislativa electa de Japón (pág. 520)
Diet the name for Japan's elected legislature (p. 520)

difusión cultural difusión de rasgos culturales de una región a otra (pág. 506)
cultural diffusion the spread of culture traits from one region to another (p. 506)

dinastía serie de gobernantes pertenecientes a la misma familia (pág. 281)
dynasty a series of rulers from the same family (p. 281)

distritos segregados grupos de pequeñas viviendas amontonadas ubicadas en las afueras de las ciudades de Sudáfrica, donde vivían los sudafricanos negros (pág. 373)
townships crowded clusters of small homes in South Africa outside of cities where black South Africans lived (p. 373)

ébano/ebony — Guerra Fría/Cold War

E

ébano madera oscura y pesada (pág. 312)
  ebony a dark, heavy wood (p. 312)
edad dorada período de la historia de una sociedad marcado por grandes logros (pág. 590)
  golden age a period in a society's history marked by great achievements (p. 590)
Edad Media período que duró aproximadamente desde el año 500 hasta el 1500 en Europa (pág. 618)
  Middle Ages a period that lasted from about 500 to 1500 in Europe (p. 618)
edictos leyes (pág. 449)
  edicts laws (p. 449)
élite personas ricas y poderosas (pág. 287)
  elite people of wealth and power (p. 287)
empresario una persona de negocios independiente (pág. 361)
  entrepreneur an independent businessperson (p. 361)
energía geotérmica energía producida a partir del calor del interior de la Tierra (pág. 572)
  geothermal energy energy produced from the heat of Earth's interior (p. 572)
esfera de influencia el área de un país sobre la cual otro país tiene control ecónomico (pág. 513)
  sphere of influence an area of a country over which another country has economic control (p. 513)
esfinge criatura imaginaria con cabeza humana y cuerpo de león que aparecía representada a menudo en las estatuas egipcias (pág. 300)
  sphinx an imaginary creature with a human head and the body of a lion that was often shown on Egyptian statues (p. 300)
estado-nación país unido bajo un solo gobierno fuerte; formado de personas con una cultura común (pág. 625)
  nation-state a country united under a single strong government; made up of people with a common cultural background (p. 625)
excedente comercial cuando un país exporta más bienes de los que importa (pág. 529)
  trade surplus when a country exports more goods than it imports (p. 529)
exportaciones productos enviados a otras regiones para el intercambio comercial (pág. 316)
  exports items sent to other regions for trade (p. 316)

F

faraón título usado por los gobernantes de Egipto (pág. 281)
  pharaoh the title used by the rulers of Egypt (p. 281)
feudo gran finca perteneciente a un caballero o señor feudal (pág. 622)
  manor a large estate owned by a knight or lord (p. 622)
fiordo entrada estrecha del mar entre acantilados altos y rocosos (pág. 571)
  fjord a narrow inlet of the sea set between high, rocky cliffs (p. 571)
funcionario erudito miembro culto del gobierno de China que aprobaba una serie de exámenes escritos (pág. 484)
  scholar-official an educated member of China's government who passed a series of written examinations (p. 484)

G

Gran Canal un canal que conecta el norte con el sur de China (pág. 476)
  Grand Canal a canal linking northern and southern China (p. 476)
Gran Depresión crisis económica global que afectó a países de todo el mundo en la década de 1930 (pág. 654)
  Great Depression a global economic crisis that struck countries around the world in the 1930s (p. 654)
Gran Muralla barrera formada por muros situada a lo largo de la frontera norte de China (pág. 467)
  Great Wall a barrier made of walls across China's northern frontier (p. 467)
griot narrador de relatos de África Occidental (pág. 334)
  griot a West African storyteller (p. 334)
guerra de trincheras forma de guerra comúnmente usada en la Primera Guerra Mundial, en la cual ambos bandos luchan desde profundas zanjas, o trincheras, cavadas en el suelo (pág. 650)
  trench warfare a style of fighting common in World War I in which each side fights from deep ditches, or trenches, dug into the ground (p. 650)
Guerra Fría período de desconfianza entre Estados Unidos y la Unión Soviética que siguió a la Segunda Guerra Mundial; existía una rivalidad tensa entre las dos superpotencias, pero no se llegó a la lucha directa (pág. 660)
  Cold War a period of distrust between the United States and Soviet Union after World War II, when there was a tense rivalry between the two superpowers but no direct fighting (p. 660)

GLOSARIO BILINGÜE

H

helenístico al estilo griego; muy influenciado por las ideas de la Grecia clásica (pág. 594)
Hellenistic Greek-like; heavily influenced by Greek ideas (p. 594)

historia oral registro hablado de hechos ocurridos en el pasado (pág. 334)
oral history a spoken record of past events (p. 334)

Holocausto intento de los nazis de eliminar al pueblo judío durante la Segunda Guerra Mundial, en el que se mató a 6 millones de judíos en toda Europa (pág. 657)
Holocaust the Nazis' effort to wipe out the Jewish people in World War II, when 6 million Jews throughout Europe were killed (p. 657)

humanismo estudio de la historia, la literatura, la oratoria y el arte que produjo una nueva forma de pensar en Europa a finales del siglo XIV (pág. 629)
humanism the study of history, literature, public speaking, and art that led to a new way of thinking in Europe in the late 1300s (p. 629)

I

Ilustración período durante los siglos XVII y XVIII en el que la razón guiaba las ideas de las personas acerca de la sociedad, la política y la filosofía (pág. 634)
Enlightenment a period during the 1600s and 1700s when reason was used to guide people's thoughts about society, politics, and philosophy (p. 634)

imperialismo el intento de un país de dominar el gobierno, el comercio o la cultura de otro país (pág. 361)
imperialism an attempt by one country to dominate another country's government, trade, or culture (p. 361)

imperio zona que reúne varios territorios y pueblos bajo un solo gobernante (pág. 598)
empire a land with different territories and peoples under a single ruler (p. 598)

importaciones bienes que se introducen en un país procedentes de otras regiones (pág. 316)
imports goods brought in from other regions (p. 316)

ingeniería aplicación del conocimiento científico para fines prácticos (pág. 288)
engineering the application of scientific knowledge for practical purposes (p. 288)

inoculación acto de inyectar una pequeña dosis de un virus a una persona para ayudarla a crear defensas contra una enfermedad (pág. 456)
inoculation injecting a person with a small dose of a virus to help build up defenses to a disease (p. 456)

J

jeroglíficos sistema de escritura del antiguo Egipto, en el cual se usaban símbolos ilustrados (pág. 298)
hieroglyphics the ancient Egyptian writing system that used picture symbols (p. 298)

K

karma en el budismo y el hinduismo, los efectos que las buenas o malas acciones producen en el alma de una persona (pág. 440)
karma in Buddhism and Hinduism, the effects that good or bad actions have on a person's soul (p. 440)

kente tela muy colorida, tejida a mano, característica de África Occidental (pág. 337)
kente a hand-woven, brightly colored West African fabric (p. 337)

L

la otra vida vida después de la muerte, muchos aspectos de la religión egipcia se centraban en la otra vida (pág. 286)
afterlife life after death, much of Egyptian religion focused on the afterlife (p. 286)

loess suelo amarillento y fértil (pág. 412)
loess fertile, yellowish soil (p. 412)

M

mandato divino idea de que el cielo elegía al gobernante de China y le daba el poder (pág. 466)
mandate of heaven the idea that heaven chose China's ruler and gave him or her power (p. 466)

marfil material blanco procedente de los colmillos de los elefantes (pág. 312)
ivory a white material made from elephant tusks (p. 312)

Mau Mau movimiento emprendido por los agricultores kikiyu con el fin de expulsar de Kenia por medios violentos a los habitantes blancos (pág. 368)
Mau Mau a violent movement in Kenya during the 1960s, led by Kikuyu farmers, to rid the country of white settlers (p. 368)

meditación reflexión profunda y continua, durante la cual la persona se concentra en ideas espirituales (pág. 443)
meditation deep, continued thought that focuses the mind on spiritual ideas (p. 443)

mercader comerciante (pág. 316)
  merchant a trader (p. 316)
mercado común grupo de naciones que cooperan para facilitar el comercio entre los miembros (pág. 664)
  common market a group of nations that cooperates to make trade among members easier (p. 664)
mercado periódico mercado al aire libre que funciona una o dos veces a la semana (pág. 265)
  periodic market an open-air trading market that is set up once or twice a week (p. 265)
mercenario soldado a sueldo (pág. 448)
  mercenary a hired soldier (p. 448)
metalurgia ciencia de trabajar los metales (pág. 456)
  metallurgy the science of working with metals (p. 456)
mezquita edificio musulmán para la oración (pág. 331)
  mosque a building for Muslim prayer (p. 331)
misionero alguien que trabaja para difundir sus creencias religiosas (pág. 446)
  missionary someone who works to spread religious beliefs (p. 446)
momia cadáver especialmente tratado y envuelto en tela para su conservación (pág. 286)
  mummy a specially treated body wrapped in cloth for preservation (p. 286)
monarquía constitucional tipo de democracia en la cual un monarca sirve como jefe de estado, pero una asamblea legislativa hace las leyes (pág. 531)
  constitutional monarchy a type of democracy in which a monarch serves as head of state, but a legislature makes the laws (p. 531)
monzón viento estacional que trae aire seco o húmedo (pág. 409)
  monsoon a seasonal wind that brings either dry or moist air (p. 409)

nacionalismo sentimiento de lealtad al país de uno; se desarrolla entre personas con un idioma, religión o historia en común (pág. 648)
  nationalism a devotion and loyalty to one's country; develops among people with a common language, religion, or history (p. 648)
nirvana en el budismo, estado de paz perfecta (pág. 444)
  nirvana in Buddhism, a state of perfect peace (p. 444)
noble persona rica y poderosa (pág. 284)
  noble a rich and powerful person (p. 284)

no violencia rechazo de las acciones violentas (págs. 441, 516)
  nonviolence the avoidance of violent actions (pp. 441, 516)
números indoarábigos sistema numérico que usamos hoy en día; fue creado por estudiosos de la India durante la dinastía Gupta (pág. 456)
  Hindu-Arabic numerals the number system we use today; it was created by Indian scholars during the Gupta dynasty (p. 456)

oasis zona húmeda y fértil en el desierto con un manantial o pozo que proporciona agua (pág. 252)
  oasis a wet, fertile area in a desert where a spring or well provides water (p. 252)
obelisco pilar alto, de cuatro caras y acabado en punta, propio del antiguo Egipto (pág. 300)
  obelisk a tall, pointed, four-sided pillar in ancient Egypt (p. 300)

P

papa jefe espiritual de la Iglesia Católica Romana (pág. 619)
  pope the spiritual head of the Roman Catholic Church (p. 619)
papiro material duradero hecho de juncos, similar al papel, que los antiguos egipcios utilizaban para escribir (pág. 298)
  papyrus a long-lasting, paper-like material made from reeds that the ancient Egyptians used to write on (p. 298)
partición división (pág. 517)
  partition division (p. 517)
pesquería lugar donde suele haber muchos peces y mariscos para pescar (pág. 417)
  fishery a place where lots of fish and other seafood can be caught (p. 417)
piedra Roseta gran losa de piedra en la que aparecen inscripciones en jeroglíficos, en griego y en una forma tardía del idioma egipcio que permitió a los historiadores descifrar la escritura egipcia (pág. 299)
  Rosetta Stone a huge stone slab inscribed with hieroglyphics, Greek, and a later form of Egyptian that allowed historians to understand Egyptian writing (p. 299)
pirámide tumba triangular y gigantesca construida por los egipcios y otros pueblos (pág. 288)

pyramid a huge triangular tomb built by the Egyptians and other peoples (p. 288)

pólvora mezcla de polvos utilizada en armas de fuego y explosivos (pág. 480)
gunpowder a mixture of powders used in guns and explosives (p. 480)

porcelana cerámica bella y delicada creada en China (pág. 479)
porcelain a thin, beautiful pottery invented in China (p. 479)

Potencias del Eje nombre de la alianza formada por Alemania, Italia y Japón durante la Segunda Guerra Mundial (pág. 657)
Axis Powers the name for the alliance formed by Germany, Italy, and Japan during World War II (p. 657)

protestante cristiano que protestaba en contra de la Iglesia católica (pág. 633)
Protestant a Christian who protested against the Catholic Church (p. 633)

proverbio refrán breve que expresa sabiduría o una verdad (pág. 335)
proverb a short saying of wisdom or truth (p. 335)

Raj gobierno británico en la India desde 1757 hasta 1947 (pág. 511)
Raj the British rule of India from 1757 until 1947 (p. 511)

rápidos fuertes corrientes a lo largo de un río, como las del Nilo en Egipto (pág. 279)
cataracts rapids along a river, such as those along the Nile in Egypt (p. 279)

rebelión de los bóxers un intento en 1899 de expulsar a todo occidental de la China (pág. 513)
Boxer Rebellion an attempt in 1899 to drive all Westerners out of China (p. 513)

red comercial sistema de personas en diferentes lugares que comercian productos entre sí (pág. 316)
trade network a system of people in different lands who trade goods back and forth (p. 316)

reencarnación creencia hindú y budista en que las almas nacen y renacen muchas veces, siempre en un cuerpo nuevo (pág. 439)
reincarnation a Hindu and Buddhist belief that souls are born and reborn many times, each time into a new body (p. 439)

Reforma movimiento de reforma contra la Iglesia Católica Romana que comenzó en 1517; resultó en la creación de las iglesias protestantes (pág. 632)
Reformation a reform movement against the Roman Catholic Church that began in 1517; it resulted in the creation of Protestant churches (p. 632)

Reforma católica iniciativa para reformar la Iglesia católica desde adentro a finales del siglo XVI y en el XVII; también conocida como la Contrarreforma (pág. 633)
Catholic Reformation the effort of the late 1500s and 1600s to reform the Catholic Church from within; also called the Counter-Reformation (p. 633)

Reino Antiguo período de la historia egipcia que abarca aproximadamente del 2700 hasta el 2200 a.C. y comenzó poco después de la unificación de Egipto (pág. 283)
Old Kingdom the period from about 2700 to 2200 BC in Egyptian history that began shortly after Egypt was unified (p. 283)

Reino del Terror período sangriento de la Revolución francesa durante el cual el gobierno ejecutó a miles de personas, oponentes y otros, en la guillotina (pág. 638)
Reign of Terror a bloody period of the French Revolution during which the government executed thousands of its opponents and others at the guillotine (p. 638)

Reino Medio período de la historia de Egipto que abarca aproximadamente del 2050 al 1750 a.C. y que se caracterizó por el orden y la estabilidad (pág. 292)
Middle Kingdom the period of Egyptian history from about 2050 to 1750 BC and marked by order and stability (p. 292)

Reino Nuevo período de la historia egipcia que abarca aproximadamente desde el 1550 hasta el 1050 a.C., en el que Egipto alcanzó la cima de su poder y su gloria (pág. 292)
New Kingdom the period from about 1550 to 1050 BC in Egyptian history when Egypt reached the height of its power and glory (p. 292)

reloj de sol dispositivo que utiliza la posición de las sombras que proyecta el sol para indicar las horas del día (pág. 472)
sundial a device that uses the position of shadows cast by the sun to tell the time of day (p. 472)

Renacimiento período de "volver a nacer" y creatividad que siguió a la Edad Media en Europa (pág. 628)
Renaissance the period of "rebirth" and creativity that followed Europe's Middle Ages (p. 628)

república sistema político en el que el pueblo elige a los líderes que lo gobernarán (pág. 597)
republic a political system in which people elect leaders to govern them (p. 597)

revolución industrial período de rápido aumento de los bienes producidos con máquinas que cambió la forma de vivir y trabajar en toda Europa; comenzó en Gran Bretaña a comienzos del siglo XVIII (pág. 642)
   Industrial Revolution the period of rapid growth in machine-made goods that changed the way people across Europe worked and lived; it began in Britain in the 1700s (p. 642)

río navegable río que tiene la profundidad y el ancho necesarios para que pasen los barcos (pág. 568)
   navigable river a river that is deep and wide enough for ships to use (p. 568)

ruta comercial itinerario seguido por los comerciantes (pág. 293)
   trade route a path followed by traders (p. 293)

sabana zona de pastos altos con arbustos y árboles dispersos (pág. 256)
   savanna an area of tall grasses and scattered trees and shrubs (p. 256)

saltar de isla en isla estrategia de las fuerzas de Estados Unidos en el Pacífico durante la Segunda Guerra Mundial que consistía en tomar sólo las islas importantes desde el punto de vista estratégico (pág. 525)
   island hopping the strategy used by U.S. forces in the Pacific during World War II that involved taking only strategically important islands (p. 525)

sanciones penalizaciones económicas o políticas que un país impone a otro para obligarlo a cambiar su política (pág. 373)
   sanctions economic or political penalties imposed by one country on another to try to force a change in policy (p. 373)

sánscrito el idioma más importante de la antigua India (pág. 435)
   Sanskrit the most important language of ancient India (p. 435)

Senado consejo de romanos ricos y poderosos que ayudaban a dirigir la ciudad (pág. 597)
   Senate a council of rich and powerful Romans who helped run the city (p. 597)

sequías períodos en los que los cultivos sufren daños por la falta de lluvia (pág. 260)
   droughts periods when little rain falls and crops are damaged (p. 260)

sijismo una religion monoteísta que se desarrolló en la India en el siglo XV (pág. 509)
   Sikhism a monotheistic religion that developed in India in the 1400s (p. 509)

sismógrafo aparato que mide la fuerza de un terremoto (pág. 472)
   seismograph a device that measures the strength of an earthquake (p. 472)

sistema de castas división de la sociedad india en grupos basados en la clase social, el nivel económico o la profesión (pág. 437)
   caste system the division of Indian society into groups based on rank, wealth, or occupation (p. 437)

sistema feudal sistema de obligaciones que gobernaba las relaciones entre los señores feudales y los vasallos en la Europa medieval (pág. 621)
   feudal system the system of obligations that governed the relationships between lords and vassals in medieval Europe (p. 621)

subcontinente gran masa de tierra, más pequeña que un continente (pág. 406)
   subcontinent a large landmass that is smaller than a continent (p. 406)

sufragistas mujeres que hicieron campaña para obtener el derecho a votar (pág. 646)
   suffragettes women who campaigned to gain the right to vote (p. 646)

superpotencia país poderoso e influyente (pág. 660)
   superpower a strong and influential country (p. 660)

swahili sociedad africana que surgió a finales del siglo XII a lo largo de la costa africana oriental; combinaba elementos de las culturas africana, asiática e islámica (pág. 353)
   Swahili an African society that emerged in the late 1100s along the East African coast and combined elements of African, Asian, and Islamic cultures (p. 353)

taiga bosque de árboles de hoja perenne que cubre principalmente gran parte de Rusia (pág. 581)
   taiga a forest of mainly evergreen trees covering much of Russia (p. 581)

teoría del efecto dominó idea de que si un país cae en manos del comunismo, los países vecinos lo seguirán como fichas de dominó que caen una tras otra (pág. 526)
   domino theory the idea that if one country fell to Communism, neighboring countries would follow like falling dominoes (p. 526)

textil producto de tela (pág. 644)
   textile a cloth product (p. 644)

Tratado de Versalles acuerdo de paz final de la Primera Guerra Mundial (pág. 651)
   Treaty of Versailles the final peace settlement of World War I (p. 651)

travesía intermedia viaje en el que los esclavos africanos atravesaban el océano Atlántico hasta llegar a América del Norte y las Antillas (pág. 356)
Middle Passage the name for the voyages that brought enslaved Africans across the Atlantic Ocean to North America and the West Indies (p. 356)

trueque silencioso proceso mediante el que las personas intercambian bienes sin entrar en contacto directo (pág. 322)
silent barter a process in which people exchange goods without contacting each other directly (p. 322)

tsunami ola rápida y destructiva (pág. 416)
tsunami a destructive and fast-moving wave (p. 416)

Unión Europea (UE) organización que promueve la cooperación política y económica en Europa (pág. 664)
European Union (EU) an organization that promotes political and economic cooperation in Europe (p. 664)

valles de fisura puntos de la superficie de la Tierra en los que la corteza se estira hasta romperse (pág. 258)
rift valleys places on Earth's surface where the crust stretches until it breaks (p. 258)

veld praderas descampadas en Sudáfrica (pág. 270)
veld open grassland areas in South Africa (p. 270)

xilografía forma de impresión en la que una página completa se talla en una plancha de madera, se cubre de tinta y se presiona sobre un papel para crear la página impresa (pág. 480)
woodblock printing a form of printing in which an entire page is carved into a block of wood, covered with ink, and pressed to a piece of paper to create a printed page (p. 480)

zonal organizado por zonas (pág. 256)
zonal organized by zone (p. 256)

Índice

CLAVE PARA EL ÍNDICE

a = ayuda gráfica
m = mapa
s = sección especial
f = fotografía

A

Abadía de Westminster, 620f
Abu Simbel, 300
Abuya, Nigeria, 383, 383f
aceitunas, 564
acero, 360, 644
acrópolis, 589
Actividad con mapas: África Occidental, 340; África Oriental, 274; antigua China, 496; antigua India, 460; antiguo Egipto, 306; Asia moderna, 536; crecimiento y desarrollo de África, 380; Europa, 2000 a.C–500 d.C., 608; Europa, 384; Europa, 668; sur y este de Asia, 426
actividades en Internet, 274, 306, 340, 380, 384, 426, 460, 496, 536, 608, 668
acueductos, 600
acupuntura, 473
administración pública, 484, 492
Adua, 364f, 365
África, 349m; accidentes geográficos de, 250–252, 254–255, 258–260, 262–263, 268–269; Aksum, 350–351; animales de, 264–265; *apartheid* en, 372–374; canal de Suez, 251; climas de, 253, 256, 256m, 260–261, 264–265, 270; conflictos étnicos en, 374; cordillera del Atlas, 252; cristianismo en, 350–352; democracia, 375; desertización en, 256; desafíos ambientales en, 376; dictaduras en, 374; economías en, 376; Etiopía, 351–352; europeos en, 354–357, 360–365; imperialismo en, 360–365; independencia en, 369m; Islam en, 352–353; lagos de, 260, 262–263; llanura del Serengeti, 259; llanuras de, 254, 259, 268; montañas de, 252, 259, 268; monte Kilimanjaro, 259; recursos de, 253, 257, 265, 270–271, 361; revoluciones en, 366–370; Sahara, 250, 252–253; río Congo, 263; río Níger, 255; río Nilo, 250–251; río Zambezi, 263; ríos de 250–251, 255, 260, 263, 268; Sahel, 256; valles de fisura en, 258–259, 260s, 262; vegetación, 256, 260–261, 264–265, 266–267, 270
África, antigua: antiguas civilizaciones de África, 308–341; Benín, 342–347; Kush, 310–319; reinos de África Occidental, 320–337. *Ver también* Benín, reino de; Egipto, antiguo; Ghana, imperio de; Kush; Malí, imperio de; Songhai.
África Central: accidentes geográficos, 262–263; animales de, 264–265; climas de, 264–265; cuenca del Congo, 262; lagos de, 262; montañas de, 262; recursos de, 265; río Congo, 263; río Zambezi, 263; selvas de, 266–267; vegetación de, 264–265, 266–267
África del Norte: accidentes geográficos, 250–252; canal de Suez, 251; climas de, 253; cordillera del Atlas, 252; desiertos de, 250, 252–253; economías de, 376; Islam en, 352; montañas de, 252; península del Sinaí, 251; recursos de, 253; río Nilo, 250–251; Sahara, 250, 252, 252s
África del Sur: accidentes geográficos de, 268–269; climas de, 270; desierto de Namibia, 270; desiertos de, 270; escarpaduras, 268; llanuras de, 269; montañas, 268; recursos de, 270; ríos, 269; vegetación, 270
África Occidental: accidentes geográficos de, 254–255; clima de, 256, 256m; colonias francesas en, 368; desertización de, 256; llanuras, 254; montes Tibesti, 254; precipitaciones, 272m; recursos de, 257; río Níger, 255, 255m; ríos de, 255; Sahel, 256; tierras altas de, 254
África Oriental: accidentes geográficos de, 258–260; animales de, 259; climas, 260–261; Gran Valle del Rift, 258, 259s; Islam en, 353; lagos de, 260; llanura del Serengeti, 259; llanuras de, 259; montañas de, 259; monte Kilimanjaro, 259; portugueses en, 357; ríos de, 260; tsunami en, 423; valles de fisura de, 258–259; vegetación de, 260–261
agricultura: en África Occidental, 255; en Egipto, 278–280, 280, 281; en el centro de Europa Occidental, 567; en el sureste asiático, 421; en Europa del Norte, 570–571; en Europa del Sur, 564; en Ghana, 320–321; en India, 409; en Kush, 319; en la civilización harappa, 431; en Malí, 328; en Rusia, 581; y la revolución industrial, 642–643
aguas termales, 572, 580
ahimsa, 441
Ahmose, 292
aislacionismo, 492
Ajanta, India, 429f, 453
Aké: los años de la niñez (Soyinka), 371
Aksum, 319, 350–351; comercio en, 351; cristianismo en, 351; ubicación, 350
Al-Bakri, 324
Albania, 575m, 656
Alejandría, Egipto, 594, 594m
Alejandro Magno, 594–595, 594–595m
Alemania, 567, 567m, 569, 621, 633, 654–655, 664a; división de, 661–662; en la Primera Guerra Mundial, 649–651, 522; en la Segunda Guerra Mundial, 656–658; reunificación de, 662–663, 663s
Alemania Occidental, 661–663, 661m, 664
Alemania Oriental, 661–663, 661m
algodón, 328, 512
Ali, Sunni, 331
Aliados (Segunda Guerra Mundial), 657–659, 661, 367, 522, 524–525
alianzas: en la Primera Guerra Mundial, 649, 649m
almorávides, 324
Alpes, 548f, 563, 563m, 568–569, 568s, 574, 670, 674
Alpes de Transilvania, 575m
Alpes Dináricos, 575, 575m
Alpes Japoneses, 415, 415m
Altiplanicie Central, 567–568, 567m
Alto Egipto, 278, 279m, 281
ámbar, 474
América, esclavitud en, 356, 358
Amin, Idi, 374f
Amón-Ra, 285, 285f
Amritsar, India, 516
Angkor Wat, 508, 508f
Angola, 263m, 370, 378

Antiguo Reino (Egipto), 283–290; dioses del, 285, 285f; énfasis en la otra vida, 286–287; momias, 286–287, 287f; pirámides, 288–290; prácticas funerarias, 286–287, 287f; primera y segunda dinastías del, 281–283; primeros faraones de, 283–284; religión, 285–287; sociedad, 284, 284f; tercera dinastía, 283
apartheid, 372–374; fin del, 374; orígenes del, 372; protestas contra el, 373–374; reacción internacional ante el, 373–374
Apeninos, 563, 563m
Arabia, 353, 508
arado, 613
archipiélago malayo, 418, 419m
Argelia, 250, 251m, 252–253, 368
arios, 434–435, 435m; brahmanismo, 438; gobierno y sociedad, 434–435; idioma de, 435; rajás, 434-435; sistema de castas, 437; sudras, 437; varnas, 436–437a
Aristóteles, 593
Arkwright, Richard, 644
armas nucleares, 662
Armenia, 578, 579m, 580
arquitectura: de Antigua Grecia, 592; cristianismo y, 620; en África Oriental, 353; en India, 508; japonesa, 503; medieval, 620
arquitectura gótica, 620, 620f, 673
arroz, 479, 409, 421
arte: budista, 453–454; celta, 614–615; chino, 540; cristiano, 620; de África Occidental, 336–337; de Benín, 346–347; de la dinastía Han, 472; de las dinastías Tang y Song, 479; de los harappa, 434,434f; del Renacimiento, 630, 630–631f; egipcio antiguo, 302–303, 302–303f; griego antiguo, 592–593; hindú, 453–454, 454f; indio, 508; japonés, 503; medieval, 620; nigeriano, 388
artes marciales, 541, 541f
Asamblea Nacional, 638
Asia: accidentes geográficos de, 406–408, 410–412, 414–415, 418–419; animales de, 420–421; británicos en, 510–512; cambios políticos en, 515–520; Chang Jiang, 412; climas de, 408–409, 412–413, 416–417, 420–421; comercio con Europa, 510–514; contacto entre culturas, 506–509; desastres naturales en, 416; desiertos de, 408, 411; esclavos en, 356; Fuyi, 415; Himalaya, 407, 410; Huang He, 412; influencia china en, 506–507, 509; influencia de India en, 508–509; influencia de occidente en, 510–514, 532; Japón, 414–415; meseta del Tíbet, 411; montañas en, 406–407, 410, 415; monte Everest, 407; monzones en, 408; península de Corea, 415; recursos de, 408, 413, 417; río Ganges, 407–408; río Indo, 408; ríos de, 407–408, 411, 419; subcontinente indio, 406–409; vegetación, 420–421
Asia, antigua: antigua China, 462–497; antigua India, 428–461; antiguo Japón, 498–503. *Ver también* China, antigua; India, antigua; Japón, antiguo.
Asia Central, 406, 508
asirios, 314; en Egipto, 314
Askia el Grande, 331–332, 331s
Asoka, 449, 452s
astronomía, 457
Atenas, 590–591s; 591–593
Atenea, 593f
Augusto, 598–599
Auschwitz, Polonia, 658
Austria, 567m, 652, 654, 656, 664a
Azerbaiyán, 578, 579m, 580–581

B

Bajo Egipto, 278, 279m, 281
Bamako, Malí, 255f
Bangalore, India, 530
Bangladesh, 406, 407m, 409, 530
bantúes, lenguas, 353
Baquaqua, Mahommah G., 359s
bardos, 612, 612a
Bastilla, 638, 638f
Batalla de Adua, 364f, 365
batalla de la libertad, La (Gandhi), 521s
Batalla del Mar del Coral, 524m, 525
Batalla de Midway, 524m, 525
bauxita, 257
Bélgica, 567m, 650, 664, 664a
Benín, 255m
Benín, Ciudad de, 343m, 345, 345f
Benín, reino de, 342–347, 343m, 384; arte, 346–347; bronces de, 345, 347; Ciudad de Benín, 345, 345f; comercio, 342–343; danza, 346; destrucción de, 343; gobierno, 344; historia antigua, 342; ingleses en, 342–343, 344–345; lengua, 346; música, 346; *obas* en, 342–343, 344–345; orígenes de, 342; portugueses en, 342, 343f; pueblo edo y el, 342, 344a, 346
bereberes, 320, 331, 203
Berlín, Alemania, 661, 663
Bessemer, Henry, 643f, 644
Beta Israel, 352
Bhagavad Gita, 455, 461
Bhutto, Benazir, 531
Bielorrusia, 575m, 663
Biografía: Askia el Grande, 331; Asoka, 452; Boadicea, 614; emperador Shi Huangdi, 466; Mohandas Gandhi, 521; Mijail Gorbachov, 662; Juana de Arco, 625; Kublai Kan, 493; John Locke, 641; Nelson Mandela, 373; Lady Murasaki Shikibu, 503; Mansa Musa, 333; Pericles, 592; Piankhi, 313; príncipe Shotoku, 507; Ramsés el Grande, 297; reina Hatshepsut, 292; reina Shanakhdakheto, 317; Tunka Manin, 324
Boadicea, reina celta, 612, 615, 615s
bóers, 364
Bollywood, 530
bomba atómica, 525, 658
Bombay (Mumbai), India, 409
Bonaparte, Napoleón, 639–640, 639m, 639f, 672
Borneo, 419, 419m, 421
Bosnia y Herzegovina, 575m, 648, 652, 663
Bosque Negro, 567
bosques, 572, 576, 581
Botsuana, 269, 269m, 271
Brahma, 438f, 439
Brahman, 439
brahmanes, 436–438, 445
brahmanismo, 438
Bretaña, Francia, 566
British East India Company, 511, 513
bronce, 345, 346–347, 465, 377
brújula, 480, 480a
Brunei, 419m
Buda, 442–444, 443f, 444f
budismo, 442–447, 507–509, 540; Asoka y el, 452s; difusión del, 446–447, 446m; e hinduismo, 445; en China, 447, 483; enseñanzas, 444–445, 445a; en Japón, 501; mahayana, 447; orígenes del, 442–443; theravada, 447
Bulgaria, 575m, 664a
Burkina Faso, 255m
burocracia, 484
Bushido, 501
Bután, 406, 407m, 409

C

caballeros, 616f
Cabo Verde, 255m
cacao, 257, 376
Cachemira, 527
café, 257
Camboya, 419m, 508
Camerún, 263m
caminos: romanos, 604–605s
campesinos: europeos, 622, 622f; en antigua China, 470; en antiguo Japón, 500a
canal de la Mancha, 568, 570
canal de Suez, 251, 251m, 362
canales, 136, 431, 467, 476
Cannes, Francia, 674
Cantón. *Ver* Guangzhou.
capitalismo, 644
carbón, 253, 265, 271, 409, 413, 417, 543, 567, 569, 581, 643–644
caricaturas políticas, 666, 668, 677
Carlomagno, 672
Carlos I, rey de Inglaterra, 636
Carlos II, rey de Inglaterra, 636
Cárpatos, 574, 575m
Carta Magna, 624, 624s, 636, 636a, 636f
Cartago, 598, 606m
castillos, 622
cataratas de Augrabies, 269
cataratas Victoria, 263, 263m, 263f
Cáucaso (región), 578–581
celtas, arte, 614–615; 610–615, 611m; bardos, 612, 612a; casas de los, 613, 613f; cultura de Hallstatt de los, 610; cultura de La Tène de los, 610; desarrollo de la cultura celta, 610; druidas, 612, 612a; en la guerra, 610–611; gobierno de los, 612; idiomas, 614; las mujeres entre los, 613; legado de, 614–615f, 615; migración de los, 610–611; nobleza entre los celtas, 612, 612a; reinas de los, 612, 615; religión de los, 614; y romanos, 610–612
censores, 492
Centro de Alerta de Tsunamis del Pacífico, 422
centro de Europa Occidental, 566–569, 567m; accidentes geográficos, 566–568; agricultura en, 568; Alpes, 568, 568s; Altiplanicie Central, 567; clima de, 568; energía hidroeléctrica en, 569; gran llanura europea, 566–567; recursos de, 568–569; recursos hídricos, 568; ríos de, 568; ubicación de, 566

cerámica, 464
César, Julio, 598, 610–612, 615
Cetshwayo, rey de los zulúes, 363f
Cezanne, Paul, 673f
Chad, 255m
Chandragupta I, 450
Chandragupta II, 450
Chandra Gupta Maurya, 448
Chang'an, China, 477m, 478
Chang Jiang (río Yangtsé), 411m, 412, 464, 465m, 538
Chartres, Francia, 672f
chatrias, 436
Checoslovaquia, 652, 656, 662–663, 663s
Chernobyl, 577, 577f
Chiang Kai-shek, 517
China, 355, 407, 411m, 414, 527, 529, 538–543; accidentes geográficos de, 410–412; características hídricas de, 412; climas de, 412–413; comunismo en, 517–518, 518–519s, 529; cultura de, 540–541; desiertos de, 411; geografía de, 538–539; Gobi, 411; gobierno, 542; guerra con Japón, 513, 522; Himalaya, 410; historia de, 540; influencia en Corea, 506–507; influencia en Japón, 507, 507f; influencia en Vietnam, 507; influencia europea en, 512m, 513, 517; llanuras de, 412; meseta del Tíbet, 411; montañas, 410; precipitaciones, 427m; rebelión de los bóxers, 513; recursos, 413; República Popular de China, 517; revolución en, 517; temas actuales en, 543; temas económicos en, 518, 529, 542
China, antigua, 462–463m, 464–493; administración pública, 484, 492; aislacionismo, 492; artistas y poetas, 479; Ciudad Prohibida, 490–491s; civilización en, 464; comercio en, 478–479, 510; comienzos de las ciudades en, 478; confucianismo en, 483–484; dinastía Han, 468–473; dinastía Ming, 489–492; dinastía Qin, 466s, 467; dinastía Shang, 465; dinastía Song, 477; dinastía Sui, 476; dinastía Tang, 477; dinastía Yuan, 486–488, 493s; dinastía Zhou, 466; emperatriz Wu, 477; gobierno de, 465–467, 469, 484–485, 492; Gran Canal, 476, 478–479f, 478m; Gran Muralla, 467, 491; imprenta xilográfica, 480, 480a; influencia en Asia, 506–508; inventos, 480–481, 480a; Las Cinco Dinastías y los Diez Reinos, 477; logros de, 472–473, 479–481, 489–490; los mongoles y, 486–488, 493s; pólvora, 480, 480a; porcelana, 479, 480a; Ruta de la Seda, 474–475s; seda, 479; Shi Huangdi, 466s, 467; sociedad en, 470–471
Chipre, 664a
Churchill, Winston, 661, 664
ciencia: en antigua China, 472–473; en Antigua Grecia, 593; en antigua India, 456–457; en el Renacimiento, 631
Cinco Dinastías y los Diez Reinos, Las, 477
Cinturón de Fuego, 579–580
cipayos, 511
Círculo polar ártico, 572
Ciudad Prohibida, 490, 490–491s
ciudadanía: romana, 597
ciudades: ciudades medievales, 623; en la revolución industrial, 646
ciudades estado: en Antigua Grecia, 588–593, 589m
civilización del valle del río Indo, 429m. *Ver también* civilización harappa.
civilización harappa, 428f, 430–434, 431m; agricultura, 431; ciudades de la, 433; comercio en la, 431; contacto con otras culturas, 431; decadencia, 434; logros artísticos, 434, 434f; logros de la, 432–433; orígenes, 430–431; sistema de escritura, 432. *Ver también* civilización del valle del río Indo.
clima: climas desérticos, 253, 409; continental húmedo, 572, 416; de casquete polar, 573; de las tierras altas, 260; de sabana tropical, 58a, 58–59m, 60, 70a; de tundra, 573, 581; marítimo de la costa oeste, 568, 572; mediterráneo, 253, 564, 564–565s, 568, 577; subtropical húmedo, 409, 416; tropical húmedo, 264, 409, 420
cobalto, 265
cobre, 271, 310, 581, 265
Código Napoleónico, 639
Coliseo, 600s, 600m
colonias: Antigua Grecia, 589, 589m
colonias alemanas, 366
colonias británicas, 357, 362, 364–365, 367, 383
colonias francesas, 362, 368
colonias holandesas, 357, 364, 513
colonias portuguesas, 357, 370, 510
comercio: en Aksum, 350–351; en antigua China, 478–479, 488; en antiguo Egipto, 292–293, 293m, 295; en antigua India, 431;

en el Renacimiento, 628–629, 629m; en el Sahara, 326–327s; en Ghana, 321–323, 321m; en Kush, 316, 316m, 319; Europa y Asia, 510–514; japonés, 529; medieval, 620, 623; Tigres Asiáticos y, 529s; y la revolución industrial, 360
Comores, 269m
Comunidad Francesa, 368
comunismo, 517–518, 518–519s, 525–526, 531, 542, 652, 655, 660–663
Conferencia de Berlín, 362, 363m, 364
confucianismo, 469–471, 482–485, 488, 540
Confucio, 483
Congo Belga, 370, 374
Congo, República del, 263m
Congo, República Democrática del, 263m, 265, 370, 374–375
Congreso de Viena, 640, 640m
Congreso Nacional Africano, CNA, 372–373
Constantino, 601–603
Constantinopla, 603
contaminación: del agua, 35, 576, 580; del aire, 543, 543f; radiación, 577
Corea, 415m; budismo en, 507; clima de, 416–417; división de, 526; Guerra de Corea, 525–526, 526a; historia de, 506–507; influencia china en, 506–507; montañas de, 415; península de Corea, 415; recursos de, 417
Corea del Norte, 414, 415m, 505f, 526
Corea del Sur, 414, 415m, 415f, 526, 529s
Corriente del Atlántico Norte, 572, 573m
Corriente del Japón, 415m
Corriente de Oyashio, 415m
corrientes, 568, 572; Corriente del Atlántico Norte, 572
Costa Azul, 671m, 674
Costa de los Esclavos, 357
Costa de Marfil, 255m
Costa de Marfil (colonia), 357
Costa de Oro, 357, 367
cristianismo, 601–602, 601m; en África, 350–352, 361, 375; en Aksum, 319; en Benín, 346; celta, 611f, 614; cóptico, 352; difusión del, 601–602, 601m; en India, 512; en la Edad Media, 618–620; en Nigeria, 385, 387, 387f; orígenes de, 601; persecución de los cristianos, 601, 174
Croacia, 575m, 663

cruzadas, 619–620, 619m
Cuatro Nobles Verdades, Las 444
cuenca del Congo, 262
cultura helenística, 594

Dadu, China, 488, 493s
daimio, 500
Darfur, Sudán, 374–375f, 375
Datos breves: Civilizaciones antiguas de África: Egipto, 305; Civilizaciones antiguas de África: los reinos comerciales, 339; Civilizaciones antiguas de Asia: China, 495; Civilizaciones antiguas de Asia: India, 459; Civilizaciones antiguas de Europa, 607; Estructura de la sociedad celta, 612; Sociedad edo moderna, 344; Sociedad samurái, 500
Dausi, 335
David (Miguel Ángel), 630f
da Vinci, Leonardo. *Ver* Leonardo da Vinci.
De Beers Consolidated Mining Company, 361s
Declaración de Derechos inglesa, 636, 636a, 636f
Declaración de Independencia, 637, 637a, 637f
Declaración de los Derechos del Hombre y del Ciudadano, 637a, 637f, 638
delta del Níger, 382, 382f, 386–387
deltas: del Ganges, 407; del Nilo, 250–251; del sureste asiático, 419; delta interior, 255
democracia: 31; en África, 375; en Antigua Grecia, 588, 592, 592f; en Asia, 530–531; en China, 517, 530–531f, 531; en Japón, 520; en Nigeria, 386–387
Deng Xiaoping, 540
depresión de Turfán, 411
derecho al voto, 646
derechos naturales, 635
desertización, 256, 376
desiertos: Gobi, 411, 411m; Kalahari, 270; Namibia, 270, 270s; Rub' al-Khali, 120; Sahara, 252; Taklamakan, 411, 411m; Thar, 407m, 408–409
desobediencia civil, 516
Destrezas críticas de razonamiento: Analizar fuentes primarias y secundarias, 304; Analizar recursos visuales, 533; Escribir para aprender, 647; Interpretar

caricaturas políticas, 666; Tomar decisiones, 338; Tomar decisiones económicas, 494
Destrezas de escritura: Crear un anuncio de bienes raíces, 560; Crear un cartel, 428; Escribir para aprender, 647; Escribir un acertijo, 276; Escribir un artículo periodístico, 462; Escribir un mito, 586; Escribir una carta a casa, 248; Escribir una entrada de un diario, 308, 616; Explicar causa o efecto, 390; Persuasión, 546; Una narración biográfica, 678
Destrezas de estudio: Analizar fuentes primarias y secundarias, 304; Escribir para aprender, 647; Tomar decisiones económicas, 494
Destrezas de estudios sociales:
Destrezas de estudio: Analizar fuentes primarias y secundarias, 304; Escribir para aprender, 647; Tomar decisiones económicas, 494
Destrezas de geografía: Analizar un mapa de precipitaciones, 272; Comparar mapas, 458; Interpretar un mapa histórico, 606; Interpretar una pirámide de población, 378; Leer un mapa climático, 582; Usar un mapa topográfico, 424
Destrezas de pensamiento crítico: Analizar fuentes primarias y secundarias, 304; Analizar recursos visuales, 533; Escribir para aprender, 647; Interpretar caricaturas políticas, 666; Tomar decisiones, 338; Tomar decisiones económicas, 494
Destrezas de tablas y gráficas: Interpretar una pirámide de población, 378
Destrezas de expresión oral: Hacer una entrevista, 504; Presentar un diario de viaje, 404; Presentar un informe de noticias televisivo, 348
Destrezas de geografía: Analizar un mapa de precipitaciones, 272; Comparar mapas, 458; Interpretar un mapa histórico, 606; Interpretar una pirámide de población, 378; Leer un mapa climático, 582; Usar un mapa topográfico, 424
Destrezas de lectura: Comprender causa y efecto, 308; Comprender el orden cronológico, 462;

Destrezas de mapas

Comprender hechos y opiniones, 404; Comprender la comparación y el contraste, 248; Crear categorías, 276; Hacer preguntas, 560; Identificar detalles de apoyo, 348; Ordenar, 428; Usar pistas de contexto: Contrastar, 616; Usar pistas de contexto: Definiciones, 504; Volver a leer, 586

Destrezas de mapas: Analizar un mapa de precipitaciones, 272; Comparar mapas, 458; Interpretar mapas, 238m, 240m, 241m, 242m, 243m, 249m, 251m, 255m, 256m, 259m, 263m, 264m, 279m, 293m, 311m, 321m, 329m, 363m, 369m, 394m, 396m, 397m, 398m, 399m, 405m, 407m, 408m, 411m, 412m, 415m, 416m, 419m, 420m, 431m, 435m, 446m, 449m, 450m, 465m, 469m, 477m, 487m, 505m, 511m, 512m, 524m, 550m, 552m, 553m, 554m, 555m, 563m, 567m, 569m, 571m, 573m, 575m, 579m, 589m, 595m, 599m, 601m, 619m, 629m, 632m, 639m, 640m, 649m, 656m, 661m; Interpretar mapas de ruta, 167; Interpretar un mapa histórico, 606; Leer un mapa climático, 582; Usar un mapa topográfico, 424

Destrezas de tablas y gráficas: Interpretar una pirámide de población, 378

Destrezas para tomar notas, 250, 254, 258, 262, 268, 278, 283, 291, 298, 310, 315, 320, 328, 334, 350, 354, 360, 366, 372, 406, 410, 414, 418, 430, 436, 442, 448, 453, 464, 468, 476, 482, 486, 506, 510, 515, 522, 528, 562, 566, 570, 574, 578, 588, 596, 618, 628, 634, 642, 648, 654, 660

dharma, 440

Día D, 658, 659f

diagramas e infografías: Arquitectura gótica, 620; Camino romano, 605; China comunista, 518; Ciencia india, 456; La Ciudad Prohibida, 490; Clima mediterráneo, 564; Construcción de las pirámides, 288; La corona de Egipto unificado, 282; Creencias y dioses hindúes, 438; Datos sobre Arabia Saudí, 226; Datos sobre China, 538; Datos sobre Francia, 670; Datos sobre Nigeria, 382; La democracia ateniense, 592; Los documentos de la democracia, 636; Estructura del gobierno de China, 542; Estructura del gobierno francés, 674; Estructura del gobierno nigeriano, 386; Exámenes para la administración pública, 484; El exceso de pastoreo, 325; El foro romano, 597; La guerra de trincheras, 650; Los gobernantes de Kush, 318; Influencia china en Japón, 507; Inventos chinos, 480; Kush y Egipto, 312; Lalibela, Etiopía, 351; Los logros de la dinastía Han, 472; Las momias y la otra vida, 286; Un oasis del Sahara, 252; El Partenón, 590; La peregrinación de Mansa Musa, 354; Períodos de la historia egipcia, 291; La Peste Negra, 626; Plaza Tiananmen, 1989, 530; Tombuctú, 330; La red de comercio de Kush, 316; Relaciones feudales, 621; El Sendero Óctuple, 445; Sociedad egipcia, 284; El templo de Karnak, 300; El tráfico de esclavos en el Atlántico, 358; Las travesías de Zheng He, 489; ¡Tsunami!, 422; Las varnas, 437; La vida en el feudo, 622; Vida en Mohenjo Daro, 432

diamantes, 257, 265, 271, 361s, 581

***Diario* (Anne Frank),** 657s

Dieta, 520

Dinamarca, 571–572, 571m, 664a

dinastía Han, 468–473, 474–475s, 468a, 469m, 507; arte y literatura, 472, 473f; ascenso de la, 468–469; clases sociales, 470; confucianismo, 469; gobierno, 469; impuestos, 469; inventos y adelantos, 472–473; línea cronológica de, 468a; Liu Bang, 468–469; mandato divino, 468; vida de los ricos y los pobres, 470; Wudi, 469

dinastía Koryo, 507

dinastía Ming, 489–492

dinastía Qin, 467, 483; ascenso de la, 467; decadencia de la, 467; Gran Muralla, 467; Shi Huangdi, 467

dinastía Qing, 513, 517, 540

dinastía Shang, 465, 465m, 540; sistema de escritura, 465

dinastía Song, 477–481, 477m, 483–485; arte y artistas 479; ciudades en, 479; comercio, 479; confucianismo y gobierno, 482–485; funcionarios eruditos, 484–485, 485f; inventos de la, 480–481; neo-confucianismo, 484

dinastía Sui, 476, 477m, 483

dinastía Tang, 477–481, 477m, 483, 507; arte y artistas, 479; ciudades en, 478; comercio, 478–479; inventos de la, 480–481

dinastía Yuan, 487–488

dinastía Zhou, 466; estructura social, 466; mandato divino, 466

dinero, 480a, 481, 481s

Disputa por África, 362

distritos segregados, 373

Djenné, Malí, 309f, 329m, 332, 352, 352s

dragón de Komodo, 420

druidas, 612, 612a

Du Fu, 479

ébano, 312

economía, R2–R6

ecuador, 420

Edad de la Razón, 634. *Ver también* Ilustración.

Edad Media, 618–627, 673; arquitectura en la, 620, 620f; arte en la, 620; cambios políticos durante la, 624; Carta Magna, 624, 624s; comercio, 623; cristianismo en la, 618–620; cruzadas, 619–620; difusión del Islam en la, 202–204; Guerra de los Cien Años, 625; Juana de Arco, 625s; papa, 619; Peste Negra, 625–627; pueblos, 623; régimen señorial, 622, 622–623f; siervos, 622; sistema feudal, 621, 621a; vida cotidiana en la, 620

edo (pueblo nigeriano), 342, 344a

Eduardo, Príncipe de Gales, 511f

Egipto, 250, 251m, 253, 350, 362

Egipto, antiguo, 92s, 276–277m; agricultura en, 280, 280f; Alejandro Magno y, 594, 594m; Alto Egipto, 278, 280–281; Antiguo Reino, 283–290; arte de, 302–303; Bajo Egipto, 278, 280–281; budismo en, 447; comercio en, 284, 292–293, 293m; desarrollo de la civilización en, 280–281; dioses de, 285, 285f; dominio de Kush de, 313–314; énfasis en la otra vida, 286–287; escritura en, 298–299; faraones de, 283–284, 290, 292; geografía física de, 278–279; geografía y, 278–279; invasiones de, 293; logros de, 298–303; Menes, 281–282; orígenes de, 280–281; pirámides, 288–290; prácticas funerarias en, 552–553;

Reino Medio, 291–292; Reino Nuevo, 292–296; relaciones con Kush, 312–314; religión en, 285–287, 285f; reyes, 281–282; sociedad de, 284, 284a, 294–296; templos de, 300; vida familiar en, 296

El Cairo, Egipto, 352, 376a
Ellora, 453
embarcaciones fluviales, 644
energía geotérmica, 572
energía hidroeléctrica, 265, 417, 569, 572, 576, 581
Era de las Revoluciones, 636–638; Guerra civil en Inglaterra, 636; La Revolución estadounidense, 637; La Revolución francesa, 637–638
Erediauwa I, *oba* de Benín, 344f, 345
Eritrea, 259m
Escandinavia, 570–572, 571m
escarpadura, 268
esclavitud, 355–357; Benín y la, 342; en Egipto, 296
Escocia, 570, 571m, 611
escribas, 294
escritura: en antigua China, 465; en antiguo Egipto, 298–299, 299a; en antigua India, 432
esfinge, 277f, 300
Eslovaquia, 575m, 663, 664a
Eslovenia, 575m, 663, 664a
España, 385m, 563m, 664a
Esparta, 593–594
especias, 350, 360, 421, 513
estados-nación, 625
Estados Unidos, 410, 414, 513, 525, 528–529, 637, 654, 659, 660–663; en la Guerra de Corea, 527; en la Guerra de Vietnam, 527; en la Primera Guerra Mundial, 651; en la Segunda Guerra Mundial, 523–525; movimiento por los derechos civiles en, 516
estaño, 265, 413, 421
estepa, 116, 253, 261, 409, 581
Estonia, 575m, 652, 664a
Estrabón, 317
Estudio de caso: Los celtas, 610; China; 538; El antiguo Japón, 498; El reino de Benín, 342; Francia, 670; Nigeria, 382
Etiopía, 259, 259m, 362, 364f, 365, 656
etruscos, 596, 606m
Eurasia, 578
Europa: 560–561m, 616–617m; accidentes geográficos de, 563, 578–579; agricultura, 564, 564f, 568, 571, 642–643; Alpes, 563, 568, 568s, 572; Altiplanicie Central, 567; Apeninos, 563; características hídricas de, 564, 568, 571, 575–576, 580; Cárpatos, 572; climas de, 54, 564, 564–565m, 564f, 565f, 568, 572–573, 576–577, 581, 582m; como península, 562; corrientes y, 572; cristianismo en, 618–620, 632–633; dictadores en, 655; Edad Media en, 618–627; Era de las Revoluciones, 636–638; Escandinavia, 570; esclavos en, 356; Europa del Sur, 562–565, 563m; fiordos de, 571, 572s; geografía física de, 560–585; glaciares en, 571; Gran Depresión en, 654; gran llanura europea, 566, 574; Guerra Fría, 660–663; Holocausto, 657–658; Ilustración, 634–635; Islas Británicas, 570; Macizo Central, 567; montañas de, 563, 570, 574, 578; montañas del Cáucaso, 578; montañas Pindo, 563; montes Urales, 578; nacionalismo en, 648–649; Napoleón Bonaparte, 639–640; península Balcánica, 562, 568, 575; península Ibérica, 562, 564; península Itálica, 562; Peste Negra en, 625; Pirineos, 563; Primera Guerra Mundial, 648–652; pueblos y comercio en, 623, 628–629; recursos de, 565, 568–569, 569m, 572, 581, 643; Reforma en, 632–633; régimen señorial, 622; Renacimiento en, 628–631; revolución industrial, 642–646; río Danubio; 568, 576; río Rin, 568; río Tajo, 564; río Volga, 580; Segunda Guerra Mundial, 654–659; Siberia, 579; sistema feudal, 621; sociedad, 646; turismo en, 564, 564f; Unión Europea, 664–665; vegetación de, 565f, 572, 576–577
Europa, antigua: Antigua Grecia, 588–595; Antigua Roma, 596–605; antiguas civilizaciones de Europa, 586–609; celtas, 610–615. *Ver también* celtas; Grecia, Antigua; Imperio romano; República romana; Roma, Antigua.
Europa del Norte, 570–573, 571m; accidentes geográficos de, 570–571; agricultura en, 570–571; bosques en, 572; características hídricas de, 572; climas de, 572–573, 573m; Escandinavia, 570; fiordos de, 571, 572s; glaciares en, 571; islas Británicas, 570; población de, 570; recursos de, 572; suelos de, 572

Europa del Sur, 562–565, 563m, 564–565m; accidentes geográficos del, 563; agricultura en, 564; Alpes, 563, 563m; Apeninos, 563, 563m; características hídricas de, 564; clima de, 564; Pirineos, 563, 563m; recursos de, 564–565; río Tajo, 563m, 564; turismo en, 564; ubicación, 562
Europa medieval: *Ver* Edad Media.
Europa Occidental, en la Guerra Fría, 661–662
Europa Oriental, 574–577, 575m; accidentes geográficos de, 574–575; bosques de, 576–577; características hídricas de, 575–576; Cárpatos, 574; climas de, 576–577; costa Balcánica, 577; costa Báltica, 576; economía de, 576; gran llanura húngara, 575; Guerra Fría en, 661–663, 661m; llanuras interiores, 576–577; montes Balcanes, 575; río Danubio, 576
Ewuare, *oba* de Benín, 342
exceso de pastoreo, 324, 325f
Ezana, rey de Aksum, 319, 351

F

fábricas, 361, 644, 645s
familia: en antigua China, 471
faraón, 281–283, 288–290, 291–293, 295, 297s, 317
Fay, Michael, 266–267, 266m, 267f
ferrocarriles, 362, 504f, 617f, 644
feudalismo, 621, 621a
Fez, Marruecos, 352
Filipinas, 419m, 508, 524
filosofía: en Antigua Grecia, 593
Finlandia, 571m, 572, 652, 664a
fiordo Sogne, 571
fiordos, 571, 572s
Florencia, Italia, 628, 629f
foro, 597–598, 597s
Francia, 362, 366, 513, 567, 567m, 568–569, 621, 625, 633, 649, 656–657, 662, 664, 664a, 670–675; cultura de, 672–673; economía, 674; geografía de, 670–671; gobierno, 674–675; historia de, 672; temas actuales en, 675
Francisco Fernando, duque de Austria-Hungría, 649
francos, 672
Frank, Anne, 657, 657s
fuegos artificiales, 480, 480a

fuentes primarias: Mahommah G. Baquaqua, 359; Bhagavad Gita, 461; Carta Magna, 624; Winston Churchill, 661; El diario de Anne Frank, 657; En la noche tranquila (Li Bo), 479; Epopeyas, crónicas e historias de la Rusia medieval, 487; Hablo sobre la libertad (Nkrumah), 367; Historia universal (cita de Pentaur), 297; La batalla de la libertad (Gandhi), 521; La descripción del mundo (Polo), 488; Las alas del halcón: vida y creencias del antiguo Egipto, 304; "Las nieves del Kilimanjaro" (Hemingway), 275; Panchatantra, 455; Raíces de la tradición occidental (Hollister), 304; Franklin Roosevelt, 523; Segundo tratado del gobierno civil (Locke), 641; "Taras Bulba" (Gogol), 576; Textos de las pirámides, 290; "Una conversación con Lee Kuan Kew", 537; Una historia de África Occidental (Davidson), 341
funcionarios eruditos, 484–485
Fuyi, 415, 415m

Gabón, 263m
Gales, 571m
Galia, 610–611, 672
Gambia, 255m
Gandhi, Mohandas, 516–517, 521s, 521f
Gao, Songhai, 331–332
gas natural, 253, 265, 409, 421, 572, 581
gas venenoso, 650
Gautama, Siddhartha. Ver Buda.
Geb, 285
géiseres, 580
Gengis Kan, 486
Geografía e Historia: Los caminos romanos, 604; Cruzar el Sahara, 326; La Peste Negra, 626; La Ruta de la Seda, 474; El tráfico de esclavos en el Atlántico, 358
Georgia, 578, 579m, 580
Ghana, 255m, 357, 367, 376
Ghana, imperio de, 320–325, 321m; agricultura, 320–321; comercio de oro y sal, 321–322, 322f, 323; comercio en, 321–323; Cruzar el Sahara, 326–327s; decadencia de, 324–325; exceso de pastoreo, 324; expansión de, 323–324; fuerzas armadas, 322, 323, 324; herramientas y armas de hierro, 321; impuestos y, 323; invasión de, 324; orígenes de, 320–321
Ghats Occidentales, 407, 407m
Ghats Orientales, 407, 407m
Giza, 288
glaciares, 571
gobierno: ario, 434; de Kush, 317, 318s; de la Antigua Grecia, 592, 592f; de la Antigua Roma, 600, 602–603; del antiguo Egipto, 281–282, 283–284; del Imperio maurya, 448
golfo de Guinea, 254–256, 255m
golfo de Vizcaya, 568
Gorbachov, Mijail, 662, 662s
Gran Bretaña, 362, 510–513, 515–517, 639, 643, 646, 649, 656–657, 662. Ver también Inglaterra, Reino Unido.
Gran Canal, 476, 477m, 478, 478–479f
Gran Depresión, 654
Gran Desierto de la India, Ver desierto de Thar.
gran llanura europea, 548f, 566–567, 567m, 574, 578, 581, 670
Gran llanura húngara, 575–576, 575m
Gran Miedo, 638
Gran Muralla china, 467, 477m, 491, 541f
Gran Valle del Rift, 258, 259s
Grecia, 563, 563m, 563f, 565f, 664a
Grecia, Antigua: 588–595; acrópolis, 589; arquitectura, 590–591s, 591–592; arte, 591–593, 593f; ciencia, 593; ciudades estado en, 588–589, 589m; colonias de, 589, 589m; crecimiento del poder griego, 590–591; cultura ateniense, 591; cultura de, 588–589; decadencia de las ciudades estado, 593; democracia ateniense, 592; edad de oro de, 590–591; filosofía, 593; imperio de Alejandro Magno, 594–595, 594–595m; literatura, 593; Partenón, 590–591s; victoria sobre los persas, 590–591; votación, 588, 592f; y el Renacimiento, 629, 631
griots, 334–335, 335f
Guangzhou, China, 512m, 513
guerra civil en Inglaterra, 636
Guerra de Corea, 525–526a
Guerra de los bóers 364–365
Guerra de los Cien Años, 625
guerra de trincheras, 650, 650–651s
Guerra de Vietnam, 527, 527a
Guerra Fría, 660–663; Europa dividida, 661–662; final de la, 662–663; orígenes de, 660; Unión Soviética y Europa Oriental, 661–663
guerras civiles, en África, 375
Guerras Persas, 590–591
guerras religiosas, 633
Guillermo el Conquistador, 624
guillotina, 638
Guinea, 255m, 370
Guinea-Bissau, 255m
Guinea Ecuatorial, 263m
Gurú Granth Sahib, 509
gurús, 509
Gutenberg, Johann, 631

haiku, 502
Hajj, 354–355s, 355
Hallstat, 610, 611m
hambruna, 376
Hanói, Vietnam, 533f
harappa, 430–431, 431m, 433
Hargreaves, James, 643f
Hatshepsut, faraona de Egipto, 292–293, 292s
Heian, Japón, 498–503, 499m
Hemingway, Ernest, 275s
hicsos, 292
hierro, 253, 257, 271, 316, 321, 409, 413, 417, 421, 569, 644, 613
Himalaya, 392f, 407, 407m, 407f, 409, 410, 411m, 411f; formación del, 40f
Hindu Kush, 406, 407m
hinduismo, 436–441, 508–509, 517; creencias, 439–440; dioses, 438–439f; en el Imperio gupta, 450; mujeres en el, 440; raíces de, 438; sistema de castas y el, 439–440; textos sagrados del, 438, 455, 461; y budismo, 445; y jainismo, 441; y la sociedad, 436, 437
Hiroshima, Japón, 525, 525f
historia de Genji, La, 502–503
historia oral, 334
hititas, 293
Hitler, Adolfo, 617f, 655–656, 655f
Hokkaido, 414, 415m
Holbein, Hans, el Joven, 630f
Holocausto, 657–658
Hong Kong, 529s, 539
Honshu, 414, 415m
Horus, 285, 285f
Huang He (río Amarillo), 464, 465m, 411m. 412, 538
humanidades, 629
humanismo, 629–630
Hungría, 575m, 652, 664a
hutu, 375

Ibiza, España, 564f
Ibn Battutah, 336, 493s
idioma chino, 507, 509
idioma francés, 377
idioma inglés, 377, 512
igbo, 382
Iglesia Católica Romana, 632–633
iglesias, 620
Ilustración, 634–635, 635a; pensadores de la, 635
imperialismo: en África, 360–365; en Asia, 504f, 510–513; en China, 512m, 513; en India, 510–512, 511m; reacciones contra el, 365, 366–370, 511, 513–514
imperio: de Ghana, 320–325; de Malí, 328–331; de Songhai, 331–332; gupta, 450–451; maurya, 448–449; romano, 598–599, 599m
Imperio austrohúngaro, 648–651
Imperio bizantino, 351
Imperio gupta, 450–451, 450m; arte del, 453–454; mujeres, 450–451; sistema de castas, 450–451
Imperio khmer, 509
Imperio maurya, 448–449, 449m; arte del, 453–454; Asoka, 448–449; militares, 448–449
Imperio mogol, 508, 510
Imperio mongol, 486–488, 487m; gobierno en China, 487–488
Imperio persa, Alejandro Magno y el, 594–595
Imperio romano, 598–600; arquitectura, 600; Augusto como primer emperador, 598–599; caminos romanos, 604–605s; cristianismo como religión oficial, 602; Coliseo, 600f; Constantino, 601, 602; decadencia del, 602–603; idioma y derecho, 600; Imperio romano de Oriente, 603; ingeniería, 600; invasiones, 603; Jesús de Nazaret, 601; orígenes del cristianismo en el, 601; Pax romana, 599; persecución y aceptación del cristianismo, 601
imprenta, 630–631, 631s
impresión, 480, 480a
impresionismo, 673
impuestos: en antigua Ghana, 323; en antiguo Egipto, 295; en China gobernada por mongoles, 488
India, 350, 353, 355, 362, 406, 407m; británicos en, 510–512, 511f; comercio con Europa, 510; conflicto en Cachemira, 527; democracia en, 530; desarrollo económico de, 530; división de la, 517; en la Primera Guerra Mundial, 515; movimiento de independencia en, 515–517, 521; sijismo en, 509
India, antigua, 428–429m; adelantos científicos en, 456–457; Alejandro Magno e, 594; arios, 434–438, 435m; brahmanismo, 438; budismo, 442–447, 445a, 446m; civilización harappa, 429–434; clima, 60; hinduismo en, 438–440; sistema de castas en, 437; Imperio gupta, 450–451, 450m; Imperio maurya, 448–449, 449m; Imperio mogol, 508–509; influencia en Camboya, 508; influencia en el sur de Asia, 508; jainismo, 441; karma, 440; literatura sánscrita, 455; mujeres en, 440, 450–451; reencarnación, 439, 440; sociedad de la, 436–437; sudras, 437; varnas, 436, 437a; Vedas, 434, 435, 438
índigo, 512
Indonesia, 419m, 421, 508, 530
industrialización, en Asia, 528
ingeniería: egipcia, 288; etíope, 351; harappa, 433; romana, 600, 605s
Inglaterra, 342–343, 571, 571m, 621, 625, 366; cambio político en, 624. *Ver también* Gran Bretaña, Reino Unido.
Internet, 531–532
intocables, 437, 440
inundaciones, 279, 413s
Irlanda, 611, 571, 571m, 664a
Irlanda del Norte, 571m
irrigación, 431, 467
Isis, 285, 285f
isla Awaji, 424m
isla de Penang, 423f
Islam: en África del Norte, 352; en África Occidental, 329, 331, 346; en África Oriental, 353, 375; en Cachemira, 527; en el sureste asiático, 508; en India, 508, 517; en Nigeria, 385, 387, 387f
Islandia, 570, 571m, 572
islas: 37; Creta, 563; de Europa del Sur, 548f, 563; del sureste asiático, 419; Islas Británicas, 570; Japón, 414; Madagascar, 270; Sicilia, 563; Sri Lanka, 406; Taiwán, 410
Islas Británicas, 570–572
Italia, 365, 563m, 649, 655, 658, 664, 664a; antiguos pueblos de, 606m

jade, 475, 479
jainismo, 441, 441f
Japón, 415m, 657–658; accidentes geográficos de, 414–415; agresión de, 521–523; clima de, 416–417; Comodoro Perry en, 514, 514f; democracia en, 530; desarrollo económico de, 505f, 528–529; desastres naturales en, 416; en la Segunda Guerra Mundial, 523–525; guerra con China, 513; intervención de occidente en, 513–514; islas de, 414; Manchuria y, 522; modernización de, 520; montañas de, 415; recursos de, 417; Restauración Meiji, 519–520; terremotos, 416, 416m; volcanes de, 416, 416m, 416f
Japón, antiguo, 498–503, 499m; arte de, 503; ascenso de los shogunes, 500–501, 519; budismo en, 503; Bushido en, 503; campesinos en, 502a; cultura y logros, 502–503; daimio en, 502, 502a; el emperador en, 500–502, 502a, 519; gobierno de, 502, 502a; historia, 498–499; historia antigua de, 498; indumentaria en, 503; influencia de China en, 507, 507f; invasión de los mongoles a, 488; la sociedad y vida cotidiana, 500–501; literatura de, 502, 502–503f, 503s; los nobles en, 498, 500–501, 502–503; poesía en, 502; príncipe Shotoku, 507, 507s; samurái en, 502, 502a; teatro en, 503
Jartum, Sudán, 260
Java, 419m
Jefferson, Thomas, 637
jeroglíficos, 298–299, 299a
Jerusalén, 528
Jesús de Nazaret, 619
joie de vivre, 673
joyas, 302–303
Juan, rey de Inglaterra, 624
Juana de Arco, 625s
Judea, 601, 601m

K2, 407
Kaifeng, China, 478
Kai-shek, Chiang. *Ver* Chiang Kai-Shek
Kalidasa, 455
karma, 440

Karnak, 300, 301s
karst, 411f
Kashta, rey de Kush, 313
Kenia, 259, 259m, 367–368
Kenyatta, Jomo, 368, 369f
Keops, faraón de Egipto, 284
Kerma, 311–312, 311m
kikuyu, 367–368
Kilwa, 353
Kim Il Sung, 505f, 526
Kimberley, Sudáfrica, 361
Kinshasa, República Democrática del Congo, 376, 376a, 376f
Kioto, 498
Kuala Lumpur, Malasia, 532
Kublai Kan, 487–488, 493s
Kumbi Saleh, 321m, 323
Kush, 308f, 309m, 310–319, 311m; agricultura, 319; ascenso de Aksum, 319; civilización antigua en Nubia, 311; comercio, 316, 316m, 319; cultura, 317; decadencia de, 319; economía, 315–316, 316m; geografía física de, 310–311; gobierno, 317, 318s; idioma, 317; mujeres en, 317; pérdida de recursos, 319; pirámides, 308f, 314, 317, 318f; relaciones con Egipto, 312–314
Kyi, Aung San Suu. *Ver* Suu Kyi, Aung San.
Kyushu, 414, 415m

L

La Tène, 610, 611m
lago Baikal, 580
lago Dongling Hu, 413s
lago Mutanda, 261f
lago Nyasa (lago Malaui), 262–263
lago Tanganica, 262
lago Vänern, 571
lago Victoria, 260
lagos, de Europa del Norte, 571–572
Lagos, Nigeria, 376a, 382–383, 383f
Lalibela, Etiopía, 351, 351f
Lalibela, rey de Etiopía, 351
lana, 474
Laos, 418, 419m
latín (lengua), 600, 629
latinos (pueblo), 596, 606m
lavanda, 567f
Lejano Oriente de Rusia, 579
Lenin, Vladimir, 652, 652f, 655
Leonardo da Vinci, 630, 631f
Lesoto, 269m
Letonia, 575m, 652, 664a
Liberia, 255m, 362
Libia, 250, 251m, 253

Li Bo, 479
libro de las rutas y los reinos, El, 324
Libro de los muertos, 299
Liechtenstein, 567m
líneas cronológicas, Dinastía Han, 468; Escritura egipcia, 299; Segunda Guerra Mundial, 658; Sucesos clave en antiguo Japón, 502; Sucesos clave en Benín antiguo, 346; Sucesos clave en la historia celta, 614; Sucesos clave en la historia china, 540; Sucesos clave en la historia francesa, 672; Sucesos clave en la historia nigeriana, 384
literatura: africana, 377; africana occidental, 335–336; *Aké: los años de la niñez* (Soyinka), 371; de la dinastía Han, 472; del Renacimiento, 630; griega antigua, 593; japonesa, 502–503; romana antigua, 600; sánscrita, 455; shabanu: *La hija del viento* (Staples), 534; *Sin novedad en el frente* (Remarque), 653
Lituania, 575m, 652, 663, 664a
Liu Bang, emperador de China, 468–469
llanura de Siberia Occidental, 579, 579m
llanura del Ganges, 408
llanura del norte de China, 412
llanura del Serengeti, 259
llanuras: de África Oriental, 259; de Europa del Sur, 563; gran llanura europea, 566–567, 574; gran llanura húngara, 575; llanura de Siberia Occidental, 579; llanura del norte de China, 412
Locke, John, 635
loess, 412
Lombok, 421m
Londres, Inglaterra, 615, 620f, 623
Luis XVI, rey de Francia, 637–638
Lutero, Martín, 633
Luxemburgo, 567m, 664, 664a
Luxor, 300
Lyon, Francia, 671

M

Macao, 539
Macedonia, 575m, 663
Macedonia, antigua, 594
Macizo Central, 567, 567m, 670
Madagascar, 269m, 270
Mahabharata, 455
Mahariva, 441

mahayana, 447
mahjong, 541
Mahotella Queens, 377f
malaria, 376
Malasia, 419m, 421, 423f, 508, 531, 203
Malaui, 263m
Maldivas, 406, 407m, 409
Malí, 255, 255m
Malí, agricultura, 328; cultura, 329–331; decadencia de, 331; educación, 329, 331; fundación de, 328–329; Imperio de, 328–331, 329m; influencia musulmana, 329–331; Mansa Musa, 329–331, 333; Sundiata, 328–329; Tombuctú, 329, 330s, 331
Malta, 664c
Manchuria, 522
mandato divino, 466
Mandela, Nelson, 373–374, 373s, 373f
maní, 257
Mansa Musa. *Ver* Musa, Mansa.
Mao Zedong, 517–518, 540
mapas, África, 309, 349; África: Mapa climático, 243; África: Mapa físico, 238; África: Mapa físico, 249; África: Mapa político, 240; África: Población, 242; África: Recursos, 241; África Occidental: Mapa climático, 256; África Occidental: Mapa físico, 255; África Oriental: Mapa físico, 259; África Central: Mapa físico, 263; África del Norte: Mapa físico, 251; Alianzas europeas, 456, 649; Antigua China, 463; Antigua India, 429; Antiguo Egipto, 277, 279; Antiguo Kush, 311; Benín, 343; Británicos en India, 511; Caminos romanos, 604; Centro– oeste de Europa: Aprovechamiento de la tierra y recursos, 569; Centro oeste de Europa: Mapa físico, 567; China, 539; China, Mongolia y Taiwán: Mapa físico, 411; China, Mongolia y Taiwán: Precipitaciones, 412; China, Mongolia y Taiwán: Precipitaciones, 427; Ciudades estado y colonias griegas, 589; Civilización harappa, 431; Comercio con Egipcio, 293; Comparación de tamaños: Estados Unidos y África, 239; Comparación de tamaños: Estados Unidos y el sur y el este de Asia, 395; Comparación de tamaños: Estados Unidos y Europa y Rusia,

551; Cristianismo primitivo en el Imperio romano, 601; Cruzar el Sahara, 326; Dinastía Han, 469; Dinastías chinas, 477; España y Portugal: Mapa climático, 585; Europa, 587, 609, 617; Europa después del Congreso de Viena, 640; Europa dividida, 661; Europa: Mapa político, 552; Europa: Población, 554; Europa del Norte: Mapa climático, 573; Europa del Norte: Mapa físico, 571; Europa y Rusia: Mapa físico, 550; Expansión del cristianismo, 174; Francia, 671; Gran Canal, 478; Guerra del Pacífico, 524; Imperialismo en África, 363; Imperialismo en China, 512; Imperio de Alejandro Magno, 595; Imperio de Ghana, 321; Imperio gupta, 450, 458; Imperio maurya, 449; Imperio mongol, 487; Imperio napoleónico, 639; Imperio otomano, 205; Independencia en África, 369; India: Mapa físico, 458; Isla Awaji: Mapa topográfico, 424; Italia en 500 a.C., 606; Japón, 499; Japón y Corea: Mapa físico, 415; Japón y Corea: Volcanes y terremotos, 416; La expansión de Roma, 599; Malí y Songhai, 329; Migraciones arias, 435; Nigeria, 383; Parques nacionales de África Central, 264; Plaza Tianamen, 530; Primera Cruzada, 619; Primera expansión del budismo, 446; Primeras dinastías de China, 465; Principales rutas comerciales, 629; Religión en Europa, 632; Rusia y el Cáucaso: Mapa climático, 555; Rusia y el Cáucaso: Mapa físico, 579; Rusia y el Cáucaso: Mapa político, 553; Ruta de la Seda, 474; Ruta de Michael Fay, 266; Segunda Guerra Mundial en Europa, 656; Subcontinente indio: Mapa físico, 407; Subcontinente indio: Precipitaciones, 408; Sur de Europa: Mapa físico, 563; Sur y el este de Asia, 505; Sur y el este de Asia: Clima, 398; Sur y el este de Asia: Mapa físico, 394; Sur y el este de Asia: Mapa físico, 405; Sur y el este de Asia: Mapa político, 396; Sur y el este de Asia: Población, 397; Sur y el este de Asia: Uso de la tierra y recursos, 399; Sureste asiático: Mapa climático, 420; Sureste asiático: Mapa físico, 419; Tierras agrícolas en Asia Central, 225; Tierras celtas, 611; El tsunami del océano Índico, 423

mapa topográfico, 424
máquina de vapor, 644
máquina para hilar, 643f
mares: mar Adriático, 564, 574–575, 577; mar Amarillo, 415, 415m; mar Báltico, 574–576, 580; mar del Coral, 525; mar de Noruega, 572; mar Egeo, 563–564; mar Caspio, 578, 579m, 580–581; mar Jónico, 564; mar Mediterráneo, 250, 259, 352, 562, 563m, 564, 568, 575; mar Negro 574–576, 580–581; mar del Norte, 568, 572; mar Rojo, 350
marfil, 312, 316, 345, 350, 355, 356f, 357
María Antonieta, reina de Francia, 637
mariscos, 417, 565, 572
Marruecos, 250, 251m, 253, 332, 350, 368
Marsella, Francia, 671, 671f
matemáticas, 456
Mau Mau, 368
Mauritania, 255m
Meca, 355
medicina, 456–457, 473
meditación, 443
Meiji, emperador de Japón, 519–520
Menelik II, emperador de Etiopía, 364f, 365
Menes, faraón de Egipto, 281
Menfis, Egipto, 281
mercados periódicos, 265
Meroë, 316–317, 316m
meroítico, 317
meseta de Siberia Central, 579, 579m
meseta del Decán, 407m, 408
Meseta del Tíbet, 411, 411m, 538, 538f
metalurgia, 456
mezquitas, 353
Midway, 524m, 525
Miguel Ángel, 630, 630f
misioneros: budistas, 446–447, 446m; cristianos, 614
mitología, 593
Mobutu, Joseph, 374
Mogadishu, 353
Mohenjo Daro, 431, 431m, 432–433s, 433
Moldavia, 575m
Mombasa, 353
Mónaco, 567m
mongoles, 486–488, 487m

Mongolia, 410, 411m, 413, 530; precipitaciones, 419m
Mont Blanc, 568
Montenegro, 575m, 663
montes: Alpes, 563; Alpes Dináricos, 575; Apeninos, 563; cordillera del Atlas, 252; cordillera del Jura, 567; de Japón, 415; K2, 407; Ghats occidentales, 407; Ghats orientales, 407; Himalaya, 407; Hindu Kush, 407; montañas del Jura, 567, 567m, 670; montañas Inyanga, 268, 269m; montañas Pindo, 563, 563m; Mont Blanc, 568; monte Elbrus, 579m, 580; monte Everest, 407, 407m, 410; monte Kilimanjaro, 259, 259m; montes Balcanes, 575, 575m; montes Cárpatos, 574; montes del Cáucaso, 578, 580m, 581; montes Drakensberg, 268, 269m, 269f, 270; montes Kjolen, 570, 571m; montes Tibesti, 254, 255m; montes Urales, 265m, 578; Pirineos, 563, 563m, 568, 670
monzones, 408m, 408f, 409, 412, 420, 420m
Moscú, Rusia, 578, 580f
movimiento por los derechos civiles, 516f
Mozambique, 268, 269m, 357, 370
Muhammad Ture. Ver Askia el Grande.
mujeres: en Kush, 317, 318s; en la revolución industrial, 644, 646; y el hinduismo, 440, 450–451
Murasaki Shikibu, 502–503, 503s
Muro de Berlín, 661, 663, 663s
Musa, mansa de Malí, 329, 331, 333s, 354–355s, 355
Musharraf, Pervez, 531
música: 377, 385, 385f; en África Occidental, 336s, 337, 346, 346–347f; en Benín, 346, 346–347f
Mussolini, 655–656, 655f, 658
musulmanes: en la India, 508; en las Cruzadas, 619–620; relaciones con los cristianos, 620
Myanmar, 446, 446m, 418, 419m, 531

nacionalismo: definido, 648; en Europa, 648–649

**nacionalistas, **partido político chino, 517
Naciones Unidas, 659
Nagasaki, Japón, 513–514, 525
Nairobi, Kenia, 349f
Namibia, 269m, 271
Nanak, Gurú, 509
Nankín, China, 523
Napata, 311m, 313
Narmer, 281
neo-confucianismo, 484
Nepal, 406–409, 407m
Níger, 255m
Nigeria, 255m, 257, 375f, 376, 382–387; cultura de, 384–385; economía, 386; geografía de, 382–383; gobierno de, 386–387; historia de, 384; temas actuales en, 387
Nilo Azul, 250, 259
Nilo Blanco, 250, 259
nirvana, 444, 447
Nkrumah, Kwame, 367, 367s
nobleza: medieval, 621; y la Carta Magna, 624; y la Revolución francesa, 638
Noh, 503
Normandía, 658
Noruega, 570–572, 571m, 573f
Notre Dame, catedral de, París, 673
no violencia, 441, 516, 516f, 521s
Nubia, 310–311, 311m
Nueva Guinea, 419, 419m
numerales indoarábigos, 456

O

oasis, 252, 252s
oba, 342–345
obelisco, 300
océano Ártico, 580
océano Atlántico, 250, 254, 256, 269, 568, 572
océano Índico, 261, 269–270, 353, 422
océano Pacífico, 416, 422
Octaviano. *Ver* Augusto.
okapi, 264, 264f
orangután, 392f, 420, 421f
Organización del Tratado del Atlántico Norte, 661–662
oro, 257, 265, 271, 310, 316, 321–323, 328, 350, 355, 357, 364, 474, 581
Osiris, 285, 285f
OTAN. *Ver* Organización del Tratado del Atlántico Norte.

P

Pacto de Varsovia, 662
Países Bajos, 566, 567m, 569, 633, 664, 664a
Pakistán, 406, 407m, 408–409, 517, 531; conflicto en Cachemira, 527
Panchatantra, 455
Panyab, 509
papa, 619
papel, 472, 480a
Papúa Nueva Guinea, 419m
París, Francia, 623, 638, 670–671, 671f
Parlamento, 624, 636
Parlamento europeo, 664a, 665
Parque Memorial de la Paz de Hiroshima, 525, 525f
Parque Nacional Jotunheimen, 573f
Partenón, 590–591s
partido nazi, 655, 657–658
Patricio, santo cristiano, 614
Pax romana, 599
Pearl Harbor, Hawai, 523, 523s, 523f, 657
Pekín, China, 488, 518–519s, 531, 539, 539f
península Balcánica, 562, 563m, 568, 575; accidentes geográficos de la, 563, 575
península Ibérica, 562, 563m, 564; Pirineos, 563; río Tajo, 564
península Itálica, 562, 563m; Apeninos, 563
penínsulas: Balcánica, 562; de Crimea, 575m; de Indochina; 418, 419m; de Jutlandia, 571m; de Kamchatka, 579, 579m, 579f; del Sinaí, 251, 251m; Escandinava, 570; Europa como, 562, 564; Ibérica, 562; Itálica, 562; Malaya, 418, 419m, 420
Pericles, 591–592, 592s
Período de desunión, 476, 483
período de los Reinos Combatientes, 466
permafrost, 581
Perry, Matthew, 514, 514f
Persépolis, 595m
Persia, 352–353
Peste Negra, 625, 626–627, 626m
petróleo, 251, 253, 257, 265, 376, 382, 386, 421, 572, 581
Piankhi, rey de Kush, 313–314, 313s, 317
piedra Roseta, 299
pirámides, 288–290, 288–289s, 314
pirámides de población, 378, 381
Pirineos, 563, 563m, 568, 670
plaga, 625–627

platino, 271
Platón, 593
Plaza Tiananmen, 518–519s, 530–531s, 530m
plomo, 413
poesía: china, 472, 479; griega, 593; india, 455; japonesa, 502; romana, 600
Polo, Marco, 488, 488s, 493s, 510
Polonia, 575m, 657, 658, 662, 664a
pólvora, 480, 480a
porcelana, 479, 480a
Portugal, 342, 346, 563m, 564f, 575m, 664a; exploradores de, 355
Potencias Aliadas (Primera Guerra Mundial), 649–651
Potencias Centrales, 649–651
Potencias del Eje, 657
Práctica para el examen estandarizado, 275, 307, 341, 381, 385, 427, 461, 497, 537, 609, 669
Presa alta de Asuán, 251
Primera Guerra Mundial, 648–652; africanos y la, 366–367; alianzas en la, 649, 649m; armas de la, 650, 650–651f; causas de la, 648–649; efectos de la, 651–652; Estados Unidos en la, 651; final de la, 651; guerra de trincheras, 650, 650–651s; Imperio otomano, 208; muertes en la, 651; submarinos, 651; Tratado de Versalles, 651; y la India, 515
Provenza, 567f
proverbios, 335, 471
Prusia, 639
Pueblos del mar, 293

Q

Qinling Shandi, 538

R

Ra, 285, 285f
rafflesia, 420, 420f
Raj, 511
rajás, 434–435
Ramayana, 455, 455f
Ramsés el Grande, faraón de Egipto, 293, 297s, 300
Reagan, Ronald, 662
Rebelión de los boxers, 513
reencarnación, 439–440

Reforma, 632–633, 632m; cambios políticos después de la, 633; causas de la, 632; Martín Lutero, 633; Reforma católica, 633; Reforma protestante, 632–633
Reforma protestante, 632–633, 632m
régimen señorial, 622, 622–623f
Reino del Terror, 638
Reino Medio, 291–292
Reino Nuevo (Egipto), 292–296; construcción de un imperio, 292; crecimiento y efectos del comercio, 292–293; invasiones del, 292; trabajo y vida cotidiana en el, 294–296
Reino Unido, 571m, 572, 664a. *Ver también* Gran Bretaña.
religión: celta, 614. *Ver también* budismo, cristianismo, hinduismo, Islam, jainismo, judaísmo, zoroastrismo.
reloj de sol, 472
Remarque, Erich Maria, 653
Renacimiento, 628–631; arte, 630, 630–631f; causas del, 628; ciencia en el, 631; ciudades en el, 628; comercio y, 628–629; Gutenberg, 631; humanismo en el, 629; Leonardo da Vinci, 630, 631f; literatura, 630; Miguel Ángel, 630, 630f; nuevas ideas del, 628–629; Shakespeare, 630, 631f
República: romana, 597–598, 600; en Estados Unidos, 600
República Centroafricana, 263m, 381
República Checa, 575m, 663, 664a
República de China, 517. *Ver también* Taiwán.
República francesa, 638
República Popular de China, 517. *Ver también* China.
República romana, 596–598; ciudadanos de, 597; crecimiento y conquistas de la, 598; foro, 597, 597s; historia antigua de Roma, 597; Julio César, 598; orígenes de la república, 597
Restauración Meiji, 519
Resumen visual: Civilizaciones antiguas de África: Egipto, 305; Civilizaciones antiguas de África: Reinos comerciales, 339; Civilizaciones antiguas de Asia: China, 495; Civilizaciones antiguas de Asia: India, 459; Civilizaciones antiguas de Europa, 607; Crecimiento y desarrollo de África, 379; Crecimiento y desarrollo de Europa, 667; Crecimiento y desarrollo del sur y el este de Asia, 535; Geografía física de África, 273; Geografía física de Europa, 583; Geografía física del sur y el este de Asia, 425
Revolución estadounidense, 637
Revolución francesa, 637–638, 672; causas de la, 637; Gran Miedo, 638; la Ilustración y la, 638; Reino del Terror, 638; República francesa, 638; tres estamentos, 637
revolución industrial, 642–646; agricultura y la, 642–643; capitalismo y la, 644; comienzos de la, 642–643; e imperialismo, 360; fábricas en la, 644, 645s; inventos de la, 643–644, 643f; recursos naturales y la, 643; y la industria textil, 644, 645s; y la sociedad, 645; y la votación, 645; y los derechos de la mujer, 645
Revolución rusa, 652
reyes: ideas de la Ilustración acerca de los, 635; medievales, 621, 625; y la Carta Magna, 624
Rhodes, Cecil, 361s, 362
Rigveda, 438
ríos: Benue, 382; Chang Jiang, 412; Congo, 263, 263m; Danubio, 567m, 568, 576; de Europa del Sur, 563; Don, 580; en el centro–oeste de Europa, 568; en Nigeria, 382; Ganges, 407–408, 429f, 434, 440s; Huang He, 412; Indo, 430–431, 431m, 407f, 408; Lena, 580; Li, 411f; Limpopo, 269; Loira, 670, 670f, 671m; Mekong, 392f, 419, 419m, 419f; Níger, 255, 255m, 255f, 320, 328, 342, 382; Nilo, 250–251, 251m, 251f, 260, 276f, 277m, 278–279, 279m, 310–311, 311m, 311f ; Obi, 580; Okavango, 269; Orange, 269, 364; Rin, 567m, 568; Ródano, 670–671; Sena, 670; Senegal, 320; Tajo, 564; Volga, 580; Xi, 538; Yenisei, 580; Zambezi, 263, 263m, 263f
Roma, antigua, 510, 596–605, 599m; África y, 350; caminos en, 604–605s; comercio con, 474–475s; el cristianismo en, 601–602; decadencia de, 602–603, 602a, 618; expansión de, 598–599, 599m; Imperio romano, 598–599, 599m; monarquía en 596; Pax romana, 599–600; República romana, 597–598; y el Renacimiento, 629, 631; y los celtas, 610–611; *Ver también* Imperio romano, República romana.

Roosevelt, Franklin D., presidente de EE.UU., 523, 523s
Rousseau, Jean-Jacques, 635
Ruanda, 259m, 375
ruecas, 516
Rumania, 575m, 664a
Rusia, 578–581, 579m, 655, 513; accidentes geográficos de, 578–579; agricultura en, 581; características hídricas de, 580; clima de, 580f, 581; comunismo en, 652; en la Primera Guerra Mundial, 649–651; Federación Rusa, 663; guerra con Japón, 522; invasión de Napoleón a, 639; lago Baikal, 580; llanuras de, 579; montañas de, 578–580; Moscú, 578; península de Kamchatka, 619; población de, 578; recursos de, 581; religión en, 603; Revolución rusa, 652; río Obi, 580; río Volga, 580; Siberia, 579–580; taiga, 581; vegetación de, 580f, 581; volcanes en, 579
Ruta de la Seda, 474–475s, 510

S

sabana, 236f, 256, 257f, 259, 265, 270
sacerdotes, 620
Sacro Imperio Romano, 632
Sahara, 236f, 250, 251m, 252–253, 252s, 256, 326–327s
Sahel, 256, 256f
sal, 321–322, 516
saltar de isla en isla, 524m, 525
samurái, 500–501, 500a, 520
Sankore, 332
sánscrito, 435, 455, 508
Santo Tomé y Príncipe, 263m
seda, 360, 475, 479, 513
Segunda Guerra Mundial, 654–659; alianzas en la , 657, 657m; causas de la, 654–655; comienzos de la, 656–657; Día D, 658; efectos de la, 659, 528; en el Pacífico, 523–525; fin de la, 658; Holocausto, 657; los africanos y la, 367–368, 370
selvas tropicales, 264–265, 266–267, 270, 419
sembradora, 643
Sendero Óctuple, 444, 445a
Senegal, 255m
sequía, 260, 376
Serbia, 575m, 649, 652, 663
Shabaka, rey de Kush, 314

Shabanu: *La hija del viento* (Staples), 534
Shaka, rey de los zulúes, 365
Shakespeare, William, 630, 631f
Shanakhdakheto, reina de Kush, 317, 317s
Shanghai, China, 513, 532, 538, 539f
Shariah, 205, 230, 387
Shi Huangdi, emperador de China, 466s, 467
Shikoku, 414, 415m
Shotoku, príncipe de Japón, 507, 507s
Siberia, 579–581, 579m
SIDA, 376
Siddhartha Gautama. Ver Buda.
Sierra Leona, 255m
siervos, 622
sijismo, 509
Sin novedad en el frente (Remarque), 653
Singapur, 419m, 529s
sismógrafo, 472
sistema de castas, 437, 437a, 439–440, 445, 450
sistema feudal, 621, 621a
sitios de peregrinación: río Ganges, 440
Siva, 439, 439f
Smith, Tilly, 423
Sócrates, 593
Sofala, 353
sogún, 499–501, 500a, 519
Somalia, 259m
Songhai, 331–332; Askia el Grande, 331–332; caída de, 332; educación, 332; expansión de, 331–332; fundación de, 331; gobierno de, 332; influencia musulmana en, 332; Tombuctú, 332
soninke, 320
Soyinka, Wole, 371
Sri Lanka, 406, 407m, 409, 446, 446m, 508
Stalin, José, 655
Staples, Suzanne Fisher, 534
stupa, 454
Suazilandia, 269m
Suecia, 570, 571m, 572, 664a
suelos, 572
subcontinente indio: accidentes geográficos, 406–408; características hídricas, 407–408; climas del, 408–409; Himalaya, 407; Hindu Kush, 406; meseta del Decán, 408; montañas del, 406–407; monte Everest, 407; recursos del, 409; río Ganges, 55–408; río Indo, 408; tsunami en el, 423; ubicación, 406
submarinos, 651

Sudáfrica, 269m, 271, 376, 516; *apartheid,* 372–374; Guerra de los bóers en, 364; minas de diamantes en, 361s
Sudán, 259m, 375
sudras, 436
sufragistas, 644, 644f
Suiza, 567m, 633
Sulawesi, 419m
Sumatra, 419m
Sun Yat-sen. *Ver* Sun Yixian.
Sun Yixian, 517
Sundiata, 328–329
Sundiata (poema épico), 335–336
sunni, 331
Sur de Asia: *Ver* Subcontinente indio.
Sureste asiático, 418–421, 419m; accidentes geográficos del, 418–419; animales del, 420–421; budismo en el, 509; características hídricas, 419; climas del, 420–421; influencia china en el, 509; influencia india en el, 509; Islam en el, 508; islas del, 418–419; penínsulas del, 418; río Mekong, 419; terremotos en, 419; vegetación del, 420; volcanes en el, 419
sureste asiático continental, 419
sutras, 437
Suu Kyi, Aung San, 531
swahili, 353

tablas y gráficas: África, 244; África y el mundo, 247; Angola, 378; Bajas de las principales potencias durante el período de la Segunda Guerra Mundial, 669; Causas y efectos de la Guerra Fría, 661; Ciudades más grandes de África, 376; Crecimiento de la población en África, 247; Crecimiento económico en Asia, 529; Datos sobre la Tierra, R6; Europa: Clima, 582; Europa y Rusia, 556; Exámenes difíciles, 484; Extremos geográficos: África, 239; Extremos geográficos: Europa y Rusia, 550; El sur y el este de Asia, 400; Extremos geográficos: Sur y este de Asia, 395; Grandes poblaciones: Porcentaje de población mundial, 403; Grandes poblaciones: Las mayores poblaciones del mundo, 403; Guerras de Corea y Vietnam, 526; Ideas clave de la ilustración, 635; Lenguajes universales, R9; Notas de campo, 266; Países densamente poblados: Europa, 559; Países desarrollados y menos desarrollados, R8; PBI per cápita más altos del mundo, 559; Población mundial, R8; Potencias económicas, 402; Principales creencias del hinduismo, 438; Principales grupos étnicos de Nigeria, 385; Principales religiones de Nigeria, 387; Proyección de la población urbana de China, 543; Razones de la decadencia de Roma, 602; Religiones universales, R9; Unión Europea, 664; Visitantes internacionales en Francia, 674. *Ver también* líneas cronológicas.
táctica de guerrillas, 364, 368
taiga, 580f, 581
Tailandia, 418, 419m, 423, 531, 532f
Taiwán, 410, 411m, 412–413, 517, 529s; precipitaciones, 419m
Taj Mahal, 508
tanka, 502
tanques, 651, 652s
Tanzania, 259, 259m, 348f
taoísmo, 540
Tarai, 408
té, 479, 409, 512
teatro, 455, 503, 593
telégrafo, 644
Templo Todai ji, 507f
templos, en Antiguo Egipto, 300–301, 301f; en Grecia, 590–591s, 592
teoría del efecto dominó, 527
terremotos, 416, 422
terruños, en el *apartheid*, 373
textiles, 644, 645s
textos védicos, 438–439
theravada, 447
Thoth, 285
Tíbet, 542
Tierras altas de Etiopía, 259, 259f
Tierra Santa, 619–620, 619m
tifones, 412, 416, 419
Tigres asiáticos, 529s
Timor, 419m
Timor oriental, 419m
tipos móviles, 480–481, 480a, 631, 631s
Tian Shan, 538
Togo, 255m
Tokio, Japón, 417f, 513
Tombuctú, 329, 329m, 330s, 332
Torre Eiffel, 674f
Toscana, 565f

trabajo infantil, 644, 645s
tráfico de esclavos en el Atlántico, 356, 358–359s, 361
Tratado de Versalles, 651, 656
travesía intermedia, 356
trigo, 280, 564
Triple Alianza, 649, 649m
Triple Entente, 649, 649m
trueque silencioso, 322
tsunamis, 416, 419, 422–423, 423a, 423m, 423f
Tuareg, 331
Tull, Jethro, 643
Túnez, 250, 251m, 368
tungsteno, 413
Tunka Manin, 324, 324s
turismo: en el centro–oeste de Europa, 569; en Europa del Sur, 564, 564f; en Europa Oriental, 577
Tutankamón, faraón de Egipto, 302–303f, 303
Tutmosis I, faraón de Egipto, 312
tutsi, 375

Ucrania, 575m, 576s, 663
Uganda, 259m, 261f
Unión Europea, UE, 664–665, 674; miembros, 664a

Unión Soviética, 525, 581, 655, 659, 660–663
Upanisads, 438–439
uranio, 265, 271
uvas, 564, 568

vaisias, 436
valles de fisura, 236f, 258–259, 259s, 262
varnas, 436–437, 437a
Varsovia, Polonia, 658
Vedas, 434–435, 438–439
veld, 270
Venecia, 628, 629f
Vercingetorix, rey celta, 614–615f, 615
verdeceledón, 479
Vietnam, 418, 419m, 507; Guerra de Vietnam, 527
Visnú, 439, 439f
volcanes, 415–416, 416m, 419, 422, 580

Watt, James, 644

Wilson, Woodrow, 651
Wittenberg, Alemania, 633
Wu, emperatriz de China, 477
Wudi, emperador de China, 469

Xi'an, China, 467, 477m, 478

Yang Jian, 476
Yat-sen, Sun. Ver Sun Yixian.
Yibuti, 259m
Yixian, Sun. Ver Sun Yixian.
Yoruba, 385
Yugoslavia, 652, 663
yute, 409

Zaire, 374. *Ver también* Congo, República Democrática del.
Zambia, 263m, 265
zar, 652
Zedong, Mao. Ver Mao Zedong.
Zheng He, 489–490, 489s
Zhu Yuanzhang, emperador de China, 488–489
Zimbabwe, 268, 269m
zinc, 265
zona desmilitarizada, ZDM, 526, 526f
zonas pesqueras, 417, 421
zulú, 363f, 365

Créditos y agradecimientos

Acknowledgments

For permission to reproduce copyrighted material, grateful acknowledgement is made to the following sources:

Bantam Books, a division of Random House, Inc., www.randomhouse.com: From *The Bhagavad-Gita*, translated by Barbara Stoler Miller. Copyright © 1986 by Barbara Stoler Miller.

CNN: From "Taiwan: War bill a big provocation," from *CNN.com* Web site, March 14, 2005. Copyright © 2005 by Cable News Network LP, LLLP. Accessed September 22, 2005 at http://edition.cnn.com/2005/WORLD/asiapcf/03/14/china.npc.law/

Doubleday, a division of Random House, Inc.: From *The Diary of a Young Girl, The Definitive Edition* by Ann Frank, edited by Otto H. Frank and Mirjam Pressler, translated by Susan Massotty. Copyright © 1995 by Doubleday, a division of Random House, Inc.

Foreign Affairs: From "A Conversation With Lee Kuan Yew" by Fareed Zakaria from *Foreign Affairs*, March/April 1994, vol. 73, issue 2. Copyright © 2004 by Council on Foreign Relations. All rights reserved.

HaperCollins Publishers: From *Antarctic Journal: Four Months at the Bottom of the World* by Jennifer Owings Dewey. Copyright © 2001 by Jennifer Owings Dewey. From *The Endless Steppe* by Esther Hautzig. Copyright © 1968 by Esther Hautzig.

David Higham Associates Limited: From *Travels in Asia and Africa 1325–1354* by Ibn Battuta translated by H. A. R. Gibb. Copyright © 1929 by Broadway House, London.

Alfred A. Knopf, Inc., a division of Random House, Inc., www.randomhouse.com: From *Shabanu: Daughter of Wind* by Suzanne Fisher Staples. Copyright © 1989 by Suzanne Fisher Staples. From *Crossing Antarctica* by Will Steger. Copyright © 1991 by Will Steger.

Lonely Planet: From "Hungary" from the *Lonely Planet WorldGuide* Online Web site. Copyright © 2005 by Lonely Planet. Accessed at http://www.lonelyplanet.com/worldguide/destinations/europe/hungary/.

The Jewish Publication Society: Exodus 20: 12–14 from *Tanakh: A New Translation of the Holy Scriptures According to the Traditional Hebrew Text*. Copyright © 1985 by The Jewish Publication Society.

National Geographic Society: From *Geography for Life: National Geographic Standards 1994*. Copyright © 1994 by National Geographic Research & Exploration. All rights reserved.

Naomi Shihab Nye: "Red Brocade" from *19 Varieties of Gazelle: Poems of the Middle East* by Naomi Shihab Nye. Copyright © 1994, 1995, 2002 by Naomi Shibab Nye.

Penguin Books Ltd.: "Quiet Night Thoughts" by Li Po from *Li Po and Tu Fu: Poems*, translated by Arthur Cooper. Copyright © 1973 by Arthur Cooper. From "The Blood Clots" from *The Koran*, translated with notes by N. J. Dawood. Copyright © 1956, 1959, 1966, 1968, 1974, 1990 by N. J. Dawood.

G. P. Putnam's Sons, a division of Penguin Group (USA) Inc.: From *Time Enough for Love, the Lives of Lazarus Long* by Robert Heinlein. Copyright © 1973 by Robert Heinlein. All rights reserved.

Estate of Erich Maria Remarque: From *All Quiet of the Western Front* by Erich Maria Remarque. Copyright © 1929, 1930 by Little, Brown and Company, copyright renewed © 1957, 1958 by Erich Maria Remarque. All rights reserved. "Im Western Nichts Neues" copyright 1928 by Ullstein A. G.; copyright renewed © 1956 by Erich Maria Remarque.

Scribner, an imprint of Simon & Schuster Adult Publishing Group: "The Snows of Kilimanjaro" from *The Short Stories of Ernest Hemingway*. Copyright © 1938 by Ernest Hemingway; copyright renewed © 1966 by Mary Hemingway.

United Nations: From the *Preamble to the Charter of the United Nations*. Copyright © 1945 by United Nations.

Sources Cited:

Quote from *Seeds of Peace* Web site, accessed August 23, 2005, at http://www.seedsofpeace.org/site/PageServer?pagename=BakerEvent.

From "Adoration of Inanna of Ur" from *The Ancient Near East, Volume II* by James D. Pritchard. Published by Princeton University Press, Princeton, NJ, 1976.

From *The River* by Gary Paulsen. Published by Random House, 1991.

From *Aké: The Years of Childhood* by Wole Soyinka from www.randomhouse.com Web site. Published by Random House, 1981.

Illustrations and Photo Credits

Cover: (bl), © James Nelson/Stone/Getty Images; (br), © Harald Sund/Getty Images

Front Matter: iv, © Steve Vidler/eStock Photo; v, © Egyptian National Museum, Cairo, Egypt/SuperStock; vi, © George Steinmetz/Corbis; vii, © Franck Guiziou/Hemis/Corbis; viii, © The Art Archive; ix, © BL Images Ltd./Alamy; x, © Hans Strand/Corbis; xi (tr), © The Granger Collection, New York; xi (br), © MaxPPP/Bruno Pellerin/Corbis.

Introduction: 1, Taxi/Getty Images; 2 (bl), © Stephen Frink/Digital Vision/Getty Images; 2 (cr), © Frans Lemmens/The Image Bank/Getty Images; 3, © Robert Harding/Digital Vision/Getty Images.

Africa: 235, © Celia Mannings/Alamy; 236 (tl), © Digital Vision/Getty Images; 236 (b), Photodisc Red/Getty Images; 237 (cl), © Joseph Van Os/The Image Bank/Getty Images; 238–239 (b), © Sharna Balfour/Corbis.

Chapter Nine: 248 (br), ©age fotostock/SuperStock; 248 (cr), © Tim Davis/Corbis; 249 (br), © Yann Arthus-Bertrand/Corbis; 251, © Steve Vidler/eStock Photo; 255, © Bruno Morandi/Robrt Harding World Imagery/Getty Images; 256, © M. ou Me. Desjeux/Corbis; 257 (tl), © Jane Sweeney/Lonely Planet Images; 257 (tr), © Kings College/Art Directors & TRIP Photo Library; 259, © Robert Preston/Alamy; 260, © NASA/Science Photo Library; 261, © Goran Goransson; 263, © Frans Lemmens/The Image Bank/Getty Images; 264 (cl), © Brian Kenney/Photo Library; 264 (tr), © Martin Harvey/Alamy; 267 (tl, tr), © Michael Nichols/National Geographic Image Collection; 269, © Steve Vidler/SuperStock; 270, © Worldsat; 273 (tl), © Robert Preston/Alamy; 273 (c), © Frans Lemmens/The Image Bank/Getty Images; 273 (r), © M. ou Me. Desjeux/Corbis;

Chapter Ten: 276, © Anders Blomqvist/Lonely Planet Images; 277 (bl), © SIME s.a.s/eStock Photo; 277 (br), © Erich Lessing/Art Resource, NY; 280 (b), © Erich Lessing/Art Resource, NY; 281 (c), © Josef Polleross/The Image Works, Inc.; 285 (bl), © Scala/Art Resource, NY; 285 (bcr), © Erich Lessing/Art Resource, NY; 285 (bcl), © Araldo de Luca/Corbis; 285 (br), © Réunion des Musées Nationaux/Art Resource, NY; 286 (t), © Musee du Louvre, Paris/SuperStock; 287 (tr), © HIP/The Image Works, Inc.; 287 (tl), © Archivo Iconografico, S.A./Corbis; 287 (br), © British Museum, London, UK/Bridgeman Art Library; 294 (bl), © Bildarchiv Preussischer Kulturbesitz/Art Resource, NY; 294 (br), © Gianni Dagli Orti/Corbis; 295 (bl), © Gianni Dagli Orti/Corbis; 297 (br), © HIP/Scala/Art Resource, NY; 299 (tr), © Robert Harding Picture Library; 302 (tr), Scala/Art Resource, NY; 302 (tl), © Time Life Pictures/Getty Images; 303 (tr), © Egyptian National Museum, Cairo, Egypt/SuperStock; 305 (l), © Josef Polleross/The Image Works, Inc.; 305 (r), © Erich Lessing/Art Resource, NY; 314, © Erich Lessing/Art Resource, NY; 322, © John Elk III Photography; 323 (cl), Carol Beckwith&Angela Fisher/HAGA/The Image Works, Inc.; 325, © Steve McCurry/Magnum Photos; 326 (cl, br), © Dagli Orti (A)/The Art Archive; 326 (tr), © Nik Wheeler/ Corbis; 327 (cr), © Reza; Webistan/ Corbis; 327 (tr), HIP/Scala/Art Resource, NY; 329 (tr), © Private Collection, Credit: Heini Schneebeli/Bridgeman Art Library; 333 (br), The Granger Collection, New York; 335, © Pascal Meunier/ Cosmos/Aurora Photos; 336 (tr), © AFP/ Getty Images; 336 (c), © Reuters/Corbis; © 339 (tr), AFP/Getty Images; 339 (tc), The Granger Collection, New York; 339 (tl), © Carol Beckwith&Angela Fisher/HAGA/The Image Works, Inc.; 342 (tr), © British Museum / Art Resource, NY; 342 (bl), © Werner Forman / Art Resource, NY; 343 (br), © Scala/Art Resource, NY; 343 (tr), © Werner Forman/Art Resource, NY; 344, © AP IMAGES/George Osodi; 345 (tl), © The Art Archive / Biblioteca Nazionale Marciana Venice / Gianni Dagli Orti; 345 (tl), © Silvia Morara / Corbis; 346 (tl), © Peter Horree / Alamy; 346 (bl), © British Museum / Art Resource, NY; 346 (br), © Werner Forman / Art Resource, NY; 347 (tc), Flintlock rifle (wood & metal), French School, (16th century) / Musee de l'Armee, Paris, France, Lauros/ Giraudon/ The Bridgeman Art Library; 347 (b), © Raif Niemzig/VISUM/The Image Works;

Chapter Twelve: 348 (cr), The Granger Collection, New York; 348 (br), © Bettmann/Corbis; 349 (bl), © age fotostock/SuperStock; 351 (tl), © Dave Bartruff/Corbis; 352, © David Jones/Alamy; 356 (tl), © Bojan Brecelj/Corbis; 356 (tr), © The British Museum/Topham-HIP/The Image Works; 358 (bl), © The British Library/HIP/The Image Works; 359 (tc), © Michael Dwyer/Alamy; 361 (br), © Mary Evans Picture Library/The Image Works; 361 (bc), © James P. Blair/National Geographic Image Collection; 363, "King Cetshwayo, (Cetewayo), King of the Zulus," by Carl Rudolph Sohn, 1882. The Royal Collection © 2006 Her Majesty Queen Elizabeth II; 364, The Abyssinians routing the Italian troops, scene from the Italian invasion of Abyssinia in 1896 (gouache on paper), Ethiopian School, (20th century), /Private Collection, Archives Charmet/ The Bridgeman Art Library International; 367, © Bettmann/Corbis; 369, © Bettmann/Corbis; 371, © Michael Juno/Alamy; 373 (tl), © Sophie Elbaz/Corbis; 373 (cr), © Walter Dhladhla/AFP/Corbis; 374 (bl), © AP IMAGES; 374-375 (b), © Hartmut Schwarzbach/Peter Arnold, Inc.; 375 (br), © Jacob Silberberg/Panos Pictures; 376, © Robert Caputo; 377, © Ognen Teofilovski/Reuters; 379, © Robert Caputo/ Aurora; 379 (c), © Bettmann/Corbis; 379 (l), © The British Museum/Topham-HIP/The Image Works; 382, © George Steinmetz/Corbis; 383 (br), © Barthe/Andia/IPN Stock Independent Photo Network; 383 (tr), © John Hrusa/epa/Corbis; 384 (tl), © Werner Forman/Art Resource, NY; 384 (br), © John Grieg Travel Photography/Alamy; 385 (tc), © Bettmann/Corbis; 385 (bc), © Paul Harrison/Peter Arnold, Inc.; 386, © Ed Kashi/IPN Stock Independent Photo Network; 387 (cr), © Thomas Dworzak/Magnum Photos; 387 (tr), © Sophie Elbaz/Corbis.

South and East Asia: 391, © Steve Vidler/eStock Photo; 392 (bl), © Hemis.fr/SuperStock; 392 (t), © Ed Darack/Taxi/Getty Images; 393 (cl), © Tim Davis/Stone/Getty Images; 395 (cr), © Ric Ergenbright/Corbis; 395 (cr), © Alison Wright/Photo Researchers, Inc.; 402, © Neil Rabinowitz/Corbis; 403 (bl), © Tom Wagner/Corbis Saba; 403 (br), © Macduff Everton/Corbis.

Chapter Thirteen: 404 (br), © Art Wolfe/Getty Images; 405 (br), © John Banagan/Lonely Planet Images; 405 (bl), © Franck Guiziou/Hemis/Corbis; 408 (t, b), © Steve McCurry/Magnum Photos; 411 (cr), © Zane Williams/Panoramic Images; 411 (b), © Sekai Bunka/Premium/Panoramic Images; 413 (tc, tr), © CNES, 1998 Distribution Spot Image/Science Photo Library; 415 (br), © Catherine Karnow/Corbis; 416, © Michael S. Yamashita/Corbis; 417, © AFP/Getty Images; 419, © Michael Yamashita/Corbis; 420, © Louise Murray/Robert Harding; 421, © age fotostock/SuperStock; 423 (tr), © AFP/Getty Images; 425 (c), © CNES, 1998 Distribution Spot Image/Science Photo Library/Photo Researchers, Inc.; 425 (r), © Steve McCurry/Magnum Photos; 425 (l), © Roberto M. Arakaki/International Stock/Image State.

Chapter Fourteen: 428 (bl), ©National Museum Karachi / Dagli Orti/Art Archive; 428 (bl), National Museum Karachi / Dagli Orti/Art Archive; 429 (bl), ©Jacob Halaska/Index Stock Imagery, Inc.; 429 (br), © Richard A. Cooke/Corbis; 434 (bl), © Scala/Art Resource, NY; 434 (bc), © The Art Archive; 438 (tr), © Burstein Collection/Corbis; 438 (tr), © Victoria & Albert Museum, London/Art Resource, NY; 438 (tl), © Borromeo/ Government Museum and National Art Gallery India/Art Resource, NY; 440, © Chris Cheadle/The Image Bank/Getty Images; 441 (tr), © Dinodia/The Image Works, Inc.; 443, © Gilles Mermet/akg-images; 444, © F. Good/Art Directors & TRIP Photo Library; 447 (tl), © Sena Vidanagama/AFP/Getty Images; 451, © SEF/Art Resource, NY; 452 (b), © Chris Lisle/Corbis; 454 (t), © Sheldan Collins/ Corbis; 454 (tr), © Lindsay Hebberd/ Corbis; 455 (br), © Philadelphia Museum of Art/ Corbis; 456 (tl), © C. M. Dixon Colour Photo Library; 456 (tr), © Courtesy Pfizer Inc/Pfizer Inc.; 457 (tl), © Dinodia Picture Agency; 457 (tr), © M.H.S.Oxford/Corbis/Sygma; 459 (l), © Scala/Art Resource, NY; 459 (cr), © Borromeo/ Government Museum and National Art Gallery India/Art Resource, NY; 459 (cl), © F. Good/Art Directors & TRIP Photo Library; 459 (r), ©SEF/Art Resource, NY;

Chapter Fifteen: 462 (br), © O. Louis Mazzatenta/National Geographic Image Collection; 463 (bl), © Otto Rogge/ Corbis; 463 (br), Dallas and John Heaton/Corbis; 466 (b), © Wolfgang Kaehler/Corbis/SABA; 470, © Asian Art & Archaeology, Inc./Corbis; 471 (t), © The Trustees of The British Museum (Detail); 472 (tl), © Science Museum, London / Topham/The Image Works, Inc.; 473 (tl), © Wellcome Library, London; 473 (tr), © Erich Lessing/Art Resource, NY; 474 (cl), © Elio Ciol/Corbis; 474 (bc), © Araldo de Luca/Corbis; 474 (bl), © Tiziana and Gianni Baldizzone/Corbis; 475 (tc), © Bettmann/ Corbis; 475 (tl), © Asian Art & Archaeology, Inc./ Corbis; 475 (tr), © Reza; Webistan/ Corbis; 478 (b), © Carl & Ann Purcell/Corbis; 479 (c), © Ric Ergenbright/Corbis; 480 (bl), © Liu Liqun/Corbis; 480 (cl), © China Photo/Reuters/Corbis; 480 (tl), © Paul Freeman/Private Collection/Bridgeman Art Library; 481 (tr), © Tom Stewart/Corbis; 481 (tc), Private Collection/Bridgeman Art Library; 482–483, Traditionally attributed to: Yan Liben, Chinese, died in 673. Northern Qi Scholar's Collating Classic Texts (detail). Chinese, Northern Song dynasty, 11th century. Object place: China. Ink and color on silk. 27.6 x 596 cm (10 7/8 x 44 7/8 in.). Museum of Fine Arts, Boston. Denman Waldo Ross Collection. 31.123/ Museum of Fine Arts, Boston; 484–485 (tc), © Snark/Art Resource, NY; 493 (br), © National Palace Museum, Taipei, Taiwan/Bridgeman Art Library; 495 (tl), © Asian Art & Archaeology, Inc./ Corbis; 498 (bl), ©Steve Vidler/SuperStock; 498 (tl), ©Burstein Collection/Corbis; 499 (br), © Werner Forman/Art Resource, NY; 499 (tr), © Ira Bloch/National Geographic Image Collection; 501 (tr), © Sekai Bunka Photo/Ancient Art & Architecture Collection Ltd.; 501 (br), © Sakamoto Photo Research Laboratory/Corbis; 502 (tl), © Gunshots/The Art Archive; 502 (bc), Kojima Takanori Writing a Poem on a Cherry Tree, from the series, 'Pictures of Flowers of Japan', 1895 (woodblock print), Gekko, Ogata (1859–1920)/ Fitzwilliam Museum, University of Cambridge, UK,/ The Bridgeman Art Library International; 502 (br), © HIP/Art Resource, NY; 503 (tl), ©Archivo Iconografi co, S.A./Corbis; 503 (tr), ©Jon Arnold/DanitaDelimont.com;

Chapter Sixteen: 504, © Topham/The Image Works; 505 (bl), © Tony Waltham/Robert Harding/Getty Images; 505 (br), © Paul Chesley/Stone/Getty Images; 507 (b), © Christophe Boisvieux/Corbis; 507 (cr), © Bettmann/Corbis; 508 (t), © age fotostock/SuperStock; 508 (cl), © Gavriel Jecan/DanitaDelimont.com; 511, Roy Miles Fine Paintings/ Bridgeman Art Library; 514, © The British Museum/The Art Archive; 516 (tl), The Art Archive/Alfredo Dagli Orti; 516 (tr), © Bettmann/Corbis; 521 (bl), Mahatma Gandhi (1869-1948), (b/w photo), Indian Photographer, (20th century) / Private Collection, Dinodia / The Bridgeman Art Library International; 521 (br), © Bettmann/Corbis; 523, The Art Archive/National Archives, Washington, D.C.; 525, © Eriko Sugito/Reuters/Corbis; 527, © Setboun/Corbis; 529 © Shoot PTY/Taxi/Getty Images; 530-531 (bkgd), © Peter Turnley/Corbis; 530 (bl, br), © AP IMAGES/Jeff Widener, 532, © Jonny Le Fortune/Corbis; 533, © Paul Chesley/Stone/Getty Images; 534, © AFP/Getty Images; 535 (r), © Shoot PTY/Taxi/Getty Images;; 535 (l), Roy Miles Fine Paintings/ Bridgeman Art Library; 538, © Pixtal/SuperStock; 539 (tr), © Yadid Levy/Alamy; 539 (br), © BL Images Ltd./Alamy; 540 (tl), © O. Louis Mazzatenta/National Geographic Image Collection; 540 (bc), © Steve Vidler/eStock Photo; 540–541 (b), © Hemis.fr/SuperStock; 541 (br), © AP IMAGES; 541 (tr), Collection of S.R. Landsberger/IISH, Amsterdam; 541 (tc), © Keren Su/Danita Delimont Agency/digitalrailroad.net; 541 (bc), © Tim Hill/Cephas Picture Library/Photolibrary.com; 543, © Reportage/Getty Images.

Europe: 547, © Peter Turnley/Corbis; 548 (tc), © H.P. Merton/Corbis; 548 (bc), SIME, s.a.s./eStock Photo; 549 (tl), © Wolfgang Kaehler/Corbis.

Chapter Seventeen: 560, © Hans Strand/Corbis; 561 (bl), © Ray Juno/Corbis; 561 (br), © Rudy Sulgan/Corbis; 563, © Otto Stadler/Peter Arnold, Inc.; 564 (tl), © Charles O'Rear/Corbis; 564 (cr), © Jeremy Lightfoot/Robert Harding; 565 (cl), IT Stock Free/eStock Photo; 565 (tr), © SIME s.a.s./eStock Photo; 567, © David Barnes/PanStock/PictureQuest; 568, © WorldSat; 571 (tr), © Markus Dlouhy/Peter Arnold, Inc.; 572, © WorldSat; 573 (tr), © Espen Bratlie/Samfoto; 575(cr), © Liba Taylor/Corbis; 575 (br), © M. ou Me. Desjeux, Bernard/Corbis; 576, © Fred Bruemmer/Peter Arnold, Inc.; 577, © Reuters/Corbis; 579, © Daisy Gilardini /DanitaDelimont.com; 580 (bl), © Oxford Scientific/PictureQuest; 580 (cl), © Maxim Marmur/Getty Images; 583 (cl), © IT Stock Free/eStock Photo; 583 (c), © Markus Dlouhy/Peter Arnold, Inc.; 583 (cr), © Maxim Marmur/Getty Images;

Chapter Eighteen: 586 (br), © HIP/Art Resource, NY; 587 (br), © De Agostini/SuperStock; 592 (cl), © Topham/The Image Works, Inc.; 593, © Alinari/Art Resource, NY; 600, © Jupiter Images; 602 (tr) © Richard T. Nowitz/National Geographic Image Collection; 605 (br), © SEF/Art Resource, NY; 607 (tl), © Alinari/Art Resource, NY; 607 (tc), © Jupiter Images; 610 (bl), © John Warburton-Lee Photography / Alamy; 610 (tl), Erich Lessing / Art Resource, NY; 611 (br), © Geray Sweeney/ Corbis; 611 (tr), © Werner Forman / Art Resource, NY; 612, akg-images, London; 613 (tl), The Art Archive/Gianni Dagli Orti; 613 (tr), Erich Lessing / Art Resource, NY; 614 (tc), © Erich Lessing/Art Resource, NY; 614 (bl), © HIP / Art Resource, NY; 614 (cl), © Erich Lessing / Art Resource, NY; 614-615 (bc), © Bridgeman-Giraudon / Art Resource, NY; 615 (br), © The Art Archive;

Chapter Nineteen: 616 (br), © Guglielmo De Micheli/Time Life Pictures/Getty Images; 617 (bl), © Ali Meyer/Corbis; 617 (bl), © Hugo Jaeger/Timepix/Time Life Pictires/Getty Images; 620 © John Lamb/Getty Images; 624, © Dept. of the Environment, London, UK/Bridgeman Art Library; 629 (br), © Yann Arthus-Bertrand/Corbis; 629 (bl), © age fotostock/SuperStock;630 (tl), © Rabatti-Domingie/AKG-Images; 630 (r), © Giraudon/Art Resource, NY; 631 (tl), © National Portrait Gallery/SuperStock; 631 (cl), © Historical Picture Archive/Corbis; 631 (cr), © The Granger Collection, New York; 631 (tr), © The Granger Collection, New York; 631 (br), © Bettmann/Corbis; 635, © Réunion des Musées Nationaux/Art Resource, NY; 636 (cl), © Bettmann/Corbis 636 (bl), © Dept. of the Environment, London, UK/Bridgeman Art Library; 636 (cr), © The Granger Collection, New York; 636 (br), © Custody of the House of Lords Record Office/Parliamentary Archives; 637 (cl), © Bettmann/Corbis; 637 (bl), © Joseph Sohm/Visions of America/Corbis; 637 (cr), © Réunion des Musées Nationaux/Art Resource, NY; 637 (br), © Document conservé au Centre Historique des Archives Nationales a Paris/Centre Historique des Archives Nationales (CHAN); 638, © Gianni Dagli Orti/Corbis; 639, © Erich Lessing/Art Resource, NY; 643 (bl), © The Granger Collection, New York; 643 (br), © Hulton Archive/Getty Images; 646, © Hulton Archive/Getty Images; 652, © The Granger Collection, New York; 653, © Hulton Archive/Getty Images; 655 (b), © The Granger Collection, New York; 655 (cr), © Hulton-Deutsch Collection/Corbis; 657, © AKG-Images; 658 (cr), © Hulton Archive/Getty Images; 658(cl), © Hulton-Deutsch Collection/Corbis; 658(tr), © Hulton Archive/Getty Images; 659 (tc), ©Bettmann /Corbis; 659 (tr), © Margaret Bourke-White/Time Life Pictures/Getty Images; 659 (tl), © Bettmann/Corbis; 662, © Peter Turnley/Corbis; 663 (tl), © Robert Maas/Corbis; 663 (tr), © David Turnley/Corbis; 665, © Alain Nogues/Corbis; 666, © Estate of Edmund S. Valtman, courtesy Library of Congress; 667 (cl), Document Conservé au Centre Historique des Archives Nationales a Paris/Centre Historique des Archives Nationales (CHAN); 667 (bl), Robert Maas/Corbis; 670, © Dean Conger/National Geographic Image Collection; 671 (tr), © Hemis.fr/SuperStock; 671 (br), © Owen Franken/Corbis; 672 (tl), © SuperStock; 672 (br), © Craig Aurness/Corbis; 672 (bl), © Louie Psiloyos/Corbis; 673 (tl), © Giraudon/Art Resource, NY; 673 (tr), © Corbis; 673 (tl), © MaxPPP/Bruno Pellerin/Corbis; 673 (br), © Barnes Foundation/SuperStock; 674 (tl), © Picture Finders Ltd./eStock Photo; 675, © Reuters/Corbis.

Back Matter: R1, © Tom Stewart/Corbis; R2, Maxine Cass; R8 (t), © Oriental Touch/Robert Harding; R9 (cl), © Amanda Hall/Robert Harding.

Staff Credits

The people who contributed to **Holt McDougal: Eastern Hemisphere** are listed below. They represent editorial, design, production, emedia, and permissions.

Karen Arneson, Tim Barnhart, Charlie Becker, Julie Beckman-Key, Scott Bilow, Sarah Goodman, Lisa Goodrich, Elizabeth Harris, Cathy Jenevein, Kristina Jernt, David Knowles, Laura Lasley, Beth Loubet, Joe Melomo, Ivonne Mercado, Michael Neibergall, Jarred Prejean, Shelly Ramos, Gene Rumann, Michelle Rumpf-Dike, Jeannie Taylor, Jennifer Thomas

Capítulo 12 El crecimiento y el desarrollo de África

Identificar detalles de apoyo

ENFOQUE EN LA LECTURA

¿Por qué crees en lo que lees? Una razón es por los detalles que apoyan o prueban la idea principal. Estos detalles pueden ser hechos, estadísticas, ejemplos o definiciones. En el ejemplo siguiente, observa qué tipo de prueba o detalles de apoyo te ayudan a creer en la idea principal.

> Durante el *apartheid*, sólo los sudafricanos blancos podían votar o tener un cargo político. Los negros, que conformaban casi el 75 por ciento de la población, no eran ciudadanos. Sólo podían tener determinados trabajos y no ganaban mucho dinero. Únicamente se les permitía vivir en áreas establecidas.
>
> *De la Sección 5, África desde la independencia*

Idea principal
El *apartheid* daba más derechos a los blancos que a los negros.

Detalles de apoyo			
Ejemplo	**Estadística**	**Dato**	**Dato**
Los blancos podían votar y tener un cargo político.	Los negros conformaban el 75 por ciento de la población, pero no eran ciudadanos.	Los negros sólo podían tener determinados trabajos.	Tenían que vivir en áreas establecidas.

¡INTÉNTALO!

Lee las siguientes oraciones y luego usa un organizador gráfico como el de arriba para identificar los detalles de apoyo.

> El tráfico de esclavos en Europa trajo consecuencias devastadoras para África. Condujo a un notable descenso de su población. Millones de jóvenes africanos eran forzados a dejar sus hogares e ir hacia tierras muy lejanas. Miles de ellos murieron. Los historiadores estiman que entre 15 y 20 millones de esclavos africanos fueron enviados en barco hacia el continente americano contra su voluntad.
>
> *De la Sección 2, La colonización europea*

LECTURA EN ESTUDIOS SOCIALES

Capítulo 13 Geografía física del sur y el este de Asia

Comprender hechos y opiniones

ENFOQUE EN LA LECTURA

Cuando lees, es importante que distingas entre hechos y opiniones. Un hecho es una oración que puede ser probada o desmentida. Una opinión es una creencia o actitud personal, entonces no se puede comprobar si es verdadera o falsa. Cuando lees un texto de estudios sociales, solamente quieres leer hechos, no las opiniones del autor. Para determinar si una oración es un hecho o una opinión, pregúntate si se puede comprobar usando fuentes externas. Si eso es posible, la oración es un hecho. Los siguientes pares de oraciones muestran la diferencia entre hechos y opiniones.

Hecho: El Huang He se desborda con frecuencia, causando daños por valor de millones de dólares. *(Este hecho se puede comprobar a través de la investigación).*

Opinión: Yo creo que se deberían construir diques en el Huang He para impedir las inundaciones. *(La palabra* creo *significa que éste es el criterio o la opinión del autor).*

Hecho: Con sus 3,776 metros, la cima del monte Fuji es el punto más alto de Japón. *(Se puede verificar con precisión la altura del monte Fuji).*

Opinión: El monte Fuji es una hermosa montaña que todos deberían visitar. *(Nadie puede comprobar que el monte Fuji sea hermoso, porque es una cuestión de gusto personal).*

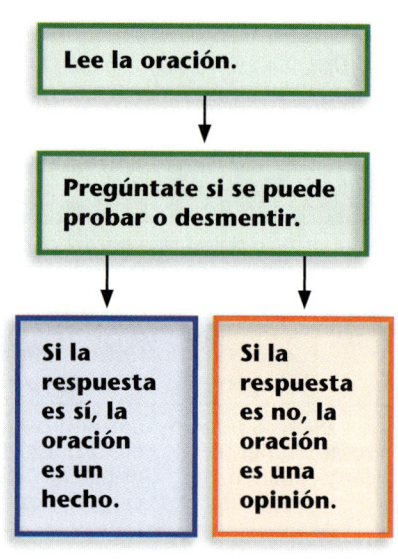

¡INTÉNTALO!

Lee las siguientes oraciones e identifica cada una como hecho u opinión.

1. El río Ganges es sagrado para muchos hindúes.
2. Millones de personas visitan el Ganges cada año para bañarse en sus aguas.
3. Las montañas de China son las más majestuosas del mundo.
4. China e India tienen algunas de las montañas más altas del mundo.
5. Muchas casas en el sureste asiático están construidas sobre pilotes para protegerse de las inundaciones.
6. Las casas elevadas del sureste asiático son fascinantes.

Capítulo 16 El crecimiento y el desarrollo del sur y el este de Asia

Usar pistas del contexto: definiciones

ENFOQUE EN LA LECTURA

Una de las formas de deducir el significado de una palabra o término desconocido es hallar pistas en su contexto, es decir, las palabras u oraciones que rodean a la palabra o término. Una pista de contexto común es una reformulación. La reformulación es simplemente una definición de la nueva palabra usando palabras comunes que ya conoces. Observa cómo el siguiente fragmento usa una reformulación para definir la desobediencia civil. Algunas claves de contexto no son tan completas ni obvias. Observa cómo el párrafo que le sigue brinda una descripción que es una definición parcial de perseverancia.

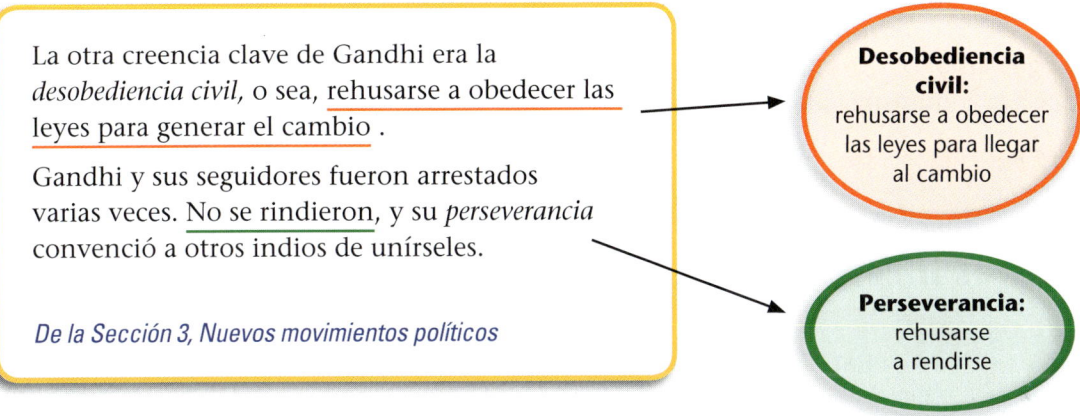

La otra creencia clave de Gandhi era la *desobediencia civil*, o sea, rehusarse a obedecer las leyes para generar el cambio.

Gandhi y sus seguidores fueron arrestados varias veces. No se rindieron, y su *perseverancia* convenció a otros indios de unírseles.

De la Sección 3, Nuevos movimientos políticos

Desobediencia civil: rehusarse a obedecer las leyes para llegar al cambio

Perseverancia: rehusarse a rendirse

¡INTÉNTALO!

Lee los siguientes fragmentos e identifica el significado de las palabras en itálica usando las definiciones, o reformulaciones, del contexto.

El comercio en Japón ha tenido tanto éxito que el país ha acumulado un enorme excedente comercial. El **excedente comercial** existe cuando un país exporta más bienes de los que importa.

De la Sección 5, Una nueva Asia

India había sido cuna de dos religiones muy importantes: el hinduismo y el budismo. Durante varios siglos, los *misioneros* indios llevaron ambas religiones a todas partes.

De la Sección 1, Contacto entre culturas

Capítulo 17 Geografía física de Europa

Hacer preguntas

ENFOQUE EN LA LECTURA

La lectura es una actividad en la que hacer preguntas nunca te traerá problemas. Las cinco palabras interrogativas (quién, qué, cuándo, dónde y por qué) te ayudarán a asegurarte de que comprendes el material que lees. Después de leer una sección, hazte las 5 preguntas con estas palabras: ¿De **quién** o de **quiénes** trata esta sección? ¿**Qué** hicieron? ¿**Cuándo** y **dónde** vivieron? ¿**Por qué** hicieron lo que hicieron? Observa el ejemplo siguiente para aprender de qué manera esta estrategia de lectura te ayudará a identificar los puntos principales de un fragmento.

> Sin embargo, los recursos naturales de la región no se han administrado correctamente. Hasta el principio de la década de 1990, esta región formaba parte de la Unión Soviética. El gobierno soviético dio más importancia a la industria que a la administración de sus recursos.
>
> *De la Sección 5, Rusia y el Cáucaso*

Las 5 palabras interrogativas

- **¿Quién?** el gobierno soviético
- **¿Qué?** Administró mal los recursos.
- **¿Dónde?** en Rusia
- **¿Cuándo?** hasta principios del siglo XX
- **¿Por qué?** Dio más importancia a la industria que a la administración de los recursos.

¡INTÉNTALO!

Lee el siguiente fragmento y responde a las 5 preguntas para comprobar si lo has comprendido.

> Otro recurso natural valioso se encuentra en la imponente belleza de los Alpes. Cada año, cientos de turistas acuden a los Alpes para disfrutar del paisaje, realizar caminatas y esquiar.
>
> *De la Sección 2, Europa Occidental y Central*